王充闾文学作品与研究（第五卷）

王充闾作品评论集（一）

王充闾文学研究中心 编
执行主编 李阳

北方联合出版传媒（集团）股份有限公司
春风文艺出版社
·沈阳·

图书在版编目（CIP）数据

王充闾文学作品与研究.王充闾作品评论集.一/王充闾文学研究中心等编.—沈阳：春风文艺出版社，2022.8

ISBN 978-7-5313-6280-7

Ⅰ.①王… Ⅱ.①王… Ⅲ.①中国文学—当代文学—文学评论—文集 Ⅳ.① I217.2 ② I206.7-53

中国版本图书馆 CIP 数据核字（2022）第 113847 号

编委会

主　任　王恩来

副主任　张　冰　雒学志　李秀文　戴　月

主　编　李　阳

副主编　刘叶青　刘雪婷

编　委　赵思靓　张路路　蒋　芳　李　鑫

目 录

王充闾先生及其"人文三部曲"   王恩来   001

时代之光与民族之魂   李秀文   023
    ——读王充闾散文有感

王充闾散文的美学初探   张金萍   吕 峨   031

泥土，永不涸竭的生命动脉   韩富军   037
    ——读王充闾《回归》有感

思想深邃 高洁清雅   李秀文   043
    ——读王充闾《文脉》有感

广宇自由飞思想   原学玉   048
    ——学习王充闾先生《逍遥游：庄子全传》的点滴思考

超越与回归   朱 彦   061
    ——王充闾"人文三部曲"的人性历程

古今的生命对话 心灵的隔空共振   李 阳   070
    ——解读王充闾散文集《国粹》

先进文化之宣言 时代文学之旗帜   刘连茂   077
    ——王充闾先生散文知略

从三个层面凸显深刻   刘连军   087
    ——王充闾《两个李白》深刻性解析

一书历阅万古禅   郑恩信   092
    ——读王充闾先生《文脉》有感

百川入海　万象归宗	孙国尊	104
——王充闾《逍遥游：庄子全传》读后		
感悟于"自然"	郭玉杰	120
——读王充闾先生《逍遥游：庄子全传》有感		
浓浓家国情　拳拳中国心	潘虹玮	125
——读王充闾"人文三部曲"有感		
乘物以游心	邢　瑜	129
——读王充闾先生《逍遥游：庄子全传》有感		
读王充闾先生《国粹》浅析文化自信	司美霞	134
耆欲深者　其天机浅	曹　辉	138
——王充闾先生《逍遥游：庄子全传》读后		
以兹驯心　冗绪渐平	曹　辉	147
——王充闾先生《文脉：我们的心灵史》读后		
欲先超胜　必先会通	张金芝	154
——读王充闾先生《国粹：人文传承书》有感		
传统文化思潮与历史的观照	隋林书	159
——谈王充闾"人文三部曲"的中国文化之道		
王充闾《逍遥游：庄子全传》读后感	杨建中	163
人性的追索	于　珍	168
——读王充闾先生《春宽梦窄》之《历史上的三种人》有感		
追寻华夏民族真正的文脉	王继鹏	172
——读王充闾先生《文脉：我们的心灵史》有感		
读《国粹：人文传承书》有感	田　妍	178
读王充闾先生《国粹》	孟秀敏	182
——诗词密码随笔		

目 录

庄子的减法精神 　　　　　　　　　　　　　　　　冯亚娟　193
　　——读王充闾《道家智者》有感

以思想的方式存在 　　　　　　　　　　　　　　　冯正杰　196
　　——浅析王充闾散文的思想性

心香瓣瓣胜芝兰 　　　　　　　　　　　　　　　　姜美玲　203
　　——读充闾先生散文随感

一生爱好是天然 　　　　　　　　　　　　　　　　卜丽爽　208
　　——读王充闾先生《庄子全传》

此心光明 　　　　　　　　　　　　　　　　　　　温明辉　215
　　——读王充闾《故园心眼》

在贺兰山岩画中探寻游牧民族的生命本根　　　　　冯亚娟　217
　　——读王充闾先生《山灵有语》有感

印象与遐想 　　　　　　　　　　　　　　　　　　王恩文　220
　　——读充闾先生散文集《柳荫絮语》感怀

我看到了一个通透的庄子 　　　　　　　　　　　　石　琇　224
　　——读王充闾先生《逍遥游：庄子全传》有感

传统文化　厚德载物 　　　　　　　　　　　　　　江笑娟　228
　　——学习王充闾先生《文脉》序章的体会

人若如水　德才配位 　　　　　　　　　　　　　　葛凤霞　233
　　——读王充闾先生《文脉》有感

王充闾先生《国粹》读后感："道家智者" 　　　　孙荣途　236

人格的自我完善与确立 　　　　　　　　　　　　　王文计　240
　　——王充闾散文论

论才发精言　诗话创新篇 　　　　　　　　　　　　叶　易　245
　　——读王充闾《人才诗话》

篇名	作者	页码
王充闾散文的美学风韵	梅敬忠	252
冰雕银钩绘南天	胡河清	258
——王充闾游记读后		
王充闾散文创作初探	王 科 赵保安	262
——王充闾创作道路研讨会综述		
评王充闾散文中的传统艺术精神	李晓虹	266
读王充闾诗词集《鸿爪春泥》	孔宪富	271
哲理美对人的感情世界的升华	王 科 赵保安	280
——王充闾散文印象一论		
人间诗境较天宽	陆玉才	288
——读王充闾词《黄鹤楼·电视塔调寄一剪梅》		
思想者与诗人的冲突及协调	谢中山	293
——王充闾散文片论		
诗情·哲理·美感	仇 敏	300
——评王充闾散文集《春宽梦窄》		
王充闾及其散文中的道家生命意识	石 杰	305
儒家人生理想的自觉追求	石 杰	315
——论王充闾及其散文创作		
"吟啸潮头倡雅风"	古 耜	328
——谈王充闾诗词创作的时代特色		
诗思千古 叩问苍茫	魏正书 赵保安	332
——读王充闾《面对历史的苍茫》		
王充闾的"诗语情结"	何 楠	339
论王充闾历史文化散文的审美超越	吴玉杰	341

目录

王充闾散文创作中的自我超越　　　　　　　　　石　杰　351
　　——论《面对历史的苍茫》

步入澄明之境　　　　　　　　　　　　　　　　张　曦　366
　　——王充闾《何处是归程》小论

对历史的诗意追问　　　　　　　　　　　　　赵善华　371
　　——评王充闾散文集《沧桑无语》

腹有诗书气自华　　　　　　　　　　　　　　古　耜　377
　　——读王充闾散文集《春宽梦窄》

平静的言说与不平静的回响　　　　　　　　　祝　勇　380
　　——读王充闾散文

给创作成功以理论形态的表述　　　　　　　吴玉杰　383
　　——评《王充闾散文创作研究》

王充闾散文中的文化悖论　　　　　　　　　　石　杰　389

于传统中昭示现代　　　　　　　　　　　　　李春林　395
　　——由鲁迅的旧体诗说到王充闾的散文

对历史的审美追忆　　　　　　　　　　　　　仇　敏　399
　　——评王充闾散文集《面对历史的苍茫》

自我的初次放逐　　　　　　　　　　　　　　石　杰　407
　　——论王充闾1956—1966的散文创作

王充闾历史散文对话性的实现　　　　　　　吴玉杰　415

论历史散文的文体创造　　　　　　　　　　王向峰　425
　　——从王充闾的散文近作谈起

沧桑无言人自言　　　　　　　　　傅德岷　阮丽萍　438
　　——王充闾《沧桑无语》解读

寻求那飘逝的文化诗魂	李咏吟	448
——王充闾散文的一种解释		
文体意识和主体间性	颜翔林	462
——评王充闾历史散文的写作		
散文困境中的一座丰碑	孟繁华	472
——评王充闾的散文创作		
叙述与改写	石 杰	484
——王充闾历史文化散文研究		
文化与人性的双重批判	石 杰	494
——论王充闾本世纪初的散文创作		
"这是一条古河，却又是新的"	古 耜	507
——王充闾散文与中国传统文化		

王充闾先生及其"人文三部曲"

◎ 王恩来

王充闾先生是当代中国极具声望和才情的散文作家，也是学养深厚的历史文化学者。早在20世纪90年代，先生就以散文名世，先后获得首届鲁迅文学奖和冰心散文奖，并连续两届担任鲁迅文学奖散文杂文评奖委员会主任，成为当代散文作家的领军人物。进入新的世纪后，先生不仅笔耕不辍，而且治学和为文的领域不断拓展，创作境界不断跃升，其中尤以"人文三部曲"——《逍遥游》《国粹》和《文脉》最被瞩目，代表了迄今为止充闾先生治学为文的最高成就。

一

有一位学者说过：王充闾是不可复制的。充闾先生的这种不可复制性，来自于其特殊的经历、禀赋、才情和锲而不舍的韧性坚守。先生出生于1935年，从6岁至13岁读过8年私塾，接受过系统的传统国学教育，这在同龄人中是难得的际遇。那时正值战火纷飞的年代，而且私塾早已为官学所取代。但在辽西盘山的一个偏僻村落，居然有一位塾师现身，而且对少年充闾慧眼相识，结果成就了这段可载入旧塾发展史册的佳话。

结束私塾学业后，充闾先生又成功地考入中学和大学。这对于一个出身旧式塾斋的农家少年来说，殊非易事，足可见其适应新事物的能力。参加工作后，他仍然痴心向学，十年"文革"中亦不曾间断。特别是在先后担任市委、省委领导期间，对马克思主义理论进行了精深的研究。如恩格斯的《反杜林论》这部马克思主义经典著作，他曾反复研读，在该书的留白处写下了密密麻麻的心得体会，可见心境之宁静、用功之勤奋、思考之精深。由"私学"入"官学"，再到终生学习，这种特殊的学习经历，使其具备了同时代人难以企及的认知方式和知识结构，再与聪慧的天赋、丰富的阅历、不懈的追求相结合，便"出于其类，拔乎其萃"，在为官与为文的"跨界经营"中均能取得令人钦羡的成就。

充闾先生对古诗文有特殊的喜好，博览通识之下，不仅对历代名家名篇烂熟于心，在为文、讲学和日常交流中可信手拈来，而且深谙作者创意和写作背景，觅得作品真诠，熟练加以运用，熔裁文史，会通古今，发前人所未发，让原本熟悉这些诗文的读者，亦能从中获得新的感悟。充闾先生曾这样写道：

我旅游，更喜欢在足迹所至的山川灵境中寻觅文学的根、诗性的美，体味活泼泼的宇宙生机中至深的理，追摹一种光明鲜洁、超然玄远的意象。而脑子里由于积淀着丰富的"内存"，每接触到一处名城胜迹，都会有相应的古诗文辞、清词丽句闪现出来，任我去联想、品味。也可以说，这些古诗文辞，使我背上了一笔相当沉重的情思和宿债，每时每刻都急切地渴望着对于诗文中实境的探访。

能够对古诗文迷恋到如此程度，能够被古诗文浸润到如此程度，能够将古诗文运用到如此程度的，我未见第二人。

充闾先生曾长期担任党的高级领导工作。这虽然是他所不愿意彰显的，但这样的经历，对充闾先生的学习、研究、思考和创作，无疑是有重要影响的。

许多人将为官与为文视为一对矛盾，充闾先生也经常会遇到此类诘问。这就有一个如何看待"官"与"文"、写作与实践的关系问题。对此，古往今来，其实均有明确的认知。孔子说过：先学习礼乐文化而后做官的，是没有爵位的士人；先做官后学习礼乐文化的，是贵族子弟。如果让我选用人才，我选择先学习礼乐而后做官的士人。这既是对传统世袭制的批判，也体现了孔子对官员应具备较高文化素养的认识。孔子的这一认识，成为隋唐以降科举取士制度的理论基础，此制度也被西方文官制度所借鉴。再往近处看，毛泽东讲的"没有文化的军队是愚蠢的军队"，邓小平提出的干部"四化"的方针（革命化、年轻化、知识化、专业化），也是与此一脉相承的。

官员需要文化素养。同时，有文化素养的官员，又可以在其岗位上拓展其胸襟和视野，提升觉悟和境界，从而雄健其笔力。用古人的话说："有一等胸襟，才有一等文字。"

高官虽未必均有高境界和高水准，但对于一位有品位的历史文化学者说来，在高官的位置上，确可看到底层民众看不到的风景，对社会、人生等重大历史和现实问题，也会有不同的体会和感悟。被誉为"唐宋八大家"的韩愈、柳宗元、欧阳修、王安石、苏洵、苏轼、苏辙、曾巩，均有仕途经历，有的还高至宰相。但为官与为文，在他们那里均没有成为矛盾冲突，而且互相成就。如被尊为唐宋八大家之首的韩愈，唐宪宗时任刑部侍郎，是刑部尚书的副手。后来又担任过兵部侍郎和吏部侍郎。韩愈的许多诗文佳作指涉家国天下，或来自政治视域，故苏轼称许韩愈说："文起八代之衰，而道济天下之溺，忠犯人主之怒，而勇夺三军之帅。此岂非参天地，关盛衰，浩然而独存者乎？"这种评价是极中肯的，也是为官与为文互相成就的典型案例。

为官与为文可相互成就，说的是一种可能性而非必然性。仍以唐宋八大家为例，假如他们在出仕前没有治学、科考、进士及第的基础，或只将这些作为进身的阶梯，登上高位后就一脚踢开，也就不会有后人的"八大家"之选了。

充闾先生大学毕业后当过教师、记者，然后进入机关工作，从20世纪80年代起就一直身居高位，从中共营口市委常委、宣传部部长，到营口市委副书记、市政协主席；从中共辽宁省委常委、宣传部部长，到省人大常委会副主任（兼任省作协主席）。2001年退出省级领导岗位后，由于工作需要，担任省作协主席至2005年（70岁）退休。一路走来，其优秀的品质和思想文化素养，可以说是起到了决定性的作用。同时，为官的经历，也助推了他的学术研究和文学创作。在《文学自传》中，充闾先生回忆说：

> 1980年下半年，我在省委党校学习。利用图书馆的藏书，有条件读到许多五四时期和西方的文学名著，并能广泛阅读全国各地的文学刊物，眼界、胸襟得到有益的扩展。脑子里构思了许多文学素材，开始了散文的写作。
>
> 年底，我调入辽宁省委机关，不久，被指定给省委书记当秘书。经常跟随领导下乡和外出开会，接触面扩大了，思路也渐渐地开阔了。我便利用休息时间，将所见、所闻、所思、所感记录下来，有一些还写成了散文、杂文、随笔。1983年初夏，奉调到营口市担任领导职务，写作也仍然没有中断。

为官与为文，就这样有机结合起来了。

当然，作为一生钟情于缪斯女神的高产而有大成就的作家说来，为官与为文也并非完全没有冲突，这种冲突主要是观念和时间上的，要处理得当也殊是不易。

充闾先生虽长期居于领导岗位，而且在其位谋其政，有良好的政绩和官声，但与许多人对官场和权力趋之若鹜、穷追不舍不同，他并不醉心于官场，更不贪恋权力，甚至有些疏离，多次婉拒组织上进一步提拔重用的安排。他心中始终放不下的还是缪斯女神，钟情于为文治学。

难得的是，为文从政两从容，同样干得十分出色，这就需要异于常人的智慧、才华、勇气和付出。在工作上，"抓大放小"：大事亲自谋划、督办落实，日常工作则充分发挥常务和副职的作用。他强调要"劳于用人、逸于用事"，把毛泽东讲的"出主意，用干部"，结合工作实际，运用到了极致。这使得他能够举重若轻，不被琐细事务缠身，获得了较多的学习、研究和思考时间。

工作之余，充闾先生总是尽量谢绝往来应酬，节假日均闭门谢客，把时间全部用于学习和写作。我亲身接触的有两个实例：

1986年春节，他将自己关在市军分区的一个房间里，五天写了七篇散文随笔，后来陆续刊发于《人民日报》海外版《望海楼随笔》专栏，多数收入作者散文集《柳荫絮语》中。对这种匪夷所思的高效率，我曾向他请教"秘诀"，他笑着答复："哪里有什么秘诀？平日公务在身，虽然想到一些课题，却也难得宽裕时间完成。春节正是绝好机会。因为'时间常恨少'，所以就不得不'苦战连昏晓'了。"这种珍时惜阴、恨不得把所有业余时间都用于写作的态度，来自于深入骨髓的喜好。用先生给一位文友题词的话说，就是"乐在忙中"。所以，我曾用孔子自述之"其为人也，发愤忘食，乐以忘忧，不知老之将至"去比拟充闾先生，认为再贴切不过了。

1988年1月，市里召开两会，时任市委副书记的充闾先生白天参加会议，晚上在驻地的房间里写作。一天晚上，我去他的房间汇报由我负责组稿和担当编务、由充闾先生出任主编的《中青年干部手册》定稿情况，他见我在打量桌面上的文稿，就顺手抄起递给我看，说：这是我昨天晚饭后写就的。我清楚地记得，那篇文章的题目是《龙的联想》。1988年是龙年，充闾先生借题发挥，从《西游记》中的"龙"说到始于伏羲氏的龙图腾崇拜，从"龙的传人"讲到"龙马精神"，再由"化鱼为龙"讲到叶公好龙，最后通过一个"白龙翁"的故事，扣到改革开放中要勇于作为，开拓创新的主题。这虽然是一篇急就的短文，但信息量很大，取材也很精到大胆。几天后，这篇文章刊发在《光明日报》上。

由这两个例子就可看出充闾先生是如何处理公务和文学创作的了，亦可看出他为此做出的巨大付出和牺牲。在《节假光阴诗卷里》一文中，他描述了自己朝乾夕惕、刻苦向学的情景，然后自作问答：

也许有人要问："这样埋头读书，摒绝了各种娱乐活动，为什么不感到枯寂呢？"答曰："凡事着迷、成癖之后，就到了'非此不乐'的程度，不仅没有厌倦情绪，有时甚至甘愿为此做出牺牲。柳永词中说的'衣带渐宽终不悔，为伊消得人憔悴'，正是这种境界。"

是的，充闳先生确实已达此境界。

二

充闳先生起步阶段的作品和成就，集中体现在《柳荫絮语》和《人才诗话》中。《柳荫絮语》于1986年9月出版，是作者的第一部散文随笔集，收录了70篇文章。其中有几篇为1958至1962年的作品，时间跨度长达28年，但以20世纪80年代前后的作品为主。

由于他后来著述颇丰，且一路攀升，故许多评论家对这部文集关注不够，作者在后记中也自谦地认为："尽管抓紧了可能支配的一切业余时间，兢兢为之，而作品质量终觉平平，往往流于直白，失之清浅，实在有负于这瑰奇、绚丽的伟大时代。"但在我看来，其中的许多作品，对他后来的写作具有奠基性。我粗略地对比查阅一下，在充闳先生获得首届鲁迅文学奖的散文集《春宽梦窄》的73篇文章中，有26篇出自《柳荫絮语》，超过三分之一。未被选入的有些文章，也是很精彩的，如1979年春撰写的《灯下漫笔》。该文从友人寄赠的新版《燕山夜话》，想到其作者邓拓曾因此而遭遇的横祸和冤狱得平，发出"华章依旧，而斯人已杳"的感慨。这种感慨，现在读来依然是摄人心魄的。接下来，作者由此联想到封建社会的文字狱，讲到"文革"中"四人帮"的压迫，并从对孔子"邦有道，危言危行；邦无道，危行言孙（逊）"的解读中，挖出了这一主张产生的原因，对"打棍子、抓辫子"的行为深恶痛绝，从总结"难以磨灭的血的教训"中告诉人们："在我们社会主义国家，绝不可以没有民主和法制。否则，就有可能被野心家、阴谋家钻空子，倒转专政矛头，对人民实行残酷的镇压。"要知道，作者写这篇文章时，"文革"刚结束不久，能写出这等文字，足可见其见识与锐气。

从20世纪80年代末到90年代，充闳先生的散文创作进入喷发期，代表作是1995年由春风文艺出版社出版、1997年获得首届鲁迅文学奖的

《春宽梦窄》。这部散文集的主要特点，用作者在"题记"中的话说，就是"明心见性，本色天然"。收入这部文集中的散文虽不似充闾先生后来所撰写的历史文化散文那么大气淋漓，铺张扬厉，但从整体上看，保持了从《柳荫絮语》中所选篇什的那种问题意识、批判精神和建设性。这些文章虽然也有一些引述，但所引也精，所述也简，没有枝蔓游离之感。文章都不很长，但起承转合均颇为讲究，遣词用句颇为老到，特别是能够就所见所闻直抒胸臆。除前面讲的《灯下漫笔》外，还有《闲话私谒》一文，对古往今来的"走门子"进行了无情的嘲讽；《莫叫苍蝇惑曙鸡》，则从李商隐的诗文入手，引经据典，对"文革"中"凭着舌端万变，动辄陷人于囹圄"的"流言伤人"现象大加挞伐，语言犀利，针对性和建设性极强。这些杂文作品，集针对性、批判性、建设性和艺术性于一炉，在今天读来仍能令人掩卷而思，体现出长久的生命力和艺术感染力。这部文集能够获得首届鲁迅文学奖绝非偶然，确有鲁迅先生的风骨在里面。

我重新研读并充分肯定《春宽梦窄》的思想和艺术价值，不仅可以证明充闾先生文学创作的起点很高，对揭示其艺术创作的走向和心路历程，进而全面、准确地评价充闾先生，也十分重要。

充闾先生从20世纪90年代中期开始着力于历史文化散文写作，先后结集出版了《沧桑无语》《面对历史的苍茫》和《龙墩上的悖论》等文集，显现出深厚的历史文化功力，好评如潮；担任过两届鲁迅文学奖散文杂文评委会主任，从而奠定了其在中国当代文坛举足轻重的牢固地位。江湖人称"南有余秋雨，北有王充闾"，就得自于这一时期。

充闾先生历史文化散文的典型特征，就是思、诗、史的有机结合。用先生自己的话说，即"历史文化写作应是亦文亦史，今古杂糅，哲思、诗性、史笔的有机融合。它们应是以史事为依托，从诗性中寻觅激情的源流，在哲学层面上获取升华的阶梯。通过文史联姻，使文学的青春笑靥给冷峻、庄严的历史老人带来生机与美感、活力与激情；而阅尽沧桑的史眼，又使得文学倩女获取晨钟暮鼓般的启示，在美学价值之上平添巨大的心灵撞击力"。职是之故，充闾先生的作品具有了鲜明的诗性特征，在中国文坛独树一帜。

同样是"诗、史、思"的结合，但在不同时期，又有不同的特点。对充闾先生中、早期的历史文化散文，有些评论家认为缺乏"自己特有的感受"。对此，充闾先生在其《文学自传》中有所征引，并谦逊地表示接受。他在介绍莫言先生所说的"可惜了王充闾的学识、才华，走顺境太多了，要是把他流放到西伯利亚十年八年的，可就成气候了。这里有个生命体验问题"之后这样写道："我听出来了，他是在批评作品的思想深度和穿透力、震撼力不够。"

一位蜚声文坛的大作家，能够"闻过则喜"，足可见其一等胸襟。但在我看来，这些批评只有相对的合理性。

我前面已经谈到，在先生的早期作品中，并不缺乏自己特有的感受和思想深度。托尔斯泰认为，一部真正的艺术作品必须具备三个条件：（1）作者对待事物正确的，即合乎道德的态度；（2）叙述的晓畅或形式美；（3）真诚，即艺术家对他所描写的事物的爱憎分明的真挚情感。这三个条件，充闾先生是一样也不缺少的。对有些作家和评论家所感到的不足，我是有同情之理解的。勇于放言固然是我们对作家和学者的期待，也是社会文明进步的尺度。但充闾先生不仅是散文作家，也是高级领导干部。作为长期从事意识形态方面工作的领导干部，当然深知谨言慎行的道理，加上先生受庄子哲学影响较深，性情温文尔雅，要想让其仗剑直击时弊和人性的弱点，就可能比较困难了。

尽管如此，充闾先生的文章并不缺少问题意识和思想锋芒，只是着眼于文学特色，不取剑拔弩张之势，常常采取庄子的"重言"笔法，借古人之口抒发自己的胸中块垒，让读者在剑锋所指之处见精神。这就正如著名散文家祝勇先生所见："充闾先生试图将历史的任何一个局部放大，而将自己隐藏起来。他的姿态越是平朴，就越是形成反差，也越会形成语言张力，令读者感受到他与苦难对质的勇气和深刻的思索。"这是一种会心的解读，可见祝勇是真懂充闾先生者。

这样的写作虽然亦可达至一种妙境，但对写手说来，也是有苦楚的。纵观充闾先生进入新世纪后的作品,情况有了很大变化。他所一直用心用力的"转型",也在作品中得到凸显。有鉴于此,我在2011年王充闾文学研究中心成立大会上的发言中,把"弘道的责任意识和深切的人文关怀",视为充闾先生进入新世纪散文创作的显著特征和价值取向,并讲了这样一段话:

我们可以看到,某些作家在某一时期写出一些好的作品后,便给人以江郎才尽之感。而充闾先生一直处于精进的状态,特别体现在艺术性、思想性与学术性的兼备上,体现在"人性烛照、灵魂滋养"的责任担承上。有些评论家以"诗、史、思"的结合来概括充闾先生的创作特点。在我看来,从"言必有诗"的兴观群怨,到向历史深处求知,进而对生命和人生意义进行深入开掘和哲学思考,也是充闾先生散文创作的三种进境。

正是缘于这些认识,我借用杜甫《戏为六绝句》中的"庾信文章老更成,凌云健笔意纵横"句,赞叹"充闾文章老更成"。这实际上也是对一些评论家对充闾先生批评的回应。

时间又过去九年,回过头去看我对充闾先生的这些评价,我个人觉得,依然是比较贴切的。我当时还讲了这样一段话:"充闾先生是从营口走向全国乃至华人世界的大作家。伴随着其多部作品在海外一些国家和地区发行,其影响已超越国界。虽然如此,已过古稀之年的充闾先生,仍以'非此不乐'、欲罢不能的态度,精神矍铄地在人类精神家园中进行深度探访与寻觅,并不断地给我们带来惊喜。"九年过去了,充闾先生以其"人文三部曲",进一步验证了我的认识和预判。

三

充闾先生的"人文三部曲",是指从2014年到2020年陆续出版的《逍遥游:庄子全传》《国粹:人文传承书》和《文脉:我们的心灵史》。这三部大书,代表了迄今为止充闾先生治学和为文的最高成就。从历史文化散文创作说来,是一次新的跨越和升腾。这三部著作出版后,得到孟繁华先生等著名评论家的高度评价，在读者中引起强烈反响。下面，我就这三部著作谈点个人的学习体会。

关于《逍遥游——庄子全传》

2012年，经中宣部批准，中国作协做出决定，要用五年左右时间，集中文学界和学术界的精兵强将，创作出版《中国历史文化名人传》大型系列丛书，作者"选择有文史功底、有创作实绩并有较大社会影响，能胜任繁重的实地采访、文献查阅及长篇创作任务，擅长传记文学创作的作家"，充间先生赫然在列。据我了解，他考虑到曾经在越南亲自访察过"初唐四杰"之首王勃的遗踪，原本报名写作《王勃传》，但鉴于《庄子传》没人认领，编委会决定请充间先生担此重任。

庄子是我国古代著名哲学家、思想家和文学家，道家学派重要代表人物，与老子并称"老庄"。庄子的名气虽然如此之大，但给他立传，却是在所有传主中最难的。

一是有关庄子生平事迹的史料很少。被庄子研究者使用最多的材料，出自《史记·老子韩非列传》，只有不足250字，其中第二段的100多字，还取自《庄子》中的寓言故事。字数少其实也并非问题的关键所在。司马迁在介绍孟子和荀子时，比介绍庄子的文字少很多。但孟子和荀子的事迹，在其本人、弟子和后人的著述中多有展现，人物生平的脉络比较清晰，也就比较易于把握。但庄子则不同，除《史记》中的简短记录外，其生平事迹他经不见。《史记》中关于庄子是"蒙人"，"尝为蒙漆园吏"的介绍，也是司马迁在撰写《史记》时到庄子故里访察探寻获得的信息和结论。好在当时距庄子去世只有180年左右，在庄子的后人、族人或门弟子的传人中，会保有一些关于这位先祖或先师的传说。如果没有司马迁的探访工作，这有限的生平史料，亦会被历史长河所淹没，这位庄老先生，也就更加神秘莫测了。

在庄子生平事迹和史料如此稀缺的情况下，撰写《庄子传》就显非易事。从充闾先生在《逍遥游》的叙述中可以看出，为了搞清楚庄子的国属、身世和出生地，他曾颇下了一番苦功，先后到有关地区搞了三次访察。这种访察，对撰写《庄子传》是有重要意义的。一是通过这些探访，可以对各种不同认知进行深入研讨，增强感性认识，从而厘清并坚定对其中某一种认识的选择。二是通过这些探访，踏着庄子的屐痕，亲炙他的遗泽，可如朝圣一般激发思古之幽情，在情感上拉近与庄子的距离，就像想当年司马迁在写《孔子世家》之前，到曲阜"观仲尼庙堂、车服、礼器、诸生以时习其家，余祗回留之不能去云"一样。三是探访的过程，也是研究思考的过程。正是在这种比较广泛而深入的探访过程中，使庄子的形象在充闾先生的心中不断丰满起来。

撰写《庄子传》的第二个难点，是文本解读。

因为有关庄子生平轨迹的史料十分有限，要为其立传，就必须从《庄子》中去捕捉。但正如司马迁所见，"庄子著书十万言，大抵率寓言也"。庄子也自认其著述"寓言十九，重言十七，卮言日出"。这部书中90%是"寓言"，70%是"重言"，"卮言"则时时出现。那么，真实存在的故事就所剩无几了。

所谓"寓言"，是指用假托的故事或自然物的拟人手法来说明某个道理或教训的文学作品，常带有讽刺或劝诫的性质。"重言"是借重于历史上的名贤（如孔子、老子）或托名于传说中的圣人（如黄帝）提出问题，给出结论。"卮言"就是支离而无统绪的"曼衍之言"，或称"妄言"，用庄子的话说，就是"谬悠之说，荒唐之言，无端崖之辞"；"卮言"的显著特点，就是不拘于世俗的语言形式去表达用常言无法表达的思想和意境，故也被解释为"不言之言"。用北大教授郑开先生在其《庄子哲学讲记》中的话说，"庄子哲学中特有的'卮言'乃是启发人们进入那种不可言说的精神境界的跳板，而不是指引人们通向可以诉诸概念语言得以澄清的思想世界的桥梁"。

由"三言"这种诡异的方式构建起来的语言、逻辑和认知体系，要想得窥其堂奥，作者的思路和脉动，就必须调到与庄子的同一频道上来才行。

这就需要有超常的智慧和人生体验。充闾先生在讲述其《庄子传》写作体会时就说："写其他人物，更多是处于认知的层面，清醒、平静、客观地剖析心理、个性。而写庄子，则有赖于灵魂的参与、生命的介入，有赖于心灵与生命的体验。庄子是哲学家，写庄子自然需要独到的见识、超拔的智慧，但我觉得，只有这样还不够，还必须有超越性的人生境界，否则无法理解传主的思想追求、生命底蕴。"

古往今来，特别是近几十年来，研读《庄子》的学者不计其数，有些还是治庄的专业学者。但真正能悟透庄子而有卓见者，则为数不多。充闾先生虽自幼学习《庄子》，在其创作的历史文化散文中，也涉及庄子的一些认识和主张，但对于写《庄子传》来说，这些是远远不够的。充闾先生说，在2012年受命撰写庄子传后，"我整整用了三个月时间，聚精会神，心无旁骛，从多角度、多层次解读《庄子》这部经典。自从束发受教，开篇初读，已经过去了半个多世纪；于今，重新把卷研习，对于章节字句、义理辞采，特别是关于庄子其人其事，他的思想主张、精神风貌，进行了比较认真的考究。日夕寝馈其中，未敢稍有懈怠。"是年，充闾先生已77岁。在这样的年龄段，攻读一部如此诡异的先秦典籍并为其作者立传，对于专门研究庄子的学者来说，也是难以想象的。

在此期间，充闾先生说其"日夕寝馈其中"，可谓全身心地投入。他将自己十分钟爱的"八面受敌法"运用到《庄子》研究中，同时运用了比较研究的方法。先生还将古今有代表性的研究庄子的近百部（篇）著作尽力搜罗齐全，又从互联网上陆续收索到大批当代学者、研究生关于庄子的论文，了解古今治庄的全貌，用以扩展视野，多方鉴别，集思广益。这项工作，他是做得十分充分的，并在其著述中有比较全面的展现。就这样，在短短两年的时间内，充闾先生就为我们奉献了一部皇皇40万字的巨著。

在写作方法和文本结构上，充闾先生针对庄子一生行止次第难以厘清的特殊性，独创了"折扇形的形式"："以最能体现庄子精神个性的'逍遥游'境界作为原点、轴心，让笔墨向着传主不同的思想，行迹和人生侧面辐射，以展示其多姿多彩的生面图谱。"结果证明，这种方法是成功的。

全书结构严整，井然有序。首章第一节《时代巨人》为总论，统括全局；第二节《乡关何处》和末章第十七、十八节《哲人其萎》《身后哀荣》，首尾相衔地使传主的一生在时间上形成一个闭环；中间各章节，则从《庄子》原典中的重要概念、逻辑论证和精彩故事中，从历代学人关注和讨论的重点问题中，从作者的体悟和现实指涉中，抽取、归纳、提炼出若干专题，去充分展现庄子的精神个性、思维方式、处事原则、生活态度和人生主张。这就改变了通常以传主的人生轨道为主线展开叙事进而明心见性的写作方法，既因应、迁就了庄子人生轨迹难以厘清的实际，也符合将传主的精神世界和内心生活更多地由幕后走向前台的"新传记"的写作方式。

古往今来，研究庄子的学者不计其数，有关庄子的各种著述汗牛充栋。但在以传记的形式、散文的笔法、学者的视域，去全景式地展现庄子的人生之旅、心路历程、价值取向、思维方式、理论构建、文学成就，以及历史地位、学术文化贡献和对后世的巨大影响等方面，充闾先生的《逍遥游》则具有独特的开创性。作者对《庄子》文本和庄子其人的解读，既博采众长，又根据自己的考据和体会，表达了个人的独到见解，其中也不乏合理的想象和推断，从而使笔下的庄子形象更加完整而丰满。哲思、诗性、史笔的有机融合，在这部著作中得到适中的体现，从而使其学术性和文学性同样出彩，在庄学研究和宣传普及中，可谓别开生面。

充闾先生在总结这段创作经历时说：

如果说，数十年来，我的散文创作手法主要是叙事、描写间杂着抒情、议论，在谋篇布局、立象尽意、文采修辞，亦即文学之所以为文学的基本标识方面着力的话；那么，这部传记的写作，则同时下了义理、考据、辞章等哲学、史学方面的功夫，是真正地做学问。

常言道，"行家一伸手，就知有没有"，充闾先生虽然把这部传记的写作视为"真正地做学问",却大有"不鸣则已,一鸣惊人"的气象。有学者评价说:"这是一部集大成的代表作,作者过去三十年的成果全都可以略过,只要有这一部就可以垂之久远了。"诚哉!是言也。

《逍遥游:庄子全传》让我们看到了求新图变、不断进取的王充闾。也正如我在9年前所预判的那样,完成《逍遥游:庄子全传》后,充闾先生不仅依然没有止步,而且在治学的道路上越走越远。于是便有了其后的两部大作——《国粹》和《文脉》的出版。

关于《国粹》

《庄子传》于2014年1月出版后,充闾先生对传统文化的研究热情更加高涨起来。2015年9月25日和2016年9月2日,《光明日报》在"文化周末"栏目先后用两个整版刊发了充闾先生解读《周易》的文章,让我吃惊不小。此后不久,2017年7月,充闾先生的另一部散文体学术著作《国粹:人文传承书》就问世了。

充闾先生在该书的序章中指出,在历史文化传统这一精神富矿中,人是出发点与落脚点,是人创造并书写了历史。写史读史,从根本上说是写人读人。作为当代作家,自己的庄严使命,就是想要通过这部书的叙写,与中国古代的传统对接,与民族先辈的心灵撞击,传承一颗永远的中国心。寥寥数语,充分体现了我所概括的充闾先生"弘道的责任意识"。

"国粹"系指我国固有文化中的精华。此定义虽看起来比较明确,但若将其具体化则比较困难。有人将中国京剧、中国武术、中国书法、中国医学称为"四大国粹",还有"十大国粹""二十大国粹"之罗列,其中多类似于当下所说的"非物质文化遗产"。这就把"国粹"的概念狭隘化了。从晚清"国粹主义"代表人物之一的黄节所言之"国粹者,国家特别之精神也",以及他们以"研究国学,保存国粹"为宗旨创办《国粹学报》看,他们所言之"国粹",是以精神文化为主要内涵的。这是我们研读充闾先生的《国粹》必须首先厘清的问题。

充间先生笔下的"国粹",内涵十分丰富。该书除序章外,是由34篇历史文化散文构成的,分为祖先、人文、河山、传统四部分。其中既有人物写真,也有寻古探幽、经典解读,以及对一些文化样式、观念习俗、风土人情、道德伦理、政治建设的感知和体悟。如此认识和书写《国粹》,就极大地拓展了"国粹"的人文视域。

该书以"人文传承书"作为副题,也饶有深意。《周易》贲卦的彖辞中说:"刚柔交错,天文也。文明以止,人文也。观乎天文,以察时变。观乎人文,以化成天下。""人文化成",可以说是中华文化的根本精神。

在我看来,充间先生把《国粹》定义为"人文传承书",就是取"观乎人文以化成天下"之意。所以,充间先生在序章中,反复强调"历史以人物为中心""读史,主要是要读人,而读人重在通心""读史通心,才可望消除精神障蔽与时空界隔,进入历史传统深处,直抵古人心源,进行生命与生命的对话"。充间先生还征引了哈佛大学教授斯蒂芬·格林布拉特的说法:"不参与的、不作判断的、不将过去与现在联系起来的写作,是无任何价值的。"然后写道:"我也极认同这种说法。从历史人物和历史事件的'实然'中探寻'必然',然后获得'应然'的体悟和期待,才会有'人文传承'的意义和价值。"这些言论,充分体现出充间先生撰写《国粹》的初衷,以及对撰写历史文化散文目的和意义的深刻反思,展现了作为历史文化学者的责任意识和担承。

这些认识和主张,在《国粹》中得到很好的贯彻。

先看《始祖》

《始祖》是书写黄帝的。黄帝作为传说中上古时代的帝王,在春秋战国之际即已声名显赫。早在《国语·晋语四》中,就有黄帝与炎帝是兄弟二人并曾兵戎相见的记载。到了战国中后期,黄帝更是成为道家等学派十分崇仰的人物,进而形成了一个"黄老之学",并被汉初的统治者所推崇。司马迁撰写《史记》,亦是以黄帝为起点的,并通过黄帝征服炎帝、黄、炎两大华夏部族联合打败蚩尤等历史图景的描绘,展现了黄帝成为天下共主并得到人民爱戴的历史进程。在司马迁之前，黄帝也是被高度神化了的古代帝王。司马迁虽然审慎地排除了"其文不雅驯"的部分，但也在《封禅书》中保留了黄帝"乘龙飞天"的神话传说。充闾先生在《始祖》篇中，既对黄帝的事迹、传说和功绩进行了艺术的勾画和描摹，又用史家的理性，通过对黄帝被神化底色的揭示，使读者能够得窥其堂奥：

这里有一黄帝的神格与人格的定位问题。显然，黄帝不是西方的宙斯神那样由自然神发展来的、无任何历史依据的纯然神话人物。长期以来，他以一个实实在在的部落首长，而且是华夏民族的先祖的身份，作为一位真实的历史人物而存在。无论他同蚩尤的战争还是与炎帝的战争，都是先民部落之间，或为争夺空间，或为争夺财物的正常的生存手段。当然，他又不是一个普通的历史人物，他已经成为一种综合体、一个文化符号，因此，在他身上也必然存在着基于祖先崇拜与民间信仰而高度神化的因素。

这种建立在对东西方神话差异性的对比以及对黄帝深入研究基础上得出的认识结论，是极具说服力的，对解决长期以来一直存在的黄帝是否确有其人的疑惑，以及增强我们作为黄帝子孙的文化自信，具有学术研究和文化建设的双重价值。

再看《科举》

科举是始于隋唐时代的取士制度。这一制度在中国持续实行了1300多年，在清末被废止。应该说，这一制度创制时所追求的平民化、开放性和公正性，是值得肯定的，是中国古代官员选任制度的重大变革，可使处于社会中下层的知识分子向社会上层流动，在促进统治阶层精英化的同时，推动民间向学之风，并成为西方文官考试制度的借鉴。但在长期推行的过程中，特别是到了清代，各种问题就不断显现出来，并以被废止告终。对此，多数学者均从运行机制中寻找原因，而充闾先生则目光如炬，直击清代统治者的内心世界：

一方面是治理天下需要大批具有远见卓识、大有作为的英才；而另一方面，又必须严加防范那些才识过人的知识分子的"异动"，否则，江山就会不稳，社稷就会摇动。最佳的方案就是把那些"英才"统统炮制成百依百顺、俯首帖耳的"奴才"。

与控制内心相配合，还要严酷整治外部的社会环境。本来，晚明时期一度出现过相当自由的思想空间，书院制度盛极一时，聚社结党，授徒讲学，刊刻文集，十分活跃，思想信仰与日常生活交融互渗，世俗情欲同心灵本体彼此沟通。而清朝立国之后，便把这一切都视为潜在的威胁，全部加以封禁。

在这里，清初统治者扮演着君主兼教主的双重角色，把皇权对于"真理"的垄断，统治与道统的兼并结合起来；同时强化"文字狱"之类的高压、恐怖手段，全面实现了对于异端思想的严密控制，从而彻底取缔了知识阶层所依托的逃避体制控制和思想压榨的相对独立的精神空间，导致了读书士子靠诠释学理以取得社会指导权力的彻底消解。应该说，这一着是非常高明，也是十分毒辣的。

为了使读者认识到这种"毒辣"性，作者介绍了农村"熬鹰"的场景，并在剖判清代始于顺治一朝的"文字狱"后，这样写道：

鲁迅就曾说过，倘有有心人将有关史料加以收集，不但可使我们看见统治者那策略的博大恶辣、手段的惊心动魄，还能因此明白，我们曾经"怎样受异族主义的驯扰，以及遗留至今的奴性的由来"。

这就是我前面所述之"重言"笔法，是直抵人心的灵魂拷问。

《国粹》集知识性、思想性、学术性和艺术性于一炉，全方位地展现出充闾先生的文化底蕴、学识水平、文字功力、哲学思维、问题意识和文化自觉，是充闾先生历史文化散文中的精品。正因为如此，《国粹》甫一出版，就引起评论家和读者的广泛关注，好评如潮，其中尤以孟繁华先生在《光明日报》发表的书评《传统文化与当代性——评王充闾〈国粹：人文传承书〉》最为精到。《国粹》不仅被评为2017年度"中国好书"，而且至今热度不减，已发行近20万册，这在十余年来的文学作品中，是十分少见的。

关于《文脉》

《文脉：我们的心灵史》，是充闾先生推出的"人文三部曲"的第三部，2020年1月由北京大学出版社出版。

"文脉"就是文明演变的历史血脉。充闾先生在该书的序章中这样写道："历史是精神的活动，文脉是心灵的滚动，精神与心灵永远是当下的，绝不是死掉了的过去。"读此，我们就可以知道充闾先生以"我们的心灵史"作为《文脉》副题的旨意了。

要追溯和展现中华文明演变的历史血脉，既要有开阔的视域，也要有广博的历史文化知识储备。更为重要的，是中正的价值取向、认知方式和构建能力。阅读全书我们就会发现，充闾先生不仅具备了在浩浩荡荡之中华文脉中追溯源流的全部要件和功力，而且通过其"思、诗、史"结合的独到手法，使一些沉重的话题和冷峻的历史场景，得到诗性的阐发和描摹，富有强烈的个性色彩。

全书共分为六章四十二篇，除"序章"和"末章"外，分别是"基因：大道之行""自觉：性本爱丘山""大气：扶摇直上九万里""平淡：人有悲欢离合"。"序章"是总论，除阐明以作者的创作意图和方式方法外，也是一篇解读中华优秀传统文化的精彩论文。第一章至第四章，则以对群经之首《周易》的解读为开端，通过对历史文化典籍、历史人物、历史事件、历史进程和特别群体的剖判，去展现中国人的心灵史和精神史。

在选题和谋篇布局上，充闾先生显然没有受某些传统认知体系的左右，而是选取自己比较熟悉而且同样具有代表性和典型性的对象去书写，这比刻意构建某种严密的逻辑体系，更能放得开而收得拢，大有"凌云健笔意纵横"的气度，从而增强了对读者的吸引和带入，使读者与作者一道，去叩问沧桑，撞击灵魂，陶冶情操，进而对现实和人生进行深度思考。

与充闾先生既往的诸多历史文化散文相较，《文脉》更加注重了强化主体意识和现实针对性，以及体现深度追求。对此，充闾先生在第一篇《中华传统文脉》中写下了这样一段话：

我在写作过程中，总是把古人的心灵世界看作是一种精神遗存，努力从中发掘出种种历史文化精神。在同古人展开对话，进行心与心的交流过程中，着眼于以优秀的民族传统这把精神之火烛照今人的心灵；在对古人进行心灵拷问的同时，也进行着对今人的心灵拷问，包括作家自己的心灵，一起在历史文化精神中接受心灵撞击。从而在历史和现实之间，架起一座心灵沟通的桥梁，挺举起作家人格力量和批判精神的杠杆。

这就充分体现出充闾先生的文化自觉，以及作为一名知识分子的责任和担当。这些创作意图，在《文脉》中得到极好的展现，阅读其《拷问灵魂》《龙潮之会》《宦祸》《长夜先行者》等文章，就可以深切地体会出来。如在《拷问灵魂》一文中，在介绍了清康熙年间的翰林院编修陈梦雷被他的"知心朋友"李光地出卖遭受奇灾惨祸后，将剑锋直指宠信李光地的康熙大帝："说到底，那些所谓'圣帝贤王'是绝对靠不住的。"作者还不无戏谑地这样写道：

所以，我对于一些历史小说和电视剧狂热地吹捧康、雍、乾祖孙三辈，一向不以为然。最不可理解的是《康熙王朝》的主题歌中，竟然深情脉脉地替这位老皇上畅抒宸衷："我还想再活五百年！"这还得了？如果他老人家真的再活上五百年，那就要横跨七个世纪，在金銮殿的龙椅上一直坐到 21 世纪 20 年代，那样，我们中华民族就还得在封建专制的铁轭下弯腰俯首二百几十年。

对一个时期以来充斥荧屏的对封建帝王的美化和吹捧，这种批评可谓一针见血。由此反观其"那些所谓'圣帝贤王'是绝对靠不住的"，就自然会使读者想到人治与法治、专制与民主等重大问题了。

特别是《文脉》的末章《家国天下》，最能体现作者的人格力量和批判精神。

该篇开宗明义，总结概括了中国古代知识分子五个方面的重要品格和基本特点，从中推导出中国古代知识分子与政治的坚实联系及生存环境。循此，先生对多个朝代、多个历史时段中国知识分子的地位和处境进行了具体而深入的剖析和研判，并得出以下结论：

在两千多年漫长的封建社会中，士是一个特殊的阶层。他们是文化传统的继承者和道义的承担者，肩负着阐释世界、指导人生的庄严使命；作为国家、民族的感官与神经，往往左右着社会的发展、人心的向背。但是，封建社会并没有先天地为他们提供应有的地位和实际政治权力；若要获取一定的权势来推行自己的主张，就必须解褐入仕，并取得君王的信任和倚重；而这种获得，却是以丧失一己的独立性、消除心灵的自由度为其惨重代价的。这是一个"二律背反"式的难于破解的悖论。

古代士人的悲剧性在于他们参与社会国家管理的过程，实际上就是驯服于封建统治权力的过程，最后必然形成普泛的依附性。只能用划一的思维模式思考问题，以钦定的话语方式"代圣贤立言"。……如果有谁觉得这样太扭曲了自己，不愿意丧失独立人格，想让脑袋长在自己的头上，甚至再"清高"一下，像李太白那样，摆一摆谱儿，"长安市上酒家眠，天子呼来不上船"，那就必然也像那个狂放的"诗仙"那样，丢了差事，砸了饭碗，而且，可能比"诗仙"的下场更惨——丢掉"吃饭的家伙"。

读这些文字，我明显地感到，在出世与入世的问题上，与先生此前对庄周等出世者的偏重激赏已有所不同，对士阶层作为文化传统的继承者和道义的承担者所肩负的责任和使命，以及在社会发展中的作用，给予了更为充分的肯定。对他们的一些无奈的选择和处境，也从社会和时代背景的高度表达了理解和同情。以其获得鲁迅文学奖的散文集《春宽梦窄》为参照，我们会发现，这与其说是变化，不如说是回归。特别是在本文的结尾处，讲了明末清初一位名叫王锡阐的天文学家隐居故里苏州吴江，夜夜爬上房顶静观天象，发誓永不仕清的故事，并在征引了其晚年所赋《绝粮诗》后，对知识分子的"入世"情结给出了这样的评论：

按说，王锡阐本来已经隐居故里乡下、退出政治舞台，但还情系前朝，心怀故国。这些都从另一个侧面，证明了中国古代知识分子与政治"斩不断，理还乱"的千丝万缕的联系。这种"家国天下"的情怀，植于心中，至深至深！

这发自肺腑的由衷喟叹，是颇具语言张力的。

《文脉》中的文章，以史料为背景折射当下和未来，在对古人进行心灵拷问的同时也直击时人的心灵，从而强化了主体意识和现实针对性，充分体现出一名历史文化学者弘道的责任意识，以及对人文化成庄严使命的自觉担承。在我看来，不论从选题、内容和结构上看，还是从学术性、思想性和文学性上去考量，《文脉》均是在《国粹》基础上的超越，是充闾先生历史文化散文创作的又一高峰。

"国粹"与"文脉"，原本就是仁者见仁，智者见智的概念，而且二者又是兼容并包的。所以，《国粹》与《文脉》这两部著作，所构建的就是开放的、可不断填充和增益的体系。单就先秦的"经学"和诸子百家来说，就还有一些典籍和人物可以入列。至于西汉以降，可以书写的对象则更多。这当然不是由一位乃至几位作家就可完成的任务。但其中有些人物，如屈原、慧能、王阳明等，在充闾先生的笔下会格外出彩。对此，我们依旧抱有期待。

充闾先生是我的老领导和老前辈，是我工作、为文和为人的导师。可以说，假如没有充闾先生的教诲和一路鞭策，使我欲罢不能，就不会有我今天的些许成就。三十多年过去了，先生一直是我心悦而诚服的恩师和偶像。特别是在我退休后，曾耽于与一些老朋友聚会，影响了读书和写作，被我的兄弟"告密"后，充闾先生对我提出了严肃的批评和训诫。这使我想起当年颜回对其老师孔子的评价：

颜渊喟然叹曰："仰之弥高，钻之弥坚，瞻之在前，忽焉在后。夫子循循然善诱人，博我以文，约我以礼，欲罢不能。既竭吾才，如有所立卓尔。虽欲从之，末由也已。"（《论语·子罕》）

颜回感叹说：越仰望，就越感到高大；越钻研，就愈感到坚固。看着似乎在前面，忽然又到了后面（指高深莫测）。老师善于一步步地引导，以广博的知识丰富我，以严肃的礼制规范我，使我想罢休都不可能。我已经用尽了自己的才力，好像能够独自站立起来了；但想要继续跟着前进，又感到不知如何走了。

我当然不敢以颜回自比。但对充闾先生的敬畏之感，则庶几近矣。这也正如孟繁华先生所见：

读充闾先生的文章，也进一步明白了什么是文如其人。充闾先生温文尔雅、和颜悦色，他的修养我辈是无论如何也做不到的，望其项背也难。他的文章给人的感受不是大开大合，醍醐灌顶，而是如涓涓细流，沁人心脾。我们在他娓娓道来中润物无声地受到感染和滋养，他的知识储备、讲述方式以及对历史的理解、同情和会心，都给了我们通透、明了的启发。

我独服充闾先生，也独惧充闾先生。假如没有充闾先生手中的教鞭高悬，我极可能早就丢下书包，逃学去了。

时代之光与民族之魂
——读王充闾散文有感

◎李秀文

《文在兹》系当代文学家、冰心散文奖获得者王充闾的散文精选。作者以其独到的视角审视、思考、探索在中国历史文化长河中有着一定意义的历史文化现象，他的作品文笔优雅从容，意蕴精深幽远，流淌在其间的是作者深厚的文化底蕴和文笔功底，文采诗意洋溢笔端。王充闾将历史与传统引向现代，引向人性深处。以现代意识进行文化与人性的双重关照，它显示了作家凝望历史的现代眼光，以文学的视角掌控、表现历史。

一、情深意笃

王充闾具有当过教师、编辑乃至高官的丰富人生阅历，足迹曾遍及华夏欧美，遍访先贤胜地。这些得天独厚的条件在王充闾这里汇集为不断奔涌的文学源泉。他的深厚和独特，使他在20多年来的散文创作整体格局中，不在潮流之中却在潮头之上。

王充闾的散文中，一种现代知识分子的情深意笃倾向，不仅体现在他书写对象的选择上，同时也表现在他的修辞和表达方式上。他的游记名篇《清风白水》《春宽梦窄》《读三峡》《山不在高》《祁连雪》《天上黄昏》《情注河汾》《神话的失踪》等，书写的既有名满天下的名山大川风光胜地，也有僻陋孤山和闲情偶记。在这些散文中，他不只是状写风光的俊美旖旎或威严沧桑，而是更多地和个体心灵建立起联系。在红尘十丈的闹市喧嚣中，只有这些已"成追忆"的风光美景，才能让他心静如水并幻化为一片净土。或者说作家对这些纯净之地的心向往之，背后隐含的恰恰是他对纷乱世界和名利欲望的厌恶和不屑。一个作家书写的对象就是他关注和向往的对象。王充闾在写这些文章的时候，正是他"跌入宦海""误落尘网"的时候，但他似乎没有"千古文人侠客梦"，兼善天下为万世开太平的勃勃雄心。他似乎总是心有旁骛，志不在此。传统文论强调"文乃经国之大业，不朽之盛事"。但这里讲的是文章之学，而非文学之学。在曹丕看来，文章要以国家社稷为重，否则就是雕虫小技。但文学并不一定或者有能力担当如此重负。文学更多地还是与个人体验、禀赋、情怀、趣味相关。它要处理的是人类的精神事务，它的作用是渐进、缓慢地浸润世道人心。王充闾的风光游记从一个方面体现了他在那一时代对文学的理解，但也似乎从一个方面佐证了他对淡泊和宁静的情有独钟。因此，这些作品我们可以理解为是作家对栖息心灵净土的一种寻找，当然也是一种不得已而为之的临时性策略。

　　我们注意到，王充闾在状写这些对象的时候，以诗入景是他常用的艺术手法。这既与他的修养有关，也与他的情怀有关。但他以诗入景或以诗入画（风景如画），不是抒思古之幽情，发逝者之感慨，而是情景交融自然天成，无斧凿痕迹和迂腐气。这种手法超越的是"诗骚传统"，而凸现的则是书卷气息。"诗骚传统"始于话本小说，这一文学体式因多述勾栏瓦舍卖浆者流，四部不列士人不齿。为了表现它的有文化和儒雅气，故文中多有"有诗为证"。但王充闾的散文以诗入文，却远远地超越了这一传统。《清风白水》是写九寨沟的游记，他起文便谈诗词，以"豪放""婉约"形容风景的别样风格。泰山威严西湖如娥，但在王充闾的视野里，九寨沟似乎与豪放婉约无关，它"是少男少女般的活泼、烂漫、清风白水，一片童真"。文章切入于名词佳句，却又与词义无关，豪放婉约在这里仅仅成了他的一种参照和比较。《春宽梦窄》起句就是"八千里路云和月"，磅礴气势与飞秦岭、越关山、奔向西域的漫漫长途和心中激荡的豪情相得益彰。库尔勒作为古代边地，不能不使作家遥想当年，于是南宋词人姜夔咏叹金兵压境、合肥几近边城的词句"绿杨巷陌，秋风起，边城一片离索"等句便油然而生。在《青天一缕霞》中，由呼兰河而萧红，由萧红联想到聂绀弩的诗"何人绘得萧红影，望断青天一缕霞"。这样的表现手法在王充闾的游记散文中几乎随处可见。但这些借用却使文章充满了浓烈的书卷气息，强烈地表现了作家对"美文"的追求和唯美主义的美学倾向。当然，"美文"不只是作家对修辞的讲求，更重要的是作家在文中体现出的情怀和趣味。即便是借用古典诗词，以诗词入文，王充闾整体表达出的风格是静穆幽远。他不偏婉约爱豪放，兼收并蓄为我所用，中和之风文如其人。行文儒雅内敛而不事张扬，但他孜孜以求的不倦和坚韧，展示的却是他宠辱不惊、镇定自若的风范和情怀。他对湖光山色的情趣，不是相忘于江湖的了却，而是对"天生丽质"的纯净之地发自内心的一种亲和。

二、眼界深邃

对于中国作家来说，历史是一个永远感兴趣又永远说不尽的领域。这当然与中国源远流长的文化传统有关。无论人生或治国，历史作为一面镜子，对于中国知识分子来说，总是试图在窥见历史的同时能照亮未来的道路。大概也正是出于这样的原因，进入20世纪90年代以后，所谓文化历史散文脱颖而出，在散文的困境中拓展出一条宽广大道。但同样是文化散文或历史散文，它们背后隐含的诉求是大异其趣的。我对那种动辄民族国家潸然泪下的单调煽情向来不以为然。但对于王充闾在他的文化历史散文中所表达的那种检讨、反省和有所皈依的诚实体会，则深怀信任。

就个人兴趣而言，王充闾似乎更钟情于淡泊宁静的精神生活。这不仅可以在他的创作自述《渴望超越》和明志式的散文《收拾雄心归淡泊》《从容品味》《华发回头认本根》中得到证实，而且在他以历史人物为题材的创作中表达得更为明确。他有一篇重要的作品：《用破一生心》。文章以曾国藩为对象，对曾的一生以简约却是准确的笔墨予以概括。这位"中兴第一名臣"的一生历来褒贬不一。但在王充闾看来，"这位曾公似乎并不像某些人说的那样可亲、可敬，倒是十足地可怜。他的生命乐章太不浏亮，在那淡漠的身影后面，除了一具猥猥琐琐、畏畏缩缩的躯壳之外，看不到一丝生命的活力、灵魂的光彩。——人们不禁要问上一句：活得那么苦，那么累，值得吗？"按说，曾国藩既通过"登龙入室，建立赫赫战功"达到了出人头地；又"通过内省功夫，跻身圣贤之域"达到了名垂万世。他不仅是清王朝统治以来汉族大臣在功勋、权势、地位方面无出其右者，而且在学术造诣上的精深也"冠冕一代"。因此也难怪会有人表达对这"古今完人"推崇和尊崇。但是，在曾国藩辉煌灿烂的人生背后，却掩埋着鲜为人知的另一面。他不仅官场上战战兢兢如履薄冰，就是与夫人私房玩笑也要检讨"闺房失敬"。如此分裂的人格在王充闾的笔下被揭示得淋漓尽致。更重要的可能还是曾氏言行、表里的分裂和对人生目标期待的问题。虚伪和不真实构成了曾氏人生的另一个方面，而一个"苦"字则最深刻地概括了"中堂大人"的一生："他的灵魂是破碎的，心理是矛盾的，他的忍辱包羞、屈心抑志，俯首甘为荒淫君主、阴险太后的忠顺奴才，并非源于什么衷心的信仰，也不是寄希望于来生，而是为了实现现实人生中的一种欲望。"文中对曾氏的人生道路的选择和分裂的性格充满了不屑，但也充满了同情，他不是简单地批判和否定，同时也对人的历史局限性给予了充分的理解。他曾分析说："雄厚而沉重的历史文化积淀，已经为他做好了精确的设计，给出了一切人生的答案，不可能再做别样的选择。他在读解历史认知时代的过程中，一天天地被塑造、被结构了，最终成为历史和时代的制成品。于是，他本人也就像历史和时代那样复杂，那样诡谲，那样充满了悖论。这样一来，他也就作为父、祖辈道德观念的'人质'，作为封建祭坛上的牺牲，彻底告别了自由，付出了自我，失去了自身固有的活力，再也无法摆脱其悲剧性的人生命运。"（《用破一生心》）

时代之光与民族之魂——读王充闾散文有感

王充闾的《一夜芳邻》表达了相似的情感取向。勃朗特三姐妹的才华蜚声世界文坛，她们的作品已经成为文学经典的一部分。但她们都英年早逝，活得最长的也只活到了39岁。作家有机会到三姐妹多年生活的哈沃斯访问，参观了三姐妹纪念馆。面对三姐妹的故居和纪念馆，作家触景生情，睹物思人，夜不成寐。于是走在三姐妹曾经走过的石径上，作家的想象闪现为夜色如梦般的幻影："在凄清的夜色里，如果凯瑟琳的幽灵确是返回了呼啸山庄，古代中国诗人哀吟的'魂来枫林清，魂返关塞黑'果真化为现实，那么，这寂寞山村也不至于独由这几支昏黄的灯盏来撑持暗夜的荒凉了。噢，透过临风摇曳的劲树柔枝，朦胧中仿佛看到窗上映出了几重身影，——或三姐妹正握着纤细的羽笔在伏案疾书哩；甚至还产生了幻听，似乎一声声轻微的咳嗽从楼上断续传来。霎时，心头漾起一股矜持之情和深深的敬意。"三姐妹的生活贫病交加，寂寞凄苦。她们离群索居却早早和艺术结下了不解之缘。在牧师父亲的教育影响下，有了敏锐的艺术感受力和表现力。她们创作了不朽的作品，更重要的是她们都有一颗金子般闪亮的心。作家动情地写道："在一个个寂寞的白天和不眠之夜，她们挺着病痛，伴着孤独，咀嚼着回忆与憧憬的凄清、隽永。她们傲骨嶙峋地冷对着权势，极端憎恶上流社会的虚伪与残暴；而内心里却炽燃着盈盈爱意与似水柔情，深深地同情着一切不幸的人。"如果说易安居士的性格是内敛的，更关注个人内心的体验，那么，三姐妹的心灵则是开放的，她们把同情和爱更多地给予了并没有太多直接经验的不幸的人们。这种高贵的内心洋溢着宗教般的温暖和撼人心魄的诗意。对这些经典作家灵魂的旁白或独语，其实也是作家自己生命感悟或心灵体验的自述。他曾有过这样的自我诠释："所谓生命体验与心灵体验，依我看，是指人在自觉或不自觉的特定情况下，处于某种典型的、不可解脱和改变的境遇之中，以至达到极致状态，使自身为其所化、所创造的一种独特的生命历程与情感经历。它的内涵极为丰富，而且有巨大的涵盖性。它主要是指写作者自身而言，也包括作家对于关照对象在精神层面上的心灵体验，包括读者在阅读过程中的实际体

验。因为文学创作说到底是生命的转换、灵魂的对接，精神的契合。"(《渴望超越》)

王充闾在历史隧道中对历史人物的想象和接触，作家个人的情感体验和美学趣味获得了检视。如果说这类作品还是建立在个人兴趣或偏爱范畴内的话，那么，他的另一类历史散文则表达了他对历史重大事件的史家眼光和以文学的方式处理重大题材的能力。《土囊吟》《文明的征服》《叩问沧桑》《黍离》《麦秀》等作品，是对曾经沧桑的久远历史的再度审视，是对文明与代价的再度追问。对陈桥崖海、邯郸古道、魏晋故城、金元铁骑等的追忆中，在社会动乱、朝代更迭、诸家云起、狼烟烽火的争斗和取代过程中，辨析了历史与文明的发展规律，识别了文明在历史进程中的特殊价值和意义。特别是《土囊吟》和《文明的征服》，对一个强大而强悍的民族的统治失败的分析，不仅重现了历史教训，而且在当今全球化的语境中，它的现实意义尤为重大。一种文明无论出于主动地对另一种文明的向往，还是处于被动地无奈地被吞噬，都意味着一个民族的解体或破产。文明的隐形规约和凝聚力是看不见的，但它又无处不在。这些作品，在真实的史实基础上，重在理性分析，在史传中发掘出与当下相关的重大意义。它显示了作家凝望历史的现代眼光和以文学的视角掌控、表现历史的非凡功力，它的宏观性和纵横开阖的游刃有余，也从一个方面显示了作家丰富扎实的历史学修养和举重若轻的文学表现力。

三、朴素自然

探讨这一领域问题的时候，王充闾并没有从一个庞大的乌托邦框架出发，并没有提供一个普世性、终极的精神宿地。而是以相当个人化的方式，实现了他个人的精神还乡。这个精神故地，既是他亲历生长的地方，也是一个遥远但却日益清晰的梦乡。王充闾有一本散文集，他将其命名为《何处是归程》。这个命名隐含了一种沧桑、悲凉和困顿，同时也隐含了一种叩问和探询的坚忍。书前有两首七绝题记诗。其一："世间无缆系流光，今古词人引憾长。且赏飞花存碎影，勉从腕底感苍凉。"其二："生涯旅寄等飘蓬，浮世嚣烦百感增。为雨为晴浑不觉，小窗心语觅归程。"诗中确有对人生短暂苍凉的慨叹和难以名状的悲剧意识。但这种悲剧并不仅仅源于"无缆系流光"的无奈，它更来自诗人对"浮世嚣烦"，对世人围绕功名利禄的争斗或倾轧的百感交集。特别是诗人"人过中年"之后，似乎就有打点心灵归程的意思了。

但王充闾的这一努力的价值就在于，在这个困顿迷茫心灵家园成为问题的时候，他表现出了执意追寻的勇气，表现出了对"现代性"两面性认识的自觉。当然，"精神还乡"仅仅是一个表意符号，没有人会认为王充闾要退回到"前现代"或乡村牧歌时代。那个只可想象而不可重临的乡村乌托邦，在王充闾的反省中已经解决。他的这一追求背后隐含的是他对精神困境的焦虑和突围的强烈愿望。在物质世界得到了空前发展的时代，在世俗生活的合法性得到了确立之后，人如何解决心灵归属的问题便日益迫切。王充闾只不过以"精神还乡"的方式表达了他解决精神归属的意愿而不是给出最后的答案。重要的是，对不同领域写作的开拓，一方面显示了王充闾开放的心态，他愿意并试图在不同的领地一试身手，将"关己"的灵魂问题提出，另一方面，也展示了他在创作上"螺旋式"前进的步履。他没有将自己限定在所谓的"风格"领域，一条道走到黑，而总是在学习和积累的过程中别有新声。这个现象是尤为引人瞩目的。这时，我想起了他最近的一篇命名为《驯心》的文章。文中对传统文化对知识分子的驯化，或福柯所说的"规训"，做了极为精辟的分析。传统文化对士人的驯心，在于让这个阶层的价值尺度永远停留在一个方位和目标上，在于让他们永远失去独立的思考能力和特立独行的人格风范。就像"熬鹰"一样，让志在千里的雄鹰乖乖就范。王充闾曾在官场，也生活于世界即商场的时代，但他仍然没有被"驯心"。他独立的思想和情怀，在温和从容的书写中恰恰表现出了一种铮铮傲骨，在貌似散淡的述说中坚持了一种文化信念。这是王充闾散文获得普遍赞誉最重要的原因，也是他能在散文的困境中矗起一座丰碑的真正原因。

　　充闾先生是我的良师益友，我的第六本诗集《弯弯的月亮》就是他题写书名的。当我在省作代会提出这个要求时，他欣然接受，并很快地写好寄给了我。这一印象之深刻几乎不能忘记。你可以把他理解为一位学富五车的教授，或是一位温文尔雅的长者，就是难以和位高权重的高官联系起来。读了他不断求索、独步文坛的大量散文创作之后，我多少迷惑的心情终于豁然：正是他这样的人，才会有这样的文章。这就是"文如其人"。相信王充闾会写出更多更好的作品奉献给时代，奉献给家乡和人民。

王充闾散文的美学初探

◎张金萍　吕　峨

内容提要：诗性的建构，是散文家王充闾散文的重要美学追求。基于长期文学艺术创造实践，王充闾对文学艺术乃至审美问题都形成了自己的理论主张。语言运用上，他坚持在诗性的语言空间里驰骋，叙述文字清澈如水，浑然天成，具有古典美的韵味。文本体式上，他注重诗性的开掘，在生活中寻找诗情，在历史中升华诗意；思想深度上，他呼唤崇高，拒绝低俗，高扬散文自古以来传统的人文关怀和对历史文化的反思。王充闾散文的美学观念是对人的世界的关怀，显现出强烈的人文性特征。他的作品更多地强调人类理性的力量，强调具有现实意义的理性思考与深度价值追求的作用，从而显现出更多的社会理性与使命意识。

关键词：王充闾；诗性语言；历史文化反思；深度追求

一、清纯自然的诗性语言

诗性语言空间是一种较高的话语境界，需要有深厚的古典文学修养和知识储备量来支撑。王充闾的散文文字清新如水，朴素自然，又不失诗性。他的文化造诣在其百科全书式的叙述中，使作品毫不晦涩。他把浩如烟海的佳词丽句，历代传诵的诗歌名篇，化为自己作品中的精髓。清纯自然、驾轻就熟无疑成了王充闾散文话语风格的重要元素。因为他的生活灵感随时会触发他去记忆的仓库中进行语言美的检索。

1. 清纯自然的话语风格

王充闾引领读者走进他丰富的艺术世界，把历史融合了现代的观照，使其散文倾泻出丰沛的意蕴。王充闾的散文引诗颇多，中国历史上的名家诗篇，他都能够信手拈来。说春雨，他滔滔不绝，佳句连篇；谈黄山，他遍数奇峰，妙语如珠；道沈园，他一咏三叹，柔肠百转；讲三峡，他横空出世，似数家珍。那么多脍炙人口的清词丽句，那么多内蕴丰厚的传说掌故，他都能运用自如。可以看出，王充闾的散文语言融合了质朴的日常生活用语和充满了古典意蕴的诗意语言。这样的语言运用方式和作家所要传递给读者的真实的情感体验相契合，在质朴与洒脱之间形成了巨大的语言张力，使作品如行云流水般清丽、明快，呈现出一种没有束缚、没有矫情、没有障碍的自由图景。

2. 厚积薄发中的驾轻就熟

《黄昏》是旁征博引、游刃有余的典型之作。文中他历数中外名家歌咏黄昏的名诗，王维、泰戈尔、高尔基、莫泊桑、凡尔纳、赫尔岑、夏洛蒂·勃朗特、刘禹锡、朱自清、李商隐、陈毅、叶剑英、卢森堡、伏契克、刘白羽等二十余家，令人眼花缭乱、叹为观止。这些名诗佳句镶嵌在作品中，绝不是哗众取宠的点缀品，而是对中国诗歌的认同；绝不是对古典诗歌的复制，而是对诗歌精神的张扬。在他这里，名诗佳句已经化为文章的经络血肉，已经变作他观照大自然和人与社会的最佳视角。

语言的自如运用，使王充闾对文体的诗性建构有着更加明晰的认识，甚至是自觉的追求。他认为诗歌和散文是一体的，是艺术的两种表现形式。他曾多次强调诗歌创作对散文的补益作用，并在多年的创作实践中，始终坚持在诗性的艺术世界中开掘，像写诗歌一样在写每一篇散文，达到语言和思想上的双重高度。面对散文的喧哗与骚动，王充闾以作家的清醒与真知，以诗人的清纯和正气来捍卫散文这一方净土。他认为，散文的思想功能是不能被忽视的。他觉得，散文的语言应该"奉行一个'真'字，明心见本色天然"。王充闾怀着崇高的使命感，力图通过自己对散文诗意的升华，通过对散文美质的发现，表达对当代生活、民族现实生存与未来强烈的关注。

二、大爱无边的人性视角

1. 自然中的生命意识

王充闾以山水自然为题材的散文，其思想内涵凸显了人情本真。他不再满足于从艺术审美的角度去观照纯自然，而是从自然的生存和发展、从人与自然的关系上做哲学性质的思考。他笔下的山水、人物，都具有丰富的社会意蕴，既浸透着中国传统的人文情怀，又激荡着丰富的动人旋律。在散文《空山鸟语》中展示了这一景象："在这里，乔木、灌木混杂、错落地生长着，随高就低，无争无竞，随心所欲地发展着自己，一切都顺应自然，没有一丝一毫人工的介入。也合乎规律地向外发展、扩张，保持着自然生态的平衡，不存在旱魔、山洪、虫灾、风暴的威胁。鹰隼一类的猛禽，以凶悍的蛇族和柔弱的山鸟为食，蛇类又靠着小鸟及其雏、卵补给营养，而成群结阵的鸟类则以捕捉取之不尽的昆虫来维系生命。它们共同组成一条生物链，消长盈虚，生灭流转，自然地维持着生态平衡……什么护鸟员、杀虫剂、人工投食措施，也都成了多余之举。"这种描叙，表现出他对自然界的生物价值和内在规律的认识。

2. 生活中的朴素情感

王充闾的作品提倡人应该简单、宁静、淡泊地生活。在《三道茶》《村居酒趣》等篇中，他表达了对繁华、奢侈、喧嚣的都市生活的厌倦，他向往乡村的简单、纯净的生活状态；在《安步当车》《家住陵西》中，他谈到了不乘车辇、徒步行走的乐趣；在《节假光阴诗卷里》《我的四代书橱》中，他表现了轻物质、重精神的思想。这些作品都是他生活中朴素情感的体现和印证。《家住陵西》的结尾，作家借助史实再一次阐明了自己的价值观："一千九百多年前，东汉著名隐士严子陵把物质享受与心灵自由分置于心灵天平的两端，最后，毅然放弃种种优越的物质享受，以孤贫、潦倒为代价换取了人格的独立和心灵的自由，从而实现了对固有的生存范式的超越。"王充闾从生活中的身边事开掘出的却是对人生的感悟，是要对读者有所启迪，在娓娓叙述中挖掘出生活中隐藏的丰富意蕴，从常态的生活里感悟生命的真谛与诗意也正是王充闾情感散文的不懈追求。

3. 历史中的人性观照

王充闾作品将历史与传统引向现代、引向人性深处，以现代意识进行文化与人性的双重观照，它显示了作家凝望历史的现代眼光和以文学的视角掌控、表现历史的非凡功力。王充闾笔下的历史人物、历史事件在他的散文中都幻化成一个活生生的现实意蕴空间，让人在巨大的时空张力中感受生命的力量。"一座山城也好，一条古道也好，一处几千年前的建筑废墟也好，在它残存的构架后面，也都深藏着无尽的兰因絮果，遗存着丰富的文化内涵。"轻盈翱翔于蓝天和大地之间，以空灵的意象和诗性化的象征与隐喻，抚摸历史时间的烟云和倾听历史人物的心声，对历史保持自我的崇敬和冷静的智慧，寻求自我和历史的对话、读者和历史的对话。面对历史与人文风景，时而愤慨激昂，时而伤恸感怀，笔下交织着智性之光与感性之力。他的历史散文因而有着智性与诗性的双重色彩。

三、"深度追求"中的美学思想

王充闾在美的观照与史的穿透中，寻求一种指向重大命题的意蕴深度，实现对美的世界的建构、对意味世界的探究。王充闾对"深度追求"的认识，可以说是马克思主义美学关于文艺标准的"美学的观点"和"历史的观点"结合的一种当代表述。王充闾的"清新雅致的美学追求""冷峻深邃的历史眼光"与"美的观照""史的穿透"是基于创作实践而做出的具体把握。可以说，深刻的社会历史意蕴的艺术表达正是王充闾"深度追求"的艺术创造论的核心。王充闾"深度追求"的主张体现在他对艺术创造的超越性强调上。

1. 乐观和真诚

在《碗花糕》中，一碗又香又甜的碗花糕牵出了嫂子对他的关爱和他对嫂子的依赖，嫂子那总是带着盈盈笑意的脸，嫂子在年三十悄悄放在他碗中的包着钱的饺子，嫂子那些出于喜爱的捉弄与袒护，如今都已成为透射着诗意色彩的往事，是挥之不去的美好回忆。在王充闾平静的叙述中，浓浓的亲情飘散出一抹乐观的情愫。

作家的心态平和，在追忆往事的时候更多地想表达人的真诚。那些无论是回忆嫂子还是父母、亲朋的散文，我们都能看到有着多样性格与丰富内心的人。摆脱了历史文化散文的桎梏，在这些纯情感散文中我们感受到的是王充闾细腻的内心世界。在看似平淡的叙述当中，把自我的情感，投射到作品当中。他有深厚的文化内涵，他也有诗人的襟怀和深邃的情感世界，但此时的他更充满了对待生活的乐观和真诚，他要抒发的是眷恋往昔生活的美好情怀。

2. 忧患与超越

萨特说："一切文学作品都是一种吁求，正是通过作品世界，作家与观赏者之间建立一种新型的'盟誓'关系，他们在艺术这另一世界中互相吁求自由。"也许正是这种相互吁求使读者和作者建立起了一个关系链，他们相互期待、相互满足，从而在这种相互推动之中达到精神上的高度愉悦。王充闾的散文作品，让读者阅读的过程并不单单是承纳一种思想或情感，更是思想情感的延续或升华。综观王充闾的散文，他的抒写方式有着共同的指向，是对人的关怀，显现出强烈的人文性特征。他并不去强调人的非理性因素在人生中的意义，而是强调人类理性的力量，强调具有现实意义的理性思考与深度追求的作用，从而显现出更多的社会理性与使命意识。应该说，他的这种主张更多的是来自于中国传统知识分子身上所特有的忧患意识与批判精神。文学在他这里并不是单纯的个体性的宣泄情感的工具，而具有着重大的社会使命。

在《"化外"荒原》《神圣的泥土》《思归思归胡不归》《请君细问西流水》《故园心眼》等等篇章中，浓郁的乡土气息成为触发游子怀乡的契机。人生本就是一条单行线，越是人到老年，越是会发现生命有限的苦楚。然而，人到老年也是生命含义最为丰富的时期，经历了人生风雨的洗礼，从稚嫩走向成熟，更能透彻地感悟生命的真谛与智慧。他的许多作品，都深刻体现了他超然的情怀。正如他所说："我们应该做到的，是要能够超越情感与激情，抵达一种智性与深邃。在似乎抽象的分析和演绎中，激活读者为习惯所钝化了的认知与感受，把形而上的哲思文学化，以诗性的语言表达自己的生命意识；或以独特的感悟、生命的体验咀嚼人生问题，思考生命超越的可能。"通过对表象的超越，作家在对事物本质的揭示中完成了一种深度的追求。

泥土，永不涸竭的生命动脉
——读王充闾《回归》有感

◎ 韩富军

王充闾先生的散文以其独特的品格享誉文坛，在当代中国散文界占有重要的地位。最近，读了王充闾先生的《回归》，我被先生诗性的审美情怀、鲜活的生命体验，尤其是先生拳拳的泥土情结深深打动，我试图用青涩的文笔，把我读《回归》的所有感受和大家一起分享。

王充闾先生在《回归》中引用诗人艾青的诗句饱含深情地诉说了对故土的热爱："为什么我的眼里常含泪水？因为我对这土地爱得深沉……"的确如此。《回归》紧紧围绕泥土这一意象，多层次地抒写对故乡泥土深沉的热爱与眷恋；多视角地描绘故乡泥土滋养的生命美景；多方位地探求故乡泥土与生命的关系。其主要目的是昭示生命的真谛：泥土，永不涸竭的生命动脉。

一、多层次地抒写对故乡泥土深沉的热爱与眷恋

（一）亲近泥土，揭秘热沙土炕的养育方式

先生从自己呱呱坠地讲起："母亲还说，不亲近泥土，孩子是长不大的。许是为了让我快快长大吧，从落生那天起，母亲就叫我亲近泥土——不是用布块裁成的席子包裹，而是把我直接摊放在烧得滚热、铺满细沙的土炕上，身上随便搭一块干净的布片。"这独特的热沙土炕的幼儿养育方式，

为造就先生健康的体魄奠定了基础。

（二）顽皮泥孩，回味乐趣无穷的难忘童年

谁没有一个五彩缤纷的童年呢？童年总是能勾起人们深情的回忆。先生回味自己童年的快乐光阴，用幸福的笔调为我们展现了他记忆深处的精彩片段："到了能够在地上跑了跳了。我就成了地地道道的泥孩儿，夜晚光着脚板在河边上举火照蟹，白天跳进池塘里捕鱼捉虾，或者踏着黑泥在苇丛中钻进钻出，觅雀蛋、摘苇叶，再就是成天和村里的顽童们打泥球仗。""泥土伴着童年，连着童心，滋润着蓬勃、旺盛的生机活力，可以说，我的整个少年时代都是在泥土中摔打过来的。""这里蕴蓄着强大的生命力，本能地存在着一种热切的生命期待。"童年因为无所顾忌而快乐，童年因为充满生机而美丽，童年因为充满期待而神奇。先生丰富多彩的童年就是这样和泥土密不可分，它传递着先生童年的幸福，在读者心中荡起层层涟漪，引起了读者强烈的共鸣。在我们分享这幸福的时刻，那泥孩儿的形象早已烙印在读者心中。

（三）远走他乡，割断故土脐带的心灵漂泊

远离泥土的生命是孤独的、萎缩的。岁月沧桑，作者对土地的认识也有了超越："自从我离开了故园，也就割断了同滚烫的泥土相依相偎的脐带，成了虽有固定居所却安顿不了心灵的形而上意义上的漂泊者。整天生活在高楼狭巷之中，目光为霓虹灯之类的奇光异彩所眩惑，身心被十丈尘埃和无所不在的噪声污染着，生命在远离自然的自我异化中逐渐地萎缩。"先生把离开故园比作是割断了同滚烫的泥土相依相偎的脐带，从此与母体分割，生命因缺失了应有的营养而苍白，虽有固定居所却安顿不了心灵，成了漂泊者。这让我联想到陶渊明《归园田居》远离世俗、沉醉自然的心境，这心境在《回归》中重现，说明作者传统审美意识的色彩很重。而对那种淡泊宁静的人生的倾心，可以看出陶渊明的田园思想对作者的深刻影响。

(四)回归故土,续上永不涸竭的生命动脉

作者牢记着母亲的话"不亲近泥土,孩子是长不大的"。也许是这个原因吧,当他"急匆匆地踏上这阔别数十载的泥土","便闹了个仰面朝天,彻头彻尾地与泥土亲近了"。这一跌,跌得非常有意义,彻头彻尾地与泥土亲近了,母亲的话"不亲近泥土,孩子是长不大的"再一次被意味深长地提起,真是"此中有真意,欲辨已忘言"。

"我还是喜欢让双足直接踏着大地,亲近泥土。植物托根于大地,与动物不同,它们朝朝暮暮、历久常新地向人类播放着芬芳,灌注着清气。我忽发奇想:只要站在泥涂里久久地凝神伫立,当会自然有一种旺盛的生命力,顺着翠绿的苇丛潜聚到我们的脚下,然后像气流一样,通过经络慢慢地升腾到人们的胸间、发际,遍布全身。"而作者与泥土亲近以后,深深地感到旺盛的生命力重回躯体,续上了永不涸竭的生命动脉。

生命在泥土中成长,作者由幼年到少年;生命在泥土中壮大,作者由少年到青年;生命远离泥土,作者从故乡到异乡;生命在泥土中扎根,作者从异乡归故乡。而精神上对泥土的回归在作者看来更为重要。这一切无时无刻不在昭示着生命的真谛:泥土,永不涸竭的生命动脉。

二、多视角地描绘故乡泥土滋养的生命美景

故乡泥土不仅养育了我们,也给予了我们相依相偎的生存环境。作者饱含激情,多视角地描绘故乡泥土滋养的生命美景。

(一)姿容韶秀的双台子河

故乡泥土滋养的生命美景之一就是那姿容韶秀的双台子河。"我儿时的亲热伙伴——双台子河,这漂流着我的童心、野趣的河,带领我回归'家'的审美之途的河,却还是那么姿容韶秀,静静地载浮着疲惫了的时间,滚滚西流。那清清的涟漪,汩汩的波声,亲昵依旧,温馨依旧,日日夜夜、

不倦不休地喁喁絮语。"滚滚西流的双台子河不倦不休，依旧姿容韶秀，而游子却由"顽憨少年"变得"华发盈颠"。先生有感于双台子河"年年只相似"，而自己青春不再，这怎么让人不心生慨叹呢？双台子河在先生的心中是儿时的亲热伙伴，我能体会先生对她的感情，就像一首歌唱的那样"从来不需要想起，永远也不会忘记"，双台子河已融在先生的血液里。

（二）壮美姿采的红海滩

故乡泥土滋养的生命美景之二就是那壮美姿采的"红海滩——红地毯"。作者用欢快的笔调描写了见到红海滩的兴奋："'啊！啊？——'为一种世间罕见的迷人景观，大家突然齐声惊叫起来。这是一种名为'碱蓬棵'的野生植物，经过海水浸泡，入秋之后变得通体通红，光华炫目，在河岸两旁铺上了绵绵无际的'红地毯'。存在自身的表现力，向来都是超越语言的。尽管一路上已经听过了同行太多的渲染，而且，也在画册上欣赏过它的壮美姿采，但是，当脑子里的奇观胜景突然展现在眼前，化作一种真实的存在，这'红海滩——红地毯'，还是令人惊赞不已，每双眸子都像傍晚的街灯一样，齐刷刷地亮了起来。"红海滩因为有泥土的滋养而姿采壮美！泥土地因为有了红海滩而生机勃勃！

（三）翠野茫茫的苇海

故乡泥土滋养的生命美景之三就是那翠野茫茫的苇海。"与红海滩恰成鲜明对照的，是绿到天边的滔滔苇海。'芦花千顷水微茫，秋色满江乡'南宋词人陈亮的名句在这里有了着落。蒹葭苍苍，翠野茫茫。"

先生热烈赞美姿容韶秀的双台子河、壮美的红海滩、翠野茫茫的苇海这些美景，其含义是深刻的：这些都是泥土地上的生命美景的体现，故乡泥土滋养了这些美景，也给予了我们不可或缺的相依相偎的生存环境，也是无时无刻不在诠释着生命的真谛：泥土，永不涸竭的生命动脉。

三、多方位地探求故乡泥土与生命的关系

先生重回故土,对泥土地有赞美、有感叹、有惆怅,更有多方位地探求故乡泥土与生命的关系。

(一)泥土是一切生命的母亲

泥土是人类的母亲。人们在儿童时代通常都会问这样一个问题:人类生命的本源在哪里?作者回忆了母亲曾讲述的古老的故事:"人是天帝用泥土制造出来的","人一辈子都要和泥土打交道,土里刨食,土里找水,土里扎根,最后又复归于泥土之中。""不亲近泥土,孩子是长不大的。"作者在母亲的灌输下有了深深的泥土情结,泥土是人类的母亲,泥土养育了人类,泥土养育了母亲,养育了我们,作者饱含深情诉说了对泥土地——母亲的热爱之情。

泥土是万物的母亲。一切生命要靠肥沃的泥土滋养。"这里的泥土肥沃得踩上一脚就会滋滋地往外流油,她是一切生命翠色的本源。任何富有生机的物质都想在她肥沃的胴体上开出绚丽之花,而这绚丽的花朵则是这黝黑泥土的生命表现。"泥土是富有的,她是一切生命翠色的本源。

(二)泥土是取之不尽的财富

作者用深情的笔调抒写了对故乡土地的赞美:"当东风吹拂大地,双台子河重新唱起流水欢歌的时节,她便睁开蒙眬的睡眼,充满着柔情蜜意,慢慢地舒展腰肢,以一种天生的母性亲和力和生命活力,为乡亲们奉献出源源不竭的物质资源和精神财富。"

泥土只有奉献,没有索取,泥土养育了人类、养育了母亲、养育了"我",也养育了包括双台子河、红海滩、苇海这世间的万物。作者热烈歌颂泥土无私奉献的品质、博大的情怀、牺牲的精神。这不禁令人联想到母爱的温暖、光明、博大、无私。相比之下,心有惭愧,"谁言寸草心,报得三春晖。"

小草永远无法报答三春的恩德，游子永远也没有办法报答大地母亲的恩德。

（三）泥土是魂萦梦绕的故乡

《回归》描绘了一个普遍的现象：青年时代告别泥土——进城读书——工作——生活在水泥丛林——生命渐趋萎缩。高楼狭巷之中免不了的人世交往的纷扰，心灵也难免受到世俗的束缚。生命的真谛在哪里呢？

这一次先生回归故乡，看到"飘飘洒洒的雨丝风片，缝合了长空和大地，沟通着情感与自然"。而那飘飘洒洒的雨丝风片何尝不是先生和故乡的泥土的黏合剂呢？特别是当他"急匆匆地踏上这阔别数十载的泥涂""便闹了个仰面朝天，彻头彻尾地与泥土亲近了"之后更深深地感到"泥土也许是人类最后据守的魂萦梦绕的故乡了"。"纵使没有条件长期厮守在她的身边，也应在有生之年，经常跟这个记忆中的'故乡'做倾心惬意的交流，把这一方胜境什袭珍藏在心灵深处，从多重意义、多个视角对她做深入的品味与体察。"先生所追寻的这个精神故地，既是他亲历生长的地方，也是一个遥远但却日益清晰的梦乡可以重新体验未被污染的乡村的"童年记忆"。这一次先生回归故乡是幸运的，他找回了栖息心灵的故乡净土，精神重新获得新生。可以说是心灵珍藏泥土，拥有生命动力。也让我们更深刻地体会到："不亲近泥土，孩子是长不大的"。《回归》无时无刻不在诠释着生命的真谛：泥土，永不涸竭的生命动脉。

"为什么我的眼里常含泪水？因为我对这土地爱得深沉"，这也让我想起张大千和泥土的故事。"人情同于怀土兮，岂穷达而异心！"《回归》浸透的是先生心灵深处的生命体验，其感情波澜变化多端，激荡升沉不绝如缕，唤起了读者深深的共鸣。

思想深邃 高洁清雅
——读王充闾《文脉》有感

◎李秀文

在作家变得越来越复杂的今天，我认为衡量作家的主要标准是良知。一个是对艺术的良知，一个是对现实的良知。对艺术具有良知的作家敢于超然于世俗的种种物欲之外，孤独寂寞地把生命投进文学艺术的建设；对现实有良知的作家会自觉地以社会责任感和历史使命感冷静、真诚地剖析人生的大画，勾勒出灵魂的喧响。正因如此，我觉得在复杂混乱的文学中，真正的作品有两种：一种是空灵的；一种是充实的。前者把文学回归到艺术的本身，使文学具有美学意义，进而起到净化灵魂的作用；后者则提倡文学的现实精神，以其思想的深邃、情感的真实、反映生活的准确来震撼人心，起到艺术的启蒙作用。王充闾显然是后一种作家。王充闾的《文脉》显然是后一种作品中最典型的一部巨制。

评价一个作家不能离开他成长的历史。王充闾是在一个不需要说的年代怀着对文学的虔诚和生活的热情走上文坛的。那是一个人性遭到扭曲的年代。因此，从一开始，他的创作便有了双重性和复杂性。他既要把文学写得符合政治的需要，又不能失去文学本身所具有的特征。特定的时代心理迫使他在政治与艺术的夹缝中穿行。当然这种特殊的创作状态有可能磨蚀掉一个学者的灵气，甚至会导致一个作家走向乖巧和虚伪。但是这种担心对王充闾来说完全没有必要。因为即使那个年代是虚假的，但他不是在有意躲闪什么，而是以真实的感情和真诚歌唱着他所理解的生活。

这部总题为《文脉》的心灵史，站在今天的角度重新审视文学也许会有另外的意义。在宣扬"自我"已成"自私"的时候，在表现"个性"已变成"个人"的时候，在商品经济的竞争使人与人的关系更加扑朔迷离，在文学和人性越来越漠然、世故、虚伪的时候，重读这些质朴的语言，我感到一种久违的亲切！我看到一个纯净没被污染的世界。这是单纯的美好和真诚的力量！而且我从中读到一种蓬勃向上的精神！在某些国民对金钱的膜拜达到丧心病狂程度的时候，连同信仰一起陷落的还有人格。而这些叙述中熔铸的精神，正是一个民族应具备却又丧失的精神。这种蓬勃向上的精神形成了王充闾的创作底色，以至影响了他以后的全部创作。也正是这种精神使他顺理成章地继承了我们民族传统的优秀品格，即责任感和使命感。这是王充闾他们这代人人格的典型特征。他们活着，不能不关注别人的命运，不能不思考时代、现实、历史与未来。不论是寂寞还是喧嚣，他们总是主动地把自己的生命注于时代的浪潮。这在目前矫揉造作的不负责任的创作风气中无疑是宝贵的。因此我们不能简单地把这些文集误解成"正统"，其实我们在后来王充闾那些浪漫情调较浓的现实主义作品中依然能看到他对脚下土地的思考，看到那种正直的人格和富有同情心的文学大师的精神。

这不仅仅是就"文脉"写《文脉》，更深深地渗透着作家创作的生命体验，应该说，这个时期王充闾的整个创作基调是规则的、和谐的，但局部是不规则的，或者说是和谐的整体交杂着不协调的局部。他的情感是富有亮度的，但他的思考则是冷峻深厚的。他把人生中独特而真实的感受转化为文脉，他把生活中的酸辛与对人生的理性思考淹埋在浪漫的光环之中。像有的人说：我热爱晴朗；有的人说：我憎恶阴暗，情感的方式不同，思想内核是一致的。所以王充闾表达的是对光明的整体讴歌。这样的创作特色在作者的系列叙事中尤为明显。可以说，《文脉》在整个创作中占有很重要的位置，它充分显示出王充闾的才气和思想的深度。这些用诗一样的语言"编"出来的故事是凄婉动人的。它的整个基调是通过美好事物的毁灭来宣传一种人格的美好和伟大。而美好的事物毁灭时所发射出的人生哲理已超过悲剧故事本身所蕴含的意义。那个基因：大道之行；那个自觉：性本爱丘山；那个大气：扶摇直上九万里；那个平淡：人有悲欢离合……文化是一个民族的根脉、血脉与命脉，是人类心灵栖息的家园。生活对于他们个体生命来说是悲剧的，然而在他们的生命中却寄托着作家理想的人格，所以他们的牺牲便得到了升华并具有了美学价值。值得强调的是《文脉》的叙事成分明显较少，故事仅仅是维系文学的构架，是为作家抒情提供一个背景和场所，让读者在特定的环境中发现作家独特的生命体验和恒久的宗教般的人生思考。这可能就抒情文体与叙事文体的根本区别。文脉的主体是学习优秀传统文化博大的人文蕴涵、高尚的精神旨趣。《文脉》对生活的凝重思考也融化在感情潮水的倾泻中。

如果没有高度的责任感，决不会产生这么具有穿透力的《文脉》。它不仅引起我们感情上的轰鸣，更增强了思想的硬度。这里，作家原来和谐的美学观得到了补充和改造，悲剧的色彩强化了作品的力度。也许悲剧才是对人生的真正的诠释，然而，更让人百感交集的是这些文脉的故事都是悲喜交加的结局，也许生活本身就存在着让人琢磨不清的情节，生活的戏剧化远远比舞台上的剧情更让人措手不及。因此，我们真应该感谢《文脉》，是它给我们提供了这样一个广阔而凝重的艺术空间。

晴朗是王充闾的创作底色。然而王充闾近几年的散文却出现一种不奇不险，以"实""曲"的生活原色来观照人生的艺术新景观。实，是说《文脉》不再受某种框架的限制，而是还生活以真相，还感情以真实。曲，是语言的辐射面，由此及彼的广度。

王充闾这代人，最珍贵的就是能把时代精神转化为自己的思想，加上他无处不在的同情心，使他表现任何题材时都倾注进感情化了的理性思考。作家是自身的产物。作家永远走不出自己的学识、经历和气质。所以王充闾表现的作品是他独特的发现，更是他自身潜在素质的自然凸现。当然我们应该看到这种责任感和使命感附属于某一思想或倾向时，作品便显得拘谨而缺乏张力。明显的启蒙意图会影响艺术创作的自由和作品的恢宏，只有当这种责任感和使命感的外向吸力被剔掉，把这种人格融成作家自身固有的气质，并能自然地以此来观照人生的时候，这种人格才会爆发出广阔而深远的光芒，作品《文脉》才因之而增加广度和力度。

从哪里来？我到哪里去？生命的意义是什么？什么是生存的价值？人已经越来越弄不清自己。是啊！有什么能比这猝不及防的命运更永恒呢？这里我感到一种距离，理想与现实、你和我、有限的生命与无限的宇宙，人无力达到的地方太多了！需要补充说明的是《文脉》结构的长处。作家在开阔的时空中展开情节，早、午、晚、夜四节的时间与内容有宽泛的对应。我们不能忽视的是作者在每节后有一段自身生活现状的记录，这种历史与今天的对应显然强化了力度。在这些段落里，作者绝不是故意夸张他生活的窘迫，而是把这忙乱而又有节奏的生活与历史做形非神似的比较。尽管生活依然存在着不尽如人意的事物，但时间不会停顿，历史不可能抗拒地前进着、发展着。人生也因此而开阔，生活也因此而充实。表现了作者唯物主义的自然观、历史观和科学的现实主义的人生观。

《文脉》另一突出特色便是民族化。民族化首先是人民性。我国传统文人的基本特征是忠于人民。呼民之声，喜与民同，忧自民起。屈原、杜甫像丰碑一样在前面启示着我们。《文脉》绝大多数的篇章都是表现劳动人民喜忧和生活的作品。《文脉》人民性的主要表现就是以人民的爱憎对封建政治与人民之间的矛盾做了入木三分的批判，这种直面人生、愤世嫉俗的精神正是《文脉》之风。其次，《文脉》的民族化表现在它所反映的对象是我们民族的历史和文化中的精华和糟粕。而《文脉》的表现手段、思维方式、语言风格都是我们民族艺术精华集中而完美的体现。因此，《文脉》的成功，使我们对传统有了信心。

王充闾是一个民族的作家、人民的作家。他的创作道路便是一个继承传统、改善传统和发展传统以及与人民同忧乐的过程。他的贡献在于在本民族的土地上，把人生的思考诗歌化，把《文脉》哲理化。他的情感与思想水乳交融，并发射出独特的光芒。这是我们传统的精华，王充闾接过了它，并以不老的创作精神——社会的责任感和历史的使命感，在复杂的文坛上耸起一座令人瞩目的纪念碑。我想，这就是王充闾和他的《文脉》存在的全部意义。

广宇自由飞思想
——学习王充闾先生《逍遥游：庄子全传》的点滴思考

◎ 原学玉

拜读充闾先生的大著《逍遥游：庄子全传》后，掩卷沉思，获益匪浅，感触良多。下面，结合先生这部具有里程碑式的著作，谈谈我的几点粗浅的体会和感想。

一

迟迟未动笔写，不是不想写，而是未想好，不知该如何下笔写。经过很长一段构思，我终于操起了笔。

充闾先生的大著读后，让我想起一则故事：

张宗子《〈一卷冰雪文〉后序》末节云：昔张公凤翼刻《文选纂注》，一士夫诘之曰："既云文选，何故有诗？"张曰："昭明太子所集，于仆何与？"曰："昭明太子安在？"张曰："已死。"曰："既死不必究也。"张曰："便不死亦难究。"曰："何故？"张曰："他读的书多。"是啊，你没有"他读的书多"、没有他的学问大，你怎么就可以随便"诘之"呢？《文选》中怎么就不可以"有诗"呢？

是啊，把"他读的书多"这句话用于对充闾先生的评价恰如其分，先生自幼受到良好的中华传统文化的教育，毕生手不释卷，博览群书，学贯中西，堪称是博学鸿儒。一部《逍遥游：庄子全传》便是明证，没有对春秋战国时期诸子百家著作的广泛涉猎、认真研读，没有深切的体察和透辟的洞见，是断然写不出这部大著的。

还有一个故事，说的是在一次笔会中，一位先生说自己能通篇背诵《离骚》，恰巧碰到一位求书家墨宝的先生，恳求这位先生在条幅中写上这两句："路漫漫其修远兮，吾将上下而求索。"先生竟不知这几乎家喻户晓的两句的出处！窘了，搞得很尴尬：连灵均这样的名言，居然都不熟悉，所谓的能背诵《离骚》，纯属吹牛！当下，这类活跃穿梭于文坛的社会活动家确实是大有人在。

读充闾先生的《逍遥游：庄子全传》，还使我联想到钱锺书先生的传世之大著《谈艺录》和《管锥编》。读钱先生的这两部传世之大著，从中可以体会到什么是读书，什么是做学问，什么是博学多才，什么是大学者，什么是学贯中西。读钱先生的这类著作，对读者而言，无疑是一种考量，一部先生于20世纪40年代写的《谈艺录》，读者如能畅晓无阻地从头至尾读完，算是有学问，是"走近了钱锺书"。我举昭明太子萧统和钱锺书先生的例子，就是要说明一个问题，就博览群书，博闻强记，深厚的文化底蕴而言，充闾先生堪与古今大学者诸如萧、钱等人比肩。

又回到了前面提到的自诩能通篇背诵《离骚》、而在光天化日之下当众出丑的那位先生的故事，说句老实话，论及文化学养，我所了解的那点东西，实在是浅薄得很，肤浅得很，与那位吹牛露馅的先生相比较，好不到哪里去。而学问的高低是不能以是否能通篇背诵《离骚》为考量标准的。一时能背诵下来，日久天长，说不定还会忘却，这也是常有的事。

没有渊博的学识写不了《逍遥游：庄子全传》，也写不好《逍遥游：庄子全传》。面对着充闾先生，我辈真的应该感到汗颜：这点文化水，连沾瓶嘴都不够，还到处张扬、瞎吹什么！

二

2009年中国·营口王充闾文学研究会成立，作为首届理事会的副理事长，我曾为之撰联以赞：

读著名学者、作家、诗人王充闾先生散文诗词感赋

故里争荣，风华露润，真山、真水、真功夫，出真才人、真学者，襟抱春云翔远雁；

群峰共仰，箕斗光昭，新典、新编、新天地，展新气象、新精神，文章秋月印寒汀。

注："襟抱春云翔远雁""文章秋月印寒汀"句，摘自王充闾先生的《七律·写怀寄友》。

充闾先生诗文如海如潮，博大精深，在我看来，如果用最简练的文字评析先生的道德文章，似能用"真"与"新"两个字加以概括。所谓的"真"，即真下功夫、真做学问。这有充闾先生一生风雨无虞，耕耘不辍，写出80余部的等身著作以及大量的读书笔记的事例可作明证。不下真功夫，没有呕心沥血、毕生的辛勤付出是不可能取得如此举世瞩目的丰硕文学成果的。这些成果绝不是那种让人捉刀代笔、投机取巧，靠所谓的"四两拨千斤"拼凑鼓弄出来的，也绝非山头帮伙一时浮躁炒作搞出来的。充闾先生的鸿篇巨制，他人替代不了，道理很简单，他人没有先生那种丰厚的学养、透辟的认识水平和高卓的精神境界，因此，绝对替代不了先生的思想！所谓的"新"，是指充闾先生在现当代文学领域中拓出了一片属于他自己的、不可或缺、不可替代的新天地。仅以《逍遥游：庄子全传》为例，古往今来，研究庄子的著作不胜枚举，但以传记的文体写庄子，是"全传"，而不是零星疏散的片段，堪称是破天荒首创之鸿篇巨制。作者高屋建瓴，站在古今中外历史的坐标上，全面地考量庄子，以生动活泼的语言文字描述了庄

子逍遥游览的一生和特行独立的伟大哲学思想。

《逍遥游：庄子全传》，毋庸置疑，注定是一部中国文坛历史传记体裁开先河的巨著。写到这里，不禁使我想起充闾先生于1987年写的一首诗：

　　　　七律·写怀寄友
　　　埋首书丛怯送迎，未须奔走竞浮名。
　　　抛开私忿心常泰，除却人才眼不青。
　　　襟抱春云翔远雁，文章秋月印寒汀。
　　　十年阔别浑无恙，宦况诗怀一样清。

这首诗收入到充闾先生的诗集《蓬庐吟草》中，是其七律诗的代表作，印证了其从政为文的心路历程、鲜明的个性、博大的襟怀和高尚的人生境界。"十年阔别浑无恙，宦况诗怀一样清"。说得多好啊，纵观先生的一生，彻底地践行了这一诺言：从政清廉，为文清高。这是先生令家乡人、同事、朋友感佩、崇敬的根本之所在。

作为国内外著名大散文家、大作家和省级领导干部，充闾先生很随和，平易近人，礼贤下士，从不端架子，熟悉他的人不称其官职，而常以充闾先生称之；过从较近的同事、朋友更以充闾直呼之。诚如桑梓先贤、现当代著名诗人和散文家吕公眉先生诗中所言："萧瑟宦囊余典籍，未妨终始作书生""才高量雅知君惯，只说文章不说官""立言不独唯辞赋，才子原来是美人"。

窃以为，古往今来，成大事业、大学问者，俱是比较谦逊，从来不摆出一副趾高气扬、目空一切、君临天下、舍我其谁的架势。我曾在一首七律诗写道："日多炽热偏怜草，月是高明最近人。"把这两句用在充闾先生身上是恰如其分的。有如："日"之"炽热"，偏怜小草；"月"之"高明"，更近凡人。古今殊途同归，大哲学庄子是这样的人，大文学家充闾先生也是这样的人。

所以，如同古今学人对庄子的崇仰一样，举世对充闾先生的敬仰，并在其家乡营口建立王充闾文学研究中心和王充闾文学馆，绝非一时的情感冲动和赶潮头，绝非爱屋及乌的地域式的偏好和局限，而是民众发自内心的、由衷的感佩！是充闾先生的高尚的人格魅力和卓越的文学成就感动了家乡的山山水水，也感动了中华文坛。

王充闾文学研究会成立于2011年，表现了营口市领导和文学艺术界有识之士的远见卓识。但是，这个研究会和中心不仅仅局限于营口，它是属于中国、属于华夏、属于时代的。因此，作为大散文家、大作家、大诗人的充闾先生不仅仅是地方的文化名人，也是享有崇高声誉、名播海内外的文学大家。

21世纪初，我曾写过《七律·无题二首》，是有感而发写的，其中一首写道：

> 偏爱孤行耻紧跟，惯投冷眼向豪门。
> 路边花笑妃之贵，鞋底泥嘲王者尊。
> 膝屈高堂唯父母，心仪偶像独乾坤。
> 临巅一览无余物，壮我吟怀是国魂。

从历史的角度看，老百姓、草根族、芸芸众生从来都是不可小觑的，他们有自己鲜明的个性，独立的人格，心中自有一杆秤。并不是随便什么人想青史留名、想不朽就能让大众崇仰的。对充闾先生的人品、文品、道德文章的评价，是文坛大众的呼声和认可，是历史发展的逻辑和必然结果。

所以，每当走进王充闾文学馆，我真的有一种高山仰止的感觉，为家乡能出现这样名播国内外的文学大家而感到无比的自豪。到这样的文学馆参观，除了崇仰之外，还应有几分敬畏，任何一种与学术研究无关联的私心杂念，都是对这座庄严的文学馆的亵渎和大不敬。

三

我被充闾先生的大著《逍遥游：庄子全传》吸引住了，爱不释卷，真的有点着迷了，其中重要的一点不能不提的是它的语言特色。

为了说明问题，不妨引用《逍遥游：庄子全传》的一段话：

如何认识苦乐、对待苦乐，是因人而异的，庄子的苦乐观，有其超越视角和独特的标准。

一是迥于浮世常情。在《至乐》篇，庄子曾发出疑问：

天下有没有至极的快乐呢？有没有足以养活身家性命的方法呢？如果有，应当做些什么，依据什么，回避什么，留意什么，从就什么，舍去什么，喜欢什么，嫌恶什么？现在，人们所尊重的，无过于富足、显贵、长寿、善名；所乐者，无过于安逸、美味、华服、艳色、雅音；所厌弃的，总是贫穷、卑贱、夭折、恶名；所苦恼的，是得不到安逸享受，吃不到美味佳肴，穿不上华丽的衣服，见不到娇姿艳色，听不到悦耳音声——失去这些感官享受，就大为忧惧，以此为标准，来满足形体需要，岂不是太愚昧了吗？

附原文：

天下有至乐无有哉？有可以活身者无有哉？今奚为奚据？奚避奚处？奚就奚去？奚乐奚恶？夫天下之所尊者，富贵寿善也；所乐者，身安厚味美服好色音声也；所下者，贫贱夭恶也；所苦者，身不得安逸，口不得厚味，形不得美服，目不得好色，耳不得音声。若不得者，则大忧以惧，其为形也亦愚哉！

庄子说明，常人以为苦的，他并不看作是苦；而世俗以为快乐、幸福的，诸如物质的充盈、欲望的满足、官能的享受等，他却视之为身外的负担、人生的重累、性命的桎梏，只会导致人性的异化、本根的丧失。对他指斥的这类现象，最后以一个"愚"字作结，可以说是笔力千钧。

这段文字分译文、原文、小结三个层次：译文自然流畅，达到了"信、达、雅"的艺术境界。与庄子的原文比照，如同古今两位大哲人相互之间在做语言交流而频频颔首。最后的小结，作家站在时代的高度，运用马克思主义的"价值观"，对庄子的苦乐观给予了充分的肯定，并做了科学的诠释。类似的例子，在《逍遥游：庄子全传》中，不可胜数。

写《逍遥游：庄子全传》这样大部头的传记著作，搞不好很容易流于说教而缺乏生动形象的描述和引人入胜的故事情节；同时，又容易产生历史资料罗列堆砌的倾向。而读充闾先生的《逍遥游：庄子全传》，却令人为之一振，耳目一新。

《庄子》即《华南经》不仅是一部哲学名著，更是文学、审美学上的寓言杰作典范。庄子是个故事大王，而充闾先生也擅长讲故事，其《逍遥游：庄子全传》，就是作家通过从民间采集的大量的庄子资料、口口相传的名人轶事和《庄子》中许多寓言故事，进而将其有条理、有层次、有情节地加以整理，并有机地串联起来，绘声绘色、滔滔不绝地讲了庄子的一生和《华南经》通篇的历史大故事。读《逍遥游：庄子全传》实际上是听充闾先生讲庄子的故事，入情入理，入心入境，饶有趣味。

《逍遥游：庄子全传》写得如此生动活泼、妙趣横生，得力于充闾先生的全面学养和高超的写作技巧和能力，先生既是大散文家、大诗人，又在史学和哲学等领域有较深广的涉猎和研究。因此，充闾先生笔下的庄子故事既有散文的舒展活泼，又有诗词的形象灵动，还有史学的缜密严谨和哲学的深邃透辟。还须特别强调指出的是：马克思主义中国化对中国春秋战国诸子百家研究的启迪和推动，无疑犹如春风化雨，滋润万物，开启了一个崭新的天地。作为一名党的高级领导干部，充闾先生是深谙此道的。《逍遥游：庄子全传》以马克思主义的辩证唯物主义和历史唯物主义的基本原理为指导，创新求变，与时俱进，把对庄子的生平事迹、心路历程和哲学思想的研究，提到了一个新的高度，开拓了广阔的视野和宏大的格局。

文如其人。同日常交往一样，充闾先生的文章也是平易近人的，毕其一生的等身的著作，就语言风格而言，俱是如此。充闾先生的文章体现了以人民为中心的精神，一以贯之地坚持为人民而抒情，为人民而书写，为人民而歌唱。概而言之，充闾先生的文章是为人民大众而写的。在语言文字的选择、组合和表达方式上，作家首先想到的是让更多的读者能读懂并喜闻乐见。充闾先生的文章可用以下三句话加以概括：通俗易懂、自然晓畅、斯文典雅。叙述描绘的方式通常是：化难为易，推陈出新，由浅入深，深入浅出，在通俗易懂与斯文典雅之间找到了恰到好处的契合点。所以，捧读充闾先生的文章，令人感到可亲可敬，浑似寻常叙家常，娓娓道来；又如饮清冷的山泉水和国酒茅台，雅俗共赏，高下争品。

这一点在《逍遥游：庄子全传》中得到了最充分、最鲜明、最生动的体现。因为读者是在聆听古今两位大哲人、大作家和故事大王在相互交流思想、讲故事，不时地有故事情节和细节穿插其中，并从历史的回音壁上频频传来新时代的呼应和点评，故而读者听起来就更加感到兴趣盎然，余味无穷。

我非常喜爱充闾先生的这种语言风格，它既通俗易懂、幽默风趣，又斯文典雅，而与那种粗俗、轻佻、艰涩、古奥、生硬蛮横、佶屈聱牙、不文不白、不中不洋、云山雾罩、莫名且糊涂的文章拉开了距离。读充闾先生的文章不费力，让人感到爽快、愉悦和轻松，是一种真正的艺术的享受。说来简单，实际操作，在语言文字上能达到这种炉火纯青的化境，谈何容易！有如相声、评书、知识讲座等语言艺术，有的搞了一辈子，也未曾入门，这不仅仅是个功夫、文化积淀的问题，还须有天分，而天分不是花大气力就能获得的。

四

七律·岁末抒怀

行藏奥蕴任猜评，暂息蘧庐七二庚。

　　　　　　　入仕碍难存至性，耽诗端可慰平生。
　　　　　　　青云鸿鹄高天侣，燕石湘兰大雅情。
　　　　　　　鸥鹭不争车马道，狂庄圣孔伴鼾声。

　　这是充闾先生于2007年岁末写的一首诗，它与1987年先生写的《写怀寄友》，前后整整相隔30年，堪称是抒情言志、相互辉映、珠联璧合的姊妹篇，也是开启、理解《逍遥游：庄子全传》的一把金钥匙。

　　"入仕碍难存至性，耽诗端可慰生平。"说得何等透彻啊！囿于主客诸多条件的制约，有些想法是不便于直抒胸臆的，而只能通过诗歌一类的东西，含蓄委婉地表达。在《逍遥游：庄子全传》中，古今两位大作家、故事大王穿过2000余年历史的时间隧道，彼此终于见面了。以寓言故事的形式对话，交流哲思，倾吐衷情，无拘无束地说出了彼此埋藏在内心深处的隐衷、苦衷，结伴成行，完成了超越于时空的局限、扶摇万里的逍遥游。

　　《逍遥游：庄子全传》，这部巨著的书名可谓是匠心独具，"庄子全传"冠之以"逍遥游"，大有深意焉："逍遥游"是概述了庄子本人的一生的心路历程，俱是在作"逍遥游"，提炼了《庄子》即《南华经》的宗旨和根本：个性张扬、自由独立、藐视神圣、无所倚傍！也就是后来者所谓的自由之思想，独立之精神。

　　如前所述，充闾先生给人的印象是随和、平易近人的，而实际上先生的个性很强，特行独立，是颇有棱角的："埋首书丛怯送迎，未须奔走竞浮名。抛开私忿心常泰，除却人才眼不青""鸥鹭不争车马道，狂庄圣孔伴鼾声"。这掷地作金石之声的清词丽句表明了作者不为名利困扰、不与浊世同流合污、清正廉洁、清雅卓迈的高风亮节，进而实现了文品与人品，文格与人格的完美统一。充闾先生的全部著作处处体现了这种思想和精神，走自己的路，我笔我心赋我文，不赶时髦，不追时尚，不随声附和。在不忘初心、牢记宗旨、恪守操守、追求自由、个性张扬、遗世独立等方面，充闾先生与庄子彼此的心绝对是相通的，是"身无彩凤双飞翼，心有灵犀一点通"。这种根深蒂固的文化基因和思想理念,持之以恒的坚持,几十年如一日,从未动摇,殊为难能可贵。

充闾先生的人生经历、心路历程和他的等身著作,彰显了其作为一个中国人、中国共产党人、党的高级领导干部、学者、作家的名节、理想、情操和政治良知。

"作为首倡人的自由解放的伟大思想家,庄子视自由精神、独立人格、自然天性、逍遥境界为人生的终极价值;主张与道冥一,物我两忘。"

"在庄子看来,万物本乎自然,一切都是相对而存在的;万物本齐,物我可泯,死生一如,有无、大小、美丑、是非无不处于相对状态;唯于生命自由、精神解放持绝对态度。这种不依凭任何条件的'无待'的绝对自由,尽管不过是停留在精神层面上的一种理念,但在天下滔滔、举世迷狂的时代,面对颠倒众生的心为物役、人性异化的残酷现实,仍不失为一服净化灵魂、澡雪精神、提振人心的清凉剂。也正是这种绝对自由的精神追求与思想理念,使他获致了一种超拔境界与恢宏气象。"

充闾先生的这两段论述十分精彩,是对庄子逍遥游中所倡导的自由之思想、独立之精神的透辟又具有独到见地的阐释。纵观充闾先生人生的心路历程和写作生涯,其精神世界孜孜不倦追求的就是这种超然于物外的自由和独立,思想在不断地冲破牢笼,不断地获得解放,遨游于寥廓的天地之间,从而获得人生境界的超拔和文章气象的恢宏。

人文三部曲——《文脉》《国粹》《逍遥游》,这是充闾先生晚年向世界推出的鸿篇巨制,在先生长七十余年的写作生涯中具有里程碑意义,在当代中华文坛享有盛誉。也许是个人的经历和偏好,这三部巨著,我最喜欢读的还是《逍遥游:庄子全传》。因为这是在听古今两位故事大王相互交流、对话、讲故事,什么井底蛙、土拨鼠、多脚虫、炀蹶子马、蝴蝶、蜗牛、鸣蝉、野雉,还有龟呀、蛇呀、鱼呀、鸟呀,都是日常接触过的,眼熟得很。读这类寓言故事,仿佛又回到童年时代的童话世界中,所以,感到很亲切,很有兴趣,加上充闾先生透辟的诠释和妙笔生花的描绘、润色,联系我这个年逾七十的老者的人生经历，未免引起几多慨叹，并从中获得一点点感悟。

看到充闾先生在"人生减法"（第六节）中援引庄子对生死、苦乐、功名、人生终极等的论述并加以明晰透彻的阐释，颇受教益，这让我想起了一个小故事，不妨也借题发挥讲一讲：

二十多年前吧，一位熟悉我的朋友对我的评价是"纯知识分子"，接着又补充说了一句："百分之百的纯知识分子！"我很欣赏朋友对我的这个评价：

① "知识分子"，这个评价不周延，还须在其前面加个修辞词："纯"；

② "纯"，为了做出更精确的界定，还须进一步做精确的定量分析，测定结果是：百分之百！

"百分之百的纯知识分子"，个中玄机，这位朋友不好意思直接向我挑明，说白了，就是一个十足的、不折不扣的、不谙世故、不识时务、不会变通、只认死理的书呆子！绝对是属于"百分之百"的痴、傻、茶、呆型的。

为啥这么"纯"呢？咋就不能随其波、逐其流呢？

① 这与我长期接受的教育不无关系，物欲横流时期出现的一些反常的现象，对我而言，是格格不入，甚至是深恶痛绝的！我不相信这种极端的丑恶现象能长久持续下去。

② 这与我的性格不无关系，很倔、很犟、"很古板"（朋友语），我不会轻易放弃曾一以贯之追求的信仰、一以贯之坚持的操守；

③ 我是从人生终极的结果认识问题的：

a. 人生有限，不过百年；

b. 人死即了，管不了身后事；

c. 手的功能有限，一手遮不住天；

d. 大厦千间，夜宿八尺；

e. 我是微不足道的，充其量不过是一粒沙子。

把这几点想到了，看透了，对于眼前发生的纷繁炫目的一切，也就无所谓了。正可谓是：看透人生一张纸，浮云过后是青山。

因为百分之百的"纯"，所以，我的晚年生活是在不断地进行"减法运算"，很简单，也很明了，用平面几何加以描绘是直线条的：一根筋、一股肠、一条道、一个念想：每天吃好、喝好、睡好、玩好（讲授诗文欣赏课）！因为简单明了，甩掉了许多"不争取"的包袱。所以，精神没负担，走起路来，格外轻松；因为轻松，所以，我很快乐；因为快乐，所以，我的免疫功能很强，很少染病；因为很少染病，所以，我的身心比较健康，至今仍然能"登台讲课表演"："夸夸其谈、滔滔不绝"；因为健康、因为能"登台上课表演"，所以，我的晚年生活增添了几分成就感和色彩，油然而生的就是几分幸福感！

因为百分之百的"纯"，所以，我的晚年的社会交往少了不少拖累和麻烦，平添了许多宽慰和快活。

我给自己确定了"三不交往原则"：

一、不蹚浑水，道不同，不足与谋：大路朝天，各走半边，各玩各的，决不自作多情，自讨麻烦，敬而远之，避而远之；

二、不接招，如同拔河，看都不看，走人；

三、不生气，不用别人的错误惩罚自己，淡然付之一笑。

我每天都很忙，孩子们提醒我：老爸你都多大年纪了，还那么忙？小心体力别透支，悠着点儿干吧！我曾撰写了一副自嘲的对联：

傻乐心常泰
瞎忙气自舒

真的，我很快活！但也是有底线的：

一、这差事，我感兴趣；

二、干这差事，开心，不惹气；

三、干这差事，很轻松，不累。

这三条缺一不可。有一条不达标，绝不参与。

我的生活轨迹和心路历程归结到一点，就是四个字：简单明了！

我曾写过一首七律，其中颈联是：

园经春夏繁华减

色历沧桑厚重添

这姑且算是学习庄子的一点收获吧。"生活减法"，说得何等的透彻啊！感谢庄子、充闾先生等古今大师们对我这草根族、凡夫俗子的开悟！

充闾先生的人生是成功的。"宦况诗怀一样清"，居然获得从政为文的双丰收，而且不是一般的收获，是蜚声海内外、名昭后世的大丰收！从历史角度考察，王充闾先生的从政为文绝对是一种不容忽视的历史现象，而历史的评说和考量是须有周期的，说是走近王充闾，又谈何容易！相信随着时间的推移，研究工作的不断深入，人们会越来越看清眼前这座耸入云霄的文学高峰。

临末，谨呈我于2009年春季写的一首习作，以表达我对充闾先生和他的大著《逍遥游：庄子全传》的崇仰之情：

七律·雕

膺填义愤目常瞋，岂是笼中物好驯。

广宇自由飞思想，危崖独立蓄精神，

堪叹举帜陈王涉，翻笑弯弓铁木真。

百代风流重数点，与君几个共遨巡。

超越与回归
——王充闾"人文三部曲"的人性历程

◎朱　彦

内容提要：王充闾是中国文化的一面旗帜。"人文三部曲"以诗性智慧审视传统文化，人性角度揭示历史发展的内在规律。"历史通心""诗性人生"的主张闪烁着庄子思想的光辉。张扬个性、超越理性、回归人性是"人文三部曲"最基本、最生动的审美历程。

关键词：张扬个性；超越理性；回归人性

王充闾"人文三部曲"从个性出发，超越理性，回归人性，在生命的体验中开启文化之旅。《国粹：人文传承书》挖掘历史文化宝藏，让时空与人心对接。《逍遥游：庄子全传》从人与自然的角度体认历史，探索生命的价值与意义。《文脉：我们的心灵史》深刻阐释儒释道之间相生相发的内在联系，用唯美思想进行生存智慧的深入探讨。"人文三部曲"以崇高的中国情怀、深厚的人文意识、完美的哲学思想唱响了中华民族的赞歌。它体制恢宏，风格疏朗，题材广阔，格调飞扬。从山川物理到自然造化，诸子百家到历朝当代无所不包、无奇不有。深广的宇宙意识、独立的天地精神、浓厚的家国情怀如一道光华，映射神采、洗涤精神、震撼心灵。

一、个性与天然在真我的灵根中跳动

用个性光芒探索传统文化的精神宝藏，是"人文三部曲"思想艺术的灵泉。《国粹·中国心》从人的角度出发，探赜中国历史发展的足迹，从中寻找到人的存在意义，填补不可或缺的主体精神。它以"通心"之眼品读历史，俯察人生，消除屏障，沟通时空，进入历史的深处，通过"遥体人情、悬想时事"直抵古人心源，进行心灵的对话，提出了"历史通心论"的崭新主张。"历史通心论"就是从"心"出发，寻找历史，寻找源头，在充满矛盾的历史世界中寻找个性，呼唤记忆，进行人性的反思与考量。《文脉·诗中至美》从矛盾差异性角度解读诗经《蒹葭》，用诗性表达情性，塑造"溯游从之，宛在水中央"的个性之美。"游动于字里行间的炽烈情怀，拌和着心灵轨迹，构成纯然的生命写意"（王充闾《豪华刊落现真淳》），这种"写意"就是"人文三部曲"的个性与天然；就是用个性熔炼成的声韵之美、情境之美、意蕴之美；就是诗的任性在听觉、视觉、感觉上的重复与映现。

灵性在"人文三部曲"中跳动。《文脉·凤求凰》带着灼灼真情走进作者营造的审美殿堂：以小说的笔法，记叙卓文君与司马相如的爱情故事，演绎不朽的人生本性。《白头吟》是卓文君爱情宣言与个性呼唤的代表作，"高山积雪"拟爱情之纯洁；"沟水东西流"示爱情之悱恻；"愿得一心人，白头不相离"表爱情之坚贞；"竹竿何袅袅，鱼尾何簁簁"述爱情之欢悦。它以优美的笔触阐释卓文君的个性主张，赞叹"惊人的勇气和超凡的胆略"，赞美冲破藩篱、向往自由的人生态度和缠绵果敢的理想追求。《国粹·千古文人心》展开了作者与李白在历史时空的一场心灵对话：

"我沐浴着淡淡的秋阳，专程来到青山，满怀凭吊真正的艺术生命的无比虔诚，久久地在李白墓前肃立，风摇柳曳，宿草颠头，仿佛踊身千载之上，亲承诗仙謦欬，同他进行一场跨越时空的无声对话。"

这是王充闾登当涂青山，拜谒李白墓的真情表述。这里的"真正艺术生命"就是李白的个性人生；"对话"就是作者对李白高蹈狂肆精神的探问与阐释。李白的个性艺术是由他自己的人格特性决定的，他的整个人生经历了坎坷，充满着矛盾，交织着生命的焦灼与痛苦，是一部悲剧。人的成长过程就是个性化存在的过程，由于历史及其政治制度的局限，李白的个体化存在变成了异化环境，促成了李白的个性命运。李白的个性决定了他的灵性，决定了他飞扬跋扈的诗酒精神；他的诗酒精神演绎了他以"庄屈为心，儒仙侠为气"（刘士林《中国诗学精神》）的放浪情怀。《国粹·千古文人心》与李白的时空对话，深入分析了李白个性命运成因及其必然结果，揭示了深刻的悲剧精神与中国文人的个性心态，展示了一道凄美的人生风景，引导我们高举个性大旗，痛饮生命之华筵。

"文艺的生命线在于真情灼灼"是王充闾对中国文学艺术的深刻批判。《文脉·词心》以作者的真知灼见品读词人，洞察人生，展开了至情至真的个性化精神的批判。纳兰性德以情为根以真为本，在灵根闪烁中擎起情感大旗，成为中华爱情诗词一道亮丽的风景。他把爱的升华同艺术创造的冲动结合起来，以至情至真的诗意透析唯美意象，展现个体生命的内涵，"从而结晶出一部以生命书写的悲剧形态的心灵史"（王充闾《文脉·词心》）。《文脉·词心》刻画了纳兰性德酸楚的词意人生和人格魅力，落拓不羁的个性与超凡脱俗的品格，用真情写照真实的感悟与真实的生命，以炽热的真捧出赤诚的心，为古人吐块垒，今人发肺腑，诗人撼心魂。

用飞扬的个性解读咏庄诗，深入阐释庄学是"人文三部曲"的关钥。《逍遥游·诗人咏庄》从咏庄诗出发，寻找庄学的奥秘："嘉彼钓叟，得鱼忘筌。郢人逝矣，谁与尽言"（嵇康《赠兄秀才入军》），用徐无鬼的故事抒发知己难寻的感慨。"迈迈庄周，腾世独游"（夏侯湛《庄周赞》），用庄子的超迈态度取次人生，寄托初衷。江总《庄周颂》用"化蝶""翔鲲"的意象解读庄子的浪漫情怀和不羁的个性，直抵不拘于物之真处。"不得庄生濠上旨，江湖何以见相忘"（陆希声《观鱼亭》），抓住诗眼，紧扣"相忘于江湖"的题旨抒发个性。王安石《题蒙城清燕堂》"飘然一往何时得，俛仰尘沙欲作翁"，深刻表达飘然一往的人生真愿。钱选《题山居图卷》"安得蒙庄叟，相逢与细论"，用庄子的思想剖析出世的根性。岳珂《夜读庄子呈高紫微》"从此二经束高阁，为君终夕读名篇"，高举庄子超拔独步的个性大旗。高适《宋中》"古来同一马，今我亦忘筌"，以深邃的思想揭示生命的自我。白居易《读庄子》"为寻庄子知归处，认得无何是本乡"，用个性思想阐释返本归真的意愿。

庄子"自本自根""自化与自然""独与天地精神往来"的思想贯穿在"人文三部曲"中，主体审美体验获得了第一次超越。这种超越使个性获得了张扬，张扬的个性呼唤久违的人性，举起真我的大旗，走向生命的里程。

二、人生价值与哲学意蕴的深度追求

《中华传统文脉》作为《文脉》一部之纲领，通篇融贯作者的认知世界、解悟人生、关爱生命、探索心源的思考，用本体论、认识论的方法解析中华文化根脉，演绎传统文化的自信，丰腴人文精神的血肉，析理中华美德的经络。中华民族用古老的智慧高唱天人和谐、道法自然的颂歌；启迪居安思危、自强不息的理性；呼唤厚德载物、仁者爱人的心灵；吹响日新月异、天下大同的号角。《文脉·中华传统文脉》引导我们以哲学的态度选择视角，提出问题，交代方法，开启思维探索之门。《文脉·大道之源》把《周易》列为群经之首，启发我们以哲学的理性认知宇宙，探索本源；用易学智慧之水解玄探秘，洗心革面。《周易》作为"中国智慧"成为解读人生密码的宝典，"一部辩证的宇宙代数学"（冯友兰语）。其生存智慧、忧患意识、进取精神通过简易、变易、变通的思想表征出来，让我们知几著微，通观达变。周易历经数千年沧桑，已成为中华文化之根，朝乾精神、夕惕意识、艮止思想、鼎新理念塑造了中华民族的文化精神。"时止则止，时行则行；动静不失其时，其道光明"（《易·艮》），如一盏明灯，照耀我们与时偕行。

"庄子的不朽杰作，是在一个诗性最匮乏的时代，却以其熠熠的诗性光辉，托载着思想洞见、人生感悟、生命体验而泽被生民，垂范后世"（王充闾《逍遥游·时代巨人》）。第一个把庄子思想概括成诗性智慧产物的是王充闾，第一个把庄子思想提高到"泽被""垂范"高度的也是王充闾。王充闾对庄子思想的信笃与感悟到达了识虑闳深、论断精辟、独树一帜的地步。运用诗的本体论观点解读庄子，把庄子思想放到中华民族诗性智慧的高度，创造了批注庄子的发端。王夫之以"即物以物物"（《庄子解》）阐发庄子智慧的思维方式，试图打破逻辑层次对思维能力的束缚，冲破生命主体及二元论思维的影响，恢复久违了的"本质直观"的诗性能力。王充闾与王夫之相通，通过生命悟化、灵襟感动、至人无己、澡雪精神、超拔境界来深入解读庄子，真正使诗与哲学走到一起。

《国粹·历史周期律》以变化的眼光，站在哲学的高度，透过历史云烟，看人生世事，兴盛亡衰，揭示兴勃亡忽之理。王充闾的《口占七绝四首》充满了理性的感喟：

浑河今古浪翻新，悲笑兴亡照影频。东上朝阳西下月，一般光景有深沉。
十三遗甲困龙申，星火燎原势若神。六合乾坤如电扫，兴勃亡忽果何因。
八荒同轨谈何易，寸草为标虑亦深。讨债跟踪还债者，拓疆卖国一家人。
兴王祖迹久成尘，谁记当年万苦辛？鼠尾龙头堪浩叹，英雄自古少传人。

诗人以游记的体裁、意象批评的手法深入历史，观照现实，感叹兴衰，从唯物主义出发，深挖历史周期的内在规律，深刻批判封建制度的"劣根"。抚顺乃浑河发源之地，大清兴起之根脉，用"浑河"兴起，借代前朝，统领全篇。用心于景，实现物象与情象的双重叠加。"朝阳"与"落月"以实设虚，通过天象自然象征历史必然。以日月轮回之表象，象征大清兴衰之史实，含蓄自然，不失"浅深聚散，万取一收"（司空图《二十四诗品》）

之法度。"十三遗甲"紧承"浑河",赞努尔哈赤开基立业,功垂千古;"六合乾坤如电扫"谓大清中原跃马,扩土开疆;"兴勃亡忽果何因"用典深婉,发出"其兴也勃焉,其亡也忽焉"(《左传·庄公十一年》)之喟叹。"八荒同轨谈何易,寸草为标虑亦深"用哲学态度评观历史,阐发理性,赞叹大清的八荒一统,康熙的"寸草为标"。"拓疆卖国一家人"痛快淋漓地评价历史,揭示规律,闪烁理性的光辉。

《国粹·诗词密码》是王充闾深度追求人生价值与哲学意蕴的代表作。作者以漫谈的方式抒发游览戈壁雪山的亲身经历,发掘并梳理诗词的理性深度和情感高度,启发人们用"情"这把钥匙打开神圣之门,进入辉煌的殿堂。

断续长城断续情,蜃楼堪赏不堪凭。依依只有祁连雪,千里相随照眼明。
邂逅河西似水萍,青衿白首共峥嵘,相将且作同心侣,一段人天未了情。
皎皎天南烛客程,阳关分手尚萦情。何期别去三千里,青海湖边又远迎!
轻车斜日下西宁,目断遥山一脉青。我欲因之梦寥廓,寒云古雪不分明。

王充闾的《七绝四首》把一条情感之线,串上内心的脉动,带着理智向我们走来,犹如"云峰雪岭的素洁脊线蜿蜒起伏,一直延伸到天际,一块块咬缺了完整的晴空"(王充闾《国粹·诗词密码》)。《七绝四首》为我们找到了自然与情蕴叠加的解读密码:

1. 造化与心源合一。祁连雪千里相随,起伏入眼,断续连情,人与自然相通相化,营造了物我的世界。

2. 空白与意会。"我欲因之梦寥廓,寒云古雪不分明",在不即不离间留下了理性的空间。

3. 移情于物。把对祁连山的眷恋之情,归结到"寒云古雪"的景物之上。

4. 形象建立在逻辑思维之上。"断续长城断续情"从审美体验出发,以丰富的情感揭示哲理,"断续"二字重复递进,简约而有力度。

5. 立意为宗。"一段人天未了情"紧扣题旨,突出意象,用赋象表征情象,阐发深邃的道理,给人以美的享受。

6. 析入哲理,寄托情感。"皎皎天南烛客程,阳关分手尚萦情"用"烛""萦"两个动词体验鲜活超拔的理性与情性。

"哲理"是"人文三部曲"散发的充满人性的智慧与芬芳,是自然意识的深度觉醒,诗学意蕴的深刻追求,审美体验的第二次超越。这种超越就是理性透入人性,哲学意蕴赋予人生价值,把诗性思维建立在理性之上,展开翅膀向生命的空间翱翔。

三、诗性智慧与生命意识的回归

《文脉·逍遥游》从乘物游心的角度提出了庄子生命艺术化的思考。庄子思想从一开始便集中在一个以生命为中心的哲学命题上,它既是生命的哲学,又是生命的诗学,实质是一部人类情感的乐章。"庄子的'诗化人生'活灵活现地画出一个超拔不羁、向往精神自由的哲人形象,映现出庄子的纵情适意、逍遥闲处、淡泊无求的情怀"(王充闾《文脉·逍遥游》)。"诗化人生"是王充闾游历凤阳,通过濠上观鱼对庄子诗性智慧的研判。庄子思想是"古代社会诗性智慧的产物"(刘士林《中国诗学精神》),诗性人生与诗性智慧同声相应同气相求,在《文脉·逍遥游》中找到了归宿。庄子诗性智慧的本源是悠然忘我、静照忘求,在深沉静默的观照中忘记一切尘世的欲求,充满了生命的本体意识和诗性智慧。庄子在静照忘求中实现心与自然的交融,他从不把自然看作无生命的异己的存在,而是与自然宇宙存有一份"如鱼在水"的相契。正是对这种哲学精神的把握,才产生了"静照忘求"的审美体验,使人们徜徉自然,感受自然的大化生机,沉浸在人与诗性智慧的交融之中。《文脉·逍遥游》告诉我们,澄明透彻的精神世界创造了审美自由,这种自由超越了物质世界的实在性,超越了不自由的"我"。"坐忘"与"澄怀观道"正是这种诗性智慧的觉悟,也是生命意识的崇高表现。

人性历程实际上是一个向本体回归的过程。《文脉·自在心》用本我之心洞察世界，阐释陶渊明，读解往归自然的真实意义。陶渊明深得庄子思想的精髓，在一份天然的真我中彰显出世的智慧。

"结庐在人境，而无车马喧。问君何能尔，心远地自偏。采菊东篱下，悠然见南山。山气日夕佳，飞鸟相与还。此中有真意，欲辨已忘言"（陶渊明《饮酒》其五）。

"在这里诗人，秋菊，南山，飞鸟各得其乐，又融为一体，充满了天然自得之趣。情境合一，物我合一，人与自然合一，诗人好像完全融化在自然之中了，生命在那一刻达到了物我两忘的超然境界"（王充闾《文脉·自在心》）。这不仅是对陶渊明的诗意解读，更是人性与自然、超越与回归的高度概括。王充闾把陶渊明秋日自然的愉悦变成了道的体悟，紧紧抓住"心远""真意"，作为通篇之眼，用剥皮之法层层深入，直抵骨髓。"结庐"提起全篇，引领"心远""真意"；"人境"借代世外之景，不喧嚣之地，凝缩了下一句的远、偏；"问君何能尔，心远地自偏"用问答法，呈现"真意"的渐进思维过程；"采菊东篱下，悠然见南山"一篇神采所在，全作"远"字状语，在心灵的沉寂与虚静中跳跃生命的律动，营造鲜活的意象；"山气日夕佳，飞鸟相与还"以"少有道契，终与俗违"（司空图《二十四诗品》）的超诣精神，丢下尘心直奔"人境"，是"悠然见南山"的继续与深化。王充闾先生否定原始与文明价值批判的二律背反，高唱精神与道德完美和谐，生命与自然高度统一的赞歌。"此中有真意，欲辨已忘言"以人性和自然的"晨光熹微"摆脱社会束缚，回归充满魅力的自然本体，达到全新的精神境界。"真意"是大自然的返璞归真，天地精神的序曲，人生与生命的归宿；"忘言"是一种生命的感受，人性回归的呼唤。两句寄兴深长，托意高远，是诗性智慧的结晶。王充闾把陶渊明放到"心无一累，万象俱空"的自然境界去体味评价，阐发其人淡如菊的本性，抒发其生命意识的寄托。

"人文三部曲"用诗性诠释人性，用人性呼唤生命，人性回归是王充间审美体验的第三次超越。三次超越的过程是从个性到理性、从理性到人性的回归过程，它帮助我们寻找自我，寻找生命，寻找安顿精神的家园。

当我们去品读"人文三部曲"时，就会发现那里充满了神奇与惊叹，更加明晓文化是历史进程的符号，精神是社会发展的产物，自然是人性成长的加工厂；当我们用无常形的眼去探微"人文三部曲"时，就会懂得眼界从游历中来，思想从沉静中得，文章从襟怀里出；当我们用无常住的心去感受"人文三部曲"时，才会知道"以诗言之，第一等诗；以议论言之，第一等议论"（《晦庵先生朱文公文集》）；以散文言之，第一等散文评王之真切。一部"人文三部曲"无时不在、无处不有地闪现作者的个性思考、理性追求和人性的光辉。它如一曲超拔激越的号角，吹响了人本性的赞歌，激励我们用大德大美的诗性智慧，热爱自然，向往未来，扬起生命的风帆，驶向充满诗意的彼岸。

古今的生命对话 心灵的隔空共振
——解读王充闾散文集《国粹》

◎李　阳

王充闾的《国粹》以散文的形式将历史纵深处的人与事娓娓道来，展现出深刻的哲思与情怀。在文学创作日益商业化、世俗化的当今，王充闾的散文创作以自觉的深度意识、对人性的关注以及对诗性生命境界的高扬诠释了人文精神的内涵。

一、散文创作的自觉深度意识

作为一本历史散文集，《国粹》对历史事件以及历史人物的描述与剖析并非仅仅停留在转述史料的层面，而是从某个历史事件或者历史人物说开去，层层抽丝剥茧直探最为幽微隐秘的内在根源，极具哲学意蕴和思辨色彩。这种创作方式使得其中的各篇散文读起来深邃隽永、引人深思、令人回味。实际上，王充闾散文作品中所展现出的哲学深度与他创作中的深度意识密不可分。

这种对深度的自觉追求首先体现于他的创作过程。王充闾以治学的严谨态度搜集资料、整理文献、归纳总结、辩证视听，他直言自己"在阅览史书的过程中，总是随读随记，一切有关人物品鉴、人才理论、人生遭际、命运抉择、人性发掘、生命价值、功过得失、事物规律等诸多心得体会，即便是吉光片羽、点滴感悟，无不认真记下；然后，进行分析、排比、归纳、综合，包括对于史实的重新把握；在此基础上，通过古今联想，中外比较，历史哲学的思考，人生智慧的升华，以及对于人物、事件及其演进变迁的认识与感悟，加以联结与组合，最后按照一个个专题用文字整理出来。"这种堪比学术研究的创作方法使得他的散文不是对历史事件的浅表叙述或者简单罗列，而是理路清晰、思维辩证、充满哲思的书写。虽然言语之间处处谈论着淹没在时光深处的人与事，但是在文字之外又时刻渗透着作者纵横比对、穿越古今的深刻思考与人性追问，对当代生命个体的现实生存与价值考量具有极大的启发性。

这种深度意识还体现在他对史实的深度思考之中。以法国哲学家福柯为代表的新历史主义曾指出：历史充满断层，历史由论述构成。王充闾对新历史主义的观点没有明确表态："国外新历史主义的'文学与历史已不存在不可逾越的鸿沟''历史还原真相本身也是一种虚拟'的观点，我们且不去说。"但是在他对历史事件与历史人物的分析中却运用了与新历史主义相似的思考方法，他指出史料从某种程度上来说是一种义理正确与事实真相的混合体，"历史是一次性的，当一种事物成其为历史，作为'曾在'即意味着不复存在，特定的人、事、环境尽数都消逝了。那么，未曾'在场'者（时人或后人）在恢复历史原态过程中，有时就要依据事件发展的规律和人物性格的逻辑，进行必要的充实与渲染，其间更是难免存在着不同程度的主观性介入。"由此可见，在王充闾看来，历史是一种表述，历史表述过程中的权力话语、礼教规范、义理习俗等因素共同决定了叙述主体的视角与口吻。正是基于这样的历史观，王充闾在历史散文的创作中，不拘泥于史料，而是以文学家的想象以及哲学家的思辨，对历史人物彼时彼刻的心灵状态以及历史事件的个中原委进行既合乎情也合乎理的推想，这种推想让读者感到如临其境的亲切，也感到醍醐灌顶的透彻。历史在他的散文中别有一番滋味，引发了历史人物、作者、读者之间心灵上的强烈撞击与隔空共振。

对于创作中的深度意识，王充闾在他的《渴望超越——关于文学创作深度意识的探讨》一文以及《国粹》《文脉》等书中均有过明确的表述。他认为，当今的读者已经不再满足于从阅读中获得浅层的消遣和娱乐，而是期待通过阅读增长人生智慧进而认识自我、叩问生命，获得精神上的深层感悟与超越。因此，历史散文有必要进入历史深处，与消逝在时间长河中的古人进行生命的对话，并将古人的智慧与胸怀、经验与教训带给今人，通过散文创作在历史与现实之间架起一座沟通的桥梁。

二、在历史裂隙处关注人心人性

人性是复杂的，人心更是瞬息万变。正是这复杂的人心与人性构成了历史事件的肇始源头，也是千百年来文学佳作的核心要素。文学即是人学，历史又何尝不是？历史事件由人主导、史书著作也由人来记述，人在历史中始终发挥着主体的能动作用。从某种程度上来说，正是人心与人性决定着历史事件的起承转合与最终走向。王充闾对这一点尤为看重，因此，他在《国粹》一书中表现出对人心与人性的特别关注。

他将这种关注概括为"读史通心"。在阅读史书、整理史料的过程中，不做旁观者的苛责与评判，而是以当事者的姿态主动"参与"到历史事件中来，透过时空、物我的种种阻隔，设身处地地加以体察，感同身受的加以理解，"直抵古人心源，进行生命与生命的对话"。在这样一个古今对话的过程中，既有对古人的心灵叩访也有对今人的人性追问，在这种状态下的历史散文写作与阅读无论如何都不可能是无关痛痒、超然洒脱的，而是充满着深深的感怀与悲悯。在《国粹》一书中，他写到了形形色色的历史人物：有炎帝、黄帝这样的先民初祖；有庄周、孟轲这样的思想巨擘；有嬴政、赵佶这样的君王；亦有秦良玉这样的女杰；曾国藩这样的将相；严光这样的隐士……应该说，这些历史人物不论在当时当世还是在历史烟波中，都既有外在的公众形象又有内在的心灵镜像。历史人物的外在形象往往被世人所知而逐渐脸谱化，成为一种标签式的存在，然而历史人物的心灵镜像却是幽微隐秘的，在内心深处的某个角落独自沉吟、鲜为人知。在王充闾的散文中，这些历史人物被揭开了固有的脸谱，再一次鲜活生动起来，以内在的心灵镜像示人，散发出或明或暗的人性光彩。在《隐士》一篇他写到了中国古代的隐逸文化，他认为历史上的隐逸之士并非素来无心功名，他们也有入世与出世之间的心灵煎熬与意志摇摆，"任何一个隐逸的士人，自幼接受的也都是儒学的教育。修身、齐家、治国、平天下的奋斗目标和太上立德、其次立功、其次立言的人生'三不朽'抱负，从小就在头脑里扎下了深深的根。他们总是以社会精英自居，抱着经邦济世、尊主泽民的理想，具有极其强烈的自我实现的愿望"，然而在现实环境下，这些隐士无论是仕途阻塞、心灰意冷地被动退出或是心性高洁、情怀恬淡地主动归隐，都难免要仰仗着精神与意志的支撑，才能从身心两方面战胜现实生存中的种种强烈诱惑，"以终生安贫处贱为代价"给灵魂找个安顿的处所。可以说，王充闾透过历代隐逸之士诗酒为伴、遁匿山林、闲散逍遥、与世无争的种种表象看到了他们内心深处的愤懑、不甘、纠结与遗憾之感，直抵隐逸之士的心灵深处，在他看来，这种隐逸的人生选择是何等的潇洒超脱又是何等的煎熬痛楚！在《苦味人生》一篇中，被誉为"立德立功立言三不朽，为师为将为相一完人"的曾国藩褪去了谋略与修为的鲜亮外衣，展现出卑微的灵魂暗影，"在他的身上，智谋呀、经验呀、修养呀，可说应有尽有，唯一缺乏的是本色。其实，一个人只要丧失了本我，也便失去了生命的出发点，迷失了存在的本原，充其量，只是一个头脑发达而灵魂猥琐、智性充盈而人性泯灭的有知觉的机器人。"从人性的角度入手，王充闾将曾国藩蜷缩在内心角落一世不得自由舒展的心性与灵魂展现出来，深刻地指出，纵然曾国藩一生拥有他人难以企及的功业与名声，但是其内在心灵却充满着违背生命本真的苦涩与煎熬。可以说，正是这种"读史通心"的做法，使得王充闾的历史散文读来生动鲜活，将历史人物刻画得入木三分，将事件原委论析得鞭辟入里。

不仅如此，王充闾对历史裂隙处展现出的人心与人性饶有兴趣。这种历史裂隙处既包括宏大历史事件的细微阐释，也包括历史中平凡小人物的遭际与命运。在对待历史阐释问题上，王充闾始终保持着审慎的态度，他指出自己在阅读史料的过程中注重"对作史者进行体察，严索其作史的心迹，探其隐衷，察其原委"。通过对历史事件叙述角度与叙述方式的考察，反观史书作者的意图、心性、胸襟以及境遇。在《尽信〈书〉不如无〈书〉》一篇，他专门论述了史书载记失实的问题，借用日本导演黑泽明的经典影片《罗生门》来阐释历史文本的开放性与多义性。他认为，历史事件的发生为阐释者提供了一个开放而多维的文本，历史作为已经消失了的过去，不可能再进行实际的感知和体验，因此后人所作的任何"还原"都是一种带有想象性的思考与阐释。这种阐释成了历史的裂隙处，展现历史事件的同时也展现了作史者的心迹、隐衷乃至心胸。这也要求读者在阅读史书的过程中，保持一种既能入乎其内也能出乎其外的存疑态度。

"事是风云人是月"，这是对历史事件与历史人物的精妙比喻，历史事件是一种不可重来的过往，但是历史人物在特定环境下的心境却能穿越时空与当代生命个体相遭逢。王充闾的历史散文正是着眼于古今之人心人性的相近相通，对古今之人心人性的论析使得他的散文作品具有穿透历史文本观照现实生存的意义与价值。

三、对诗性人生境界的高扬

从篇章结构上来看，《国粹》一书分作《祖先：人生命脉》《人文：生命符号》《河山：文明大地》《传统：生活智慧》四章，除去《祖先：人生命脉》这一章直接写历史人物以外，其余章节主要以记述事件、风俗、名胜为主。但是不论是否以历史人物为主要书写对象，历史始终以人为中心，形形色色的历史人物演绎着各自不同的生命轨迹也展演出不同历史时期的风貌。在众多历史人物的生存状态与精神面孔中，王充闾对旷达率真、人格独立者尤为欣赏，他的历史散文高扬一种超然旷达、淡泊宁静的诗性人生境界。

在《达人境界》一篇，王充闾通过对北宋文学家苏轼谪居儋州期间生活情景的描述以及诗文作品的解读，对这种诗性人生境界进行了诠释和赞扬。儋州地处南荒郊外、风涛瘴疠，生存条件艰难困苦，加之惨遭贬谪、仕途道阻，苏轼来到儋州之后的心情可想而知。难能可贵的是，苏轼并没有一直沉浸在压抑苦楚的情绪中，而是对这蛮荒艰苦之地的自然风光以及当地淳朴善良的黎族百姓产生了深厚感情，甚至发出了"此心安处是吾乡"的感慨。王充闾认为，苏轼"在对腐败的官场，世俗的荣华以及尔虞我诈的人事纠葛表示厌恶、轻蔑与怀疑的同时，表现出一种豪纵放逸、浑朴天真、雍容旷达的精神境界，对生命价值的认识有了新的觉醒"。他进一步指出，这种旷达超然的诗性人生境界的达成，得益于价值观念的两个转换：一个是"心智由入世归向自然，归向诗性人生"；另一个则是"把实现'淑世惠民'理想的舞台，由'庙堂之高'转移到'江湖之远'，从关心民意、敷扬文教、化育人才的实践中拓开实现自我、积极用世的渠道"。面对不同的人生境遇，能做到价值观念的转变与心境的调整绝非易事，王充闾将唐代文学家李白的晚年际遇与苏轼进行了对比，二者面对的境况十分相似，然而，同样才情旷世、诗文绝代的诗仙李白在遭遇贬谪之后始终难以释怀，他豪放疏宕的诗文作品展现的多半是内心的愤懑不平、忧愁苦楚。相比之下，苏轼却旷达得多，儒、释、道三种思想传统在他这里得到了完美的融合，使得他面对不同的人生境遇都能够保持内心的平和与安宁。也正因为如此，王充闾称苏轼为"达人"，他的这种超然旷达、无往而不乐的人生境界乃是一种达人境界。

在《性情生活家》《才人真绝代》等篇章，王充闾还写到了袁枚、赵佶等历史人物，以传统儒家"修身、齐家、治国、平天下"的入世理想来看，这些人物都有着不能建功立业的诸多遗憾，但是他们的艺术成就、精神境界却给生命存在增添了一层光彩。这些历史人物恬淡的心境、率真的性情、悠然自适的生活状态让有限的生命过程呈现出无限的诗意与美感，进而延展了生命的厚度，将平淡的日常生活超拔至审美与诗性境界。

　　余光中在《散文的知性与感性》一文中曾说："在一切文体之中，散文是最亲切、最平实、最透明的言谈，不像诗可以破空而来，绝尘而去，也不像小说可以戴上人物的假面具，事件的隐身衣。散文家理当维持与读者对话的形态，所以其人品尽在文中，伪装不得。"我想，这段话用来形容王充闾的散文创作尤为贴切，王充闾先生集学者、官员、作家等多重身份于一身，他丰富的人生阅历与生命体验融汇于他的思考与创作中，其散文作品充分展现出他的人品、学养、智慧与情怀。《国粹》一书厚重深沉、充满人文精神，在商业文化盛行的时代，王充闾以知识分子的良知与坚守召唤文学性，引领读者思索人性、叩问生命、获得精神愉悦，遇见这样的文字是当代文坛的幸运，亦是当今读者的幸运。

先进文化之宣言 时代文学之旗帜
——王充闾先生散文知略

◎ 刘连茂

王充闾先生是著名的文学家和诗人，当代文坛的泰斗，他的诗词文章，是真善美的宣言，先进文化的标志，是中国特色先进文化的旗帜。我荣幸地走近先生的文学芳苑，有志在时代先进文学的旗帜下，在充闾先生的文思感召下，成为当代先进文化的学习者、实践者和推动者。

一、良师益友

先生的为人、为官、为文都是我崇敬的榜样。

我与充闾先生是在1975年底认识的。我当时在营口农学院政治系学习。开门办学，按照中央普及大寨县县机关整风的要求，参加了当时营口市委组织的市县联合调查组，到当时的盖县机关帮助工作，担任农业系统的联络员。那时充闾先生是市县联合调查组办公室的领导，我们联络员第一次会议就是先生主持召开的。第一次会议便给我留下很好的印象。会后就向有关人员了解这位领导的情况，知道先生是教师出身，是做过报社编辑的青年领导干部。在以后两个多月的工作中，先生的科学求是的精神、认真严谨的作风、谦虚务实的态度、睿智博学的才华使我由衷钦佩，引为榜样。从先生和有关领导干部群众身上，我学到了学校里和课堂上无法学到的宝贵知识，这也为我不断前进提供了恒久的动力。后来，先生不断晋升，我则由于思想的单纯和激进，在政治形势发生变化时受到了挫折。再次见到先生是1983年夏天，一个中午，在去县委食堂的路上。那时先生已经是营口市委领导。先生关心我的工作安排，询问我的基本情况，亲切鼓励我好好工作，表现出领导、老师和长者的风范。之后，先生职务不断提升，走到省委领导核心。我默默地关注先生的发达，偶尔在报刊上看到他新美的文章，都认真学读领会。美好的印象一直在延续和深化。但是，我的思想也很局限，只感觉先生的文章好，没注意到先生在文学上的成功建树。记得后来一次在《人民日报》上看到先生在越南凭吊王勃墓后写的《千载心香域外烧》，虽然受到很大的震撼，但也没特别出乎意料，因为这样的文章先生是不需要秘书写的，秘书也写不出。先生的学识，只要为文，一定是文华灿烂的。期间，也知道先生对营口文化事业，特别是诗词文化的发展起到了导师和主帅的作用，对当代文学发展起到了中流砥柱的作用。2004年，我们盖州市诗词学会换届，同时出版《盖州诗词选》，出于仰慕心情和先生的诗词旗帜作用，我们请先生题词。先生用书法题写了一首七绝：

贺盖州诗词选出版
珠蕊琼花满卷收，钩沉续断展鸿猷。
瑶编可抵连城璧，胜业文化说盖州。

当我从先生秘书手中接到先生的锦文墨宝时，心中异常感奋。他对我们的工作给予鼓励和指导，至今仍作为盖州诗词学会的指导方针。

遗憾的是长期以来由于我对先生的著作读得不够，当然与先生对自己不做包装和宣传有关，也因为现在的炒作之风盛行，我对文学没有多大信心，也是因为我囿于当代文坛上好的作品不多的片面认识，认为现今一些所谓的新时期的文学，形成了一种虚浮浅薄自私狭隘的浊流，有的作品让人反感，有的作品让人不屑一顾。因此也没过多地关注文坛作品，更没想到先生辛勤为文，著述颇丰。即使知道先生是全国散文评审委员会主任，我也认为这是先生的地位和学识所然。2008年底营口市诗词学会成立二十周年会议，我们又一次见面。会前我争取时间与先生汇报工作与交谈，会上又聆听他的讲话，我又一次感受到先生的深邃思想、渊博学识和亲和的魅力，认为先生是一位是官德高、学识高的大家。出于对先生的崇敬，我在为大会制作的书画作品中，书写了一首七绝诗的条幅：

王充闾颂
王业夙躬惠万民，充盈文采日图新。
闾墀大雅称华夏，颂曰辽东第一人。

先生鼓励我的进步，这几年我也努力按照先生引导的目标前进。前些天听品毅先生说我们成立了王充闾先生散文研究会，我很振奋，这是我们充闾家乡热爱文化的人们和文化工作者的崇高事业，也是当代文化发展的使命和责任。这些天结合工作学习，我借助网络媒体认真地潜心学习研读先生的文章。好像脉搏与先生一起律动，与先生一同感悟情境。先生的形象更加崇高和美好。今年春节后，我去上海参加了一个诗词会议，期间专程观瞻了中共一大会址、孙中山、宋庆龄、鲁迅四个纪念馆。我感觉，先生是当代大师级的文化旗手，鲁迅式的文化泰斗。今日之文坛，无人可与先生齐肩。对先生的定位，不能用一般学者专家的角度和标准来定位，应该用时代先进文化的坐标，用中华文化的历史坐标来定位。不是南北地域的区分，也不仅是散文体裁的问题。我为我们辽东文化而自豪，为当代中华文化成就而骄傲，更为中华文化的未来而兴奋。

二、文学瑰宝

我们仰慕高山，高山是由若干土石堆成；我们赞叹大海，而大海是由无数的水滴合成。而充闾老师的文学作品，这里以散文为主要对象，就是当代一座散文一览众山小的高峰，是当代文海中吸纳百川包容古今的大洋，是大美文学的标志。其中组成的要素，就是他睿智的思想，他渊博的学识，他高超的艺术，更是进取的意志，奉献的情怀。发人真情，催人善举，给人美感，令人震撼，使人崇敬。

——真文以哲，哲睿的思想品质。充闾先生散文学习研究，首先是从先生的精神境界认识。高深的思想境界是美好文章的心灵动因，人是自然界的恩赐，也是发展先进文化的生灵。走向自由王国，提升自身素质，实现人的自我解放是人的社会逻辑。不断地追求和创造真善美。创造人类的生活物质条件，创造美好的精神文化产品的人际关系、社会制度。在思想意识形态方面表现则是扬明弃暗，鉴古知今。有的读者说得好，读了充闾先生的文章，很难说他是哲学家还是文学家，也很难说他是散文家还是诗人。他说：写散文和写诗一样，眼光、胸襟、视角，起着决定作用。他的散文有哲学蕴涵。很大程度上体现为对命运的思考、人生的认识、人性的发掘。《龙墩上的悖论——中国皇帝命运大思考》就是从哲学的角度思考历史、人生。帝王不是主宰，但是历史主线的一个重要方面，往往成为历史的反面教员，对帝王的认识，是把握历史逻辑的重要契机。历史上先进阶级的代表走上统治地位后，在一定程度上重视新兴阶级的利益，其政策相对具有进步意义，因此，往往推动历史的发展。但是，由于剥削阶级无法逾越的历史逻辑，最终必定走向人民的反面和历史的反动，被人民革命的潮流所吞噬。正如鲁迅先生说的："至今为止的统治阶级的革命，不过是争夺一把椅子。去推的时候，好像这椅子很可恨，一夺到手，就又觉得是宝贝了，而同时也自觉了自己正和这'旧的'一气。"他还形象地说，"奴才做了主人，是决不肯废去'老爷'的称呼的，他的摆架子，恐怕比他的主人还十足，还可笑。"他打比喻说："这正如上海的工人赚了几文钱，开起小小的工厂来，对付工人反而凶到绝顶一样。"对于中国帝王的悲剧，王充闾先生将其称为"历史的吊诡""人性的悖论"。他运用历史唯物主义观点,和独特的锐利的历史眼光,以犀利的笔法,向人们做了历史悖论的演示。揭示了这个看似奇怪,实则必然的历史现象的本质。使人们获得哲学的感悟,在所谓的散中,看到道。不仅给人以独特的艺术效果,更给人以理性的教益。同时,使人们从帝王身上受到启示,使表现对象从个别上升为一般。他说,说的是皇帝,实际上每个人都可以借鉴,像现实生活中的欲望、追求、价值取向、动机与效果、应然与实然、自由与必然,等等,几乎每时每日都能够碰到。

他的写作,不满足于一般的浅表层面,而是追求事物的美因;不满足于一般良知的疲劳信息,而是用心寻找和开掘新的源泉,发现和创造新的素材。从事物的表面表层深入到内核和肌理,寻找事物的精灵。他意开一元,理鉴百家,思概千古,境括万里,并不囿于一般的疲劳文字和陈旧语言,拘泥于俗见陋识和习惯认知,常常能够发微探奥、鉴往知来,以奇特的视域、独到的思考、新颖的描述,发出前人所未发的顿悟与感受,从而启人心智。抒情散文,不仅停留在一般的情感上,而是提升到哲学层面的意义、意蕴、意理,由情入理,入木三分,绕梁三日。在《读三峡》的结尾,超出王国维的三种境界,进入《易经》中讲的那种"天地因蕴,万物化醇"的灵境,此刻该是"此中有真意,欲辨已忘言"了。

先生文章从个别归纳到一般,启自对人的生存关怀,以个体的生命体验集点,通过对人的具体内心世界的深度探索,对人的生命价值深入思考,寻找普遍性与必然性的内在规律,在于民族与社会文化精神的建构,已经远远超出了个体感性存在的范围,展现出对人类存在与发展的关注,蕴涵着巨大的理性精神,表现出人本的大觉醒、人文的大觉念、人性的大觉悟。

——善文以德,公道的人生价值。王充闾先生是一位领导干部,他并不把自己的智慧和才华仅局限在政治方面,一心经营权势,而是发挥自己的文学爱好的特长,力求在文学创作中,为社会奉献美好的文化作品,使人们在得到美的感受中,得到教益。他是两栖文人,事业伴随文学一路走来。他的事业是成功的,但文学的成功高于他事业的成功。他以文学为主要武器，来推进历史的进步和社会的发展。他说："文学是国民前进的灯火，担负着改造国民性的神圣使命。就其总体而言，永远是对人的生存状态特别是对人的精神状态的写照与思考。"他还曾说过："对我而言，读书、创作不是一般意义上的兴趣、爱好，而是压倒一切的'本根'，是我的内在追求、精神归宿，是生活的意义所在，是我的存在方式。""文学也是历史，是一个民族的精神追寻史。对于历史的反思，永远是走向未来的人们的自觉追求。"

他的作品不是小知识分子的自我表现，也不是出于自己的好恶而舞文弄墨。《文学创新与深度追求》是新文学的创作与尝试追求。在新文学中，对当前文坛一种虚浮，浅表，注重时髦的华饰，功利的炒作五项原则的对照，也正因为如此，才显得更为重要，更为珍贵。

他的作品中贯穿着公明、正义、道德精神，惩恶扬善，歌明刺暗，他的《碗花糕》以其朴素真挚的感情，表现了一位勤劳、聪明、善良的农村妇女，对已经改嫁的嫂子的真情讴歌。读了令人不仅对嫂子，也对先生的善良感恩的内心世界肃然起敬。现在西方国家都在针对社会道德问题进行感恩教育，我们的学校也在开展同类教育。相信，这篇文章应该是与鲁迅《一件小事》相比毫不逊色的好教材。

——美文以活，瑰美的艺术表现。他的散文，优雅淡定，大气从容，意蕴深远，有着诗性之美和文化之魅。活，表现美的取材，写作对象具有生机与活力，使美跃然纸上，震撼心灵。他的观察自然，有一种大的活，是生机勃发的博大；揭示某些事物时，又有些具体的活，是鞭辟入里的深邃。《巫山十二峰》可以说是一部不是靠语言文字，而由境界氛围酿成的朦胧诗卷。两岸诸峰时隐时现，忽近忽远，笼罩在云气氤氲、雨意迷离的万古空蒙之中，透出一种"悠然心会，妙处难与君说"的朦胧意态。

选题灵活，充闾热爱眼前的生活，也游历名山大川，表现现实的有血有肉的生活。"会心处不必在远"。世俗的眼光总是认为，熟悉的地方没有风景。先生以大自然、大社会和大历史为对象，也以自己亲身亲历为题材，表现生活的大美。他的文学足迹是因蜜而花，有花即采。为生命和生活注入活力。他的作品有《家住陵西》《一"网"情深》《收拾雄心归淡泊》《节假光阴诗卷里》等一系列生活随笔，此外也写了大量的名胜风光和名人文物。《千载心香域外烧》和《一夜芳邻》是在越南和欧洲考察采风时的经典之作。《鸿爪春泥》和散文集《春宽梦窄》《捕蟹者说》和《换个角度看问题》分别被选入全国成人高等院校教材和高级中学语文教材，《读三峡》也是进入教科书的不可多得的优美散文。这些作品使人们一起同作者领略历史长卷、风光长卷、艺术长卷。

例如，他的《火把节之歌》，把民族传统节日和彝族群众火热的生活情趣艺术地表现出来，表现：山在燃烧，水在燃烧，天空在燃烧。与此相应合，人们的情绪也在燃烧，激扬、纵放，沉浸在极度的兴奋之中。面对着星河火海，我也不禁手之舞之，足之蹈之，高声朗诵起郭沫若的《凤凰涅槃》中的诗句："我们生动，我们自由，我们雄浑，我们悠久。一切的一，悠久。一的一切，悠久……火便是你。火便是我。火便是他。火便是火。翱翔！翱翔！欢唱！欢唱！"使读者和作者一样融入了火的生活之时，燃烧了自己，燃烧了一切。

就是历史题材，也是古为今用，史为时用，理为人用，将历史的场景和时空生命化、生活化。写李白、杜甫等一系列人物，人物形象跃然纸上，写纳兰性德的情，写到情的百味，写纳兰的《饮水词》的哭，推演到"艺术原本是苦闷的象征。《老残游记》作者刘鹗有言：灵性生感情，感情生哭泣。《离骚》为屈大夫之哭泣，《庄子》为蒙叟之哭泣，《史记》为太史公之哭泣，《草堂诗集》为杜工部之哭泣"。

他说，在写《张学良：人格图谱》那篇时，"就写他在夏威夷的三个傍晚，用以概括他的百年经历。'弱水三千，只能取一瓢饮'。一百零一岁的人生历程，如何在万八千字里展现出来，这里就有个剪裁、取舍、整合的问题。很大程度上，也就是选取意象，发掘诗性，抓闪光点，用四两拨千斤"。

诗化的语言和诗语的活化，是先生文章的优美隽永的一个特色，他的文章有诗的灵性、诗的底蕴和诗的风骨。他说诗性的发掘,确是散文最基本、最重要的东西。有了诗性的发掘,有诗情、诗意、诗性,而后才有结构,才有语言,想象力也得凭借着意韵才能生发。

在散文创作中,他经常以诗入文,提升了文章的艺术魅力和生活活力。"一篙如画苇间行,双鹤翔空别有情。醉眼浑疑天在水,白云苍霞共波清。"这是他在以扎龙湿地为描写对象的《一篙如画苇间行》开头就引用的口占即景诗。

三、文学主将

王充闾先生是新时期文学的代表人物,他的文学不只是作家的成功,而是代表了一个时期文学发展的先进方向。是领军式的人物,是当代文坛的主将。

"五四"以来,中国文学发展经历了风风雨雨,在曲折的疾呼上前进着。现代文学(新文学和白话文)在探索中、变革中、发展中,既有成功的建树,又有失误的教训。五四时期新文化是在以西方现代思想和文学经验为思想与艺术资源,对古代汉语文学进行的革命性变革中产生的,但是出现了形式主义的倾向。割断了民族文化的血脉,后来在经过鲁迅等人的积极奋战,文化改革找到了比较正确的道路,现代文学焕发了发展的生机。但是也只是取得了阶段性的前进成果,总的趋势还是"在路上",在发展的进行时的过程间。新中国成立后,又取得了长足的进步,雨后春笋般地涌现了大量好的作品。后来"文化大革命",再一次出现了形式主义。标语口号式的文学或者泛众化的文风,使得文学缺乏艺术魅力。改革开放以来,对"文化大革命"的否定,又走向另一个形式主义,出现了全面西化和资产阶级自由化的倾向。直至现在,在提倡思想解放,文风解放的同时,也出现了表现自我、宣传个性、挑战社会、割断历史的流弊。伤痕文学、碎片文学、下半身文学、时髦文学、泡沫文学、快餐文学,率尔操觚、竞相登场。在此过程中，文学又一次出现迷惘。正是在时代的呼唤下，出自对新文学的责任感和使命感，充闾先生积极用文学创作、文学批评的实践，引领新时期的文学发展。从上下五千年的历史走来，承接五四以来文学变革与发展，不仅在散文、诗歌等领域，用自己的思想的先进性、人格的感召力和作品的审美感，淡写流年，淡定人生，勇对激流，平对毁誉，有胆有识，无私无畏。对传统文化，他积极继承，对古典文学的精华积极吸纳，甚至运用旧的体裁，表现新的生活和新的思想。鲁迅先生就曾明确地指出："采用外国的良规，加以发挥，使我们的作品更加丰满是一条路；择取中国的遗产，融合新机，使将来的作品别开生面也是一条路。"王充闾是两条道路的高度统一，古为今用，洋为中用。做到良规遗产新机的有机统一。

他积极倡导和创立创办金牛山诗社和营口市诗词学会，创办诗词会刊。一直是名誉会长。现在是中华诗词学会的顾问。

他身体力行，用学习作为知识的重要来源和创作的重要基础。他的诗精辟地表达了他的治学为文情况。"埋首书丛怯迎送，未须奔走竞浮名"，"书城弗下心如沸，鏖战频年未解兵"。他认真学习研究传统的古典文学技术和艺术，用体裁的诗词歌赋写作了很多名篇佳作。同时借鉴西方先进文化的表现形式，更注意运用五四以来白话文成功的经验，注重文化的时代性、民族性和人民性。他说：鲁迅的《铸剑》，写得绝好。这种能力我们是学不到的。要有古文修养，熟悉和精通古代诗文，还要能借鉴"五四"之后的现代化语言。由此可以看到，他是多么谦虚严谨，目标定得是何等的高。

我的一个朋友说他学生时在《营口日报》上看到先生写的《大豆赋》，剪裁下来，介绍给同学，同学也到处找那张报纸。

王充闾先生是一位省部级干部，现在以文学为主要生活方式，为中华文化竭诚奉献，用一种孺子牛的精神，不断学习，不懈追求，不辍写作。应该说在基本生活和创作上的物质条件是很优越的。但是，他在创作中，并不以政治资源做文章和作品的宣传推介。他的身体一度有病，他以积极生活，乐学乐文的态度，以健康的性情和浩然正气来从事文学创作，并不是追求物质上的享受，也不是养尊处优，不思进取。相反在退休之后，更加奋发，自觉创作优秀的精神产品。

在很大的工作面，他给散文等一些现代文学体裁，赋予了民族的、大众的、时代的特色。他的作品，做到了民族文化的根性、先进文化的时性、精神文化的美性相统一。成为现代文学发展的先锋、主将和主帅。他关注文学的走势，把握时代的脉搏，寄希望于未来，寄希望于时代文学的精品和具有方向性、先进性和典型性的新作品。他不仅在省作协、国家作协中积极发挥作用，而且受聘多所学校任客座教授和高级学位导师，其中有南开等我国著名的高校。行风化雨，播火点金。对青年作者更是热心帮助、悉心关照、精心指导，有如鲁迅对待萧军、萧红那样，名将爱兵、大学尚友、高师善徒。他毫无保留地将自己的创作理念、意境开辟、写作经验的行文技艺传授给学者，以平等诚信的心态对待他人，无哗众取宠之心、无盛气凌人之风、无傲慢霸道之弊、无党同伐异之派。营造团结和谐、生动活泼的八仙过海、百花齐放的文坛新风。

水调歌头 新文豪

文苑扬新帜，巨擘出辽东。

学富才高睿哲，大美若诗同。

屈子相如子建，泰戈尔基鲁迅，列比有斯公。

不识庐山峻，身在此山中。

读三峡，寻初杰，写悲龙。

凭吊西洋姐妹，更有乡土风。

脚下泥丸滚动，侧畔沉舟难及，闾巷惠风充。

文学开山路，北斗耀星空。

从三个层面凸显深刻
——王充闾《两个李白》深刻性解析

◎刘连军

王充闾创作的《两个李白》收录于文化散文丛书《生者对逝者的叩问》，是一篇写得非常深刻的文学随笔。

文章的深刻性体现在三个方面：第一，文章展示了矛盾的李白，一是现实存在的李白，一是诗意存在的李白，这两者存在强烈的内在冲突。第二，作者从李白的诗人自身弱点和文化影响两个角度探究了李白悲剧的原因。第三，作者从人格的角度探究了李白的内在矛盾冲突。

第一方面使得这篇散文具有超越众多以李白为写作对象的散文的深刻性；第二方面使得文章深入到人物内心，又使文章具有很强的文化意义；第三方面则使得文章揭示了李白悲剧的根本原因，也使文章具有了很强的文学性、现实性和永恒性。这三个方面又呈现出三个层面，一是外在表现层面，二是精神层面，三是生命意识层面。

作者在文章开篇写道："在中国古代诗人中，李白确实是一个不朽的存在。这不仅由于他是一位负有世界声誉的潇洒绝尘的诗仙，那些雄奇、奔放、瑰丽、飘逸的千秋绝唱生发出超越时空的深远魅力；而且，因为他是一位体现着人类个体生命的庄严性、充满悲剧色彩的强者。"这段文字很有意味。作者首先向我们展示了一个人们熟悉的李白——诗仙，然后向我们展示了一个人们不熟悉的李白——体现着人类个体生命的庄严性、充满悲剧色彩的强者。前者是从外在来展示李白，从李白给我们留下的诗歌的角度；后者是从内在来展示李白，从生命意识的角度。正是选取了生命意识的角度，作者深入到了李白的内心深处，为我们深刻揭示了李白的悲剧精神和人的有限性，也给了我们读者以深刻的启示。

作者在第二部分先借《侯鲭录》向人们展示了李白令人景仰的一面——他的精神世界"高蹈、超拔、狂肆"，然后指出这种精神风貌的来源——中国文化精神。作者认为李白将"儒、道、释以及仙、侠诸多方面文化""集于一身，完成了多元文化的综合、汇聚"。在第三段向人们展示了李白令人痛惜的一面——"他的整个一生历尽了坎坷，充满着矛盾，交织着生命的冲撞、挣扎和成败翻覆的焦灼、痛苦"，并且指出"从这个角度看，他又是一个道道地地的悲剧人物"。李白时刻渴望着"登龙门，摄魏阙，据高位"；他把自己比作"一日同风起，扶摇直上九万里"的大鹏，认为自己是"一击九千仞，相期凌紫氛"的凤凰；他仰慕"历史上那些建不世之功、创回天伟业，充分实现其自我价值的杰出人物"；他确信"只要能够幸遇明主，身居枢要，大柄在手，则治国平天下易如反掌"。但是这些愿望都是一些甜蜜的不切合实际的梦想，这注定了他成为一个悲剧性的人物。

作者在第四部分中比较概括地介绍了两次从政的经历。第一次是唐玄宗征召李白入京。"他原以为，此去定可酬其为帝王师、画经纶策的夙愿，不料，现实无情地粉碎了他的幻想。"结果是只被安排一个翰林院供奉的闲差，唐玄宗并没有像他想象的那样"接之以师礼，委之以重任"，李白极度失望，上疏请求允许离开。第二次是永王李璘兵过九江，征李白为幕佐。李白对永王寄托着重大期望，但得到的竟是一场灭顶之灾，他糊里糊涂地卷入了最高统治层争夺皇权的斗争旋涡，李璘兵败被杀，李白以附逆罪被窜逐夜郎，险些送了性命。这两次从政的经历都是以踌躇满志，以为可以建功立业、报效国家，却都以惨败结束。

作者在第五至第八部分从两个方面深入探究了李白从政失败的根源，一是李白个人的弱点，一是文化的影响。

作者认为"李白的性格、气质、识见，决定了他在仕途上的失败命运

从三个层面凸显深刻——王充闾《两个李白》深刻性解析

和悲剧角色"。因为李白是一个地地道道的诗人,而诗人气质本身有不足之处:"情绪冲动,耽于幻想,天真幼稚,放纵不羁,习惯于按照理想化的方案来构建现实,凭借直觉的观察去把握客观世界。"作者认为,李白有三点不足:第一,不是摆弄政治的角色;第二,缺乏政治眼光;第三,知人不明。这些不足就造成了李白的矛盾:常常以政治家来自诩,但不具备政治家应有的才能、经验与素质。作者由此发出感慨:"这种主观与客观严重背离、实践与愿望相互脱节的悲剧现象,在中国历代文人中并不鲜见,值得我们深长思之。"

作者对李白从政失败的原因分析深入到了性格、气质与性格,已经非常深刻了,但作者没有停下笔来,而是接着深入挖掘根源,在第六段,作者从文化的角度进一步探究李白悲剧的根源。在作者看来"之所以出现这种悲剧现象,自然应该归咎于文人的傲睨自诩、自不量力的性格弱点。但若寻根溯源,又和儒家的积极入世的人生态度和'修齐治平'的价值取向有直接关系"。儒家创始人孔子终生为仕途而奔波,甚至"知其不可为而为之",这种精神对后世的文人有着深刻的影响,对李白自然也不会例外。作者没有直接写儒家思想对李白的影响,而是通过对杜甫的影响来间接表现。

如果说,能够从文化角度来分析李白悲剧的根源就已经够深刻的了,那么从第七段开始从生命意识的角度来分析李白悲剧的根源就显得尤为深刻。所谓生命意识指的是生命对其自身存在以及存在状态的知觉。上海著名评论家吴俊在《散文大家王充闾》中指出:"王充闾将他的文化意识特别是他的生命意识,充分完全地投注在散文创作之中,他是在写他的精神体验和心灵体验,是在进行自己的人生和人格写作——其实,他也是这样来理解他所看到的和写下的人物和历史的。他对人物的关注,着重在精神心理层面,他所揭示的是人物的个体心理和文化心理。"吴先生的话很有见地,我们可以借用他的观点并加以创新来运用到对《两个李白》的理解上。如果说前面的分析李白的弱点和儒家文化影响分别是揭示人物的个体心理和文化心理，我觉得，作者在第七部分开始谈到的李白的自我意识就应该属于揭示人物的生命意识。

作者写道："他是一个自我意识十分突出的人，时刻把自己作为一个自由独立的个体，把人格的独立视为自我价值的最高体现。他重视生命个体的外向膨胀，建立了一种志在牢笼万有的主体意识，总要做一个能够自由选择自己命运与前途的人。"李白以凤凰、大鹏自居，想以一介布衣位至卿相。李白认识到了自我存在的重要性，意识到实现自我价值的重要意义。这种生命意识带来了两个方面的作用，一是使他不甘心泯灭自己的个性，不与世浮沉，不丧失人格；二是使他总是按照自己的意愿去塑造自己，"不把那些政治伦理、道德规范、社会习惯放在眼里"。这正向和反向两方面的作用造成了李白的矛盾："渴求为世所用，进取之心至为热切，自然也要常常进表上书，锐身自荐"，而又"要寄身官场，进而出将入相，飞黄腾达"。这两者本身就是矛盾的，而在一个要求个人纳入社会组合之中、官员要依附社会政治权势并屈从于习惯势力的封建社会里就更是自相矛盾的，其结果正如作者在《渴望超越》的演讲稿中所说的："论他的本性更接近庄子，张扬个性，强调自我，这和仕进追求可说是南辕北辙。结果就处处遭受挫折，陷入无边的苦闷与激愤之中，产生强烈的心理矛盾。"

如果说前面的文字谈到的都是李白仕途的悲剧，那么第九和第十两个部分谈到的就是政治失意后的抒发悲慨之情。如果说前面展示的是现实存在的李白，那么最后两部分展示的就是诗意存在的李白。作者通过生命意识来揭示李白悲剧的根源，同样，作者也是通过生命意识来揭示李白的排解内心痛苦。李白对现实怀有强烈的愤慨，深深的绝望。他要离开现实，回到醉梦的沉酣中忘却痛苦，求得解脱。"作为诗仙，李白解脱苦闷、排遣压抑、宣泄情感、释放潜能、表现欲求、实现自我的最根本的渠道，还是吟诗咏怀"。现实生活中悲剧命运使得诗人内心的痛苦，却又为最终成就伟大诗人夯实了基础，悲剧性的命运倒成为产生天才诗作的深厚基础和内在动力。而这又要归功于诗人对生命意识的反省，正如作者所说："以自我为时空中心的心态，主体意识的张扬，超越现实的价值观同残酷现实的剧烈冲突，构成了他的诗歌创造的心理基因与不竭源泉，给他带来了超越时代的持久的生命力和极高的视点、广阔的襟怀、悠远的境界、空前的张力。"换个角度看，作为诗人，李白名垂万古，攀上荣誉的巅峰；作为一个渴望登龙入仕、经国济民的文人，李白却不断跌入谷底。

通过以上分析，我们可以清楚地看到，作者在文中逐层深入地展示了李白的矛盾：首先从外在层面入手，一个是现实存在，一个是诗意存在，两者相互冲突；然后深入到精神层面，深刻探究了诗人自身弱点和文化影响对李白悲剧的影响；最后再次深入到生命意识层面探究李白的内在矛盾冲突。也可以说正是从三个层面展示矛盾冲突，使得《两个李白》这篇文章具有深刻的意义，使得我们通过解读李白了解两千多年来中国士人的心态，使得这篇文章具有很强的现实意义和深远的历史意义。

一书历阅万古禅
——读王充闾先生《文脉》有感

◎郑恩信

王充闾先生有两重身份,第一是党的高级领导干部,第二是作家、诗人、学者。王先生自幼熟读四书五经、诸子百家,通晓国学,对中国传统文化了然于心,对现代文学游刃有余。有了这两个先决条件,那么其所著"人文三部曲"之一的《文脉》,必然具有相当的思想性、知识性、艺术性、史料性和可读性,大可开导读者心灵,启迪灵魂。通过这部书,我们可以历阅中华民族文明"禅变"过程。

如果把历史纵向当作经,把各个朝代当作纬,我们可以看到,此书脉络清晰,经线连贯。再联系到各个朝代,则是经纬交织,互相连贯,形成一个完整的历史画卷。从思想角度看,此书具有见解独到、观点独特的特点;从历史的角度看历史,此书是就历史说历史,就人物说人物,评价科学合理,没有任何事后诸葛亮之感;从知识角度看,此书是一个智慧库,开阔人的眼界,启迪人的灵魂,增长人的见识;从文学角度看,此书是通篇珠玑,有诗的华丽,有散文的深邃,有哲理在闪光;从写作方法上看,此书有取有舍,有详有略,突出重点。

本人读过此书后,大有感慨,现分述如下:

一书历阅万古禅——读王充闾先生《文脉》有感

一、释禅

　　一说到禅，人们往往要和佛教联系起来，其实这是狭隘的偏见，也是知识性的误解。

　　禅的基本释义是人类锻炼思维的生活方式。是一种"静"的行为，源于人类的本能。人类最基本的本能就是为了生存，一切生活方式、方法，都是为了生存或更好地生存。最简单地说，就是"事物更代"，也就是发展变化的意思，是一个对事物的认知不断深化和拓展的过程。

　　事物怎么更代，无外乎就是新事物取代旧事物，从低级走向高级，从必然王国走向自由王国。但是无论怎么取代，都是在前边基础上的进化，不会是倒行逆施的退化或返古。这个过程不是每次变化都是直线或匀速前进的，有迂回，有快、有慢，也能走弯路，但总体是渐进地向前发展的。这个时间脉络是可梳理的。

　　考察禅的历史渊源，我们就会发现，"禅"是"中国制造"，是上古五帝的创举，尧帝是首推禅事亘古第一人，是禅的鼻祖，创始人。在尧帝过世若干年后，随着印度佛教的传入，借用了禅的概念进行传播，才有了佛教的释义。

　　"禅"是通"蝉"的，是万变而不离其宗的。比如蝉（蚕）与蛹，鸡和蛋，因缘使然，轮回变化，没有先后，也没有始终，不同时空，不同体态，终是其宗。

　　"禅（chán）"与"禅（shàn）"可视为同义词，只是用途变化而读音改变。由"禅（shàn）"而演变的是"禅让"，这是封建时代最高权力转移的过程。无论谁接管权力，都是其精神、意识的延续。由这个过程而派生出来的举动可以说层出不穷，如禅举、禅代、禅化、善举、德举、道举、真举等等。

　　庄子说过："万物皆种也，以不同形式相禅。"这个"相禅"，就是

093

变迁转化。但万变不离其宗，肯定要遵循一定的规则。

通过以上所述，我们就会发现，中华民族文明的进化史，其实就是一个"禅变"的过程，也可以说是一个释禅的过程。其脉络，就是用历史进程或时间发展这根线串联起来的。所有的历史进程，所有的事物，都可以用"禅"来阐释或说明。《文脉》第十七篇就以"逃禅"命名，还有其他章节提到禅让等内容。

《文脉》其实就是释禅过程的恢宏巨著。这里有充分的理由加以证明。

首先是纵向的历史进程。历史的发展总是曲折的，有时也可能有迂回，但文化占据主导地位。从尧帝开始，出现权力禅让，产生了真正意义的"禅"。此后，无论是否出现禅让，权力是否在和平中过渡还是在兵戎过程中转换，文明的进化是不可否认的。过程主要体现在三个历史时期。第一个时期是上古，由黄帝开始，将分散的民族部落，统一成国家形式，并初步建立了国家体制。这种禅变决定了中华民族的共存，是关键性、决定性的一步，其意义非同寻常。只有国家体制的形成，才能形成制度体制和权力体制框架，才能促进文明更好、更快地进步。这个时期出现了文字、耕种，还有医学，也初步建立起人类文明的行为规范。第二个时期是春秋战国时期，随着孔子、老子、庄子、墨子、韩非子、荀子等思想家的出现，产生了对后世影响巨大的不同派别的思想体系，基本奠定了文化、思想体系、国家制度、宗教等根基，也为后世留下了有案可查的思想典籍。这个时期，也是对中华文明走向起到关键性、决定性作用的时期。从此以后，国家制度不断完善，文明进步脚步加快，人们有了明确的思想意识。第三是隋唐以后，科举制度的产生，将人们的认知又推向了新的高度。科举制度，对于选拔人才，有相当的积极意义。在公平、公正、合理、科学的条件下，创造出人才选拔的竞争机制，能够选拔出真正的人才为国家所用。在科举制度为人们所认可以后，由于知识可以改变命运，促进了文化教育事业的发展，促进了社会公平与进步，促进了国家管理能力和国家权力公信力的提升。实质上，科举制度是文化教育、社会文明进步，国家管理体制的一个创举，也就是一个禅变。虽然科举制度有其弊端，但其积极意义占主导地位是不容否认的。存在往往就是合理的，这句话也有其科学性。总体来说科举制度还是利大于弊，甚至对现在的公务员选拔都有借鉴意义。

二、认知国学

读《文脉》，也是一个认知国学的过程。

国学绝不是一个现代词汇，在《周礼》里就有"乐师掌国学之政，以教国子小舞"的明确记载。这个"国学"就是国家一级的学校。《汉书》《后汉书》《晋书》里，都有"国学"的概念。南宋朱熹在庐山创立的白鹿洞书院最初叫白鹿洞国学。1934年，章太炎先生在苏州创办章氏国学讲习会。并把国学分成经学派别、哲学派别和文学派别。胡适、顾颉刚、钱穆等也对国学都有过论述。随着近几年"孔子学院"在世界各地的设立，国学走向了世界。

"国学"本指供王室贵族子弟学习的国家级学府。现代作为学术意义上的国学，是在近代随着中西文化交流日益频繁与"西学"概念相对峙而形成的概念，是指以先秦经典及诸子学说为根基，涵盖了两汉经学、魏晋玄学、宋明理学和同时期的汉赋、六朝骈文、唐诗、宋词、元曲与明小说、清对联并历代史学在内的一套完整的文化学术体系。很显然，国学就是国家之学，亦是国人之学。梁启超讲过，国学是关于德行的学问，也就是砥砺自我之品行、德行之学问。显然，国学就是中华民族的传统文化。这个传统文化，又从学理上分为儒、道、释三大支柱。"儒、道"是国产货，"释"是进口货。"儒"是学说，"道"是宗教。我们不要单纯地认为，中华民族的传统文化就是完全的"中国制造"，也有"进口货"。

研究传统文化，自然离不开历史人物。这些历史人物，既代表了传统文化的发展方向，也是传统文化的创立者、践行者、助力者或引导者。最主要的代表人物是黄帝、尧帝、孔子、老子、秦始皇、唐僧和朱熹。还有向异族、异域传播传统文化做出过杰出贡献的人物，如张骞、苏武、王昭君、昌平公主等。也有在传统文化典籍上做出过杰出贡献的人物，如孔子、司马迁、司马光、永乐和康熙两位皇帝。首先我们要肯定，任何一种文化，都是人民创造的。在文化创立上，没有个人专利，统统归属人民，人民是文化的主体和主人，只是某些人起到了重要或决定性作用。

任何一种文化的创立，首先要有土壤或根基。回过头来，看看中华民族的发展史，文化的土壤特别肥沃和深厚，并且各种文化成分俱全。另外，中华民族的智慧、勤劳、友善和包容，也是创造文化的巨大优势。正因为有了这些肥沃的土壤，才创造了光辉灿烂的民族文化和具有特色的地域文化，确立了中国的文明古国和世界文化中心的地位。如果准确一点说，这个文化就是汉文化。受汉文化的影响，在亚洲，形成了汉文化圈，不同的民族，都受到汉文化的影响，都有汉文化的生活迹象，甚至被汉化。

当然，我们不可否认，我们的民族文化，也有一定的局限性或弊端，从而影响了这个文化向更高层次、更广阔领域的拓展，也左右了民族的意识形态。主要体现在其一是消极意义比较突出，影响了民族的进取意识。其二是"和"左右了斗争意识。致使民族竞争意识不强，缺乏拼搏精神。表现在我们往往能守土，不能去拓疆。这一弱点，在被异族看穿和放大后，民族多次出现危机，甚至被异族侵扰、统治直至宰割。其三是"防"的意识突出，"攻"的意识淡薄。这就使民族时时都处于生存隐患之中。从战国开始，两千多年里，我们不断修筑城池，甚至修成万里长城，目的就是为了防御。可是城池再高、再庞大、再坚固，也抵御不了铁骑的经年轮番践踏。所以，我们一直处于被侵扰的忧虑之中，如果我们有足够的"侵略"意识，用修城池的精力和财力，以攻代守去消除隐患，恐怕早就扭转了这种局面。其四是重文轻理。从战国时期开始，由于各种思想家的出现，他们极力倡导社会科学，尤其是文学，使社会科学占据了主导地位。历朝历代的书院，很少涉猎自然科学，人们也就很少有科技意识。在科举制度产生后，形成了"应试教育"的局面，这种现象愈加严重。致使我们很少探讨自然科学，在这一领域明显落后于西方，鲜有科技成果于世。

在我们认知国学的过程中，我们会发现，现在对国学的定义并不十分严谨，有疏漏。本来国学是一门统揽中国学术和艺术的概念，但现在传统文化的定义，中医、戏曲、武术等竟然没包括进去，这既是一个缺憾，在学术上也自相矛盾。其实中医从民族起源就随之而兴起，在黄帝时期就有记载，以致后来人们整理出了《黄帝内经》这部医学著作，李时珍著有《本草纲目》，还有华佗、孙思邈等在医学上的杰出贡献者均未被提及，不能不说是一个遗憾。常理分析，虽然中医具有一定的模糊性和虚拟性，有的观点缺乏科学依据，但不能因其有模糊性和虚拟性就武断地认为不科学或是伪科学。几千年来中医形成了完整的医学体系，有相当的可操作性、实用性，效果非常显著，为国人所认可，疗效才是真正的评价标准。在新冠疫情期间，中医发挥了极大作用，大大提升了中医在医学界的地位。中医作为一个医学门类，也是中华民族的文化瑰宝，也属于中华民族的传统文化，万万不能从传统文化中割裂出去。

三、人物评说

《文脉》中涉及人物众多，时间跨度从《周易》说开去，以老子开头，到曾国藩、李鸿章、张謇结束，历时近3000年。典型人物有40多位，大都以正面评说。这些人物，既有被人赞颂的成功人士，又有被人怜惜的落魄之徒。

这些人物，既有在哲学、文学、宗教和维护国家政权稳定，推动社会进步做出过杰出贡献者，也有因平庸无为、苟且偷生而沦为不齿之辈的。他们有共同的特点，就是都是一面镜子，为后世所借鉴。

这里主要说几个人物。

第一个是孔子。他是一个被后世尊为"圣人"，顶礼膜拜的思想家，是"和谐"的文化符号。

提到孔子，人们往往把他作为"仁"的标杆，似乎与和谐挂不上边。其实现代解读孔子，就是和谐。

孔子虽然杏坛设教，且弟子三千，但并没有什么思想方面的著作传世，只是其过世后，他的弟子们将他的言论整理成《论语》，为后世留下了"和谐"的依据。

如果推而广之地说，把《论语》作为所有人的行为规范，并且辅之以法治手段，社会是不是会更和谐？答案是肯定的。中国人的行为规范，虽然没有明确的定义，但人的脑袋里大体有个框架，基本是以《论语》为脚本的。离开了《论语》，我们将无所适从。

孔子被尊为"万世师表"，自然人们就应该师从孔子。最能代表孔子思想的就是五个字"仁、义、礼、智、信"。这五个字，概括了做人的全部内容。

从党的十六大以后，胡锦涛总书记提出构建和谐社会的理念。这个"和谐"，实质上就是建立在《论语》理论基础之上的。虽然《论语》中没有"和谐"字眼，但通篇都是"和谐"的思想。孔子讲"和为贵"，现在理解，就是"和谐"高于一切、压倒一切。《论语》通篇都是讲为人之道，为政之道，规劝人要有好的德行。归根结底，《论语》完全可以用和谐来概括。所谓"天地之和"不就是人与人的和谐，人与自然的和谐吗？

第二个是刘邦。《文脉》给刘邦的定义就是无赖。非常准确、恰当，合情合理。

刘邦小时候就游手好闲，成年后横行乡里，鱼肉百姓，抢男霸女，做事好用拳头说话，是典型的无赖。即便是当了皇帝，也还全然不顾自己的形象要无赖。如宴席上羞辱其父亲，往儒生帽子里尿尿，骑大臣脖子上问话等。

正由于刘邦会耍无赖，好用拳头办事，久而久之就成了"乡霸"，很多人就会怕他，他就有号召力，他身边自然就会聚集邪恶势力。像樊哙、夏侯婴、周勃、卢绾等人就成了他的爪牙。所以萧何用他当亭长最合适。

哪个敢不听话的，哪个敢不服徭役的，哪个敢不缴纳钱粮的，他都会出手，轻易"摆平"。当刘邦把势力做大后，县丞就不在他的眼里了，他就可以呼风唤雨了，就连县丞也得被他呼唤了。这和现在的黑恶势力能左右地方官是一样的。如果赶在现在，刘邦是不可能当皇帝的。翻开历史我们可以看看，历朝历代的开国皇帝，有几个人不是靠"耍无赖"起家的？赵匡胤、朱元璋都是典型代表。

刘邦耍无赖的典型案例是他的父亲被项羽抓去做人质后，阵前被胁迫，与项羽的对话，在父亲面临被杀之际，他竟然还会耍无赖。他对项羽说你我同为"约好兄弟"，我父即你父，杀我父就是杀你父。这时除了把自己的敌手变成兄弟，把自己的爹变成别人的爹之外，竟然还能将生父的尸骨分一半给人。无赖之相表现得淋漓尽致。

要知道，无赖最高明的手段是"骗"，而且是大骗，骗得人们深信无疑、心甘情愿为他卖命。刘邦斩白蛇，骗得人们认为他就是真龙，死心塌地跟他干。赵匡胤、朱元璋等也都是用如出一辙的手段骗取了人们对他的信任，才打下了江山。

无赖最大的特点第一是记仇。当他们寻到机会时，一定会雪报前仇的。我们不要被史书上无赖皇帝对昔日的某个"仇人"的"仗义"所蒙蔽，这也是他们在骗人，玩弄手腕，为自己树立形象。无赖第二大特点是翻手是云，覆手是雨，出尔反尔，没有信用可言。在用人上，可以无限重用人才，甚至去抢夺人才为己所用，充分发挥人才的才能，待其无用之际，则就一杀了却心患。刘邦就是这样的人物。像韩信、彭越、英布，都是典型的受害者。赵匡胤，朱元璋等都是功成名就之后杀功臣，以绝心腹之患。杯酒释兵权是绝对仁慈了。这也为后人提了醒，如果谁完全听信了无赖的誓言，完全信任了无赖，日后必遭杀身之祸。对无赖要有足够的防范意识。要把握好度，知道该什么时候急流勇退，知道如何保全自己。当然，很多时候，很多情况下，无赖是不好防的，也是很难防范的，因为你很难知道无赖在什么情况下变卦，在什么情况下翻脸。无赖第三大特点是会抓机遇，当他们抓住机遇后,就会一往无前地成就一番事业。要知道,无赖做事,只要能得到,从来不计后果。

第三个是烂泥扶不上墙的赵佶。赵匡胤绝对不会想不到他身后能有这样的孽孙。《文脉》中对赵佶有过不少论述。

他想了一个"以夷制夷"的策略,最后把自己制进去了。在女真人日益强大,建立金国后,他企图利用金国灭掉辽国,收回燕云十六州。此时的大宋王朝,就是一只病猫,经不住任何风雨的侵袭。结果,被金人发现了不堪一击的端倪。在辽国被金国灭了之后,厄运就轮到自己头上了。让人不可理解的是,如果大宋军队有人统帅作战,允许各路勤王,皇帝也不至于沦落为阶下囚。大宋朝野上下,畏敌如虎,乱如团麻,投降派把持朝纲,"议和"成主导趋势,区区金人的几千兵马,竟然能灭掉大宋王朝,现在看来就是笑谈。

在厄运来临之际,这个皇帝不是想怎么御敌,而是用毫无担当的高明手段推卸责任。似乎这国难和他无关,不管了,交权一走了之。可是哪里走得了,最后被作为筹码,押解到依兰五国头城。死后,还要被熬做灯油,何其悲哉!

当了皇帝不治国,重用奸臣把持朝政,自己则穷奢极欲,荒淫无度,追求逍遥自在,不亡国是不可能的。当时的北宋,最大特点是互相诋毁,内部不和,能量内耗,没有丁点抗金合力。最让人不可思议的是,在二帝被囚期间,本来都是拴在一条绳上的蚂蚱——谁也跑不了的人,驸马和皇子为了自己的出路,还能编造谎言,"检举"皇上叛乱。结果可想而知,二人被处死。

所谓"坐井观天"还真有其事,但不是真正意义的"井"。只是这个"井"有两个意思。第一个是他们早期住的是地窨子,如井一样两米多深。黑龙江地区冬天寒冷,人们抠地窨子住便于御寒。两位皇帝就在地窨子出口遥望南天。中原人不知道什么是地窨子,看像井,就误认为这就是井了。第二个是中原人有市井、天井的称呼。二帝迁居府邸后,因府邸呈"井"字形，如中原的天井，而被称为"井"，他们在院落里遥望南天，看南去飞雁。只是与第一个井相比，能空旷一些，视野能好一些，看得能真切一些而已。

宋代的皇帝，可以说是一辈不如一辈。赵构侥幸没被掳去，趁权力真空之际，他当了皇帝。在皇位与父子亲情上，他选择了前者，他不可能"北伐"。他最嫉恨的是岳飞要直捣黄龙府，接回二圣，最后利用奸臣将岳飞处死，也直接导致了南宋的灭亡。

如果用一个字形容宋徽宗，我想可以用"推"字，就是推脱责任，推卸责任；用一个字形容宋钦宗，我想那就是"软"字，要多软弱就多软弱；用一个字形容宋高宗，我想可以用一个"逃"字，金兵来了就逃，能逃多远，就逃多远。

有了这三个皇帝，大宋不灭，岂不怪哉！

据网上宋钦宗赵桓词条介绍，金海凌王完颜亮即位后，曾一度把赵桓迁到上京会宁府（就是现在的哈尔滨阿城）居住。2013年11月，我曾到此地考察。现会宁府旧址早已辟为农田，尚存石碑和瓦砾。贞元元年（1153年）完颜亮自上京迁都燕京，改名为中都，将赵桓带去。南宋绍兴二十六年六月十日（1156年6月20日）赵恒于燕京骑马中箭落地被马踏而死，被葬于河南巩义西15公里回郭镇南原永献陵。赵桓死在燕京史书是有记载的，有定论的。《辞海》和《中国历史大事件》等说他死在五国城是不对的。

第四个是曾国藩。这是个修身、齐家、治国、平天下的典型代表。

毛泽东曾说过："愚于近人，独服曾文正。"蒋介石曾评价说："曾公乃国人精神典范。"我想最简单地说，他就是会夹着尾巴做人。如果再简单一点说他的内心，就是"苦"；说他的外在，就是"装"。

曾国藩最大的贡献是以一己之力，扶大厦于将倾，扑灭了太平天国这把火，挽救了在风雨中飘摇欲坠的大清王朝。

曾国藩的"苦"，来自于多方面。

第一个是生活中的苦。他是孔孟之道的忠实信徒和践行者，他要时时处处检点自己的言行，总得"日三省吾身"，整天仁义道德，不能有任何逾矩之处。看官们想想，这该有多难，这是终生摆脱不了的苦，也就是说，他就是个苦行僧。这种苦往往还是哑巴吃黄连——有苦说不出。

第二个是失败了的苦。任何失败的苦，都要自己来尝。小失败小苦，中失败中苦，大失败大苦。经年纵兵的曾国藩，不可能仗仗皆胜，处处皆赢，肯定要有失败的时候。尤其在其最初与太平军交战的失败，几乎赔上了性命，还被人讥讽，这个痛苦可想而知。

第三个苦是不如意的苦。杭州灵隐寺有副对联说道："人生哪能多如意，万事只求半称心。"曾国藩有人生的目标，追求人生的价值，看重自己的名声，万事只求完美，约束自己几乎苛刻，做事求全责备。可是，事物的发展不可能完全随着个人的主观意识而发展的，总会有落差。形成落差之后，就造成了痛苦。

第四个苦是不顺心的苦。社会上往往是能力越强的人，越能干事的人，所受到的伤害越大，这里就不乏曾国藩了。曾国藩是很有心机的人，在自己的意愿实现不了时，在处于逆境时，总得面对，苦楚还无处倾诉，并且要装出人样，只能自己默默忍受痛苦。以至于自己"无一日游于坦荡之天"。

第五个苦是胜利后的苦。这是危及生命的苦。曾国藩最大的胜利是剿灭了太平天国，功成名就之际，他知道"福兮祸所伏"是怎么回事，韩信的下场就是活生生的例子，他最明白"狡兔死，走狗烹"这个最简单的道理。他还是一个愚忠的人，不能给朝廷留有任何猜忌心理，更不能成为皇上的心腹大患，身后还要留下好名声。保全自己的办法就是，得势就去失势，权重就求权轻，主动降低自己、贬毁自己。整天去想保全自己的对策，经年如履薄冰地走路，还要实实在在地夹着尾巴做人——能不苦吗？

上述这五个人，也可以用"禅"字来概括。他们是"禅变"的代表人，可以用"禅"这条线串联起来。这里既有正面代表人物，也有负面代表人物。他们所代表的、所经历的历史过程，也是社会进化的过程。他们最大的历史贡献是为我们制作了教材，为后人反复品读，体味个中杂陈，总结出一定的规律，为治国理政、做人做事提供参考，加以借鉴。《文脉》本身就是为我们制作的一面镜子。

四、小结

《文脉》的叙事和论述方式大都以某个时期的某个人和事，或自己的亲身经历说开去，引经据典、有理有据地加以叙述剖析，发表一些观点，阐释一些道理，揭示事物的真谛，非常令人信服和赞叹，读后大呼过瘾。成就这部书，需要有渊博的知识和深邃的洞察力加以佐助。没有深思熟虑的构思，丰富的阅历和辛勤的汗水，是成就不了这部书的。这部书写作方法非常直观、清晰、贴切实际，就人说人，就事说事，引导读者的脉搏能随着当时的历史境况而跳动，有身临其境之感。

《文脉》读后，现实的启迪意义自不言说，深远的历史意义也会留下深刻的一页，为后人所钟爱与认可，在浩如烟海的书林中闪烁着的特殊的光芒。

同时，这部书还是一部资料书。书中引用的名言、警句，引用的诗词、对联，剖析的人物案例和历史掌故，都为我们学习提供了翔实、可靠的资料。

历代仁人志士，为了一个"禅"，殚精竭虑，费尽周遭，甚至赴汤蹈火，舍生忘死，为我们留下了宝贵的文化遗产和精神财富。继承文脉，就是一个释禅的过程。作为中华民族的一分子，应将明道、修心、守正作为提炼自己的过程，再以创新的魄力和辩证的思维，把中华民族的传统文化发扬光大。

百川入海 万象归宗
——王充闾《逍遥游：庄子全传》读后

◎孙国尊

前　言

　　《逍遥游：庄子全传》第十四节开篇提到了"八面受敌"读书法，这是苏子瞻首创。子瞻年龄花甲有四，按其中年得法计，传承至今已经951年。作者王老先生深得此法之妙用，对《庄子》三十三篇探赜发微，设疑问，解谜团，明义理，点龙睛，开新悟。该法于我首次相晤，真乃孤陋寡闻至极。今年3月15日至4月30日，5月2日至5月29日两次"全面受敌"后，又多次"局部受敌"。除去道理太深，涉猎太广造成阅读计划难以掌控外，竟然很多汉字不认识，很多词汇不理解，很多章节段落内在关系相脱节，没办法只能字典词典不离身，参考资料不离手。虽然如此，仍然顾头顾不了尾，疲于应付。一面受敌后，脑海中支离破碎，两面受敌后脑海中东鳞西爪，重点章节多面受敌后依然云里雾里。处于如此浅薄的层面上，焉能谈得上"研究"？若不是因为自己是本会挂名研究员且为此身份保点颜面的话，都羞于提笔，写这篇读后感也是为完成作业交差而已。

　　庄子哲学思想的核心是如何把宇宙本体之道，转化为心灵世界之道，从而成就圣人、神人之身。正像当代学者李泽厚所说，庄子的兴趣并不在于去探究或论证宇宙的本体是什么，而只是为了要突出地树立一种理想人格的标本，即人的本体。对于如此深邃、玄奥的命题从何下笔才能吸引眼球、引人入胜呢？先生选择了设问的方法，提出了22个疑问，并以由表及里、由点到面、深入浅出的解疑方式，使庄子的思想轨迹、行为轨迹、人生轨迹如同一幅历史大幕徐徐展开。

庄子是道家学说的集大成者，庄子思想深藏在三十三篇中。作者通过主人公不做牺牲的个性、人生减法的操作、布衣游世的经历，刻画了其超拔高蹈的思想情怀和特立独行的人格魅力；通过解密千古奇文，描摹庄惠八辩，圆解十大谜团，真道的五张面孔如拨云见日，光洒人间；通过乡关何处的考证，战国当年的追忆，以道观之的研磨，故事大王的亮相，圣人登场的图景，出国访问的机缘，传道授业的辛勤，实现了道传尽、业授穷、惑全解的理想目标。通过文化渊源的探究，身后哀荣的警示，文脉传薪的理顺，诗人咏庄的精彩，作者由衷的感叹，将一位时代巨人、哲学鼻祖的庄子形象铭刻在天地之间，定格在凌虚之中。

先生年入耄耋，三下中原，廿年成书，四十万言。可以想象，精力与心血的付出与战国当年庄子的千支竹简、十万余言相比有过之而无不及。晚辈有生之年，品此大餐，实属有幸。解读庄子，一本在握，何计其余。说句心里话，对《逍遥游：庄子全传》若能全方位、深层面接受得了，名义上就算与蔺且挽手，与公子牟比肩，与先生对话了，多一句都是画蛇添足。还是以此书为引子，谈点其他吧。

一、博学广览，兼收并蓄，令人心悦诚服

我研读此书，仿佛鱼儿闻到饵香，立即产生不吞之，心不死的诱惑。这与此书内涵别样、饵料新颖密切相关。先生握紧中枢，兼容中外，吸哲人之灵气，采仕子之精华，百花成蜜，以飨读者。据我统计，此书从头到尾，出现786位人物，其中中国籍711位，占90.45%；外国籍75位，占9.55%；古代人物632位，占80.4%；近现代和当代人物154位，占19.6%；出现260部书籍，其中中国作者242位，占93.1%；外国作者18位，占6.9%。

从登场人物国籍和书籍作者国籍两方面着眼，可以得出一个结论，那就是庄子不愧是华夏热土孕育的哲学家，更多地受到家乡父老的关注。从登场的古代人物和近现代及当代人物两方面着眼，可以得出另一个结论，那就是对庄子的研究古往今来、薪尽火传。他们作为庄子这一主角的配角渐次登场，以庄子思想这一中心论点论据的名分与读者陆续见面，这种景象使此书异彩纷呈，好戏连台。与阅读其他书籍渐入佳境不同，阅读此书开卷入境，爱不释手，必穷之而后快！这些人物有政治家，有科学家，有艺术家，有医学家，有哲学家；这些书籍有社会专著，有科学专著，有哲学专著，有诗赋专著，有医学专著，使得人世间争奇斗艳、五色纷披。先生能够信手拈来，游刃有余，足见其"读书破万卷，下笔如有神"的深厚功底和博闻强记；足见其八面受敌法的灵活运用，左右逢源。对每一个人要读懂他，对每一本书要吃透它，还要将千差万别的理念、观点、行为、影响按既定标准分类归纳，得出结论，必要有"三更灯火五更鸡"的劲头和功夫，必要有"学海无涯苦作舟"的毅力和决心。每个名字的背后，都有一个传奇故事，诸如：孔子、墨子、鬼谷子、弗洛伊德、柏拉图、李白、杜甫、白居易等。有的名字有他特定的含义，就像《圣经》中的人物"俄巴底亚""哈该""哈巴谷""玛拉基"一样，这些人物的名字，一一对应的意思是"敬畏神的人""喜乐""被怀抱者""神的使者"。按此解析三十三篇中虚拟的人物，王骀、哀骀它、瓮盎大瘿、佝偻老人、轮扁、梓庆等，也必定有他特定含义，譬如"王骀"的"骀"就是"驽"，其意义暗含着大智若愚；"哀骀它"长相丑恶无比，但胸藏智慧。每个人名字的意义先生均做了点拨。这种含义与他们所处的时代，所生活的背景、所经历的炎凉、所暗含的寓意息息相关，这些寓意都是为主题设计的，为主人公服务的。每一本书都有它完整的思想体系，对后世均有不可估量的影响，诸如《论语》《诗经》《道德经》《史记》《圆形废墟》《例外与常规》等。有的人名与书名更是合而为一。诸如黄帝与《黄帝内经》，孔子与《论语》，老子与《道德经》，司马迁与《史记》，杜甫与《杜工部集》，韩非与《韩非子》，鲁迅与《鲁迅全集》等，这些其实人名就是书名，书名就是人名。正像《圣经》中的《列王纪上下》与《历代志上下》难以割舍一样，帝王的更迭与朝代的兴衰岂能风马牛不相及呢？

《文脉传薪》一节对"嵇、陶、李、苏"受庄子的影响做了深刻阐述，四位大家亦因此而著述颇丰。人们耳熟能详的毛泽东主席在他的诗词中至少两次化用了庄子的思想。其一是《七古·送纵宇一郎东行》（1918年）中提到的"鲲鹏击浪从兹始""要将宇宙看稊米"即是取义于庄子的《逍遥游》和《秋水》篇。这是对纵宇一郎的慰勉和鼓励，实为自况，格老味远，神定气足。其二是《念奴娇·鸟儿问答》（1965年）中提到的"鲲鹏展翅九万里，翻动扶摇羊角"也是取义于《逍遥游》。通过鲲鹏与斥鷃（蓬间雀）的对话，反衬对比，给人以深刻的哲理启迪。诸多古圣先贤的人名和千古流传的书名济济一堂，无可辩驳地证明了一个事实，那就是他们都曾运用八面受敌法，精研过《南华真经》，心灵深处对庄子的思想抓铁有痕，踏石留印。很难想象，不读懂庄子焉能知道鲲鹏展翅有多远；不读懂佛祖焉能知道明镜是台亦非台；不读懂《圣经》焉能知道善恶树上结善恶；不读懂泰勒斯焉能知道仰天落水遭人笑；不读懂苏格拉底焉能知道自我自然皆学问；不读懂李太白焉能知道黄河如丝天际来；不读懂曾国藩焉能知道万事如云过太虚；不读懂曹雪芹焉能知道一把辛酸泪几何？

多少人苦了累了，却仍然浑浑噩噩；多少人苦了累了，却能够把弄玄机。庆幸的是，先生读懂了，吃透了，嚼烂了，消化了。针对《庄子》，古今圣人的智慧凝聚在一起，中外方家的论点综合在一起，骤然间，群星集萃，光芒四射。这种景象在此书中俯拾皆是。两千多年来，庄子的哲学观点在同一熔炉里掺杂、碰撞、磨砺、淬炼，对庄子思想的传承和解疑起到了催化和加速作用，细细品味，更有助于理解"前古典，后现代"的心理攸同和道法自然。没有先生的博学广览、兼收并蓄，哪有今日的风云际会、俊采星驰？从这个意义上说，先生就是那位独占鳌头的点斗魁星，令人心悦诚服。

二、治学严谨，无懈可击，使人受益无穷

先生深受苏东坡"八面受敌"读书法的影响，多年来应用此法，试图解开庄子的千千心结。在实际应用中，何止是"八面受敌"，请看下面数据：在《庄子》一书中，共有对话 158 处；言及"齐者"近 20 处；"怒"字凡 42 见；"美"字凡 51 见；"道"字凡 353 见；寓言故事约 200 桩，以《庄子》七万言计，平均 300 余字，就有一个寓言故事；论及死亡 200 多处；在《庚桑楚》等十三篇中言及"老子" 21 处；《吕氏春秋》和《韩非子》引述《庄子》33 篇中的 14 篇；宋代解庄、注庄、论庄著作 60 多种；山东东明整理出 6 个方面 40 篇有代表性的庄子遗闻轶事；庄子生日、祭日两天，河南、山东、黑龙江 3 省 8 县区 30 多个村子的庄氏家族代表齐聚庄子观前；陶渊明诗中有酒的句子，约占全部句子的三分之一，酒字占 32 个，酒器不下 40 个；《庄子》中提到酒字 10 多处；李白诗歌中引用《庄子》中的典故 70 多处；宋代苏颂《游逍遥台》一诗 1400 言；古籍方志中，有关咏庄的诗词曲赋约 2000 首；苏轼 30 多年间，辗转 12 州为官；《苏轼诗集》中引用《庄子》中的典故、词汇约 3600 多处。可以肯定，上述数据，有先生自己统计的，有从文献中引用过来的。众所周知，一个结论正确与否都是可以通过相同流程得以验证的。因此，即使是引用，相信先生也定会重新复核，以求无误。上述数据毋庸置疑地证明，先生为了论证、论透一个论点，精研细查各种论据，小心翼翼，生怕挂一漏万，留下纰漏和遗憾。这哪里是八面受敌，而是十面受敌、百面受敌、千面受敌后，准确无误地将这些数据呈现给读者，传承给未来。真实的数据是最直观、最明晰、最有说服力的证据，它可以厘清异议、澄清浑浊、根除争辩、一目了然。这种八面受敌法先生犹如玩于鼓掌、灵活机动，巧妙地从读书扩展到考证、论证、解疑等方面，每一章节或某个章节的某个问题多半用了此法，极其奏效。

在《乡关何处》一节，为了追根溯源，从历史到当代，从史籍到方志，从活动范围到地域语言，从自然景观到人文地理，从断壁残碣到庙宇亭观，

从民间传说到文献记录，面面俱到，不留死角，最终得出令人信服的结论：庄子的出生地聚焦于以商丘为中心的三个同心圆的圆心上。在《道的面孔》一节，每一张面孔的呈现都是在对庄子言论层层剥皮、掰饽饽说馅式的精研细琢中浮现出来的。又对有心灵哲学之称的庄子之道授予了解读方法，那就是对王国维"人生三境界"精心改造后拓展出的王充闾"精神三境界"。这一探寻的过程和方法是否可以不再称作"八面受敌法"而称作"十面埋伏法"，正像孙子兵法所言：兵无常势，水无常形，敌变我变，克敌制胜。其势水泄不通，其果全军为上。研读起来便自然有一种天网恢恢、环环紧扣、层层递进、无懈可击的感觉。书我同一，庄生梦蝶，只能意会，不能言传的境界相伴而生。对《十大谜团》《身后哀荣》《文脉传薪》等章节的阐述方法与"十面埋伏法"十分相似。可见先生在哲学层面采取的科学态度和治学精神是何等的严丝合缝，何等的细致入微，为的是尊重先贤，尊重典籍，无愧历史，无愧良心，为读者、为后世留下一块完美无瑕的"和氏璧"。王国维的"人生三境界"也好，王充闾的"精神三境界"也罢，都是在学习实践中领悟出来的，毫无疑问，对后学受益无穷！我们不妨将其改造成"学习三境界"：学习要有"望尽天涯路"那样志存高远的追求，耐得住"昨夜西风凋碧树"的清冷和"独上高楼"的寂寞，静下心来通读苦读，即使"衣带渐宽"也"终不悔"，"人憔悴"也心甘情愿，在学习和实践中"众里寻他千百度"，最终"蓦然回首"在"灯火阑珊处"领悟真谛。

三、《庄子》与诗

历史上，确曾有过哲学与诗之间真正合作的情形，但这种合作只有在既是诗人又是思想家的人那里才可以找到（326页）。《庄子》是一部哲学著作，但是"庄子为了突破哲学的界限，实现文学转化，做到了哲学理论的形象化，哲学概念的生命化、人格化、境界化以及哲学语言的诗性化"

(刁生虎)。"庄子的思想本身就是一首绝妙的诗"(闻一多)。《庄子》一书无论是寓言、重言还是卮言都属于诗性语言。正像鲁迅以"无韵之离骚"评价《史记》一样,王国维对《庄子》的评价是:"即谓之散文诗无不可也"。上述结论从三十三篇中均可觅得真迹,如《齐物论》中"梦蝶",《秋水》篇中"观鱼",《人间世》中的"栎社梦语"等均充满浪漫的想象,在《大宗师》中集中论道采取的铺陈、排比手法与魏晋南北朝时的骈文极其相似,而骈文与赋、赋与诗之间藕断丝连。既然庄子哲学是诗性哲学,庄子人生亦是诗性人生,那么当庄子的思想出现在华夏神州,千百万后学争先恐后以诗词曲赋来颂赞、来品评、来抒怀、来感悟、来畅叙、来想象就不足为怪了。这种情景在《诗人咏庄》一节,如星罗棋布,熠熠生辉。先生从古今 2000 多首咏庄诗词中精选了四个方面 61 首作品,阅读起来,脑海中浮现出穿越时空的画面,这可能就是现代版的"庄生梦蝶"吧!值得庆幸的是,这一现代版的"庄生梦蝶"从魏晋到眼前,从黄河到辽水,从中原到塞北薪火相传、方兴未艾。请欣赏如下作品:

王充闾

逍遥齐物葆天真,喜见蒙庄有后身。
呼马呼牛随世态,无功无己做神人。
千秋帝业今何在?一代天骄早化尘。
唯此布衣贫叟健,悠悠文脉久传薪。

神华千古仰文宗,士有庄周后世风。
耻做牺牛衣绣锦,不蕲泽雉入雕笼。
自涯返矣君行远,以道观之吾志同。
死而不亡仁者寿,绝尘超逸耸鳌峰。

百川入海 万象归宗——王充闾《逍遥游：庄子全传》读后

朱彦

咏庄

序：庄子"一尺之棰，日取其半，万世不竭"。辨大而无外、小而无内之命题，实乃中国哲学之发轫，科学思想之发端，宇宙精神之肇始。因以为赋：

欲把乾坤指上量，先拿棰尺做文章。
二分不了情何在，万截犹余夜未央。
小洞庭中细推演，大包裹外是归藏。
一篇天下用心解，解得秋心寸寸长。

李葆国

过滑台谒庄子墓

荒冢随形不自哀，几曾化蝶梦魂开。
坐依箕踞循天道，笑鼓泥盆乐土台。
拨篱传酒邻翁唤，续辩骑驴惠子来。
欲证洪蒙解混沌，玄思元自碗中来。

何江

读《庄子·外物》篇感赋

堪堪夏至短衣裾，万载轮回不疾徐。
牺饵期年惊海鬼，竿丝溪畔守鲵鱼。
闲云款款南华适，梁相匆匆惠子居。
驰世从来非大德，怡情忘我自空虚。

张伟

水调歌头·夜读《庄子》

檐雨滴如诉，此夜共谁听。

明朝遥不能及，何必说阴晴。

世上炎凉已惯，更把虚名看淡，得失无须惊。

独坐小窗下，展卷读真经。

游北海，飞南岳，化鲲鹏。

神驰万里，天地无极任纵横。

莫问浮生长短，莫问花期早晚，物我两忘情。

知否千年后，蝶梦几人醒。

溪小琳

读《北冥有鱼》叹己

浮生有际云无际，苟且生涯奈几何。

鲲作鹏时风未举，沧溟九万梦中过。

曹继梅

逍遥游（词韵）

海运鲲鹏举，扶摇上九霄。

背承青昊宇，翼搏大洋涛。

早有图南意，今番走一遭。

轰轰复烈烈，天地任逍遥。

寇春莲

风入松·与庄周晓梦自喻

梦因蝶入不知身，何以辨虚真。

长风万里舒高翼，引悦情，击水鹏鲲。

醒罢叹非吾辈，幸哉能涤吟魂。

逍遥门下一闲人，煮字掩轻颦。

原知才命无由己，笔如椽，雨破云皴。

四出携从故友，余生还许青春！

懵懂人儿
于家于国已糟糠，哪敢附庸读老庄。
梦蝶鼓盆不关我，拈花牵犬遛残阳。

孙临清
浮槎欲逐上天河，不惹濠梁庄惠过。
百态锦鳞龙跃式，漩成春水大潮波。

赞美《庄子》是诗性哲学，不仅仅反映在诗词吟咏上，还反映在评诗、论诗上。晚唐《二十四诗品》就是最鲜活的例证。它继承了道家哲学思想，将诗歌创作风格、境界分类，借助道家理论把自己的审美经验连贯起来，其核心是"体道""主静"，诸如"真体内充""返虚入浑""是有真宰""与之沉浮""心斋独忘""涤除玄览""体素储洁""乘月返真"等。特别值得注意的是，将"雄浑"列为二十四诗品中的首品，它是建立在自然之道基础上的一种美。之所以放在二十四诗品之首，讲的是一种同乎自然本体的最高的美，在浑然一体的诗境中蕴含着无穷无尽的意味，犹如昼夜运行、变幻莫测的混沌元气，日新月异，生生不息，它是诗歌创作的最理想境界。它所体现的"超以象外，得其环中"的创作思想贯穿于整个二十四诗品。营口本地诗人，现供职于中华诗词发展基金会的朱彦先生通过多年的创作实践，归纳总结出《造境十法》，其中第二法就是"天网恢恢，疏而不漏"，这是自然之道，并予以展开阐述："天网恢恢，疏而不漏乃以疏布密，以密扶疏之法。大而不略其微，空而不略其远，无而不略其在，是其一也。丽而不失其质，拔而不失其真，韵而不失其格，是其二也。想而不忘其形，形而不忘其意，象而不忘其境，是其三也。造境者，以密为劣，以疏为佳，以不漏为妙。境妙者，形疏质密，以疏当密，以不漏为大计。不漏者，象之所包，意之所含，大象为先，小象次之。象内意内，是为不漏，象内意外、意内象外是为小漏；象外意外大漏也。境如网，恢恢不漏，宜疏不宜密，由此翻来，造境要领也。"

上述作品和评论，是对魏晋嵇康以来2000多首咏庄诗词的有益补充，是两千多年以来以诗词解析庄子新鲜血液的注入，是以庄子为主题弘扬古典诗词的强劲延续，是华夏儿女对祖先文化充满自信的强烈表露。

上述诗作和品评在历史的长河中呈现出清晰的脉络，在解析、弘扬庄子思想的同时，无意间对庄子思想的传承发挥了不可或缺的作用，若将这些诗词和品评融合起来，就是庄子思想的另一种表现形式——哲诗庄子。晚生深受这种氛围的熏染和启示，感触搅动积习，也试着成了几首小诗。

精神三境界之一
争名相倾轧，露智显奸黠。
真凶若尽行，何以得超拔。

精神三境界之二
贪欲人生何日止，超然宁静读《庄子》。
心境空明入太虚，方能旷达不悲己。

精神三境界之三
心宽地自宽，恬淡发悠闲。
不为身外物，役使到终年。

道的面孔之一：生活化
万物皆有道，云根生树杪。
若即若离分，欲分分不了。

道的面孔之二：自然性

形骸何所似，稊米焉能计。
流浪只须臾，永恒于出世。

道的面孔之三：游世的心态
物外好悠游，凌虚大自由。
时艰本无奈，应世欲何求？

道的面孔之四：心性化
读《庄》若不用心灵，寸寸光阴算白扔。
乡愁远去三千里，不失童真那份情。

道的面孔之五：审美化和诗性化
大道无形亦有形，万千感应动心灵。
彻地通天为大美，虚吾虚我尽诗情。

庄惠八辩之一
超常大瓠自添愁，缸腹难盛水倒流。
茅塞若能开一点，山川纵览做腰舟。

庄惠八辩之二
椿树穿云千尺高，不才难得鲁班瞧。
倘若挪它乡野外，纳凉避雨自逍遥。

庄惠八辩之三
咫尺见方能立足，见方以外不能无。
倘若只有见方在，黄泉汩汩断归途。

庄惠八辩之四
通感何时欲闪光，交融物我两相忘。
骚客哲思差无几，空灵具象问濠梁。

庄惠八辩之五、之六
年老即年轻，炎凉四象行。
终点是原点，无情却有情。

庄惠八辩之七
刀兵相见分正奇，名道交锋何所依。
若使方家防线破，应知诡者巧迂回。

庄惠八辩之八
亲子看门断下肢，中流拌嘴夜阑危。
迷失本我论大道，声名千古亦堪悲。

十大谜团之一：眼冷与心热
眼冷只因尘世寒，热心熔化几多难。
汗青千古可明证，十万箴言解倒悬。

十大谜团之二：有情与无情
自然世俗两分明，心底生波气上腾。
穹隆斗室鼓盆乐，眼里无情心有情。

十大谜团之三：行为委顺与精神凌虚
只缘委顺得安宁，不做牺牛对烛明。
超拔精神愿何寄，终能保性又全生。

十大谜团之四：独立人格与处势不便
"仕""世"音同意不同，道儒邂逅各居中。
底事谁能做圆解，抛干块垒变虚空。

十大谜团之五：实己与虚己
实己本为吾，虚吾只留我。
世事乱纷繁，红尘吾独个。

十大谜团之六：生与死
顶针联首尾，生死岂分开。
消长盈虚事，相携入道来。

十大谜团之七：道与言
"三言"味道属诗性，骚客因何懂内涵。
前有先生论吊诡，后昆心地已深谙。

十大谜团之八：言尽悖与辩无胜
辩和不辩两为难，舌剑唇枪锷未残。
纵使凌虚清块垒，庄生晓梦在人间。

十大谜团之九：哲思与诗性
无欲无私为本真，哲思漫步入诗魂。
只留道味去人味，信手天然万古新。

十大谜团之十：前古典与后现代
今是古来古是今，太初真道出于心。
人类思维本同祖，东西异路觅元音。

因晚生孤陋寡闻，上述小诗，均是从本书原文中化用而来，并非原创。

四、题外话

本书第十九节《文脉传薪》第424页从上至下第十行，原文是"嵇、陶、李、苏、曹五位大文豪……他们所受庄子的影响不尽相同，各有侧重……"本节中将庄子对前四位的影响及结果阐述得淋漓尽致，唯独缺少对曹雪芹的影响。可以肯定，作者就庄子对曹雪芹的影响必定进行过八面受敌法的研究，为什么不见诸该书呢？定有内情。是因为与前四位中的某一位所受庄子影响雷同相似，还是对曹雪芹的影响涵盖于对前四位的影响中，不得而知。如此一来，单就十九节而言，论述部分与结论部分就不能一一对应了。即，5与4对应相差1。如果从受影响程度的深浅和受影响领域的宽窄考虑，更不能用"1"来考量。就此，我专门查找了一篇文章《庄子与曹雪芹：两千年的守望》，该文没注明作者，但从笔法、风格、语言等感知上断定，定是出自先生之手。尽管曹雪芹受到的影响多方面与前四位相似，但是至少一方面有别，那就是"蝴蝶梦"与"红楼梦"。为了使整个章节甚至全书美玉无瑕，建议在合适的时机（如再版）将庄子对"曹"的影响及结果排列在对"苏"的影响之后。

结　语

先生在本书结尾意味深长地写道："著文也好，题诗也好，发言也好，反正论庄、述庄、解庄之类的研讨活动，今后千秋万代，还将不断地延续下去。"此次王充闾文学研究中心发起的大型研究活动，是对先生寄语的最好诠释和明证。这是一次饱餐式的充实，远距离的延续，大面积的继承，也为具有传统河海文化特色的营口文化点缀了浓墨重彩的一笔。

百川入海 万象归宗——王充闾《逍遥游：庄子全传》读后

　　读罢此书，掩卷沉思，有这样一种感觉：如果将本书涉猎的260部文献、难计其数的论文、786位人物、2000多首诗赋、3000多处典故譬喻为江河溪流，它们有的跨越千年，有的流经诸国，有的湍急直下，有的悠然自得，有的撞击峡谷，有的踏破平原，最终交汇融合，形成百川入海之势，那么这个胸襟广阔、深不可测的大海就是洋洋洒洒40万言的《逍遥游：庄子全传》。百川因何归顺，是因为经过了三个境界的锤炼，无形变为有形；大海因何包容，是因为经过了五张面孔的整合，无用为之大用。这一名副其实的大海，是作者心灵的海，是读者想象的海，是庄子悠游的海，是人类思维的海，是中华文化的海，是人间正道的海。它已经借助先生的如椽巨笔掀起了铺天盖地的波澜，它联锁古今，兼容天地，时时上演着百川入海、万象归宗的恢宏剧目，必将永无止息地从远古奔向未来。

感悟于"自然"
——读王充闾先生《逍遥游:庄子全传》有感

◎郭玉杰

优秀的传记文学作品,都表现出了以历史上或现实生活中的人物为描写对象,主要人物和事件符合史实,而且人物生平经历具有相当的完整性。作者通过生动的情节叙述和语言描写,塑造出性格鲜明的人物形象,从而使作品具有强烈的艺术感染力,并且感染读者。王充闾先生的《逍遥游:庄子全传》正是这样一部优秀的传记文学作品。

为两千多年前的庄子做全传,难度之大,可想而知。其一,史料匮乏,内容零散,正史记载寥寥,就连司马迁的《史记》也只是在《列传第三·老子庄子申不害韩非》中数言略表。之后,虽历代传疏、研读的文章不断,但皆见仁见智,且大多只唯《庄子》一书探讨,难以形成庄子其人的完整性。其二,有关庄子的考古记录,几乎无影,造成庄子的生平经历除《庄子》和有关史料的散记之外,大多是传说。然而,就是在这种条件下,王充闾先生竟历经十余载,成就"一部全面而详尽的《庄子全传》"。全书生动形象又不乏学术品位,具有文史哲兼备、雅俗共赏、古今贯通的特质。作者以严谨的写作态度,依据《庄子》文本及相关史料、传说,汲取融合历代贤哲的众多研究成果,经过精心组织材料,巧妙布局谋篇,以散文形式、写实手法,呈现了庄子的生命历程、生活状态、人生特征、思想轨迹,彰显了庄子的影响力,完成了"时代巨人"——庄子的形象塑造,为中华民族文化的伟大复兴,优良文化传统的传承,贯注了浓墨重彩的一笔。可谓"究天人之际，通古今之变，成一家之言"。

拜读此书，如曲径通幽，时而山重水复，时而柳暗花明。虽感触颇多且益深，却只能浅谈点滴之得。

王充闾先生以严谨遵奉史实的态度，旁征博引，揭去了庄子两千余年来扑朔迷离，甚至神秘莫测的面纱，为读者写出了一位呼之欲出、可感可近的"庄老先生"。《庄子全传》叙事娓娓道来，语言瑰丽而不失朴实，对不同年龄、不同层次的读者都会有不同程度、各得其所的收益。青年人读之，会感悟到庄子着眼于精神自由、崇尚思想解放的逍遥；中年人读之，会领悟到庄子摆脱功名利禄，鄙视金钱权力的超越。因为"庄子哲学是艰难时世的产物，体现了应对乱世、浊世、衰世的生命智慧"。庄子面对战国纷争的现实，不做所谓的真"隐士"。王充闾先生曾在他的另一篇文章《隐士》中说："古代士人的隐心，分自觉与被动两途，有些人是在受到现实政治斗争的剧烈打击或深痛刺激之后，仕途阻塞，折向了山林。开始还做不到心如止水，经过一番痛苦的颠折，'磨损胸中万古刀'，逐步收心敛性，实现对传统人格范式的超越。也有一些人以追求人格的独立与心灵的自由为旨归，奉行'不为有国者所羁'、不'危身弃生以殉物'的价值观，成为传统的'官本位'文化的反叛者。"庄子自然是后者，而且以此心观其世，又以"游世"之行而对之。于是他不逃避现实，也不做进攻者，更无战胜之意，而是坚守自然本性，维护生命自由，在夹缝中生存，在乱世、浊世、衰世中摆脱困境，养性全生。此种人生之道，对后世而言，即使人们生活的时代不是乱世、浊世、衰世，但世间的各种矛盾与纷争也是层出不穷与变化多端的，同样值得人们思考、借鉴、吸取，从庄子身上得到启示。

读《庄子全传》感触尤深者是老年人，若结合自身生活阅历，细细咀嚼，更应受益匪浅。老年人经历多，尤其是曾入世多年者，遍察人事；一经出世，更应转换思维方式和生活样式。若想从繁杂中解脱出来，走向简单，面对世事"想得开""放得下"，颐养天年，阅读感悟《庄子全传》，则会事半功倍。

《庄子全传》一书在庄子之"自然观"方面，突出了"回归自然本真，重视生命个体"这一点，并为人们做了明了的解析。"自然"是庄子在《庄子》一书中反复阐述的核心理念，更是他一生探求与追求的极致。王充闾先生在《庄子全传》中为人们做了深刻而明晰的解释："崇尚自然，回归自然，顺应自然，这是庄子哲学的一个核心理念。这个'自然'应该是广义的，既指本真的自然界，也涵盖自然境界，并具有本性、本然、本根的内蕴。"人们本自置身于自然界，可是面对的却是大量的"人化的自然"。这样，就应该选择好并进入到一种适合自我、不碍他人的"自然境界"。这种"自然境界"表现在如何对待人世、事物的方方面面，而庄子的"崇尚、回归、顺应"，特别是"顺应"，便是足可借鉴、可取的途径。

　　人之暮年，虽寡事清为，但有人仍会有萦萦于怀、挥之不去的自忧，很难找到一种"娱我"且"忘我"的"自然境界"。人人难以逾越的生老病死的"死"，令多少人思之如虎、闻之若狼。如果能从《庄子全传》中有关庄子生死观的叙述与阐释中得其一二，则会渐渐明白。王充闾先生在《庄子全传》第五章第十七节"哲人其萎"中这样写道：庄子的生死观就是"生寄死归"，生死一如。生命只是偶然的有限的历程，生是死前的一段过程，活着时宛如住在旅馆，死去就是回家了；生与死不过是一种形态的变化，生死是同一的，同归于"道"这个本体。

　　这个"道"即自然，生死同一，皆属自然。此在《庄子·至乐》篇"鼓盆而歌"中可证："庄子妻死，惠子吊之，庄子则方箕踞鼓盆而歌。惠子曰：'与人居，长子，身死，不哭亦足矣，又鼓盆而歌，不亦甚乎！'庄子曰：'不然。是其始死也，我独何能无概（慨）！然察其始本无生；非徒无生也，而本无形；非徒无形也，而本无气。杂乎芒芴之间，变而有气，气变而有形，形变而有生，今又变而之死，是相与为春秋冬夏四时行也。人且偃然寝于巨室，而我噭噭然随而哭之，自以为不通乎命，故止也。'""自以为不通乎命"的"命"，便是自然。

　　这样的生死观不但表现于别人，就是于其本人，也如此。在《庄子·列

感悟于"自然"——读王充闾先生《逍遥游：庄子全传》有感

御寇》篇记之："庄子将死，弟子欲厚葬之。庄子曰：'吾以天地为棺椁，以日月为连璧，星辰为珠玑，万物为赍送。吾葬具岂不备邪？何以加此！'弟子曰：'吾恐乌鸢之食夫子也！'庄子曰：'在上为乌鸢食，在下为蝼蚁食，夺彼与此，何其偏也！'"更有史料佐之，《意林》引桓谭《新论》载："庄周病剧，弟子对泣之。应曰：'我今死则谁先？更百年生则谁后？必不得免，何贪于须臾。'"死是归于自然，有"天地""日月""星辰""万物"为"葬具"，何须"加"。"乌鸢""蝼蚁"皆属自然，何必"偏"。"谁先""谁后"都不可避免，为何贪于片刻。

如此纪实的文字，如此平静地对待死亡，可见庄子之生死观的豁达，自然中存在生命，生命中包含生死，生死是自然之事，于是顺应自然，以理化情。其死即"回归"，自可"顺应"，归结为，是其对自然的本真的"崇尚"。这种"崇尚"使人从诸多束缚中解脱出来，进而达到了身心的自由与超越。

庄子面对"死生亦大矣"的"死"能如此"自然""逍遥"，回溯其一生，辞去"漆园吏""宁其生而曳尾于涂中"，不做"牺牛"而可得为"孤豚"，甘为"泽雉"等等，皆显现了其特立独行又远见超凡的清醒；于是"游世"生存，安贫乐道，传道、授业、解惑。庄子如此清醒的根本源于"道"，虽然庄子之"道"始于老子之"道"，但对老子之"道"有批判式的继承和创造性的发展，体现了他"与时俱化，而无肯专为""物物而不物于物"的思想。"道"是可言、可议、可见、可听、可触的，"道"是无处不在且现身于具体事物之中的，"道"是与人生思考、生命纵谈、精神自由、思想解放相融的，他使"道"更加丰满而具体，于是成其为"庄子之道"。王充闾先生把"庄子之道"解析为五张面孔，使读者更清晰地认识了"庄子之道"。其第二张面孔即"庄子之道""表现为自然性"，而且将其"自然性"从人之个体的"生死观"拓展到时世的"生存观"的大视野。王充闾先生这样认为："庄子极力反对短视、狭隘的人类中心主义，否定人类出于功利目的，对自然进行种种干扰与破坏；认为物无贵贱，都有同样的生存与发展权利，他极度痛心地描绘了由于打乱自然秩序、背弃生物本性所造成的鸟惊兽窜，草木不得生长，昆虫无处栖身，万物失去生存环境的惨景，表达了他对于生态平衡的关切之情。"这是两千多年前庄子忧虑的目光与今人睿智的观察的碰撞与契合。面对我们的生存环境，人为地过度开发，已造成了生态的失衡，是该慎重地思考庄子的"自然观"了。人类中无论哪个国家，无论哪个阶层，无论哪个职业，无论哪个年龄，都应慎思于己，合理开发利用，则"人与天一"和谐发展，因为自然资源的"绿水青山"才是人类赖以生存的"金山银山"。

　　由于历史的局限，就"自然"而言，庄子的"自然观"自有偏见一面。王充闾先生在第十八节"身后哀荣"中指出，庄子主张一切顺应自然，不对自然进行人为的加工，批判人类粗暴地征服、控制、掠夺大自然，是有积极意义的；但反对对大自然进行任何改变，认为人类文明的每一次进步都是以牺牲自然环境为代价的，这也是一种偏颇。

　　《庄子全传》给人的益处既宽阔又深远，它立体化地让我们感知了"时代巨人"庄子及《庄子》一书的精华。也让我们认识到了庄子用文字表现的是"警示"，而不同于儒家的"说教"，此点更值得深悟。庄子主张"与时俱化"，这也给我们以启示，对庄子的"自然观"只有借鉴、吸取，"化"为创新的"自我"；因为自然不可复制，自然境界更不可复制，一旦复制，则僵化，则异己；异己则泯灭了人格的自由、精神的独立和境界的超越。

浓浓家国情 拳拳中国心
——读王充闾"人文三部曲"有感

◎潘虹玮

近日在工作之余,拜读了原辽宁省委宣传部部长,原营口市委副书记,著名文化大家王充闾老前辈的三部新书——《国粹》《逍遥游》和《文脉》。这三部大作共13章,120多万字。在未读王老的新书之前,虽然我也是土生土长的营口人,但是对于王老作品阅读得较少,对于王老文学作品与文化精神、文化业绩的了解仅限于文化圈中流传的"南秋雨,北充闾"的街谈巷议话语之中。最近得到营口市王充闾文学研究中心学术研究部惠赠的王老"三部曲"书籍,当我刚刚粗略阅读之后,立刻被"三部曲"中处处洋溢着的"浓浓家国情,拳拳中国心"所深深感染。每当我阅读三部曲中那满蕴深刻哲理,充满爱国、爱家乡、爱人生的大爱无疆精神的文字,似乎都有一种与文化导师在书中相见恨晚的莫名感慨。下面结合阅读内容,谈谈我对王老"人文三部曲"的读后感受。

通过阅读王老的三部曲,我意识到,所谓的家国情,其实就是"家国情怀"的另一种说法,它的概念应该是多层次的。首先,家国情怀起源于士大夫的人文信仰和人文精神,是古代知识分子阶级优越性的自我标榜,具有一定的狭隘性。第二,家国情怀在形成过程中,与儒家思想的三纲五常、宗族伦理、个体意识是密不可分的,是经历了战争失败、骨肉分离、国破家亡之后伤痛思维的沉淀。第三,家国情怀是近代特殊社会历史的思想产物,因为近代以来,士大夫的人文精神不断下移,是士大夫精神在整个民族遭受苦难之后精神的重构，千锤百炼，浴火重生。所以近代的"家国情怀"带有很强的积极、正面意义。第四，家国情怀具有时代性，随着时间的推移，这种超越民族、意识形态的优秀文化传统在社会建设、国家统一、展现民族凝聚力方面都开始发挥作用。因此，我们当前所说的家国情怀就应该是作为个体的人在中国传统文化影响下，对价值共同体持有的一种高度认同，并促使认知共同体朝着积极、正面、良性的方向发展的一种思想和理念。因为"家国情怀"是中国优秀传统文化的基本内涵之一。所谓的"家国情怀"，如果用哲学语言解读就是指主体对共同体的一种认同，并促使其发展的思想和理念。其基本内涵包括家国同构、共同体意识和仁爱之情；其实现路径强调个人修身、重视亲情、心怀天下。微观考察既与行孝尽忠、民族精神、爱国主义、乡土观念、天下为公等传统文化有重要联系，又是对这些传统文化的超越，因此"家国情怀"在增强民族凝聚力、建设幸福家庭、提高公民意识等方面都有重要的时代价值。这是因为家是人生开始的地方，共同生活的眷属和他们所住的地方；国是人生理想的源泉。有土地、人民、主权的政体，即我们现代人口中的国家实体。而情怀则是指一种感情，一种寄托，一种希望，一种永恒的梦想。亚圣孟子在其著作《孟子》中说："天下之本在国，国之本在家，家之本在身。"家是国的基础，国是家的延伸，在中国人的精神谱系里，国家与家庭、社会与个人，都是密不可分的整体。"国家好，民族好，大家才会好"，"小家"同"大国"同声相应、同气相求、同命相依。正因为感念个人前途与国家命运的同频共振，所以我们主动融家庭情感与爱国情感为一体，从孝亲敬老、兴家乐业的义务走向济世救民、匡扶天下的担当。家国情怀宛若川流不息的江河，流淌着民族的精神道统，滋润着每个人的精神家园。这种"家国情怀"在王老的"人文三部曲"中可谓俯拾皆是，例如在三部曲中对中华民族祖先轩辕黄帝的歌颂，对中华传统文化代表人物与思想家孔子、孟子以及庄子的积极评价，对祖国优美山川的赞美，总之从对秦始皇历史功绩的正确评价到对古代女杰"花木兰与秦良玉"的褒扬，绝对称得起是对所有人都有教益的家国情

浓浓家国情 拳拳中国心——读王充闾"人文三部曲"有感

怀文化精品。

众所周知,家庭是精神成长的沃土,家国情怀的逻辑起点在于家风的涵养、家教的养成。以正心诚意、修身齐家为基础,以治国平天下为旨归,把远大理想与个人抱负、家国情怀与人生追求熔融合一,是古人的宏愿,亦是今人传承家风和家教的本分。在传承优良家风中筑牢责任意识和担当精神,在正家风、齐家规中砥砺道德追求和理想抱负,在履行家庭义务中知晓责重山岳、公而忘私的大义,正是家风传承中所蕴藏的时代课题。正如一首歌所唱的那样,"家是最小国,国是千万家",每个人的生命体验都与家国紧密相连。正是在这个意义上说,家国情怀,与其说是心灵感触,毋宁说是生命自觉和家教传承;与其说是文化传承要义所在,毋宁说是人文工作者的朴素初心和拳拳中国心的融合体现。为此,王老的三部曲中,无论是对《礼记》里"修身、齐家、治国、平天下"人文理想的评说,还是对"先天下之忧而忧,后天下之乐而乐"的大任担当精神的称赞,抑或是对陆游"家祭无忘告乃翁"的忠诚执着的家国情怀的赞美,都充满了教人爱国,教人敬业,引人向上的意识,以鞭辟入里的语言引导人们学会在实践中更好地兼顾小家与国家,将对家的情意深凝在对他人的大爱、对国家的担当上。

在王老的三部曲中,如果说,浓浓家国情是律动在所有篇章中的音符,那么拳拳中国心就是统率这浓浓家国情的主旋律。何谓中国心?简言之,中国心就是仁爱之心、羞恶之心、辞让之心、是非之心;就是爱党爱国的赤诚之心,就是热爱人民,热爱生活的善良之心。这颗善心凡人皆有之,之所以叫它"中国心",是因为它是通过中华文化的特殊方式展现出来的,亦可称之为中华心与中华魂的文化结晶。习近平总书记在文艺工作者座谈会上讲过:"实现中华民族伟大复兴,是近代以来中国人民最伟大的梦想。今天,我们比历史上任何时期都更接近中华民族伟大复兴的目标,比历史上任何时期都更有信心、有能力实现这个目标。而实现这个目标,必须高度重视和充分发挥文艺和文艺工作者的重要作用。"优秀的文化传承优秀的历史。"一个国家,一个民族不能没有灵魂"。我们的人文工作者要虚心向王老学习,向王老那样,将时代精神与优秀的传统文化相结合,扎根"中国心"的文化土壤,颂扬时代的优良品德,让优秀文化得以传承,让高尚精神得到讴歌,让民族有魂,这是阅读王老"人文三部曲"带给我最深刻的感悟和启示。

乘物以游心
——读王充闾先生《逍遥游：庄子全传》有感

◎ 邢 瑜

少年时代读过一篇写庄子的小说，已经记不得其中的细节，大致意思是：庄周在困顿的生活中忽然渴望人间温情，一个骷髅头骨让他想起去世的妻。他去看望最好的朋友惠子，当时惠子在梁国为相，有人对惠子进言，说庄周来是要代替他为相。惠子忌惮，庄子对他说，凤凰从南海飞往北海，非梧桐不栖，非练实不食，非醴泉不饮，怎么会看上一只腐鼠呢？然后庄子抛掉手里的骷髅头骨，说：人的鲜味不过如此！飘然离去。印象最深的是这句话，只觉得道出无限悲凉。

这是关于庄子留下的最初的直观感性认识，而以后的了解仍是浅显、零碎。

直至读了王充闾先生的《逍遥游：庄子全传》，对庄子有了全面完整的认识。那个两千多年前"乘物以游心"的天才、诗人、哲学家的形象跃然纸上，仿佛听到他睿智的发声，看到他放得下的豁达，"在苦涩的人世间，做超越的逍遥游"。

一、在历史里寻找庄子

庄子是遥远的历史存在，除了留下的著作，他"毕生寂寞"，即使在《史记》中，对庄子也不过"附笔记叙二百三十五个字"。寻找庄子，定是苦旅。

宋人在诗里感叹："翁也家何在？悠然天地间"。

而我们的幸运，是通过一部《庄子传》，便可以随作者的脚步，"穿越邈远、神秘的时空隧道，追寻他那幽渺虚灵的踪迹，进而直窥灵府的堂奥"，了解庄子，品读庄子的思想、智慧和境界。

作者带上地图和书卷，在留存过庄子痕迹的地方寻找，寻找庄子的物质家园。"日暮乡关何处是？烟波无语草芊芊"。

在作者的心里，庄子的足迹几乎都刻印在家乡的黄土地上，但他却像一个辛苦的旅人，"昼夜蹀行，寻觅他的精神家园"。庄子的著述，是"客中思家的哀呼""在那晚钟摇动的黄昏"，是庄子"向无尽的苍茫，搜寻仅仅属于自己的一缕炊烟"的时刻。读到这一时刻，竟也感知了濠梁的寂寞。

作者对属于庄子的史料碎片进行考证研究，再经过细节刻画、心理描写，以及合理的想象，让展现在我们眼前的庄子具体而生动：

公元前369年，庄子出生于宋国蒙地，受过良好的教育，做过漆园吏，三十一二岁，辞去漆园吏职，多数时间闲居索处，也进行一些社会交往，生活困窘。60岁后晚景苍凉，独身栖息故园，课徒著书。约在公元前286年辞世，享年83周岁。

庄子以精神自由、逍遥境界为人生终极价值，这是"入世情怀"的基调，却以"出世的冷眼观之"而形成"独特认知与深切的体悟"。他"游于世而不僻，顺于人而不失己"，既非真正的入世，也非纯然的出世。他称道"列子御风而行，泠然善也"，但"犹有所待者"，他的目标是"乘天地之正，而御六气之辩，以游无穷者"，这种"无待"的绝对自由，是游心于"至人无己，神人无功，圣人无名"的恬淡之境，而至虚静其心，用心若镜，就能承受万物变化而没有损伤。

一介布衣困踬乡园，却绝不做牺牛。他的"善用减法"，他的"齐物"思想，他所讲过的有趣的故事，他拉圣人做演员的表述方式，还有他的出游访问，他和惠子的八番论辩，以及他讲道授徒等事件，经作者着力的心灵剖析，拓展精神世界，庄子的形象在读者心里清楚起来。

依照本书中庄子行年简表，庄子妻子死于公元前312年，而《秋水》篇：惠子相梁，庄子往见之，以"鹓鸰鹓雏"讥之，是在公元前341年。如此，小说中的庄子故事，出现时间顺序上的颠倒。那个扔掉骷髅头骨，说出"人的鲜味不过如此！"的庄子，被小说家借《秋水》篇里的故事，虚构而成。

但这样的短暂时间内的特定情绪表现，也应该符合庄子的生活状态吧。

生逢乱世，人如飘蓬，世人"人为物役""心为形役"的"无家可归的状态"让他伤怀、凄苦，但"大自然予他以无尽的充实、无穷的逸趣"，为他的"乘物以游心"以及诗性生活的描写，提供了丰富的思想文化资源。

读者心里的庄子，是追求人格独立，崇尚自然天性、逍遥境界的哲学家，是情感丰富、激情浪漫、幽默风趣的文学家。他生活困窘却悲天悯人，他善辩而认为辩无胜，他抱持无为，无心艺术，却将自己的哲学观念巧妙地进行了文学转化，哲思体现在他的故事里。一部《庄子》，使诗与哲学实现有机统一。

而《逍遥游：庄子全传》尊重史实，全篇立论有据、持论严谨，具有极高的学术价值。

二、以现代眼光观照、思考历史，触发现实感悟

作者笔下的庄子，不仅是史实中的庄子，也是他心中的庄子。充闾先生曾说过："我很小就读了他的书，当时虽然并不全懂它的文辞，可庄子的形象却活在心里：瘦骨伶仃的身材，穿着打了补丁的大布之衣，住在穷间陋巷之中，靠编织草鞋来维持生计，可精神上却是富有的。"

庄子是可爱的，他富有人情味、平常心，他的故事极具浪漫色彩，人物生动形象，同时寄予深刻的人生哲理。

作者分析庄子有情还是无情、行为的委顺与精神的凌空高蹈的矛盾、生的执着与死的解脱的矛盾，以及前古典后现代的眼光是如何结合的，等

等，对这十大谜团的解读，是把庄子视为一个活生生、思想感情复杂矛盾的人来看待，承认矛盾、分析矛盾、理解矛盾。

作者阐述庄子"道"的五张面孔，与老子相比较，庄子"道"的形而上品格有了新的发展，它具体、丰满，可以听闻，可以捉摸。道的生活化，表现为道无处不在，恒定存在，存在于每一个具体的物象，却又不为具体物象所拘囿。道的自然性，指要一切顺应自然，听任自然，人与自然息息相关，就要摆脱人为中心的局限性，人与自然和谐相处。道是游世的心态，在现实生活中保持超脱的境界。与游世相呼应的，就是游心，道的心性化，以最大限度实现精神的超越和解放。道是审美化和诗性化，"最终落脚点是理想人格的构建与诗性境界的提升"。

用心去领悟庄子的道，可以超越小我，超越世俗的价值标准。有了精神境界的提高，精简物质生活，追求精神上的富足丰盈，就会不为物所累，获得内心的自由和安宁。

三、读《逍遥游：庄子全传》，让读者走近作者

充闾先生是高山仰止景行行止的散文大家，国学基础深厚，学问超人。他所写无论世事还是景致，都独具见地，直抵人性和心灵。在本书中，他探究考校相关史学资料，融汇古今、中西，仿佛以一条心线穿透两千多年的时光，让已逝风烟在眼前重现奇华异彩。

一部《庄子》，"思想的超脱精微，文辞的清拔恣肆，实在是古今无两"。作者从思想内涵、言说形式与述学策略等方面，系统论述《庄子》作为千古奇文的思想美和文字美，以及思想和文字、外形和本质的极端调和。

《逍遥游：庄子全传》不是文化快餐，它具有庞大的思想含量，需要细细品读。

作者以对现实生活的独特理解，把读者带进历史空间，剖解面对庄子而产生的各种疑问，以及领悟庄子的现实意义。

解读庄子的善用减法，指出庄子的苦乐观有其超越的视角和独特的标准。"为道日损"最后达到"虚一而静"的最高境界，是从行为层面进入深藏于精神本体的内在追求和价值取向。

在《不做牺牛》一章，作者于结尾处写下四句诗："人间浊世漫苍黄，泽雉牺牛各有方。散木不材为岂易，破头洒血想蒙庄。"这是对世人追逐功名利禄的嗟叹。

面对心为物役、人性异化的社会现实，庄子的哲学思想不失为一剂清凉散、醒心剂。作者以自身的达观，对世人提出警醒和告诫。对庄子反对仁义礼智信等社会属性，甚至要取消人类文明，提出批判的意见。

充闾先生感叹于庄子的精神和文脉千古传承、薪尽火传，斯文不坠，从嵇康到陶潜、李白、苏轼、曹雪芹，俱受庄子影响，各有侧重、不尽相同。但庄子作为天才中的天才，只能有一，不会再有二。那些咏庄的诗句里，也寄寓着作者的真情。

读者的心理感觉已经和作者发生共鸣：两千多年过去，庄子倡导的自由精神极富现实针对性和普世价值，"他的身影、他的精神、他的诗性、他的风采，时刻都活在世人心里"。庄子犹如北斗恒星，终古照临着遥夜。而作者以扎实的传统文化积累、开阔的学术视野和思维方式，对庄子予以全面的认识、新的解读，将启悟和警示留给读者，这些文字泱泱大气、字字珠玑，同样以"诗性光辉"托载"思想洞见"。

也唯此，《逍遥游：庄子全传》才使读者受益良多。综观全书，处处皆是学问和知识，值得一读再读再三读。

读王充闾先生《国粹》浅析文化自信

◎司美霞

翻开厚重的人文传承书籍《国粹》，赫然映入眼帘的是《序章传承：文化自信》。如饥似渴地精读下来，不禁被优美的文笔、独到的视角、高远的境界和厚重的人文素养所吸引。众所周知，充闾先生是当代著名的散文大家，创作了诸如《春宽梦窄》《沧桑无语》《龙墩上的悖论》等大量优秀散文作品，夙有"南余北王"之美誉。透过《国粹》每一页跳动的鲜活文字，探究其笔底深藏的文化和历史底蕴，我总有一种迫不及待的冲动，那就是余生一定要把先生的全部书籍乃至所有文字都通读一遍，尽可能多地了解充闾先生。慨叹精品文学魅力，《国粹》读后，给我最深的感触是四个字：文化自信。

一、中国人的文化自信

何谓文化自信？文化自信是一个民族、一个国家以及一个人对自身文化价值的充分肯定和积极践行，并对其文化的生命力持有的坚定信心。若要让世界感受到中华民族的文化魅力，首先就必须拥有坚定的文化自信。

《国粹》用了四个章节分别阐述"中国心"。

1. 祖先：人生命脉

充闾先生从中华民族的始祖轩辕黄帝写起，历数其造福于民的功绩。每个中国人都自认是黄帝的子孙，并以此而自豪。接着分别写了道家智者庄子、士君子孟子、千古一帝秦始皇、和亲者文成公主、千古文人李白、境界达人苏东坡、绝代才人宋徽宗、女杰秦良玉、平常心纳兰容若、性情生活家袁枚、苦味人生曾国藩。这些杰出人物贯穿了中华上下五千年历史，他们的足迹凝聚了中国人的人生命脉，成为中华民族生生不息的一种象征。

2. 人文：生命符号

中华人文是中国人的根脉，也是中国人特有的引以为荣的生命符号。它滋养我们的心灵世界，激发我们的生活勇气，是中华民族一代又一代生存下去的底气。

《国粹》描绘的贺兰山岩画、易经、尚书、广陵散、诗词、对联、姓氏文化、礼仪，这些博大精深的优秀传统文化，积淀着中华民族最深沉的精神追求，它能增强做中国人的骨气。

3. 河山：文明大地

中国拥有960万平方公里的广袤土地，风景优美，资源丰富，山河壮丽。《国粹》选取了三峡、徽文脉、江南、古晋北、凉山云和月、丝绸之路这几个富含文化养分的地方，来充分体现我们文化自信的深厚根基。

4. 传统：生活智慧

《贤母品格》《邯郸道》《隐士》《文明融合》《家天下》《情为何物》《科举》《历史周期律》，我们受传统文化的熏陶，耳濡目染，这些千百年传承的理念，已浸润于每个国人的心中，成为日用而不觉的价值观，构成中国人独特的精神世界。

二、充闾先生的文化自信

1. 读史、述史、写史

数十年来，读史、述史已经成为充闾先生精神享受、思想升华的一种必要方式，一种无须选择的自动行为。读史，主要是读人，而读人重在通心。充闾先生读史通心，不是简单地翻阅史籍、了解历史人物，而是设身处地加以体察，在感同身受的基础上理解前人。不仅如此，先生还对著史者同样进行体察，注意研索其作史的心迹，探其隐衷，察其原委。通过长期读史，实现了知识积累的同时，也获取了丰富的政治智慧和人生智慧。诚如培根所言："读史使人明智"。

先生阅览史书时，总是随读随记，养成了写史的习惯。先生写史不同于一般史家。先生写的人物、事件都有准确的史实依据，细节上，又加进了可能的想象，合乎人物的身份特征和性格特点。这就对写作者提出了更高要求，面对历史资源，除了着眼于资治、垂范、借鉴、参考等社会功能外，还要运用多种艺术表现手法。

2. 深厚的古典文化学养

（1）佳词丽句信手拈来，运用自如，恰到好处

先生幼时入私塾八年，系统研习过《三字经》《百家姓》《千字文》《古文观止》《古唐诗合解》《四书》《五经》《左传》《庄子》《纲鉴易知录》等古籍，早晚诵记，了然于胸。翻开充闾先生的文章，随处可见他对古文典籍信手拈来、妥当引用。仅《徽文脉》一文，就引用了古典诗词八首，另有十余处诗词单句的引用。做到文中有诗，诗中藉文，二者相辅相成，妙合无痕。

（2）创作古典诗词

先生一生勤奋好学，喜读诗书，从十二三岁写第一首《七绝·灯笼太守》始，诗词创作伴随其后几十年。每有生发感慨，便出口成章，佳吟不断。诗词集《鸿爪春泥》，典雅不失洒脱，高格而不守旧。先生散文中，不乏原创诗词，有如颗颗明珠，镶嵌在烟波浩渺的文字当中。可谓用最精练的语言，表达最深刻的主题，实为画龙点睛之笔。

3. 读万卷书，行万里路

（1）学贯古今，博览群书

充闾先生嗜书如命，喜欢一切有文字的东西，对文字有独特感悟和深刻思考。古今中外的知识，似涓涓溪水汇聚江海，在其头脑中融会贯通；

又好如手中棋子，驾轻就熟，任意为先生驱使。

（2）遍访先贤胜地

充闾先生有着丰富的人生阅历，足迹遍布大江南北。秀丽的山川景致给了先生空灵的文笔。神思与天地相接，风采和景物交融，文字也更加有了质感和生命力。他在《三峡气象》中说，如同读书一样读长江三峡，可能也有三种灵境：始读它，是直接感悟，怦然心动；再读之，全部生命与客观事物交融，物我一体；卒读之，身入化境，浓酣忘我，"此中有真意，欲辨已忘言"。

充闾先生兼具史学家的严谨、文学家的文采、哲学家的深邃、思想家的聪慧，是完美的集大成者。著名文学评论家王向峰评论充闾先生：他把生命无代价地抵押给了文学，是真正不负自我期许的作家。

在这里，我们祝愿充闾先生在辉煌的文学创作之路上愈行愈远。

耆欲深者 其天机浅
——王充闾先生《逍遥游：庄子全传》读后

◎ 曹 辉

讲故事的人何曾想过，几千年后被别人讲成故事？

缘分的天空，潮起潮落，跌宕起伏，滚滚红尘，这就是人生。对未来的预知，每个人都有每个人的敏感和迟钝。而这个人，却在中国历史的天空里成为闪烁的星辰，亘古常新。他就是"游于世而不僻，顺人而不失己"的庄子，这本《逍遥游：庄子全传》则是今人将庄子写成故事的文集，是缅怀，更是继雅开新。

通过阅读，了解庄子多一些，做个跨越时空的朋友，这是文人的荣幸。能从庄子身上学到些什么，哪怕学一点点，也足以慰风尘。庄子的人生阅历和生命体验，并不成功，至少对他个人的生活来说，对他的家人来说，即便幸福百人百解，属于庄子的一生终归算不得幸福。他是个过于偏执的人，穷其一生，都在跟自己和社会较劲，游离不得，参入不得，这是他最大的苦痛。他以人生旨趣和处世态度想让世界臣服而不得，便选择了游离，他以一个看穿看透世事的过来人身份，却终算不得大彻大悟，充其量不过是个思想前卫的孩子，从小孩到老小孩，这是庄子一生的无奈，是避不过的尘劫。不管是洞察世事，还是解悟人生，他自己的胸中块垒，没人解得开。一声叹息，穿越千古，余音袅袅……

一个为人端严行事有板有眼的当代散文家，写中国历史上奇趣盎然的道家大咖人物——庄子，这画面虽违和，却很有喜感，是以，这本《逍遥游：

嗜欲深者 其天机浅——王充闾先生《逍遥游：庄子全传》读后

庄子全传》被定义为散文体的哲学类书籍。就笔触文风来看，归于文学散文更合适。不管把这本书放在书籍的哪个筐里，都不能抹杀作者对庄子详尽叙述的精彩，外溢的对庄子的喜欢与尊重，还有毫不吝啬的赞美和发自内心的——同情。

庄子其人，是作者和无数中国人心目中的阳春白雪，是中国人心中一座巍峨的山峰。这位战国时期身兼思想家、哲学家、文学家的搞笑老头，是继老子后道家学派的二号人物。争霸天下的变局中，于庄子来说，得失参半，得也混战，失也混战，应验了战争往往带来国家不幸诗人幸的定论。提到庄子，必知的是，他不趋炎附势，隐居平情；不趋炎附势，逍遥游世，隐居著书，用看似的恬淡给自己一个交代。继而怀疑，书读太多，也是对当事人本身的一种不幸吗？一个人能与自己长久相处不为外界所扰，这本身就是定力和实力的表现。是以留给后人一个悬念，在"文学的哲学，哲学的文学"的界定中，我们对中国传统文化掌握多少？我们对中国古代名人了解几何，这些，是作者通过《逍遥游：庄子全传》想要告诉读者的枝蔓。

《南华经》是中国文学史上的一颗珍珠。它的哲学内涵更是与文学联袂的大美，辉耀千古，值得后人读而思，学而再。哲学思想通过文学来体现需要当事人有强大的哲学与文学的知识储备量。庄子的内秀，和他的个性一样犀利，但是可爱。有人说庄子是个故事大王，这也是后世一直偏爱庄子的原因之一。而本书作者通过详尽的叙述，不但将庄子的身世、一生事迹做了说明，还将与他有过交集的各色人等做了介绍，让我们了解一个更加人性化的庄子，这也是《逍遥游：庄子全传》的意义。

该书架构清晰，传记风格明显，体现了作者文风，也揭示了这本书文史相融、史哲相洽的特色，唯如是，方有此书诞生。不难想到，作者在创作此书时的心路历程，想必有无数个模式，筛来选去，最终成为读者所见的大气恢宏，也正是在这一过程中，作者隔着时空与庄子完成了对话。本书分四章，一是庄子的身世之谜，包括时代巨人、乡关何处、战国当年等看点。二是庄子的人间世，包括不做牺牛、布衣游世、人生减法、以道观之。

三是逍遥天际客，包括故事大王、圣人登场、同国访问、庄惠之辩、传道授业诸多事迹。四是道术，包括道的面孔、十大谜团、千古奇文、文化渊源。五是谁似先生百世闻，包括哲人其萎、身后哀荣、文脉传薪、诗人咏庄诸多内容。所以，有人说《逍遥游：庄子全传》是集庄子一生之大成之作。

青史留芳者，必有其与众不同处。庄子一生倥偬，经历耐人寻味。公元前340年，宋别成自立为君，这时，年方二十八九的庄子还是一个小小的算不得官的漆园吏。次年，楚威王聘庄子为楚相，庄子毫不犹豫地拒绝了。单凭这一点，古今中外，能跟庄子相提并论者不多，在仕途上，极少有人能逃得过名利二字。三十出头的庄子，看得更通透，辞了漆园小吏，过自己想过的生活去了。这种潇洒，个中藏着怎样的情绪，除了当事人，谁也说不清。

解读庄子这位旷世哲人，作者为我们提供了一个更有权威性的人物，即清朝林西铭。他评说庄子比较中肯：只见云气空蒙，往返纸上，顷刻之间，顿成异观。作者的取设譬喻更胜一筹，他说：庄子像东海一般浩瀚，泰山那样巍峨，定睛看时，仿佛有狂流飞瀑奔腾直下，漫天星雨云外飞来。多少人怀着激昂之情，仰望庄子，一个时代缔造出的神话般的人物，他到底有怎样的魅力，值得后人追崇呢？

所有的谜团，后人阐述不过十之一二，真正的历史，谁也不可能完整地重现，关于庄子的一生，留给后人的不过一点端倪而已，这就是时间的戏法。令人意外的惊喜是，因为庄子，濠水成了历史上有名的所在，且不说它存在与否，古书中的地名，让后人有迹可循，让后人踏上那个庄子曾走过的地方时，心生悸动，这就足矣。还有蝴蝶，还有青蛙，还有不材之木等等，这些动物植物，乃至于人，成了庄子的文章道具，效果格外好，正是这些寓言，让庄子拥有了古今数不胜数的粉丝。庄子不是一般人，这是肯定的，他有大智慧，也不乏高远的思想境界，更是个视野开阔，襟抱磊落之人，他要"乘云气，骑日月，而游于四海之外"，忽然想到，庄子若生在今天，定会是个高科技的创造者，当世才是庄子这个英雄的用武之

嗜欲深者 其天机浅——王充闾先生《逍遥游：庄子全传》读后

地呀。登天游雾，挠挑无极，诗人兼哲学家双重身份的庄子，以奇特的想象，下笔如有神，不愧是"乘天地之正，而御六气之辩"的大才，实乃神游万里的寓言高手。

人无完人，嘴毒是庄子性格上的一大特点，也是庄子之所以为庄子的主要因素。邑人曹商从秦国归来，自我炫耀，过了不惑的庄子，在家乡见到他，不屑地讥讽，说曹商是"舐痔得车"。惠子在魏国为相，庄子去见这个老乡，惠子甚恐庄子来夺相位，搜寻三日夜，庄子主动出面，以"鹓意鹓雏"讽之讥之。世间只有永远的利益，没有永远的友谊，这是庄子从与惠子的交往中感悟到的。本为同乡的庄子和惠子，惠子后来为相，庄子去见惠子，惠子怕他抢自己风头，意欲封杀，庄子心寒了，但二人一生的友谊却并未因此而断，直到老年，惠子死，庄子还忧伤。不过是斤两相当的两个文人身处不同阵营，有不同人生观，但对对方都有所认可，是以惺惺相惜，这就是人的劣根性与人的善的对峙。一辈子，相爱相杀，二人彼此到死，都认可彼此，只是一个入世，一个游世而已。所以，惠子死，庄子痛失知己。

摇唇鼓舌的雄辩家，中国历史上不乏其人，庄子算是鼻祖之一，但他和老子一样，不是纵横家。在庄子之前，言语科的名人就有不少，诸如被孔子骂作朽木不可雕的弟子宰予，还有纵横六国的管仲，都是靠说客成名的，一说成名，于是雄辩家成为很多人向往的行业。譬如管仲，凭三寸不烂之舌，阴阳谋并用，以语言为谋生利器，打出一片天地，家人对其态度前后都迥异。虽然历史对雄辩家的褒贬不一，个中人等亦是三教九流应有尽有，丑态百出者众，但其在中国历史上毕竟留下了深刻的足迹，给后人以启迪。

卓荦超群一辩才，庄子其人性格特点，放在今天就是十足的辩手，他提出取消辩论中止判断的结论，自己却不肯停辩，非常好辩。最牛辩手的悲哀是庄子人生写照，史上著名的庄惠之辩，令后人为之叹服。《易经》云，合久必分，分久必合。其实世事皆如此，天机讲得太多折了福报的大有人在。"耆欲深者，其天机浅。"极为警策的格言，足以警醒古今中外所有人。有趣的是，面临重大抉择时的败北，通常不是败给对手而是败给自己，还没怎么样，自己就慌了，这样的心态很难取胜，人往往不是败于实力，而是输在那份孜孜以求的"在意"。庄子带着一抹狡黠，言深味隽，作者呢，则含英咀华，轻易撄攫人心，解说得丝丝入扣。

通过阅读，我们了解到，庄子哲学的一道亮色，一定意义上也是庄子的人生本色。他的哲学思想和文学内涵，都是醒心剂。尤其喜欢庄子的"以俗观之，贵贱不在己"的人生立场。你若懂庄子，就会发现，他是典型的刀子嘴豆腐心的人。试想，一个无情之人，岂能有如此敏感的内心世界，并将之诉诸笔端呢。他的悲哀正在他的心思细腻，他能听得懂整个世界的生物的语言，遑论区区人类。这是他的不幸，亦是他的幸。假如庄子遇到李白，这两个性情中人的人海相逢，一定嗨翻了，他们无疑会成为知己，因为他们都是喜欢敞开自我，裸露襟怀的汉子，他们学好文武艺，却不肯卖与帝王家，他们是为了自己而活的自由主义先驱。李白想到入仕，庄子则根本不想，他把花花世界早就看透了。

同样，通过庄子，作者想告诉读者的还有，只有精神足够强大的人，才能享受到独处的美。而有独来独往的人，势必精神力超强。通过阅读，游世思想是庄子思想的重要组成部分，人生面临那样深广的痛苦，如何找到个人解脱之路呢？故意玩世不恭，继承隐者传统的心情灰暗的主题叙述，轻视现实，躲避矛盾，与世界保持中立，不硬磕，这样的庄子，还是比较可爱的，最起码不是愤世嫉俗。然其所为透露的悲观避无可避，一代文豪的现实与理想的碰撞，结果只能是不如人意。他对人在天地间无路可走的绝望处境所做的回答与选择，也是后世中人常碰到的难题。逍遥游世，不过是他高洁应世的无奈之举罢了，谁让他是性情中人来着。

逞才放浪，是我对庄子的总体印象。庄子讲故事，可谓顺手牵羊，手到擒来。老子有积极入世的政治哲学人生观，庄子却是游世之心日久弥坚。徜徉政治之外的庄子，他的逍遥哲人身份和自由诗人王冠，都不是他想要

耆欲深者 其天机浅——王充闾先生《逍遥游：庄子全传》读后

的。庄子既没有身在江湖的失落，也没有心怀天下的壮怀，他就是一个顺从命运的苦行僧，他喜欢"十步一啄百步一饮的泽雉踪迹"，他的哲理不呆板，有人情味和诙谐感，闪烁着浪漫的诗性风采，"书成却待凌风奏，鬼怨神悉夜悄然"。古人从游，游学是乱世文人的入世法门。像孔子、老子、庄子，大多都从游过，因他们懂得不游无以开眼界，书读过了，行万里路是通往理想的金钥匙。

最令我好奇的是，庄子的学生们，后世留名者寡。唯蔺且一人有名记载。庄子其人根本瞧不起炒作，可是声名显赫，他的名气靠的是自身的魅力和自信支撑的格局。我们再来说一个问题，教师如何教学生。孔子有孔子的教学方法，庄子有庄子的教学方法，不能说谁对谁不对，不过是立场不同而已。庄子教学肯定不用教案，不用照本宣科，他就像广袤天空里雁队的领头雁，领着这一群雁族从容自在地飞。这对今天的教育来说，难道不发人深省吗？

还有庄子讲的无用之木的故事，譬喻深远，对世人甚有启示。故事与世俗之见截然相反，但实在引人深思。树长得好，不见得是好事，出头的椽子先烂，易为靶子。无用之树，反倒无人关注，得以寿终正寝。人呢？几千年古今中外史，但凡风口浪尖的人，得善终的真不多。命耶？运耶？庄子真是个讲段子的高手，他将佛经里生死疲劳之态重新解说，告诉世人，世间一切的顺其自然与不为难自己的洒脱，不啻人生法宝。

世人遗憾的是，庄子不擅为自己做宣传，不喜欢鼓与呼，也不屑为自己造势，他自己并不遗憾。"负绝世之知，而兼过人之情，处乱世不自得"，高言放论的庄子，太可爱了，他自书其意，因其情之过人，故受情之所累，所以他内心的孤独是盛大的孤独，他与这缤纷世界，内心世界里，并无交集。可惜呀可惜，明知无用，庄子还是未能忘情，不能忘情，却冷眼看穿，怎样的纠结呢。喜欢充满人情味的庄子，他不像孔子那样高居圣坛，聪慧如他，到底绕不过命运的翻云覆雨手。不以入世为荣的他，一生到底何所得何所失，恐怕他自己都是困惑的，知识到了巅峰，人会陷入空空之境。所以，庄子更热衷于秉持俗人之心及古道热肠，他的忧患意识和悲剧情怀为他笼上了一层迷雾，因为他之一生过得极憋屈，心身两拧，自己跟时代跟国家跟社会跟息格格不入，较了一辈子的劲，何其不幸哉。不止庄子，多数不得志的文人，皆然。理论与实践，认知与操作的距离，也是中国历代知识分子绕不开的矛盾，是他们的悲哀。表现出一种冷峻的历史理性和罕见的超越意识。庄子之所以为庄子的标志和特色，正在于此。

从大事到轶事，从人物到延伸，本书无一不展现出作者对庄子的了解程度之深和对中国传统文化的热衷。学识渊博，方能笔下生花，将一个几千年前的哲学文学双栖客请回现代，做一场风流的穿越，庄子有灵，以其个性，自是甚喜乐为。内容的详尽也表明该书作者为了创作这本书所下的功夫。

庄子为人，是矛盾综合体。他入世是真，出世是假，他有病态心理，可惜没有疏导的渠道，唯一能与他过招的，就是惠子，虽斗嘴一生，终还算是半斤八两的对手，惠子一死，庄子彻底孤独了。是，庄子的一生，于文学是成功的，于哲学也是成功的；但，说到现实生活，庄子是不幸的。他的生活穷困和家境贫寒，一定程度上限制了他文学哲学的张力。顾虑到家庭经济生计，这是文人分心于文的巨大悲哀。

谈庄子，说《南华经》，都是庞大的命题，以读一本书的功力，想要讲清楚讲明白庄子其人不太可能，就我的能力显然也是力所不逮。但不妨碍我对庄子的敬重，对他的喜欢，对他于世间生活无奈的同情，对他生不逢时的怜悯，对他生于乱世继而成为中国道家学派继老子后扛山拔鼎人物的钦佩。

透过历史的风云，看庄子，揭开历史的面纱，庄子就那么以穷酸之态和骨子里的凛然傲气，站在我的眼前。不可否认的是，庄子内心成熟与幼稚并存，充其量他就是个没长大的孩子。他的学识与聪敏，全部用在了学问上，他对世事虽洞悉但游离，他不屑俗世中的凡夫俗子，他有中国文人骨子里最深刻的清高，他与社会格格不入，是以辩才著称，类似今天的辩

嗜欲深者 其天机浅——王充闾先生《逍遥游：庄子全传》读后

手，但真正的内心，不论输赢，都是空的，是种精神上的形而上学和空虚，是值得同情的病态人格。他不同于钻研学问痴迷者，庄子对世界抱着冷眼旁观的态度，这是他不快乐的原因。他想让身体保持对内心的服从，但是现实对他的不相容成为他的心病，试问这样的环境下，庄子怎么能快乐起来？而，庄子无论如何也不可能想到，他死后，成为世人的谈资和研判对象，几千年后依旧研者多、谈者众。

本书是一部庄子传记。"它生动形象又不乏学术品位，具有文史哲兼备、古今贯通的特质。"以散文形式，巧妙布局结构，写实手法整体再现了庄子的生平及经纬思想。读此书，可了解庄子其人，了解中国古代社会文化，对今天的我们有所助力。并对人生其程随时答疑解惑，随手借角色入自己文章，真真假假，扑朔迷离，以达己意，因此，庄子笔下的诸人，很大程度上不是其人本貌，这是值得读者了解的。

哲学的先行者，文学的故事大王，在世事沉浮之后痛定思痛，看破并且说破继而选择放荡不羁地直面生活，这就是庄子，一个两千年前的中国男人。据说庄子自身经历似《红楼梦》的宝玉，他以其高度的清醒，众人皆醉他独醒，揭示了真实的社会："自三代以下者，天下莫不以物易其性矣。""三代"一词，待商榷，但此语依旧可说是一针见血指出天下熙熙皆为利来的本性。在我心中，庄子是个落寞的大儒，惠子逝后，他更孤独，天下之大无有可语言语者。不管怎样文采斐然，于个人来说，都是悲哀的，他至死，都没走过自己。他属于看破而不能置身事外的沧海一粟，这种宿命，不是他能左右得了的。天地玄黄，宇宙洪荒，人间万象在庄子心中，都是无界的。

散人庄周身灭神留，他的思想通过他的寓言故事在人间被奉为经典，他的小说笔法也成为后人争相学习的大美，何况那些故事中蕴藏的深刻思想。学问太多，绝对是人之不幸。这个世界到最后因你的博学而不能与你对话，高处不胜寒的庄子，站在青云之下，俯瞰众生，他不孤独谁孤独？他不寂寞谁寂寞？这个耽于狂想、游世红尘的哲人，这个浪漫却心怀悲悯的诗人，这个貌似诙谐的心中有无数稀奇古怪想法冒泡发酵的趣人，用生花的妙笔给中国历史留下了佳酿和财富。他笔下的井底蛙、尥蹶子马、蝴蝶等，都成为对后世的警醒与告诫，这是庄子的最大功德。而他本人的自画像，亦可如是而言："思之无涯，言之滑稽，心灵无羁绊。"

有人说庄子的思想是"提前获得一种解除外在枷锁与心中魔鬼的困扰，疗治精神创伤的思维方式与认知视角"，说"几千年来，无数人从中获取灵魂的安慰、心理的平衡，寻求解脱的路径和生命的皈依"，说"《庄子》是失意者的《圣经》，意在告诉人们，可以采取另一种方式活下去"。

逍遥为理想，"乘物以游心"，这就是悲剧意识与痛苦情结纠缠的庄子的心病，这就是眼冷心热令世人分不清有情无情的庄周，这就是一部怒书的缘起。世人只道庄子游世潇洒，殊不知潇洒背后，掬一捧红尘辛酸泪的庄子，有多么无奈。

死而不亡者寿。这是两千年前的老子所言，却像是送给晚他出生二百多年的道家学派二当家的庄子的预言。耆欲深者，其天机浅；耆欲不深者，其天机亦浅。思虑过繁，非智者所为，随遇而安，见招拆招，才是人活得幸福的途径。

敛书一哂，一部南华，忘名忘利；一个庄子，千古流芳。

以兹驯心 冗绪渐平
——王充闾先生《文脉：我们的心灵史》读后

◎ 曹 辉

公允地说，这本《文脉：我们的心灵史》，是我读过的上品书，是本之于历史的散文集，是可以二读三读的书。它好在，不但看点精彩纷呈，而且深意颇多，真是横看成岭侧成峰，哪一面都漂亮。它的好，超过了我的期待，这对于读者而言，显然是莫大的眼福。喜读不外感觉此书亮点有三：意义、历史性、文学性，三者的相融相撞后的和谐。

文脉，即"文明演化的历史血脉"，是人的心灵托迹的枝丫，它随着人类不断繁衍而发展并流传下来，为人类提供思想的脉络和精神财富。因民族国家不同，文脉亦有差别，经过岁月长河的浸淫，文脉逐渐沉淀为一种民族精神和民族灵魂，它对人类的足迹有记录的作用，当然，它也堪称一个民族的血脉。

一、凌驾于历史故事之上的深远意义

乾坤融日月，经典永流传。一切有价值的都被历史铭记，不论正面的促进作用还是反面的警示作用，只要对人类有所裨益，都值得载入史册。

历史之所以能够传承下来，赖于这些没有温度却有意义的文字记载。《文脉：我们的心灵史》一书内涵丰富，既有真实历史波谲云诡的精彩性，又不乏凌驾于历史之上深远的现实意义，为歧途上的文人点亮一盏明灯，更何况，它将历史故事背后的深邃鲜明地昭示于世人，为其人生少走弯路提供了思想引导。

德为人本，历史如走马灯，其中的生旦净末丑各路角色倾情演绎或荒唐或端严的各自剧本。这些黑脸白脸的历史扮演者，给历史留下了丰富的资料，也给后人留下了不尽的谈资，或警醒或可笑或大义凛然。人们通过读史，懂得居安思危是一种获益，而通过读史人类能趋利避害，吸取前车之鉴，少走弯路，这就是"历史"的最大价值。

有人说，这本书"是一部形象化的中国人的千年心灵史，也是一部中国人的人文精神史"，其实历史本身就不是无情的，它与人文息息相关。这本书以适中的散文笔调对中国人文的脉络进行理性客观的梳理，再现了中华三千年文明史上各路大神大咖的心路历程。文脉作为一条纵贯中国各个历史时期的草蛇灰线，将中国历史巧妙地串联起来，揭秘中国文化的内涵和中华民族发展的曲折历程，中国文人与士大夫的不一形态，以及他们对中国历史的传承各自做出的关情的文脉之一枝一叶。

历史本身不偏不倚，自现其态，但书写历史的人有自己的好恶，付诸文笔，对历史中人就有了褒贬。或明道，或修心，或守正，或创新……每个时代都有自己的弄潮儿，都有国家和个人的路。有些以个人意志为转移，有些则不，内里的胸怀与操守也自不同。于是，后人在一代代文脉相传之中，回味民族的发展历程，思考过去、现在和未来，给自己找一条明确的路。心灵的沃野，与历史和文脉，水乳交融，因为民族的、自身的筋骨和血脉，塑造一个硬核的新中国、新时代的贩夫走卒或大咖大神，这是阳春的德泽，这是万物的光辉。

有人说，看到别人的优秀，是自己优秀的最好证据。这也是作者的写照。一个人对世事的公允态度和客观评价，看他人多看优点，看自己多看缺点，这样的人，其人格魅力是无可非议的。在此之前，我感觉自己看人，不但能看长处，也极能见其短，可是，作者一番心语如潺潺山泉，让我豁然开朗。譬如孔子其人，我感觉他是个一生都想做官的人，哪怕他做官的心是为众

以兹驯心 冗绪渐平——王充闾先生《文脉：我们的心灵史》读后

生，但在我心里，并不喜欢如此追求名利，四处推销自己的做法，但作者的观点则宽容许多：一个时代特定的背景下，能有致力于民的心，也是难得的。再如杜甫，也是想入仕而志不得舒，最后的死相太难看，可作者的悲天悯人，让我懂得人的慈悲心的美。人能端严自己，就是最高的品格提升。文品与人品，两厢皆如是，这也是这本书意义的纵深之处。

二、如星辰般闪烁着哲理光辉的历史

众所周知，文学的多是感性的。而浩如烟海的历史长河中，对人类有益的启示比比皆是，但抽去感性的外壳，我们来看真正的人文，深思后，会发现，分明就是一个民族的文化脉络，是一个国家的发展史的映射，这是历史给予人的本色。那些如星辰般闪烁着哲理光辉的人物抑或故事，点缀着人类历史的星空，清辉也罢，熠熠也罢，各有其美。

文脉本身离不开历史，历史也离不开文脉。史而成文的前提是润色加工，这是历史去掉枝叶后的真面目，而文学是添枝加叶后的发酵。姑且不说什么"以儒治世，以道治身，以佛治心"，只说一个民族的精神传承，不是文脉是什么？而文脉的深层含义，显然不仅是文学艺术，还包括哲学和历史。中国的国学，近年来声势颇壮，有自身的特色，也会炒作，这是国学的尴尬和殊荣，也是国学的瓶颈与破壁。中国历史上，国学曾有三次热潮，一是春秋战国时期，一是魏晋南北朝时期，一是民国初期。这三个时期是中国文脉的巅峰，其间俊才辈出，大儒横空，其他时期多是波谷，偶尔有谁冒个泡，也翻不起什么大浪花来。

这三次热潮，被有些人总结为人类社会发展的轴心时代，衍生的思想文化巨人成为辉耀人类历史天空的群星。先秦时期的老子、孔子、墨子、庄子、孟子，同时期古希腊的赫拉克利特、苏格拉底、柏拉图、亚里士多德，乃至以色列的犹太教先知，都堪称伟大的思想家。有趣的是，逢乱世、浊世、衰世，文人往往大家荟萃，这真是时代造英雄耶？这些人，以不同的文化传统，成就了东西方文明的共同精神财富，也成为滋养世人文脉的给养。

以历史促进文脉发展，这既是岁月的天然演绎，也是红尘的刻意安排。该书以文脉为经，以历史为纬，脉络清晰，从远及近，依年序而铺开内容，虽平铺，但未直叙，是以耐咀。倘若我说，文脉是历史故事的递进，理解的人有多少？那我要上入日新其德，恐怕很多人都能理解并接受。我们不妨来谈一谈这本书的框架，也许关于文脉的前世今生，关于我们人类的心灵史，就不言而喻了。全书共五章："大道之行"是文脉的基因，"性本爱丘山"的自觉是文人骨子里的自重与曲高和寡，"扶摇直上九万里"的大气是中国文脉的精神支柱与内核，"人有悲欢离合"的平淡认知是文脉的血肉，而"家国天下"是所有朝代每一个中国人未泯的情怀。

历史本身的重量，对人类传承是种变相的激发。前事不忘后事之师，是一种能量，而从前人身上学到经验，亦是后人的睿智与冷静，是大收获。拿老子与孔子比较，想必极少，但是我想，这两人的人生轨迹太令人心生感慨了。老子出世，孔子入世，老子主张无为，孔子四处宣扬自己以求为人知，老子弟子乏人，茕茕孑立；孔子弟子三千，有事弟子服其劳。而后人，从前人身上，都能学到什么，得到什么警示，这需要慧心慧眼。

值得深思的是，历史就是这样，真干事、干实事的人，少有青史留名者，那些嬖幸之辈，倒是有机会青史流芳，文人亦易留名千古，美名臭名，各取所需而已，倒不妨奔着"达则兼济天下，穷则独善其身"的宗旨入世出世，必能潇洒有余而不拘囿于桎梏。就像李冰，修都江堰的，蜀郡太守，他的奇勋伟绩，只知奉献而不索取的高风亮节，最后换来的不过是"寥寥后世岂乏人，尺寸未施谗已众"，政治在李冰眼里，只是弭患消灾而不是钩心斗角，这样的官者，简直凤毛麟角呢。令人感慨的是，这样的有为者，不如写首诗史上留名更牛，李冰们虽不介意，但历史委实有些不讲究了，这，就是人生。对于善者来说，屡历苦难不改其志，对于恶人来说，贪心不足吞象吞天。

文脉如河，缓缓流淌。刘邦、司马相如、亡国之君李后主、乐不思蜀的刘禅、全无心肝的陈叔宇、吕不韦、贾谊、班超……江山代有奇人出，各领风骚，这些曾执时代牛耳的人与凡夫俗子一起，百川东到海，日子就这样堆成了历史，砌成了文脉。

三、于历史中添入文学"佐料"

华灯一夕梦，明月经年心。所有的故事都带着温度，所有故事中的主人公，都有两把刷子，不白给。这些精彩，是文脉的因子，而真正的文脉之实，贯穿整部书中，尤其诗词恰到好处的巧妙穿插，为该书增添了亮色，文史不分家，在此得到最佳体现。

亦文亦史，思史结合，成为中国文脉的亮点，也具有世界文脉的共性元素。"人事有代谢，往来成古今。"漫长的岁月，沧海桑田根本算不得什么，不知何时起，文人被豢养成服务于国家机器的困兽，心甘情愿，以此为荣，前赴后继走在从政的路上，美其名曰：理想。真正想解决的，还是个人膨胀的欲望和野心。有的人对自己的心能约束能束缚，有的人对自己一路失控人生路亮点红灯，这都是困扰人类许久的需要面对的难题，可惜的是，这难题——无解。"靡不有初，鲜克有终"；"万户春风为子寿，坐看沧海起扬尘"的东坡；"千古风流八咏楼，江山留与后人愁"的易安；纳兰的"制成天海风涛曲，弹向东风总断肠"虽悲但情重……皆可圈可点，人伦遭遇政治的沧桑，成为披在历史身上的外衣，千疮百孔间，令人唏嘘。

文学润泽历史，嘘枯吹生，也是一种人生的突围。深刻剖析文人的内心和文人命运悲剧的原罪，被驯化成统治阶级的工具，或爱惜羽毛，或争名逐利，全都失了文人的本意。这委实是种悲哀。但是，这样的人却如过江之鲫，层出不穷，令人叹为观止。平常心是道，成为口号和符号，实践为零，一碰到事儿，平常心根本就平复不下来，驿动得很。像陶渊明那样写下"千秋万岁后，谁知荣与辱"的人，太少了，因为世人多无自知之明。而，给人贴上价值标签的"价值"，到底是社会地位，还是文学成就，或是经济背景，到底是什么？话语权的体现在哪里？真假文人的分水岭又是什么？这便似陶渊明的那样几句更有味道的诗：纵浪大化中，不喜亦不惧。而现实生活中，不喜不惧的人，有几？

语言张弛有致，不温不火，但观点鲜明，爱憎分明，将文史通过文学载体联系起来后，有了不一样的质地，成就了这本《文脉》，这得益于作者扎实的文学功底，催生出文字的魅力和思想的张力。史上人物陈霸先的德行，对世人应该很有借鉴，值得学习。他恭以待人、俭以接物，不贪钱财，不事挥霍，后宫妃子衣服朴素等举措，彰显出高度平民化的生活作风，对今天的官者依然具有警示意义。又有谁知，真正的历史，还有不少流氓成功，小人得志者如刘邦之流，竟会使英雄气短，混世者为之扬眉，命运与造化，真是比黑白无常还无常。

这就应验了文脉怪相，多数人生，事业与文学均呈反向发展，此消彼长，这样的例子比比皆是。譬如曾做过监察官的激扬踔厉的骆宾王就是个看不清时势的儒子，他不懂政治的内涵，不懂帝王术，"不该否认，一切明智的君主爱惜人才是真，但他们看重的往往不是'具体的人'，而是人才的实用价值——有利于巩固他们的统治。前提条件必须是为我所用，供我驱使。当他们发现情况与此相背时，总是要一杀了事。"这道理骆宾王要是早知道，也不会最终遁入空门，写"楼观沧海日，门对浙江潮"了。倒不如近人张謇，前半生孜孜以求于科举，状元及第后舍弃功名，抛开仕途，转而干实业，自言"愿成一分一毫有用之事，不愿居八命九命可耻之首"，这样的实用，也是书生们欠缺的，死读书不可取。在我看来，张謇的行为更有价值，他给后世诸人提供了一个创新的样本，一个人生选择的变数，一个不被世人看懂的真正的出路。

沸反盈天的滚滚红尘，五花八门，什么人都有，世界之大，亦是无奇不有。作为文脉载体的这本书，是作者理想挂迹的枝丫，也是思想纹理的彩绘。经由思想内核、史实、诗性的文学搅拌，一锅文学的佳肴就这样色香味俱全地呈现给读者，溢彩生香的字里行间，有氤氲的心事，沸了息，息了沸,反复升腾,而行于世的心境,在望不尽的文字千帆里,得到了升华和启迪,还有对现实生活的借鉴与规避,俨然是"无人信高洁,谁为表予心"!

欲先超胜 必先会通
——读王充闾先生《国粹：人文传承书》有感

◎张金芝

历史很有趣，但其中欲出或已出的思想更有趣。从"君本位"到"人本位"，只要有人的地方便自然会有文化的产生。同理，有文化的地方，也必会借助人的发现而变得更有意义。在贡献意义的同时，文化又必会通过人的记述而变得更有价值、更有影响，以至更有效的传播与承载。

所以，所谓人文，简而言之，就是以人为主体所衍生的文化。换言之，则是一个书写者对民族记忆的"周期律"和不同时期所产生的文化现象，结合自己的体悟与想象，进行合情的梳理与分析的记叙性精神史卷。左史为人，右史为文。出经入史，把看不见的东西可视化，把演变的脉络艺术地拉近。在此过程中，历史大范围的时空信息被统统付诸纸上。于是，人物在纸上走动，马在纸上奔腾，山河在纸上延展春秋，他们均活了过来，并推动民族的命运起起伏伏，兴盛与衰亡。从历史的门廊看过去，从现代的回廊以顾视，议古论今，发生的直接或间接的关联。这是"哲学的艺术"，是一个民族动态的概念与符号，是人类固有文化中最精髓的组成部分与核心部分，也是心灵洗礼的一次再出发，更是历史人物与风物的一种身份探寻。

《国粹》一书是王充闾先生"人文三部曲"中最具代表性的一部散文体史书。它既是一部生动的中国人文传统史，同时也是一部中华民族的思想成长史。全书共分四大章，三十五篇，内容覆盖了古代的政治、经济、气象、地理、思想、文化、礼仪等诸多方面。开篇从先祖黄帝讲起,直到晚清的溥仪为止。

历史性散文,通常也称史传文。从体例上分,有国别、编年、纪传、断代和通史五种体例。而王充闾先生的《国粹》显然用的是纪传体。也就是以人物为中心,然后对历史进行个人风格的叙写与视点论述。此体例是由西汉伟大文学家、史学家、思想家司马迁开创,如《史记》。而在这五种体例当中,应属纪传体对后世影响最大,也最能深化记忆而得以传承。

本书不但以鲜明的主体意识与表达个性做出精神上的试探,更以严密的结构横向纵向提供了铭入心田的人生学说、生活智慧、政治智慧,以及文明大地下的情怀与内涵,不可复制的生命标识与民族特质,真实感、疼痛感,古今中外的文明参照与对比。它看起来更像中国的往事,于各个典型人物悉数登场中不断述远与考近。它既尊重了史实依据,又洞悉了历史不为人知的秘密。当时间的维度被一点点打开,仿佛一下拧亮了亚历山大的灯塔。它让我们在历史的游述中看到你方唱罢我登场、整体与个体的相互影响、传统与文明的精神碰撞,以及时代的思想认识与美学范畴。他用宏阔的视野、活跃的智慧,旁征博引有机衔接地诗化了叙述的笔调。哗变的色彩,深刻的交锋。它们破空而来,兼顾之间的内在联系,"一等襟抱一等诗"。

王充闾先生是当代的散文大家,在全国散文界极具影响力。以至"人文三部曲"一经问世,便被称为中国当代历史散文之艺术杰作。这也充分说明先生的国学知识储备非同一般。众所周知,读史、述史光爱好是不够的,若不能熟读深吃,就不足以撑起历史这幅宏大的框架。在读史方面,先生常采用苏东坡的"八面受敌法"。他说,他在读史过程中,会尝试着变换不同视角,寻找不同切入点,采用不同的方法,每次作一意求之,然后层层递进,渐次深入。有时正读,有时反读;有时深读,有时浅读;有时找出多种史籍,就着不同流派、不同观点比较,对照着读,有时带着悬疑、预设一些问题有目的地读。但光读,不思考是不行的。而先生的思之法则是:"要么重视必然,要么关注偶然;有时会自其变者而观之,有时又自其不变者而观之;或强调今人本位,或侧重理性审视和客观评判;或以宏观视野勾勒历史之经纬、研讨广阔的社会转型,或把注意力集中在更生动、更具体、更富有个性的微观历史景象上。然后进行分析、排比、归纳、综合,包括对于史实的重新把握。"看来,卧薪尝胆,三千越甲可吞吴。《国粹》一书之所以能六次再版且深受好评,无不与先生对文学的严谨作风、深刻的探究与执着的态度有关。正如明代末年著名思想家徐光启而言,"欲先超胜,必先会通"!

法国的密特朗总统曾说:"一个民族不教授自己的历史,就丧失了自己的认同。"这似乎意味着,一个民族若不读史不知史的话,就相当于背叛。但不可否认的是,读史确实可以使人明智,也可以使人通心。唐太宗说:"以古为鉴,可以知兴替。"我们参照历史,可以更好地面向未来。

《国粹》一书,以其独特的叙事艺术、广博的学识以及庞大的艺术理解力使其充满了哲理意蕴,同时又不失散文的清新隽永,读罢不禁令人酣畅淋漓,也令读者最大限度地获得知识与体验。

"南余北王"一直是先生享有的盛誉。他在超越传统又摒弃以类相从的过程中,常以最清晰、最诗情、最雄浑的文风在古今间架起一座桥梁,引领着读者一步步穿越至错综复杂的亘古时代,参与先人们的生活,也见证了历史的进程。他的文辞优美,见解精妙,且擅长剖解文情。文字中时常流出一股灵魂之气,既强化了阅读的畅快,也强化出文章的咀嚼与回味。

"人文是中国人的根脉"。"事是风云人是月",是王充闾先生对历史的概括。他认为整个人文学科都是相通的。不过是"文""史""哲"而已——文学表达命运、历史揭示命运、哲学思索命运。所以,"人生命脉"一章在全书中占据了很大一部分篇幅。他让我们"既关注了历史,也关注了人生、人性与命运"。

《国粹》一书,于我而言,它不单单是一本书,更是一组鲜活的画卷,一组人文的极简脉络图。它在我面前慢慢打开,我看到时代的背景与应运

欲先超胜 必先会通——读王充闾先生《国粹：人文传承书》有感

的环境，看到像血管一样围绕着人所展开的哲学与艺术，看到四幅画背后的终极主旨，以及它带给我们的深度营养。

第一幅画《人生命脉》，是从中华民族的人文始祖轩辕黄帝开创人世乐园开始的，一直到曾国藩的苦味人生结束。这似乎是先生的有意安排，从乐园到苦味，一种对立式的解读，但这也正是尘世的常态。而关于这一篇幅，我想用两个字来总结，那便是"追求"。无论是黄帝的统一，还是庄子的心灵自由、孟子的精神陶铸，以及秦始皇奋扫六合，统一天下与传之万世的煞费苦心和欲求无涯，再到曾国藩超越的炼狱，他们都是追求，同时也是传承。当然，这里的传承有甜蜜，有痛苦；有值得推崇的，也有必须摒弃的。王充闾先生认为，曾国藩所留下的家训、书札等均是名副其实的痛苦的传承。君子和而不同，小人同而不和。追求不同，人生自然大不一样。不过，都有其合理性，也有其不合理性，因为，这就是人生。

第二幅画《生命符号》，则是从贺兰山岩画开始，到座次格局结束。我依旧用两个字来总结它，那就是"文明"。一切文明的成果，文明的根脉，一切引以为荣的艺术文明，包括礼仪，它们都是生命里刻下的标识。这让我想起一本书《自然·生命·文明》。不可避免，它们是相辅相成的。

文明，是历史沉淀下来的，即便多解多义难以把握，依旧不会妨碍它以艺术的形式出现。它是有益增强人类对客观世界的适应和认知，并符合人类精神追求，能被绝大多数人认可和接受的人文精神、发明创造以及公序良俗的总和。比如，"周易"，比如孟子对《尚书》提出的未可尽信的观点，比如《广陵散》等，毋庸置疑，它们都是被大部分人所认可的文明成果与认知。

第三幅画《文明大地》，记述了从三峡气象到丝绸之路。锦绣山河，我需要用两个字来抒发，那就是"传奇"。无论是三峡绵邈无际的心灵境域，还是那一条千古的文脉，它们都是"历史文化传统的光辉之处"，也是中华大地所孕育的传奇。

第四幅画为《生活智慧》，从贤母的品格讲起，一直到历史的周期律。

"知识者理应是思想者",所以这幅画的主题是"哲学"。生活处处是智慧,但也处处是哲学。它就在我们身边,我们需要宠辱不惊地去接纳它。接纳它的滋养、它的争议、它所映射的困惑、它的小逻辑、它"特殊的思维运动"。它不够立体,却足够抽象。它需要你去品,去咀嚼,去思考。

但不论做何种归纳,它们都在王充闾先生的会通中别有根芽,都是中华民族特有的符号与印记,都是一种人文传承,都是国粹!

传统文化思潮与历史的观照
——谈王充闾"人文三部曲"的中国文化之道

◎隋林书

王充闾"人文三部曲"分为三个维度:一是《文脉:我们的心灵史》,二是《国粹:人文传承书》,三是《逍遥游:庄子全传》。这三本书包含了很多的内容,囊括了中国文化的发展脉络和中国人的千年心灵史。王充闾从国家、社会、个人及文学作品等角度纵观中华文明思潮的形成和发展,洞悉中国人明道、修心、守正的胸怀和内涵,仁爱、和合的价值理念,娴熟地将各种叙事模式穿插在一起,其中加以细节的合理想象让每个人物形象更加丰满,呈现出富有律动的人文篇章。

中华文明五千载,"儒释道"三大思想居于不可否认的地位。其中主要表现在"自强不息、道法自然、天人和谐、居安思危、诚实守信、厚德载物、以民为本、仁者爱人、尊师重道、和而不同、日新月异、天下大同"等方面。文学作为历史的观照,反映出来的更多的是当时人们对事物、对现实的认识,是人类精神历久弥新的精神财富。王充闾通过文学对历史、哲学、军事、法制等进行多层次多方位的表述与记录,在不断慧悟中解读历史、解读文化。

一、文化心灵史的溯源与回望

文化历史观反映了创作者审视历史的智慧与思考。王充闾读史,采用苏东坡提出的"八面受敌法",他认为:"历史学的创作在追溯历史结论时,无论是文献性的,还是实物性的,都要从结论回溯其形成结论的动态历史过程。"因而一些历史事件会在具体事件和地点不更改的同时,对细节加以刻画。在说历史的同时,从作家作品入手,将历史碎片与文作相结合,各个角度分析梳理,以日常风景见闻作引子,以广闻博识为座基,发挥对历史文化的主观理解,把文人墨客的过去以诗意的形态呈现在读者面前。

王充闾认为,"中华民族素有尊宗法祖的传统",这是影响华夏祖辈向阳而生的重要凝聚力。自古以来崇儒家者居多,信墨者不少,他将人性用初级算法设喻,对道家智慧十分地赞同。儒墨之分从"夷夏之辨"即可窥见一斑,而道家更崇尚"齐同万物",他喜欢以道观天下,以宏观的角度观史,超越物质功利,强调顺人而不失己,以宽容的姿态追求思想的平衡。

历史的延续背后是"天命"与"道"。王充闾认为人类现有的文明源于人类本身进取的本性和欲望的扩张。他肯定欲望带来的进步,同时否定不断做加法之后所放大的"贪""得""欲"。知足知止是转换人性异化的更高的行为层次。他将秦始皇比作典型的中国人代表,追求壮丽,欲求无涯。他认为李白自恃才高,可惜"欲献济时策,此心谁见明"。仕途失意却始终想要济世安民。儒家思想是自古以来很多文人墨客的底色,他认为李白的诗文内涵同时带有道家的飘逸和洒脱以及佛家的淡泊。这一点和苏东坡有几分相似,将"儒释道"思想融会贯通,将政坛的失意寄情于笔墨之间,只不过苏东坡更多了几分从容。得不到权势的有才之人是如此,有了权势却难从其所欲的人更是比比皆是,在这里,王充闾提及南唐后主李煜、宋徽宗赵佶、纳兰性德等人慨叹万分。称其"身在高门广厦,常有山泽鱼鸟之思"。他肯定这些人为当时乃至后世的精神文明创造的财富,更多的是惋惜由于社会环境和出身,难以自择想要的生活,"进既乏术,退亦无方"。由于社会生活环境的变化,让很多名人志士陷入彷徨、焦虑之中,阅历与思绪倍增,再加上当时儒学的禁锢几近松懈,多元开放的启蒙思想浪潮才可能得以冲破封建礼教的束缚,产生新的精神文明。

二、传统文化的当代意识

"儒释道"的传承最为纯熟的人，王充闾以曾国藩为例。赞他"以匡时济世为人生的旨归，以修身进德为立身之本"，在修身、齐家、治国等方面，他都做到了极致的完美。这样的完美源自儒家思想对人内心的浸润而形成的天道信仰，源自道家以天性为尊的伦理纲常。曾国藩拥有的是一个完美优秀的中国人的内核，王充闾认为他更像一个机器人，拥有着不会出错的设定程序，按部就班地做好了每一件事。可以说能将行事风格用在当今社会的人，仍然是不可小觑的人才。

王充闾认为《周易》为大道之源，其主要根基有三：一为"顺"（顺应自然、顺应天意、遵循规律），二为"节"（节制），三为"谦"（谦虚、谦让、谦退）。孔孟一直以《周易》作为儒家五经之首。《周易》的思维模式一直影响着中华民族的思维观念，矛盾运动、辩证发展等到当今时代同样适用。他要求君子士人刚柔相济，自立自强，心胸博大而宽广，容纳万物而宽容。而在万物的发展方面，则要"生生之谓易"，即生存和发展需不断变化、发展、创新、与时俱进。

三、民族传统文化的外在表现

王充闾认为，人既是社会文化的创造者，也是社会文化的制成品。如果说中华民族文化的内核是"儒释道"背后的深奥智慧，他的外在表现则有诗词、戏曲、楹联匾额、书画艺术、民间歌舞、传统习俗、礼仪等等。这些流传千古至今可以沿用，代表着中国人智慧的结晶。王充闾借助散文化的方式进行历史进程的解说，使笔下的人生况味更加立体饱满。

在《国粹》一书中，他提到了诸多民族文化艺术瑰宝，由隐逸文化引出的隐士、隐逸文学、园林艺术，同样是在中国人内敛含蓄的心性"天下有道则见，无道则隐"影响下创造出的产物。

忠与孝作为中华民族的优秀传统美德，在《文脉》中提到于谦廉洁自律的精神品质，称"忠"是一种品质、一种德行、一种为官的底线，同时总结出的三种境界在当今社会依旧适用。而其谈到的"孟母三迁"援引出的贤母品格是中华民族家庭极其珍贵的优良传统。中国传统文化长期以来影响着众人的是令人感奋和赞誉的精神品格。

这些历史人物传承下来的时代精神构成了现代人的传统美德和安身立命之道，在王充闾的历史散文中所提及的社会历史中形成的社会行为模式源于他的内心世界生命体验和心灵体验，更是对中国多元一体的文化历史长期以来带来的影响的整体思考。

王充闾从文化的角度对民族的心灵特征进行了不懈的探求，通过散文中的史实分析感受其中深藏的哲思。感悟文化源流中的善恶美丑。在全球化时代的背景下，中国传统文化正处在一个传承与排斥、交流与融合的阶段，复兴中国传统文化的精华，摒弃其中的糟粕，从哲学角度思考历史事实是王充闾历史散文创作的题中之意。在建构此类文学创作的主体意识时，他尊重客观历史，虚构但不失合理，给艰涩枯燥的史料事实进行后期艺术加工，做到审美和审智相结合，具有一定的文学开拓价值，对传播我国传统文化有着积极的意义。

王充闾《逍遥游：庄子全传》读后感

◎杨建中

　　王充闾先生是当代著名散文家、诗人，曾获过鲁迅文学奖并担任过鲁迅文学奖评委，其为人淡泊名利，思想深邃且文笔清丽，由其解读庄子的确最为合适。《逍遥游：庄子全传》是王充闾从散文转向传记文学创作的最新力作，作者以传记之笔把庄子的思想进行了系统阐述，此书主要反映了庄子的睿智、美学、哲学等，其内容丰富，博大精深，涉及政治、哲学、文艺、对人生的思考和宇宙等诸多方面，是当下传记文学创作中的上乘之作。

　　最早记述庄子生平的是司马迁，在《老子韩非子列传》里作为附传，仅有235个字，这也是目前最权威的关于庄子的传记文字，由于庄子距今年代久远，相关资料缺少，庄子活动的范围也早已沧海桑田，所以作《庄子传》并不是一件容易的事。王充闾先生以其丰富的学识、善感的心灵以及卓越的探索考据和思辨能力，整理出庄子一生的轨迹，把庄子的人格特点、精神内涵都完美地呈现出来，塑造了一位不染俗尘的智者形象。

　　阅读《逍遥游：庄子全传》，从文字到气象，甚至作者流动于字里行间的火热的情感，都让我时时感动着。由衷地赞叹这种直接效法古典的笔法、感情、格调。他是用自己的"心"去感悟庄子，用自己的"心"去书写庄子。王充闾先生古典文学修养极深，文字遒劲而练达，深得骈文之精髓，读起来给人一种艺术的享受，这也是此传的一个亮点。

　　《庄子传》可以说是特定时代的产物，一是当下出现了国学热，二是处于反贪腐高潮，庄子的淡泊名利能引起各色人等的反思、清醒和警觉，进而引起对庄子的关注与青睐，觉得如果早一点听他一句话，也许不至于滑向深渊。

其实，在阅读王充闾先生《庄子传》之前，我对庄子也不过是一知半解，并未进行过深入系统的研究，反而是这本传记使我对庄子产生了更加深厚的兴趣。《庄子》虽然是一部经典，就像一条肥美的大鱼，如果就这么活生生地摆放在面前，不一定有吃它的欲望，但经过厨师精心烹饪之后，就会让人垂涎欲滴，王充闾先生就是那个出色的厨师。

解读《庄子》也并非易事，它类似佛禅，又独立于儒释道思想之外，庄子认为只有与道为一才能实现生命自由逍遥，个体生命在无为无识的道中产生、发展，自然变化，体验道的永恒超越与和谐的意义。逍遥的人生观为人们提供了一种宁静的精神家园，以一种"无"的深层内涵去泯灭尘世的一切权力、功禄，这是庄子内心的呐喊，同时又是对生活在那个战火纷繁、相互倾轧的乱世一种宣泄和抗争。

《庄子》是非逻辑，非推理的，它是需要体悟的。阅读王充闾先生《庄子传》，既传承了古人秉笔直书的文风，又多次深入实地考据，是对庄子思想的又一次深度挖掘。《庄子传》以《庄子》为本，以庄解庄，不讲所谓的名人八卦，所谈所论都有史实根据，其思通千载，视接万里，给我们走进庄子的心灵世界提供了一扇便捷的大门。

王充闾先生作此传是以散文的笔触、诗性的表达、传记的风骨来表达的，使传记有血有肉，体现了王充闾先生高超的文学功底，是对传记的一种全新尝试，这次尝试无疑是非常成功的。王充闾先生用五个画卷立体展示了庄子的立体人生和哲学思想，第一章《身世之谜》勾勒出庄子的身份、国属、家世、身世以及遥远的战国时代天崩地坼的图景；第二章《人间世》勾勒了庄子不做牺牛、困守乡园、善做减法、以道观之的充满大智慧的布衣知识分子形象，让读者领略到庄子的精神追求、价值取向和胸襟视野；第三章《逍遥天际客》勾勒了一个会讲故事的庄子交游、出访、著书、辩论、授徒等，把深刻的哲理蕴藏在对生活的思索之中；第四章《道术》勾勒了庄子"道"的真谛和面孔，详细解读庄子的哲学、文学成就和思想文化渊源；第五章《谁似先生面世闻》写出了王充闾先生对庄子的景仰和慨叹，勾勒了庄子的病与死、身后哀荣与文脉传薪以及历代诗人笔下的庄子。五幅画卷互映互衬，庄子的立体形象立即活灵活现。

阅读这部传记，我们会发现其站位点很高，在这部传记里，王充闾先生把庄子放在了世界范围内来谈论，有了一种博大的眼光。王充闾先生非常注重考据和实地采访，比如第二节《乡关何处》，通过文献梳理、实地调研，层层写来，条分缕析，其精彩不亚于一篇侦探小说，趣味性、学术性并存，而最后得出的几点结论也颇有见地。第三节《遥想战国当年》，试图呈现战国社会文化氛围，所谈对于理解庄子以及《庄子》一书是很有裨益的；第四节《不做牺牛》，庄子用一个故事"龟厌曳尾居"拒绝了楚威王高官应聘，庄子这种甘于淡泊清贫是超越大部分知识分子的，而且在这一章，王充闾先生对庄子那种高远绝尘的理解，是很多庄子研究者无法企及的；在第五节《布衣游世》中王充闾先生表示对庄子的敬仰并"想见其为人"；第六节《人生减法》阐述了功成身退天之道，并以秦始皇和拿破仑为例子，他们虽然征服天下，但几乎没有一天快乐的日子。庄子在《至乐》篇发出疑问：天下有没有至极的快乐呢？不满足于感官的享受当作快乐岂不太愚昧了；第七节《以道观之》表明：眼界越开阔，视野便越扩展，所见到的客观事物的范围就便会越加宽广，随着视点、视角的变化，人们的认识也会有新的领悟、新的提高；第八节《故事大王》，庄子其实是一个名副其实的故事大王，他笔下的井底蛙、鱼、鸟等皆非常形象，活灵活现，是中国版的伊索寓言。庄子的特异之处就是能把生命体验和要所表达的"道"巧妙糅合起来，以故事形式生动展现给世人；第九节《圣人登场》，《庄子》里的孔子，其实就是一个演员而已，通过孔子师生对话，代庄子立言；传记第三章《逍遥天际客》娓娓道来，韵味无穷，既言之有据，又不乏深情，让读者看到了一个物质生活极度匮乏，但精神世界高度丰富的知识分子的平常生活，和他应对这些的态度。庄子才华绝伦，却甘于清贫，绝不趋炎附势，而且与政治绝缘，但与当时的老百姓，还有惠子这样的高人却从不拒绝来往，甚至乐在其中。他僻居一隅，却从不故步自封，画地为牢，经常步行出去游走；第十节《出国访问》，记述了庄子穿着破洞的衣服去见魏惠王，惠王惊叹其困顿、潦倒，而庄子则不然，说我这是贫穷，并非困顿潦倒，而是生不逢时；第十一节《庄惠之辩》，庄子曾同惠子进行过八番辩论，惠子去世后，庄子感叹再也没有够资格的对手了，惠子死后庄子停止说言，再无知音便作伯牙破琴绝弦；第十二节《传道授业》，庄子经常通过对话、寓言、故事等形式传道授业解惑，他能以多重观照且富于开放性的思考引导学生明辨是非。王充闾先生把庄子传承弟子的事情娓娓道来，让人受益匪浅；第十三节《道的面孔》，现代人论道总是把老庄思想放在一起，我认为他们既有相同之处，还有很多差异性，老子、庄子都属于道家的宗师人物，老子创建道教，庄子发展了道教，相同之处是老庄都认为顺其自然，哲学上都属于唯心主义，他们都主张出世而迥异于儒家的入世。庄子思想出自老子又不同于老子，老子主张清静无为，庄子更多地关注精神的自由，后人可以从不同的角度去研究二人的哲学思想，以带给我们有益的启示；第十四节《十大谜团》，王充闾先生把庄子思想中十方面的吊诡或者谜团归纳为三类：第一类是属于庄子自身比如个性、情感、取向内在的矛盾；第二类属于庄子所提出的系列悖论性思考；第三类是介乎于两者之间的思辨命题。庄子妻死鼓盆而歌，并非庄子热爱死亡，而是他参透生死，认为这是自然法则的轮回；第十五节《千古奇文》是从文学的角度来认识《庄子》，不仅是一部精妙绝伦的哲学名著，更是一本流传千古的文学精品，作为说理散文，《庄子》有多方面的创新。"意出尘外，怪生笔端"是清代文艺家刘熙载对庄子说理的准确评价；第二十节诗人咏庄有一个很有趣的现象，据粗略统计，从古至今有关咏庄的诗词曲赋多达两千首左右，王充闾先生择其代表性的录了14首，历代诗人对庄子的人格、个性、精神风貌、思想境界非常赞叹，在咏庄诗作中占很大比例，这又从另一个方面为我们了解庄子思想有了一个很好的补充。

对于庄子的处世立身态度，王充闾先生基本上是认同的。他认为：人不必主张避世，事可以做，官也可以当，书也可以写，但不应热衷躁进，更不应同流合污，保持个性，坚守人格。王充闾先生言知行如一，其一生淡泊名利，勤于著书立说，其辉煌的文学成就足以彪炳史册。

最后用王充闾先生的一首诗作结：

逍遥齐物葆天真，喜见蒙庄有后身。呼马呼牛随世态，无功无己做神人。千秋帝业今何在？一代天骄早化尘！唯此布衣贫叟健，悠悠文脉久传薪。

人性的追索
——读王充闾先生《春宽梦窄》之《历史上的三种人》有感

◎于 珍

读万卷书,谓之"博学";行万里路,谓之"广识"。如果一个人"读万卷书,行万里路",又"阅万种人,咏万物情",亦当如何评价?吾不敢妄言。王充闾先生如是。

读王充闾先生的作品,首先震撼于先生国学积淀之深厚。仅《历史上的三种人》"欲望的神话"篇,先生就引用了西汉贾谊的《过秦论》、清人丘琼山的《纲鉴合编》、刘向的《说苑·反质》《战国策》、唐人杜牧的《阿房宫赋》、唐人沈既济的《枕中记》对秦始皇的论说。以及,上至魏晋、唐宋,下至明清、现代的诗人文学家对秦朝、对始皇嬴政及二世胡亥的评价,更达15位之多。"祖舜宗尧自太平,秦皇何事苦苍生。不知祸起萧墙内,虚筑防胡万里城"(唐人胡曾)。"儒冠儒服委丘墟,文采风流化土苴。尚有陆生坑不尽,留他马上说诗书"(清人陆次云)。"徐市楼船竟不还,祖龙旋已葬骊山。琼田倘致长生草,眼见诸侯尽入关"(清人朱瑄)。这些诗句,吾犹初诵。《欲望的神话》是王充闾先生近作《历史上的三种人》二十三篇文章中的一篇,而《历史上的三种人》是王充闾先生出版的七十余部作品中的一部。斑驳一点足以映全豹,先生之学富底蕴,非"饱学""博学"可以定义。先生于"诗词歌赋,经史子集"的把控掌握,于东西方经典的通晓汇融,已然由"学问"上升为"智慧"。如

人性的追索——读王充闾先生《春宽梦窄》之《历史上的三种人》有感

若不然，焉可见，引据经典中，借喻掌故时，尤探囊取物般信手，似乎不是"引"也非"借"，恰是自然的流淌。

从《读三峡》到《冰城忆》，从《西双版纳访书》到《祁连雪》，从《长岛诗踪》到《黄山"三人行"》，从《我漫步在纽约街头》到《东瀛观剧》，从《涅瓦大街》到《湄南河上》，从《金刚山诗话》到《马六甲记游》。读了王充闾先生的《春宽梦窄》，文化旅人的身影清晰浮现。一路且行且阅，且书且咏，且感且悟。用文学手法，以史学的眼光，以哲学的思维，从零距离于"山水自然风光名胜"，到"人文历史"之路，而后至"人性、人生和人类精神家园"。其路之遥，何止万里？这一路是获取信息积淀知识增长智慧的过程；这一路是深度思索不懈追求的过程。禅释千古事，评说万种人。先生的作品，涵盖文学艺术、政治历史、社会心理诸多领域和层面。"悲哀如果还有笑，则人心尚有感有觉，此可谓悲剧之最初境界；若到了泪与笑都没有时，则为彻底的悲哀，自是悲剧的最深境界了"（《我漫步在纽约街头》）。"历史的道路并不像涅瓦大街的人行道，它总是在曲折中前进的"（《涅瓦大街》）。写云南大理下关的《三道茶》，是"熔娱悦、审美、教化作用于一炉，为人们在紧张、喧嚣、粗犷、变动的现代生活中提供了一方宁静的憩园和几丝温馨的抚慰"。"未经世路千重境，且饮人生三道茶。消受个中禅滋味，蹉跎险阻漫诧讶"。《三道茶》对于"初出茅庐、乍事未深"的青少年有益，对于"沧海惯经、风霜历尽"的老者有益，对于身处逆境者有益，对于"万事亨通，志得意满"者有益。

假如让我们用"人性"和"历史"两个词连起来造句，是不是很费神？假如让我们认同"人性"改变"历史"，是不是很费解？读过王充闾先生《历史上的三种人》，你便不觉得这两个词"风马牛不相及"。甚而至于它们是那样的不可分割。上溯历史，追索人性，让思索的半径探入千秋古人之灵魂深处。论王者，评政客，说文人。王充闾先生笔下"人性化"的历史人物形象中，我们看到人性如万花筒般的多个立面，也看到历史回归人性后的鲜活。秦始皇欲望的"无限、无度、无极、无止"，"燃烧、熄灭、失落、再燃烧",建立了中国历史上第一个统一的中央集权国家,缔造了"千古一帝"。也留下"焚书坑儒"让后人忌惮,也留下"万里长城""秦始皇兵马俑"给后人仰瞻,也留下"徐福带三千童男女入海求仙"给后人想象。这一切是"时势造英雄",亦是"人性"贪婪欲望极度膨胀的结果。汉高祖刘邦的无赖人格,宋徽宗的可怜懦弱,一代天骄成吉思汗"无奈死神何",末代皇帝溥仪"没有重量的生存",解读的是一个个走下历史、走下圣殿、回归人性与道德层面的"人"。对普通人来说,"人性即命运";对于王者来说,"人性即历史";对于处在中间层面的政要们来说,"人性即时局"。曾国藩、李鸿章、陈梦雷、张学良,当他们人性中的一个立面消长时,对时局、对时代都有举足轻重的影响。而诸多才华横溢的文人,他们的命运,也因"人性"某个立面的消长而多舛。

然,"人性"中最根本最需要保存最需要展示弘扬的"真善美",何索?从《春宽梦窄》中,我们不难看到先生追索人性"真善美"的"身体力行"和"借物力行"。《春宽梦窄》的题记中这样写道:"因为人的思维都是在完全有限地思维着的个人中实现的,不能不受到时间的制约。""好在奉行一个'真'字,明心见性,本色使然。"以本真之心,对待大千世界,人生旅途,万事万物;以本真之心欣戚,忆恋,憧憬。以热切、纯情展现"今古乾坤秋一幅",抒发"万里灯前故国情"。亦如《读三峡》,描写画、史、诗、意的三峡,吐纳皆乾坤,律动尽美韵。以美文写美景,带给人美的享受。亦如《青天一缕霞》,描写现代著名散文女作家萧红,一生"流离颠沛,忧病相煎,一缕香魂飘散在遥远的浅水湾",别具一格。读罢作品,合上书页,举头极目。你会看到,一缕云霞渐渐融化在岁月的青空,云天外,"真善美"的流云,"自由"的流云,依稀可见。《春宽梦窄》散文集里有一篇《买豆腐》。试问,亘古至今,谁家没有买过豆腐?谁人没有吃过豆腐?买亦买之,吃亦吃之。谁人想过"为人之道,须如豆腐,方正洁白"。豆腐有豆腐的"德":无处无之,为"广德";一钱可买,为"俭德";食乳有补,为"厚德";水土不服,食之可愈,为"和德"……豆腐有"十德"。

人性的追索——读王充闾先生《春宽梦窄》之《历史上的三种人》有感

那么，人，应该有几德？

《春宽梦窄》还有一篇，名《追求》，读后感慨尤甚。一曰：哲学艺术的真谛，在于不断追求真善美；二曰：对于美，走近，却并不占有。美，也是不能被占有的；三曰：追求美的过程比占有美，更使人感到幸福；四曰：美感，不是功名利禄的物质满足，是一种精神上的充实与愉悦。五曰：对于美，人生代代无穷，追求生生不息，后继者绵延不绝。

是为结语。

追寻华夏民族真正的文脉
——读王充闾先生《文脉：我们的心灵史》有感

◎ 王继鹏

王充闾先生是我国当代文坛巨匠，乃倡导一代新文风领军人物，对当代华人文坛影响深远备受推崇。据不完全统计，充闾先生发表期刊作品1000多篇，出版图书200部左右，发表报刊作品300篇左右；部分作品被200多部图书编辑原文收录，涉及先生部分内容图书400多种，涉及先生部分内容报刊文章1200篇左右（含转载、书评、书讯、引用等）。

充闾先生的《文脉：我们的心灵史》扎根于五千年华夏悠久文明沃土，厚植于民族文化血脉深处的家国情怀，采撷历史长河经典片段，回顾文宗巨擘心路历程。书中极其深刻地解读了，千百年来，中华民族之所以能够历经磨难而不衰、饱尝艰辛而不屈、千锤百炼而愈强，是因为独有的"穷则独善其身，达则兼济天下""修身、齐家、治国，平天下"人文魂魄、文明筋骨和文化血脉。

全书从深奥难解的《周易》《道德经》《论语》《诗经》等中华上古典籍讲起，从研究老子、庄子、孔子入手，一直讲到近现代，对文脉的起源、流衍、兴衰、沉浮、得失，都做了详细的分析和研讨，继承弘扬中国优秀的传统文化，传承中华国粹，致敬国学经典。书中用散文写法把玄奥哲理，深入浅出、提纲挈领、警言妙语、娓娓道来，是一部我们民族的思想简史、心灵史记、人文史诗，是我们陶冶情操、加强修养、研习中华传统文化的教科书。自己感觉阅读先生的《文脉》如饮醇醪不觉自醉，如品佳茗润泽

追寻华夏民族真正的文脉——读王充闾先生《文脉：我们的心灵史》有感

绵长，齿颊留香久而弥笃，醍醐灌顶回味隽永，受益无穷。

一、充闾先生博古——考证华夏文脉渊源

　　中华文化源远流长、博大精深，充闾先生国学功底深厚，年少好学，日诵千篇，对上古典籍旁征博引，如数家珍，从浩如烟海、汗牛充栋的经史子集中找寻考证文脉线索。充闾先生熟读《周易》《道德经》《论语》《诗经》，认为诸多国学经典乃中华文脉渊源，孕育了中华文明曙光，是中华文明的源头活水，奠定了中华文化的重要价值取向。研究老子、庄子、孔子颇有心得，认为三圣学说对后世产生了深刻、巨大的影响，深深地影响了整个中国历史社会的意识形态。如明人王文禄《文脉》文脉卷一《文脉总论》称："一元清明之气界于心，以时泄宣，名之曰文。文之脉蕴于冲穆之密，行于法象之昭，根心之灵，宰气之机，先天无始，后天无终。"

　　先生研读《周易》中的"天行健，君子以自强不息；地势坤，君子以厚德载物"，指出："贯穿着居安思危的忧患意识、自强不息的奋进精神和刚健有为的创新理念，这是贯穿于《周易》中的带有根本性的三个思想理念。它们在变通思维的统驭下，相生相发，相辅相成。三千多年来，成为中华优秀传统文化精神的重要组成部分，中华民族历久弥新、生生不息的内在支撑力，中国人充实核心价值观的正能量。"正如明人王文禄《文脉》曰："譬如山水为发源于昆仑也，譬星宿为禀耀于日也，譬荣卫焉包络于心也，是谓之脉未当绝也。"

　　充闾先生给老子、孔子、庄子三位古代哲学大师来了个形象定位，认为万世师表孔丘是被"圣化"了的庄严的师表，老聃是智者形象，庄周则是一个耽于狂想的哲人。老子、孔子两位圣人居于庙堂之高，多了一些"神气"，少了一些"地气"；多了一些"香火"，少了一些"烟火"。孔夫子这位老先生"仰之弥高，钻之弥坚，瞻之在前，忽焉在后"；老子"知雄守雌，先予后取"，可以说达到了众智之极的境界，一部《道德经》多

为统治者立言，毕竟离普通民众远了一些。

但是庄子则不同，他不但是我国哲学史上一位著名的思想家，同时也是我国文学史上一位杰出的文学家。无论在哲学思想方面，还是文学语言方面，他都给了我国历代的思想家和文学家以深刻的、巨大的影响，在我国思想史、文学史上都有极重要的地位。充闾先生认为，他的自画像是"思之无涯，言之滑稽，心灵无羁绊""独与天地精神往来"，他把生活的必要削减到了最低的程度，住在"穷闾陋巷"之中，瘦成了"槁项黄馘"，穿着打了补丁的"大布之衣"，靠打草鞋维持生计，"乘物以游心"。但他在精神上却是万分富有的，他"独与天地精神相往来"，万物情趣化，生命艺术化。他把身心的自由自在看得高于一切。

二、充闾先生博怀——评述历代人伦得失

充闾先生高屋建瓴、沐浴国风，人文典故了然于胸，历史故事信手拈来，人文历史旁征博引。充闾先生也推崇"读史，主要是要读人，而读人重在通心""未通古人之心，焉知古代之史"。充闾先生用散文的手法讲述高祖还乡、成也萧何败也萧何、吕后未央宫斩韩信、吕后篡权乱政；宋太祖黄袍加身、杯酒释兵权、宋太宗焚毁晋阳城、北宋千年悬案烛影斧声、宋太宗毒酒赐死李煜、靖康之变金人掳掠徽钦二帝等历史典故，对历代人伦得失进行评述。

孔子以知、仁、勇为三达德，孟子以仁、义、礼、智为四基德，并将它扩展为"五伦十教"，即君惠臣忠，父慈子孝，兄友弟恭，夫义妇顺，朋友有信。管仲则提出了"四维七体"，四维即礼、义、廉、耻；七体即孝悌慈惠、恭敬忠信、中正比宜、整齐樽诎、纤啬省用、敦蒙纯固、和协辑睦。董仲舒则提出了"三纲五常"。充闾先生强调，其中君臣关系被尊为"人之大伦"，起着统率作用，以冲突、斗争论，它也最为剧烈。

"五伦"是儒家所倡导的人际关系的基本准则，是中国传统社会伦理

追寻华夏民族真正的文脉——读王充闾先生《文脉：我们的心灵史》有感

思想的核心内容。《孟子·滕文公上》说："父子有亲，君臣有义，夫妇有别，长幼有序，朋友有信。"这就是孟子对五伦的简要的阐述。《礼记·礼运》中对孟子的五伦说做了进一步的阐释，解为"十义"，即"父慈，子孝，兄良，弟悌，夫义，妇听，长惠，幼顺，君仁，臣忠"。也就是孟子所说："人有恒言，皆曰'天下国家'。天下之本在国，国之本在家，家之本在身。"充闾先生认为，这甜蜜蜜的人伦关系，一旦困缚于权力争夺的轭下，遭到政治斗争的无情绑架，沦为一种政治行为、商品交易，便会出现异化而被腐蚀变质。

充闾先生在《当人伦遭遇政治》中总结："当人伦遭遇政治，君臣、朋友、夫妇关系已将发生质变；那么，以血缘为纽带的父子、兄弟关系又如何呢？同样没有例外。被称为'相斫书'的'二十四史'，尤其是隋唐时代杨家父子、李氏兄弟间的血影刀光，可以说是形象的注脚。"最后，充闾先生用唐人刘禹锡之诗"将略兵机命世雄，苍黄钟室叹良弓。遂令后代登坛者，每一寻思怕立功"诠释"大功告成之日，正是功臣殒命之时""狡兔死，走狗烹；飞鸟尽，良弓藏；敌国破，谋臣亡"这些千古哀叹。

三、充闾先生博学——感怀历代人文窘境

充闾先生文思敏锐、感古颂今，也感慨"千古文章未尽才"，旷世奇才的文人难过皇帝关，当文甲天下才华横溢的文人遭遇残酷的政治游戏，就常常会陷入身不由己的窘境，形成一种千载文人，失意政客现象。

充闾先生对陶渊明、骆宾王、李白、杜甫、苏轼、王勃等历代文宗巨擘都给予崇高赞誉，道出文人风骨如高山松柏，也感慨"一代文宗"骆宾王怀才不遇、神童王勃英年早逝、诗圣杜甫颠沛流离、文章巨公百代文宗韩愈屡试不中仕途坎坷、苏轼深受朝堂被贬家庭多难打击。

他敬佩骆宾王身上"充溢着那么一种骨气、一种正气、一种侠气、一种值得称道的高尚品格"。总结苏轼钟情于《庄子》，以清雅悠闲的庄禅

思想陶冶心性，虽然仕宦生涯起起伏伏、历经坎坷、崎岖曲折，却心境开阔，最后，充闾先生赞同道："这样，每当挫折失意，处境险恶，他都会从庄禅思想中，获取独特的视角和对待人生穷通、苦乐、荣辱、得失的超越理性，从而有助于解脱困惑，保持心境旷达、心态宁静，心情愉快"。

通过骆宾王的遭遇，他指出同旧时代绝大多数文人一样，其前进道路是呈"双线式"发展的：在诗文创作方面获得巨大成功，而于仕进一途，则极为崎岖坎壈，可说是荆棘丛生，危机四伏。但这两条轨迹又是紧相纠合，密切联结，相互影响，交错进行的，而且总是呈反向发展。

充闾先生认为，成败的关键常常取决于外在条件，外在条件不同，人生机遇各异，结局必然不同。"我们要看重人，拿人做榜样，做我们一个新的教训、新的刺激"（钱穆语）。

感慨"尔曹身与名俱灭，不废江河万古流"的杜甫之所以千秋不朽，是由于他的诗歌，而不是因为他是什么左拾遗、工部员外郎。切莫说奸相李林甫、杨国忠，早已被钉在历史的耻辱柱上，即便是并世的所谓"明君贤相"，又有谁能够与"诗圣"媲美呢！正如明人王文禄《文脉》所曰"观心不亡，则脉不亡，脉不亡，则文脉不亡。再混沌而开辟，此脉不亡，此心不亡也"。

四、充闾先生博旅——凭吊历代名城胜迹

"知者乐水，仁者乐山；知者动，仁者静；知者乐，仁者寿。"先生并不喜好云游名山大川，而是到访人文荟萃、人杰地灵、六朝古都、古国故城、名城胜迹、兴亡故迹之地。正如先生所云："我喜欢踏寻古迹"，"我喜好旅游，更喜欢在足迹所至的山川灵境中寻觅文学的根、诗性的美……每接触到一处名城胜迹，都会有相应的诗古文辞、清词丽句闪现出来，任我去联想、品味。"

先生曾经朝发沛县，暮宿淮阴，走进"庄惠临流处""濠梁观鱼台"，

绕路明皇陵和中都城，踏上中州大地，寻访开封陈桥驿，走进北宋都城汴梁；寻访太原古城村，看晋阳故城遗址，参观闻名中外的晋祠，踏访黑龙江依兰五国城，访阿城的上京会宁府，畅游武定狮子山。查找历史蛛丝马迹，探寻千古兴亡的时空密码。

尤其是在《魂断五国城》一文中，充闾先生对徽、钦二帝所作所为进行深刻尖锐不留余地的批评："够了，不必再罗列其他了。看来，让这样一个无道昏君，在荒寒苦旅中亲身体验一番饥寒、痛苦、屈辱的非人境遇，也算得是天公地道了。"对徽、钦二帝"坐井观天"的考证也改变了我多年固有的印象，记得小时候我看《岳飞传》连环画，描绘徽、钦二帝披头散发坐在枯井里面仰天长叹，急等岳飞直捣黄龙府，迎回二帝，自己也就认为徽、钦二帝被囚禁在枯井里面。充闾先生经考证认为，他们极有可能是住在北方今天偶尔可见的那种半地上半地下的地窨子里。

在阿城，充闾先生万千感慨：金国开国上自朝廷宫阙、服饰，下至民风土俗，一切都是很朴陋的，充满着一种野性的勃勃生机和顽强的进取精神，至海陵王完颜之辈，骄奢淫逸、横征暴敛，简直比宋徽宗还要"宋徽宗"。充闾先生总结，本来，前朝骄奢致败的教训，应该成为后世的殷鉴，起码也是一种当头棒喝。但历史实践表明，像海陵王以及金朝的末代皇帝那样重蹈覆辙，甚至变本加厉的，可以说是比比皆是。

在狮子山，提及明朝持续十几年的血腥杀戮，不仅斫丧了国家元气，而且在民族心理上造成了剧烈的创伤。同意清朝总结的明亡教训，由于朱棣残杀无度，毁坏了正气罡风，造成后来许多臣子只知明哲保身，顺时听命，持禄固宠，再也无心顾念社稷了。

正如唐人杜牧的名篇《阿房宫赋》："呜呼！灭六国者，六国也，非秦也。族秦者，秦也，非天下也。嗟乎！使六国各爱其人，则足以拒秦；使秦复爱六国之人，则递三世可至万世而为君，谁得而族灭也？秦人不暇自哀，而后人哀之；后人哀之而不鉴之，亦使后人而复哀后人也。"

读《国粹：人文传承书》有感

◎田 妍

现代人的生活越来越丰富多彩，却也越来越容易被丰富多彩的生活束缚，不知从什么时候开始，安静地看完一本书渐渐成了奢侈的事。最近一段时间，我利用业余时间，认真地读了王充闾先生的《国粹：人文传承书》，让我再次找回了读书的乐趣，深深地折服于笔者深厚的文化底蕴，回味书中描述的历史故事，膜拜于我中华文化的博大精深。

《国粹：人文传承书》主要包括祖先、人文、河山、传统四个章节，分别讲述了人生命脉、生命符号、文明大地和生活智慧，前后看似毫无关联，实则是笔者以深深的思考为线，将浩如烟海的中国传统文化串珠成链、融会贯通的过程。

"人文传承"，人永远是历史的主体，王先生在书中详细描摹了庄子、孟子、秦始皇、文成公主、李白、苏东坡、赵佶（宋徽宗）、秦良玉、纳兰性德、曾国藩等多位看似毫无关联的历史名人故事。

这些历史人物既是我们熟知的，又是我们不知的。比如，庄子和孟子，二者本是一个道家一个儒家，有着本质区别，有着共同的性格特点，他们都能做到放下凡心，超脱世俗，看淡名利，不计得失；比如，对于"千古一帝"秦始皇，大多数人只知其骁勇善战，却不了解他欲望扩张，一生在追求长生不老，并为此求仙拜神，极度残暴贪婪；世人都知道"诗仙"李白诗篇流芳百世，却很少关注其仕途坎坷，壮志难酬，怀才不遇；宋朝大家苏东坡看似悲实则喜，虽然怀才不遇，被一贬再贬，却能做到拿得起放得下，淡泊名利，清风雅化，在遭贬谪期间仍然写就了大量旷世之作；宋徽宗"一手好牌打得稀烂"，然而却是艺术大师，诗词绘画样样通晓。

书中提到了诸多历史人物，我最喜欢的还是文成公主。虽然松赞干布的早逝让文成公主看上去更像是一个悲剧人物，然而，骁勇善战的松赞干布对聪慧贤良的文成公主一见倾心，文成公主对松赞干布做到了至死不渝，他们的爱情为世人所艳羡。

书中最后一篇写人的文章是关于曾国藩的。我们往往都仰慕曾国藩的才学谋略，但却很少关注到他的悲剧一生。"功名两个字，用破一生心"的评价，让人看到了不一样的曾国藩。

正如书中所述："历史的风烟在眼前唰唰地掠过，那淹沉于往昔的万种喧嚣，千般角逐，已经消逝得无声无息、无影无踪了。而生者自生，死者自死，人生舞台上总是在永续不断地上演着形形色色的悲喜剧。这样一来，众生、万物、两戒、诸天，也就同无终无始的时间长河一般，在文字传承和现实记忆中彼此衔接起来，而成为一页页绿叶婆娑、生动鲜活的历史，装点着时代的昨天与前天。"

《国粹》中另一个重要元素就是"文"。

初读该书时觉得非常散，每篇之间似乎联系不大，书读大半才开始有所感悟，原来这些文章看似形散，实质上却相互联系。本书在前面介绍了很多人，他们的诗文在后面多多少少都有体现，前面介绍了一些文人的悲喜，后面又介绍了他们之间的关系。而诗文似乎成了书中不可或缺的一部分，无论写人写景，这些诗文都在作者笔下可以说是信手拈来，不费吹灰之力映文映景，让人折服。看似并不厚重的一本书，其背后的文学底蕴却不可估量。《诗经》《周易》《尚书》、诗词歌赋，对联绝句比比皆是。放下《国粹》觉得读过的书太少，很想拿起《国粹》中提到的其他书籍继续看下去，我想这就是一本书的魅力所在吧。

最后，再说说"传承"。

《国粹：人文传承书》可以说是王充闾先生对中国传统文化的一次隆

重巡礼。传承部分将故事融入山水风景、三峡奇观、诗人情谊、园林艺术、岩画、对联、姓氏文化等等。他告诉我们，传统并不是完全需要瞻仰、膜拜、亦步亦趋的僵死事物，相反，它与我们每个人的生命历程存在着紧密联系。我们的一举手一投足、一句话一行字，都不乏祖先前辈、传统文化的印记。传统并非相互隔离，而是中华民族的生命之书，它记录下了中华民族生生不息的重重奥秘。其中，对《贤母》一章印象深刻，全书多次写到孟子，可见作者对孟子的仰慕之情，而探其根源，孟子的成就绝非偶然，他的成功离不开孟母的付出，这便是传承。正如文中所说："国家的命运，与其说是操在掌权者手中，倒不如说是握在母亲手中。母教一事，可以说是悠悠万事，唯此为大。"再如《联趣》篇，我们常常欣赏于对联诗词歌赋之中，可又有多少人认真去学习如何写对联，如何将优秀的文化传承下去？文中不仅列举了很多联语，还仔细地写出了如何掌握对联中的平仄，这便是文化的传承。

习近平总书记深刻指出："文化是一个国家、一个民族的灵魂。"对正在迈向中华民族伟大复兴宏伟目标的伟大国家来说，文化自信起着重要支柱和精神基因的作用。文化自信，是更基础、更广泛、更深厚的自信，是更基本、更深沉、更持久的力量。坚定文化自信，是事关国运兴衰、事关文化安全、事关民族精神独立性的大问题。

中国文化具有极强的创造力。早在春秋战国时期，诸子百家留下来的思想经典，几乎涵盖了政治、经济、科技、军事、文化等各个方面，成为中华文明从未间断的文化源头，也为世界文明史做出了不可磨灭的巨大贡献。在中国历史上，历朝历代都有杰出的思想家从不同方面对中华文化积累作出了自己的贡献，由此积土为山，聚河成海。一代又一代中国人，从来没有失去对中华文化和文明的自豪与自信。我们的文明之所以能够历经5000年沧桑而从未中断，全赖这种创造力、发新力。

中国文化具有极强的融合力。历史上，中华文化比较注重吸收其他文明的优点，从而丰富自己的文化与文明。在民族融合中，汉民族注重吸收少数民族文化与文明中的优秀成果，使之成为中华文化与文明的一部分。习总书记说，我们的同胞无论生活在哪里，身上都有鲜明的中华文化烙印。不忘本来、吸收外来、面向未来，这种开放包容的文化态度是中国有坚定的文化自信的力量之源。今天，中国正依照"尊重世界文明多样性，以文明交流超越文明隔阂、文明互鉴超越文明冲突、文明共存超越文明优越"的文化发展理念，与世界各国各民族开展积极的文化交流交融。中国特色文化发展道路必将越走越宽广。

正如王充闾先生所言："历史文化传统是一座取之不尽、用之不竭的精神富矿，人创造并书写了传统，是出发点，也是落脚点。"作为一名中华儿女，作为一名基层党校的青年教师，我将牢固树立文化自信，以更加饱满的状态，读史通心，与古代传统对接，与古人心灵撞击，传承一颗永远的中国心。

读王充闾先生《国粹》
——诗词密码随笔

◎ 孟秀敏

古诗词是中华民族灿烂文化中的瑰宝、是民族文化艺术宝库中的一颗璀璨的明珠、是中国文化发展历程中浓墨重彩的一幅美丽画卷、是我国悠久的传统文化剪影,更是中国特有的元素符号。从《诗经》起,一直到今天,古诗词以其广泛的内容、深邃的内涵、真挚的情感,承载着华夏民族辉煌的历史。她是先人留给我们的一份最宝贵的精神财富。

《尚书·尧典》中记尧的话:"诗言志,歌永言,声依永,律和声。"中国是一个有着丰厚诗歌遗产的文明古国,历代文人雅客创作了大量的诗词歌赋,诗人群星璀璨,创作的诗歌广为流传,编纂出的各种诗词集录难以计数,成为辉煌灿烂的中华文明史中最为绚丽多彩的篇章。无论是朗朗上口的韵律,还是丰富饱满的情感,或是深刻入微的哲理,都能进一步提升人们的思想情操、道德水准、情感交流、人生感悟,经久不衰。有的诗"耐品、耐嚼",读来齿留余香;有的让人潸然泪下。读着走心、动情、养眼、安神,当然也能励志!千篇和叶韵,八斗动诗才。这就是诗词给予文人的那种难以割舍、难以抗拒的魅力。

一、诗词种子

充闾先生言:"诗,应该是让人读起来有一种快感,如果像啃蹩脚的学术著作那样，佶屈聱牙，实在没有什么意思。而要做到这一点，一个重要环节，就是要多多记诵古诗。从前有个说法：熟读唐诗三百首，不会作诗也会吟。脑子里的古诗词多了，写出来的东西就大不一样。第二，可以体会和玩味古诗词的韵味和妙处。会背了，闲暇时间在心里暗诵，余音缭绕，逸韵悠悠。特别是唐人的诗，读起来，韵味十足，令人悠然意远。"这段读来特有感触。我最早接触的诗是毛泽东诗词。小学"文革"时期，都唱红歌。那时毛泽东很多诗词都有谱曲，易唱易吟、朗朗上口。宣传队演出亦歌伴舞。"红军不怕远征难，万水千山只等闲。五岭逶迤腾细浪，乌蒙磅礴走泥丸。金沙水拍云崖暖，大渡桥横铁索寒。更喜岷山千里雪，三军过后尽开颜。"这首《长征》耳熟能详，人人都会背、会唱。"远征难""只等闲"，诗开门见山赞美了红军征服一切困难而不被任何困难所征服的英雄气概和革命精神。"腾细浪""走泥丸"，险峻的五岭绵延起伏，在红军眼中不过像翻腾着的小浪花，脚下滚动的小泥丸而已。细浪、泥丸，多么丰富、奇特的想象，夸张已极，也对仗，非常合律。还有"问苍茫大地，谁主沉浮""到中流击水，浪遏飞舟"这一仰天长问，这一掌击水，浪花几乎挡住了疾驰而来的船！吟诗随兴，得句逸情。多么大的革命勇气、多么坚定不移的理想信念和投身革命的满腔豪情。可谓雄心壮志一语尽知！还有很多毛泽东的诗词、诗句在背、吟、唱时，只是觉得上口有韵味，随着时间的积累，逐渐能理解其意，其中的历史背景、文学思想、文化内涵。这些粗浅的接触，在我的心里慢慢种下了一颗热爱诗词的种子。这颗种子深深地扎下了根，为日后爱诗、学诗、写诗打下了良好的基础。充闾先生说的多读、多背、多诵，是我学习诗词起步，乃至入门以后的必修课。

二、诗家语

"学诗不学诗家语，学到老来诗不精。""诗家语"是北宋大文学家、大政治家王安石提出的。什么是诗家语，王安石没有下定义。我的理解是：

诗的艺术语言。它能帮助我们在平平仄仄中掌握韵律，在抑扬顿挫中掌握结构，在炼词、炼句中掌握更多的、丰富的、形象的艺术语言。说起诗家语，还有个小插曲：初学写诗时，由于积累不够、沉淀不足，那感觉真是"书到用时方恨少"，人到花前满腹空。写出的词、句子往往生编硬造。曾有老师看过我的诗说，不是诗家语言。当时虽理解其意，却是打击不小。因为平时喜欢写些散文、自由体诗，自我感觉还不错。有感动时，心中有创作的冲动、跃跃欲试之感。但是，诗词的用韵、平仄、对仗，特别是炼句，不是一朝一夕、三月五月能速成的。三千逸韵，八斗储才。旧体诗词中的用句用词，非常讲究，有的换一字不可、换一词不行。比如李白的《望庐山瀑布》中"日照香炉生紫烟"，"生"用得巧妙！一座顶天立地的香炉，冉冉地升起了团团白烟，缥缈于青山蓝天之间，在红日的照射下化成一片紫色的云霞。这不仅把山峰渲染得更美，而且富有浪漫色彩，为不寻常的瀑布做了不寻常的铺垫。"遥看瀑布挂前川"，"挂前川"，这是"望"得来的结果，瀑布像是一条巨大的白练高挂于山川之间。"挂"字恰，且化动为静，表现出倾泻的瀑布在诗人"遥看"中的形象，惟妙惟肖！再看充闾先生的诗：

> 断续长城断续情，蜃楼堪赏不堪凭。
> 依依只有祁连雪，千里相随照眼明。

长城和诗人的情感用"断续"两字重复联系一起作起句，起到递进、加重的作用。连绵不断的万里长城，在诗人的眼里心中，那就是永远不能泯灭的家国情怀！

"依依只有祁连雪"，"依依"，把浩瀚大漠中的祁连白雪如影随形、圣洁之意用拟人手法融入字里诗间。一个"只"字，用得也恰切是其他字不能替代的。

学习中感觉急不得、躁不得。必须脚踏实地、认认真真地学习、积累，才能不断充实、提高。我买了王力的《诗词格律概要》、于海洲的《诗词曲赋实用语法》，诗友送了一本于海洲的《诗词曲韵宝典》。反复翻看，研究词性，咬文嚼字，对照学习。学习古人、学习他人用词用句，又沉默了三年才动笔。凭三年苦索，待半世追求！学诗中还有个体会：有了感动就要动笔写。有感动不写，一转念、一忙乎、一觉醒来——忘了！练笔练笔，只有练习写才有进步，不动笔是不会有量的积累，更不会有质的飞跃。

三、诗中有画

诗能狂吟月夜，也能静画烟云。虽只是读诗，但读着读着脑海中却有画面感，眼前常常生成一幅幅画面。看文中充闾先生的四首七绝：

> 断续长城断续情，蜃楼堪赏不堪凭。
> 依依只有祁连雪，千里相随照眼明。

> 邂逅河西似水萍，青衿白首共峥嵘。
> 相将且作同心侣，一段人天未了情。

> 皑皑天南烛客程，阳关分手尚萦情。
> 何期别去三千里，青海湖边又远迎。

> 轻车斜日下西宁，目断遥山一脉青。
> 我欲因之梦寥廓，寒云古雪不分明。

这是充闾先生在甘肃参加会议，途经河西走廊时写的。画面感是：铁马金戈的古战场、起伏连绵的世界独一无二的万里长城、惝恍迷离的海市蜃楼——清波荡漾、烟水云岚中楼台掩映……戈壁茫茫大漠、祁连山皑皑白雪。先生言："雪擎穹宇，云幻古今。顿时觉情愫高洁，凉生襟腋。使人的内心境界，趋向于宁静、明朗、净化。"他说："有人形容祁连山，像一位仪表堂堂、银发飘萧的将军，俯视着苍茫大地，守护着千里沃野；有人说，祁连雪岭像一尊圣洁的神祇，壁立千仞，高悬天半，与羁旅劳人总是保持着一种难以逾越的距离，给人一种可望而不可即的隔膜感。可在我的心目中，它是恋人、挚友般的亲切。千里长行，依依相伴，神之所游，意之所注，灵山圣雪，目力虽穷而情脉不断。"真是诗如画，诗亦画。刘长卿的《逢雪宿芙蓉山人》："日暮苍山远，天寒白屋贫。柴门闻犬吠，风雪夜归人。"描绘了一幅雪夜深山犬吠迎归的图画。王维的诗，"大漠孤烟直，长河落日圆"，"明月松间照，清泉石上流"。一句一景、一诗一画。就句子而言，没有新奇的结构，奇特的想象，绚丽的情思，有的只是平淡如水，近乎白话的语言，读来却有一种难以言喻的画面魅力，使人一遍又一遍地去读、去品、去想、去勾勒。充闾先生说："这种使造化心源合一，客观的自然景物与主观的生命情调交融互渗，一切形象都化作象征世界。"仿佛一幅幅水墨丹青抑或速写在脑海中形成。且画面不断，让你联想、品味、欣赏！这就是诗词、这就是中国诗词的魅力！

四、诗缘情

花笺能寄兴，诗绪总萦怀。充闾先生说："在中国古代诗歌中，抒情诗占据着极其重要的位置。特别是唐诗，这方面最擅胜场。"他引用了杜甫《梦李白二首》之一首：

死别已吞声，生别常恻恻。
江南瘴疠地，逐客无消息。
故人入我梦，明我长相忆。
君今在罗网，何以有羽翼。

> 恐非平生魂，路远不可测。
> 魂来枫林青，魂返关塞黑。
> 落月满屋梁，犹疑照颜色。
> 水深波浪阔，无使蛟龙得。

这首诗开篇不说梦见故人，而说故人入梦；而故人所以入梦，又是有感于诗人的长久思念，写出李白幻影在梦中倏忽而现的情景，也表现了诗人乍见故人的喜悦和欣慰。但这欣喜只不过一刹那，转念之间便觉不对了："君今在罗网，何以有羽翼？"你既累系于江南瘴疠之乡，怎么就能插翅飞出罗网，千里迢迢来到我身边呢？联想世间关于李白下落的种种不祥的传闻，诗人不禁暗暗思忖：莫非他真的死了？眼前的他是生魂还是死魂？路远难测啊！乍见而喜，转念而疑，继而生出深深的忧虑和恐惧。吟诗随境，得句逸情。诗人对自己梦幻心理的刻画，十分细腻逼真。字里行间总关情！多么真挚的情感流露啊！

先生书中还引用许浑的《谢亭送别》：

> 劳歌一曲解行舟，红叶青山水急流。
> 日暮酒醒人已远，满天风雨下西楼。

听罢一曲送别之歌，朋友匆匆解缆开船。举头四望，两岸青山之间，层林尽染，红叶夺目，只是水流迅疾，归行似箭。黄昏酒睡之后，朋友早已走远。漫天风雨之中，独自走下西楼。一首别开生面的送别诗，不写送别时的场面，也不写相互叮咛、握手言别，而写举别的环境场所，以及别后送客者醉醒时的遐思。从环境中展现出主客之间的真挚友情。精巧之处是整首诗不见一个哀字，但所写之景，所言之事，却凝结成万节愁肠，千首悲歌，令人回味不尽，忧思难忘。

书中先生引用《毛诗序》提出的一个观点："情动于中，而形于言，言之不足故嗟叹之，嗟叹之不足故咏歌之，咏歌之不足，不知手之舞之足之蹈之也。"写诗一是要有真性情、有真情实感、要表现创作的个性。书中说"诗言志""是我国诗论的开山纲领。到了西晋，陆机又提出'诗缘情'的主张。"诗人凭感觉、感动提笔，有感而发，不书不快、不写性情难耐，叫创作欲望。"自把新诗写性情""提笔先须问性情""天性多情句自工"。写作中动笔一般都是有感动、有灵感了才写，否则，为了应付差事、没有心动，写出的诗亦觉干巴巴的。凑上来的句子、未走心的诗，是不会打动人的。试想一首诗没有首先感动自己，又怎么可能感动他人呢？感动不了别人，又怎能称之为好诗？滥竽而已！

五、诗的用典（化用）

中国古诗之所以具有其他艺术种类所无法取代的强大生命力，重要因素在于它有非常凝练的语言和丰富的情感体验，以及比喻、拟人、对比、设问、夸张、化用、象征、用典等手法的妙用。祢生狂赋，陶令醉诗。以典入诗，是历代诗人常用的手法。凡诗文中引用过去有关人、地、物、事之史实或有来历、有出处的词语、佳句来表达诗人的某种情感愿望，增加词句的形象或意境的内涵与深度，即称"用典"。用典用得巧妙恰当，可以使诗词意蕴丰富、简洁含蓄、庄重典雅，使要表达的思想内容更加生动形象，诗句更凝练，言近而旨远，从而提高作品的表现力和感染力，达到古人所说的力透纸背，掷地有声的效果。清代严遂成《桃花》："怪他去后花如许，记得来时路也无。"是用了刘晨、阮肇入天台山遇见仙女的典故。他们被仙女留住了半年，回去以后，子孙已经历经七世。"息国不言偏结子，文君中酒乍当垆"，也是严遂成《桃花》里的句子。息夫人因脸似桃花或是生于桃花开放时节被称为"桃花夫人"。据说息国灭亡嫁给楚王后，却不肯与楚王说话。王维曾有诗："看花满眼泪，不共楚王言。"司马相如的夫人卓文君当垆卖酒，此处用"中酒"后文君的美貌来比喻桃花。这两处都是古人常用的典故，对于现代人来说既不算生僻，也不会产生"隔"的感觉。武汉疫情期间，我写了首《雪夜怀思》："春风携瑞舞银沙，凝雨悠悠抚万家。安枕忧怀牵远梦，江城玉笛落梅花。""玉笛落梅花"是有所指的。李白有句"黄鹤楼中吹玉笛，江城五月落梅花"。我在此化用了一下。

充闾先生论用典时说："必须多读书，心中有材料，下笔才不会捉襟见肘。有人写诗喜欢用僻典，结果注释连篇，甚至超过正文。这不一定好。"用典如"水中着盐同不知，饮水乃知盐味"，能天衣无缝地嵌入方为高手。

六、诗的结句

诗的结句很重要。先生言："作诗开头难，结尾尤难。这是诗人苦心孤诣之所在。"一首好诗除了作者要有灵感——即先生所言的"才情、才气、才学"、有诗人的"胸襟、眼界、识见"融入字里行间，有诗眼、亮点，抓住读者的眼球外，还要结得好、耐品、有回味。宋人沈义父在《乐府指迷》中说："结句需放开，含有余不尽之意，以景结情最好。"先生列举元稹一首七绝：

> 五年江上损容颜，今日春风到武关。
> 两纸京书临水读，小桃花树满商山。

这首诗写了元稹谪宦五年之后，重被召回长安，路过商山时的情景。一、二两句，直叙其事，遣词造境平而无奇。三句诗人临水读罢友人书信，猛一抬眼，忽见岸上嫣红一片，惊喜中不禁吟出四句"小桃花树满商山"。这一结，有意境。诗人以巧胜人，故意先出常语，而把力量用在结尾句上，终使诗的后半部分胜境迭出。结句不进一步从正面写喜悦之情，却一下子跳到商山——小桃花树上。芬芳兴墨笔,豪迈寄心怀。这桃花,开在山上,也开在诗人心田。至此,全诗戛然而止,画面上只留下一片花光水色。不言人的心情如何,只用墨笔点染出商山妍丽春色,而人的愉快之情已流露。书言达志,咏物称心。喜悦之情尽在诗中、笔下、心里。

今年四月的一天,约拳友明湖打拳。见岸堤叠翠,春水拥蓝。一湖美景,万里晴空。桃红迎柳绿,鹊唱对莺啼。一幅美景尽收眼底,一股柔情直抵心门!拍美照。题写了首《赏湖》:

花红柳绿竞芳荣,小镜初成碧玉生。
莫道今晨闲照好,馨风送我一湖情。

结句斟酌半天,微风渐透一湖晴,微风又送一湖情。最后还觉"馨风送我一湖情"好些。第一人称出现在结句里,更具体、真实、贴切地写了景赋予我的情。

槐花盛开之际,满城飘香。白色花洁白如玉、如云,紫槐花型更大、香气更浓郁。一棵棵槐树的枝头缀满了花,在绿叶的衬托下更加让人赏心悦目!写了首《赏槐》:

长街回首赏槐花,一树玲珑一树霞。
不是营川风韵好,为卿哪敢做诗家。

诗的尾句动了动脑。景好花好,结句当以理、情入句。但一时脑子里没跳出漂亮的结句,一般结句又觉太俗,所以在转句前加了否定词"不是",以"为卿哪敢做诗家"收尾。不是这么美的花点缀,我哪敢提笔写诗呀!诗凝碧血,墨注丹心,赞美喜悦之情表达出来了。

七、诗不厌改

改诗有三种情况：一是自己改自己的诗，这是最常见的，也是考量写诗人的基本功；二是请别人改自己的诗；三是为别人改诗。我一般是改自己的诗。这方面古代诗人或诗评家有许多精彩论述。如《诗人玉屑》卷八引吕本中《陵阳先生室中语》说："赋诗十首，不若改诗一首。虽少陵之才，亦须改定。"创作一首诗是一个从立意到炼意、从炼意到写意、从写意到品意的过程。这里所说的品"意"，就是说诗词草稿出来以后，需要不断反复吟诵，品味其中的意境，进而反复推敲修改，直至最后定稿。

《诗词密码》中充闾先生引用了袁枚的《遣兴》："爱好由来下笔难，一诗千改始心安。阿婆还是初笄女，头未梳成不许看。"是说一首诗初成要反复诵读、斟酌、删改。像少女梳妆一样，头未梳成不给人看。一首诗初成，不但要反复改，还要放一段时间，再读、再审、再琢、再改。甚至有的作品放置几年，回过头再看时，你会有新发现，发现还可以那样写、那样结。反复改、反复打磨的诗，直至自己感觉没有再改的余地了，方才罢手。我体会：诗人的头脑有灵动活跃，也有简单、木讷的。好比土地，有肥沃也有贫瘠。贫瘠的土地上想结出丰硕的果实，怎么办？除了辛勤地耕地、撒种外，还要浇水、施肥、除草、护苗。两个字——勤劳。只有勤劳才有好的收获。这可能就是人们说的积累、沉淀。另外还要多听取他人不同的意见。为了诗工要谦虚谨慎。"与人商论求其疵而去之，等闲一字放过则不可。"学习古人"二句三年得，一吟双泪流""吟安一个字，捻断数茎须"之精神。用心思索、反复推敲，炼出最好的字、词、句子。遗憾的是自己的诗虽经反复打磨也未有多少满意的。所以自感任重道远，还要好好努力，加强学习，多读多写，见贤思齐。匠心裁剪，健笔耕耘，争取写出好诗。

最后以一首《自勉》作为本篇结束语：

韵海达观自在人，半壶平仄性情真。
裁诗总感诗肠瘦，运笔才知笔力贫。
斗室窗前书远梦，陶公梦里做芳邻。
清风常唤文前醉，独钓幽香一缕春。

庄子的减法精神
——读王充闾《道家智者》有感

◎冯亚娟

日前无事，捧起王充闾先生的《国粹》阅读起来。该书是一部形象化的中国人文传统史，也是一部中国人的心灵精神史。它以优美的散文阐释中国人文传统、讲述中华五千年波澜起伏的往事。书中王充闾先生笔下的先祖、人文、河山、传统的认知和感悟，写出了中国人的人文情怀、精神世界、心灵空间及中国文化特有的理念、智慧、气度、神韵。书中篇篇经典，尤其是第一章的第三篇《道家智者》一文使我印象深刻。

王充闾先生在文章的开篇以初级算术来设喻，把中国历史人物大致分为三种类型：一类人善用加法；一类人善用减法；还有一类人，加法、减法混合用。并列举了大量的历史人物说明了善用加法，和先用加法，后用减法的情况。最后王充闾先生以非常大的篇幅向读者介绍了应用减法，善"忘"且又出于高度自觉的庄子和他的庄子精神，读后喜欢至极。

在那个"诸侯争养士"，特别重视智慧、才能的群雄竞斗、列国纷争的时代，庄子若有意飞黄腾达、高居政治上层，不难如愿，但庄子一生始终如一、全方位地运用减法，毫不犹疑。他的著名主张是"不做牺牛"。本文中主要以三方面阐述了庄子这种被后世贤人多加赞赏并纷纷效仿的减法精神。其重要内容是：一、庄子如何善用减法；二、庄子用减法的理性依据；三、庄子用减法的基本路径与成功经验。

第一部，王充闾先生说庄子善用减法，表现在生活上是自甘清苦，甚至忍饥挨饿。他住在偏僻、狭窄的里巷中，靠编织麻鞋、钓鱼、捕鸟谋生。他的苦乐观有其超越的视角和独特的标准，他着眼于精神世界，把精神解放、心灵自由看作是人生至乐；表现在心态上，庄子善于化苦为乐，客观对待现实，从一己的小天地中超拔出来，也就是自觉地解除困苦与焦虑，从而达到心境旷达、心态宁静、心情愉悦；表现在思想上，他崇尚自由，摆脱各种羁绊、浮云富贵、秕糠功名，高度自觉、充满理性地逍遥。也就是说，庄子用减法纯粹是一种主动的选择。

综上所述，我认为我们在现实生活中要想获得健康、自在，就必须像庄子那样舍弃多余之物。这也就是佛禅所说的"放下"。舍弃多余之物，凡事放得开，不计较。而"放下"不是放弃，任何东西都不要，而是要有所选择，放弃多余之物，卸掉背上沉重的负担。"放下"既是一种解脱的心态，豁达的修为，更是一种人生的智慧。

第二部分，王充闾先生为庄子善用减法又找出了十条理论依据，进行了具体分析。一是当时社会政治环境极端恶劣，庄子不想往火坑里跳；二是君王残暴，伴君如伴虎，庄子不想当那个"牺牛"，更不愿为虎作伥；三是人性异化，精神痛苦，对于这个时代，庄子感到失望甚至绝望；四是从保护自身考虑，韬光养晦，藏锋不露，凡事保持低调；五是认识人生的有限性，这构成了知足、知止的内在根据；六是与主动的自觉性的知足、知止相对应，是被动的带有强制性的戒贪、戒得、戒奢、戒欲；七是核心问题在于坚守做人的基本准则，不失自我本色；八是庄子主张无待、无恃的绝对自由，认为人应该过绝对逍遥的生活，达到"虚静恬淡，寂寞无为"的人生境界；九是从崇尚自然、顺应自然的角度，认识用减法的必要性；十是从道家学说的本源来讲，就是善用减法。

先生的这部分文章告诉我们现代人要像庄子那样在生活中多用减法，少用加法。警惕名累、势累、情累、物累，保持身心自由，防止"人为物役""心为形役"，特别要摆脱名缰利锁的诱惑与折磨。并且要摆脱狭小的视野，突破以人的标准为中心的框限，站在天地宇宙、自然万物的高度，来看待事物的发展变化。只有这样才能少去计较、谋算之心，以归于"游"的艺术性生活。

本文的第三部王充闾先生阐述了庄子善用减法的基本路径和成功经验。首先从精神境界上入手，以超拔的眼光、豁达的心胸、高远的境界来净化心灵，观察万物；其次从人生观、价值观上解决问题，树立一种超凡脱俗的苦乐观，也就是一种人生境界、心性修养；最后从哲学层面上确立根基，关键体现在一个"忘"字上。

而关于"忘"的功夫，庄子强调，要通过"三外（忘掉、遗弃）"的路径，达至"三无"的境界，即通过忘利、忘名、忘身三个阶段，达到无己、无功、无名的境界，也就是以虚静之心实现与天地精神相往来。

王充闾先生笔下的庄子减法精神正是道家的"忘"的智慧，"忘"兼有解脱、化解、消减、摒弃等多重含义。也就是今天我们常说的：要在繁杂的生活中给自己减少心理负担，免除外物干扰，去掉计较的心理，从而达到无论身在任何环境、任何地方，我们的心都能够轻松自在。

但愿在这个浮躁的世界里我们都能够学会并善用庄子的减法精神，在人的动静、生死、穷达，都不能自己主宰的时候，能够忘掉一切外物、自然、欲望、世俗，做一个像庄子那样的一生精神愉悦的人。这样虽然很难，但不妨一试。

以思想的方式存在
——浅析王充闾散文的思想性

◎冯正杰

优秀的散文，是生命的投入。文字紧随着生活，生活融汇着思想。王充闾散文本身，就是作家生命存在的方式，是生命的直觉感悟，从而在日常生活中提炼出诗的美感，在前尘旧事中阐发出史的凝重，使散文具有非凡的思想意义。这种思想，指的是对重大人生、社会、历史问题表达了深刻的理性认识，而不仅仅在于提供了一般的知识，或者表达了一般的想法。散文在承载这种思想的同时，并未淹没诗意，而是超拔文气，呈现出超越本体的意义和价值。

一、思想存在于生活体验

每一个人都有不同的生活体验，作为散文大家，作家丰富独特的生活体验是其思想的本源。

辽西南素以蛮荒著称，但清军入关成为统治者，明清两代学者的流放，以及近当代知识分子的隐居避世，使这里具备了丰厚的知识土壤。作家自幼有良好的家庭培育，又受教于著名的"关东才子"，就是得益于这样的条件。私塾教育和家庭培养给了作家深厚的传统文化底蕴。偏远的地方、荒僻的乡村、贫困的农人，朴实而吊诡的一方水土，与大自然的格外亲近，以及目睹和经历的种种苦难，成为作家难忘的生活体验。在作家描述童年经历的散文中，读者看到的是一幅幅引人入胜的风俗画，以及人性的本真流露。由于那里寄托着作家最深的情感，思想所表达的，也是触人心底的情景，一个又一个极具魅力的人物形象。由此，《碗花糕》《西厢里的房客》《化外荒原》等作品获得很高的、应有的赞誉。

思想，存在于对生活的目的性选择。作家始终以积极的热情对待生活、追求事业，即使是在那个集体盲从的时代，也仍然坚守自己的道德，从未像有些人那样不择手段。思想如陈酒，积淀愈久，愈为浓香。作家的前期作品很少，价值也不如后期，有一段时间甚至停下了文学创作。但他的思想仍然存在，并以其多年积累的生活体验，化为后期文学的壮观喷薄。

作家深知民众的疾苦，又有从政的切身体验，能够站在为国、亲民的角度，摒弃一些偏见拙识。作家极为仰慕庄子、李白、苏轼，心羡飘逸、恣肆、放达的文风，但其作品风格仍然更近于孔孟、鲁迅的含蓄、内敛、警醒，又由于作家通达、大度、宽容的天性，并没有鲁迅的峭厉、峻刻、严酷。作为一位新时代的知识分子，作家高度关注并且揭示了中国传统知识分子的生存悖论和悲剧命运："古代的知识分子大别之有三类：在朝的，在野的，周旋于朝野之间的。不管哪一种，如何选择自己的人生道路，总的说，最后都是悲剧性结局。入世的实现了儒家经邦济世的社会价值理想，获得了政治的权力、地位，却丧失了自我，失去了人生的自由与安宁；出世的获得了个性自由与人格尊严，进入纯粹的精神世界，却放弃了知识分子固有的社会理想和人生抱负；第三种在穷达的张力之中苦撑着，也并没有人生的快活。"类似这种深刻的剖析和发现，反映出作家的思想既植根于儒者的学养和识见，又吸收了唯物主义思想和西方现代哲学的认知。作家总是这样对国家、民族的生存和命运进行整体性的思考，从而使其历史散文具有独特的视野，达到非凡的高度。

二、思想存在于时间推演

梭伦说："活到老，学到老。"唯有如此，才能与时俱进。作家说过：

"对我而言，读书、创作不是一般意义上的兴趣、爱好，而是压倒一切的'本根'，是我的内在追求、精神归宿，是生活的意义所在，是我的存在方式。"作家在另一篇文章中，描述了自己喜欢读一切有文字的东西，包括在"文革"时代的乡村中无字可读，只好一字不漏地拿贴在窗棂上、糊在棚顶上的报纸充数。当生活封闭时，阅读成为思想的素材，不断地咀嚼回忆；当生活丰富时，思想映照着崭新的现实，永远地着眼未来。

因此，我们看到，作家在不断地思考，从 20 世纪乡村的纯朴生活，到新世纪电脑的网络应用；从史前的遗迹，到未来的设想；从广袤的祖国大地，到奇特的异域风光；从沧桑古国的传统，到现代西方的文明，在作家的头脑中融会贯通。

他看历史、写历史，绝不用静止的、凝固的眼光。作家认为："历史是精神的活动，精神活动永远是当下的。作家写历史题材的作品，实际是一种同逝者作时空暌隔的心灵对话，是要引领读者在把握一定背景化真实的同时，能够站在一个较高的层面，共同地思考当下，认识自我，提升精神境界。"他很认同斯蒂芬·格林布拉特教授的话："不参与的、不作判断的，不将过去与现在联系起来的写作，是无任何价值的。"

他的思想触及本质，具有深刻的哲学意义。他说："从一定意义说，哲学不是学术性的，而是人生的，哲学联结着人生体验，是一种渴望超越的生存方式，一种闪放着个性光彩、关乎人生根本、体现着人性深度探求的精神生活。因此，说到超越，说到散文创作的深度追求，我必然会想到哲学。我们当会注意到，在那些伟大的艺术杰作中，在那些丰富多彩的感性世界深层，总是蕴含着某种深刻的东西，凝聚着艺术家的哲学思考，体现着他们对人类、对世界的终极关切。"所以我们读到，在孩子的心目中，似乎没有俊丑的区分，只有"笑面"和"愁面"的感觉。如胡适写到的："世间最可厌恶的事莫如一张生气的脸；世间最下流的事莫如把生气的脸摆给旁人看，这比打骂还难受。"二者异曲同工，都是极为真挚深刻的朴素真理。

始终作家持久不懈地提升自己，生活在哲学体验之中，超越了自我的中心。作为思想者，这种心灵的折磨一刻也不能停止。从认识角度说，思想者永远存在于追求之中；从实践角度看，思想者必须正在行动或将要行动。作家就是这样，始终追随时代的步伐，指向更高的精神世界。散文是无限制的文体，可以充分表达作家的感情。作家没有用它来作为应景状物或者对事件的描述，而是表现出对时代特征以及对生命本质和现状的剖析，不断地融进生命的体验，从而使作品展现精神以及生命跋涉的过程。

三、思想存在于人格力量

优秀文章对人的震撼，是穿透纸背，直抵文字内核的，并指向道德和人格。

人品是文章背后最重要的力量，为人与为文永远是实践和思想的统一。在作家的灵魂深处，有一颗永远单纯的童心，以此来看待这个世界。这是至真、至善、至纯、至美的人性，一切功利、世俗、偏见、巧媚也无法抹杀、无法战胜。尽管有人说，文章并不能与人品完全一致，但事实可以说明真相。在一个高度信息化的今天，我们欣喜地看到，作家的高尚品格与其优美文章同在。作家为苏轼的气质倾倒，做人力求"胸襟磊落，旷怀达观"，力戒偏颇之处。

散文的终极品质，还在于真情背后的深邃的思想，以及文字所表现的人格力量，亦即作家所达到的精神高度。作家的人格，是一种坚韧，一种达观；一种追求，一种释然；一种不屈服的精神，一种不拘泥的态度。他的散文，能够打动人的不仅是词语，还在于透过词语表面所呈现出的人格力量。

作家以其高尚的自我人格，表现其自我的生命体验，折射出人类的生存方式。没有这种高尚，就不可能避免对社会、人生观照的扭曲，不可能对现实、历史做出准确的透视，其作品必然苍白、空洞、虚假、荒谬。而作家的作品，则如何其芳的诗句，是"以自己的火点燃旁人的火，去以心发现心"。

这种人格的验证，发源于个人的情感经历以及生命过程，还包含着现实、时代、人生对于个体生命的烙印。正是这些，决定了作家的历史使命感和时代责任感。当世间的万物万象从作家的笔下倾注而出的时候，我们看到，一花、一叶、一草，一只飞鸟、一抹斜阳、一丝春雨，只有渗透了人格的力量，才能体现出文学的意义。在作家的思想中，具有无限的生命的活力和人性的特征，因此使文学的功能极尽张扬。

在另一方面，作家以一种悲天悯人的胸怀，并未将自己的作品演绎为纯粹的阳春白雪，而是尽可能抒发面向大众的情感，从而达到了雅俗共赏的境界。事实上，在他的人格理想中包含着异乎寻常的精英意识，而且在创作中鲜明地坚守着这种意识和以此为基础的审美价值立场。但与此同时，他又以一种对自身知识、智慧、悟性的自信，以及从未疏离文学的引导、教育功能的意识，带来能够同时打动精英以及大众的人生志趣和取向。

四、思想存在于不懈追求

陀思妥耶夫斯基说过："世界将由美来拯救。"在作家的一切精神活动中，我们看到对于美的不懈追求。他在用美净化人的心灵，提升人的精神境界。在美的本质里，存在一种特质：它能使最顽固的心灵折服。他的作品仿佛是一颗无所不容的心灵，充满了对世人的怜悯和关注，从每一个角落、用一切方法来表达它的慈悲与关怀。他的真情、他的感动，不可能不给读者带来感动，因为他的追求与美相通，与世间的真情相通。作家这样评论散文的诗性："诗性直接关乎情怀，关乎胸襟，就是说，作者的情感必须特别丰富。如果心上长了老茧，麻木不仁，那就什么也触动不了他。我觉得，情怀或者襟怀，要比情感更博大，更深远。"他高度评价陈子昂的《登幽州台歌》，称赞其远远超越了诗人个人的身世慨叹，也超出了诗歌本身的政治价值和历史价值，表达了古往今来无量数人在宇宙时空面前的生命共振，从而使它在人类生活中获得了永恒的美学价值。

在作家自己的写作实践中，也贯彻了这样的思想，力图把苍茫、辽阔的身外时空和深邃、邈远的内心世界，在更高的艺术层面上协调起来，对宇宙、人生、自然、历史，短暂与永恒、有限与无限、有常与无常、存在与虚无，进行探索与叩问。

无论是渊博的文学和史学功底，还是丰厚的文化感悟和表现力，抑或是超前的现代意识，无不贯注了作家的长期积累和不懈追求。特别是作家极具表现力的语言，的确是文采昭彰、文气沛然。作家以其深厚的诗学功底，使其语言的纯熟运用，贯穿了诗的优雅从容。自幼的国学积淀，结合丰富的阅读体验，以及公文的简练明快，使作家的语言文字弥合了传统与现代的界限，虚实相生，浓淡互映，玲珑晶莹，意趣生动，抑扬顿挫，余韵无穷。作家作诗、论诗均有独到之处，结合自己的经验和感悟，把人才问题和古典诗词结合起来，做出了难得的创新与尝试。

而更加重要的，是作家在心灵上的不懈拷问，在精神上的不懈追寻，在思想上的不懈探索。经历了生命的危途，作家跳出了一己，把目光放在了更加宽泛的人生、自然、历史。近期的作品，注重于解析文明兴衰，感叹文化命运，从文化的层面上，演示国家和民族跋涉的艰苦历程；在敏锐的思辨中，审视传统与现代冲撞的林林总总，诠释人生哲理，体验审美情境，不但揭示了中国乃至世界文化的巨大内涵，而且使自己的生命融进了更加广阔的人生和无限的共同的宇宙。因此，作家创作出的作品才会博大精深、内容丰厚，如一盏盏明灯，照亮了人类前行的道路。

在讨论作家的历史散文时，更加具有参照意义的是茨威格的《人类群星闪耀时》。同样是系列作品，作家的《龙墩上的悖论》，从秦始皇到末代皇帝溥仪，对十三个皇帝的命运进行了深入系统的描绘与思考。王向峰评价："这是以特殊人群为对象，透识人性的历史存在，尤其是对人的私欲、权力、命运、悲剧演化过程都有深入探求，是作家散文创作中最能集中显示工程意识、文体意识和文学意识的超越之作。"作品通过深刻地反思个人的性格、命运，揭示人生困境和生命意义，用悖论的方式看待历史，着眼于历史人物的性格、命运，以及人生困境、生存焦虑、生命意义的探寻。在以生动的细节复活历史的同时，建构一种前所未有的、耐人寻味的哲学思考，呼唤一种自由超拔的生命境界，这正是茨威格那部伟大作品的精髓。

时代孕育了敏锐的思想者，思想者去深刻地思索时代，他走在大多数人的前面，因而可能超越时代，至少，他也会凝聚时代的精华，为人类文明留下永不磨灭的思想烙印。

心香瓣瓣胜芝兰
——读充闾先生散文随感

◎姜美玲

读充闾先生散文

哲思妙语动心弦，解古析今游刃娴。
瑰丽文华臻大美，心香瓣瓣胜芝兰。

一直以为，北方人是粗犷而豪迈的、质朴而正直的，如北方的黑土地，如北方的白杨树，为人为文都是如此。读了充闾先生的情感散文后，不由深深地折服于其运笔的自然，构思的匠巧，语言的灵动，感情的真挚，其实他具备的远不止这些，但自己薄学浅才无法驾驭对他的文章准确而全面地概括，只能带着山涧小溪流般的清澈和明净走近他，聆听他，学习他，仰望他！

抒写深情故土之恋

充闾先生文中丰盈的情感令人赞叹，追忆中的亲情之美在他的笔下总是被表达得淋漓尽致。他在《故园心眼》中说道："追忆是昨天与今天的对接。对人与事来说，一番追忆可以说就是一番再现，一次重逢。"在那个傍晚时分，在漫空刮起了北风烟雪，雪的颗粒敲打在刷过油的窗纸上铮铮作响的时候，在茅屋里火炕烧热了，暖融融的，热气往脸上扑的时候，那个把小书桌摆上，燃起一盏清油灯，轻吟着"昔我往矣，杨柳依依；今我来思，雨雪霏霏"的人儿拥有怎样一颗安静与幸福的心！诗性的心灵在经历了人生苦旅的漂泊之后，必然想回归于茅屋里那个燃着昏黄清油灯的小书桌旁！童年里的小屋，那是灵魂深处最美的归处。一颗安静的心，可以将平淡如水、朴实无华的流年往事雕琢成心灵宫殿里的一颗颗闪亮的明珠。在那个简陋却温暖的小屋内，可以隔开世间所有的干扰，让那些童年的纯真和未来的梦想，伴着平平仄仄的方块字的音韵婉转如歌，静听鸟语花香，漫赏云卷云舒。充闾先生在《一篇散文的诞生》中说：勃朗特三姐妹的创作激情并非全部源于人们的可视境域，许多都出自最深层、最隐蔽、蕴含最丰富的内心世界。是的，远离尘世喧嚣，远离俗人的视野，寻一安静之小屋，可以插上想象的翅膀让心灵自由地飞翔。

　　正是由于尘俗之外的那份淡定和安静，才有了《碗花糕》中那个天使一般性情的嫂子，她会做又香又甜碗花糕。佛祖说过：没有什么美可以抵过一颗纯净仁爱的心，嫂子拥有就是这样一颗心灵，她是美的化身，她温柔，善良，有涵养，有母性。文中说："关于嫂嫂的相貌、模样，我至今也说不清楚。在孩子的心目中，似乎没有俊丑的区分，只有'笑面'或者'愁面'的感觉。嫂嫂却生成了一张笑脸，两道眉毛弯弯的，一双水灵灵的大眼睛总带着盈盈笑意。"朴素的语言蕴含着纯真的情感。美就美在那盈盈的笑意里，似蓓蕾初绽，洋溢着感人肺腑的芳香。"嫂嫂虽然没有读过书，但十分通晓事体，记忆力也非常好。父亲讲过的故事，我小时在家里读的《三字经》《百家姓》，她听过几遍后便能记下来。"寥寥数言便可以看出，嫂嫂是一位极其聪慧的女子，她的美，自然而朴实，像一汪纯洁的甘泉欢快地流淌。文章结尾，母亲说："她走后，我和你父亲更感到孤单，越发想念她，想念过去那段一家团聚的日子。见物如见人，经常把碗端起来看看，可是，你父亲手哆嗦了，碗又太重，摔了……"多么震撼人心的结尾！是的，生活可以带走很多东西，可是却带不走曾经的美好和感动，那不是一个普通的碗,那是一只盛满了真情和善良的碗。

悟解痴情悱恻之思

  "生而为人,总都拥有各自的活动天地,隐藏着种种心灵的秘密,存在着种种焦虑、困惑与需求,有着心灵沟通的强烈渴望。可是,实际上,世间又有几人能够真正走入自己的梦怀?能够和自己声应气求,同鸣共振?哪里会有'两个躯体孕育着一个灵魂'?'万两黄金容易得,知音一个也难求!'即使有幸邂逅,欣欣然欲以知己相许,却又往往因为横着诸多障壁,而交臂失之。"我在《情在不能醒》一文的这段话中沉思良久,纳兰心事几曾知?充闾先生跨越三百多年的时空,走进纳兰的情感世界。对纳兰细腻情感的解读,看了不禁暗暗叫好。纳兰公子的词写得超然脱俗、哀婉动人,其中更有着人们永远无法读懂的细腻。那个初秋的傍晚,那个清爽中已经微微地透着一些凉意的傍晚,在那个翠筱娟娟,晴波滟滟的紫竹院公园内,那个刻意寻找着纳兰公子当日在此间"夜伴芳魂,孤栖僧寺"的踪迹的人,他心中一定充盈着丰富的情感,因为他知道:感情这个东西从来就是这样的不可理喻。临风吊古,无非是寄慨偿情,他在寻求一种释放,他没有死凿凿地期在必得。他只会用心灵解读心灵,跨越时空与对方的心灵对话。是的,这世间,有几人能够真正走入自己的梦怀?知音说与知音听,不是知音不与谈。充闾先生完全能读懂那个骨子里一身正气而又至情至性的纳兰。懂得那个像"神瑛侍者"的纳兰,誓以泪的灵汁浇灌诗性的仙草。

  曾经,研究界认为纳兰性德的词,或写爱情或写友情,没有一首关心劳苦大众,就连他那些描写边塞风光的词,也因笼罩着思乡怀人之愁郁,套不上"歌颂祖国大好河山"的套子。所以,当代每个选本在评论纳兰词时都要说些"内容单薄狭窄""思想境界不高"之类的话;在当代人编的书里,纳兰与纳兰词成了文学史的花边,成了可有可无的一抹闲笔。而充闾先生从"性情中人"中走进纳兰词,他把纳兰当成解读诗性人生的一种文化符号。人们会因为这种原始般的生命而永远、永远地记怀着他。因为那是一个听命于自己内心召唤的真实的自我。无情不似多情苦,一寸还成千万缕。无情可省却许多烦恼,多情的人因感受得多而备受熬煎,生命中的美好都化成千丝万缕难以割断的情丝。《情在不能醒》中引用《老残游记》作者刘鹗言:灵性生感情,感情生哭泣。因为懂得感情,充闾先生能解读纳兰为躺在冰冷、幽暗灵柩里的妻子写的"忆生来,小胆怯空房。到而今,独伴梨花影,冷冥冥,尽意凄凉"一词中蕴有多少的情深意厚。"柔情深厚不能醒。若是情多醒不得,索性多情!"他对纳兰的解读,让我仿佛看到三百年前的纳兰坐在面前,用诗性的语言倾诉一个多情男人对结发妻子那份由衷的爱意,惊鸿一瞥的深情里无法逃脱瞬息即逝的无奈!已逝的爱妻,是他在佛前求得的五百年的情缘,到头来却如彼岸之花,开一千年,落一千年,花叶永不相见!

融合天地自然之道

充闾先生饱览过中华大地的诸多胜景,他于天地自然之中,悟人生之道,寻心灵之归。那份灵动而仁厚的情怀是大自然所孕育,他于山水之中进行生命的思考。正如他在《人与自然》中所说:"每当徜徉于大自然赐予我们的这一片敞开的大地上,前人对于自然的盛赞之情便从心中涌出。这些美的诗文往往成为我精神上的导游,引我走向那些人与自然互相交流互相融合构成的审美境地,从古老的文明中寻求必然,探索内在超越之路。这时,我也总会产生一种生命还乡的欣慰与生命谢恩的热望。"正如,刘勰在《文心雕龙·神思》中说:登山则情满于山,观海则意溢于海。他不想按照景点导游图的指点挤在熙熙攘攘的人群中,为"到此一游"而排队拍照,而宁愿在景深人静处长久伫立,脚踏在实实在在的自在地敞开的大地上,一任尘封在记忆中的此一景的诗文涌动起来,与那些曾经在这里驻足的诗人对话,心中流淌着时间的溪流,在溟蒙无际的空间的一个点上,感受着一束束圣灵之光。他在一份静然的无我之境里寻找生命的真谛，进行着哲性的思考，让一颗心零距离地贴近大自然，物我两融，浑然不觉何者为我，何者为物，轻易进入《易经》中讲的那种"天地因蕴，万物化醇"和陶渊明《饮酒》中"此中有真意，欲辨已忘言"的灵境。正是由于这份全身心的投入，对大自然充满热爱，在才会有感而发而写出那一篇篇充满灵性和哲思的妙语睿文。

雨果说过："大自然是善良的慈母，同时也是冷酷的屠夫。"是的，无数惨痛的事实已经证明，任何破坏自然的行为都将得到自然的惩罚，充间先生在《人与自然》中说道："保护、保存"大自然给我们的恩赐，是我们"诗意地居住"的前提，是我们以性灵之光驱逐黑暗，让大地不再被遮蔽的路径。然而，作为自然之子的人类却往往忽视和忘却了大地的恩泽，野蛮地践踏它，当大自然失去了青春、活力和平衡时，它会痛苦而愤怒地对人类实行报复，这种报复又立即会使人类陷入尴尬的困境。我曾经对践踏和破坏大自然的行为表示愤怒，为那些戕害大地也贬低自己的人感到沉重，有时，我甚至想，假如工业文明的物欲满足是以破坏生态平衡为代价，那么，宁愿让自然美景再沉睡百年，直到人类的"居住"真正成为"诗意的居住"。这是多么美好的一颗心灵，这是智者用灵性的感悟呼唤着人类的觉醒：爱护大自然，爱护我们的共同的家园。

美丽的散文是作者心中一曲优美的歌，那一行行对人生对自然的感悟来自生活却高于生活，他于生活中挖掘真善美的本源，引领一颗颗被世雾迷茫的心灵，用真情播种一片绿色的精神家园。我将怀抱着一颗虔诚之心，在一份诗性灵光的感召下，继续学习下去。

一生爱好是天然
——读王充闾先生《庄子全传》

◎卜丽爽

2019年，王充闾先生以古稀之年完成了他的人文三部曲：《庄子全传》《国粹》《文脉》，每本书五百页左右的厚度，捧在手里厚厚的一叠儿，是书的重量，更是文字的重量。三部曲中，我尤其偏爱先生著的《庄子全传》，把它放在床头，每天守着一书一灯一笔，跟随智者向山顶攀登，恰似做一场逍遥游。

对于中国人来说，庄子代表的不仅是一个名字，更是一种人生哲学和生活态度，或者亦是一个心怀悲悯、眼冷心热的诗人梦想。他及其后继者留下的数万余言《庄子》，创新老子学说，发展出独特深邃、冷静超脱的道家哲学，历经两千多年愈加体现出其独特智慧，为当今弥漫全球的各类问题的解决提供了新的价值观和思想资源；对于普通民众，他以无穷尽的想象，构筑起妙趣横生的精神世界，引导着人们在日常生活里如何运用人生智慧，超然生活。

我从6月初开始利用闲暇时光阅读《庄子全传》。一步步跟随充闾先生寻找流淌在《庄子》里的钢筋铁骨，在先生打开的宇宙视野里纵横开阖，好像一颗种子，顺水漂流，一会儿立于波峰上眺望，一会儿又在波谷里徘徊。一路辗转而来，中途遇到心仪的地方，就驻足发芽，开出花；或者有果实正酝酿成美酒，等待品尝。但不得不承认，这个过程却也十足虐心。巍巍乎思之大者，高山仰止！充闾先生读《庄》解《庄》，不仅仅简单介绍庄子生平成就影响意义,他运用历史观哲学观深入对比分析,常常是古今中外,天上人间,在信马由缰中开阖聚拢,层层溯源庄子的生活图景,人生感悟,思想洞见。我能做到的,只是努力攀住智者抛下的枝条,跋涉在一页页文字里,拆解,揉碎,珍重每个字词的情绪,一章章重读再看,前后寻找对比内在的涟漪。智者娓娓道来,气定神闲;而我,如一只蜗牛慢腾腾爬向天宇的那缕星光。

历史上研究庄子及庄子学说的著作浩瀚若海,他们各据其实,各行其论,从现实到心灵,从身心自由到"以道观之",庄子其人其书成为一波波中国传统文化热源的中心。而由此亦可见为庄子立传,解读《庄子》的难度相当之大。充闾先生不畏险途,倾心力作《庄子全传》名为《逍遥游》,五章二十节,四十万字,从庄子身世之谜出发,探寻他的出身之地及时代剪影,在那"人间世"里,试图破解庄子的种种人生选择:不做牺牛、布衣游世、人生减法、以道观之;在做这一个逍遥天际客的旅程当中,庄子同时化身故事大王,挥洒自由,任意遨游,鱼、龟、大鹏、蝴蝶、蝼蚁,小小动物身上赋予鲜明的人格自由;庄子吸收传承各种文化,融会贯通,开辟新途,传道授业,他的哲学思想广袤精深,纵使千百年来无数人研究道的面孔,仍然充满谜团,成为千古奇文,任由后人评说。谁似先生百世闻!庄子先去,哀荣斯在,文脉传承,绵延不尽。

"始信文缘是苦缘"。充闾先生查阅相当数量的历代《庄子》文本及相关史料,写尽庄子一生身与名,道与德,哲与思。单看充闾先生在后记中所附录的61篇专著和未及附录的大量相关论文,可以想象,这本472页的《庄子全传》,所要翻阅查找的资料应该是这本书的几倍十几倍之巨吧。

一页页翻看,我一直在想象这样的场景。无数个灯影里,一位老者,坐在书架前的书桌前。灯是普通的台灯,书架、书桌连带成为身体一部的椅子,都是沉郁的红木颜色,红中带黑,光滑而安静。没有窗户,门开着一条缝隙,风就从这里进出。有时风的力气大些,门就会被推得开大些。老者沉浸在椅子里,每天十个多小时的劳作,比勤劳的农民还要尽责。他的面前是一片大海，他要撑起桨来辟开波浪，为后学者开一条导向之路。如推荐语所言："《庄子全传》严谨地依据历史上众多《庄子》文本及相关史料，汲取融化时贤往哲的众多成果，精心组织素材，巧妙布局结构，以散文形式、写实手法写就，整体呈现了庄子的生命历程、生活状态、人生特征、思想轨迹，揭示了庄子思想在中国历史发展及全球文明进程中的深远影响。""一卷在手，可以读懂庄子其人、借鉴《庄子》其书、了解中国古代的社会文化，也能使中国传统智慧帮助当今的生活。"

充闾先生在读《庄》解《庄》的过程中始终立场坚定。他认为，"读《庄》、解《庄》，有不同的层次，取舍万殊，门径各异，深者得其深，浅者得其浅，但归根结底，还应和人生观、价值观联结在一起。就是说，应该着眼于人生境界、生命智慧，而不是停留在一般的知识层面上。"要做到"心灵介入，无诉之于口，而应诉于心，要有心境的契合、灵魂的对接"。这也是充闾先生践行了他一直奉行的历史观和文学观，"事是风云人是月"，他把读心放在读人读作品的首位，不断研索庄子内心心迹，探其隐衷，察其原委，证其思想来源，梳理哲思脉络。这条标准一直贯穿于全书始终，是充闾先生读《庄》解《庄》的读书方法，也给读者打开一扇进入庄子人生世界的入门的终南之径。

充闾先生对庄子是十分推崇的。这应该来源于他孩童时代的天性喜爱，更是历经几十度人生春秋深耕细耘之后，在某种程度上的相引相吸。我直觉，充闾先生与这个豁达的老头儿在某个空间是同类人。如果穿越2300年时光，同类项合并，他们都会活在同心圆里。充闾先生在散文《寄情濠上》里曾记述，他历尽百难去实地考证，查访庄子与惠子论辩的濠水之桥。站在桥上想象他们当时的辩论现场，感受濠梁之思的魅力。

充闾先生为庄子画像，说他就像"一只高鸣向月的丹顶鹤，超凡脱俗，挺身特立"。庄子不像其他先秦诸子，他远离治人者，始终站在平民百姓这一方。对于庄子笔下的人物，充闾先生归为六类进行分析探索，庄子对美丑的判断与常人不同，他更看重心灵的完美，他对各行各业的小人物饱含深情,他观察他们,也理解他们,更赞美他们,从而倡导一种"游于形骸之、超越身体外形而追求道的本质与自然本质的哲学理念"。

充闾先生识得庄子的"庐山真面目",这从他选择本书题目上来看可见一斑。"逍遥游"是庄子哲学思想的要旨所在。日本哲学家铃木林拙说:"逍遥游是理解庄子哲学的密码。"逍遥游里蕴藏着庄子的理想初心,也是庄子哲学的终极指向。我们今天关注的就是其中重要内容:关于"人如何正确生活"的认知探讨。哲学家苏格拉底说:"活着不是目的,好好活着才是。"充闾先生在通过层层对比分析,抽丝剥茧,寻找当今世人的应对良方,正与西方哲人提出的"诗意地栖居"契合,这应当是如今生活状态下的人生最佳抉择之一项。

这当然是不容易做到的。即使在庄子那个时代,天下沉滞混乱,连年战争,人命如草芥。由此,庄子更加爱惜生命、尊重生命、享受生命,尽自己最大力气活得自由干净,不带一粒尘埃。他不会如姜子牙那样钓鱼。他钓鱼就是为了钓鱼,他宁愿做曳尾涂中的乌龟也不去庙堂之中被供奉宰杀,在泥水中自得其乐,也不愿意为名利束缚,他所追求的只是真正的身心自由,生命自主。"乘物以由心",逍遥天地之间,将生命活得行云流水,自然而然。充闾先生语:"庄子以极度的清醒和超凡的远见,洁身自好,特立独行,逍遥于政治泥淖之外。这同其他晚周诸子,在观念上存在着本质上的差异。"这也是庄子的伟大处。

其实,人只要活着,每天都要做选择:小到一日三餐,大到事业婚姻。我们始终困扰在没有做自由选择的权利。生活所迫,手机里各种提醒还款的软件,无时无刻不在敲打着我们:这就是生活,背负诸多责任的生活,被各种欲望要求缠绕的生活,逃离不了的生活。如何消解,庄子可以办得到吗?充闾先生在分析庄子人生路径的选择之后,融入自己对历史,对人生况味的理解,为我们形象地打起比喻。"在对待人生的态度方面,如果以初级算术来设喻,在中国历史上大致可以找到三种类型的人物:一类人做加法,如正能量的代表儒家墨家,反面典型如秦始皇、拿破仑。一类是做加减法混合使用。如春秋时代的范蠡、汉代的张良、明代的刘伯温，功成名就拂身而去。还有一类就是一直做减法，最具代表的就是庄子。诚然，庄子这种人生选择，低层次理解是于乱世中的自我保护、明哲保身，但在庄子而言，它的至高层次是追求生命的自由解放，保持人生的个性本色。作为生于乱世的弱者，这与一般意义上的利己主义、悲观厌世不同，做减法的人生，它往往能够提供一种绝处逢生的新路径，使你在遭遇挫折、濒临困境之时，能够从中悟解出超越现实、解困身心、振奋精神的道理。

这是充闾先生对庄子智慧人生的解读。人间世变幻无常，每个人在选择之前，不妨抬头看一眼这广袤天地，明白自己要的是什么，坚守就好了。庄子宁肯要在泥水中玩乐也不去庙堂，这是对自由身心的选择；当今的现代人不必非要远离人世，去到乡村里独居。如果年轻人就想住在一线大城里的地下室追逐梦想，期待未来的成功，那也无妨。这也是你心的选择，选择了就坚守下去。看透了这一生的前世今生来世，自然一身轻盈，可以无所顾虑热爱生命的全部，包括出生和死亡，包括失去和得到，包括选择和放弃。在这珍贵的世间，水波温柔，太阳明亮，尽量让自己的心得到自由，既不随波逐浪，也不避世遗居，用一腔热爱，温暖底色悲凉的人生。

为了让我们更好理解庄子的哲学思想，充闾先生为庄子所言说的"道"画出五张面孔，指出要达到的三种境界：

第一种境界，依照庄子提供的思路，"先存诸己而后存诸人"。去名，去争，追求身心自由；

第二种境界，像庄子那样，营造虚静、空明心态。"不以物喜，不以己悲"，"心旷神怡，宠辱皆忘"；

第三种境界，读出一种"遗世独立"的旷邈情怀，确立"不为物役、精神自由的人生"。

这是充闾先生给予后学者的慷慨分享，他把读《庄》过程中的心得感受，佐以八十余年人生体验，才能深刻体悟《庄子》的大道万象。人之读书，与人生阅历密切相关。有些书，没有丰富的人生阅历和生活经验，是无法深刻体会理解的。就像少年读不懂杜甫的沉郁顿挫，老来读后却是泪湿青衫。

现在的社会是一个被"有用论"塞满的社会。凡事都会问"有用吗，有好处吗，这个能当饭吃、当衣穿、当房住吗"；看得到的马上能实现利益的视为"有用"，其他都是"无用"的。而庄子告诉我们，高级的人生就是做一个"无用"的人，要时刻保持"不为物役"的灵魂自由。庄子确是永恒的人类导师。他说，任何世道都很艰难，人性都有险恶的一面，因为我们都在"人间世"，所以，要向内寻求心灵的自由，做心灵上的"逍遥游"。充闾先生评价他，"为后世创辟了一条回归生命本体的路径，开启了一扇走出生命'围城'的门户"。这于每个身处困扰中的人而言，《庄子》就像那根针，刺穿水泡，挤出水，皮肤才会慢慢从分离状态，重新合二为一，浑然一体。充闾先生评价庄子的意义："在文明异化、物欲横流的时代，庄子的哲学思想不失为一服清凉散、醒心剂。而世俗间的般般计较、种种纷争，置入他的价值系统和'以道观之'的宏大视角之中，纵不涣然冰释、烟消云散，也会感到淡然、释然，丝毫不足介意了。"

这是时代的困境。随着现代工业文明高歌猛进，对自然界的破坏力度空前，2020年新冠肺炎全球施虐，千万人感染、几十万人失去生命，大自然以自己的方式对抗人类的破坏。时代危机、社会弊端、人类困境三种因素叠加，人与人的矛盾、人与社会的矛盾、人与自然的矛盾，逼迫人类反思：对现代化的反思，对科技战略、科技思想的反思，对现代化生活方式的反思。充闾先生对人类无限破坏自然的行为，也是反对厌恶的。天道好还，施无不报。地球已经到了满目疮痍、遍体鳞伤，无一处不在承受着"物化文明"所带来的生态劫难。"当雪山崩塌的时候，没有一片雪花是无辜的"。人类是自然之子，不应该凌驾于自然之上。恩格斯早在两百年前就告诫世人："我们必得时时记住，我们统治自然界，绝不像征服者统治异邦民族一样，绝不像站在自然界以外的人一样——相反地，我们连同我们肉、血和头脑都是属于自然界的。"

世界各国的先思者都在寻找反思之路，解决之法。而此类思考，都能从《庄子》中找到答案。"顺物自然。人与天一。天与人不相胜。无以人灭天。"一系列生态哲学主张，以及由此形成的崇尚自然，回归自然，顺应自然的生态文明理念，早在2000多年前，庄子就首先提出，这是他的哲学核心理念之一。这也正是当今时代刻不容缓的治世之政。庄子的普世价值成为世界文学艺术界强烈吸引力的东方符号。庄子深刻超越的思想蕴含，至为独特的思维方式深深吸引着世界上各个时期的人们来探究借鉴。而庄子这所以成为庄子，有其殷商文化之源头，中原文化之依托，道家文化之核心，以及借助商丘文化交会点的有利条件，广泛接受周边多种文化影响而形成。鲍鹏山先生说："庄子是一棵孤独的在深夜看守心灵月亮的树。"我想是的，在那样的时代，他曲高和寡，站在人类心灵哲学的山巅，无人理解他爱到骨髓里的生命和自由。如深崖绝壁上的那株兰草，暗自清香，令人羡慕的，他也同时拥有满山的寂静与星空。

充闾先生对庄子厚爱，却不"溺爱"。他批判辩证看待庄子，"同一切伟大的历史人物、伟大的思想学说一样，生活在两千三百年前的庄子及其哲学思想，充满着内在的矛盾，也存在着鲜明的局限性"。但是，瑕不掩瑜。两千多年来，庄子思想精神已经融入中国传统的生活方式、生活习惯、民间信仰、文化爱好之中，成为文脉千古传承、绵延不绝。正如此，庄子一直活着，并且会一直活下去。

初读《庄子全传》时正是小暑时节。大雨不期而至。雨水从玻璃屋顶流淌而下，形成一道小小的天然瀑布，欢快奔流，从窗前纵身跃下。而此时，已是秋初。在充闾先生引领下的这场逍遥游亦接近尾声。窗外原本深绿的叶子开始长出黄色、红色、褐色的斑纹。

秋风起了。而我，能做的就是顺应自然变化，保持充盈内心，忙时做事，闲处读书，把日子过得如充闾先生讲的读《庄》三种境界般。如此，就有些诗和远方的意味了吧。

此心光明
——读王充闾《故园心眼》

◎温明辉

承蒙文联领导抬爱，点我写点东西评价王充闾先生的作品，吓我一跳。王老大名如雷贯耳，评价他的作品，我够资格吗？十分不自信。我自认为机关工作忙，总缺席文联许多活动，心里已是不安，今日之约，不敢推辞。也罢，这也是我再品王老大作的机会，何乐而不为。

当我重读《故园心眼》一文后便陷入了沉思。王老一生一边为官一边创造，二者矛盾却又如此和谐统一，当代社会能做到者有几？想到这，已是自惭形秽。看王老作品，旁征博引，信手拈来，收放自如，从容挥洒，这是何等胸襟，何等修为，何等才气，不愧是"政坛高官，文坛大家"。

一篇千字文，我读了几遍，一个天涯倦客，故园心眼望断的情景跃然纸上。以乡情为题的文章见得多，但百看不厌。也许是人到中年，正是怀旧情结初涨，自然要找些慰藉，王老的《故园心眼》便让我眼前一亮。

首先他在讲理，讲真理，讲哲理。一篇文学作品能上升到哲学的高度便是高境界。文中，作者给出故乡的概念，故乡是好大一棵树，是清流潺潺的小溪，是高悬天边的月亮……形象、生动地阐述道理，理明，表述新，艺术性高。"追忆可以说是一番再现，一次重逢。"独到的体验，入情入理，让有生活经历的人有了求解的愿望和印证的满足。他在与村民的一次对话后总结道：若要切实体察个中的真实感受，就必须设身处地，置身其间，局外人毕竟难以得其精髓。这些理儿，可以指点迷津，足以能引发人的思考。

有了这些道理为框架，其文再短也可称为雄文、博文。

其次，他善变思维角度，提升思维质量。为官有为官的思维方式，作文有作文的思维方式。谁能做到"十年阔别浑无恙，宦况诗情一样清"（王充闾诗《送怀奇友》）？王老做到了，所以他的角色转换轻松自然。他可以从朝野的焦躁中悄无声息地回归人性本位，实现完美的转身，去感受乡思、乡情、乡梦。"我"的感想，"我们"的困惑，"他"的直率和粗鄙，不同的叙事角度，不同的思维角度，表现的是高超的艺术技法和更高的思维质量。"要从事审美活动，则需拉开一定的距离，如果胶着其中，由于直接关系到切身功利，既难以衡定是非，更无美之可言。""他"和"我"的差距就在于此，"他"已深陷其中，"我"可出入自由，这是质的区别。思维质量决定生命的质量。

再者，他善于动情，动真感情，让人享受到艺术的美和心灵的满足。"昔我往矣，杨柳依依；今我来思，雨雪霏霏……"（《诗经》）自古到今，相思不变，乡情永恒。"老年人对故乡的那种追求与向往，往往异常浓烈而执着……"同时不禁要问，你究竟记挂故乡什么？茫茫然谁都说不清楚。这种说不清楚的是什么？是爱，是对故乡刻骨铭心的爱。思乡就是一种概念，一种真挚的情感。因为故园有老母倚闾翘盼，老母没了有老屋日夜等候，老屋没了有门前的老柳树望眼欲穿，老柳树没了还有故园的山、故园的水、故园的那处荒冢，那是根，是生命之源。千里明月寄相思，乡音不改何时是归程。那魂牵梦绕的乡情从作者的笔端流出，洞透了多少懵懂，融化了多少冰冻。正如王志清教授所评："其散文创作，往往是精神的炼狱，是精神的还乡，是精神的自觉承担，是其特殊的士、仕身份的人文情怀与政治情怀同兼的生命状态。"

"埋首书丛怯送迎，未须奔走竞浮名。"此乃王老的诗句，也是自己的真实写照。读懂《故园心眼》，便读懂了的他的一生。"圣人之所以为圣，只是其心纯乎天理，而无人欲之杂。"（王阳明）王充闾先生存圣人之心，通圣人之理，成圣人之事，可谓"此心光明，亦复何言"（王阳明）。

在贺兰山岩画中探寻游牧民族的生命本根
——读王充闾先生《山灵有语》有感

◎冯亚娟

《山灵有语》，是我读到的散文大家王充闾先生的第一篇散文。此文是 2015 年 11 月由上海人民出版社出版的《王充闾散文精选》中的第一篇文章。这篇有灵性的文章中，作者的笔下无论是对宏阔场景的驾驭还是对微观内容的雕刻，都展现出无与伦比的浩瀚气魄和博大的情怀。看过之后内心非常的震撼，不禁感叹这篇文章一定是王充闾先生内心深处流出的一曲历史文化史诗。

在此篇文章中，王充闾先生饱蘸深情的笔墨，浓墨重彩地抒写了贺兰山岩画的历史由来，岩画中的具体内容，岩画与神话和巫术的密切关系，以及贺兰山岩画属于北方草原文化类型，这四部分内容。波澜壮阔地为读者展示出原始先民古老的生活方式、精神世界以及民族文化传统根脉。

文章第一部分的主要内容为读者介绍了贺兰山的地理位置，和在历史长河中依赖贺兰山脉繁衍生存的各个少数民族的情况，以及在贺兰山上遗留下来的那些惟妙惟肖的岩画的由来。文章中这样写道："作为远古先民创造性的自我表述形式，岩画不仅形象地记录了族群自狩猎时代经原始部落到驻牧定居生存方式的连续性进程，而且，折射出古代人群的哲学观念、宗教信仰、审美意识、向往追求等精神信息。"此段话点明了贺兰山岩画的意蕴和极其代表性的深远的历史价值。

文章的第二部分，作者向读者形象地描述了部分贺兰山岩画的具体内容，为读者打开了一个接近历史的大大的窗口。其中比较有代表性的有："镇山之宝"的太阳神的具体形象、具有契约性质的文件形式的图画内容和游牧民族射猎场景图、放牧场景图以及载歌载舞欢庆的场景图。那些神圣的感恩、敬仰，权利的争夺，呼啸的追奔射猎，恬淡的游牧风情，翩翩的舞影，忘情的啸歌……一幕幕读来，会让人情不自禁地陶醉于作者笔下的，远古时代游牧民族浓郁的生活气息之中，从而对贺兰山岩画所具有的独特的粗犷、质朴、率真的原始艺术特色，产生更深的敬仰和向往。

　　文章的第三部分，作者着重为我们描述了贺兰山岩画和神话、巫术之间密不可分的关系。其中详细地介绍了更早于伏羲、女娲两位始祖神不止一两千年的，尾部相交的蛇身人面的古老神话故事传说，和具有神话与巫术并存性质的"感生神话"的记载。这也是许多书籍上描述的"原始足印"的古老传说。王充闾先生通过对原始先民把情感和心血附着于岩画之上的描写，用具体的艺术形式集中反映了原始先民对于生生不已、人畜兴旺的愿望。进而体现出原始先民对于安居乐业和美好事物的祈望和向往。

　　文章的第四部分，王充闾先生通过春秋战国时期"地衣测年法"的鉴定，和北魏地理学家郦道元的《水经注》卷中的记载，向读者证明了贺兰山壁画的文化类型是归属于北方草原文化。当游牧民族把生活习性、生活环境、生存方式等细节逐一借助形象，诉诸岩画时，就体现出了贺兰山岩画的作用和内在意蕴。那就是"获取了心理上的满足与快感，达到寄托怀抱、充实生活、愉悦身心、消解疲劳的作用"以及"这部古代游牧民族的百科全书，向后人昭示着先民对于自然、社会与人类自身的认识，彰显着热切的期求、朦胧的遐想，以至于七情六欲、感奋忧思等深层次的意蕴"。进而向读者阐释了贺兰山岩画永远无法发掘穷尽的历史价值。

　　此篇文章中作者凭借自己敏锐的观察力和难以言说的生命内觉，以及强大丰富的想象力，阐述了自己对贺兰山原生态岩画的认知和想象，尽可能地拓展和丰富了贺兰山岩画内在意蕴及承载的历史意义。文字博雅、睿智、隽永，引人入胜。读后眼前不禁浮现出一副奇崛、浩瀚、鲜活的原生

在贺兰山岩画中探寻游牧民族的生命本根——读王充闾先生《山灵有语》有感

态画卷。尤其是结尾部分，王充闾先生顺着贺兰山岩画中的游牧民族的文化传统根脉这一主题，把文章的思想境界和深度扩展到更高的层次，悟解出人类在自然生态系统链中所处的恰当位置。并告诫现代世人要克服无限的诉求、抑制为所欲为的狂妄心态，真正实现回归家园、认清本源的觉醒。

王充闾先生的散文写作素来以历史文化散文见长，他笔下的文字将历史与传统引向现代，引向人性深处，以现代意识进行文化与人性的双重观照，从中获取超越性的感悟，进而产生了广泛的影响。而这篇《山灵有语》无论从气势、气象、格局和要抵达的意义，都呈现给读者一种宽阔、汹涌的意象。并跨越了一般的状物、写景、述感、记游的层面，实现对于意义世界的深入探究。徜徉其中，仿佛置身一个丰满而有厚度的艺术境地，而且能够体会到一些深邃的哲思。相信这篇《山灵有语》一定会牵动每一位普天之下、黄土养育的读者之心。真正是开卷有益。

印象与遐想
——读充闾先生散文集《柳荫絮语》感怀

◎王恩文

说到读充闾先生的作品,还是在20世纪80年代中期,我得到一本春风文艺出版社出版的散文集《柳荫絮语》,才知道原来在一些文学期刊和报纸副刊上,曾经看到的各种类型的散文和旧体诗词,署名"汪聪""柳荫""林牧""任之初"等笔名的作者,都是我们当时的营口市委副书记、市文联主席充闾先生。

打开充闾先生的散文集《柳荫絮语》,首先要读的是当代著名作家单复先生的《观博约取 积厚薄发》。单复(1919—2011),原名林景煌,生于福建晋江。祖辈为菲律宾华侨。他少读私塾,17岁开始发表文学作品;18岁开始在福建晋江县法江小学做教员;29岁出版散文集《金色的翅膀》(巴金编辑);34岁肄业于福建南平师范专科学校;37岁到上海文化生活出版社做编辑(巴金为总编辑);著有多部散文集获奖。部分作品入选《中国新文学大系》等十多部选集。2011年逝世,享年93岁。2019年是他老人家100周年诞辰。

单复先生以苏轼名句为题作序,评价充闾先生"不迷于官,却迷于文",是"辽河之滨升起的一颗新星"。单复先生介绍,《柳荫絮语》所集一篇篇作品无论礼赞自然,感物吟志,还是涉古论今,微讽世态,"行文潇洒""清新隽永",犹如一行行"辽滨翠柳"。

记得那年一个假日的下午,《柳荫絮语》读后出屋,沿着辽河大街向

印象与遐想——读充闾先生散文集《柳荫絮语》感怀

东徜徉，欣赏街旁的绿柳，青荫翳日，翠带牵风，细品路柳垂枝绿叶拂面。深感辽滨翠柳自甘清苦，乐观向上的奉献精神。正是"恰似有人长点检，著行排立向春风"（宋代孙光宪词句）。

走着走着却想起著名作家杨朔当年"冒雨泥泞跋涉"，"体验生活"。

当晚回家还写下了几句感慨，名为《营口垂柳》。除题目之外，只记得"黄粉漫天成旧事，白尘遍地写新书"两句，其他记不得了。

多少年来，一到"万条垂下绿丝绦"的季节，我都要在晚饭后来到楼下，走到小区门口，一遍一遍地抚摸着路柳。每当这时，总会想起充闾先生提倡的"美化绿化了辽滨之城的行行路柳，是更值得大书特书的"。还有他当年引用过的那些诗句"杨柳非花树，依楼自觉春"（萧绎）；"城中桃李须臾尽，争似垂杨无限时"（刘禹锡）；"杨柳春风绿万条，凭鞍一望已魂消"（陆游）；"新栽杨柳三千里，引得春风度玉关"（杨昌浚）。

是呀，充闾先生欣赏的，正是"一树春风千万枝，嫩于金色软于丝"，1200年前儒雅潇洒的白居易笔下的那种情景，"野性爱栽植，植柳水中坻。乘春持斧斫，裁截而树之。长短既不一，高下随所宜。倚岸埋大干，临流插小枝。松柏不可待，梗楠固难移。不如种此树，此树易荣滋。无根亦可活，成阴况非迟。三年未离郡，可以见依依。种罢水边憩，仰头闲自思。"这是一位封建官员的工作场景，更是一位诗人的生活经历。

今天，作为当代营口人，只有欣赏路柳，享受路柳，才会真正读懂路柳，才会真正读懂充闾先生。

"白头种松桂，早晚见成林。不及栽杨柳，明年便有阴。春风为催促，副取老人心。""从君种杨柳，夹水意如何？准拟三年后，青丝拂绿波。仍教小楼上，对唱柳枝歌。"

"更想五年后，千千条觐尘。路旁深映月，楼上暗藏春。愁杀闲游客，闻歌不见人。"

诚然，白堤千古泽被后世，乐天绿化福荫万年。"江山如有待，花柳更无私"（杜甫）。是呀，花柳那无私的绽放，给这江山风光增添了美丽动人，等待着人们的到来。"杨柳东风树，青青夹御河"（王之涣）：清淡若水，流露出诗人的款款深情。"含风鸭绿粼粼起，弄日鹅黄袅袅垂"（王安石）：鸭绿代春水；鹅黄指新柳。在春风吹拂下，深绿色的溪水泛起粼粼碧波；在春日映照下，嫩黄的柳树垂下柔美细长的枝条。这是多么美好的画面啊！"杨柳千条拂面丝，绿烟金穗不胜吹"（温庭筠）：柳丝千条，如绿烟金穗；微风吹过，轻拂人面。可见这她在春天中的美姿。"绊惹春风别有情，世间谁敢斗轻盈"（唐彦谦）：柳枝摇曳本是春风轻拂的结果，可诗人却说是垂柳有意在撩逗着春风。

千百年来，文人墨客，万篇佳作。每每细细读读诵诵品品静静思思，其乐无穷，奇妙无穷。只有这时，才能懂点充闾先生。

读《昙花，昙花》时，看到作者为人才流逝而抱不平，我也着实为老寒士惋惜了好几天。陈浦自叹"放眼古今多少恨，可怜身后识方干"。正如自号"仓山居士"的"随园先生"袁枚的感叹："呜呼！余亦识方干于死后，能无有愧其言哉！"袁枚毕竟有误终有悟。古往今来还有多少陈浦至今尚无人悟？

在《莫笑放牛郎》中，作者开篇引用了车尔尼雪夫斯基的一句话："人是什么？是有渊博的知识、思考的习惯、高尚的情操的动物。"之后讲述了一件事：某领导看见一青年写了"爱因斯坦"四个字，勃然变色，责备年纪轻轻不走正道，竟去勾搭"因斯坦"，"她有什么可爱的？"

我想起了我市组团招商引资赴苏州。当导游介绍"姑苏城外寒山寺，夜半钟声到客船"时，说苏州又叫姑苏城。有位领导打断导游的话："小姐，你说的寒山寺是不是县级市？"弄得在场的人啼笑皆非。

这是个别事例，却足以说明，某些中学没念好又不肯学习的"在职研究生"，会荒唐到何等地步。充闾先生警告我们："无知而有权,是危险的！"

读到《故垒情思》，我想起了小时候，家父常讲人们心中的"镇海侯"和血染营口大炮台的故事。记得1981年秋天的一个周末的下午，我和几位家在外地没有回家的中文专业同学约好，下课就一同去了海边的西炮台，

印象与遐想——读充间先生散文集《柳荫絮语》感怀

这是我第一次看到传说中的营口大炮台。

在瞭望楼上，望着大海，我站立了好长好长时间。当晚在课堂笔记本的皮上，我写下了："故垒旌旗古炮台，海风常忆虎狼来。神龙将士身犹在，血泪忠魂作榆槐"。

后来全国集邮联副会长王新中先生莅营视察，我有幸全程陪同。西炮台归来时，曾将拙句呈上献丑。

近日再读《故垒情思》，看到文中引用列宁的论述，不由得想起2020年4月22日将是伟大的列宁诞生150周年。

读到"落后就要挨打"，令我浮想联翩，从180年前"苟利国家生死以，岂因祸福避趋之"的林则徐，想到120年前"庚子赔款"时的慈禧太后，一直想到60年前的"为有牺牲多壮志，敢教日月换新天"。岁月几次还甲，沧海桑田。史册历历在目，刻骨铭心。

"无论历史的美好，还是历史的灾难，都需要真实。前事不忘，后事之师。我们要擦清历史的镜子，抹去灰尘，以史为鉴，走好未来的路。"历史是未来的一面镜子。1964年10月16日震惊世界的"蘑菇云"、1967年6月17日的一声巨响、1970年4月24日的"东方红一号"，这就是今天常常提起的"两弹一星"。2020年不仅是我国第一颗人造地球卫星发射成功50周年，还是那叫所有敌人胆寒的核潜艇下水50周年。

诚然，历史是不能忘记的！"忘记过去，就意味着背叛。"

充间先生在《故垒情思》文末感叹："人们将永远把你铭记。呵，西炮台！"

我看到了一个通透的庄子
——读王充闾先生《逍遥游：庄子全传》有感

◎石 琇

最近体验了一种VR游戏方式，VR是英文VirtualRedity（虚拟现实）的英文缩写。游戏体验者通过佩戴专用的眼镜就可真实感受到一种独特的三维动态视景，并且沉浸该环境中去参与视景中的游戏或者活动。这种体验是目前最新的游戏方式。而我在阅读王充闾先生的《逍遥游：庄子全传》时，感觉到自己似乎就戴上VR眼镜看到一个交互三维动态的庄子。

实话实说，阅读这本《逍遥游：庄子全传》耗费了我大量的精力和时间，一寸寸啃读的阅读方式对于我这种享受快速阅读的人来说是一种煎熬。在以往的阅读经历中也有过类似这种感受，我通常会以满足自己的感受为第一需求，发觉自己阅读有障碍或有不愉悦感就会选择放弃。然而，这本《逍遥游：庄子全传》却完全改变了我的阅读习惯，并且很长一段时间我都沉浸在艰涩的痛苦和思考的快乐中。

总结下来，这种"痛并快乐着"的感受来自三个方面：

第一，书中大量的引经据典，很多典故是陌生的，甚至有些生僻字让我十分苦恼。若想读懂典故和生字的含义就必须查找相关资料，直至弄懂才能继续往下进行。若想偷懒走捷径，那是万万不可。一目十行越过去是简单可行，但那根想要探其究竟的神经会一直干扰你。

第二，可以说庄子的思想本身就是一种"儒释道"的大综合，加上王充闾先生不同常人的剖析方式，经常会被绕得云里雾里，似懂非懂。有时

我看到了一个通透的庄子——读王充闾先生《逍遥游：庄子全传》有感

候感觉庄子讲述的东西是一种体验和宗教性，有时候又觉得是一种美学或者艺术或者想用诸如此类的东西试图来概括它。经常会陷入"庄子究竟要说什么？王充闾先生究竟体验到了什么？"的困惑。得不到真谛是一种痛苦，在常人和修禅两种境界里需要经常转换，转换的过程是一个"大换血"的过程，一旦理顺了，就会有一种豁然开朗的兴奋。

第三，王充闾先生的《逍遥游：庄子全传》所描述的庄子，从多种角度来展示其哲人的思想意境。在现实生活中时常有更多的人借庄子之名来表现自己那种郁郁不得志的心理。当越来越深入地阅读时我又会觉得以消极的态度读《逍遥游：庄子全传》根本不会得到庄子真实的内涵，可是要我带着愉悦的心情体验"出世与入世"这个庞大的哲学体系又实在高兴不起来。所以，王充闾先生的《逍遥游：庄子全传》对读者的要求也是高起点的，没有一定的学术素养就体会不到一个真实的、立体的、通透的庄子。

纠缠在这种"痛并快乐"的阅读方式中，我时常在反思为何一本书能让我如此欲罢不能。阅读《逍遥游：庄子全传》的初始动机，是被王充闾先生的人格魅力所吸引，毕竟在营口小城出了这样一个闪闪发光的人物，是足够能让人多生出几分好奇来的。当读到全书的三分之一的时候，我已经全然忘记了作者，感觉自己就坐在庄子的对面，他基本不讲话，却能把我牢牢地吸引在木椅上，让我感受他的思想和文采。甚至在梦境中也会有一只大鹏在茫茫北冥中冲天而起，一颗心灵在深深苦闷中挣扎而出，幻想翅膀随之张开了……醒来之后又会陷入沉思，有所待的大鹏失败了，那么有所求的心灵能在那广漠之野找到慰藉吗？类似的问题时常让我不得其解，只能更深入地阅读以寻求答案。

《逍遥游》是战国时期哲学家、文学家庄子的代表作。我在青年时代初读时只是出于对传世著作的向往，仅仅停留在字面上的推敲，享受在古文的美感之中。而今，我在王充闾先生的著作引导下要共情于庄子，不仅要感受作为圣人的庄子，还要感受作为平民的庄子。

庄子借用许多寓言故事，不直接以明确的文字阐述理由，由外物故事来间接表达他所寄托的深远意涵，这也是庄子文章的重要特色。在王充闾先生的点拨和提示下，能够更深刻地理解到寓言的主角都是"物"，表现出来的是物性，而寓言的对象是"人"，呈现出来的是人性，因此我们必须深切体会其中的寓意，而不是受限于故事本身的描述，否则可能会对庄子的原意有所疏漏和偏斜。

王充闾先生笔下所描绘的庄子，天才卓绝，聪明勤奋，"其学无所不窥"，并非生来就无用世之心，奈何世间如此污秽，"不可与庄语"，他追求自由的心灵只好在幻想的天地里翱翔，在绝对自由的境界里寻求解脱，故写出了苦闷心灵的追求之歌《逍遥游》。反复品味着这种苦闷感受的同时又体会到庄子思想之美，其美就美在他活在世上，但是又不被世上的琐事所累。他活得快乐而又洒脱，在那么一个乱世，他活得如此无拘无束，又逍遥自在，又放松自然，这就是美的真谛，庄子亲自为我们演示了他怎样达到逍遥的境界。

我试着从庄子的思想来探讨追究，知道所谓"逍遥游"的境界，也就是想在无限生的痛苦与现实的凄楚中，追求自己能够超脱而出，拥有一个自由而快乐的境界，培育一个属于灵性的而且充满无限自然和谐的精神世界。所以庄子在他的著作中把逍遥游列为第一篇，开宗明义地显示出他思想世界的主要宗旨。在逍遥游的叙述中，我们如果以"鲲"来作为人的影射，"水"来代表现实世界，那么鲲的形成，就如同是一个哲人在人群中造就了心灵境界的雄伟，而不沉浮于世俗尘埃中。但是这种境界上需要再求升华，"鲲"酝酿变化而成为"鹏"，那么大鹏所代表的就是境界的上升，从现实中超拔而起，另外开辟一个飞扬活跃的精神境界。它能够待时而动，随着自然规律，能与万物融合为一体。

大鹏最后能够在天池中逍遥，不是一蹴而就的，而是经过长时间的默默耕耘。同样，我们想要逍遥而游，绝不是像那些小斑鸠一样，对眼前的一切感到满足、自我陶醉，便自认为是逍遥。逍遥的境界，其最终固然是无待的，无待的真义不是流于虚无，而是把有待加以净化、升华，因此要达到逍遥的境界，仍然必须从有待做起。只是有待而不拘限于有待，最后

我看到了一个通透的庄子——读王充闾先生《逍遥游：庄子全传》有感

才能把有待化为无待。而"无己、无功、无名"也是必须"有己"之后可以"无己"，"无己"，而后可以见"真己"；"有功"之后可以"无功"，"无功"，之后可以成"大功"；"有名"之后可以"无名"，"无名"，而后可以得"实名"。看着似乎十分的饶舌与烧脑，而实则定下心来才可体会其中的哲学智慧。

读过《逍遥游：庄子全传》，要学习其中包含的什么道理呢？庄子逍遥游的精神，即是在于认识自我、追求人生的真我，以求逍遥的完美过程。在原文的叙述中，大多着重境界的描述，但这种境界又不等同于一种方法。庄子逍遥境界的背后，有着切实的修炼功夫。对世俗之物无所依赖，才能不受任何束缚，自由地游走世间。逍遥游就是超脱万物、无所依赖、绝对自由的精神境界。

我不知道其他人读过之后是否认为自身都需要向这种境界学习，我感受到自己的确是认知到，只有如此才能自在洒脱一些，至少心不会倦了，心若不倦，人就能轻松许多，身体也就能更健康了。其实，说得更通俗一些，也就是在告诉我们有些事儿没有执念里那么重要，学会正确的"舍弃"反而能让自己的精力更加充盈。当慢慢把有些东西"抛弃"之后，自己身体内的力比多——荷尔蒙生长素就会增长，慢慢地内在脏器会自我修复，在此之后自己的能量就会相应充盈起来。甚至会觉得自己多了一种爱的能力，这其实是一种旺盛的感觉。发自内心地觉得山也好看，水也好看，小孩儿也可爱，同事也亲和的一种精神充盈的状态。做事情和看待事物都变得不疾不徐、不蔓不枝。简单概括也就是庄子所说的"弃世则形不劳，遗生则精不亏"，进而"夫形全精复，与天为一"。

解读庄子，非文字大家、非文采学者、非智者哲人难以驾驭。如此，从暮春到盛夏，专心读一本王充闾先生的《逍遥游：庄子全传》，在反复揣摩之后才深刻理解到庄子其人，才能真正感悟庄子智慧所在，并且期待自己从文本上所理解的思想性能够转换成为行动上的导航。这些都多亏拜读了王充闾先生的《逍遥游：庄子全传》。

传统文化 厚德载物
——学习王充闾先生《文脉》序章的体会

◎江笑娟

我是共和国的同龄人，我们这一代人因为上山下乡，绝大部分没有系统地受到高等教育。在中学时代学的都是基础知识，大部分是自然科学，对中国的传统文化知之甚少。马克思主义理论也很肤浅，所以对中华传统文脉含糊不清，支离破碎，甚至是道听途说。千百年来，中国治理国家都是崇尚儒家，孔孟之道深入人心，孔子被称为圣人，是万世师表。改革开放后，中国传统文化再次受到冲击，由于我国大量吸收外国资本，尤其是欧美国家，让外商到中国办企业，西方文化也随之源源涌入我国。有些人认为西方各方面都是先进的，中国都是落后的，腐朽的，甚至认为西方的月亮都比中国圆。有的人甚至主张中国全盘西化。于是乎，外国的穿衣戴帽、饮食娱乐、西洋音乐，通通流入中国。国内出现了出国留学热、出国旅游热、出国打工购物热。搞得人们蒙头转向，丈二和尚摸不到头脑，把中国传统文化都忘到脑后了。

党的十八大以来，以习近平同志为核心的党中央提出"四个自信"，其中就有文化自信，要求全国人民要继承发扬中华传统文化，讲好中国故事。《唐诗三百首》《千字文》《百家姓》的书随之纷纷出笼，让小学生学习背诵，中央电视台推出了《经典咏流传》《故事里的中国》等节目，并提出中国的才是世界的，当时我就意识到中国传统文化的重要性。这就促使我急切想了解中国文化，于是我就买了本《国学知识》来读。但是由

传统文化 厚德载物——学习王充闾先生《文脉》序章的体会

于自己文学水平有限,有些东西还是似懂非懂,雾里看花,一知半解。我很渴望能有一本通俗易懂,便于理解的书供我们来读,帮我们系统地了解中华传统文化。王充闾先生这本《文脉》就是这样的书,将国学和中华传统文化讲得很清楚,很有条理,很有趣味,并结合现实,有作者自己的学习体会和领悟及学习方法,看了很解渴。尤其是第一篇。"中华传统文脉"序章,我看了一遍又一遍,收获颇丰。

他首先开门见山讲:"文化是一个民族的根脉,血脉与命脉,是人类心灵栖息的家园。纵览人类文明发展史,中华文化拥有独一无二的理念、智慧、气度、神韵,在中华民族内心深处增添了高度的自信和无比的自豪。在这里,思想理念是骨骼,传统美德是经络,人文精神是血肉,它们共同构筑了中华优秀传统文化的有机统一体。"然后讲:"中华传统文化从理学上讲,有儒、道、释三大支柱,儒、道是本土的,在中国最先产生;东汉以后,佛教传入,传播,与儒、道形成三足鼎立的局面。儒家讲求人事尽取,强调刚健有力,志在修身、齐家、治国、平天下,以天下为己任;道家讲究精神超脱,道法自然,安时处顺,无为而治,以柔克刚,以静制动。二者交融互济,看似对立,实则互补。佛家讲究出世,强调万物皆空,排除干扰,化烦恼为菩提,淡泊名利。"放下为上。这在我们生活的当下,也不无劝诫意义。从前有个说法:"以儒治世,以道治身,以佛治心"(南宋孝宗),大致反映了它们的特点。然后分述什么是国学,什么是中华优秀传统文化,它们的区别我还真是看过书后才弄清楚的。从前我是把它们等同看待,其实先生说国学仅是中国传统文化的一部分,并从哲学、历史、文学艺术三个层面来阐释。

关于中华优秀传统的核心理念,他认同当代思想文学家张岂之归纳的"天人和谐,道法自然,居安思危,自强不息,诚实守信,厚德载物,以民为本,仁者爱人,尊师重教,和而不同,日新月异,天下大同"。应该说,中华优秀传统文化,中华国学,不仅作用于本民族,在世界范围内也为人类提供了宝贵的思想文化资源。接着先生讲:厘清脉络,只是入门,根本功夫还是要下在精读经典上,经典有所谓"三玄"——《周易》《老子》《庄子》;"四书"——《论语》《大学》《中庸》《孟子》;"五经"——《诗经》《尚书》《周易》《礼记》《春秋》之说。就一般读者入门,文史学家吴小如讲得比较实际,他要求人们要先读完"诗"——《唐诗三百首》,"四"——《四书》,"观"——《古文观止》。首先要把这几部书从头到尾都看过,背过。他又讲了读书的方法,向我们介绍了宋代文学家苏东坡创造的"八面受敌"精读法:要多读几遍,要带着问题去读。这种方法还得到了毛主席的赞扬。

弘扬中华优秀传统文化,传承中华悠久的传统文脉,必须坚持创造性转化,创新性发展。转化创新的前提是扬弃继承,就是要尊重文化发展的内在规律,坚持不忘本根,辩证取舍。有鉴别地加以对待,取其精华去其糟粕,这里首要的是充分挖掘中华传统文化的精华。守住中华文化的本根,传承中华文脉的基因。传承发展中华优秀传统文化,就要大力弘扬讲仁爱、重民本、守诚信、崇正义、尚和合、求大同等思想理念;就要大力弘扬自强不息、敬业乐群、扶危济困、见义勇为、孝老爱亲等中华美德。就要大力弘扬有利于促进社会和谐,鼓励人们向上向善的思想文化内容,中华传统文化的精华体现在核心价值,包括仁爱(基于家庭伦理)、忠恕(忠就是关心人,帮助人,恕就是理解人,包容人)、人本(以人为本)以及中和(中庸和谐)、诚信。基础信仰就是天、地、君、亲、师。天、地要敬畏;君代表国家政权;亲就是祖先和亲人;师就是教导你的人。政治上,为政以德,民为邦本,任人唯贤;经济上,见利思义,民生为本,损有余而补不足;伦理上,仁智勇,忠孝诚信,礼义廉耻;教育上,有教无类,因材施教,德智并重;文化上,和而不同,殊途同归,因俗而治;外交上,协和万邦,独立自主,礼尚往来;信仰上,神人一体,神道设教,慎终追远;军事上,不战而胜,哀兵必胜,智勇双全;人生上,修己安人,坚韧不拔,以天下为己任;生态上,天人一体,回归自然,俭以养德;社会思想上,小康之世,大同世界,天下为公。中国精神如何概括,当代哲学家张岱年说"自强不息,厚德载物",先生又加一句"刚健中正"。厚德载物是有原则的，合而不流，刚健有为。

当然也应该看到，由于中国传统文化是在小农经济基础上建立起来的。必然会打上封建思想意识的烙印，像宗法观念、等级意识、封闭保守、人身依附、"三从四德"、重男轻女、官本位、特权思想等，就属于落后的糟粕，应该加以抛弃和改造。正确的态度是既反对虚无主义，又要破除文化保守主义。

我们要创造性转化主要是立足于中华传统文化本身而做出努力，本体是中华传统文化，目标是转化，要求是创造性，而"创新性发展"则是以中华传统文化为依托，从中汲取思想养料，在现实条件下致力于文化提升和思想超越。让中国传统文化中的有益价值理念助推社会主义核心价值观的培育。以创造性为特征，就不是简单地搬运移植过来，而必须具有新蕴含、新样式、新观照。这样阐释、整理、编纂出版的作品，就应一头与中国传统文化紧密相连，一头进入到新的文化体系之中，让传统中的充沛价值理念、厚重文化资源，支撑现代社会各项事业的发展。

一方水土养一方人，960万平方公里土地上生活着的中国人，像树木一样扎根在这块土地上，就像种子和泥土相依。中华传统文化也是在这块土地上孕育发展起来的。中国人饱吸着这块土地的营养，探索挖掘着这块土地蕴藏着的宝藏。我们深爱着大地母亲，没有大地母亲，我们就不会长成参天大树，风吹雨打不动摇。没有大地母亲，中国就没有山花烂漫，欣欣向荣的景象。没有大地母亲，就没有中华民族的日新月异，蓬勃发展。没有大地母亲的厚德载物，就没有我们民族的兴旺发达。

现在党中央提出文化自信，我们国家正在按照习近平新时代中国特色社会主义理论在运行。比如：习总书记教导干部要把人民的利益摆在最高位置，人们向往的幸福生活，就是我们的奋斗目标，这就是"以民为本"的思想；再如：我国对外开放搞一带一路建设就是"和而不同、天下大同"的思维；又如：反腐败斗争，提升干部的治国理政能力，就是"居安思危、自强不息、厚德载物"理念的体现；又如：科学发展观，就是"天人和谐、道法自然、尊师重教、日新月异"的做法，诸如此类。今天在抗疫斗争中，那些逆行者舍小家顾大家的行为，就是"仁者爱人"的具体表现。

文化传承是关系到一个国家生死存亡的大事，一个人不知道自己从哪里来，要到哪里去，就是个愚昧的人。现在台独分子、港独分子就是利用这一点篡改历史，造谣说他们和大陆不是一个祖先。台独分子甚至说他们是南美洲人，企图割断台湾与大陆的血缘亲情，向青少年们灌输反动言论。可见他们的用心何其毒也，所以搞好青少年教育，尊师重教是治理国家的重要组成部分，要以马克思主义理论武装青少年的头脑，树立正确的世界观，人生观，价值观尤为重要。从中也可以使我们懂得学习历史，重视传承的重要性。只有这样才能使中国永不变色。

现在的中国人不会再彷徨，不会再迷惘。960万平方公里的大舞台，任你施展，任你表演。只要你表演得好，人民都会报以热烈的掌声。让我们脚踏祖国大地，背负人民的期望，为实现中华民族的伟大复兴而奋斗！

人若如水 德才配位
——读王充闾先生《文脉》有感

◎ 葛凤霞

一本好书，能教会一个人做人的道理，能改变一个人对事物的看法，亦能改变一个人的生活方式，甚至能影响一个人的一生。最近读了王充闾先生的《文脉》，感受颇深。先生用42个篇章，历述了中华民族文化的根脉，梳理了中华文化的表层、深层和介乎于两者之间的层面。

一个民族，如果没有文化，就没有精髓，就没有传承，就没有属于自己的根脉和灵魂，就会被其他文化而同化，渐渐地就失去了发展，而渐渐地萎缩、退化，最后消失。

中华文化历史悠久、博大精深。弘扬中华优秀的传统文化，传承中华悠久的传统文脉，必须坚持创造、创新和发展。就是要扬弃继承，尊重文化发展的规律，不忘本根，辩证取舍，有鉴别地加以对待，取其精华，去其糟粕。

中华优秀传统文化蕴含着丰富的道德理念和规范，沉淀着多样、珍贵的精神财富，作为我们这一代人，传承、发展中华优秀文化，就是要大力弘扬有利于促进社会和谐、鼓励人们向上、向善的思想。

中华传统文化从常理上讲，有儒、道、释三大支柱。儒家讲究入世进取，强调刚健有为，志在修身、齐家、治国、平天下，以天下为己任；道家讲究精神超脱，道法自然，安时处顺，无为而治，以柔克刚，以静制动；而佛家则讲究出世，强调万物皆空，排除干扰，化烦恼为菩提，淡泊名利，放下为上。先人们就曾经说过:"以儒治世,以道治身,以佛治心。"我认为,首先要治身,才能治心,才能治世。人们常说"你说得头头是道""你说得有道理",都是说"道"。"道"贯穿我们生活的每个方面、细节,道在行为里,道在语言中。

王充闾先生对"道"的解析非常认真细致。对老子这位中国哲学的始祖、智慧的大师的总结,也是给予严谨的研究和诠释。尽管后人们对老子的出生、隐退都赋予了神化、仙化的想象,使这位先哲的生平笼罩着神秘色彩,但是老子的《道德经》却是真实存在的。老子的主张、思想一直影响中华民族到现在,无处不在。

王充闾先生精细求证梳理,阐述总结,点点滴滴中看出没有一丝的模糊。仅"上善若水"四个字,用先生自己的话说:"就花费了整整三天时间,阅读思考,博览群书,搜索资料。"而"上善若水"的理论思想,也一直影响着中华民族,贯穿着整个历史长河。

而中华民族这文化厚重的民族,也确实很注重人的修为、行为、作为。其实,就现代而言,很多人的修为已脱离了道德的底线,为一己私利。挖空心思,绞尽脑汁,争名、争利、争位子,不惜弄虚作假、损人利己,有的尽管做到了,但道德沦丧了,德和才都不具备,正可谓"德不配位",最后带来的损失后果不可收拾;有的争了抢了,也没得到,弄得身败名裂,声名狼藉,成了大家的笑柄。

上善之人,其性如水,"水善利万物而不争,处众人之所恶,故几于道。居善地,心善渊,与善仁,言善信,政善治,事善能,动善时。夫唯不争,故无尤。"老子的名言兼具道德与智慧的双重意蕴。

本人读先生的《文脉》,对自己亦是大的冲击和深的感悟。若能在入学之初的小学、中学及至大学,都能贯穿道德教育,从入门起,就以修德养身、自身修养开始,培养良好的道德情操、优良的道德品质、优雅的言行举止、衣着装扮、待人接物、基本的礼仪、志向志趣、应承担的责任、义务。这样培养的孩子长大后,作为家长,对于他们的下一代,也是一个示范、一个良师，一代一代地传下去，中华民族的礼仪之邦、文明之邦，将不枯于世。

如果人们都能像"水"那样，正确的估量自己，每个人都互相尊重，互相友爱，孝敬父母，尊重师长，有担当，有志向，有责任，有理想，有抱负，心胸宽广，一切从大局出发，个人利益服从国家利益，有蚂蚁精神、团队精神，不以物喜，不以己悲，中华民族将是个多么高尚、优秀、强大的民族。现在社会上讲文明，讲道德，而做到的有多少？有做到的就大家表扬，效法学习，发扬提倡，有见义勇为的，就社会支持，全民学习。为什么会这样？就是因为少见。不是说对文明表现和见义勇为表扬学习不好，当然是好，这里是说，这种现象出现得少，才表扬，才号召大家学习。如果大家都在做，从一点一滴做，经常做，就形成一种习惯；习惯经常做，就形成一种风格；风格经常做，就形成一种风气——良好的道德风气，优良的人文生活。让道德文明深化在社会的各个领域，各个层次。以这样高尚的人格和可贵的担当，我们的社会、我们的环境、我们的生活，将是多么的美好。

几千年前的老子，都有这样的智慧和见地，这样的胸怀和品格，我们更应该读一读王充闾先生的《文脉》，浸润在浩瀚的文化海洋里，感受先哲们在各个历史时期留给我们的精神文化财富，丰富我们的智慧，净化我们的灵魂，修身、静心，为建设文明、道德的中华强国奉献自己的绵薄之力，从自己做起，从一言一行做起。

诚服于先生的精细、严谨、认真、勤劳、渊博。

辉煌璀璨五千年，根脉灵魂经络连。
智慧贯穿发展史，精神丰满固家园。
抒情叙述尊原始，论证点评重自然。
弘扬国粹振国威，泽润后昆耀祖先。

王充闾先生《国粹》读后感："道家智者"

◎孙荣途

先生曰：如果以初级算术来设喻，那么，在中国历史上大致可以找到三种类型的人物：一类人专门做加法；一类人善用减法；还有一类人，加法、减法混合用。

然从人性上、从理想信念、精神追求上判断，大别有两类。一种人欲望无穷，贪得无厌，总要夺取一切、征服一切、占有一切，这类人，那就是一辈子做加法，个人欲望特强，从来不会知止知足，直到生命最后一刻，也不会把双手松开、贪心放下。此类最典型的是两个封建帝王："千古一帝"秦始皇，"一代天骄"成吉思汗。还有一个洋皇帝，那个放言征服世界的法国拿破仑。他们都是雄心勃勃，也是野心无限膨胀。

还有一种人，为了实现崇高理想、宏伟目标，怀抱着人生使命、社会责任，同样是"生命不息，奋斗不止"，体现出可贵的进取意志与牺牲精神。比如孔夫子、大禹王都是令人肃然起敬的，足以彪炳千秋、垂范万世。用唯物史观来看，欲望也好，进取也好，确是推动社会前进的动力，不可一概否定；关键是看出发点，是为了满足一己的需要，还是为了社会的进步、历史发展。感念当代伟大领袖毛泽东主席、周恩来总理、邓小平同志以及那些老一辈无产阶级革命家，他们在战争年代抛头颅、洒热血、舍生忘死，将毕生精力乃至生命贡献给伟大的共产主义事业，贡献给中国人民，乃至全世界的人们。

至于先用加法，后用减法，即少年得志、红紫纷呈，中年以后主动退隐的，像清代的袁枚；有的是踌躇满志、欲望蒸腾之际，突遭剧变，被迫下马的，像明代的状元杨升庵；有的心存"烹狗藏弓"之惧，功成身退的，像春秋时的范蠡、汉代的张良、明代的刘伯温等，晚清的曾国藩也可勉强算一个。当然，也有人痴迷终生，至死不悔，比如东汉的大将马援。苏东坡诗有"不须更待飞鸢堕，方念平生马少游"两句，说的就是马援兄弟。伏波将军马援出征交趾归来，被封为新息侯，食邑三千户。在庆功会上，他对下属说："我的从弟少游说过：'人活一世，只要衣食丰足，乘短毂车，骑缓步马，为郡掾吏，乡里称善人，也就可以了。何必贪求无度，徒招自苦！'我在出征交趾时，下潦上雾，毒气重蒸，仰视飞鸟纷纷坠落水中，想起少游所说的，又怎能做得到呢！"说明他对功名之累有所认识，心情是矛盾、复杂的。但时隔不久，乡西南"五溪蛮暴动"，年已六十有二的马援又主动请缨前往讨伐，结果遭遇酷暑，士兵多患疾疫，马援也染病身死。最后却遭到诬陷，妻儿惊恐万状，连棺材都不敢归葬祖茔，成为历史上有名的一大冤案。设想如果他能知足知止，见好就收，何至于此！坡公说，等到"飞鸢堕"才想到从弟的劝告，为时已晚；而马援却是"飞鸢堕"后，再次自投"罗网"，实为一个典型的悲剧人物。

那么有没有终生都在应用减法，善"忘"且又出于高度自觉的人呢？在中国历史上，有许多隐士就是如此，但最典型的还是道家的庄子。

庄子用减法是全方位的，始终如一，毫不犹疑。在政治上，他的著名主张是"不做牺牛"。在那个"诸侯争养一士"，特别重视智慧、才能的群雄竞斗、列国纷争的时代，庄子如果有意飞黄腾达、高踞统治上层，原是不难如愿以偿的。可是，他却避之唯恐不"远"。他摒弃世间种种浮华虚誉，尤其拒绝参加政治活动，不同达官显宦交往，即便偶涉官场，也要尽早抽身，辞官却聘。庄子的减法表现在生活上，是自甘清苦，甚至忍饥挨饿。他着眼于精神世界，把精神解放、心灵自由看作是人生之至乐。

庄子在思想上崇尚自由，摆脱各种羁绊、浮云富贵、秕糠功名，表现为高度自觉、充满理性的逍遥。就是说，他用减法纯粹是一种主动的选择。

感悟，早在两千多年前，庄子就以超出常人的智慧，为我们做出了减法人生的典范。

人要想活得健康、活得自在、就必须舍弃多余之物，看得出来，所谓减法也就是佛禅所说的"放下"。"放下"并不是任何东西都不要，而是要有所选择，放弃多余的东西，卸掉沉重的负担。"放下"既是一种解脱的心态、豁达的修为、更是一种人生的智慧。

感悟当今社会上无论是达官显宦，还是黎民百姓，又有多少人是道德沦丧、不择手段、唯利是图，无论是公家私营，都想据为己有，多多益善，贪得无厌！为升官发财，为追求个人享乐，为子孙万代坐享其成，利用手中的权力，凭一时之得意，无视党纪国法，不计后果，冒天下之大不韪，到头来东窗事发，触犯法律，则倾家荡产、家败人亡、遗臭万年。这些人哪怕稍有一点历史知识，吸取先贤哲人的教诲，也不至于沦落到这等可悲的地步。

感悟人之一生无论做人做事都要保持低调，认识人生的有限性，要知足知止，没有理由无限度地期求、无限度地追逐、无限度地攀比。懂得了这一点，可以使人们在现实生活中多用减法，少做加法，除掉嫉妒、猜疑、贪婪、骄横、恨怨、攀比等心灵上的毒瘤，给心灵减去种种愁烦，般般痛苦。人的追求应该是有限度的，必须适可而止；不属于自己的东西，不能贪得无厌，紧追不舍。否则让名缰利锁盘踞在心头、遮蔽了双眼，那就会陷入迷途，导致身败名裂的下场。

欲望不可放纵，否则必遭制裁。道理在于贪、逆天悖理，定会触犯刑法；得就是失，定须付出代价。老子有"祸莫大于不知足，咎莫大于欲得"的警告。庄子提出要警惕名累、势累、物累，保持身心自由，防止"人为物役""心为形役"。自觉地做些减法，少往身上套几条枷锁。

做人要本分、本色、顺人而不失己。

世俗之人盲目地被外物所牵引，甚至不惜牺牲性命达到逐利逐物的目的，"小人则以身殉利，士则以身殉名，大夫则以身殉家，圣人则以身殉天下。"这些人尽管"殉"的目的各不相同，价值追求也不一样，但其重物轻生的取向都是一样的。

感悟，道家的本源来讲就是要善用减法。悟道就是要不断减去心灵的重负，才可看清宇宙人生的真相。

要用减法，要放得下，就必须破除贪婪。做到知止知足、恪守本分，从人生观、价值观上解决问题。若要做到在生活上多用减法，就需要树立一种超出凡俗的苦乐观。苦乐都不是在物质层面上；苦也好、乐也好，都源于精神。一个人只有精神解放、心灵自由、意态放达、了无拘牵，才谈得上快活适意；反之心灵拘禁、精神闭锁、身心扭曲，这些"异化"都是最大的苦恼。

其实，这减法正是道家"忘"的智慧。庄子也正是深入此道的智者。

吾人通过反复研读王充闾先生的大作，深刻领会到使用减法的人生智慧，大彻大悟、脑洞大开，时刻铭记，终将受益终身。

人格的自我完善与确立
——王充闾散文论

◎王文计

  散文最好写，写好最难。首先，它面临着高悬在我们头上的中国散文之最——《古文观止》，以及现代散文大家，如《燕山夜话》的邓拓，还有久负盛名的梁实秋、林语堂、郁达夫、朱自清等等。其次，是散文的界线——中国古代只区别于韵文，骈文；现在，又剔除了小说、杂文、游记等类，但是，它的概念仍显模糊。再次，当代读者的审美层次不断提高，其他文体如戏剧、小说、电影电视也在四面挤压它，读者对散文的要求越来越高。如是，写好散文，"通古今之变，而成一家之言"，就极为困难。王充闾的散文，在当代散文中，则是比较优秀的，他做了有益的探索，形成了一定的审美品格。

一、载笔之道，自有一番悟境

  凡文能称好的，"必有详人之所略，异人之所同"。我国自八股文盛行以来，即形成了"专于诵读而言学"之陋。清章学诚批评说："诸子百家之患，起于思而不学；世儒之患，起于学而不思。"在为文上，本文推崇教科书上所说的内容与形式的有机结合，在散文领域，要争得一席地位，自然得靠形成独特风格的文本和灵魂激荡的参悟。

人格的自我完善与确立——王充闾散文论

王充闾的散文集《柳荫絮语》，几十篇散文束于一处，无论是曰乡情，曰萍踪，曰说荟，还是"心迹"，"材论"，都能看到作者许许多多往昔的足迹。凡70余篇，大都是千字左右的文字，记叙完整，表达流畅，无一造作之词，也无一虚浮之态。

对王充闾的散文作这样的评价，似乎太高，其实不然，就大家作品而言，汇集一束，也难免在构置、用词、造句上出现前后重复。如鲁迅先生的"便""了"，邓拓的寻章搜古，这些，都是文章的标记与用词乃至构篇的惯性，不足以贬低其价值。但是，如果造作、虚浮，那就十分要不得了。周作人在批评韩愈的"摇头顿足的作态"时说："韩愈文起八代之衰，其文章实乃虚骄粗犷，正与质雅相反。"还说："韩文则归纳赞美者的话也只是吴云伟岸奇纵，金云曲折荡漾，我却但见其装腔作势，搔首弄姿而已"。韩愈是否是"虚骄""装腔作势""搔首弄姿"，这可以换个题目去讨论。可以肯定的是，周作人所批评的现象，在古代、现代、当代，是大有人在的，并且，他批评的这种文风，显然是值得注意的。我认为，通俗一点说，就是"造作"与"虚浮"之态，那是万万要不得的。

王充闾的散文，当然和鲁迅先生的"一针见血"不同，也与梁实秋的"雅舍小品"相异。但是，他自有一番悟境。比如，在说到营口植柳时说："如果说在其他地方……是'无心插柳柳成荫'的话，那么，在这盐碱低洼的辽滨之城却绝非易事。为了栽活几行柳树……单是每年从外地运进城里来的植树用土，即当以数万吨计……"这话说得就十分的实在，像是一位同伴，向你念叨营口植柳的不易，并未训导你要爱护树木。植柳如此，植人何尝不是如此。不过，作者并没有说这后边的话，读者可以想见而已。

说来，文章随时举棍子吓唬人终究让人唾弃，以导师自居，总喜欢说教，也会令人生厌，大凡好的文章，总是以和平的姿态，或颂，或歌，或愁，或怒，或喜，或悲，如站在你的面前，与你平起平坐地拉话。王充闾的散文，无一故弄的篇什，即使是对某一问题有强烈的看法，也要说明那是己见。比如，在访日间有老女侍侑酒，他说："她们也许大半生从未被爱神丘比特的箭射中过；却时时要通过歌音舞态，表演着一些民间传说里的爱情的圆满与幸福。想到这些，我觉得口中的清酒似乎也带有几分苦涩味了。"这种文风，现在是不多见了。

二、智以藏往，得其说而进推之

凡散文，大概要涉猎到文史及其他方面的知识。一篇小文，总要表述一个完整的意思。然而仅此，则不足以说明问题，读者在读的时候，不免索然无味。因此，中国散文大都广征博引，一为知识性，一为趣味性，那么，这有个治学路子问题。

清学者章学诚说："夫道备于六经，意蕴之匿于前者，章句训诂足以发明之，事变之出于后者，六经不能言，故贵约六经之旨，而随时撰述，以究大道也。"涉猎古文，以为参考，以究大道，这是无可非议的。"借古是智以藏往，通今是神以知来"，得其说而进推之，得出一番进一步的意思。借古不是目的，那么通今呢？当然也不是目的。借古为通今，通今则是为知来。如果说通今，纠缠不休起来，便不好；借古来唬人，当然更要不得了。看来，借古也好，通今也好，主要目的在于知来，即所谓绳墨不可不得，且不可拘，类例不可不得，且不可泥。

王充闾散文的另一大特点，正在于此。他常常涉猎到古文古事，但那不是为卖弄知识，而是推出另一番意思来。比如，他举出孔子"君子坦荡荡，小人长戚戚"这句话来，那原意当然是说，君子坦荡，而小人则长日忧心忡忡的样子，总有一副"不可告人"之相。王充闾推而翻之，说："当然，也不能就此得出结论；凡是忧心戚戚者都是私心作祟……

文天祥《正气歌》中写的'悠悠我心忧，苍天曷有极'，都反映了仁人志士忧国忧民，浩气凛然的襟抱。"（《荡荡与戚戚》）本来，古人所言，意思是为人要坦荡，不要鬼鬼祟祟；现今，有些人则为己之"蝇头微利、蜗角虚名"戚戚然，当然与仁人志士忧国忧民不可同日而语了。通今，也不是这篇散文的目的，为以后倡导一种精神状态，才是其要旨。王充闾还有一篇《南郭先生与"大锅饭"》的散文。其实，按一般人想来，南郭先生的滥竽充数，也不过与大锅饭差不多而已。但是，王充闾翻出另一层意思，大意是，看了《南郭后传》的电视剧，那里面是南郭先生掌握了吹竽本领。王充闾倡导的是，早给充数者一个改正的机会，便是独奏。这也有一个精神在里面——发挥一个人的独创性，也有个"齐竽历试"的环境问题。

三、气生道成，吉凶与民同患

清傅山先生说："作字先作人，人奇字自古。纲常叛周孔，笔墨不可补。诚悬有至论，笔力不专主。"傅山先生强调个人的自我修养与人格完善。结为"气生道成"四字为匾。

一个思想境界低下，猥琐的人，也不会写出品位极高的作品，也不可能达到较高的审美层次。只有具备了高层次的审美观念，才会产生高层次的，具有审美品格的作品。

王充闾散文的思想意义是显而易见的，无论是《闲话"私谒"》，还是《茶余漫话》，都是倡导一种精神境界。比如后者，关于茶的联想，说的是天下第二泉——无锡惠山泉；唐朝宰相李德裕，为用它烹茶，"不惜忧民乱政，叫地方官员从水路远送泉水到长安"。而苏州巡抚告知所属："一丝一粒，我之名节；一厘一毫，民之膏脂。宽一分，民受赐不止一分；取一文，我为人不值一文。"

对于古文和古人言论的引用，其实是一种审美的选择。天天收受礼物的人,不会欣赏"我为人不值一文"这句话的。

　　作文先做人,单复在《柳荫絮语》之序中就说:"文心与民心,原应是相通的。"我们从王充闾的散文中亦可见其人格。

论才发精言 诗话创新篇
——读王充闾《人才诗话》

◎叶 易

最近读到王充闾同志的《人才诗话》，耳目为之一新。他在品评人才诗时所阐发的马克思主义人才思想，深而且透；从广阔的历史文化背景上引用的历史经验、艺文典故来丰富诗意，博而见精；行文又论不滞板，叙有风致，情满笔端，美能感人。确实是一册佳作。

"诗话"，是一种研究诗艺的理论著作。但并不是研究诗艺的理论著作都称为"诗话"，因为"诗话"有自己的特殊体式和风貌。像钟嵘的《诗品》，虽是我国研究诗艺的第一本理论著作，但它不是"诗话"；至于像宋元间刊印的《大唐三藏取经诗话》，其名虽曰"诗话"，实际是故事性的七言赞诗，其离文学史上特指的"诗话"就更远了。为了说明"诗话"的特殊体式，不妨做一个简要的探源。

我国诗歌创作源远流长。其内容之深广，形式之精美，数量之丰富，举世罕见。有创作必有鉴赏，基于鉴赏就有评论。早在先秦，就有孔、孟等人论诗的片言只语。到魏晋南北朝，就出现比较系统品评诗歌的理论专著，这就是钟嵘的《诗评》，也称《诗品》。其所谓评，是为显示诗作的优劣，所谓品，就是将诗作定出上、中、下三个品第，这本著作专论五言诗，涉及作者122人。因偏重于理论批评，故持论严肃，系统分明，条理清晰。这开创了我国诗歌理论著作的一种体制。至唐代诗歌大盛，评论者对诗歌的感受也更为精微丰富，时时有艺术的妙悟、精到的见解表达。但要将这些串联成为一个严密的理论系统很不容易，而且对诗歌的评论也不需要都是这样。而随笔式的精言品评，感深而发，语语中的，也能见到熠熠闪光，同样受到读者欣赏。所以又出现一种新的诗歌理论专著体制，其创始之作就是欧阳修的《六一诗话》。在这本诗话的开头，作者自题云："居士退居汝阴而集以资闲谈也。"这就点明了旨趣。所以它不做严肃而系统的理论阐述，也没有严密的结构体系；只是唯意所欲，随笔发论，无论述古叙今、论辞评事，都显得轻松自如、毫无拘束、活泼幽默、自成风趣。由之，钟嵘的《诗品》和欧阳修的《六一诗话》成了我国诗歌理论专著两种体制的创始，以后各有承接者沿着各自的方向去做新的发展。

"诗话"这种体式，表面看容易撰写，其实随笔式的论著要做到精言独到，深而透彻，并不是率尔操觚的。它需要作者有高深的学识和精湛的艺术见解。所以郭绍虞先生说："欧阳修的《诗话》正是在唐人论诗著作上提高一步的。"这就道出了个中原委。当然，不具备学术功力的评论者，贪图省力，轻率采用"诗话"这种体式入于滥的也有，不过这又是另一回事了。

"诗话"选评古今诗作，一般不做内容的分类，但专论的也有。如郑方坤的《全闽诗话》、陶元藻的《全浙诗话》专论闽、浙地方诗；沈善宝的《名媛诗话》、梁章钜的《闽川闺秀诗话》专论妇女诗；另外如林昌彝的《射鹰楼诗话》专论反英诗；梁启超的《饮冰室诗话》专论改良派诗作等等。王充闾同志的《人才诗话》专门品评人才诗，这未见前人做过，大概也是新中国的第一部专题诗话。

作者专门选评人才诗，是为适应当今的需要。人才，是创业、兴国之本。正如晚唐诗人张九龄所唱："有国由来在得贤，莫言兴废是循环。"所以历代的开明君主、贤臣良将、有识之士都重视人才，于是就有文王迎子牙、萧何追韩信、刘备三顾茅庐等历史故事，许多诗人也留下不少题咏人才的诗篇。然而，选用人才是个社会问题，不是只靠少数人重视就能从根本上解决的，它与"世道"密切有关。近代思想家龚自珍指出，世有三等：治世、乱世、衰世。"三等之世，皆观其才。才之差，治世为一等，乱世为一等，衰世别为一等"。如果适当衰世，从表面看"文类治世，名类治世，声音笑貌类治世"，实际上"左无才相，右无才史，阃无才将，庠序无才士，陇无才民，廛无才工，衢无才商，巷无才偷，市无才驵，薮泽无才盗，则非但船君子也，抑小人甚憨。"这原因是："当彼其世也，而才士与才民出，则百不才督之缚之，以至于戮之。""戮其能忧心，能愤心，能思虑心，能作为心，能有廉耻心，能无渣滓心。"这就到了可悲的境地。所以社会制度和社会环境对人的才能的发挥，起着关键的抑制或促进作用。当今社会主义的中国，在振兴中华，实现"四化"的宏伟事业中，亟须各种人才为之奋斗。重视知识、尊重人才已是一种国策大计，需要动员各方力量加以促进。有鉴于此，王充闾同志从美学鉴赏的角度，在几十部历代诗歌总集和选本中，精选了专咏人才的近300首含蕴丰富、见解深刻、寄怀深远的优秀诗作，以马克思主义观点作了很见功力的品评，集为诗话。这从政治上看，显示了作者以邦国为怀，高度重视人才的远见卓识，也是多途径宣传马列人才思想的一种开拓；从文艺上看，又表现出作者研究古典诗词有素，能从时代的高度对古诗探幽析微，以自己的撰著发展"诗话"这种传统体式，这是艺术探索上的一个创新。

正如作者所说，古代很多人才诗，能给我们启示，供我们鉴赏。但"这些诗也存在着明显的缺陷与问题。一是限于篇幅，拘于声律，不能像文章那样，曲折尽意，析理入微；二是限于当时社会历史条件，古代诗人未能对人才学各个方面问题作全面论述，涉及人才对象也只有政治、文学、军事方面的，而对科技、经济方面的人才绝少论及；三是一些诗偏重帝王将相、英雄人物的言行，忽视人民群众的历史作用，在揭示历史规律、认识客观事物方面存在一定的片面性，反映了时代与阶级的局限性；四是有些诗干涩枯燥，忽略形象性，缺乏艺术感染力"。虽然这些缺陷对本诗话的写作会有一定的制约，但由于作者能以辩证唯物主义和历史唯物主义的观点评诗与事，对古诗在思想认识上的缺陷已有正确的分析；也由于作者以诗话的形式评诗，对古诗的意蕴、哲理作了深入的发掘，又举史实典故、轶事趣闻加以释注和丰富，使读者对古诗的鉴赏，会有更深刻的感受。这就体现了品评诗作的时代高度。

作者在品评古今中外人才诗时所阐发的议论非常精辟，很能启人。此文不能一一罗列，只举其有关育才、选才、用才等方面的精言佳论，以飨读者。

育才是用才的基础，历来称为百年大计。作者指出，为了促进人才成长，我们应当不遗余力地为其创造良好的环境与条件。作为前辈，要有"为花欣作落泥红"的精神，对年轻人精心地培养扶植。但是有些人尽管处在良好的条件、优越的环境中却没有成才；相反，有许多人是在逆境中成才的。作者就道出了其中的辩证法：人在安逸的环境中，没有什么压力，可以进退雍容，优游岁月。如果自觉性、自制力不强，就会渐渐颓唐、松懈下去；而在逆境中，却有一种紧迫感、危机感，容易激发出坚韧的毅力和顽强的拼搏精神，从而发挥极大的潜力，释放出巨大的能量。这就是环境对人才成长的两重性。而且"环境如何只是一个客观条件，决定因素还在于人的主观能动性"。所以作者强调年轻人必须有远大的理想，明确的追求目标。"一个不明白把自己的理想横杆应放在什么高度的运动员，是永远跳不到理想的高度的"，要将自己的理想化作"内在动力""勿贪机遇""莫轻岁月""集中精力"去奋斗，使自己成为栋梁之材。这些谆谆的诱导，颇为警策，对年轻人很有启发。

选才是否妥善，直接影响着事业的成败。作者引孔子说的"知贤，智也；推贤，仁也；引贤，义也"这段话，说明选才是项严肃而崇高的工作。选才者本身应该是以邦国为怀，仁义为心的贤者。像杨敬之荐项斯，祝枝山提掖唐寅，李斯特巧举肖邦，就成为选才的历史佳话。过去向帝王荐贤，还得冒些风险，宋初的赵普就是其中的一个，如果没有以邦国为心、仁义为怀，是做不到这点的。所以作者说："不具备这种品格和胸怀，就见人之善却不以为善；或虽知其为善行，但因为怕贤者超过自己，也故意缄口不言；甚或颠倒是非，指善为恶，蓄意倾陷。"这些议论是多么尖锐而深刻。

作者认为，选才不能只看周围，而要广泛选拔。"'素门平进有英豪'，这是真理。古往今来无数英豪起身于草莽之中"。但"人们的习惯往往只注意'显才'，只承认成功，而很少关心与注意'潜人才'在成功道路上的奋斗与挣扎"。而要解决这类矛盾的根本途径，是"实现伯乐功能的社会化，制度化"。

对人才，作者有一个基本观念，即"世无完人"。他指出，所谓"人才，无非是那些在某一范围内，某些方面显示了比较突出的才能，做出了优异贡献的人"。因此"人才的范围十分广泛，是多层次、多方面的"。若以完人、全才来要求，必然无才可选。选拔人才只要看本质、看专长，不能求全责备，吹毛求疵"。如果一个领导者喜欢求全责备，那么，他周围的人，可以说肯定都是一些平庸之辈。为什么呢？这犹如世上罕有无瑕之玉，而多有无瑕之石，见瑕而弃玉，只能得无瑕之石。这种议论充满了辩证法，是多么精彩！

用才，是一种艺术，也是一种品德。说是一种艺术，就是能知人善任，用其所长，说是一种品德，就是要以事业为重，任人唯贤，容人惜才。育才、识才、爱才、用才是一个系统中的几个层次。有德有艺的领导者，对人才就能做到育而识、识而爱、爱而用；用中爱，用中识，用中育。在用人问题上，作者特别强调"知人善用"。他说："高明的领导者，对下属既深知其长，又熟悉其短，因而能够做到因材器使，合理安排。"而"昏庸的领导者不谙下情""乱点鸳鸯谱"，必然演出笑剧。他据清代陈皋"以凤司晨不若鸡""用违所长适足怜"等诗句发论："'用违所长适足怜'，堪怜之处，在于弃长取短，结果糟蹋和浪费了有用之才。管理科学中有句颇为警策的名言：'垃圾是放错了位置的人才'。反转过来，也可以说，人才如果放错了位置，有时也会成为无用的垃圾。"这种无形的人才浪费，要比有形的物质财富浪费严重得多。"作者将问题说得十分中肯和透彻。

这种精辟的议论、深刻的见解、充满整本著作，本文只能举其一二，欲窥全豹，望读者自阅。

从文艺角度看，王充闾同志的《人才诗话》对传统的诗话体式有所创新。

前面已经说过，中国传统的诗歌理论著作不外两种体制：一种是本于钟嵘《诗品》的体制；另一种是本于欧阳修《六一诗话》的体制。此著属于后一种"诗话"的体制。这种体制因为随感而发，轻松行文，如过于随便，易入于滥。但此著却兼有前一种严肃持论，条理清晰，重于说理，和后一种唯意所欲，精言评点，轻松行文的优点。所以开创了"诗话"的一种新风貌。

传统的"诗话"，每则无标题，一般数语短论，点到即止，不作过多发挥，也不计说理的深透。此著已将过去每则数语短论的格式扩展为篇；且每篇列出标题，如："用人莫待两鬓丝""爱才尤贵无名时""莫倚儿童轻岁月""丈夫未可轻年少""草萤有耀终非火""莫教苍蝇惑曙鸡"等，既凝练又警策，颇为醒目。

本书每篇集中一个议题，中心突出，说理透彻。作者所选诗作，也典型妥切，与议题配合紧密。如引顾嗣协的《杂兴》论说人有所长，也有所短，"用人必须知人善任，做到随才器使，用当其才"，引袁枚的《成败》说明对成败要做具体分析，如"笼统地以一时成败量才论事，难免失之偏颇"；引陈与义的《水墨梅》议论看人要抓本质，看主流，"不以一眚掩大德"。这些引诗和作者据诗发论，都很为确切得体。

作者对古诗有独到的鉴赏力，所以持论公允，剖析入微，深解诗中的言外之意。试举二例：唐代诗人刘禹锡的《秋词二首》之二："山明水净夜来霜，数树深红出浅黄。试上高楼清入骨，岂知春色嗾人狂。"有的论家说，此诗"给予人们的不只是秋天的生气和素色，更唤醒人们为理想而奋斗的英雄气概和高尚情操"。而作者品评说："诗人把使人清醒的秋光和惹人迷乱的春色相比较，形象地说明了艰难的境遇使人头脑清醒、意志坚强，而舒适安逸的顺境却容易令人沉醉昏庸，消磨斗志，从而提出了一个逆境与顺境在成才过程中的辩证关系问题。"这种见解要比前者中肯，也更深刻。杨巨源的《城东春早》："诗家清景在新春，绿柳才黄半未匀。

若待上林花似锦，出门俱是看花人。"一般论家都认为这是一首谈创作的诗，"即诗人必须感觉锐敏，努力发现新东西，写出新见解。"而作者认为，此诗"实际上，作者是运用生动、形象的比喻手法论述选拔人才问题的"：写诗"应抓住新春时节，及时写出那些清丽、活泼的新鲜景物"，喻示"选拔人才必须有卓识远见，不失时机地把那些确有才能但暂时还处于卑微地位、尚未被人注意的人发掘出来"。这品出了新意，表达了一种新的见解。对古诗评析时，作者又以流畅之笔，说古道今，引史举典地加以注释丰富，这样使哲理性、知识性、趣味性得到较好融合。读者可从中受到思想启示，也得到艺术享受。

这本《人才诗话》在结构和艺术手法上也值得称道。由于作者对人才诗能从多角度、多层次地展开品评，所以全书70篇无一重复，这很不容易，足见作者并不是随意选辑，信笔行文的。在70篇中还有几个小辑，如四说《李贺的〈马诗〉》《〈诗经〉中的人才思想》《古代歌谣中的人才论》等，这又显示了与传统诗话不同的特色。不仅全书有精心的结构，即在每篇的内容安排上，也能做到据诗发论，主旨鲜明，博引不散，步步深入，顺于思维逻辑。即以《事在人为》为例。此篇首先引用希腊神话中雕刻家皮格玛利翁钟情于自己雕刻的女神，竟使石雕变活，成为他妻子的故事，从正面说明人对追求目标的深切期望是一种促使奋发的内在动力；又引马克思的名言，从反面指明"自暴自弃是一条永远腐蚀和啃啮着心灵的毒蛇"。接着引聂夷中的诗议论"为者常成，行者常至"的道理。至此，已将旨意说得很明白了，然而为了深入一层，作者又提出顺境奋斗和逆境成才的问题，就以宋代方子通和孔武仲的两首诗作了回答，所作的结语是："你如果希望获得优越的条件、顺利的环境，就应首先立足于不利的条件和艰苦的环境去努力争取，等是等不来的。"由此篇可见作者诗话的深透。

总之，这是一本读了可以受益的好书。

我不认识王充闾同志，常言"文如其人"，读了他的《人才诗话》，我认识了他也是一位孔子所说的重视人才的"智者"。

王充闾散文的美学风韵

◎梅敬忠

　　王充闾，是一位身居领导职位的散文作家，他吸吮辽河乳汁成长起来，笔耕墨耘30余年，在近年结集出版的《柳荫絮语》与《人才诗话》两部颇富特色的作品中，奉献给人们对现实人生的温馨品味，对社会主义新生活的热情礼赞，对祖国前途的美好憧憬，对历史与未来的深沉思索。这也是一位博识者对生活理趣与美感进行刻苦追求的结晶。王充闾给我们展示的是一幅色彩纷呈、感兴颇富的心灵长卷。他将自己的作品，"按其内容与形式的不同分为五辑：曰乡情，曰萍踪，曰说荟，曰心迹，曰材论"，认为"这些文字，无论是礼赞自然、剖析世态的婉喻微讽，还是感物吟志、涉古论今的遐思玄想，毕竟是过去一段时间笔耕墨耘的留痕，意蕊心香的印记。(《柳荫絮语》后记)"的确，王充闾写对乡土的爱恋，写对人生美好的回忆，散文富有诗情，更体现出博识，在广泛反映社会生活和深刻揭示情感轨迹方面，充分发挥出了散文这种文学品种的宏括性与灵动性。

　　散文是一种讲求情理交融的文学样式。抒发感情与挖掘事物的哲理意蕴总是自然地结合在一起。在散文中，"情"与"理"并不是彼此孤立的，"情"受理的引导、过滤；"理"又由情来浸染。情和理互相渗透。有的散文家着重突出抒发感情的一面，让"理"蕴藏在一片诗情里表现出来。王充闾则比较直率。他的笔端流注着诗情，但最终指向是将读者引导到对"理趣"的品味上，由此让人享受到一种哲理发现的快感。他曾这样描述自己的创作心态："真实的感受，伴着联翩的浮想，通过理性的过滤，揭示出潜藏在生活深处的美感。(《柳萌絮语》后记)"把握理性的钥匙,打开潜藏在生活深处的美感之门,让醉人的诗情与闪光的理趣两相汇通,从而建造一座富丽而厚实的艺术殿堂,这也许就是王充闾在散文创作上的美学追求。

讴歌火热的建设生活,抒发对美好未来的向往之情,成为当代散文创作的一般主题。王充闾自20世纪50年代中期起便开始了他的散文创作。即使在那种受浮夸风严重影响的政治气候下,王充闾也并未停留于对生活表象的一般性观照,而是尽力注目于那些最能引人思考,闪现哲理灵光的情事。《时代的凯歌》以满腔热情,歌颂建平县几十名青年男女响应党的号召,结队上山,建设青松岭,历尽挫折、艰辛,终于改变家乡贫困面貌的辉煌业绩。但作者并不详细叙说,而是由此生发出对一系列人生哲理的联想:劳动与收获的辩证关系,革命者对困难应有的态度,幸福与斗争的关系,以及瞻望未来、追求生命永恒价值的思索。《红粱赋》则宛若一首咏物抒情诗。作者托物言志,借北方9月的红高粱来描绘劳动人民的形象。不仅赞颂红高粱"耐旱耐涝,抗逆性强"的品性,以及"浑身是宝"的无私奉献精神,而且还咏叹其美的品格:

在植物王国里,高粱算不上美人。但它留给人的突出印象是纯厚、质朴,具有天然的健康美,那红里透黑、憨态可掬的笑容,坚劲挺拔、健壮丰满的身姿,多予少取、勇于献身的风格,使人联想起勤劳、纯朴的农民。无怪有些诗人、作家常用9月红粱来描绘劳动人民的形象。每当我凝视那红如烈火、灿若丹霞的遍野高粱,心头便充满了对用汗水浇灌禾苗的农民兄弟的敬意。

接着,作者还由新中国成立后第13个丰收节的景象,联想起青纱帐里的抗日烽火,"那殷红的高粱穗该凝聚着中华儿女的几多鲜血!"这样,在作者笔下,"9月红粱"的意象便具有了极为丰富的哲理意蕴。这两篇作品都写于1962年,其美学内涵却是很深厚动人,并非一味地倾泻廉价的激情。这也说明,作者早就在努力追求诗情与理趣的汇通。

进入80年代以后,王充闾焕发了创作青春,"面对着潮平岸阔、虎跃龙骤的蓬勃景象，创作情怀又从长久的冬蛰中苏醒过来。心灵上的锁链脱掉了，一种火热的激情和昂扬的活力喷涌而出。（《柳荫絮语》后记）"在他笔下，生活的诗意内容似乎扩大了许多。歌颂新时代的建设生活，赞美为理想而奋斗的人民，吟咏江山风月之美，思忆往昔值得留恋的情事，探寻历史遗踪的奥秘，以至品味生活中的一小段插曲、一闪念的感怀……这些内容使王充闾的散文比从前更有丰蕴，更富时代的诗意，更能显示理趣的光辉。

托物言志，借景抒情，这是古今散文家最常用的艺术手法。王充闾继承传统，写出了《小楼一夜听春雨》等抒情篇章，但他有着自己独特的美学追求。他善于寻找独特的角度和独特的意象，捕捉大自然与现实生活中闪光的启示。阐发出引人思索与品味的哲理美。北国的垂柳，普普通通，因其生命力强，美化、绿化了辽滨之城营口市，所以特别的引发作者的诗意咏叹。于是在那篇著名的《柳荫絮语》中，柳是报春的使者，柳是生机的象征，柳是生命力旺盛的家族，柳是留驻青春秀美的吉祥物。柳虽登不上名贵树种的殿堂，比不上秋李夭桃的佳丽，但它以其特有的丰姿，"给游子以归乡的慰藉，给劳人以亲切的慰安，给远方来客以清新的美感和多方面的联想。""苍松使人想起坚贞不屈的志士，古榕使人想起胸前飘着长髯的智慧老人，芭蕉使人想起浓妆艳抹的姝丽，而辽滨之城的翠柳，则使人想起具有高尚情怀和献身精神，'吃的是草，挤出的是奶'的'孺子牛'。"更进一步，每当作者看到一片片一行行从异地移来在营口成活长大的绿柳，都情不自禁地想起身旁那些来自天南海北，告别繁华、绮丽的家乡，而扎根在艰苦之地的可敬可爱的知识分子。于是，在作者笔下，辽滨之城的翠柳具有特殊的美学丰蕴与理趣，正如同茅盾笔下的"白杨树"一样（茅盾《白杨礼赞》）。昙花一现，往往使人想起生命短暂的悲哀，王充闾却从中品味出别样的理趣。在《昙花，昙花》里，他首先概括地称颂昙花开放时那种"要把全部的美和爱都奉献给培育它的主人"的高尚品质，然后分别从不同角度来阐发这种品质，并由此联想起有关发现人才的问题，一如中国绘画艺术中的层层皴染法。

　　游览名山胜景，最易引发人们的诗兴与遐想。古往今来，脍炙人口的山水名篇不胜枚举。而那些优秀的散文名篇往往能由山水之类显现出自然之趣。王充闾的山水游记注重抒写山水美景给人的独特启迪。《江南漫兴》三篇充分闪发出理趣的诗意灵光。第一篇题为《溪趣·诗趣·理趣》，写作者与同仁一起在杭州寻访鲜为人赏的九溪十八涧的经过和作者的"一路沉思"。篇中作者与同仁的对话充满禅机式的妙趣，体现了溪趣—诗趣—理趣的升华过程，最后以赏景好似读书，万事还得亲身体验的理趣作结。第二篇《因"蜜"寻"花"》，写作者在绍兴寻访鲁迅先生笔下的风物人情，指归却在歌咏今日绍兴新貌方面。

　　……我想，如果鲁迅生活在今天，那么，活在他笔下的将不只是倒卖旧衣物的阿Q，一定还有这种更新了观念，走南闯北，从事商品生产的新型农民。

　　此感慨给全篇增添了时代光彩。第三篇《美的探索》抒发结伴登临黄山的感受。黄山的景致不时引发作者对文艺创作与审美心理的联想。作者借同行的一位小说家的话说：

　　……登山最有趣的是在上下进退之中，比如我们本来应该步步向上，可是突然有一小段却蜿蜒向下，使人产生了迷惑，走过这段，山路又步步向上了。这叫高潮跌宕，错落有致。

　　文殊台石壁下有石洞可通，使人由"山重水复疑无路"忽生"柳暗花明又一村"之感：

　　……这种跌宕、悬疑，很像戏剧冲突，小说情节。生活中最能引发人们关心的，往往是那种矛盾接近顶点，将要解决但尚未解决的事物。

　　一路上对美的探索，争论，品味，与黄山景致的变幻交相辉映，更将黄山之美剖析得深入骨髓，渲染得淋漓尽致。作者还禁不住感慨道：黄山"达到了美的极致。可惜黑格尔老人缺乏这个眼福，不然，也许他对自然美就不会那么轻蔑了"。

此外，《古洞泛舟》写游览水洞时的奇妙感受，特别是描写出洞时的审美心理状态，极为深刻诱人：

……洞外，翠野茫茫，阳光灿烂。望天，天更高了，看树，树更绿了，一切是那么清新、壮美，不禁心神为之一快。回首洞天，仿佛刚刚从梦境中醒来。虽然有些瑰丽的景象已经在视网膜上逐渐消失，但那雄奇的意境和奋发的情思却将长期留存在记忆里。

而《仙阁遐思》写作者"四年间，两去胶东，三登蓬莱阁"，但无缘见到"海市"奇观，然而却从中悟出了一条哲理：

如果，海市中的仙山琼阁，无须耗费气力，顷刻之间，便能在人们眼前展现；那么，现实生活中却绝没有这般便宜事。"没有耕耘，哪来收获？"人世间的一切成果都是靠艰辛的劳动取得的。

这种阐释比杨朔在《海市》中的歌咏更为直率。接着，作者又由通往蓬莱阁的小小铺路卵石，想到中华民族劳动人民艰苦卓绝、踏实坚韧的献身精神，还由动人的"八仙过海"传说，悟出万众一心，各显神通，才能到达胜利彼岸的道理。可以看出，王充闾的山水游记实际上具有哲理美文的丰致。

历史，永远是散文家取之不尽的思想材料宝库。历史遗迹，历史记载与传说，经常触发作家们的创作灵感。王充闾对历史有一种特殊的探索兴趣。面对金牛山上人类旧石器时代早期文化遗址，他"想到自己的脚下，几十万年前正是我们的祖先繁衍生息、劳动战斗的地方，心头蓦然涌起一种超越时空、遥接万代的感情。一时神驰远古，幻象丛生，仿佛置身于人类历史黎明时期的洪荒世界"那"熊熊的火光分明还在视网膜上存留，以致看到脚下发掘出的黝黑的远古烬余，竟然情不自禁地伸出手去，想要探试一下它是否还含蕴着往昔的余温"。多么富于诗意的场景和神思，一种诗人的情怀！这是《金牛山上古今情》上半部分的情形。但作者很快将思绪流注到对人类文明发展规律的探求上。他将原始人类的劳动创造与现代科学技术对比，认为原始时代的石刀石斧，虽然窳劣不堪，"但是，它们却是人类进行真正劳动的标志"。而人类社会毕竟前进了,"亿万斯年,人们几曾息止过对文明、富裕的渴望和对美好未来的憧憬?""作为后来者,我辈生逢其时,得天独厚,应该如何争取比往昔的先民更多地为历史留下一些可资忆念的东西呢?"这是一种贯穿古今、指向未来的诗思妙理,说明作者并不为古而古,也不厚古薄今,更非作历史虚无主义的文章,而是立足现实,探求蕴含在历史长河中的有益精粹。在文物之邦绍兴,作者专程探访了大禹陵和南宋诸陵。前者埋葬着远古洪荒时代伟大的治水英雄,后者埋葬的是六个无道昏君;前者保修完好,为民万古景仰,后者尸骨无存,寂寞荒凉!两相对比,一褒一贬,历史公正无情:为民造福的人,人民永远纪念他;骑在人民头上的人,人民将他唾弃!这即是王充闾在《历史的抉择》中宣示的富于理趣的主题。就像作者在另一篇咏史散文《淹城纪闻》中借导游小章的口所说的:"历史本身就是一部生活的教科书。"王充闾正是力求将这部教科书进行新的阐释。

从以上分析中,我们可以看到,王充闾的散文特别注重诗情与兴趣的汇通,这便形成了散文艺术惯常所讲的"意",这种"意",来源于他在工作、生活中的切身体验,来源于他对历史的敏锐视见力,也来源于他多年创作实践的锻炼。

追求诗情与理趣的汇通,重视对生活哲理的挖掘和表现,在一定意义上说,也是这位具有特殊身份的散文作者所处情势的使然。作为一位从事领导工作的业余作者,受工作特性的激活,自然而然地垂注于理性殿堂,这反过来又会增强他对世事人生的洞察和对工作规律的把握。创作主体的个性特征决定其作品的总体风格。这种重理趣的散文风格,是对古代散文以及现当代某些散文家创作传统的弘扬,而王充闾则更富有当代意识与使命感,具有独特的魅力与美学风韵。

冰雕银钩绘南天
——王充闾游记读后

◎ 胡河清

我是个爱旅游的人,当然也喜欢读游记。这大概和集邮迷之间有交换集邮册的习惯一样。在朋友的介绍之下,我最近拜读了王充闾先生的游记散文。深感王先生游历的地方多,又是性情中人,因此不少游记文字都是有新意的。读着读着,便也不由得想起了自己漫游天下的一点体验。思与神契,倒也引出了一些感想。

大概因为我从未进过北国冰城的缘故,王充闾先生留给我印象尤深的一篇散文便是他的《冰城忆》了。据王先生描绘,松花江畔的艺术奇葩——冰雕确实壮观之极:"一踏进由数百块坚冰垒成的仿古城门,眼前便立刻呈现出一个光怪陆离的洞府仙乡般的水晶世界。游园如展手卷。如果把迎门处'三羊(阳)开泰'的冰雕造型比作这幅手卷的'引首',那么,珠宫贝阙、琼楼玉宇般的冰雕建筑群就相当于'卷本',而数百件炫奇斗艳、竞逞才思的各种冰灯、冰塑,无疑就是'拖尾'了。"

山水画起源于中国内地。关东天老地荒,不大听说出过什么山水画的大师。过去的中国画苑,只听说有李思训的"金碧山水"、王摩诘的水墨山水。读了王充闾的游记,才知道东北还有一种"冰雕山水",这实在不能不使我惊叹于汉文化的遗泽之深远了。北国的冰雕名工们不仅仿制塞外的古城堡,还把南方芙蓉国里的岳阳楼也引入了冰的艺术世界之中。这令好学深思的散文家王充闾想到了前人的名句:"秋晚登临正奇绝,只疑身在水晶宫。"冰雕本是北国的绝技，冰雕山水更是艺坛的新技，自然没有机缘受到中原古典辞章大师们的题咏。然艺术本质大同，原无地域之限。王充闾用中原诗人"水晶宫"的意象来点化关外冰塑之类，也可说是融通中国南北艺术的一例。

中国画受到各种传统因素的制约，颇难找到别开新境的突破口。读了王充闾的散文之后倒是想到，其实寓山水于冰雕之中，也许不失为传统山水画精神气脉借新的载体得以延续、光大的一条途径呢。

王充闾写的南方游记，似乎也体现了试图融会南北不同地域文化视角的倾向。他是用一个关外游子的冷眼深情来看江南的风物。读毕他的散文集，掩卷深思，眼帘中闪出了这样的意象：一位粗犷豪放的关东汉子，手执精雕细刻的边城冰灯，徜徉于南方的青山绿水之上，放歌大江东去……

王充闾的确到过三峡。还写过一篇与《冰城忆》相得益彰的文字《读三峡》。三峡，是中华民族"龙脉"。沉淀着华夏文化最深远的幻想图景。一般江南才子到了三峡，很容易被巫山十二峰的太虚幻境迷住。柔媚无骨的文人宋玉写过《高唐赋》，巫山云雨的儿女私情消磨了多少英雄豪杰的须眉气概！这里对于有作为有抱负的政治家来说，无异于一个中国式的百慕大三角。

而王充闾呢，到底还不失北国丈夫的本色。在他笔下，巫山十二峰犹如过眼飞鸥，瞬息而过。他内向而沉思的眼光停留最久的，却是历史风云际会的兵书宝剑峡。

此峡的的确确是一把扼住长江咽喉的青锋古剑。奇门遁甲的高手诸葛孔明在附近摆过八卦阵，锁住了西蜀这块风水宝地的门户。临去，据传又把仙家赐的兵书藏进了峭壁悬崖。也许诸葛孔明有意故弄玄虚，给后世留下一个永远猜不透的斯芬克斯之谜；抑或他此时已知星落五丈原的后事，决心把生平所学藏之名山乎？实在已非寻常之人所能测度的了。

"昔人已乘黄鹤去，此地空余黄鹤楼。黄鹤一去不复返，白云千载空悠悠。"古今多少末路英雄、失意大侠，只能望洋兴叹，嗔怪诸葛武侯何以将无上阴符深藏若虚如此!

然而北国游子王充闾却对此别有会心。再过瞿塘峡，他顿悟：原来兵书并没有真的藏进峭壁悬崖之间，而分明写在汹涌澎湃的江水激流之中。风起云涌，岂非百万雄兵乎？江声如雷，岂非金戈铁马之声乎？而驾一叶之扁舟，出入天下至险之奇境而如履平地，又孰云非吕望六韬黄公三略武侯秘谋乎？如此识见，就是北人之长了。

难怪以前清朝大儒颜习斋学剑，也要去关外。宋朝以后中原武风不振，已非朝夕了。倒还是粗悍之风犹存的关东汉子，才破译了诸葛亮留下的文化密码。

《读三峡》的"读"字下得好。中国的秀才历来只知道读死书。到了颜习斋，才开始劝人读活书。三峡便是一部大大的活书。读透了三峡的人，胸中自有百万兵。

甚至到了山温水软的江南，王充闾也没有失却关东汉子的豪兴。他在绍兴走进了雨中芭蕉初绿时的沈园。这里陆游和唐婉曾泪眼问花花不语，只好望着小溪中的落英追忆似水年华。王充闾的散文题为《梦雨潇潇沈氏园》。很能传这座江南名园山阴道上名园的流风遗韵。然而就是处在这样清幽的小楼深园里，他的耳边还是响彻着陆游悲壮激烈的仰天长啸："上马击狂胡，下马草军书！"以及梁任公对放翁的称道："亘古男儿一放翁。"这便是关东汉子的胸襟了。

读书至此，我方明白王充闾也是一名关外冰雕的好手。他用沾满冰雪的金刀银钩刻出了江南的山山水水，七宝楼台。正是：南朝四百八十寺，多少楼台冰雪中！

作为旅行家，王充闾又时时没有忘记自己的书生本色，也是不容易的。譬如他写过《西双版纳访书》一文，便是明证。文中写道："几十年来，我也是每到一处都要去书肆访书，把它当作平生一乐，确像古人所云：'洛阳纸贵何暇计'，'每阅书摊不忆乡'。这次在西双版纳，自然也不例外。只不过访求的书不是那些宋椠元刻，也不是什么殿版坊本，而是历经沧桑、闻名于世的'贝叶经'。"我平时倒也算个喜欢读书的。可一到了西双版纳，便一头扎进亚热带的奇花异草之中，确实几天之内没有想到过一个"书"字。和王充闾先生一比，自然是汗颜不同了。他访书竟访到西双版纳去了，这才是真的"书痴"。

现在有些人一提到"书生"两字，便立刻嗤之以鼻。这实在令人悲哀。我以为，死读书的书呆子固然不足道，爱读好书的书生却是少不得。书是人类精神生活中的清蔬佳果。不爱书不读书的人难免"肉食者鄙"之讥。

王充闾保持了书生的本色，所以他虽然游历天下，而不消磨志气，身临山水，而情系古今。

田家英曾抄录过毛泽东非常欣赏的一副联语："四面江山来眼底，万家忧乐到心头。"谨录之与王充闾先生共勉。

王充闾散文创作初探
——王充闾创作道路研讨会综述

◎ 王 科 赵保安

　　由辽宁省作协、《当代作家评论》杂志社、锦西天然气化工总厂和锦州师院联合举办的当代著名散文家王充闾创作道路研讨会于1994年11月8日至9日在葫芦岛市召开。石英、张韧、金河、晓凡、王向峰、单复、阿红、刘兆林、黄淘、于今、孟凯、王建中、胡文彬、易仁寰、孙郁、甘以雯、张懿翎、刘嘉陵、康启昌、刘文艳、王太顺、蒋翠林、萧耘、李晓虹、鲁野、臧恩钰、刘元举、杨敏生、陈世杰、隋景山、陈今越、李作祥、栾俊林、邱长发、王正春、孔宪富、魏正书等近百名来自京、津、沈、锦的专家学者及领导与会，王充闾同志也专程到会。会议就王充闾同志的创作道路、王充闾散文的风格特色及其在新时期的定位及影响等论题进行了深入的研讨。与会者广开言路、畅所欲言，既有共识，也有争鸣。现择其要者综述如下。

　　一些同志认为，王充闾的散文，是独具特色的文苑奇葩，是新时期散文园地中少有的、引起轰动效应的文学现象，不妨称为"王充闾现象"。这种现象的硕果，就是推出了光彩熠熠的、具有导引意义的"学者型散文"。这些散文，散发着浓郁的书卷气，熔思想、学识、情趣、理趣于一炉，显示着中国文化传统的深远和厚重，体现了当代文人的自重和自豪，其文学旨趣、美学追求、知识风貌都值得称道。

　　关于对王充闾散文创作的成就，与会专家学者一致予以首肯。认为这位"日理千机"的"官员"业余作家,十多年来笔耕不辍,推出了百余万字的散文新作,堪称政坛奇迹、文坛奇迹。值得研究,值得推崇。一些同志将其放在整个中国大文化的格局中进行思考,认为王充闾散文创作的成功,也得益于他身居领导岗位,政策水平高,艺术视野宽,舍此,也许不能产生这么多好东西。

对于王充闾散文创作崛起的原因,成功经验,大家也从不同视角进行了探讨。有的意见认为,王文的为人瞩目,是因为他将中国散文的优良传统同崭新的文学观念那么完满地融汇在一起,将博大精深的中国文化同社会主义文学使命那么恰当地糅合在一起,将散文的文体特色同其他体裁,诸如诗、杂文、政治、史论那么自然地杂交在一起,将哲学、史学、文化学、人才学等那么迅疾地引入了散文创作。有人认为,王充闾的散文综合了当代许多名家的优长,在此基础上又独出机杼,全面超越,如他综合了杨朔的画意诗情,秦牧的旁征博引,刘白羽的豪迈高昂,魏巍的情真意长,碧野的穷形尽相,吴伯箫的深沉凝重,曹靖华的文采飞扬,余秋雨的高屋建瓴,给人一种全新的审美感受。有的专家则从美学评判的角度,探索王充闾散文成功的所在,认为其大大得力于审美化境的创造:首先是在熔铸情理化合的艺术形象上,创造了审美的化境;其次是从对象到思想和艺术的统一追求上达到了清纯健朗风格的化成;第三是自觉地在情感逻辑的流程里调动知识体系,熔裁为审美形象整体,创造了显形形象与该对象后面隐形知识的统一形象;还有,注意把作为主体文化修养的隐形结构融入其中,使主体与客体互相生发创化为富有文化品位的审美形象。

对于王充闾创作道路的分期,大家的共识是,大体以《清风白水》的出版为界碑,可以分为前后两个时期。前期以《柳荫絮语》为代表,他的散文创作还没有脱出十七年散文创作的定势,虽然写得清纯健朗,意趣盎然,超迈不凡,但还比较拘泥,欲放不开,尚有斧凿的痕迹。自《清风白水》后,他的散文创作已步入了自由王国,思想艺术日臻成熟,如山间明月、江上清风,那儒雅风流的文采,正直狷介的人格,高洁睿智的情趣,忧国忧民的襟怀，充溢在字里行间，显示了非同凡俗的艺术追求和文化品位。时下，他创作激情旺盛，创作态势良好，可以预测，他还将迎来自己创作的巅峰和"井喷"期。

对王充闾散文的不同文体，如抒情散文、随笔、游记、杂感等，专家学者们都进行了认真的评论研究。一些同志认为，王充闾的散文注重思想性，高奏主旋律，为大时代谱写了一曲曲情真意挚的壮歌。他虽然很少正面勾勒时代的面影，但那一篇篇厚重的美文，都使我们看到了历史的潮汐、听到了时代的脚步声，与一度流行的卿卿我我、轻歌曼舞的鼓颂之词，杯水风波，心灵爝火的夸饰之作形成了强烈的反差。一些同志认为，王充闾的散文饱含着强烈的激情，即对党、对祖国、对民族、对人民的深情厚爱。正是凭借这种崇高的情愫，他"登山则情满于山，观海则意溢于海"，化情入形，情景交融，寓情于理，谱写了锦绣文章。对王充闾散文的哲理性，大家都表认同。认为王文底蕴深厚，表达了一个作家对人生与世界的感悟和思索，具有一种鲜明的哲理美。王文时时表现了一个革命战士的强烈参与意识。无论什么题材，都在其笔下幻化成远见卓识的真谛，包孕古今的经验，震人心魄的顿悟，闪烁出哲理的奇光异彩，一些作品的主题呈出多义性、丰富性，这对那种意旨单纯的散文模式无疑是个冲击。

与会专家学者对王充闾散文知识信息量大，文化氛围浓重极为钦佩。读他的每篇散文，你不只是受到感情的冲击和真善美的熏陶，还会从中获取大量知识。许多知识，是你闻所未闻，见所未见的。有的文章真如引领读者读小百科全书，参观博物馆。同时，思想性、知识性、趣味性能熔于一炉，天衣无缝。对此，有的同志有不同的看法，他们认为，知识密度大，文章载负不起，读起来太累；旁征博引太多太繁，挤兑了散文的激情与形象。对此意见，一些同志认为这正是书卷风、学术气浓的体现，不必苛求。

总之，与会者认为，王充闾散文创作的长处和成就，就在于他的作品一无媚俗之感，二无呻吟之声，三无矫造之辞。这与他拥抱时代的博大胸襟，行云流水的真挚情怀，国学根底的源远流长是一脉相承的。

会上，王充闾同志对自己的创作实践做了回顾和审视，并对诸位的评论发表了热情洋溢的讲话。会议拟定在锦州师院学报开辟专栏继续讨论。欢迎诸方学者专家赐稿。据会议秘书长赵保安透露，如果条件成熟的话，准备在1996年金秋时节，再召开一次这样的研讨会，欢迎诸位届时光临。

评王充闾散文中的传统艺术精神

◎ 李晓虹

读王充闾的作品，会强烈地感受到，中国传统艺术精神像一条充满生命力的潜流，涌动于作品中。

传统艺术精神是一个在动态演进中显示生命力的存在，一个在期待中被发掘、被昭示、被发展、被丰富的通往无限的诱惑。积极体认传统的有效价值，使其在新的时代条件下焕发新的生命力，是文化进行创造性转型的基础，也是当代人的责任。王充闾继承民族优秀文化遗产以丰富自己的创作，他在这方面的努力给我们的启示是多方面的。

王充闾对中国传统艺术精神的体悟首先表现在他对文学创作的热情上。中国优秀的古典文学作品大都以情感表现为核心，以人文生命与自然生命融合，进而达到和谐境界为最高艺术追求的。在这里，审美活动往往不仅仅是一种把握对象的方式，甚至成为一种生命存在的方式，成为人自我确证、自我发现、自我超越的自由活动，成为从艺术角度对生命本原进行追问的一种回答。王充闾选择了自己的艺术追求、选择了散文，"在作手如林的文坛上硬去争'一杯羹'"，尽管常有"推石头上山"的感觉，但仍旧痴心不改，欲罢不能，这实在不能仅仅以"兴趣""爱好"来解释。这是一个自觉的理性的选择。在散文创作中，王充闾是勤奋的。他的作品大多是在繁杂的公务之外用心写成的。他对创作的孜孜追求给人留下了深刻的印象。这种热情由何而来？我想，正是因为得中国传统艺术精神的精髓，才使他的创作热情始终不减，成为一种长久的、不可变更的内在欲求。

显然，在人生的繁忙而具体的劳作中，他在努力实现内在超越，使生命不断向上升华，自觉成就一个诗意化、艺术化的人生。就是说，文学对于他并非可有可无的生活点缀，而是他欣然选择的一种生活方式；在艺术创造里，他成就自我，也审视人生，进而走向自由的天地。这种选择的自觉性与之深谙中国艺术精神之本质是分不开的。

王充闾对中国传统艺术精神的把握还表现在他自觉的文类意识上。文类是指一种独特的文学形式结构的审美统一体。有了这个审美统一体，作品便有了内在与外在的统一形式，从而把作品内容物质化，使之有了特定的样态和格局，使一种样式区别于另一种样式，而有了规范和传统。因此，就其本性而言，文类"反映了文学发展的最稳固的，'经久不衰'倾向"。一种文学类型一经固定下来，便有了范式意义，成为一种带有规范性的自觉性的艺术选择。关于文类的意义，刘勰在《文心雕龙·定势》篇中说："夫情致异区，文变殊术。莫不因情立体，即体成势也。"

散文是中国文学中的一个大家族，有悠长的发展历史，有丰硕的成果。它的独特性在于它本身有着极大的包容性，同时又有极大的不确定性。它的文体样式往往要通过排他性来加以确证。如我们常常可以看到这样的文字：散文是与韵文相对的文体；散文是指除诗歌、小说、戏剧文学之外的其他文学体裁，它的范围很广。事实上，广义散文和狭义散文连接着一部漫长的散文史，至今仍未改变它自身的这种不确定性。正是这种不确定性决定了散文较之其他文学体裁的最大自由度，同时也决定了它的难度。既是创作的难度，也是评论的难度。难度恰恰在于它缺少范式。正如梁实秋所说，"散文是没有一定的格式的，是最自由的，同时也是最不容易处置"。如果说，诗歌、小说、戏剧都可以以其一定的格式来规范，"至少在外表上比较容易遮丑。散文便不然，有一个人便有一种散文……伯风（Buffon）说：'文调就是那个人。'"法国作家福楼拜认为，散文是个"可诅咒的、无论如何也不能定型的、没有形状的东西"。就是说，散文是最缺少规范、最简单，也最难把握的一种文体。作者的主体因素在这里占了极其重要的位置，散文的文类概念，与其说是一种理论规范，不如说是在作家创作的基础上，形成的一种约定俗成、边界并不十分清晰、内涵也不十分确定的东西。也就是说，在散文的体式中，作家的个人努力往往对文体的内在定性有着较之其他文体重要得多的作用。换言之，散文的文体形式是在作家创作实践中逐渐被创造，而且永远被创造。当然，任何一种文体的发展过程也是一个创造发展的过程，但没有哪一种文体，在文类创造中文本本身会有如此的主动性。

王充闾在散文中自觉尝试多种样式。他早期写的大部分作品是杂文，是一般广义散文中的一种，而随着写作时间的延伸，他的创作域界也不断开阔，抒情散文、随笔、札记、随感等不同体式的散文他都有尝试，而更重要的是，在探索的路上，他逐渐形成了自己的文体风格，即知识荟萃的容量、清风白水的文调，而这里明显标示的是一种融入血肉的中国古典文化的底蕴。

读王充闾的散文，一个突出的感觉是中国古典诗词的名句妙语如春风扑面，你在和作者一起读现实的景，看现代的事，而在你随作者展开艺术的遐想时，便会感到中国古诗文的名辞丽句纷至沓来，形成一个丰满的有厚度的世界。这些已经尘封了的历史记忆被拂去了时间的尘埃，自然而贴切地走进了一个新的艺术世界，鲜活起来，生动起来。作者得心应手地拈来这些佳句，或保存其原形而新用，或用其神韵而重构。不论哪种方式，都是在规范文体，归于一宗。你会感到，这些古典诗词名句在王充闾的作品中，已不是可有可无的点缀，而成为他表现生活的一种态度，一种文本语境，一种独特的话语构成方式。有了这种方式，这种语境，才有了他观察自然的独特的视角，有了他作品的时间感和丰富的知识容量，从而表现了他对文类发展的自觉意识。如经常被评论界提到的《读三峡》，这篇作品妙在一个"读"字。作者感慨道："三峡，这部上接苍冥、下临江底、近四百里长的硕大无朋的典籍，是异常古老的。早在语言文字出现之前，不，应该说早在'混沌初开，乾坤始奠'之际，它就已经摊开在这里了。

它的每一叠岩页，都是历史老人留下的回音壁、记事珠和备忘录。里面镂刻着岁月的履痕，律动着乾坤的吐纳，展现着大自然的启示。里面映照着尧时日、秦时月、汉时云，浸透了造化的情思与眼泪。""假如三峡中壁立的群峰是一排历史的录音机，它一定会录下历代诗人一颗颗敏感心灵的摧肝折骨的呐喊和豪情似火的朗吟。"作者是在读自然，也是在读书，读史，他把古诗词中对三峡的描绘聚集一文，从一个景点走入历史的沧桑，同时，又以自己的审美情思把这些清辞丽句汇拢而来，使之进入作者独特的审美视界，创造出新的艺术佳境。读他的作品，你就一同读了古往今来许多文人墨客留在这里的神思遐想，是自然的漫游，也是由一个景、一件事出发，做一次悠长的艺术巡礼。当然，活在其中的是作者的诗心。

　　王充闾对中国传统艺术精神的吸纳不仅表现在他熔古今知识于一炉，使作品显示了较大的知识含量和艺术张力，同时，也表现在他对艺术境界的自觉追求上。作者的一篇散文名为《清风白水》，这是在寻访九寨沟之后写成的，作者开篇就讲"诗文讲究风格"，并以苏东坡、柳永的词风为例标示阳刚、阴柔两种风格的不同，很自然传到山水："其实，风景区何独不然！它们的风格特征也是极其鲜明的。泰山的威严肃穆，迥然不同于黄山的瑰奇峭美；'山色如娥，花光如颊，温风如酒，波纹如绫'的西子湖，与'气蒸云梦泽，波撼岳阳城'的八百里洞庭迥同霄壤……"之后，作者还特意将泰山与九寨沟的风格做了形象的比喻："如果说，泰山具有老年人那种饱经风雨、阅尽繁华的成熟与镇定，那么，九寨沟就是少男少女般的活泼、烂漫，清风白水，一片童贞。"可以感到，作者是在努力捕捉山水中蕴含的不同风格的美，在比较中见其特色，使其诗化、艺术化。更重要的是，他在自觉追求创作的文调，创化自己的审美意蕴，体物赋情，努力使作品臻于"化境"。著名美学家宗白华说："艺术家以心灵映射万象，代山川立言。他所表现的是主观的生命情调与客观的自然景象交融互渗，成就一个鸢飞鱼跃，活泼玲珑，渊然而深的灵境；这灵境就是构成艺术之所以为艺术的'意境'。"王充闾在追求这种意境，追求主观生命情调与客观自然景象的交融互渗，他以《清风白水》作为自己一本散文集的名字，从中可以感受到作者对艺术风格的自觉体认。它的真正意义正在于这种艺术的自觉，我们甚至可以说，作者对自己创作风格的艺术定位，对"清风白水"般的风格的欣赏态度本身已经有了丰富的内涵，它的意义甚至超过了作者的创作本身。艺术追求的自觉必然带来创作的进一步发展，更高的艺术境界往往产生于这种追寻之中。

　　历史有其深刻的内在传承性，它能够被发展，但不能被割断。没有过去便无所谓未来。而一个民族文化的发展是靠一代代人不懈的努力来完成的，积极体认传统的有效价值，引发它们潜藏的生命智慧，寻找本民族精神上的立足点，进一步确立一分民族的文化自信，这对于当代文学的发展无疑是有益的。从这个角度讲，王充闾对中国传统艺术的学习、借鉴、运用便有了特殊的意义。

读王充闾诗词集《鸿爪春泥》

◎孔宪富

《鸿爪春泥》系当代著名散文作家王充闾同志的一本诗词集。集中诗词虽为旧体,然均寓新意,是当代旧体诗词创作中不可多得的佳作,读后感触颇深。现就此集谈一些个人之见,这对于广大读者阅读理解《鸿爪春泥》,或许不无裨益。

一

毛泽东主席曾书写"诗言志"三字,赠文艺工作者,并非偶然。《尚书·尧典》中说:"诗言志,歌永言,声依永,律和声。八音克谐,无相夺伦。"

这段话的意思是:诗,要表达人的情志;歌,是延展诗的语言,即把诗抑扬顿挫地唱出来,突出它所表达的情志;歌声的变化,要依照"永言"的要求,用音律调和歌声。各种器乐的伴奏能够和谐,不可互相干扰。

"诗言志"这一诗歌理论,对历代诗歌创作与评论的影响,都是积极的,不宜轻视。不同历史时期,"志"是有不尽相同的时代内容的。在建设有中国特色的社会主义理论指导下,坚持"一个中心,两个基本点"的基本路线,坚持改革开放的方针、政策,坚持"双百""两为"的文艺思想,坚持实践是检验真理的标准,批判地继承"奇言志"的优良传统,反"左"防右,言实现"四化"之"志",定会促进我国文学艺术的繁荣发展。这些正是江泽民主席多次讲话中阐发的时代精神,即我们所要言的"志"。

王充闾同志的《鸿爪春泥》，论其"言志"，符合上述。我们同意吴欢章先生用王充闾诗句在诗集序文中所作的评赞："明时耻作闲情赋，吟啸潮头倡雅风。"

《赞老红军植树》诗：

创业当年百战功，豪情未成倡新风，

清荫留与他人赏，皓首林园种雅松。

诗为近体，乃唐人所创，源出《楚辞》。每句七字，四句成篇，谓曰七言绝句，简称"七绝"。其格律为正格仄起：

仄仄平平仄仄平，平平仄仄仄平平。

平平仄仄平平仄，仄仄平平仄仄平。

从格律上看是严谨的，只是第三句第三字宜仄而用了平（留），按一三五放宽、二四六严明的要求，这种做法是允许的，即在唐宋名家名著中亦属常见。

《毛诗序》（指国风第一首《关雎》题下的序言）说："治世之音安以乐，其政和……"这两句话的意思是太平时代的声音表明民心安于统治者教化，因而喜乐，政治和顺。

西晋陆机于《文赋》中说："理扶质以立干，文垂条而结繁。"意思是文章有了思想内容就能如树干那样树立起来，而文辞就如枝条和花果附在树干之上，比喻辞为理而发，文章以意为主。可见古人论诗文也是以政治思想内容为先的。

《赞老红军植树》诗，四句二十八字，起句直书当年功标百战的老红军，即全篇赞颂的主要形象。承句从倡新风看见豪情未减。转句宕开，清荫是留给他人赏的，别开意境，但不仅未离主题，而且使题旨深化。"他人"一词是指众人与后代。结句的"皓首"与转句的"清荫"相对，皓首造清荫，是为后来人。"种稚松"语义双关，即培养青年一代，并愿其成为栋梁之材，是点睛之笔。

全诗题旨鲜明，颂老红军树新风，意义深远，摛文铺彩，洁雅有致，感人甚深。

《茅屋为秋风所破歌》："……安得广厦千万间，大庇天下寒士俱欢颜，风雨不动安如山。呜呼！何时眼前突兀见此屋，吾庐独破受冻死亦足！"通常词语入诗，舍己为人之情，动人心魄。

《示儿》诗："死去元知万事空，但悲不见九州同。王师北定中原日，家祭无忘告乃翁。"亦通常词语入诗，爱国爱民之情，终生不渝。

盛唐杜甫、南宋陆游的诗歌继承了我国古典诗歌的优良传统，都反映了一个历史时代。上举杜、陆诗语，是出自他们热爱祖国、热爱人民之心，故世代流传在人们的口头上，成为祖国人民宝贵的精神财富。

《赞老红军植树》诗，从体势到风格，确感其有唐宋名家之风。时代不同了，但爱国为民的情怀是一脉相承的。若论精神境界，则我以为充闾胜于杜、陆，自然，苛求于子美、务观，也是不可的。

《扫街女工》诗：

行带钢锹伴晓晨，春寒恻恻汗淋身。
沙沙响似敲蓬雨，扫净街尘有世尘。

短小的一首绝句，既具有描画入神的特点，又具有抒情诗含不尽之意于言外的特色，沉郁顿挫。"扫净街尘"人皆可见，而"扫世尘"却属于诗人慧眼，即小见大，通过女工的心灵美，突出了她们建设社会主义精神文明的深情。

诗词集中记事之作也不少，其特色是没有就事论事，而是赋予事物以时代蕴涵。

《迎春风筝比赛》诗之一：

的是今春乐事浓，花灯赏罢又牵龙。
千般妙品争雄处，万丈晴空指顾中；

> 兴逐云帆穷碧落，心随彩翼驾长风。
> 只浮寄得腾飞志，翘首欢呼众意同。

诗，从立意看，起承转合，浩雅雄直；从辞章看，跌宕腾挪，浑然一体。不仅描绘了"千般妙品争雄处，万丈晴空指顾中"的场景，表现出"兴逐云帆穷碧落，心随彩翼驾长风'的情态，重要的是歌唱了"只缘寄得腾飞志，翘首欢呼众意同"的时代精神。

《咏间山国画节（之二）》诗：

> 朱墨琳琅秀可贤，模黄范李各增妍。
> 画国省识神州骨，百幅春绚丰写山。

作者描述的画图景象是"朱墨琳琅""模黄范李"，已足以引人欣赏并流连忘返。但意犹未尽，其注意力的凝聚点是"画图省识神州骨，百幅春绚半写山"，也是深化题旨的点睛之笔。

从《鸿爪春泥》看出，作者勤于思考，并善于思考，寰宇万象激发着他的感悟，时代烟云引起他的哲理思索。境域如此，吟诗作赋，立意谋篇，陈辞铺彩，自然会"如切如磋，如琢如磨"。子贡用切、磋、琢、磨比喻品德修养与著述要精益求精，从方法论上看是对的。

《种树感怀》三首：

其一《种树人语》：

> 冲寒破土抢春时，条插何曾教树知。
> 莫笑纤苗些许大，长林原是手中枝！

其二《赠摄影者》：

一代辛劳百代功，他年回首郁葱葱。
何须画澉凌烟阁，自有丰碑在望中。

其三为《赞老红军植树》。

说"言志"，我以为第一首应为后两句"莫笑纤苗些许大，长林原是手中枝"。第二首应为前两句"一代辛劳百代功，他年回首郁葱葱"。第三首应是后两句"清荫留与他人赏，皓首林园种稚松"。自然，三首诗的另外两句也是不可缺少的，并非无关轻重，它们的作用是忆往瞻前。

说"辞章"，格律严谨，选词允当，造语朴雅。如"些许大""手中枝""何须""自有""清荫""皓首"等词语都用得很恰切。"稚松"一词更显精巧，生气勃勃。"莫笑纤苗些许大，长林原是手中枝！"所讲岂止种树，揭示的是树人与建设的法则，质朴含蓄。

《楞严寺公园假山》诗：

邑有佳山不在高，风来也自响松涛。
胸中常有千秋鉴，放眼宁无万里遥。

又是即小见大，站得高望得远。清沈德潜说："作文作诗，必置身高处，放开眼界。"

感性和理性的统一越是自觉和深刻，作品的震撼力和启示性就越强。自然，理性之光应化为生活血肉，渗透于艺术形象，空洞的说教，是不成其为艺术的。

充满强烈爱国主义精神的《满江红·怒发冲冠》词是否是赝品，一段时间内曾争论不休：

"绍兴年间，岳飞屡破金兵。绍兴十年，大破金兀术拐子马，进军朱仙镇，又大破之，金之将帅要'俟岳家军来，即降'。飞大喜，语其下曰：'直抵黄龙府，与诸君痛饮尔。'指日渡河。而秦桧欲画淮以北弃之，召飞班师，一日十二金牌促归。飞愤惋泣下,东向再拜曰:'十年之力,废于一旦!'飞既归,所得州县旋复失去。"

抒愤表志的《满江红》词就是这时写的。表达词主题思想的主要形象就是"怒发冲冠"。上阕的词句、典事,都是这一主要形成的因素。即都是为了这一主要形象而发的。脱离主题与形象分析作品,难以作出正确的结论。

从《鸿爪春泥》集所收诗词看,作者倍加注意于为表现主题而塑造形象,联辞结彩,都是做得很好的,真"情动于中而形于言"也。

二

古今诗文讲求"三有"与"三不"。"三有",指有仪表、有形象、有述怀;"三不",指写人不拘于表,记事不泥于象,述怀不流于浅。《鸿爪春泥》诗词作者努力于艺术境界的创造,把个人情怀与人民大众激荡的心潮汇合起来,把身边事同社会主义现代化的宏观图景联系起来,把眼前景和时代的崇高理想交融一体,这就使作品具有令人思索与促人向上的力量。作品的高远境界除来自许多艺术表现因素外,"风格即人"之说,在我国历代文论中是屡有申述,并反复强调的。南齐刘勰说:"才有庸俊,气有刚柔,学有浅深,习有雅郑,并情性所铄,陶染所凝,是以笔区云谲,文苑波诡者矣。"

这几句话的意思是,人的才干有平庸的,有杰出的;气质有刚强的,有柔弱的;学识有浅薄的,有渊深的;习染有雅正的,有浮靡的。这些都由性情所造成,习俗所陶冶,因此,文坛上的作品就像云气那样变幻,艺苑上的创作就像波涛那样诡异了。清薛雪说:"具得胸襟,人品必高,人品既高,其一謦一欬,一挥一洒,必有过人处……"从这类议论中不难看出:人品决定诗品,眼界决定境界确是创作的一条艺术规律。《鸿爪春泥》集中的直抒胸臆之作,不仅使人们看到"襟抱青云翔远雁,文章秋月印寒汀"

（《写怀寄友》）的高洁品格；还可以看到"人生好景中年后，不到中年不解勤"（《对镜》）的奋斗精神。胸襟和抱负如此，写出境界深远的篇章是必然的。

《鸿爪春泥》中的写景之作，以景物衬托事物，情景交融。可贵之处是作者以情写景，既朴素自然，又出神入化，诚如《参加中华诗词学会成立大会感赋》诗中所说："翕张舒卷任天真。"这也是古今诗家创造洁雅境界的一种重要笔法。

《故乡杂咏（四）》诗：

苍苍莽莽黄洪荒，游子归来草木黄。
细细南风吹又暖，秋茅丛里走牛羊。

信手拈来，辄成佳构，既质朴自然，又洁雅清新。

《夜宿东林郡休养所（之二）》诗：

也无风雨也无潮，只有悬泉百尺高。
梦断水声凉到枕，漫和松影伴清宵。

诗写得情景交融，娱人耳目，净人心灵。

诗作者虽然不为格律而格律，但却总是用严谨的格律状物言志，所写律诗大都对仗工稳，达到了形式和内容的统一。如"抛开私忿心常泰，除却人才眼不青。"（《写怀寄友》）"九瀑练裙饶客兴，八潭美目向人青。"（《外金刚》）诗句对仗工稳，抒情写景，恰到好处。

《雨中登凤凰山〈之二〉》诗：

枫目迷蒙雾障中，漫循石磴入苍穹。
久歆江右无双誉，未上辽东第一峰；

四面云山凭想象，满堂风雨淡时空。

天公有意藏清隽，美景由未暗处工。

作者另辟蹊径，写了雾景、雨景和暗景，读来确觉别具韵味，格律无瑕，情诚义重。

《一剪梅·参谒大城山烈士墓》：

拜谒陵园感万重，细雨朦胧，泪眼蒙眬。鲜花碧血一般红，此也彤彤，彼也彤彤。

无限风光在望中，万象昌隆，百业昌隆。当年鏖战创殊功，别了英雄，不忘英碓。

全词运用了许多叠句，层层递进，真实地抒写出作者对革命烈士的敬仰之情。旧体诗词创作只要驾驭格律而不被其拘牵，便可推陈出新，更好地为歌唱新时代服务。

三

我们的许多中老年干部、中老年知识分子，有丰富的传统文化修养，本着批判继承、推陈出新、古为今用的精神，运用旧体诗词曲艺形式参与社会主义文坛大合唱，是值得热烈欢迎的。无旧何以言新，新亦将成为旧，新与旧是辩证的存在，对立的统一，在运动和发展中批判继承，弃粕存精，古为今用。纵观文化发展史，这当是一条规律。从古到今，我国文坛代代出现杰出的作家与作品，那种爱国为民、英勇奋斗的精神，直至今日还在鼓舞着我们的民族和人民朝着有中国特色的社会主义的目标前进。须知，这一遗产是博大的，是宝贵的，是取之不尽用之不竭的。

从发展形势看，反映与赞颂时代精神，是要以新体诗歌曲艺为主流，但并不意味有今无古,自然也不能厚古薄今,对于那些宣扬腐朽淫秽的东西,则无论古今,一笔勾销就是。写些健康的旧体的东西,既有助于青年熟悉古代文化的成就,用以鉴今;又体现"双百"精神,古为今用,有助于新体的日臻完美。青年们读些旧体诗词曲艺,既可丰富其精神世界,又可助于解决他们阅读古籍时的一些困难。

诗体无论新旧,只要坚持为人民服务、为社会主义服务的方向,歌颂时代精神,都可以开出绚烂的花朵。王充闾同志的诗词创作,就是一个很好的证明。

《鸿爪春泥》集与吴欢章先生序,只读一遍,匆促成文。疏漏与谬误之处,请读者指正。

哲理美对人的感情世界的升华
——王充闾散文印象一论

◎王 科 赵保安

南朝吴均在《与朱元思书》中描绘了山阴道的瑰丽风光和审美效应时说："风烟俱净，天山共色……奇山异水，天下独绝……鸢飞戾天者，望峰息心，经纶世务者，窥谷忘反。"那意思说：碧空澄明，烟雾净尽，分不出哪是蓝天，哪是青山；这天下绝无仅有的山水，使有的心灵得到净化，并由之大彻大悟，鄙夷那红尘滚滚、人欲横流的俗务，努力攀向新的人生目标。这是多么美好的景致，多么自然的哲思！如果我们摒弃作者油然而生遁世之意，如果我们不局囿于自然景观的索解，那么，这清纯静美、卓尔不凡的万千气象以及对人精神的涤荡吸摄，又岂止是说富春江山水，它不是完全可以用来形象地说明作家的风格的美学评判吗！

由此，我们想到王充闾，想到了他那如江上清风、山间明月般素朴自然的美文，想到了他散文对人生与世界的哲学感悟和理性升华，以及从中透发出的摄人心魄、令人心折的哲理美。这种本质的、哲理的对人生、世界的把握方式和感受方式，这种鲜明地显现了创作主体的个性色彩，既是王充闾对五六十年代散文模式的强有力突破，也是对新时期散文的大幅度超越，既是对散文艺术的大胆探索和导引，也是对时下散文矫靡之风的有力反驳和匡正。一句话，王充闾的散文以理取胜，他以哲理的双翅，腾飞在当代散文的世界中，以哲理的光环，皴染着自己的散文的风景线。

感悟和升华哲理，是王充闾散文创作的执着追求。可以说，从试笔文坛那天起，他就一直以此作为自己的使命和义务，并孜孜以求，笔耕不辍。

在《清风白水》和《后记》中，他明言自己的创作宗旨，那就是要"究世事之得失，发物理之精微，追求文章的深度与力度，对读者有所启迪"。显然，这"得失""精微""深度与力度"，"对读者有所启迪"就是指那丰富的意蕴和深湛的哲理。他凭借自己的优势——传统文化的深刻熏陶、生活艺术的多维修养、思想理论的高深造诣，惨淡营构多彩的散文艺术，将那深刻的哲理含蕴在深沉的激情中，将那独到的发现渗入精巧的构思，多角度、多层次的展示散文的哲理美，从而确立了其散文创作那哲学的、文化的高品位。那么，王充闾的散文是怎样实现自己对人生与世界的哲学把握，渗透出一种当代散文鲜见的哲理美呢？

一、偏重哲理，从生活和心灵的视野中寻觅哲理美

新时期以来，在反思五六十年代散文创作的经验教训中，人们形成了一种矫枉过正的定势，认为散文与哲理无缘，哲理伤文，散文应是纯情宣泄和诗意的流露。缘于此，卿卿我我、轻歌曼舞的鼓颂之词，杯水风波、心灵熠火的夸饰之作蜂拥而来，而那些紧扣时代脉搏，抒写深刻哲理的作品却寥若晨星。王充闾同志却不然，他秉承了中国古代散文的优良传统，以理铸文、以理塑造自己散文的灵魂；他高扬哲理的旗帜，努力实践自己的文学主张，其作品如暮鼓晨钟，催人警醒，似舒展风云，一扫铅华，循着这个视角研读他的散文，无论是纵横捭阖的杂谈，还是谈天说地的偶感，无论是徜徉山水的记游，还是意绪飞腾的履迹，都包蕴着促人怀想、使人彻悟的哲理，都满含着需要经过心灵发酵与咀嚼的新意，都藏有接受主体和作家的意旨理趣产生共鸣的东西。无疑，这种艺术效应的原动力，就是恩格斯称赞的"最崇高的土地上成长起来的高尚思想"，亦即哲理。正是这种深刻的哲理化作了散文的恒久魅力，并使之与一般化的散文划开距离。简言之，王充闾的散文就是在哲理的映照下，闪烁出奇光异彩的学者化的美文。

当然，偏重哲理并非要主题先行，去搞理念游戏，而是要在纷纭万状的五彩世界中自然发现哲理，甚至在平朴无奇、司空见惯的事物中寻觅到常人难以认识的哲理美，并以此为媒介物，小中见大、平中显奇、浅中寓深地加以艺术呈现。王充闾的散文就做到了这一点。这首先要说到他的《人才诗话》。《人才诗话》从宏观上看，似乎是人才艺术的杂文随笔，然而透过舒卷自如、谐趣间出的外在形式，我们可以认为它是人才学的哲理阐释，是人才学与哲学的联姻。它篇篇都是作者独到的发现，篇篇都有观照历史的哲思，篇篇都浸透着马克思主义辩证法的哲学意识。在《李煜和爱因斯坦》中，作者阐发了"正确地设计自己，选准主攻方向"，也是成才的关键这个发人深思的道理；在《成才——强者之歌》中，作者一反"逆境成才"这个千古为人认同的定律，反映出这也是有条件的，那就是成才人应该是个强者；在《爱才犹贵无名时》中作者认为，真正的伯乐，不应止于"锦上添花"，而应"雪中送炭"；在《智囊·门客·山中宰相》里，作者判定，真正优化的参谋班子，应该是由不同知识结构组成的、优势互补的人才群体；《楚材晋用》更不趋时，作者说，引进人才要比引进先进设备重要得多；在《南郭先生与大锅饭》中，作者的发现更是横扫千古，石破天惊；不能一味责备南郭，如果齐宣王采用"齐竽历试"的方式，也许南郭时就愤而成才了！这些独到的新见，睿智的思索，都一反千百年来人们形成的思维定式，都不失为精警的哲理体验，令我们咀嚼不尽，沉吟再三。《人才诗话》尚且如此，更遑论那些狭义的散文了。

在那些"正宗"的散文里，摄入作品中那色彩缤纷的意象链，诸如宇宙万物，天地山河，人生历史，民风世俗，茶余漫话，异域探索，无不在其笔下幻化成远见卓识的真谛，包孕古今的经验，稍纵即逝的灵感，震人心魄的顿悟。比如《五岳还留一岳思》，作者通过自己游历天下的感受，对传统的"止于至善"的思想方式和心理上的"无廖误论"提出了质疑，既抒发了自己的审美体验，又释了深刻的哲理。在《读三峡》中，面对"这部上接苍溟，下临江底，近四百里长的硕大无比的江和备忘录，里面镂刻着岁月的履痕，律动着乾坤的吐纳，展现着大自然的启示"。这种哲理式的感悟，其力度远远超越了那些皮毛地、浮泛地对大好河山的讴歌。在《冰城忆》里，面对"洞府仙乡般的水晶世界，饱鉴争奇斗艳、兑逞才思的冰灯、冰塑"，他坚信"世事长新，永无停日"。这种哲理的抒发，不是颇有些出人意表吗？在《黄山三人行》《美的探索》里，他告诉我们："生活中最能引发人们关心的，往往是那种矛盾接近顶点，将要解决，但尚未解决的事物。"多么深刻，作者发掘出的一些哲理的思索，是难能可贵的。没有渊博的学识，没有诗人的慧眼和哲人的沉思，怎能有此情理兼备的斐然妙文？

记事散文中，也多有抒写哲理之作。这些文章，无论题材重大与否，作者都没有就事论事、浅薄为文，而是以事为基点，切入事物的内部机理，道出箴言警句般的惊人之语。《记事珠》这篇散文，汩汩洒洒地叙写了当年引种薏苡（药玉米）的经过。那时青春气盛，对一切都充满狂热的幻想，企盼一下子将辽河套变成米粮川，因而忽视了作物生长的自然规律，导致禾苗贪青疯长，颗粒无收。后来，当地人锲而不舍，经过反复摸索，终于掌握了薏苡的生长规律，试种成功。今天，望着油光可鉴的薏苡，遥想如烟的往事，作者不禁思涛澎湃："我忽然觉得它很像珍珠。古代传说中有一种记事珠，或有阙忘之事，以手持弄此珠，便觉心神开悟，焕然明晓。我想，若是把这些薏苡粒串缀起来，悬置座前，不也同样是一种记事珠吗！"前事不忘，后事之师，联系到五六十年代我国社会生活中的大跌宕和急剧的否定之否定，我们不是很能顿悟这其中的弦外之音、音外之旨吗！显然，那深湛的内涵是不言自明的。在《古洞泛舟》中，作者置身于清幽静谧的洞天水府，没有痴迷于大自然那神工鬼斧创造的神秘世界，而是领悟到神州大地"胜境无穷"。《昙花，昙花》中，作者为这难见经传的花仙子竭尽全力、绽放奇葩而惊叹，发出了怜才、爱才、惜才的呼声。仔细吟味，《买豆腐》也绝不是侈谈豆腐经，字里行间充溢着伟大与平凡、朴素与深邃的辩证哲理。总之，在王充闾的散文中，这种大华若朴、大浓若淡的哲理，已经渗透于他散文内在的情韵之中，成为其散文美的重要因子，使人愈品愈酽，并追随这哲理的线索，漫步在美的艺术空间，受到强烈的感染和震撼。

二、铸炼哲理，从情趣融合的意境中升华哲理美

　　王充闾的散文虽然渗透着哲理的情韵，但是，他并非在苦心孤诣，刻意追求。那种让人荡气回肠、怀然顿悟的哲理，皆是他长期积累，自然得之。对于哲理，这个主体感受的外化和生活经验的结晶，他间或将其隐含在娓娓的叙谈时，附着在景物的描绘上，阐释在激情的抒发中，交汇在情趣的漫笔里。情从景生，理自情出，让三者有机地结合成一体。平心论之，要做到这一点，不是很容易的事。在几年的散文园地中，不是常看到一些矫情（理）的散文吗！这些文章的作者往往将心灵罩上严密的帷幕，不与读者作真诚的交流，甚至将外来的理念焊接在某种意象上，抑或干脆将自己都不知所云的电光石火倾销给读者，使文章云山雾罩，或充斥着生硬的理性元素，或留下几声贵族式的叹惋。王充闾的散文与这些外华内枯、血贫气短的文章形成鲜明的对照，他不去体现某些抽象的定义，不去进行理念的演绎，而是力图在主体与客体的交流中，寻找审美的契合点，从中锤炼出金灿灿的思维晶体。在此思想指导下，寻常题目，一经他下笔生发，往往便如阴阴夏木般地伸展开来，密叶繁枝，交窗覆瓦，使人兴味盎然。《捕蟹者说》就是一刻篇融情入景、铸理入情、充满理趣的上品。作者在这幅速写般的忆旧之作中，通过对典型景物的勾勒和典型事物的捕捉，于蕴藉的画面中贮满了透视人生哲理的深度与张力。那难忘的家乡大地"河清云淡""草野茫茫""江天寥廓"，跟父亲打草捕蟹，是何等惬意的快事啊！饶有兴趣的经验，扣人心弦的"战斗"，作者只寥寥几笔，就把一幅"辽滨捕蟹图"跃然于纸上了。同时，萦绕于文中的乡恋之情与对自然景观的多角度描绘，又为后文的结穴之语铺染了诗意的辉光，从而使文势自然转到了哲理的升华；"甘食美味往往出现在艰辛的劳动之后"。这，也许就

是《捕蟹者说》要述说的人生要义吧！

在王充闾的散文中，情理交融不是简单地相加，而是自然地糅合，发乎自然之情，止乎应在之理。《梦雨潇潇沈乐园》等就都如此。作者旁征博引，评勘钩沉，将我们引入陆唐爱情悲剧的层峦叠嶂之中，正当那摧肝泣胆、柔肠百转的哀情撞击心扉，使人忘情于其间时，作者那哲人般的评论轰鸣而来："犹如春蚕作茧，千丈万丈游丝都环绕着一个主体，犹如峡谷飞泉，千年万年不停歇地向外喷流……爱情同人生一样，也是一次性的。人的真诚的爱恋行为一旦发生，就会在心灵深处永存良迹。这种唯一性的爱的破坏，很可能使尔后多次的爱恋相应地贬值。在这里'一'大于'多'。对这种现象，我们应提到爱的哲学高度加以反思……"这精辟的议论，深邃的哲理，给人以多么深刻的启示！这是作者从人类普泛的感情生活现象中提炼出来的认识，也是一个"宦况诗怀一样清"的纯书生对苦恋的真切理解。这高层次的哲理，既浸润着纯洁浓烈的情，又依托着哀婉动人的历史背景和暮雨潇潇的现实景象，开掘了多么深刻的社会文化内容！真叫人含英咀华、低回不尽。写到此作者自然喷涌了自己朴实的见解："爱情不是来去无踪的神秘天使，也不是随手可拾的寻常草绳，而是发生于符合人伦道德的两性之间的爱慕之情。它是感性与理性、自发与自觉、本能冲动与道德文明、直观与愿望、现实与理想的对立统一。"这样，这种哲理性的分析就有了它赖以植根的艺术形象，这种哲理也就能与其他元素和谐地纺织成艺术的锦绣。试想，如果这些哲理只是空泛的、枯燥的议论，不与动人的多重意象、高扬的主观激情融合为一，那将如何拨动人的心弦，如何产生耳目一新的艺术美！

三、幻化哲理，从多种手法的融汇中观照哲理美

王充闾散文的哲理常常借助于比喻、用典、想象、联想等多种多样的修辞手法来凸现，借助于多种手法的综合效应来显示。想象、联想，是王

充闾散文中最常用的手法和最活跃的力量。他许多篇章的哲理美，都以想象、联想作为载体，都依靠于想象、联想的牵引和升华。"观古今于一臾，抚四海于一瞬"，那上下千年、纵横的新奇想象，穿透了历史的风烟、跨越了空间的壁垒，在浓缩思想的同时，又创造出许多发散式艺术形象。如《读三峡》，从"混沌初开、乾坤始奠"的原初，到大江东去，浩浩荡荡的今天，从诗仙诗圣，到当代精英，从自然景观到人文地理，皆串联于锦绣文章之内如同带领我们流连于三峡历史博物馆，向我们展示三峡历史的万载风云。吟哦之余，我们自然会认同于作者关于民族历史的深情咏叹。《南疆写意》则在天高地迥的大背景下，尽情神游古今，驰骋思绪；古丝绸之路的繁华和辉煌，瀚海行旅的艰难与悲凉，土尔扈特回归的壮举，葡萄美酒夜宴的风光，一个个意象接踵而来，稍纵即逝，一句句妙喻锦上添花，历久难忘。其他篇章，如《青天一缕霞》《昙花，昙花》《清风白水》等也都是"笼天地于形内，挫万物于笔端"。作者凭着心灵的感应，使客观物象嬗变成感人的哲理，靠着想象的联想，构建出多彩的艺术世界。在他的笔下，一叶昙花撑开生命的笑靥，一缕霞光点燃思古的幽情，澎湃奔腾的长江吟哦出沉郁的史诗，婀娜多姿的绿柳昭示出生活的哲理。真是：哲思鹏程正好风，万水千山总关情！

　　与想象、联想相联系，王充闾的散文引用、用典颇多。对此，一些同志时有微词。我倒觉得，这正是王充闾散文书卷气浓、学术品位高的标志。作家，首先应当是学者；学问，对搞散文的人至关重要。走进王充闾的散文世界，你不能不叹服作者才思敏锐、博学多闻；你不能不心折其文章的知识密度大、信息量强。你可能真如行走在山阴道上，穿陵涉谷，繁复恢宏，幻幽比朗，倏临倏逝，目不暇接，乐而忘返！你可能会以出这样的由衷之语：无怪乎大家称他为够格的学者型作家，无怪乎大家惊叹他的学问功底！真的，王充闾的作品犹如小百科全书。"他不知从哪里弄来那么多的资料；诗、文、笔记、野史、专著，应有尽有；一旦智慧闪光，偶有所得，有关的资料、例证、格言、诗情、画意纷至沓来，如众星拱月，花团锦簇"，美不胜收！

说春雨，他滔滔不绝，佳句连篇；谈黄山，他遍鉴奇峰，妙语如珠；道沈园，他一咏三叹，柔肠百转；讲三峡，他横空出世，似数家珍；就是唠豆腐他也追本溯源、洋洋千言。那么多脍炙人口的清词丽句，那么多内蕴丰厚的传说掌故，他信手拈来，运用自如，且都聚焦于哲理的阐发上，真是非同凡响。《黄昏》更是旁征博引、游刃有余的典型之作。文中他历数中外名家歌咏黄昏的名诗，王维、泰戈尔、高尔基、莫泊桑、凡尔纳、赫尔岑、夏洛蒂·勃朗特、刘禹锡、朱自清、李商隐、陈毅、叶剑英、卢森堡、伏契克、刘白羽近二十家，令人眼花缭乱、叹为观止。在大批量的灵活引用之后，作者笔下的黄昏折射出了撼人心魄的理性之光；"日出前的景象，竟与日落后的景观相似，证明了二者原本是同一的"！

比喻、比拟，也是王充闾散文抒发哲理的重要手段。他常常取譬设喻，隐喻所阐释的哲理，也常常妙喻联翩，凸出所写事物的本质特色，这在他的游记散文中俯拾皆是。这些比喻和比拟，言近旨远，以小见大，洞察了人生的精微，揭示了世界的奥秘，扣准了生活的脉搏，使读者的审美情结果向着超越时空、多于七彩的辽远天宇飞驰。请看《清风白水》中的一段文字：

那淙淙飞瀑，飒飒松风，关关鸟语，唧唧虫鸣，那水中五光十色、迷离扑朔、绚丽多姿的碧波，山上宛如娇羞不语，情窦初开的少女的笑靥的杜鹃花萼，那隐现在水雾氤氲的瀑面上，酷似七彩神龙，夭矫天半的虹彩，那原始森林小绿茵茵、喧蓬蓬、毛地毯般的地衣和悬挂在枝头的一丝丝、一缕缕、随风飘荡，如新娘头上的轻柔的婚纱的长松萝，那五角枫、高山栋、黄桦木、青榨槭的如霞似火、燃遍天际的醉叶，那充盈着质朴的美，粗犷的美、宁静的美的梦之谷、画之廊，都在人类感情的琴弦上奏起美妙的和声，不期然地淹入了你的性灵。

这红线串珠、鱼贯而下的比喻和比拟，不只推出一幅绝美的画面，还谱写了一支深性的哲理之歌。人们，是多么渴求这永葆童贞的精神家园啊！这些以多种手法酿就是哲理之章，是诗人对人生、世界的感情和升华。

人间诗境较天宽
——读王充闾词《黄鹤楼·电视塔调寄一剪梅》

◎陆玉才

辽宁大学出版社出版的王充闾诗集《鸿爪春泥》均为旧体诗词。其中词作六首，读之耳目一新，令人感受到活脱脱的时代气息。词作清朗雅致而耐人寻味。《黄鹤楼·电视塔调寄一剪梅》为其典范者，试谈读后所感。

一

词作者楚行吟咏中华故地，眼中景物有现代文明的崭新标志电视塔，有千百年来骚客文人笔下最为多见的黄鹤楼。面对古典与现代交织，千年文化积淀与当代时鲜文明并见的景观，作者能否从容地跨越悠悠岁月的阻隔，使诗的内蕴成为联结古今的桥梁，从而给人以因古达今的深刻启迪，这是一个分量不轻的考验。

作者开篇点出楼、塔，以人的活动展示前的"画图鲜"的风光，移步换形地给读者描绘一幅山、水、楼阁、塔桥相依相映的独特空间。黄鹤楼巍峨高耸，电视塔直指蓝天，宽阔的江面横跨有如长虹的大桥，一边是龟山，一边是蛇山，给人以开阔感、纵深感和稳定感。词的上片写景，意在向读者交代实体的吟咏对象，以此作为引导读者的起点，向词作的深层意蕴前进，从如画的景观中得到"画"之外的世事感悟。

包括词作者在内的众多"过客"，是来看塔、看楼，是来登山、观水、

人间诗境较天宽——读王充闾词《黄鹤楼·电视塔调寄一剪梅》

赏桥、赏阁吗？可以说，是这样，又不是这样。过客眼中的有高峻而精美的塔、楼，有滚滚东去的江水，有相对而立、和谐匀称的龟蛇二山，有气势非凡的江桥。但是，他们所在观赏和登临的不是或不完全是这样景观的形体本身，如果有意于此，完全可以另作选择，那样可以饱览更为标立异的"形体"、赏心悦目的景观。他们有别样的追求，更为独特的寻找。我们从"滔滔""过客""赞楚天"的行为中，得知他们的思绪是在千百年的历史长河中遨游、沉思，探寻：历史上无数过客一次次带着无限的惆怅匆匆来去，好像那高空飘浮不定的白云和一去不复返的黄鹤一样。中华历史已走到20世纪的最后一段，古老的中华民族正一展新姿，"楚天"已经大变样了。词作者展现给读者视觉是，一样诱人，更为宏伟的黄鹤楼呈现出新的身影，闪耀着新时代科技之光的电视塔高耸入云。空间依旧，时间变换，人文积累跃上了新的"峰巅"。此时白云好像停下了脚步，远走千年的黄鹤，也好像带着比离去时更深的情致，在楚天"流连"。

词作者以黄鹤楼传统文化景观为基础，写楚天今昔巨变。勾连起历史与现实，使人在抚今追昔的思维长线上得到新的感悟，触发思想上的升华。作者"诗兴翩翩，思绪翩翩"，读者也会浮想联翩，对悠久而璀璨的历史感到自豪，对中华民族在新时代的振兴的崛起而欢欣。

二

艺术审美特征的形成，并不单纯地依赖审美对象，在它的形成过程中，要求创作主体能动地认知和表现客体，在主客交替中显现审美的艺术效果。狄德罗曾经说过："伟大的艺术就在于尽可能地接近于自然，它在艺术表现方面的得失是与此成比例的，但是，艺术已经不再是实在的、真实的现象，而可以说只不过是这种现象的译本了"（《狄德罗全集》10卷187页）。艺术品正因不是"原本"，所以它必然带有"译者"主体观念的因素，艺术的审美特征是主体和客体之间相互联系和相互作用的结果。

由此，同样写祖国的河山，作者注重的是重峦叠嶂："最爱峻蹭山万叠，十峰过处九停留"（《山行》）；面对祁连山的皑皑白雪，作者牵出了扯不断的缘分："相将且作同心侣，一段人天未了情"（《祁连雪》）；即便身处异域，登高远望，作者眼中也带着故乡的因子："他乡不愿登高望，怕有晴岚似故山"（《山行》）。"楚天"是中华故地，黄鹤楼是古老的题材。同样的审美对象和表现客体——黄鹤楼，《黄鹤楼·电视塔调寄一剪梅》这首词，抒写的是千年之后新时代的感怀，它是20世纪末段中华民族振兴期作者创作实践中，主客观相融相激的产物。

黄鹤楼在武昌长江之滨，是历史上的名胜古迹。新中国诞生后修建长江大桥，此楼拆除，1985年重建后开放。先秦以前，传说或仙人乘黄鹤过此，或有人登仙乘黄鹤由此离去。古代诗人从楼的命名的由来写起，落笔于传说，多为抒写岁月不在、前人不可见之感，表现世事茫茫之慨。虽写得气概苍莽、感情真挚，然而毕竟是那个时代登临黄鹤楼的人们的具体感受，是他们主客体相互作用的结果。如今的黄鹤楼一带，据目击者称，蛇山山头新制黄鹤楼拔地而起，临风伫立的黄鹤楼，放眼长天大地，昔日"晴川历历汉阳树"虽不复见，但修整一新的晴川阁，金碧辉煌，矗立江边的晴川大厦，像美女弄姿，分外妖娆；龟山上的电视塔直接霄汉，像白玉簪插天，排戏风去。在这里，一方面出现了景观上除旧布新的外观变化，一方面仍以传统文化内容为景观主体。置身于这样的时空环境之下，尽管黄鹤楼作为传统文化的符号未变，审美客体（指文化传统意蕴）未变，而审美主体由现代人取而代之，因而词作者笔下不再有"日暮乡关"之思，也未见"烟波江上使人愁"的思绪，古代诗人的无名惆怅一扫而光。古人论词道："作词必先选料。大给用古人事，则取其新僻而去其陈因。"（《金粟词话》孙语）此词作者可谓推陈出新的高手，地是千年中华旧地，山水依旧，文化传统依旧，而创作者却是另一种"诗兴"，另一样"思绪"，通过词作传递给读者的自然也是另一组"信息"，另一番感悟。

三

词是唐宋以来的新体抒情诗，不仅是音乐语言和文学语言紧密结合的特种艺术形式，讲究比诗更为严整的格律，而且需要采取与诗、文相沟通而又迥然有异的章法。李清照说："词别是一家，知之者少。"这确有见地。

据考证，词调一剪梅，又名玉簟秋、腊梅香。调名的含义大概是剪梅一枝赠送给亲爱的人。陆凯《自江南寄长安范晔》诗："折梅逢驿使，寄与陇头人。江南无所有，聊赠一枝春。"可相参证。

古人常说："词起结最难"（《词苑丛谈》103页）。本词不避文章常规，开门见山，径点题眼"楼""塔"，一下子给全篇抒写定位，让读者立即进入词作者设定的氛围之中，观赏以此为起点，感悟以此为基础。

词的上下片安排，是先写景，后述情，即传统手法所谓前半泛写，后半专叙（《诗辩坻》）。写即写景，叙则叙情。然而作者写"才下蛇山，又上龟山"，是在写景中夹带写游，或曰在写游中写景。又能以"塔楼巍巍一水间"的出句，变静态的景，为动态的景，塔楼与江水不是分离自处，而是相依相存。"桥跨晴川，阁映晴川"，一"跨"字，一"映"字，使物与物之间好像有了交流，一股跃动感油然而生。

中华民族历史悠久，掌故颇多，写中华故地必要用典，写黄鹤楼，回避不了"黄鹤""白云"故事。唐崔颢诗《黄鹤楼》可谓传世之作。该作用此典，开头四句是：

昔人已乘白云去，此地空余黄鹤楼。黄鹤一去不复返，白云千载空悠悠。

对黄鹤楼的起源，有各种不同的记载。《齐谐志》说，有仙人王子安乘黄鹤过此山，于是此山得名黄鹤，后造楼于山上，为黄鹤楼。《述异记》说，荀环爱好道家修仙之术，曾坐楼中望见，有仙人乘黄鹤而下，仙人与之共饮，饮毕即骑黄鹤腾空而去。唐《鄂州图经》说，费文祎成仙之后，曾驾黄鹤回此山休息。据近人考证，"白云"一典出自西王母赠穆天子诗中，《穆天子传》中说:"白云在天,丘陵自出,道里悠远,山川间之,将子无死,尚复能来。"以白云起兴,写西王母盼望穆天子能够再来。

写黄鹤楼要用典故是一回事,写黄鹤楼用好典故又是一回事。用好典故关键在于自然贴切,要顺理成章,点化主题。古人说"词中用事最难,要紧着题,融化不涩"(《词苑丛谈》引《词源》语)。本词作者写黄鹤楼自然景观和文化景观,意在抒发千年之后新的感受,如今已经没有往日的失望与惆怅,有的只是新时代欣喜之情中,对晴川一带胜地的"流连"。"白云黄鹤两悠然,来也流连,去也流连",在这里,既保留了黄鹤典故中色彩和白云一典中眷恋之情这一层面,又都向前跨进一步,落到现代意义上,收到了"要紧着题,融化不涩"的效果。结尾三句,不独用典精妙,还表现于意在不言中,全词写的是黄鹤楼、电视塔之景,但却是词作者或"滔滔""过客"眼中之景。作者意在透过眼中之景表现心中之情,即抒发心理感受和精神追求。然而结句在字面上是"悠悠"的"白云""黄鹤",不说人的情思,却透露了人的情思,咏自然而含蓄。清刘熙载说:"词之妙,莫妙于以不言言之,非不言也,寄言也。"寄言,即词在言中,而意在言外也。

王充闾旧体诗词集《鸿爪春泥》,是一本用精美的古典歌形式抒写新时代情怀的上乘之后。书序说:"诗词中颇多写景述怀、应答酬唱之作,不过其中却寄寓人生的感悟和哲理的思索。"笔者以《一剪梅》这首词为由头,谈出个人读后的审美感受,不过是想引自己为作者的同调而已。旧体诗词就其体制来说,从萌生、成形到成熟,历经一两千年,至今仍历久不衰,赢得各个时代人们的喜爱,就在于它能以特有的语言形式,适应着诗人、词人表情达意的创制需求。"人间诗境较天宽"(《周颖南先生发起唱和于右任治学校园纪事》)。形式由诗人来把握、运用,特有的诗歌形式呼唤着才高艺精的诗人。

思想者与诗人的冲突及协调
——王充闾散文片论

◎谢中山

内容提要：对古典美学的迷恋与寻索，使王充闾在揭示人与自然的关系上，体现了思想者与诗人之间的冲突与协调。这种冲突与协调既表现为儒道思想在他身上的对立和互补，又表现为对东方传统的回归与对西方现代思想的拥抱的对立与统一。

王充闾的散文写作，无疑是今日文坛上独立运行的一个奇迹。在这个名家辈出、佳作纷呈的散文艺术新格局中，其创作自标高格、独树风仪，因而郭风、冯牧、谢冕、徐中玉、蓝棣之、张毓茂、雷达等著名散文评论家纷纷撰文，予以高度的评价。对于王充闾这样意理融会、厚积薄发的美文，你从中任意抽出一个话题，都能写成一篇颇具规模的论文，而任何一种概括和分析，又都难以涵盖其全貌，这给我们研究和把握王充闾的散文创作增加了难度。本文只就王充闾散文中通过对人与自然关系的描述所透露出来的文化精神作一探寻。

中国当代散文的发展，在接受外来文化影响的同时，一直保留了传统文化影响的基因，人们将其称之为东方文化精神。其中包括了儒家、道家和佛教三家的思想，尽管他们在其中所起的作用不同。儒家兼济的思想，把人引向现实，体现为一种积极入世、充满忧患意识的儒者情怀。佛家和道家的出世信念，则使人退回到内心或将人引向自然，体现为或揭示内在心灵对尘世之外的自然的神秘感悟，或寄兴山水，追慕外在自然之美。这种东方文化精神在王充闾的散文中是显见的。儒家的济世情怀，表征为他的作品中的浓郁的道德感、深沉的忧患意识和强烈的时代责任感，恰如冯牧先生所评论的那样："使我迷透过字里行间感到了一种深沉的历史自豪感和忧患感，听到了一个心地纯朴的人、一个具有书生本色和诗人襟怀的作者对于祖国大地饱含深情的咏叹和倾诉的声音了。"当然，其作品中氤氲着的浓厚的书卷气、文人气，让人感觉到一点"士"的情调，但它并无"庄""玄"的避世之意，而是充满了传统式知识分子的进取意识、执着精神和历史使命感。因此，在对祖国山川的歌咏之余，他总是在充满热情的叙述与生动的描写之中，表现他的道德理想，力图在马克思的共产主义思想与传统儒学中，寻找一种新的道德秩序。儒家的这神理性精神框架，使他的心胸常常拘执于俗世的境遇之中，因而其想象力常常被束缚在常识的世界里而不能自由地驰骋，这就影响了作者热烈奔放的情感抒发和独特个性的追求表达，正如人们所评述的那样："我认为，有时候他的个体生命被过重的文化负荷与历史理性压倒了，压缩了。有时候他看上去缺乏一份对人生的欣赏之情。尽管他也说自甘淡泊，但他很少用置身事外的、欣赏的心情来看待自己的苦乐。如果他稍稍把文化与理性的因素抑制一点，他自己的生命体验就会从压抑中释放出来；如果他对人生（包括他所喜爱的文学创作）稍存一点欣赏玩味的态度，如果他真正放松一些，他就会发现个体生命的丰富性，他的散文创作所发掘到的社会人生的层面，就会更加丰富、深入了。"对此，我是深有同感的。但王充闾的本质是诗人，诗人的真诚及其对自由和诗意人生的追求，使他不可能随波逐流、浑浑噩噩地过日子或囿于诗人哲学家海德格尔的"烦"的境遇而不能自拔，于是作为思想家的王充闾与作为诗人的王充闾出现了冲突。作为一个热情的入世者或此在的关怀者，其生活的意义是应该在此在之中得以解决的，但此在不在，生活的意义不可能在现实境遇中得以彻底解决。儒家思想内部的这种深刻的不协调性使他的追求陷入尴尬境地。从逻辑上讲，这种困境是无法解决的，但儒家适中的情感方式，偏要人往开处想，以求得一种心理的补偿或慰安。于是出世信念和超越之思便随之而来，而道家的出世思想作为一种价值的转换填补了这一空位。这样就出现了两个王充闾，一个是热情的入世者，一个是寻求超越的出世者。这种分裂的痛苦，使他转而在自然之中寻求消解。于是，自然成了王充闾创作中颇具意味的抒情形式，成了他诗意栖居的处所和生命意义敞开的窗口。

王充闾对大自然充满了爱慕之情。在他的笔下，大自然忽而是婀娜多姿、情意绵绵的少女，忽而又是飘飘欲仙、秋波流转的情人，你看："那淙淙飞瀑、飒飒松风、关关鸟语、唧唧虫鸣，那水中五光十色、迷离扑朔、绚丽多姿的碧波，山上宛如娇羞不语、情窦初开的少女的笑眉的杜鹃花萼，那隐现在水雾氤氲瀑面上，酷似七彩神龙，夭矫天半的虹彩，那原始森林中绿茵茵、暄蓬蓬、绒毛地毯般的地衣和悬在枝头的一丝丝、一缕缕，随风飘荡，如新娘头上轻柔的婚纱的长松萝，那五角枫、高山栎、黄栌木、青榨槭的如霞似火，燃遍天际的醉叶，那充盈着质朴的美、粗犷的美、宁静的美的梦之谷、画之廊，都在人类感情的琴弦上奏起美妙的和声，不期而然地淹入了你的性灵（《清风白水》）这种对自然的爱慕"真像裸体的婴孩扑入母亲的怀抱，生发出一种重保童真、宠辱皆忘，挣脱小我牢笼，返回精神家园，与壮美清新的自然融为一体的感觉建（《清风白水》）。

王充闾笔下的自然，不仅是人化了的自然，同时也是可以唤起他生命理想和文化情调的自然，是作者的心灵将自然提升后所达到的一种境界，是他对自然的精神征服，是形象化了的象征世界。他在《祁连雪》中说："在我的心目中，它却是恋人、挚友般的亲切。千里长行，依依相伴，神之所游，意之所注，无往而不是灵山圣雪，目力虽穷而情脉不断。一种相通相化相亲相契的温情，使造化与心源合一，客观的自然景物与主观的生命情调交融互渗，一切形象都化作了象征世界。"这个形象化的象征世界，构成了他心灵自由驰骋的文化时空。因此，自然在王充闾笔下是颇具意味的："三峡，这部上接苍冥、下临江底，近四百里长的硕大无朋的典籍，是异常古老的。早在语言文字出现之前，不，应该说早在混沌初开、乾坤始奠之际，它就已经摊开在这里了。它的每一叠岩，都是历史老人留下的回音壁、记事珠和备忘录。里面镂刻着岁月的屐痕，律动着乾坤的吐纳，展现着大自然的启示。里面映照着尧时日、秦时月、汉时云，浸透了造化的情思和眼泪。……作为现实与有限的存在物，人们徜徉其间，一种对山川形胜的原始恋情与源远流长的历史激动，会不期而然地被呼唤出来。"但作者在寄情山水，追求文化与历史的同时，更深层的原因是要透破时空和理性的束缚，在自然中培养自己开放的心灵。从而超越此在世界的有限性，并在广大的宇宙规模上把握人类的生存，安排人生的活动。也就是说，他回到自然的目的是给心灵寻找到诗意栖居的处所。用他自己的话讲，就是要给自己的心灵留下一块绿洲，以便心灵在这里自由地休憩、徜徉、思索、翱翔。

王充闾居住在一个人口众多的大都市里，却不愿与那些熙来攘往、行色匆匆的人群为伍，常常喜欢一个人在自然之中负手闲步，"徜徉于林荫路上，湖畔河边，花木扶疏的庭园曲径，风俗画面一样的僻巷街头。"这样，"可以使心胸获得扩展与超脱，精神上进入一种新的境界，无论是精力高度集中所造成的疲劳，案牍劳形沉积下的闷倦，还是'不虞之誉''求全之毁'，以及无法摆脱的干谒、请托所带来的重重烦恼，都可以借助缓步徐行，抛诸脑后，排遣无疑。"（《安步当车》）在际兹工业化声威无远弗届的今天，在扰攘红尘中居然有这样一块清虚之域，确实应该算是鲁殿灵光了。

可见，自然确实在他陷入此在的"沉沦"时给他带来了安慰，消除了他内心世界中"入世"与"出世"的冲突。但这种冲突不可能彻底解决，它只能处于动态平衡之中。因此，他在自然中，一方面寄寓了那种超然、淡然、淡泊的闲适情趣，同时又时时刻刻提醒自己关怀现世，因此，他的"告别尘嚣"是为了回归自然，而回归自然又是为了更好地回到现实。

在王充闾这些醉心描绘大自然的作品中，还有一个基本命题，就是他对人与自然关系的重建。大自然孕育了人类，然而人类却忽视和忘却了大自然对人类深厚的恩泽。由于技术理性和科技文明的污染，使得人与自然亲密的关系日渐疏离，并且产生了矛盾冲突。过去的那种人与自然的"相看两不厌"的心情，渐渐失落了，淡薄了，他主动亲近自然，通过艺术重建人与自然的和谐关系，追求天人合一的艺术境界，显示了对中国古典美学意境的迷恋与寻索，这种迷恋与寻索使他在回归东方传统的途中与西方现代思想相遇了，中国古典美学的同物我、超时空与西方现代的主客融合、心理时空牵起了手，他在《清风白水》中说："自然界有其合法的权利和独立的价值。我们每个生活在地球母亲怀抱中的现代人，都应该对生态环境有一种深沉的眷恋意识和自觉的责任感。遗憾的是，在这方面人们常常忘本。人是自然的产儿，但成为文明人后，便一天天远离自然，掉头不顾了。在这红尘十丈的喧嚣世界里，人们对于自然环境，应该去掉那种极为近视、极为功利的价值取向和审美情趣，多为人类、多为子孙着想，重视保护生态环境——这地球上一切生命的根基，珍惜这新鲜的空气，净洁的水源，明媚的阳光和未经污染的土地。认真汲取西方工业国家先征服自然、破坏自然而后再想爱护自然、恢复自然，结果事倍功半、百难偿一的沉痛教训，设法超越人与自然分裂、对立的历史阶段，从现代化进程伊始便早自为计，尽力保护自然生态平衡，莫待那些最珍贵的东西一去不复返时，再来哀叹，悔恨和痛惜。"这与西方的诗人哲学家的思想正相契合，尼采说："如果你想引导青年人走上教育的正轨，那么就不要破坏他与自然间的天真信赖和亲密无间的关系：森林与绝壁、暴风雨与鸷鹰、花朵蝴蝶、草场和山腰都有自己的语言；他置身于其间就如同置身在无数零零散散的反射与自省之中和多彩的富于变化的现象的旋涡里；这样，他便自然而然地赞成自然界里万物归一的这一形而上学的观念，与此同时以万物的永存与必须镇定自我。但是有多少青年人被允许在成长过程中与自然保持这样亲密无间的关系呢！他们早早就学会了另一条真理：人必须根据自己的需要而征服自然。这便意味着纯真的形而上学的终结，而动植物的生理学、地质学和无机化学迫使青年人改变初衷。他们所丢弃的还不仅是诗意般的美景。更重要的是对自然的那种本能的、真实的、独一无二的理解；而作为替代的却是对自然的精明的算计及巧妙的征服。所以，正确的教育是赋予青年人一件无价的礼物，即使他有能力始终忠于而不是违反童年时的思考的本能，以达到平静统一而和谐一体的境界……"

王充闾对自然的这种态度也和海德格尔反对技术理性给人们带来的无家可归的命运，把自然视为未受任何技术污染的精神栖息所相一致。如同海德格尔把对与人类此在疏离已久的大自然的怀念、与古希腊的理想联在一起一样，王充闾把对自然的渴慕同自己对中国传统的天人合一境界的追求连在一起。

王充闾对自然的这种亲和态度，其意义是深刻的。尤其是在今天，大都市的生活几乎被人自己所生产的各式各样的产品和现代生活的紧张所包围，这种人类自身发明创造的都市生活形态，用人自身的发明、计划和目标来阻挡人与自然的亲近，不能和自然作获益匪浅的对话，只能和自己的产品做无聊的独白，使都市人的人生沦入了"紧张"和"虚假"，于是王充闾的与自然的"真实"的相遇，与自然的整体的美丽的对话的意义便凸现出来，他的诗意的人生理想和对自然的亲近之感不仅使他的生命的意义得以敞开，更给那些停留在疏离、无聊、挫折、恐惧之中的现代人摆脱困境提供了示范。

当然，对传统的迷恋很可能是一种美学冒险，尤其是对道家思想的回归，很可能落入道家的消极厌世、脱离社会的思想之中。王充闾避免了这一点，他从来没有忘掉现实，即使是回归传统，也更多地表现为对传统的现代意义的揭示。就是说，回归传统，是为了拥抱现代。所以，他回归自然乃是为多数人、整个时代或整个社会指出一种积极的路向，进而在自然之中悟见人生的真理，增强返回现实的生命力量，并借此充实人生。由此，我们可以说，他回归自然的思想，不仅是道家的，更是儒家的。与其说是道家思想的承袭，毋宁说是儒家思想的一种补充，也可以说是孔子的"吾与点也"的态度的重新提出:"暮春者,春服既成,冠者五六人,童子六七人,浴乎沂,风乎舞雩,咏而归。"这种超脱尘世的襟怀和回到自然的风度,大概就是朱子的"胸次悠然,直与天地万物上下同流"吧。在这里,人生的志趣与大自然融成了一体。当然,子路、冉求、公西华诸人志趣皆在朝廷,尽管孔子深许曾点,却并无逃避人生之意,他对子路诸人的人生志趣都给予了相当的赞许。我想,也许孔子已经意识到了曾点的回到自然的态度是充实人生、提高人生,是做人与从政所不可或缺的学养与精神境界。这大概也是王充闾所追求的吧。

王充闾说:创作是一种诱惑,一种欢愉,一种享受,更是一种责任。这种自觉的责任感,使他努力将人从此在"烦"的境遇中拯救出来,为社会主义精神文明建设提供了一股新的升力,给由于后现代解构思想所造成的泛价值观、泛方向感的生存现状提供了新的一元性,使漂浮不定的生存现实朝着既定的方向迈进。

诗情·哲理·美感
——评王充闾散文集《春宽梦窄》

◎仇　敏

　　读完王充闾先生的散文集《春宽梦窄》（"布老虎丛书"之一，春风文艺出版社），被那浓郁空灵的诗情、激活雄辩的理趣、积极昂扬的精神所迷醉。作者是以亲切平和、乐观宏达的平等对话态度，以学者或智者的敏锐和机锋，以诗人自由的想象和审美直觉去叙述自己域内和海外的所见所闻与所感所悟，以真切细腻的生命体验和诗意超脱的浪漫情怀去阐释历史与现实，不见政治化道德化的抽象说教，只坦陈自我的精神内在。文本中弥漫着浓郁深厚的文化情绪，当属文化散文。浸润在散文文本深层的文化精神底蕴，一方面来自作者对传统文化的广博学识和深切参悟，另一方面，作者对域外文化也有丰富的知识和独到的理解。在两种文化模式中寻找其共同因素，对各自的积极方面予以肯定，对负面则予否定，贯穿着历史唯物主义的辩证文化观。《春宽梦窄》可谓是独抒性灵之作，以真切的情感体验去理解大千世界。它的"卒章显志"不同于以往那些失真的"载道"文章，没有夸饰矫情，也没有拘囿于"形散神不散"的写作模式。作者是以一位学者的宏观视野，纵跨历史与现实，横接东西方文明，融合真情与理趣，以通脱的自由气度，真切自然的笔墨切入政治、道德、文化、宗教、美学、爱情、人才等各个层面漫谈纵论。无论是点评历史或审视现今，独抒性情或描摹自然，探讨哲理或考问人生，都在真切的情感抒发中包含丰富的文化意蕴，融入他深厚博采的文史常识。古典诗词、艺坛掌故、历史遗珠交映于文中，使散文典丽清雅、圆润活脱，文章风格真如"柳荫絮语"、"清风白水"，冲淡高远，玄幽活脱。

《春宽梦窄》首先辑录了作者域外访问游记、随笔。作者漫游于美国、日本这样典型的"现代化机器"王国。在赞叹发达国家高度现代化的高效率快节奏的生活，惊叹其推动人类文明发展的巨大的先锋力量的同时，也分筛出现代文明幕罩后的变异畸形的社会现象。随着作者出访的踪履也触及第三世界的贫穷和落后，每到一处总能敏锐干练地攫取最具代表性的人文景观，把它们归拢到物质与精神、自由与异化、文明与颓废相悖共生的社会问题里。作者对技术的审思、对贫穷的忧叹、对环境污染及犯罪、吸毒等社会问题的忧虑、对贫困者的同情，在对异域风情的采写中丝丝缕缕地散发了出来。最难能可贵的是作者更多地以文化为视点，以哲学与美学的眼光追索域外的历史文化发展递嬗进程，追寻人文精神淡逝的墨迹考问，文化的历史和历史的文化，透过理性的折射，让读者的视觉焦距渐远渐深，自然地使历史衔接了现实，理性渗入了感性，把体察和思考放到远阔的文化背景上，对现代文化的思考度有了哲学的纵深感。作者用中国式的遣词造句、用隽永韵致的诗词、用他的东方民族的价值观念、蕴藉含蓄的诗学才情、渊博的知识播撒着浓郁的文化情调，在作者的视野里中国文化与域外文化融合、沟通了。由此而生发出诸多独到的领悟。作者这种深沉敏感的历史文化意识尤其在对与中国文化息息相关的东方各国访问中找到了更为合适的土壤。作者在访日的几篇散文中探寻中国文化与日本文化之间的脉承源远的关系。作者怀着一颗同源同根的炽热亲情去新加坡、马来西亚、美国的唐人街省亲，以年轻的"历史老人"的姿态铺开了华人艰辛创业的血泪史，赞赏他们得之于民族精神强大的凝聚力，以他们饱浸血泪辛酸的创业，创造了所在国的物质财富，用他们团结奋斗的现实成就，从而探求我们国家现代化发展的成功经验。作者时时刻刻没有把关切着民族、人类未来的情思迷失在异国的绮丽风光和风土人情中。透过他的审美感受和理性沉思，散文寄寓了真挚的民族情怀和人格理想，表现了对历史与现实、哲学与艺术的多重感悟，漫漫的文化情韵里蕴含着鲜明的价值取向。而在国内游记及写人记事的散文中，作者怀着更强烈的主体意识，以挚诚的赤子之心和自由舒展的诗人情怀、睿智宏达的学者风度，漫游在祖国的名山大川，纵览着悠久丰厚的历史掌故、神话传说、民间风俗趣闻佚事。这是作者苦心的文化选择：作者在游览山水名胜之前，总喜欢先查阅那里的地理、人文历史，使自己获得某种审美期待，载着一颗幽会故交情人的心情，奔赴缘结于三生石上的隔世之约。身临其境时，在内心蕴藉了多时的那份珍爱牵动了万种风情，触发出富丽的联想，意绪纷扬，神旌摇荡，诸色斑斓：这种至诚的笔触、由心的抒写使人获得真切而丰富的审美愉悦，同时无意间也获得文史知识的滋养。附丽于自然风物的种种掌故传说、人物交情，使山川河流、沧海浮云充盈了灵性和活力，"益发强化了景观的魅力"。作者名篇《青天一缕霞》让我们借助作者联想的翅膀，在历史的洪涛浪波中翱翔。人文与自然相成，历史与现实交映。作者并没有耽迷于历史而不可自拔，恰恰是借助历史的张扬以更为理性的、辩证客观的文化意识去品评历史，并以此去观照现代文化和现代文明，在对历史的借鉴与反思中寄寓作者的审美理想和开拓未来的超越精神。如果说散文以深沉博厚的历史感充实了自然景观，以审美超越的人文精神激活了山水田园，那么，作者的博达才情、诗心文意、理性思辨浸润着文章笔墨，注入了必不可少的滋养，使它时时散发出清幽高雅，幽绵不绝的沁香。在《续三峡》里，奇妙地把三峡比喻为一部经典，对自然形胜那真诚会心的感悟从笔尖流溢于整个篇章里。我们的心灵中隐含的民族自尊、生命冲动、历史的顿悟、审美灵感都被作者饱含激情与灵性的笔力一一呼吸出来，风物景观已被心灵对象化、审美化了。这是作者以知识涵养、精神反思与审美体验对大千世界相互感应的结果，形神合一，情理相生。这种行云流水、点石成金的笔力以及合璧无痕的构思使散文达到了艺术的化境。

作者的主体精神凭借对"清风白水""柳荫之霞""春宽梦窄""黄昏春雨"的传神描摹，生成了作品的艺术灵魂。《春宽梦窄》似乎唤醒了荒凉孤寂的戈壁滩那千年的梦，在历史追思中吟唱出了爱国主义的新篇章；作者执着地固守着对美的事物的崇拜，对道德理性的信仰，对理想社会的渴望，把笔触直接伸入现实生活之中，通过自己的一系列杂文，着眼于具体的社会问题进行剖析，探讨解决问题的最佳途径，以实现其杂文的社会责任功能。在《南郭先生与"大锅饭"》《私谒》《陆放翁为海棠鸣不平》《爱才尤贵无名时》《智囊·门客·山中宰相》等力作中，从历史与现实的交汇点上，用辩证唯物主义和历史唯物主义的哲学观和方法论，以诗话的独特方式谈人才，强调人才之于国家民族的重大意义，其充满诗情与哲理的坦诚对话，使自己的意见和建议更能被人们所接受。文中所表现的亲善嫉恶、坦荡正直等思想折射了作者深层的文化心理结构。

《春宽梦窄》体现了作者的审美个性和洋溢诗情的人生态度。这在他的一系列生活小品散文中，得到了较细致全面的生动展露。《买豆腐》对于排队买豆腐，人们常觉得是细琐烦人的劳什子，而作者却不厌其烦咏念起豆腐经来，消解了生活的负累感，代之以乐观豁达的生活情趣，谐庄有致、俗中见雅，显示出人生的幽默感。《昙花，昙花》《黄昏》《永存的微笑》《节假光阴书卷里》等均将诗情、哲理、美感统摄于一体，其对生活的挚爱，通过语言符号传达给人们，不难从中领悟作者散文作品具有高雅、飘逸、恢宏博达、诗情哲理相交融的感染。自由洒脱、幽默旷达的神思，审美体验、文化反思的风韵构成了《春宽梦窄》的个性。同时，作者在运笔上重视散文和诗的结合，以诗情与诗意的思维作为散文的脉搏。诗与文结合不是生硬的，也不是通常所说的那种"诗化的散文"或"散文的诗化"或"诗的散文化"。在作者的许多优篇佳作中，诗与散文不是文化形式的组合而是诗心诗情对文章结构的统摄。这在散文《溪韵》中表现了作者的诗意的散文观。如果说余秋雨的文化散文偏重理性的重负和生存的苦痛感，那么王充闾的文化散文则偏重感性的审美幽默和生命的超越意识，以诗情透出理性的光辉。也许是出于涌动在作者心头的诗意才情，作者干脆跳出了"形散神不散"的旧框框，不少作品在有限的篇幅里，指涉了各种知识，又非单纯的知识罗列，而予以精神反思，牵动了多重思维和体验、想象。故能衔接有致，结构玲珑。所以，《春宽梦窄》可称之为"美学散文"，在游记、记人写事题材作品中都随处记下了他的审美感悟、美学沉思，自然，随意，不事雕琢，增加了审美力度。

通观《春宽梦窄》，深感它是美学眼光所孕化的诗意散文，用审美的体验与理解去写作，增加了精神的意蕴。作者力求在散文的内涵和形式上追求一种天人合一、主客一体、自然天成的和谐之美，而我们也看到王充闾先生的散文较好地达到了这一艺术境界。

王充闾及其散文中的道家生命意识

◎ 石　杰

内容提要：王充闾及其散文中具有浓厚的道家生命意识，它主要表现为一种对艺术的人生的追求。这种艺术人生的核心是精神的自由解放，其表征主要在于对现实功利系缚的超越和心灵的逍遥之"游"，最终则导致了生命向自然的回归。

作为当代文坛上的一位著名散文家，王充闾及其散文创作已越来越受到评论界的重视，人们从中国传统文化角度出发，一致肯定了他对儒家人生理想的追求和这种追求所形成的高度的思想价值。然而，在他的积极入世的儒家人生思想后面，似乎还存在着另外一种东西，这就是对道家生命意识的寻觅。诚然，当众多的评论者几乎无一例外地肯定了王充闾及其散文中的那种强烈的追求意识，那种对生命的光热的人生的价值的追求的同时，已经间接地否定了道家思想的存在，有的评论者甚至直接指出：王充闾散文"并无老庄的'虚'，魏晋的'玄'，更无避世逃世之意"，"他大概不喜欢过于淡泊、超尘脱俗的老庄精神"，但如果我们深入到王充闾的内心世界和他的散文作品的深层中去悉心体悟，那么便不难发现，浓郁的道家生命意识正继儒家人生思想之后构成了他的人与文的另一重要特色。可以说，他在执着地追求儒家人生理想的同时，也表现出对道家生命意识的寻觅。

王充闾散文中的道家生命意识主要是通过一种艺术的人生来体现的。

艺术的人生即指人在摆脱了世俗之累后的一种艺术的生存状态，此说源自徐复观的《中国艺术精神》。徐氏认为：老庄较之儒家，虽然富于思辨的形而上学的性格，但其出发点及归宿点，却依然是落实于现实人生之上，既然落实于现实人生之上，则于人生必有所成。若将道家的最高概念"道"从宇宙系统落到现实人生，则不难发现，道家所成就的人生，实际是艺术的人生。这种艺术的人生把道家的虚无缥缈的道从宇宙系统拉向现实生活，更能体现出道家人生哲学的现实意义。尤其对于一位艺术家来说，它不仅是一种具有艺术意味的人生享受，同时也落实为具体的艺术创造。因而，从艺术的人生这一角度来理解王充闾的人与文中的道家人生思想，显然是再恰当不过的了。

在从政者之中，王充闾是一个有着独特的个性的人。他性格旷达洒脱，感情浪漫丰富，极富艺术气质且博学多才，生活情调亦高雅。这一切决定了他对世俗欲望的厌恶和超越，而更多的则是对自身个性的肯定，对独立人格的追求，对心灵自由的向往，和对超于政治及社会之外的自然美的倾倒。因而，外表旷达平静的王充闾内心却深藏寂寞和孤独。于是，文学成了他的精神寄托，这种精神追求与文学选择的关系，正有如日本学者青木正儿所述的高蹈主义者之与文艺，育木正儿称庄子的人生为"高蹈生活的标本"。它"是由浮世的纷扰，个人的失意而生的苦闷的救济场"。然而，一个高蹈生活者虽然"一方面自觉有意气昂扬的、独行的气魄，而同时在他的里面，也不能一点儿感不到孤独的心的寂寞，为安慰这种无聊，高蹈主义者往往选择了文艺"。人的生命中原是有一种艺术精神的，世俗的沉重往往压制了它，在艺术创作过程中，这种艺术精神将被充分释放出来，从而令人产生自由快乐的感觉。因为，它"一面打破日常性，又一面忘却现存在之实在性，人会经验到一个大解放，在此解放之前，一切的忧虑与打算、快乐与苦恼，却好像于一瞬之间消失了"。所以，若从根本处看，与其说王充闾从事文学创作是为了当一个作家，不如说他是为了寻求精神上的寄托和解脱。他于1993年6月在辽宁大学中文系的一次学术报告中曾经这样说过:"一个人的心中总该有一块属于自己的心灵绿洲。记得过去看过一则趣闻,一位农夫好心地询问一位在林中潜心作画的风景画家:'先生,这大泽森林都在您的庄园里,您已经拥有了它,为什么还要在画布上画那些枝枝杈杈的老橡树呢?'画家一面涂着画彩,一面漫声应道:'是的,我早已拥有了这片森林,但名下所有与心中拥有,不是一回事。'艺术是心中拥有的东西,是生活代替不了的,是独立于实体之外的。尽管艺术是源于生活的。社会活动、公务交往可以占据艺术活动的时间,但代替不了艺术活动,更不要说拥有精神世界。"

王充闾及其散文所体现的艺术人生的核心是精神的自由无碍,这种精神的自由无碍是以对世俗功利的超越为前提的。他是个甘于寂寞的人。对精神王国的追求与建构使他视功名利禄为身外之物,看得极淡。这种对世俗功利的超越在他的散文《安步当车》《茶余漫话》《买豆腐》等篇中都有着突出的体现,而尤以《追求》为最。在这篇作品中,他认为美感不是功名利禄、饮食男女的物质满足,而是一种精神上的充实与愉悦。虽然生命的延续与美的追求离不开物质生产活动,但如果仅仅以世俗的功利欲望的实现为目标,那就会使人沦为物质的奴隶。他更以人的欲望的无限与可以到手的东西的有限,说明了追物逐利必然将人导致痛苦与烦恼之中。最后又借苏轼《宝绘堂记》中的一句话,对人与物的关系做出了这样的结论:"君子可以寓意于物,不可以留意于物。"意谓人可以借客观事物寄托思想感情,而不可对客观事物产生占有欲望。

除了对现实功利欲望的超越外,无个人哀怨,无计议之心,无烦恼纷争甚至无个体情感的尽情宣泄亦是王充闾散文一个颇为引人注目的特点。有论者曾评此为缺少艺术个性,缺少个人生命体验,但若从审美的角度看,却又正通于道家的摆脱世俗人生之累。《庄子》曰:"心不忧乐,德之至也。""德人者,居无思,行无虑,不藏是非美恶。""恶欲喜怒哀乐六者,累德也。""喜怒哀乐不入于胸次。"此中的"德",是一种解脱后的自由和谐的心态,而对世俗的牵累的超越,道家称之为"忘"。正是解脱的唯一条件，身居宦海、阅历丰富的王充闾或许早已看穿了一己之忧戚于宇宙生命之渺小，于个人命运之无力，故而才产生了常人难有的超越。固然，王充闾散文中的"忘"与庄子的"堕尔形体，黜尔聪明，伦与物忘"还有相当的距离，不过就其摆脱世俗系缚的本质来说则是相同的。

超越世俗系缚的结果是精神的自由解放，道家称之为"游"。在庄学研究中，"游"字的主要释意有"自乐""胸次洒然"和"游戏之游"，无论哪种解释，本质都归结到精神的解粘去缚，自由无碍，亦即人生的艺术化境界。显然，这种精神的自由解放并不在客观外界落实，而是强调主观精神，即在自己的心灵中求得自由解放。从哲学认识论角度看，这种自由解放是空泛虚幻的，没有实在意义。但若从美学角度看，则是人对现实人生所采取的一种审美的态度，是人对客观世界的超越，是人的生命中的艺术精神的呈现。

事实上，这种精神之"游"是王充闾散文予人的最为强烈鲜明的印象之一。王充闾可谓是一个能"游"的人。他那茫忽飘逸的心态，汪洋恣肆的情感，瀑飞泉涌的文思，以及挥洒自如的语言，无不给人以"游"的感觉。在具体的自然景观面前，他总是思接古今，视通万里，表现出精神的逍遥自适和奔放不羁。面对金牛山的旧石器时代早期文化遗址，他一时神驰远古，幻象丛生，仿佛置身于人类历史黎明时期的洪荒世界，云峡胜景，又使他立足天半，俯视山川，尧时日，秦时月，汉时云……进入"独与天地精神相往来"的境界。漫步在涅瓦大街的人行路上，他依次与19世纪上半叶的俄国作家晤面，交谈；置身萧红纪念馆，他又神与云游。固然，这种游还常常表现出经验和范围的限制，不似庄子之游的全然无待，但内中确体现出精神的自由解脱。如果说他的80年代末期以前的作品还存在着鲜明的理性认知和功利目的的话，那么，80年代末期以后的作品则已明显表现出对纯粹的审美快感的追求，理性因素则大大减弱了。即便那曾经被他作为认识的工具和人生价值的追求而须臾不愿舍弃的读书，也充满了生活的情趣和盎然的诗意。成了审美人生不可或缺的精神享受。他在写于

1995年的《我写游记散文》中这样描述读书的乐趣："一篇在手，可以心游象外，悠然神往，把心理境界、生活情趣和艺术创造的第二自然作为三个同心圆联叠一起。不啻身临其境，而又能免却鞍马劳顿，解除风尘之苦。未出斗室，而先极四时之娱，揽八方之胜，卧游、神游、梦游、醉游，是那样的空灵浪漫，富有诗意。"这段话或可看作王充闾对其精神之游的具体阐释和对精神自由的无限向往。

与"游"相应的是空间之大。狭窄的空间安放不下自由解放的精神，因而，王充闾笔下的艺术空间往往都存在"大"的特征。《黄昏》里的空间是漫无边际的草原，水天相接的大海和万米之上的高空；《南疆写意》中的空间是"苍茫的大地托着浩渺的天穹"；《青天一缕霞》中的空间不是呼兰小城，不是萧红故居，而是蓝悠悠的又高又远的云天；《读三峡》中的"上接苍冥，下临江底，近四百里长"的三峡本已够开阔了，作者却又"观嬗变于烟波浩渺之外，启哲思于残编断简之中"，开拓出一个辽远宽阔绵邈无际的心灵境域。唯其空间之大，精神才能从世俗的狭窄的局限中解脱出来，"游乎尘垢之外"，不仅空间是大的，意象也具有大而抽象的特点，比如《黄昏》中的落日、《祈连雪》中的积雪。不仅意象是大的，角度也体现出大，比如《青天一缕霞》中的仰观天上流云，《读三峡》中的"立足天半，俯视山川"。这正如《逍遥游》中鲲鹏展翅于太空的气势磅礴，辽阔高远。所写都是精神的不受束缚自由自在的游。作者在谈及游记散文的写作时曾经这样说过：在写作中，我坚持进行总体把握，从大处落墨，做全景式叙写。不侧重当时、当地每个具体景物的描摹，不局限于个人所见事物本身，不停留在某件具体事物上，而是着眼宏观，从现实有限的形象转入绵邈无际的心灵境域。何以如此？盖因心灵境域之无边无际，方可容纳精神的大化无碍，自由驰骋。

精神的逍遥之游不仅需要大的空间，还需要有深厚的依托。溟海不深无以养大鲲，水积不厚无力负大舟，风积不厚无法展大翼。是以厚而深的依托方是精神作逍遥游的必需条件。形成王充闾精神之逍遥的依托的是知识的深蓄厚养。他从幼年开始接触书籍，先是"三、百、千"启蒙，而后读四书五经、诗古文辞，到了"志于学"的年龄，已与书卷结下了不解之缘。由古到今，从中到外，可谓综罗博览。日积月累，汇成了浩瀚的海洋。他不仅体现出对人生价值的积极的追求意识，更重要的是将人的精神从现实人生的负累下解脱出来，从世俗的局限中提升出来，面对自然景观，产生无穷意趣，作一番逍遥之游。他在《我写游记散文》中说："我把闭门读书，面壁求索，作为徜徉山水、寄兴林泉之前的必要准备。"这话看似普通，然而内涵却极深刻。由闭门读书到徜徉山水，由面壁求索到寄兴林泉，其间不仅表现出主体价值观的变化，而且鲜明地标示出一条由蓄到游的轨迹。非如此，他对自然景观的如醉如痴，他于山水林泉中那飘忽恣肆的心态将无从理解。

自然景物观照中的"远"从另一角度表现出作家对精神的自由无碍的向往和追求。古人云："山有三远。自下而仰山巅，谓之高远；自山前而窥山后，谓之深远；自近山而望远山，谓之平远。"此言虽为论画，然在山水形象的观照与表现上，文画本有相同之处。且"远"的观念本源自魏晋玄学时代对于精神的自由解脱境界的形容，上溯可至庄子精神。因此，凡受到庄子思想影响的艺术家，于山水形象的观照上往往取其"远"势，则不难理解。"天都峰壁立如屏，鸟道如线……仰首翘望攀登顶峰的路线，远哉遥遥，势如悬瀑"，这是高远；巫山十二峰的"钩皴点染，浓淡干湿，阴阳向背，疏密虚实"，有深远意；而更多的则是平远。如《祁连雪》中那"静绝人世，复列天南的一脉层峦连嶂……映着淡青色的天光，雪岭的素洁的脊线蜿蜒起伏，一直延伸到天际，一块块咬缺了完整的晴空。"如《黄山三人行》中的"登高四望，但见山峰前后左右，到处都是云烟缭绕，浮浮荡荡，叠叠层层……眼前只有莲花、天都、玉屏诸峰，如盆景，如螺髻，错出其间，其余的峰峦、峡壑统统淹没在林海里"。而《读三峡》中巫山十二峰的"两岩诸峰时隐时现，忽远忽近，笼罩在云气氤氲、雨意迷离的万古空蒙之中"，则已于"远"中带有空灵意味了。在这一"远"的观照中，自然山水景物顺着人的视线由低到高，由远到近，由浓到淡，由实到虚，最终极处，则归入缥缈空无之中，是山水形质的破除和人的精神的提升。尤其平远较之高远深远，更具宁和逍遥之意味，观赏者从自然景物的形质的局限中解脱后所获得的精神的平静自由，也更为鲜明。它与道的"寂兮寥兮，恍兮惚兮"，与庄子的逍遥于"无何有之乡，广莫之野"，正有着本质上的一致。故而晋人王坦之"直以'远'为庄子的思想，'体远'即等于道家之所谓'体道'"。

为了使精神从现实的重负下解脱出来，王充闾常常对自然进行美的观照。他视宇宙为一充满和谐与美的世界，在他的笔下，山是美的，水是美的，溪是美的，柳是美的，花是美的，日出是美的，黄昏是美的，就连那为多少人所熟视无睹的云，那小小的再普通不过的金牛山，乃至空中偶尔响过的一两声鸦鸣鹊噪，他也皆能从中感受到美的情趣和意味。他对美的追求和体悟是惊人的，在他眼里，天地间的一石一水一草一木都充满了美的意趣，都可以引发他那无限喜悦情感的流动。他竭力调动深厚的积累和丰富的想象力，运用优美奇幻的神话，传说，创造美的氛围，构造美的境界。在他看来，世上不是缺少美，而是缺少发现。在《心中的倩影》中，这种对美的追求心理几乎发展到一种病态的程度。文中写道："我"对秦淮河早积了无限的思念。那"桃花似雪草如烟"的秦淮之春景，那"雕栏画槛，绮窗绣障，十里珠帘"的秦淮之繁华，那水碧林疏的秦淮之淡雅，让"我"为她魂牵梦绕。然而，当"我"来到秦淮河身边，却得知秦淮河早已失去了旧时的容颜时，"我"便决意不再前去探访了。这里，想象中的秦淮之美与现实中的秦淮之丑显然已构成了一对矛盾。为了不让现实中的丑，破坏心目中的美，作者宁肯置现实于不顾，而痴迷地保持着一个虚幻的美好形象，并沉醉于这一份虚幻的美之中，流连忘返。这正如现代西方人定义艺术时所说的，是"乐意的自我欺骗"，可以使主观精神从客观现实的丑陋压迫下超脱出来，而永远遨游于一种美的意境之中。

如果说这种对自然的美的观照还具有一定的理性认知色彩，主客体之间还存在一定距离,因而主体所获得的精神的自由解脱也还只是局限在一定范围内的话,那么,《读三峡》的最后,主客体则已趋于直觉合一,浑然一体的状态。文中那段"始读之,止于心灵对自然美的直接感悟,目注神驰,怦然心动……再读之,会感到主观的生命情调与客观的景物交融互渗,物我融为一体……卒读之,则身入化境,浓酣忘我的自然观照过程,极似那则著名的禅门公案广老僧三十年前未参禅时,见山是山,见水是水,及至后来亲见知识,有个入处,见山不是山,见水不是水,而今得个休歇处,依然见山是山,见水是水。"所说的都是感应自然过程,最终都归结到天人合一,物我合一之境界,是主观精神对客观外物的彻底的超越。"是纯粹的观赏,是在直观中沉浸,是在客体中自失,是一切个体性的忘怀,是遵循根据律的和只把握关系的那种认识方式之取消"。在这种境界中,精神才获得了真正的自由解放。

在《追求》《五岳还留一岳思》等篇中,作者又提出了一个与此相关的美学命题:"走近,却并不占有",寻找,却不想得到。山阴王子猷雪夜寻访好友,足足走了一宿,到达友人门前却悄然返回;于是作者得出了一个充满人生况味的结论:美的境界就在事物过程本身,到了顶点则索然无味。此中自然不乏积极进取的人生思想,但若再往深落一步,则完全可见出对艺术的人生的追求。过程是没有边际的,是无限的,它可以为心灵辟出一片开阔的境地,使精神永远处于兴味盎然之中;而目的则是狭窄的,确凿的,它会使一切都变得实实在在,了无情趣。过程可使生命活力完全释放出来,而目的则构成了对人生的重负和束缚。目的消解了,精神便可获得充分的自由。显然,作者是在肯定超功利的精神上的东西,在强调心性的修养和解放,并通过此种肯定和强调。使沉重的人生艺术化,审美化。其根源正通往道家人生意识。

道家人生意识最终使王充闾的人与文表现出生命向自然的回归,这是极其自然的事情。此中的"自然"并不仅指实体的大自然,也包括自然而然,不假人为矫饰之意。当然,客观自然世界常常是这种回归的具体指向。

因为，无论如何的超然旷达，人世间的纷争、倾轧、喧嚣总是客观存在，难以安放下逍遥自适的精神，而与人世间相对的自然界则显现为宁静和谐自然无为的状态。因而，身处现实生活之中却又无意于人世间的利害角逐的王充闾便难免要到自然中去寻找生命的意义和情趣了。他的80年代初期的作品《捕蟹者说》《小鸟归来》中就已表现出对自然的浓厚的兴趣。两篇所记虽然都是儿时趣事，但作为回忆，道出的却是一个已届知天命之年的风尘仆仆的跋涉者的心声；《野酌》《三道茶》则都表现出对恬淡自适、清静无为的世外生活的向往。《三道茶》中就这样写道："我同意那种'酒为热闹的社交而设，茶则是为恬静的朋侣而设'的看法。因此，喝茶时喜欢寻觅一个幽静的去处，向往那种临水卷书帷，隔竹支茶灶，幽绿一壶塞，添入诗人料的韵致。我曾自嘲：如果饮茶也分型列派的话，我当属于散漫型，自由派。一杯春露，两腋清风，畅怀适意，优哉游哉，尽半日之闲，涤积年尘腻，什么俗氛杂念，烦闷疲劳，都一股脑儿化解在茶的色、形、香、味里……那种超然气韵，大约只有钱起诗中描绘的'竹下忘言对紫茶，全胜羽客醉流霞，尘心洗尽兴难尽，一树蝉声片影斜'，可以略相仿佛。"此时，作者身上那种积极入世的儒家精神已难寻觅，代之的是道家的清静无为的出世之心。这是人的真性情的流露，是"率心而行""率性而行"。(袁宏道语)作者于《春宽梦窄》题记中道出的一个"真"字，在这里得到了最深层次的体现。这种成年后的率性之真与《捕蟹者说》中的童子之真，共同构成了生命的"真"，袁宏道称之为"趣"。袁氏在《叙陈正甫（会心集）》中说："……当其为童子也，不知有趣，然无往而非趣也。面无端容，目无定睛，口喃喃而欲语，足跳跃而不定，人生之至乐，真无逾于此时也。……迨夫年渐长，官渐高，品渐大，有身如桎，有肉如棘，毛孔骨节，俱为闻见知识所缚，入理愈深，然其去趣愈远矣。"王充闾的生命中是有过童子之至趣的，袁氏笔下的"迨夫年渐长"而"去趣愈远"的感受他也自然深有体味，他追忆儿时的乐事，他借茶而发的感慨，无疑都表现了对童真的迷恋，对世俗尘网的逃避，其本质正通往庄子的去"迹"返"真"。

这种生命向自然的回归在《清风白水》《情满菊花岛》等篇中得到了更进一步的深化。《情满菊花岛》勾勒了一个古朴的世界。那"一湾碧水隔断了红尘",人们"质朴好客,古道热肠"的菊花岛,那"处于一种与世隔绝状态。草深及腹,野花自开自落,白云闲去闲来"的羊山岛,简直是90年代的世外桃源,引发了作者极大的乐趣。置身此境,感到"十分踏实,十分快慰"。《清风白水》中的九寨沟,更显现出原始般的自然美。这里水质绝无污染,空气清新甜美,天空蔚蓝如拭,水色斑斓,瀑布飞悬,松风飒飒,鸟语关关。娇憨痴笨的大熊猫于溪边饮水时的悠然自得之态,令人忍俊不禁;满坑满谷、俯拾皆是的神话传说,更为此地平添了无限的神奇色彩。这一片"朦胧、神秘、奇丽、自然,充满荒情野趣,全无雕琢痕迹"的清风白水,不期然进入作者的性灵,引发的是对童子之情的向往。文中两处提及"童年""婴孩",一处是在写罢九寨沟的神话传说之后,一处是在描绘了九寨沟的荒情野趣。九寨沟的清风白水何以会唤起作者深切的童子之心,婴孩之情?盖因童心是未为世俗尘埃污染的清纯之心,童心的天真烂漫正与自然界的天然真趣相一致,如李贽《童心说》中所说:"夫童心者,真心也……夫童心者,绝假纯真,最初一念之本也。"此中的"真"与自然之"道"有密切联系,因此,凡看重生命的真性情真意趣者无不看重童心、童真,而对童心童真的依恋也正是出于归真返璞,全真葆性,是对自然之道的回归。故而一部《庄子》才多处出现婴孩之意象。相比之下,篇末的那番理性思维倒有几分勉强的意味了。

儒家人生理想的自觉追求
——论王充闾及其散文创作

◎石 杰

内容提要：儒家的人生理想是深刻而复杂的。概而言之，就是通过自我修养，达到自我完善与自我完成，从而使人生成为有价值的存在，使人成为真正意义上的人。王充闾及其散文的人生追求的核心，即在于此。

关键词：王充闾散文创作；儒家思想

起源于两千多年前的儒家传统文化，在历史的嬗变交替过程中，虽然曾不同程度地遭到非议和否定，它的博大和深邃，依然铸造了一批艺术家的灵魂深沉的道德感和使命感使他们的目光执着地关注着此岸人生世界，肯定生命的伟大，肯定生命的价值和意义，并欲在积极的入世过程中求得生命的价值和意义的实现，最终达到自我完善和自我完成。这是我面对王充闾的精神世界和艺术世界所产生的第一印象。

一

凡是了解王充闾内心世界的人，几乎无不感受到他那强烈的追求意识。他似乎太看重生存的价值了，他的生命的活力又似乎过于旺盛，他的大半生几乎都处于强烈的追求之中。他要极尽生命之璀璨，让生命充分释放出自身的光华和热量。

王充闾是深受儒家思想文化影响的人，他对人生价值的追求自有其特定的内涵。存在主义的人生价值追求在于个人的绝对自由，人本主义的人生价值追求在于对人的自然属性的充分肯定，而王充闾所追求的儒家人生价值则在于生命的道德意义。道德是生命的本质，也是生命价值的具体表现，他对生命的热爱不在于让生命作盲目的本能的冲动，而是首先进行道德意义上的选择，从而增进生命的价值。

这种道德意义上的生命价值的追求首先体现了群体意识和责任感。或许与他的社会政治地位有关吧，他的视域确实不在常人关注的范围内，儒家的治国平天下思想对他有着深刻的影响。在他的身上深深刻印着儒家的勤政、爱民、受言、纳谏、尊贤、使能、廉明、公正等观念的痕迹，他总是把个体作为关系的中心而不是与他人相分离的孤立的存在，因而群体意识和社会责任感就成了他的道德修养和价值追求的鲜明的体现。

只要是接触过王充闾散文的人，都能感受到这种强烈的群体意识。他总是把自己置身于普通群众之中，对劳动人民怀有深厚的感情并满腔热情地赞扬和歌颂。写于80年代初期的《老窑工的喜悦》和《东风染绿三千顷》通过农村生产和人的精神面貌的深刻变化，热情地歌颂了时代，歌颂了劳动人民的勤劳智慧；《仙阁遐思》《柳荫絮语》则分别通过蓬莱仙境前那"恒河沙数"的铺路石和从异地移至辽滨的行行路柳，高度赞扬了劳动者的"艰苦卓绝，踏实坚韧"的高贵品质和"所取者少，所予者多"的献身精神。作于80年代中期的《永存的微笑》赞扬了一位老园丁的"红烛精神"和"春蚕品格"。《美的探索》在写黄山美景之余，也由衷地表示了对那些黄山奥秘的先行者和铺设路石、巧架天梯的英雄石工的敬佩。写于80年代末期的《雅隆河，一首雄奇的史诗》和《南疆写意》借景抒情，分别热情地讴歌了藏族人民的勤劳智慧、真诚勇敢和历史上蒙古族土尔扈特部落长征万里矢志东归的坚强不屈。及至90年代初的《冰城忆》《长岛诗踪》等，文中也渗透了对劳动人民的歌颂。

与群体意识相联系的是社会责任感，它突出表现在对人才问题的思考上。王充闾极其重视人才问题,他的那部"以文字的形式、史论的笔法,把形象思维与逻辑思维、情与事、诗与史熔于一炉"的《人才诗话》,就是对人才现象、人才思想、成才规律、人才制度等问题的思考。其中,《爱才尤贵无名时》充分肯定了潜在人才的可贵和社会主义制度对人才成长的优越性;《意足不求颜色似》说的是选拔人才要重其本质;《何前倨而后恭也》由唐朝一官吏贫时受辱入仕后备受逢迎的经历,独到地提出了负面刺激对人的成才未必不是一种有效的推动力;《南郭先生与"大锅饭"》从社会发展的角度,对大锅饭这种社会体制及其对人才成长产生的不利进行了深刻的剖析;《陆放翁为海棠鸣不平》则表现了对于社会上对人才求全责备现象的深深的忧虑。除了人才问题外,社会责任感还体现在对为官者的思想、感情、作风等的表述之中。《送穷》《小楼一夜听春雨》分别通过"我"对农村的送穷风俗的感受和久旱之后第一场春雨降临时的喜悦,表现了作者的与民同乐的情怀;《私谒》《茶余漫话》则分别体现了对古往今来的"走后门"之风的厌恶和对清高廉正的节操的称颂;《历史的抉择》《功过古今谈》通过时间对古代为官者的功过是非的鉴别评判,肯定了"为民兴利""鞠躬尽瘁,死而后已"的高尚情操和作为官者的"我"相比之下产生的愧疚;《安步当车》《买豆腐》则分别体现出对为官者的俭朴作风的提倡和与人民群众思想感情上的融洽。此外,《淹城纪闻》《金牛山上古今情》是面对远古遗址而生的对历史上的成败与今人的责任使命的思考;《小鸟归来》《清风白水》中均发出了保护自然环境,保持生态平衡的呼唤……事实上,这类表现出群体意识和社会责任感的作品在王充闾散文中俯拾皆是,我们只是择其典型而言罢了。可以说,群体意识和责任感确实构成了王充闾散文创作的重要主题意向。

不难看出,这类作品的共同点是显示出很强的"客观性"和"向外性"。此中,历史、社会和劳动人民等意向代替了自我形象,对历史的反思、对社会的责任以及对人民的歌颂代替了个体情趣的表现,散文的"主体"似乎被置换了。这类作品较典型者是否取代了自我?这是我们必须弄清的,而理解问题的关键又在于如何把握作品中的群体、社会与个人之间的关系。不能否认，在这类主题意向的作品中，群体和社会确实占有相当重要的地位。但是，它们却不是作为外在于自我的表现对象孤立存在的，更不是对自我的代替。恰恰相反，作为一种高尚品质和人生修养境界、群体意识和社会责任感代表的则是自我的追求与实现。因为，王充闾散文中所追求的自我价值不是抛弃世俗的活动去换取内心的平衡和平静，而是要成就伟大的"用"。这种"用"的实现自然不能摆脱充满人际关系的现实社会，而要以群体和社会为实现途径。在这里，群体和社会不是作为个人的外在强加力量而存在的，两组概念间不是互相对立非此即彼的关系，而是一个和谐融洽的结构。此中，作者的着眼点虽然在群体和社会，然而最终的落实却在个人，在于个人由对群体和社会的关注中所显示出的生命的能动性和创造性，在于自我价值的实现。显然，这种群体意识和社会责任感本质上仍代表着作者儒家的自我完善和自我完成这一人生目标的追求。

事实上，我们从这种主题意向几乎贯穿了王充闾散文创作的始终，和他对这种主题意向所倾注的极大的热情中，也可以看出，简单地对这类主题作品冠以概念化、模式化并不合适。概念化和模式化的根本特点是思想感情的僵化和虚伪，而王充闾笔下的群体意识和社会责任感却出自一片真诚。他的忧患是发自内心深处的，情感上也无矫作之处。他执着地建设着他的理想王国并从中感受着劳动的喜悦。这种真诚和喜悦甚至不同于杨朔散文的规避自我而颂扬普通劳动者的光辉业绩（尽管他曾一度很喜欢杨朔散文），因为在这种规避和颂扬后面毕竟还隐藏了作者的认为自己没有"改造"好，生怕灵魂深处的"小资产阶级情调"冒出来犯错误、受批评的心理。而王充闾散文中的群体意识和社会责任感则带有极大的自觉性。他时时没有忘记他的人民公仆的身份和责任，笔墨从不缠绕在个人情感的哀怨之中，而是致力于从更大的视域、更高的境界来把握散文的创作，这结果就是"文以载道"。他在《清风白水》后记中说："创作本身也是一种诱惑，一种欢愉，一种享受，更是一种责任。""好在感情是真实的，'开口见喉咙'

直抒胸臆。无论是状时代之洪波,写人情之欣戚,究世事之得失,发物理之精微,都是意之所适,情之所钟,从心泉中自然涌流出来。"读王充闾的散文,我们似乎同时可以听到杜甫的"安得广厦千万间,大庇天下寒士俱欢颜"的热切的呼声,可以看到苍颜白发的欧阳修于醉翁亭"与民同乐"的情形,可以感悟到范仲淹的"先天下之忧而忧,后天下之乐而乐"的情怀。

如果我们结合作者的情况来读作品,便会对王充闾散文中的这种群体意识和责任感的深刻性、自觉性有更多的理解。王充闾自幼就读于私塾,曾用八年时间攻读经史诗文,可以说饱受中国传统文化尤其是儒家文化的熏陶。此时作者虽尚年少,然而诗的兴观群怨的作用以及进一步可使人获得的"近之事父,远之事君"的效果对一颗未成年的心灵的影响却不可低估。更为难能可贵的是,担负着相当一级领导职务的王充闾却有着一颗博大的爱心和炽热的情怀。他从小孝敬父母、尊敬师长、友爱邻里,对于生他养他的故乡,更始终怀着一份眷恋之情。扩而大之,他又爱他的祖国,爱四海之内的兄弟姐妹。他叹息陆游、唐婉的爱情悲剧,他帮助素不相识的一对夫妇寻找失散已久的亲人,他同情异邦那些年过"耳顺",或许大半生从未被爱神之箭射中过,却要在歌音舞态中表演爱情的圆满与幸福的女侍者。访日时,歌女的一支《渭城曲》,竟使他陡增思国之情,激动得差点儿迸出了热泪。性格的职业的文化的等诸多因素的共同作用,使他习惯于从历史的社会的角度去看问题,把个体融入集体之中,在道德修养中实现其人格理想,这是他的散文中的群体意识和责任感的根源。作为作者的人生观世界观的自然流露,它的出现是无意识的;作为一种生命理想的自觉的追求,它的出现又是有意识的。由于诸多复杂的原因,这种群体意识和责任感或许使文本与接受者之间产生一定的距离,然而其意境却自成高格。

二

翻开王充闾的人生履历，我们会看到一个有趣的现象，他的人生中的某些阶段的情形竟与儒家对人生过程的要求极为相似。他六岁开始接受私塾教育，先是"三、百、千"启蒙，继而四书五经，左史庄骚，诗古文辞。到了"志于学"的年龄，已完成了良好的早期教育。之后又接受了系统的学校教育，由中学而至大学。进入知命之年后，其文绩和政绩都已相当可观，及至今天成为海内外知名作家、学者和担负着相当一级领导职务的政府官员。这样，我们似乎可以说，王充闾的人生是实现了其生命的价值的人生，是有所"成"的人生。

但是，这种仅仅基于变化过程和外在形式来理解人的自我实现未免失之于肤浅，而传统儒家的自我价值实现的深层含义则在于一个人通过持续的自我追求和自我努力而进入最高的人生境界。《论语》载曾子言："士不可以不弘毅，任重而道远。仁以为己任，不亦重乎？死而后已，不亦远乎？"可见儒家是将自我修养和自我实现当作一个持续不断的过程来认识的，是一件贯穿一生的事情。这种不懈的追求精神正合于王充闾的人生。为了最终达到自我的实现，王充闾的大半生都是在持之以恒的追求中度过的。除了群体意识和责任感这种对社会和他人的关注之外，他同时也极为重视内在的自我修养和自我人格的塑造。这种自我修养和自我人格塑造又集中体现在三个方面，即求知、惜时和对老年阶段的积极乐观。

强烈的求知欲在王充闾的人与文中有着突出的表现"吾生也有涯，而知也无涯"，这句话所表述的不是价值的判断而是事实的陈述，于是出现了庄子的"以有涯求无涯，殆矣"。而王充闾却是反其意而行之的。他是散文家、诗人，同时又是一位名副其实的学者。"散文学者化"是他的散文风格迥别于他人的最为鲜明的标志。他的学识的渊博是惊人的。举凡左史庄骚、汉魏文章、唐宋诗词、明清杂俎，以及西方一些代表性著作，都在他的阅读范围之内。面对他的散文中那星罗棋布的古诗文句的引用，人们在惊叹其渊博之余，或许以为它们也出自学者们常备的资料卡片，殊不知这些几乎全部出自他那储存丰富的大脑。他对知识的渴求到了惊人的地步。游览常州淹城遗址，他是带着史学家和古文字学家的眼光来考察的：淹君是否奄被平服后流窜东南的一支？"會""淹"是否通假？吴语中，"延""淹"谐音，淹君是否即季札公子？来到风光旖旎的西双版纳，他急于求索的是历经沧桑、闻名于世的"贝叶经"，即便面对三峡胜景，他也不由自主地把它当成了一部"上接苍冥，下临江底，近400里长的硕大无朋的典籍夹读"当然，王充闾所求的"知"并不仅仅局限于书本范围内，也包括社会实践，某些时刻甚至超出了这两个范畴，而扩展为一种知识和直觉的智慧，一种对宇宙和人生之道的体悟。但是，他所求的"知"主要还是客观意义上的，是感觉之知与推论之知。这种经验之知的客观性与主体的追求之间构成一种张力，与生命的能动性和创造性的实现提供了契机。而他的把读书视为享受、视为平生最大乐趣、视为生活中须臾不可或缺的东西，则标示着读书已经进入生命的层面。在《节假光阴诗卷里》，他借明人屠氏的"我于书，饥以为食，渴以为饮，欠伸以当枕席，愁寂以当鼓吹，未尝苦也"和孔子读《易》的"发愤忘食，乐而忘忧，不知老之将至"，更进一步表明了知识于生命之重要和伟大的人格与求知的关系之密切。知识在这里已成了人格的重要构成成分，生命在求知中变成了一种有意义的存在。

惜时，又从另一方面表现了王充闾对儒家人生理想的追求。或许是因为自然现象的盈虚消长，社会历史的更替嬗变，和个体生命的倏生忽灭都与时间相联系的缘故吧，古往今来的有志者无不高度珍惜时间。王充闾也不例外。某些时候，我们甚至会感到他有过之而无不及。他有繁忙的公务在身，他有无法避免的世俗应酬，他还要读书、做学问、搞创作。如果时间在别人那里是以时计的话，在他这里则要以分秒计。他对时间的珍惜简直到了惊人的地步，他的散文中对此也有充分而又深刻的叙述和阐释。不要说那些散见于作品中的关于惜时的描写和议论，有几篇甚至专门写了珍惜时间。其中，典型的当数《逝者如斯》《我也会老吗》和《节假光阴诗卷里》。《逝者如斯》写的是一次跨海远航的感想。面对浩渺的苍波、漫无边际的大海，作者心中涌起的不是去国离乡的寂寥，不是对海上风光的欣喜，而是由一个关于儿时的梦境，引发出了对于时间——人生的思考。文中那种"过去已化烟云，再不能为我所用；将来尚未到来，也无法供人驱使。唯有现在，真正属于自己"的惜时观，那种对人生的由童年少年而至中年的弹指之间的体悟，都颇为睿智、深刻。尤其是那段"金钱财富可以储藏起来，可以留给子孙或资助他人，丢失了可以找回，花掉了还能重新积聚，而世上绝没有储存时间的库藏"的议论，更打破了传统的以金钱喻时间的说法。"逝者如斯"原出自孔子之口，《论语》载：孔子曾站在河边望着流水若有所思地说："逝者如斯夫？不舍昼夜？"此中的深意在于以不断向前的流水象征人的不断进取持续的自我实现过程，王充闾笔下的惜时的实质也正在于这种人生的不倦的追求。《我也会老吗》集中体现了人生的紧迫感。由青年而老年，这中间既是漫长的也是倏忽即逝的。每个年龄阶段都有各自的优势和劣势，优势和劣势又是可以互相转化的，关键是要惜时进取。文中融激情和说理于一体，极富辩证精神，对于作为一种时间现象的生命的意义，思考至深，追求至切。《节假光阴诗卷里》则更具体地将惜时落到了作者的实践中。文中虽多谈读书之乐趣，读书于人生之重要，然而读书毕竟需要时间作条件，而日沉于文山会海之中，公务繁杂的王充闾自然会对时间深有感慨而珍惜分秒了。文中有一段这样写道："我写过一首词，中有'时间常恨少，苦战连昏晓'之句。无论节假日、早午晚、一切工余之暇，我都攫取过来用于学习。即使每天凌晨几十分钟的散步，也是一边走路一边构思凝想；甚至睡前洗脚，双足插在水盆中，两手也要捧着书卷浏览，友人戏称其为'立体交叉工程'。"显然，这种惜时精神源自对生命的价值的追求。孤立的时间本身或许没有任何意义，然而，当人把自身的生命、事业的发展、价值的追求、理想的实现——投注于时间的铸模中之后，时间便与人的生命、事业、理想、追求等有了同等的价值。故而，当我们感受着王充闾对时间的极度珍惜的同时，感受到的乃是一种自强不息的生命精神。

王充闾对人生的老年阶段所持的旷达乐观态度，也从另一侧面反映了他的强烈的追求意识和良好的自我修养。他的几篇明显涉及老年问题的作品几乎都写于1985年以后。此时，作者已步入中年，对于一个具有强烈的追求意识和进取精神的人来说，他不会不想到老之将至甚至由此而生悲感，何况悲秋意识古已有之。然而王充闾对人生的中老年阶段却充满了旷达乐观。他现已出版的5本散文集1本诗词集都是他进入知命之年后面世的，其中的绝大多数作品也都写于这10年里。他在散文作品中所表现的对老年人生的乐观感奋之情更为深挚感人。《为花欣作落泥红》充分肯定了老年人在经验、知识、修养、能力等方面的优势，《老树春深更着花》则面对老年表现出"莫道桑榆晚，为霞尚满天"的积极乐观的情怀。尤其是《黄昏》一文，面对夕阳西下的黄昏景色，作者竟倍感精神的振奋，并以科学知识阐述了旭日东升与夕阳西下原本是同一事物的两种景象，从而否定了对人生的秋天的悲观衰瑟之感。

王充闾散文中对人生的老年阶段的乐观进取乃源自对人的精神和价值的强调。他对老年阶段的积极态度常常不仅单就老年阶段而论，而是将人生的少、壮、老这三个生命历程联系起来，使之成为一体，体现出对人生的自我修养和自我实现的完整的思考。在他看来，如果人在老年阶段中断了对人生价值的追求，那么他的生命的最后阶段的意义就会丧失，生命也就失去了它的圆满的结局。

当然，这种积极的人生追求意识并不仅仅体现在求知惜时和对老年人生阶段持有的乐观精神，而是表现为多方面。诸如《梦雨潇潇沈氏园》《青天一缕霞》中对爱和真的寻觅，《美的探索》《心中的倩影》中对美与善的向往等等，都是这种追求意识的体现。如果说群体意识和责任感的表现层面在于社会的话，那么由求知惜时等表现上的追求意识则更侧重于个体生命本身。它们共同作为美好的品质参与国人的自我塑造，参与道德情操的培养和人格的建构。读王充闾的散文，你是能感受到一种近乎完美的人格修养，感受到一个巍峨高大的道德形象。它甚至超越了内中的"我"这一具体所指，而是某种精神、思想、道德、情操的凝聚，是个体生命形象的恢宏扩大，是作者的文化价值观念和审美理想的寄托。

三

王充闾及其散文中的强烈的追求意识还充分体现在人对自然的观照之中。

王充闾散文中数量最多的是那些山水游记。对于这样一位理性极强的作家来说，他笔下的自然景物往往已经超越了客观存在本身，而是融心理境界、生活、人文历史、艺术创造于一体的"第二自然"，是主体的再创造。因而，主体的精神追求自然要融入意象世界之中。王充闾笔下的自然景观极为丰富，这里有三峡画卷、本溪水洞、龙首初秋、黄山胜景、南疆风光、蓬莱仙境，有苍松、白雪、日出、黄昏……积极的人生理想的追求意识使部分自然景物在作者笔下皆具壮美之特色。漫天飞雪中的天山山脉，宛如一条大约三至五亿年前从茫茫古海中腾冲出世的巨龙，"银装素裹，鳞甲飞扬，器宇轩昂，夭矫万仞"。九寨沟的瀑布，是"高悬天半，飞流直下"，"白浪翻滚，爆炸出生命的光华声色"。黄山松则是"冠平如掌，枝伸似臂，以低矮坚实的躯干，迎击着雷霆暴风的挑战"。日出是"东边的云脚慢慢移动，露出了一线曙光……渐渐地在天地交接处冒出一个红色的光点，随之金光四射……霎时一轮闪着金光的旭日跳跃而出"。就连那令多少文人墨客倍生萧瑟之感的黄昏，也色彩斑斓，颇为壮观！王充闾很少对景物作精雕细描的刻画，而是从大处着墨，寥寥几笔，自然景色的高阔、雄奇、强劲、伟丽便鲜明地凸现了出来，且多具一种动态感，生机勃发，至大至刚，具有一种"数学上的崇高"与"力学上的崇高"美（康德语），读王充间的散文，你绝不会产生因物落泪、对景伤情的悲感，有的只是一种向上的力量，一种乐观进取精神。他笔下的世界是一创化而健动不息的大天地，宇宙间充满盎然勃勃的生机；生存于其间的个人也由此悟得生命的崇高与伟大，并决心实现其无限的建树。这种形象与意境显然是客观物象借主观精神而赋形，是骨气劲健的人格所洋溢着的生命力的焕发，是主体对人生理想的追求意识的外化。

人对生命理想的追求融入客观自然景物，使景物蕴含了刚健勃发的生机，同时，自然景物也以其自身的特质作用于人，使人从自然中获得一种崇高的人格精神和蓬勃的生命活力。如烛天烈炬般燃烧在青翠的林峦中的龙首红叶，使"我"备感自然和人生的秋天的生机盎然；悄然开放，清香四溢的昙花，又使"我"体悟到一种淡泊自甘、多予少取的品格思想；五光十色、瑰奇绚丽的黄昏，激起的是"我"的旷达乐观、感发奋起的情怀；饮马河滔滔东去的清流，使"我"感受到的是200余年前蒙古族土尔扈特部长征万里、矢志东归的顽强意志。苍松使"我"想起坚贞不屈的志士，辽滨之城的翠柳使"我"领悟到一种高尚的情操和献身精神……这里，与其说人是在欣赏自然景物本身，不如说是在欣赏由自然景物所体现出来的某种属于人并为观赏主体所欣赏的精神、品质，亦即人格，而这正体现了儒家的自然观。积极入世的儒家并不否认自然的美，然而同时又认为自然之所以能够为人所欣赏，并不仅仅限于自然本身的美，更主要的则在于自然景物所蕴含的精神符合人的某种美德。《说苑》卷十七《杂言》载："子贡问曰：'君子见大水必观焉，何也？'孔子曰：'夫水者，君子比德焉：遍予而无私，似德；所及者生，似仁；其流卑下句倨，皆循其理，似义；浅者流行，深者不测，似智；其赴百仞之谷不疑，似勇；绵弱而微达，似察；受恶不让，似贞；包蒙不清以入，鲜洁以出，似善化；主量必平，似正；盈不求概，似度；其万折必东，似意；是以君子见大水必观焉。'"就是说，君子通过观水，可以获得德、仁、义、智、勇、贞等品格启悟，从而完善个人的道德修养，王充闾散文中那种理性化的观照自然的方式正与此同。

不过，这种以物比德的观赏方式由于失却了真正的审美意义而往往显得牵强僵涩。因为，客观景物之所以能够成为审美对象，固然因其能以自身的某种特质唤起人的某种内心体验，但是，这种体验应是自然而然地产生的，而不是理性思维的结果。且物与人的联系原本是非常广泛复杂的，仅仅以道德来比附也不恰当，这是我们对王充闾笔下的部分自然景物的描写和人与自然的关系感到生硬的原因。然而，内中体现的人从自然景物中获得某种精神，从而提升自身的人生修养境界，最终达到自我完成的追求，与在他的散文中居于主要地位的对儒家人生理想的追求则是一致的。

值得注意的是他80年代末以来的一些游记散文。在这类作品中，自然景物已不再作为某种理义的化身而存在，人对自然的向往也不再是因为自然景物的某些特质可以象征人的某种道德品质，横亘于人与自然之间的社会伦理道德规范的追求似乎已不存在，人对自然的观照趋于真正的审美境界。这一境界在《南疆写意》《雅隆河，一首雄奇的史诗》和《祁连雪》等篇中有着突出的表现。此中，外在的社会道德理性已内化为人的自然本性，个体的人已无须再去使自身合于某种道德，发乎情即止乎礼义。人不再是道德的主体，而是自由的主体，这从篇中人的游心于物，舒卷胸臆完全可以见出。但是，这种自由又是无往而不在规矩之中，无往而不合乎伦理道德的，因而人又是道德的主体，这种道德与自由的趋于完美的统一已接近孔子所追求的最高人生境界，即"从心所欲，不逾矩"的状态。它标志着人的最后完成，即立于性灵的个体性与伦理的社会性的自然统一，或曰诗性的动机与理性的节律的高度完美的和谐。这一境界是人在大地上的诗意的栖居，是人的精神对现实的超越，因而它常常借助自然界来表现，如孔子的独独首肯曾点的"浴乎沂，风乎舞雩，咏而归"。王充闾的生命中原是有着浓厚的诗意的，他的本我之生命力极其活跃，他也曾以社会伦理道德规范来约束它、扼制它。而他于自然中的这种圆融和谐的心态，正标志着诗意与居住在他身上已趋于和谐统一，也标志着他对儒家人生理想的追求进入了更高的层次，达到了更自觉的状态。

作为中国传统文化的重要组成部分，儒家的人生理想是深刻而复杂的。概而言之，就是通过自我修养，达到自我完善与自我完成，从而使人生成为有价值的存在，使人成为真正意义上的人。这是一种积极的入世精神，是对生命意义的充分肯定。王充闾及其散文的人生追求核心，即在于此。这种不懈的追求不仅形成了文学价值，而且具有文化价值；不仅具有认识意义，而且具有审美意义。或许，这正是他的散文在当代文坛越来越为人们所重视的一个重要原因吧。

"吟啸潮头倡雅风"
——谈王充闾诗词创作的时代特色

◎ 古 耜

  王充闾新时期以来写了200余首旧体诗词,值得诗词界和广大旧体诗词爱好者予以关注。他的诗词具有一种浓郁的、纯正的、地道的、不乏唐音宋韵的古雅之风。无论写诗抑或填词,无论律绝抑或古体,无论五、七言抑或长短句,皆能于格律或调牌上掂斤播两。对仗工稳,平仄合律,不违特定文体的基本要求。在此基础上,诗人再潜心研究揣摩古典诗词的整体神韵,讲究词汇的选择与搭配,注意语境的创造与生成,由此赋予作品一种唯中国旧体诗词才有的艺术风姿和美的魅力。如"为晴为雨总由之,埋首沉酣澹定时。异样丰穰同样乐,雨翁垂钓我敲诗。"(《棋盘山水库即景》)"轻舟如箭下江陵,高峡危滩一水争。短梦未成千嶂过,巫山何处听猿声?"(《三峡即兴》)这种艺术风姿和魅力是不难感觉和体味到的。

  王充闾诗词作品卓然有古风,但是不曾因此就产生同现实生活的疏离与隔膜;相反,一种浓郁而强烈的时代气息,挟裹着一种当代人特有的思想观念、精神境界、胸怀气度、情感志趣,显豁而又自然地贯穿在诗人那典雅绮丽、古色古香的诗行词章里:"埋首书丛怯送迎,未须奔走竞浮名。抛开私忿心常泰,除却人才眼不青。襟抱春云翔远雁,文章秋月印寒汀。十年阔别浑无恙,宦况诗怀一样清。"这首《写怀寄友》足以表现出诗人作为国家高级干部所抱定的淡泊从容、清廉自爱但又耕续不辍、恪尽职守的人生态度。"无言抑塞对宫墙,游子伤怀叹海桑。鸦噪云飞风瑟瑟,红星千载阅兴亡。"（《红场抒怀》）透过这低回沉郁的异域感兴，我们看到了一位共产主义者面对世界风云变幻所依然保持的坚定信念。"拜谒陵园感万重，细雨朦胧，泪眼蒙眬。鲜花碧血一般红，此也彤彤，彼也彤彤……"（《参谒大城山烈士墓》）这阕回环里有变化、复沓中见递进的《一剪梅》，真切地传递出热爱和平的诗人在缅怀为正义而牺牲的烈士时所产生的敬仰崇尚之情。至于"创业当年为战功，豪情未减倡新风。清荫留于他人赏，皓首林园种稚松。"（《赞老红军植树》）"竹帚钢锹伴晓晨，春寒恻恻汗淋身。沙沙响似敲篷雨，扫净街尘扫世尘。"（《扫街女工》）这类写人纪事之作，更是凭借全新的生活图景，展示了诗人全新的道德与精神评价。显然，诸如此类的诗词作品既是传统的，又是创新的，它们在古典和现代的两种美质的互渗与整合中，大大强化了自身的审美意义。

王充闾诗词所表现出的审美特质，至少有以下三点颇值得称赏和肯定：

首先，王充闾诗词善于在古典诗词形式中，注入全新的思想和情感内涵，以此实现古典美与现代美的嫁接与融合。他吟诗填词便极其注意用古典形式表达全新的思想感情。如《登辽宁彩电塔》："纵目苍空一豁然，摩天塔上瞰辽天。情怀小异登楼赋，襟抱遥同胆剑篇。球籍激人争上驷，宏猷励己拼中年。凭高易感风云会，澎湃心潮意万千。"此诗虽属传统的登高抒怀，但却丝毫不见古人同样情境下每见的或感叹自我渺小或哀伤命运多舛的意绪；而是以民族伟业萦绕在心，面对舒卷变幻的世纪风云所特有的忧患感、紧迫感和责任心、报国心，其境界自比古人高远得多，亦丰富得多。又如《鸭绿江晨泛·其二》和《秋游白洋淀·其十四》："烟雨迷茫荡画艨，江城秀色美无双。伤心不见鸭头绿，触目浊流似酱黄。""秋舸悠悠不计程，苍波翻墨暗流呈。十年可有鱼虾在？目注湖塘忒地惊。"此二诗自然是古人笔下屡见不鲜的山水行吟，只是所包含的主体情思，已不再仅仅是绿水青山、情景交融，而是透过一种否定性的感受，触及了当代全球性的大问题——环境污染和生态失衡。此类的诗作自然不乏当代艺术的感染力。

其次，王充闾诗词善于化用或借用古人的诗境与诗句，来表达全新的艺术感受，以此实现古典美与现代美的嫁接与融合。宋人论诗有"点铁成金""夺胎换骨""以故为新"的说法，意在强调诗歌境界应在前人作品基础上推陈出新。王充闾似乎很看重这点，从而写出了若干艺术境界旧中有新、似旧实新的篇什："高瀑千寻下断崖，轰雷奔马撼楼台。夜阑未听风吹雨，也有冰河入梦来。"这首《夜宿东林郡休养所》为诗人旅朝时所写，它显然从陆游《十一月四日风雨大作》一诗中化出，只是陆游诗中的戍边情怀到王充闾笔下，已变成了国际主义背景下的故土情结。再如《泰山夜宿》："少小离家夜不眠，情怀老大尚依然。山行只恐逢晨雨，几度推窗看晓天。"读此诗，我们很容易想到贺知章的《回乡偶书》，但是贺诗具有的人生沧桑感到了王诗中，便被现代人旅游途中的童心稚趣所代替。诸如此类的情况，我们还可举出《长白瀑布》《三峡即兴》等等。王充闾有时还尝试着集前人之句，成一己之作。如《集清》："满眼生机转化钧（赵翼），千秋文苑此传人（丘逢甲）。文山诗句眉山笔（邵长蘅），鬼斧神工出手新（孔尚任）。"这些原系不同诗人的诗句，经王充闾重新排列组合，竟成另一番意蕴和境界，同样令人佩服。

最后，王充闾诗词善于使用迄今仍有生命力的文言语词和不破坏文言语境的现代书面语，以此实现古典美与现代美的嫁接与融合。对于现代读者来说，旧体诗词的隔膜感和排拒力量终来自于它所使用的文言符号，这便无形中决定了今天的诗词创作要真正具备现代审美意趣，就必须对传统的诗歌语言有所扬弃与改变。王充闾的诗词创作便显示了自觉的语言探索意识，这就是在少用典、不用僻典之外，把迄今仍有生命力的文言语词和不伤害文言语境的现代书面语结合起来，以此构成既不失传统风貌，又不乏时代活力的诗体语言。在这一方面，诗人笔下诸如："浮云净扫天光碧，万点翔鸥乱撞诗"（《翠湖》），"俯瞰恍疑天上坐，抬头依旧月轮高"（《妙香山》），"江山也靠诗家捧，人爱风光我爱才"（《题〈辽宁名胜新楹联选〉》），"兴逐云帆穷碧落，心随彩翼驾长风"（《迎春风筝比赛》）

等等妙联佳句,使诗人的内在情感在一定程度上,打破了文言这只"木箱子"（周作人语）,从而更加灵动地跃然纸上。

"明时耻作闲情赋,吟啸潮头倡雅风。"（《金牛山诗社成立述怀》）在我看来,充闾这两句诗可以作为他诗词创作的纲领性写照——诗人正是站在时代的高度和生活的潮头来进行古典文学样式的当代探索的。正因为如此,这种探索就特别具有历史的和现实的、思想的和艺术的重要意义,也特别值得我们加以研究和总结。

诗思千古 叩问苍茫
——读王充闾《面对历史的苍茫》

◎魏正书　赵保安

内容提要：本文就王充闾同志的近期散文创作，探讨作家站在现实的根基上，人文观照、诗化处理和史家和勘劾筛选，使历史恢复鲜活的生命，实现了历史与现实的紧密契合。同时，通过探讨王充闾散文中的审美意象营构，表现出王充闾散文艺术家继承传统文化，开拓现代文明的诗人情怀。

五年前，有幸读了王充闾的《柳荫絮语》《清风白水》，就想写篇文章，并拟定了题目——王充闾散文的意象世界，终因种种原因未能竣笔。所谓种种原因，事务缠身是其一，而更深层的原因是，我预感到作家正处于诗文汹涌的喷发期，致使我下笔踌躇，措辞不逮。而读王充闾散文引起的情感波澜，却久久凝然于胸，果然，从那以后，王充闾同志健笔勤耕，又有《王充闾散文随笔选集》《春宽梦窄》陆续出版问世。读后，我曾向文友们惊呼：他是一位诗人，也是一位哲人。于是，想探寻王充闾诗踪文旅的心情又激荡起来，竟不知从何下笔。如果按照我五年前的想法，用哲理和美的意蕴来概括他的艺术追求，似乎欠缺点什么。缺什么呢？我尽力从新近出版的《面对历史的苍茫》的华章彩绘中寻找，才逐渐领悟到，只有把这种哲理和美的意蕴与历史的苍茫浑然一体，把王充闾的诗思融汇于中华文化精神的洪流中，才算庶几触摸到他更深沉的人文追求和个性寻觅。

诗思千古 叩问苍茫——读王充闾《面对历史的苍茫》

于是，一位从未晤面而久已熟识的诗哲便向我走来，与读者进行独具特色的蔼然对话。

一、还历史以鲜活

以史入文、入诗，代不乏人。历史上就有关于"用典""使事"之争，其实这种争论大可不必。历史既给文学以源源不竭的血脉滋养，又给文思以驰骋的广袤空间，至于用典使事的切与不切，关键在于能否让历史鲜活起来，恢复历史原根意义上的诗性生命。

王充闾对历史情有独钟，而且娴熟于心。读他的散文，如同跟随他访古览胜，走进历史的海洋里。战国群雄、秦砖汉瓦、魏晋风度、唐盛宋衰、边族饶勇，以及贯穿其中的儒释道思想汩汩融流，都以生机勃勃之气扑面而来，真可谓抬手举足，俯拾即是。其实所谓历史，除去留下荒冢遗址、宫基殿影之外，就是那绵绵不绝的记忆，那汗牛充栋的史册典籍也是一种记忆形式。历史是已然的存在，死灭了吗？还在延续；尘封了吗？还不时露出严峻的脸来。它的复活，有待今人或后人去叩问、去唤醒。王充闾就是这样的作家。他自觉地作为历史的叩问者、唤醒者，给历史注入鲜活的生机，使历史得以复活和新生。他曾谈道："这些已经尘封了的历史记忆被拂去时间的尘埃，自然而然地生动起来，鲜活起来。"这种化尘封为鲜活、化腐朽为神奇来自他对历史的深刻洞察和冷峻叩问。穿透历史的层层壁障，深入到历史的内里，从而开掘历史的底蕴或历史的生命之根，以便实现对历史的超越。王充闾究竟是怎样走进历史又超越历史的呢？我看有以下三点：

对历史的人文观照。历史以其博大给人们敞开过多的门径，政治的、经济的、军事的、哲学的，各入其门，各得其愿。王充闾是以其作家的人文情怀走进历史，拥抱历史的。他把历史遗留下来的故都景点都看作是人文现象的背景、产床或者舞台，无论朝代更替、帝王征战、千古兴衰如何频繁、凛冽，都遮掩不住他对人生体验、人文得失的探究和追寻。因此，他发现"人既是社会文化的创造者，也是社会文化的制成品"。（见《文明的征服》）进而发现由文化悖论导演出来的一出出喜剧、悲剧或悲喜剧。正是这种对历史的人文关怀，才能透过历史的烟云泥沙，捕捉并打捞那些隐藏在历史深处的人生哲理，从而点石成金，使几近死寂的历史焕发出新的生机。

对历史的诗化把握。王充闾曾说："跟着诗文走，想起一句诗，就要考其山川，寻其史迹。"的确，诗不仅成了他激发文思、结撰文章、增加情趣的艺术手段，而且也是他走进历史、观照历史的一个视点，一个切入口。因为，历史风云总是要在诗人情感的荧光屏上投下涟漪或波澜，或者说，诗是历史经过诗人情怀过滤、淘选后的凝结物，诗往往能更真切地窥视和品味历史的精髓或脉动。其实，在诗人的情怀里，史与诗往往是融合为一的。王充闾的散文虽然有诗牵出史、史引出诗等不同的表层思路，但其内里却有一个共同点，即对历史予以诗化的观照和把握。其中很多篇章给人的感觉是：史诗浑化，诗成史，史也变成了诗，两者相映生辉，相携一体，再也没有界隔。这种诗化处理，是对历史的一种再提纯，再浓缩，以便弥补历史本身的粗励和疏散；也是对历史的再开掘、再创造，以便打破历史时空的有限与拘囿，从而展露出历史的厚实感、纵深感和凝重感。

对历史的甄别和筛选。王充闾所到之处，都以史家的眼光问实求真，甚至对一些"史疑""史谜"也进行了探究和辨证。但是，他仍然是个诗人，对历史仍然侧重在艺术的选择和判断。在他的散文里，总是拨冗去芜、沙里淘金，选择那些意味隽永的人物和事件。事件不分大小巨细，人物不分贵贱尊卑，他们的喜怒哀乐、荣辱得失、逆顾沉浮等人生遭际，都反映着一种历史的必然，跳跃着历史的脉搏，这些史实、典故、传说、轶闻的采纳，不仅给散文增加了智性和情趣，而且以其人生哲理的意味，跨越了历史与今天的时空间隔，给人们以古老而又新鲜的启迪和警示，具有艺术的魅力。

总之，人文观照给历史以生命，诗化处理给历史以情感，史家的甄别筛选，给历史以永恒意味。这大概就是王充闾所说的"深度追求"吧。这就是王充闾的散文——一篇篇富有鲜活生命的人文史。

诗思千古 叩问苍茫——读王充闾《面对历史的苍茫》

二、历史与现实的契合

　　还历史以鲜活的生命是为了今天的现实人生。人们常常用"明史知今"、"以史为鉴"来揭示历史的价值和功能。王充闾也说："我是饱蘸历史的浓墨，在现实风景线画布上去着意点染和挥洒，使自然景观烙上强烈的社会人文印迹。我笔下的历史和诗文，无不和现实生活息息相关。"在王充闾的散文里，这种历史的鉴戒功能显得更深厚、更悠远，也就更带艺术的特色。陶明濬在诗说杂记中云："咏物之作，非专用典也，必求其婉言而讽，小中见大，因此及彼，生人妙悟，乃为上乘也。咏古之作，非专使事也，必了然古今之成败兴衰之所由，发潜德之幽光，诛奸佞于已死，垂为鉴戒，昭示无穷也。"（见《沧浪诗话》）王充闾的访古咏史，表面看来并无说教、训诫的痕迹，却给人以"婉言而讽""生人妙悟"的启迪，往往令人思之再三。其中的奥秘是，揭示了历史的"潜德之幽光"，消弭了历史与现实的距离，并使二者取得一种高度的契合，或者说神会。

　　《青山魂梦》中对李白人格的逐层透视，仅仅是对李白人生的回味和评价吗？非也。作者请出李白现身说法，其志不在文而成诗仙，寤寐入仕而跌入谷底。悲耶？喜耶？自知为喜，不自知为悲。这里含有多么丰富的人生况味！这不引起今人特别是知识分子们的深长思之而唏嘘再三吗？《土囊吟》和《文明的征服》是姊妹篇，追寻一个蛮荒边族凭其饶勇战败北宋，最后终于受中原汉文化的洗礼和濡染，演了一出征服者竟被其征服者所征服的悲喜剧，它给人们的启迪是丰富的。似乎在历史的背后，冥冥中有一种形而上的力量。宿命吗？非也。这力量就是否定之否定的历史辩证法，而文明则是其间的一个主导力量。我们今天重温这段历史，在时喜时忧、或起或伏的感情波涛上，不顿生对文明的敬畏和亲近吗？特别是在多元文化碰撞融合的现实面前，这两篇散文给人们的启迪将会随着时间的推移而不断增加。另有陈桥兵变换来的"万种繁华埋地下，骄奢淫逸转为空"，以及洛阳宫室变废墟等，都给人以沉甸甸的感受，感受到历史的苍茫，使人顿生沧桑正道之慨、之悟。从而给人以灵魂深处的震撼和警醒。还有《爱的悲歌》，引读者来到沈氏园，经受一番古代爱而不能的情感折磨。今天的少男少女们不油然产生对已获得的"婚姻自由"的百般珍惜吗？在不少的篇章中，王充闾以其对历史意蕴的深层开掘和对现实心态的准确把握，使两者互相贴近，彼此呼应，同感共鸣。引导读者去发现并感悟历史的"潜德之幽光"，这正是历史与现实的内在联系和契合点。王充闾不仅找到了这个契合点，而且使两者契合得如此天衣无缝，了无隙痕，达到浑然为一的境界。请看这段文字："汴梁城内到处布满酒楼、食店、妓院、戏场。宋代诗人刘子翚有这样一首诗：'梁院歌舞足风流，美酒如刀解断愁。忆得少年多乐事，夜深灯火上樊楼。'当时的樊楼三层高耸，五楼相向，彼此飞桥横架，明暗相通，为东京城内酒楼之最。据说徽宗赵佶私幸李师师即在此处。当时像这样的星级大酒店有七十二座，每家饮客常在千人以上，工商店铺多达六千四百家。……备述故都太平景象，其中已隐伏危败之由。"（见《陈桥崖海须臾事》）这是史耶？抑或是今耶？虽史犹今，今古互映。历史与现实就是这样浑化为一，达到密不可分的契合程度。

三、意象的营构

我总觉得，王充闾是以写诗的心态来创作散文。这不是指他在行文中引用大量诗词，也不是指他常常赋诗填词以助叙事剖理，尽管这些诗词如珠缀锦，为文章增光添彩。我是说，王充闾的散文创作刻意追求诗的意境。这种意境是他营构的一个个审美意象，按着一定的意脉或情脉穿插组合而成的。他散文中的意象系列如同万绿丛中点点红，蕴含着丰厚的情思和广远的艺术空间。对审美意象的刻意营构，使他的散文情味浓郁，诗意盎然。

早在《清风白水》，作家就着意于这种审美意象的捕捉和营构。谁能忘记"三峡"那群峰万壑叠起的浩大"诗卷"？谁能忘记飘逸在呼兰河上

诗思千古 叩问苍茫——读王充闾《面对历史的苍茫》

空的那片"火烧云"的霞彩。到了《面对历史的苍茫》,其意象更加蜂拥、密集,构成的诗的意境也更加恢宏、雄浑。从创作角度看,意象是笼万象凝于一,一个意象就是浓缩了的一个世界、一个宇宙;从接受角度看,这意象具有辐射性、延展性或再生性,引读者在想象的世界里畅游于万象之间,领略其中的无限风光和意味。王充闾散文的意象世界是丰富的,他对山川风物的摹影绘形,几乎篇篇都有。仅就他的咏史之作而言,给我的感觉是,他主要着力于两个系列的意象营构;其一是关乎世事沧桑成败兴衰,我把它称为警诫性意象系列;其二是关乎生命内蕴人格透视,我把它称为洞悉性意象系列。前者是对外部规律的塑像,如五国城的那个土囊、樊楼醉歌后的故都荒茔、靖难之役的叔侄相残等;后者是对内灵魂的斌形,如谢家青山下既悲又喜的李白墓、既有游侠慷慨又有美梦黄粱的古邯郸、蓄满爱情呜咽的沈氏园等。这两个意象系列交织在一起,相互辉映,便形成了一片历史的苍茫。如果我们把这众多的意象串联起来考察,就构成了一个整体意象,即在一片苍茫中,历代帝王的征战杀戮、狂躁奢靡皆成为泡沫和齑粉,都已泯灭无闻——是谓虚无;而历代诗人留下的光辉诗篇,却彪炳史册,辉映千秋——是谓永恒。这虚无中的永恒,凝结为一部艺术化的文明史。正是这个整体意象的确立,标志着王充闾的散文创作达到了一个"窥意象而运斤"的新境界,他的散文既涵载着深沉的人文意味,又有光辉多姿的艺术色彩,历史在他的笔下也便成了由一串串审美意象连成的诗化的历史。

审美意象来源于联想和想象,而植根于作家的艺术情怀和人格烛照。康德曾说:"审美意象是一种想象力所形成的形象呈现。"庞德也说,意象是"一种在瞬间呈现的理智与情感的复杂经验",并进一步指出,意象营构的关键是采用"思想的知觉化"技巧。王充闾的散文创作正是这样由想象力所展开的理智与情感的双重感悟,凝结为他的审美意象系列。因此,分析王充闾散文的意象营构,不能不关注作家王充闾的诗人情怀和艺术家的人格。对此,早有大量文章予以揭示,说王充闾是中国传统文化精神滋哺的作家,他既有儒家积极入世、充满忧患意识的魂魄,又有道家的鄙弃功名、甘于淡泊、洒脱优游的情怀,还有佛禅的善心烛照、护持自己的一片净心澄心。这当然是不错的。但是,也应该看到,王充闾的情怀并没有受到这些传统文化负面效应的束缚,而表现出更宽阔、更博大的胸襟,即虽入世而不因循,虽超脱而不高蹈,虽澄心而不虚无避世。也就是说,在王充闾的精神世界里,对待传统文化的濡染、吸纳,也如同他对待历史一样,是经过一番选择、过滤和甄别的。忽略了这一点,对他在散文中的驰骋古今、俯仰天地、瞻望前景,就难以做出合理的解释。王充闾散文的意象系列的建构,也说明他并不是一味地回到历史,去附庸传统,更没有在驳杂的传统文化中就范,而是在传统文化与现代文化双向交流双向渗透的交汇点上来驰思骋怀。他或者伤古慰今,或者感今追古,并不沉溺于历史和传统。从根本上说,他总是着眼或植根于现实,导引人们从历史根源上汲取某种滋养,警示人们在昂首前进时聆听一下历史老人那有声或无声的告诫,使浮躁者静下心来,使狂妄者醒悟自己的渺小,使执迷者产生某种敬畏。一句话,向后看是为了更清醒地向前看,以便使人们的步履更加沉稳和健捷。正是这一点,王充闾的散文创作拉开了与寻根文学的距离,在当今的文坛上独具特色。如果说,王充闾通过对意象系列的营构为人们寻找一个精神家园的话,这个精神家园既不在回到历史与传统,也不在虚无缥缈的彼岸世界,而是在历史与现实、传统文化与现代文化的交汇磨合上。同时,读王充闾的散文使我想到:人们常说的精神家园,并不是一个先在的固定的精神寄托场所,莫如说是在浩浩荡荡奔流不息的文明长河中的一叶小舟,乘着它才能顺流而下,激浪扬波,经受文明史的洗礼。这意味着:既要顾后——叩问历史,延续传统;又要瞻前——展望未来,激流勇进。从这个角度来看,作家王充闾既是传统文化的承继者,又是现代文明的开拓者。所谓承继,主要表现在他对古人的悲悯;所谓开拓,集中体现在他对今人的警醒。这两方面的结合统一,是探讨王充闾艺术家情怀的必不可少的依据和途径。我想,这样来认识王充闾,庶几能接近他的本色,他的实际。

王充闾的"诗语情结"

◎何 楠

当代文化散文已汇合成一部庄严雄浑的交响乐,而王充闾的《面对历史的苍茫》可称作其中一个华美乐章。收入《清风白水》集中的佳作《读三峡》《梦雨潇潇沈氏园》,虽然使王充闾的文化散文初露峥嵘,但这时尚未形成作家自己的散文思路和审美建构,而《面对历史的苍茫》则是王充闾的文化散文走向成熟和自觉的标志。

同样是驱遣历史题材的文化散文,同样是不跟随"扬旗排队的旅游队伍"而选择"单身孤旅",同样是"站在古人一定站过的那些方位上,用与先辈差不多的黑眼珠打量着很少有变化的自然景观""倾听着中华传统文化的回音壁,通过一块情感的透镜去观察历史""借山水风物与历史精魂默默对话",但王充闾和余秋雨是并不相同的。余秋雨以艺术理论家的学者身份挺进散文世界,《文化苦旅》等散文集铭刻着他开拓文化散文的筚路蓝缕之功。继余秋雨之后,王充闾以诗人的姿态悠然步入散文天地,《面对历史的苍茫》等散文集使他成为当代文化散文作家群中的佼佼者。

王充闾的艺术思维中常常萦绕着一种诗语情结。《面对历史的苍茫》"代序"说:千百年来,文人墨客为名胜古迹"写下汗牛充栋的诗文","远者如近,古者如今,活转来的经史诗文给我们'当下'一个时空的定位,更给我们一个打开的不再遮蔽的视界。在这里,我们与传统相遭遇,又以今天的眼光看待它,于是,历史就不再是沉重的包袱,而为我们思考'当下'、思考自身提供了无限的可能性"。这是一把解读王充闾散文的金钥匙。王充闾的文化散文是"跟着诗文走"的：名胜古迹—古人诗文—当下思考，是王充闾散文最基本的审美思路。由于这古代诗文的记索，王充闾散文具有一种审视历史生活的独特视角，一种"独特的话语构成方式"。他游沈园，叙述陆唐悲剧性的爱情故事，自然吟唱出陆游的《钗头凤》词，和唐婉的和词："难！难！难！"以及清人舒位所写"重来欲唱《钗头凤》"的七绝；他走进陈桥驿，叙述赵匡胤"兵变举事"，进而纵观宋朝兴亡史，联想起何齐有、北客的相关诗句："陈桥崖海须臾事，天淡云闲今古同"，"忆昔陈桥兵变时，欺他寡妇与孤儿。谁知三百余年后，寡妇孤儿又被欺"……就这样，王充闾每当游览古迹胜境，面对历史的苍茫，总是"脚踏在实实在在的自在的敞开的大地上，一任尘封在记忆中的此一景的诗文涌动起来，与那些曾经在这里驻足的诗人对话。"那些名章妙句、鲜活形象，使"尘封已久的记忆被拂去了时间的尘埃，一个个都涌动起来"，它们的参与"使历史意识和人生感悟汩汩流出，从一个景点、一桩事件走入历史的沧桑"。可以说，离开诗语情结，就读不懂王充闾，读不懂《面对历史的苍茫》。因此，我们拈出"诗语情结"来解读王充闾，展示其文化散文的独特风采。

论王充闾历史文化散文的审美超越

◎吴玉杰

内容提要：王充闾历史文化散文充满了一种超越意识，具有独特的审美价值。他探求"含蕴发展理念的传统精神"，关注的是超越时空的精神追求；他超越自然物象追求一种自由意识，但在表达时又不十分自由。他的创作是其生命价值的实现，也是他超越文本的生命承诺。

王充闾历史文化散文是用游记体写成的，它作为一种个性化的文本存在，有着独特的审美意蕴。面对历史，面对自然，面对文本，"我们总能深切地体验到一种超越性的感悟。"通过历史文化散文，王充闾找寻到"个体生命的价值，超越了时空的限制，获得了最大的精神自由，从而能够站在比同时代人更高的层次上俯瞰社会人生，获得一种自我完善感和灵魂归宿感"在对其作品进行艺术扫描时，我们发现它充满了一种超越意识。而正是这种超越才使得王充闾的历史文化散文具有独特的审美价值。本文试图从三个方面论述这种超越的内在构成及其美学内涵。

超越时空的精神追求

王充闾选择历史题材作为自己审美观照的对象，他超越了现实时空，把目光投向遥远的历史；而他又不拘泥于历史，再次超越历史时空，让目光重新回到现实。他辗转于历史与现实之间，努力发现历史的精神实质，力图做到对历史的现实性思考和对现实的历史性思考。

王充闾的历史观是很严谨的，既传统，又现代。说其传统，是指他严格按照历史唯物主义的原则来看待历史，尊重历史。他不会，也不可能，更不屑于像有些人那样戏弄历史、嘲笑历史，这些人显示了"对过去时代的无知，……感觉不到或认识不到所写对象与这种表现方式之间的矛盾，总之，文化修养的缺乏就是这种表现方式的根源"。对历史的尊重显示了王充闾深厚的学术涵养和严谨的创作态度。说其现代是指他不囿于历史，自觉接受新历史主义理论的合理成分。新历史主义认为，历史是作为一种文类一种特殊的本文而存在的。历史是可以阐释的，王充闾说："人们不能回避也无法拒绝对于历史的当代阐释。""对于历史过程的论述与解释，总要带着论述主体、研究主体的剪裁选择、判断描绘的痕迹"王充闾又避免了新历史主义忽视历史客观性的缺点，做到了真正地科学地对待历史。"因为历史是既成事实，对任何人来说，它的过程和结果都是客观的、不可变易的。人们评价的标准和尺度可以变化，但历史本体是客观存在，不以人的意志为转移。"王充闾既尊重历史的客观性，又把历史放在当代的状态下进行阐释。在他的思维空间中，现在是历史的延续，历史为现在提供依据。所以，他不停地叩问历史，寻找历史与现实之间的内在联系。

王充闾的历史观影响着他的文学观及创作实践。写历史题材的文化散文，"我们不是要恢复传统的生活，而是以发展为前提，探求含蕴发展理念的传统精神。"对此，郭沫若曾经说过这样的话："史学家是发掘历史的精神，史剧家是发展历史的精神。"对于文学创作来说，"发展历史的精神"是其艺术的血脉。史学与文学是两种不同的观照世界的方式，历史题材文化散文，把二者有机地联系在一起，但二者毕竟是两种不同质的东西，所以更要把握二者之间的区别。亚里士多德说："二者的差别在于一叙述已发生的事，一描述可能发生的事。因此写诗这种活动比写历史更富于哲学意味，更被严肃的对待；因为诗所描述的事带有普遍性，历史则叙述个别的事。"历史的客体是一种自在的存在，而历史的精神则在创作主体的激活下获得重生。具体的历史是暂时的，而作为历史本质的精神却是永恒的。发展历史精神，便使历史散文获得了哲学意味，获得了普遍性存在的审美价值。

王充闾用精神的链条把历史与现实紧紧联系在一起，他"一只脚站在往事如烟的历史尘埃上，另一只脚又牢牢地立足于现在。作家立足现在而与历史交谈，是一种真正的历史对话，但他的宗旨绝不是简单地再现过去，而是从对过去的追忆、阐释中揭示它对现在的影响和历史的内在意义。"只有对现在有影响的过去才是历史散文家要表现的，否则那过去便真的一去不复返永远成为过去。黑格尔说："这些历史的东西虽然存在，却是在过去存在，如果它们和现代生活已经没有什么关联，它们就不是属于我们的，尽管我们对它们很熟悉；我们对于过去事物之所以发生兴趣，并不只是因为它们有一度存在过。历史的事物……只有在我们可以把现在看作过去事件的结果，而所表现的人物或事迹在这些过去事件的联锁中形成主要的一环时，只有在这种情况下，历史的事件才是属于我们的。"王充闾用精神超越了时空的限制，发现了历史与现实共同的东西。在《文明的征服》中，他用艺术的语言叙述了历史的事实，并深刻地感悟到"战争的胜利者在征服敌国的过程中接受了新的异质的文明；这种新的文明最后又反过来使它变成了被征服者"。文明成了最后的征服者。王充闾在此超越了历史事实本身，获得了一种真理性的认识，无论在成为历史的过去，还是在现在，文明都是无法抗拒的。

王充闾自觉地站在当代文化的高度观照历史，但是他不是把历史与现实生搬硬套在一起而是叙述古今的共同的精神实质。"当代的立足点，应是事物的本质，并不完全要求回答现实生活中某个具体社会问题也不完全在于是否与形势的机械吻合。"这样，王充闾的创作超越一般意义上的功利性目的，获得了一种形而上的审美意义，像康德所说的"无目的的合目的性"。王充闾和 17 年散文家秦牧的追求很不相同。秦牧的散文旁征博引，谈古论今，但是他最终总要演绎出一个政治主题，这是政治思维模式的结果和当时意识形态的主流话语（政治话语）密切相关。王充闾注意到17年散文的局限，他也时时刻刻提醒自己，在古今中不追求表象的浅层次的对照或吻合，而追求一种更深、更高层次的汇通融合。所以，在他的笔下，我们看不到最直接的现实，现实是委婉曲折的辉映历史。他对现实的观照"有意识地延宕一段时间，搁在心里沉淀一下"，"有一番沉潜涵咏功夫"从而形成了对现实的有距离的审美观照。在这一点上，王充闾和余秋雨相同，余秋雨在解读历史中也确立当代的精神标高，文本中直接关于"当下"的文字也甚少。这可能是历史文化散文的一个共性吧。

　　历史散文作家在涉及当下时显得很含蓄，倾向没有特别地指出来，可以说是"不著一字，尽得风流"，这是一种臻于成熟的艺术化境。但是，在阅读文本时存在这样一个问题，由于读者的修养有限，能否把握住文本后面的审美内涵呢？历史文化散文取材历史，这虽然可以"由记忆而跳开现时的直接性"，"可以达到艺术所必有的对材料的概括化"但是，这也容易与读者形成距离，如果对现实的观照很少，又很含蓄，那么读者恐怕很难接受，造成阅读上的障碍。这就要求作者在创作中既要考虑到含蓄中艺术空白的审美价值，又要考虑到读者的前理解和他们的审美期待，应该让读者在文本的暗示中领悟到历史的启示，加深对现实的思考，找到古今共同的精神实质。

　　以当代的视点观照历史、以历史的视点观照当代，但又很少直接涉及当代的具体问题，王充闾追求的是"含蕴发展理念的传统精神"，从而使其历史文化散文具有一种内在的超越意蕴。

超越物象的自由意识

　　王充闾的历史文化散文是他在踏访全国诸多的名胜古迹后，结合自己的人生体悟而创作的。他观照历史，是从历史遗迹——现实存在的自然中开始的。他对历史的感兴，促使他游赏历史的遗迹，发掘人文山水中的历史意蕴；站在现实自然山水中，又触发他对历史的激情，达到与自然历史交融的状态。"站在大自然的一座座时空立交桥上"他有一种"走向自由、自在的轻松"在既是历史的又是现实的自然中，他超越了具体的自然物象获得了一种真正的自由意识。

　　文学创作的过程是主体的对象化和对象的主体化过程，由此，我们可以说王充闾的散文是"自然的主体化""主体的自然化"，主体与自然融为一体，"自然作为艺术的对象都是人的意识的一部分，是人精神的无机界，是人必须事先进行加工以便享用和消化的精神食粮。"每当他"徜徉于大自然敞开的大地上，总有一种生命还乡的欣慰与生命谢恩的热望。"自然是他的精神家园，在自然的怀抱中，他无拘无束，自由自在，找到了作为人的生命的感觉。马克思说："一个种的全部特性、种的类特性就在于生命活动的性质，而人的类特性恰恰就是自由的自觉的活动。"人本是自然的一部分，回归自然，在自然中真正感觉到了自由，于是王充闾才有"生命还乡的欣慰"。

　　王充闾超越自然物象的自由意识深受中国传统山水文学的影响。中国山水文学非常发达，谢灵运、孟浩然、王维、李白、杜甫、柳宗元、苏轼、陆游、徐霞客等创作了非常丰富的山水诗文，具有深厚的文化底蕴。在这些诗文中，自然是他们贯穿始终的表现对象，这和创作主体的归依体验是分不开的。归依就是寻找精神家园，"归依体验就是人们在寻找精神家园过程中所达到的神圣的精神境界，获得的充实安适和永恒的感受。……它源于对某种存在价值的探寻，对永恒境界的追求。"王充闾和中国传统文人一样，视自然为自己的精神家园，所不同的是传统文人眼中的自然是作为社会的对立面存在的，而在王充闾这里注重的是自然作为理性的对立面，它是人的感性生命的象征。人在自然中，会获得全身心的彻底自由，"人以一种全面的方式，也就是，作为一个完整的人占有自己全面的本质"。王充闾和中国传统文人的不同之处还在于，自然山水在传统文人那里更多的时候仅仅是自然山水，而在王充闾这里更多的时候往往是人文山水，它留下了历史的屐痕，具有历史的意蕴和文化的厚度。

王充闾的自由意识是在中国传统文化综合作用下产生的，它是儒释道的统一体。张炜写自然，为"融入野地"，具有老庄的遗风；贾平凹写自然为"平常心"，获得本真的感悟；张承志写自然，追求一种清洁精神，具有宗教意识；王充闾写自然，为"生命还乡"，开掘作为人的类本质的自由。在《寂寞濠梁》中，他极为欣羡庄子的"乘物以游心""独与天地精神往来"的自由，同时强烈悲叹现在很难体味到大自然的诗意存在，表达了失落后的心灵痛楚，叹息无所归依的精神漂泊。王充闾在自然中，体味到精神自由，寻求到古今文人共同的精神特征——对自由的追求与向往，他笔下的严光、阮籍、嵇康、杨升庵等历史人物莫不如此。对自然的向往，对自由的追求与老庄文化有一定关系，但他的自由不同于老庄"无为无不为"的自由，他追求的是有为的自由，他自己的人生经历说明了这一点。在王充闾的精神血脉中流淌的更多是儒家文化的血，在这一点上他自己有很多论述。他从小就受儒家文化教育，以后也主要受儒家文化的影响；同时，他在对自然历史的观照中有很多感悟，又有佛文化的光影。他的散文可谓是儒为骨，有充实之美；道为气，有鲜活之美；佛为神，有空灵之美。

王充闾超越自然物象追求到一种自由精神，这是他作为文人"本我"的实现。但是，他在表达这种自由时，显得并不十分自由，超越的内容并没有用充分"超越"的形式表现出来，这是他在创作中的一种矛盾，很可能是为官的那个"我"限制了这种超越。

阅读王充闾的散文，我们可以看出他严谨的创作态度。他写得小心翼翼，不动声色，倾向含蓄，深沉有余他写得冷静沉着，不是一味地宣泄，不罗列排比，造成一种排山倒海不可阻挡的气势；他写得不慌不忙，不为表象动容，而是深刻挖掘隐含在物象深层中的中国文人的汩汩血脉和精神链条。但是，严谨并不等于拘谨，如果写得拘谨，那么就不能淋漓尽致地表达自己的情感，就缺乏一种撼人心魄的力量。王充闾不会像秦牧那样去演绎一个政治主题，为文的他懂得那样会破坏散文的艺术性，影响文本的审美价值；王充闾也不会像余秋雨那样酣畅淋漓地去表达文明失落的悲怆、苍凉，表达对某种世相的强烈谴责，为官的他要有所顾忌。单纯的文人简单多了，为官为文的作家心理却十分复杂，矛盾重重，正像他自己所说："这不仅存在着时间、精力方面的矛盾，更主要的是个性、心境、情怀和思维方式、人才类型上的大相径庭。"一般的为官而为文，写几篇文章、出本集子赶赶时髦，证明自己的才识的存在，就已经心满意足；一般的为文而为官，官只是冠冕堂皇倒也潇潇洒洒；可是王充闾要为官也好，为文也好，那就要，自讨苦吃，有比别人更多的为官的痛苦和为文的痛苦，或许这才称得上王蒙所说的"积极的痛苦"。在这种双重角色的制约下，一方面他向往徜徉于自然中与古今文人对话的自由，一方面他被角色所束缚，没有充分地运用自由的方式去表达自由。

表达方式的不自由或者说拘谨，主要表现在主体渗透的薄弱。历史散文不同于历史小说和历史剧，历史小说以故事性打动读者，历史剧以戏剧性吸引观众，那么历史散文有什么独特的魅力呢？因为散文是一种最自由的文体，它最适合表达主体的情感，历史散文的魅力应该在于强烈的主体情感，所以历史散文在对历史对象的观照中，要把主体的情感渗透其中。史事与主体化合得很成功的是《狮山史影》。它写法新颖自由，以对联为线索贯穿全篇；主体情感渗透又很到位，对朱棣的评价、对建文帝的分析都留有创作主体的情感痕迹，让读者不仅看到一个历史人物，也看到经过主体情感过滤后的文学人物。作家写历史散文，不是在写历史，读者读历史散文也不是读历史。作家应该让读者在阅读中忘掉历史。这就需要作家的主体情感在历史中化合，真正做到主体的对象化和对象的主体化。如果读者在阅读散文中感受到的只是历史，那就说明作家主体情感渗透不够，历史还未经过作家主体心灵的陶冶成为主体的对象化存在。马克思说："只有当对象对人来说成为人的对象，或者说成为对象性的人的时候，人才不至于在自己的对象里面丧失自身。"《劫后遗珠》中的前部分写得十分自由，以"山西出将，山东出相"的说法开始引起读者的阅读兴趣；但后部分很多地方仅仅停留在对史实和物象的叙述上，没有向对象渗透充分的主体性，作者只是以一个叙述者和观察者的身份出现在作品中，读者看不到，也感觉不到主体的情感流露。这样，作品中发生在雁门关战争的历史事实和南禅寺等自然物象都是凝固的，无法跟随主体跃动起来，造成阅读过程的沉闷、呆板。表达方式的拘谨使客观叙述性语言多于描述性语言。亚里士多德说写史用叙述，写诗用描述，对历史人物的塑造不仅要用语言叙述他们的活动，也要用动作、语言、心理、细节等描写方式刻画他们的性格。历史散文虽然不同于历史小说，但多运用的几种表现手法会使作品有变化流动之美。《狮山史影》的成功得益于情感渗透，也得益于对朱棣的心理分析；《雪域情缘》得益于自然的化境，也得益于人物之间对话描写和细节描写。手法的灵活运用、主体情感的自由渗透，使文本变幻多姿，激起读者的欣赏情趣。在创作过程中，"应该给予你内心世界的自由，应该给它打开一切闸门，你会突然大吃一惊地发现，在你的意识里，关着远远多于你所预料的思想感情和诗的力量。"康·巴乌斯托夫斯基的话是说，一个作家要用一种自由的心态去进行创作，这样才会有意想不到的艺术效果。散文应该是作家的心灵剖白，若主体渗透不够，读者就无从把握。在这一点上，我更欣赏王充闾写的序后记或答记者问的一些话，它们说得很真诚，很自由，也很有深度。但是，也许正是历史散文的这种不自由，才使得王充闾不是秦牧，不是余秋雨，他只是王充闾，是一个不重复别人的个性存在。为文的他是一个感性的本我，为官的他是一个理性的自我。他是一个矛盾统一体，所以才有他追求自由的不自由。

王充闾面对自然，感受清新、清丽、清静的三清化境，又超以象外，追求味外之味自由。自由穿越过时空的隧道，获得一种历史感和现代感。

超越文本的生命承诺

王充闾写历史文化散文，探索内在超越之路，这不仅是一种精神超越，一种自由超越，也是一种生命的超越。他"沿着历史的长河漫溯，极目望去，常会感到生命之重。"他常常思考，自己不能仅仅是一过客，必须留下自己的心音，生命的痕迹，于是他"饱蘸历史的浓墨，在现实风景线的长长的画布上"，为我们绘出一幅幅凝重的历史画卷——《春宽梦窄》《鸿爪春泥》《清风白水》《面对历史的苍茫》《沧桑无语》。这些作品不仅是一种文本存在，更是创作主体超越文本的一次次生命承诺。

王充闾在《青风白水——后记》中称："创作本身是一种诱惑，一种欢愉，一种享受，更是一种责任。"我们的周围有不少"站着的"写作、"躺着的"写作，甚至是"睡着的"写作，但缺乏的是一种有责任的写作。王充闾的写作正是一种有责任的写作，更是一种生命的承诺。"良心的声音和对未来的信仰"，"不允许真正的作家在大地上，像谎话一样虚度一生，而不把洋溢在他身上的一切庞杂的思想感情慷慨地献给人们。"王充闾通过写作，实现自己的生命价值。在文本中，王充闾格外关注历史人物的生命。在他的笔下，涉及的大多是两种人物，一是帝王，一是文人，或许可以称之为帝王情结和文人情结吧。写帝王，除了写他们作为帝王之外，还写他们作为一个个体的人的生命。如说李煜，作为帝王他是失败的，但作为个体的人，他又可能找到自我的感受；写文人，有两种，一种学而不仕，如庄子、严光、阮籍、嵇康；一种学而仕，如李白、杜甫、司马光、王安石、苏东坡、杨升庵等。这些文人命运坎坎坷坷，但是更多的人能够超越自我，获得一种新的生命的价值。苏东坡与黎族人民的深情厚谊，使他"获得了精神上的鼓舞，心灵上的慰藉，以及战胜生活困苦、摆脱精神压力的生命源泉，实现了无往而不自如的超越境界。"王充闾通过写作，是想打捞出超越生命长度的一系列感慨：永恒与有限、存在与虚无、幻灭与成功、苦难与辉煌。在这一切的背后，他追求的是生命的价值——不仅是自己的生命价值，历史人物的生命价值，更有人类的、自然的、历史的生命价值和艺术的审美的生命价值，由此，他的创作又获得一种超越性意义。

写作是王充闾生命的承诺。他说本质上他是一个文人，视写作如生命。他和史铁生不同，写作对于史铁生是别无选择的选择。史铁生也关注人的生命，也具有超越，但是史铁生的超越是超越人的生存困境，使生命过程的意义显现，史铁生的散文是其自我救赎的一种方式；王充闾是主动地感受到生命之重，追求的是生命价值的实现。

用游记体写历史文化散文，具有一定的创作难度，不仅有一个时空超越问题，还有题材和体式问题。游记体大多是即兴的东西，缺乏沉潜涵咏，而历史文化散文正要求有一番沉潜涵咏功夫。王充闾有相当丰富的学术涵养，他在某种程度上较好地处理了题材和体式之间的这种矛盾。他超越时空的精神追求，超越物象的自由意识，超越文本的生命承诺，使他的历史文化散文获得了一种超越意蕴，具有独特的审美意义。

王充闾散文创作中的自我超越
——论《面对历史的苍茫》

◎石 杰

内容提要：《面对历史的苍茫》是王充闾散文创作中的一部具有特殊意义的作品。它既表现出对其以往的创作的超越，同时也预示了未来语境的转换。

我读王充闾还算得上早。从《柳荫絮语》到《人才诗话》《清风白水》《王充闾散文随笔选集》，乃至那部古体诗词集《鸿爪春泥》，都曾陆续进入我的阅读范围。一部《春宽梦窄》，使他的创作走上了峰巅，那浩大的气魄，驰骋的才情，深刻的哲思，悲悯的情怀，都不由得使我感到王充闾是真正成功了，而他日后的散文创作大概很难跨过这个高度。乃至当我从他独有的语境来推测他日后的散文的发展时，心头竟感到有些迷惘。

三年后，我见到了他的散文新著《面对历史的苍茫》（以下简称《苍茫》）。

读罢《苍茫》是一个春日的黄昏。太阳还没有落，暮色已渐渐围上来，我望着天地间这凝重静穆的景色，心中竟久久说不出一句话来。这原因固然缘于作品本身，是作品产生的阅读效应。这一表述的含义并非指通常所说的文本使读者感到沉重、压抑，而是面对成熟我觉得最明智的选择乃是无言。然而搞评论的人似乎天生就是一个聒噪的角色，于是，我和主张不立文字的禅师们一样，终于又写下了这样一篇文字。

一

《苍茫》是成功的，其成功的程度甚至让人在思考到它的必然性之前先有一种出乎意料的惊异。如果说《春宽梦窄》放射的是青春的绚丽的辉光，《苍茫》则展示出成熟的魅力。因此，若从王充闾个人的创作过程史来看，它无疑是对过去的超越和发展。

对于一个成熟的作家来说，超越自己并不是一件容易的事，内中可见出主体审美需求的变化。王充闾是带着一身清纯进入文坛的。他1935年生于闾山脚下一户农民家庭，4岁初识"之无"，6岁进入私塾，于工作岗位读完大学后，又做新闻记者和副刊编辑工作，他的散文创作也就是从这时开始的。初涉文坛的王充闾带了一股单纯和热情。他写自然，也写社会生活，但这些都归结于对时代的礼赞和歌颂，虽然不乏清新明丽，却也流于单薄浅显。这种情形很快被作家意识到了。为了改变这种状态，他开始下大力气研读马克思的哲学著作、西方哲学史和黑格尔美学，以期从哲学高度认识世界，感悟人生。他的80年代中期以后的作品的思想内涵和美学意蕴也确实较前明显丰厚。我以为，这是《春宽梦窄》取得成功的主要原因。但是，我们若是用挑剔一些的眼光看，便不难发现，这些已得到文坛充分肯定的作品似乎还缺乏一种东西———一种对生命固有的悲剧感的展示，或曰，在思想和文化的绚烂背后还缺乏史的悲怆和深沉，这使得他的作品的内涵仍然显得有点儿"单"。而在《苍茫》中，我却感到了一种前所未有的深沉和厚重。我激动、沉默，生命的悲怆和负重感使我体验到了诗与史的力量。

王充闾是以重温和反思的方式走进历史的，导致他进入历史的直接原因是近年的几次出行。1993—1997年，他先后访问了河南、安徽、云南、黑龙江以及山西等地。耳闻目睹，加之对有关史籍的研读后，发而为文，于是便有了《苍茫》中的主要篇章。熟悉王充闾的人都知道，他以前的散文包括《春宽梦窄》多是以游记方式写成的。在自然景观中融入时代精神和人文思想,是他的艺术思维的基本特征。因而,作品所凸显的是一种文化情境。而在《苍茫》中,历史是主体审美观照的重心。对历史的重温与思考构成了文集的基本主题。在这里,自然风物、人文景观与历史是叠合在同一层面上的,而诗词、轶闻、佳话则是引发作家的激情与联想的珠子,经由一根心思的贯穿,衔接古今,沟通内外,使主体从一个景点、一桩事件进入苍茫的历史深处,于是,尘封久远的历史文化内涵便在古今相接的一瞬间汩汩而出。洋洋五六千字的代序"千古兴亡,百年悲笑,一时登览",说的就是王充闾的创作心态、情感特征和他把握人文、历史与自然的艺术方式。

《青山魂梦》是对诗仙李白的沧桑人生的观照。它是文集的第一篇,也是至为重要的一篇。在王充闾眼中,李白既是一个具体的个体生命形态,一个死了1200多年的诗人,同时更是一个文化历史现象,一个伟大的存在,一个生命与自然化在了一起的永恒。于是,面对李白晚年活动的当涂、宣城、秋浦、泾县一带的自然山水和历史遗址,作家不禁百感丛生,诗仙的诗词佳句及其有关轶闻史话也纷涌而来,乃至神游古今,与这一古代精魂做了一番倾心的交谈。王充闾从政治抱负与政治才能的矛盾,从政要求与个性特色的冲突,现时情形与不明于知己知时,文坛的万古留名与仕途的落拓穷愁等几个方面,解读了李白的悲剧人生。一个伟大的灵魂,就这样带着历史固有的纵深感、文化的凝重感与生命的沧桑感伫立在了"青山"这块现实的土地上。作品融诗、史、哲、文于一体,其深刻与全面,无论在学术界还是文学界,均为罕见。《陈桥崖海须臾事》《存在与虚无》《狮山史影》三篇分别通过有宋一代的兴衰史,魏晋时代的历史变迁及明初三代君王的行藏史迹与传说,表明了存在与虚无、永恒与瞬间、必然与偶然、无限与有限之间的关系。繁华富贵转瞬化为废墟泥土,威威赫赫倏忽无声无息。作家谈成说败,谈兴论亡,似乎不经意间便道出了一分历史的沉重。就连那篇叙述陆、唐之爱的《爱的悲歌》,也饱含着世事的变迁与人世的沧桑。"梦断香消四十年，沈园柳老不吹绵"，"玉骨久成泉下土，墨痕犹锁壁间尘"。而今沈园柳树、墙上墨痕焉在？便是诗翁自己，也化作泥土了。"濠濮间想"一组中的几篇谈到了艺术、自然、人之间的关系，"天涯寻觅"一组以轻松之笔写人间情事，均不乏深沉与厚重，而人生之沧桑感仍以"青山魂梦"一组为重。面对历史时空的无情与这种无情予人的无奈，王充闾立足于现代的高度，以哲人的眼光，解读民族历史和民族精神，"或敞开传统文化和现代文化双重渗透下的自我，对文化生命做真正的慧命相接，将灵魂的解剖刀直逼自我，去体味焦灼后的会心，冥思后的渐悟，凄苦后的欢愉；或关注历史上递嬗兴亡、人事变迁的大规模过程在时空流转中的意义，强调人情物事的文化价值，而使某些特殊人格与精神的象征挺立于时间长河之中，显示出一种历史的乐感与恒定感；或是夸张时间的销蚀力，以致一切人事作为都隐现了终极毁灭的倾向，如此引发一种宇宙的悲剧性与无常感。"（《面对历史的苍茫·代序》）于是，个体生命便在对历史的嬗替、流转、变迁的体悟中，产生了对有限的存在的无限超越感。

  叔本华曾经这样说过："我很希望有人来写一部悲剧性的文学史，他要在其中叙述：世界上许多国家，无不以其大文豪及大艺术家为荣，但在他们生前，却遭到虐待；他要在其中描写，在一切时代和所有国家中，真和善常对着邪和恶作无穷的斗争；他要描写：在任何艺术中，人类的大导师们几乎全部遭灾殉难；他要描写，除少数人外，他们从未被赏识和关心，反而常受压迫，或流离颠沛，或贫寒疾苦，而荣华富贵则为庸碌卑鄙者所享受，他们的情形和创世纪中的以扫相似。"王充闾没有去写人生这类具体的苦难，他甚至无意于对真善与邪恶做道德上的区分，只是着眼于在有限的存在面前人的生命的奋力挣扎，以及最终不可避免地归入虚无。于是《苍茫》揭示了与价值和意义相对的生命和人生的另外的一面，一种悲剧性的存在。"悲剧是最高形式的艺术"（朱光潜语），它以自身独有的力量，唤起人对宇宙人生最深刻的感受，《苍茫》予人的悲怆感，正缘于此。

二

由美的追寻到史的探索,喻示了作家理性的强化。

凡是接触过王充闾及其创作者,几乎无不对其极强的理性留下深刻的印象。他太冷静,太透彻,乃至散文作家常有的直抒胸臆,都被他有意无意地隐藏起来了。这一感觉固然不错,然而我们若是把理性由心理学范畴置于哲学范畴,便会发现事情其实并不这么简单。循着作家的足迹回溯,当不难发现这一点。王充闾是在20世纪50年代中期进入文坛的,他的创作一开始就受到了特定时代的影响。在五六十年代的中国,文学是个人参与革命的一种方式。对作家的社会主义立场的庸俗理解,对文艺为政治服务的片面强调,使作家除了"歌颂"别无选择。因此,王充闾早期散文表现为一种人们非常熟悉的文学模式便是十分自然的了。这种模式的显著特点是从政治的角度去认知和表现历史及现实,以主流意识形态话语代替个人体验和个人话语,因此,事物本身固有的真实和复杂便在一种模式的规范下消失殆尽。这种情形一直持续到1984年前后,作品多辑于《柳荫絮语》。当然,我们并不否认作家当时投注的满腔热情,正如他在《柳荫絮语》后记中所说:"无论是状时代之洪波,写人情之欣戚,究世事之得失,发物理之精微,都是意之所适,情之所钟,从心泉中自然涌流出来的。"然而,对虚假的热情和真诚,正说明主体理性的缺失。所以,从王充闾早期散文里,我们常读出对自我的规避、对生命的扭曲、对情感的矫饰。

现在看来,那一时期的创作未尝没给作家留下痛苦,因为任何虚伪都不能恒久。而当作家一旦发现了这种真诚的虚假后,必然产生灵魂深处的震颤,进而在否弃中开始新的探求。我想,这当是80年代中期以后王充闾散文发生明显变化的根本原因。这一变化是以王充闾对西方哲学和美学的投入为起始的。哲学的基本意义是给人智慧,使人明智,西方哲学和美学也确实使王充闾在认识世界、感悟人生上有了大的飞跃。这一时期王充间笔下的审美客体包罗万象，活跃的文化氛围和勃发的创作激情使他持续地醉心于对自然山水和人文景观做美的观照，生命的价值和意义是此一时期的表现中心。这种由对时代、社会的歌颂到对人生、文化的审美需求的转化，不能说不是主体理性强化的结果。但是，此一时期王氏的思维显然带有知性分析思维方式的特点。在这种思维方式主宰下，人的自我价值和自我实现被高扬到了不恰当的程度，因此，这一时期王充闾散文的一个主要命题便是顽强的追求便可实现一切理想。文中的自然风物和人文景观几乎无不洋溢着勃发的生机和活力、绚烂多彩和阳刚之气。尽管他也或直接或间接地提出了"走近，却并不占有"，"美好的境界就在过程本身"的说法，但其根底正在于为追求保留一份余地。这里显然有以想象代替实际，以激情代替理智的成分。所以，我们从他这一时期的散文里常常可以感觉到人与自然景物间的隔离。其实，正如印象派画家莫奈所说，真实的东西都和"瞬间""特定时空"有关。而瞬间和特定时空是什么？是有限。当然，王氏并没有让他的激情走得过远。面对"春宽梦窄"的现实，他还是承认了人的有限。他在《春宽梦窄》题记中这样说："'春宽梦窄'原是一句宋词，现在把它摘取来作为书名，意在说明大千世界和人生旅程是丰富多彩的，是无限的；而作为现实与有限的存在物，人的想象能力、认知能力、表现能力，按它的个别实现和每次的现实来说，则是有限的。因为人的思维都是在完全有限地思维着的个人中实现的，不能不受到时间和空间的制约。"这是作家理性作用的结果。这一表述对于王充闾来说具有重要意义，他此后的创作中的变化几乎都可以追溯到这里。不过，若是说句带些揣测色彩的话，我觉得王充闾在说这番话时有些悲哀，有些无奈。真正表现出作家足够的理性的还是《苍茫》。

体验并承认"春宽梦窄"之后的王充闾会走向哪里？这是我在读过《春宽梦窄》之后一个时期内集中思考的问题。我曾想过他会不会也归入宗教，因为在思维的混沌之处，在命运的迷茫之点，人往往祈灵于神的救助，何况他以前的作品中已流露出一些消沉意绪。然而，一部《苍茫》使我大出

王充闾散文创作中的自我超越——论《面对历史的苍茫》

意料：王充闾走向了历史。

历史是什么？是自然和社会的昨天和前天，是一切事物的发展过程。作家对确凿无疑的史实的认定，宣告了与一切虚幻的终极实体的绝缘。因此，投入历史本身，就显示了理性的力量。面对历史，王充闾不再局限于触景生情，对客体作美的感悟；也不再迷醉于生命自身，追寻无尽的青春活力，而是在事物的关系中去分析、肯定、批判、叩问，于是，历史便在理性的冷峻的审视下现出了真实面目。《土囊吟》揭示的是历史的教训。在叙述了宋朝徽钦二帝的惨痛遭遇、金代海陵王的重蹈覆辙之后，作家借唐人《阿房宫赋》中的话语，沉痛地说道："灭六国者，六国也，非秦也；族秦者，秦也，非天下也。""秦人不暇自哀而后人哀之；后人哀之而不鉴之，亦使后人而复哀后人也。"可谓深透警辟。《文明的征服》所阐发的是历史的规律。作家写罢金人接受汉文明而又在接受过程中丧失了一些自身固有的优势后，慨然叹道："呜呼，遐方禹域，依旧是天淡云闲，铁马金戈，都付与荒烟蔓草。谁是最后的征服者？不是拿破仑，不是亚历山大，也不是完颜三兄弟，而是文明。"这样的表述是极深刻的。试想朝代变迁，新旧递嬗，几曾脱离这一道理？非有至深的理性，绝难道得出来。对历史的形而上层面的思考甚至使他于不知不觉间淡化了形象思维的特质，而采用了分析归纳的方法，于是，作品于记人叙事之中，又深存着一层理论色彩，纵横着逻辑思维的轨迹。一篇《青山魂梦》，围绕着一个伟大的文化存在，从一般与特殊、主观与客观等多方面，全面地辩证地分析了李白的人生，读来令人心折。《文明的征服》通篇以史实、理论为文，以平实深刻见长，无异于一史论也。就连那篇极易使人生慨的《狮山史影》，也皆是作家理智的叙述。理性是建基于感性之上的思维活动，是人对客观事物的本质、事物的全体和事物的内部联系的认识。正是由于理性的作用，历史才在创作主体的选择、判断、结构、想象中显得格外深邃和厚重。其至真至深处则是存在后的虚无。纵观一组"青山魂梦"，可以说空幻虚无是王充闾笔下的历史的根本含义。他在《陈桥崖海须臾事》中说："前人何希齐有这样的两句诗：'陈桥崖海须臾事，天淡云闲今古同。'它把我引到了开封附近的陈桥驿。漫步古镇街头，想到诗中说的，从赵匡胤在这里兵变举事，黄袍加身，建立宋王朝，到末帝赵昺在崖州沉海自尽，宣告宋朝灭亡，300多年不过转瞬间事，可是仰首苍穹，看看大千世界，依旧是天淡云闲，仿佛古今都是一样，不禁感慨系之。"在《存在与虚无》中，面对皇家累累荒冢又写道："无论是胜利的、失败的、得意的、失意的，杀人的、被杀的，为敌为友、是亲是仇，最后统统都在这里碰头了。像元人散曲中讲的，'列国周秦齐汉楚，赢，都变做了土，输，都变做了土。'纵有千年铁门槛，终归一个土馒头。"虚无有时是主体对客体的虚假的把握，是客体呈现给主体的一种假象。但是，相对于时空的无限与永恒来说，历史的某一特定的时空无疑会以其瞬间有限的"曾经存在"给人以虚无感。面对历史的苍茫，王充闾广征博思，综观宏论，他对虚无的把握让你觉得没有一点儿回旋余地，却又绝不使你迷陷其中，而是面对虚无，依然平和、冷静，且又每每生出一份乐观，一份愉悦，一份豁达，一份幽默，一份俏皮。虚无原本就是切切实实的存在，而一切存在也终将化为虚无。存在是相对的，空无是绝对的，于是，作家面对"春宽梦窄"而生的感伤和无奈消失了，他把"神"安放到了作品的深处，安放到了一个智者的心里。这就是理性，是理性对真实的牢牢把握。面对历史的苍茫，他甚至远远置身其外，只是对历史作审美意识的同化。这样，作家便经由理性的力量，实现了对此岸人生的超越。

三

然而，我们若因此而以为《苍茫》缺乏一己的情感色彩和生命体验，是不确切的。或者说，这样的看法有些表面化，有些简单。这种判断常常和我们对王充闾以往的创作的印象有关。

王充闾散文中到底有无个体生命情感体验？这是每个阅读王充闾的人

都不能回避却又至今缺乏深入探讨的一个问题。人们对这个问题感兴趣，睿智的人说他把一己的情感体验隐藏到了对历史和现实的强烈的忧患意识之后了，为过重的文化负荷和历史理性压倒了，其实本质上还是否定了其一己情感体验的存在。这样的看法不无道理，然而，我们若是把这个问题还原到作品深处，从历史的角度作一纵向透视，便会发现问题还不能一概而论。当作家的创作处在为祖国而歌，为时代而歌的阶段的时候，从艺术的角度来说，时代社会、群体、责任是完全将自我替代了，一己的情感便是时代的情感，一己的生命体验便是对时代和社会的体验。因此，严格说来，此时王充闾散文中没有一己生命的情感体验，尽管当时作家本身并不乏创作的热情和真诚。当作家的笔触由歌颂转向审美之后，再说其作品中没有一己生命情感体验便不合适了。他感悟自然，赞叹造化，实际上也是在感悟、体味生命、人生。只是这种情感体验仍有寓情于景的倾向，且具有一定的群体性、单向性和表现性，因而往往显得抽象、浅显、浮泛。而至《苍茫》，情形则有了大的变化，即以其主体部分《青山魂梦》一辑而论。若是从表面去看，我们甚至可以说，《苍茫》中几乎没有作家的个体生命情感体验的表现。这里只有历史，有朝代更替、民族兴衰、人事嬗变。经历了长期的求索和折磨的作家似乎有些疲惫，有些淡漠，有些看破，而再无意于做内心情感的表露，只是立于历史之外，对其做冷静的打量，平和的叙述。于是，历史便以其亘古长存的实在性，占据了《苍茫》的整个艺术空间。然而，纯粹的文化历史静观似乎也只能到此为止了。因为无论如何的超然冷静，也难以掩盖住另外一些东西。当然，首先你必须具备一颗善感的心灵和良好的悟性。《青山魂梦》中的李白不仅是一个文化历史存在，更是一个活生生的具体的生命。文中对其不适于从政而合于为文的性格的把握，体现出惊人的准确和深刻。作为一个与今人相隔1200多年的文化精魂，无论是其入京时的欢欣，蹉跌时的郁悒，还是借诗言情时的愤懑，弥留时的悲怆，都一一得到了历史的还原。其真实的程度绝非靠艺术的表现手段所能达到。文中描写李白的孤独时有这样一段绝妙的文字："他通常只跟自己的内心情感对话，这种收视反听的心理活动，使他与社会现实日益隔绝起来；加上他喜好大言高调，经常发表背俗违时的见解，难免招致一些人的白眼和非议……这更加剧了他对社会的反感和对人际关系的失望，使他感到无边的怅惘与孤独。'众鸟高飞尽，孤云独去闲。相看两不厌，只有敬亭山。'寥寥20个字，把他在宣城的孤凄心境绝妙地刻画出来。大约同时期的作品《月下独酌》，对孤寂情怀的反映尤为深刻……孤独，到了邀月亮和影子来共饮，其程度之深不言可见。"这是诗仙心境的写照，也是古今两颗心灵的默契。若是没有对孤独的切身体验，如何能够摹写得出？《土囊吟》中关于苦难的阐述，也堪称精彩："其实，苦难本是一笔宝贵的财富，是锻造人性的熔炉。缺乏悲剧体验的人，其意识处于一种混沌、蒙昧状态，换句话说，他们与客观世界处于一种素朴的原始的统一状态，既不可能了解客观世界，也不可能认识自己。"这是理性的认识，更是亲历苦难之后的生命所特有的体验。在叙写爱情、亲情、病痛的散文《爱的悲歌》《母亲的心思》《疗疴心史》等几篇中，情更浓，意更切，一句"从此已经和母亲人天永隔，再见面只能在魂梦中了"，何其真挚，何其感人，简寥中极具伤痛之情，读来甚至催人泪下。即便抛开这些具体的篇章语段而不论，在全书总体上的世事人生的沧桑中，在兴衰成败的虚无中，以及作家谈古论今的平和中，你难道感受不到他那至真至切的悲喜哀乐？这种情感体验已不同于以往，是一己的，又是人类的，是抑郁的，又是至深的，是源自对世事人生深层体悟后的哀乐。"哀乐过人，不同流俗"（宗白华语），是以作家有意将一己之情感体验融入宇宙人生，与宇宙人生作同一生命的律动。

由此我们可以断定，作家一己的情感体验借助对历史文化的叙述做了转换。历史的悲哀即是作家一己的悲哀，历史的欢快即是作家一己的欢快。这样，我们不妨将其称为"隐性情感体验"。这种情感体验及其表达方式本身是深沉的，也是压抑的。究其原因，与其说是由于作家性格因素，不如说是由于作家自身特定的文化的、职务的、创作的因素所致。我们知道，

王充闾散文创作中的自我超越——论《面对历史的苍茫》

王充闾是深受中国传统文化熏陶的，举凡左史庄骚、汉魏文章、唐宋诗词、明清杂俎，几乎为他熟烂于胸。因此，古人所身体力行的"诗以言志"，"文以载道"，就不能不潜移默化地影响到王充闾的创作观念和实践了。而且，这种传统的"言志""载道"观，又恰恰颇适合于一个从政的作家的创作，这样，文化的职务的双重因素，就形成了其"隐性情感体验"的决定性因素。而他的散文创作如果不是起始于那样一种"文学模式"，情形或许还会不同。因为任何有着创作体会的作家都知道，起始阶段的实践对于一个作家日后的发展是多么重要。有趣的是三个方面的因素在王充闾身上竟是如此的和谐一致，乃至从表面看来，无论是早期个体情感体验的替代，还是近期个体情感体验的转换，都见不出作家有多大的痛苦。长期的修养使他面对自然和历史更习惯于做形而上层面的思考，于是，在宇宙人生的深处，他体验到了无限、大美、至悲，而对一己的情思乃至形而下的衣食住行之类，则显得不那么有兴趣了。这种情形导致了他的散文的独特性，显示了理性的价值和意义，同时也形成了与当代主流散文观念和实践的疏离。散文的特点是什么？众说不一。但真实地抒写作家个体情怀则是从未为人所否认的。郁达夫曾经说过这样一段话："现代散文之最大特征，是每一个作家的每一篇散文里所表现的个性，比从前的任何散文都来得强。古人说，小说都是带些自传的色彩的，因为从小说的作风里人物是可以见到作者自己的写照；但现代的散文，却更是带有自传的色彩了，我们只消把现代作家的散文集一翻，则这作家的世系、性格、嗜好、思想、信仰，以及生活习惯等等，无不活泼地显现在我们眼前。这一自传的色彩是什么呢？就是文学里最可宝贵的个性的表现。"（《中国新文学大系·散文二集导言》，上海良友图书公司，1935年）这说的是现代散文，其实当代散文又何尝不是如此？只能说更加个人化。浓郁的个体生命情感体验当然更容易使读者产生艺术感知，经由审美判断而进入接受的最佳境地，从这一点上说，王充闾散文不是大众的，它与大众的审美接受有着距离。它对读者的文化修养要求更高，对读者的审美能力要求更强。这，也许是学者散文的共性吧。

而从王充闾近年愈发引起文坛的瞩目看，他的散文倒也并不寂寞。

当然，我们也不妨设想一下，假如作家回归到散文的直接表现自我，情形会是怎样的呢？而且，这种设想有无变成现实的可能？那么，我们不妨看一看《苍茫》话语方式上的特点。

四

对历史的反思，形成了《苍茫》特定的语言氛围——回忆。这种整体的回忆性，是他以前的作品中所从未有过的。回忆是人所特有的心理机制，是经由心灵架设的现实与过去之间的一道桥梁。在老年阶段进入回忆，几乎是人的天性。当然，对于一个作家来说，回忆又总是伴随着一种文体样式而存在，在王充闾的笔下，就是"文史结合"。他在《苍茫》代序中这样说：文学与史学"在人生内外两界的萍踪浪迹上，可以和谐地结合在一起。文学的青春的笑靥，可以给冷峻、庄严的历史老人带来欢快、生机和美感，带来想象力与激情；而史眼、哲思的晨钟暮鼓般的启示，又能使文学倩女变得深沉、凝重，在美学价值之上平添一种沧桑感，体现出哲学意境、文化积累和心灵的撞击力，引发人们思考更多的问题，加深对人生的认识和理解，感到生命的沉重。"这段话，可见出王充闾对"文史结合"这一文体的自觉的欣赏与追求。其实，文学也好，历史也罢，在"回忆"这一语境中都是借助"人类的记忆"这一共同特点存在的，记忆是王充闾给定文学与历史的具有个体认知色彩的定义。所谓"沧海惯经，风霜历尽，百般磨折过去，世事从头数来"，正是一位智者在黄昏的景色里叙说世事人生。

回忆是一种方式，更是一种心境。它常常与墙边晒暖、树下纳凉相联系，因而也就难免带有一种闲聊的意味。《苍茫》的话语方式中就出现了这样一种"闲谈"，它重性灵，重率真，重闲适，是兴之所至，是随心所欲。"与二三知己开怀畅叙，无忧无虑地披露心迹、个性，把襟怀、气质、追求、取向赤裸裸地交出去，毕竟是一件十分惬意的事。"《走向大自然》

中的这段话是王充闾对"闲谈"方式的最典型的感受和阐释。他在《下午茶》中就经营了这样一种闲谈的氛围：

时逢炎炎夏日，午梦初回，趁节假之暇，邀二三知己，或凉亭小憩，或雅座消闲，一壶沸水，数盏新茗，在紧张、喧嚣、变动、浮躁的现代生活的间隙，寻得一方恬静的憩园和几丝温馨的抚慰。此刻，澄心静虑，意兴悠然，伴着袅袅茶烟，畅叙着万般情事，在粗犷里品尝细致，在浮荡中享受宁静，在刹那间体会恒久。确实是，暂得半日消闲，可抵十年尘梦。

其悠闲淡雅，可见出明清散文的影响。可惜，这样的"闲谈"，在《苍茫》中并不多见，只在《车上文化》《下午茶》《疗疴心史》几篇中可以觅得。虽不算多，却是对人生的悠闲一面的转移，其结果正和王氏一贯的拼搏求索相映成趣。因为"悠闲也是人生的一面，其必要正和不悠闲一样"，（朱自清语）以我之见，王充闾若是回归自我，"闲谈"很可能是他首选的方式。

然而，王充闾首先是个思想者。他的创作从一开始就进入了群体、社会、价值、责任等等重大主题。而当他的视角逐渐由外向内，由现实问题转向终极关怀时，他不可避免地看到了人生那荒谬的一隅。"数千年来，人类执拗地寻求一种超越时间和空间的本体，不过是为了摆脱自我的局限，走出自己立足的那个有限的时空交叉点。"王充闾在《代序》中这样说。而结局又怎样呢？不过是空幻、虚无。于是，求索者的心灵几乎无一避免地陷入孤独，表现这种孤独的是"独语"方式。它不是王充闾的创造，而是对文学话语的继承。独语是孤独者必然选择的一种话语方式，是孤独的心灵的本能。它没有倾听的对象，是心灵自己在诉说，自己在倾听。因而，独语又常常与缅怀有着内在的联系，体现的是寂寥和沉重。《青山魂梦》中的李白是个独语者，他那"花间一壶酒，独酌无相亲。举杯邀明月，对影成三人"的诗句，是典型的独语；"1000多年前，李白慨叹汉代的梁园转瞬成灰……于今，不要说梁园、万岁山，连那滔滔滚滚的汴水也已荡然无存"也是独语，是面对存在与虚无的自我言说。尽管王充闾每到一地都不乏喧嚣与热闹，然而你在他的散文中却很少发现同游者的足迹。他只是独自漫游于自然山水之中，踯躅于历史废墟之上，于静默的思考中，与心灵做无声的交谈。从这一点看，他醉心于文史的交融，实在是别有深意。因为独语永远也离不开冥想，而文学与历史却以其心灵的记忆性为独语者提供了独语的环境。独语是孤独痛苦的，但又是最深刻最自由的，我们也许永远无法走进王充闾孤独的内心，但是我们可以感受他的独语的魅力。

不过，在理性极强的王充闾笔下，独语又不只是孤独的心灵的自我言说，而主要体现为一种"叙述"。它不在乎倾听者的有无，只是要说出一种客观真实。因而，既不同于"闲谈"的率真闲适，也不同于心灵独语的孤独奇崛，而是更倾向于平实、冲淡、理智。其审美价值主要在于"真"——一种经由心灵的烛照而显示出的客体对象的真。比如《走向大自然》中的一段话："无论如何，山水万物与我们同在。诗人何为？诗人使人达到诗意的存在。似乎读懂了庄子，也读懂了海德格尔。又似乎与荷尔德林长谈，吟着他的诗。"这说的是诗意的居住。是自言自语，却又何曾有孤独寂寞？《狮山史影》中的那句结语："我总觉得，西哲的那句名言：'历史，就是耐心等待被虐待者获救的福音。'确是有些道理。"也只在揭示一个哲理。这种举例纯属多余，因为一部《苍茫》无论是状自然之景，还是写世事变迁，所用多为这种平和的叙述性独语。此时，作家已不仅是在痛苦中与自己的心灵对话，而是置身自然之中，"与天地精神往来"。（《代序》）它奠基于作家的思想、学养和情趣。余光中谈及学者散文时所说的"它反映一个有深厚的文化背景的心灵"，孙犁谈及散文时所说的散文"不需要过多的情感，靠理智就可以写成"的深层含义，都可在独语的叙述性中见出。虽饱经沧桑而无悲感，虽阅尽世相却仍平和，只是在冷静的观照中去选择、判断、结构历史，这大概就是叙述性独语所独有的魅力吧？

其实，闲谈也好，独语也罢，都不只是艺术形式问题，而是主体内心世界的真实反映。因此，既深怀孤寂又追求恬淡超脱的王充闾短期内显然不会以一种话语形式为归属，只是他的独语的叙述性，几篇作品取材的日常化趋势，他对"闲谈"的津津乐道，都说明他老年的创作很有可能趋于闲适性灵。

在《春宽梦窄》中的《三道茶》中，王充闾借对"三道茶"的品味说过一段很有意味的话："它也宜于老年。沧海惯经，风霜历尽，百般磨折过去，世事从头数来，绚烂归于冲淡，浮躁化为澄静。"其实这种老年的成熟境界在《春宽梦窄》中尚未得到整体体现，倒是对《苍茫》是一个很好的说明。在漫漫的人生道路上，王充闾是走过60余年了，从初识"之无"到现在的著名作家，他一直在知识、创作、人生的旅途中艰难跋涉，苦苦求索。他经历过了现实和内心的诸般磨难。如果说《苍茫》以前的作品的主旨在于追求、寻找，那么，《苍茫》则喻示了作家创作上的转变。它是寻找后的答案、磨折后的收获、勘破后的心语。

步入澄明之境
——王充闾《何处是归程》小论

◎张 曦

　　对自我生命有限性和唯一性的深刻焦虑，是产生一切宗教、艺术、哲学的根本动力。个人如何超越自我的有限和渺小而获得永恒，换言之，个人的安身立命究在何处？这痛苦的询问缠绕在每一颗敏感而清醒的心灵上，要求着人的正视和回答。

　　王充闾先生的散文集《何处是归程》，是一本浸透着生命的情热和智性的明澈、历史的厚重和人事的沧桑，找寻着人的真正归宿，表现出置身于精神家园的欢乐和激荡的书。无论是童年的记忆、人生的悲欢离合、广袤无尽的历史、深邃自由的思索，还是山川美景、文学艺术……贯穿其中的一条红线，是那一缕悬于广大时空中的文化命脉。

　　"童心守候"是对儿童时期生活片断的回忆，在对童趣童心的充满情感情趣的复现中，又不时投注以清明的理性观照，或表现出对儿童心态的了悟和理解，或是对当时落后的思想意识和生活方式的反省与批判，或是对一种骨肉亲情的深刻感悟和体味……使人获得深层的理性享受。其中最让人深思的是作者对传统教育方式的态度，通过他在《我的第一个老师》《青灯有味忆儿时》中的娓娓追怀，我们吃惊地发现传统教育方式富有人性和书香满溢的特殊魅力，这种通过对学习者人格的全面浸润所达到的效果是今天的现代化教育难以比拟的，这使人不由产生对教育的更深层次的思索，那就是，教育最重要的任务恐怕还在于培养学生的求知欲和永远学习的兴趣，在于一种健全的文化人格的养成，而不是一些急功近利的东西。

"流光系缆"则是对自己几十年成人生活片断的追叙，着重表现自己如何从自我生命的切身体验中获得人生的真知灼见，而有意识地逐步退出一切俗事杂念，一步步复归于自己的书生本色，"华发回头认本根"。在悲欢沉浮、历尽沧桑的个人生命历程中，作者越来越接近于自我，接近生命的本质，"做一些符合平生志趣、过去却因种种条件限制而未能畅怀适意地去做的事情"，"说得简捷一点，就是静下心来多读点书，多写点东西"。人生的真义，就是这样简单、素朴。

"浮世清欢"则表现出对自我当下生活状况的倾心体味和诗意把握。这一辑最集中地体现了这本散文乃至王充闾散文写作的一贯追求，那就是一方面以全部的生命激情观察着、记忆着、体味着他所见所遇所感的一切，每一个用词、每一处描绘、每一句感慨都饱含着充沛的生命力量和鲜活的当下性质；另一方面，又以一种智慧、博学、沧桑的心态，理性地判断和思考这一切，单薄的个人体验因与丰富的历史文化现象遇合而具有深度，对感性美的沉醉也自然地升华为理性美的澄澈与广博。倾情投入和疏离的辨识、沉醉与超脱使作品具有了一种真正的潇洒和优雅的风度。

如果说这三辑是通过"文化"的渗透，使日常生活艺术化、哲理化而达到对个人生命体验的超越，那么，本书的后三辑，则赋予形而上的精神体验的文化以平凡的性质，体现了精神体验的日常化、现实化。

"山川捧读"可做一组游记看。但它的特殊之处在于，首先它并不着力于记述那些名山大川，而是把更多的足迹布于身边名不见经传的美景幽致，通过对自然美的欣赏，再次生动地说明了这样一个真理：生活中不是缺少美，而是缺少发现，缺少一种从容品味的心态，美就在我们身边，同时对今天的"旅游热"提出了含蓄的批评。其次，它并不经由山川而走向与人世隔绝的"仙人"之境，反而总是回到人间，说的是"山川"，落笔处却常常是人事，是扑面而来的现代生活气息。山川之美，总是与"人"相联系，是人的活动为自然增光或减色。例如，《在那桃花盛开的地方》

意在赞美农村科技新现象；而《清风白水》则表达了人为的污染对九寨沟优美风景的戕害，显示出强烈的忧患感。它使人意识到，自然自从进入人的视野，它就已经进入了人的历史，成为人类文明的一个特殊的组成部分。

"坠绪茫茫"是作者游心驰骛的一组文字，作者在这里自由自在地探问着爱情的真谛，叩问着历史的神秘，解读着生命的意义。他从容而理智地揭开了笼罩在一切精神现象、生命现象、历史现象上的神秘、抽象的面纱，把所有的一切都放在理性明澈之光的烛照下，这种理性的发达甚至已到了这样一种程度，即它已经明白自身的局限。表现了作者真正的现代理性精神：一方面，它给人一种所有现象都可以从容思辨和探寻的自信，同时又保持了对宇宙和生命的最后敬畏，人的认识和理性思考是有限的，宇宙生命的奥秘却无穷无尽。但自始至终，这些精神活动都深深扎根于"人生"这肥厚的土壤中，表达的是对人的现实生活的关注。

"心香一瓣"表现作者各地游览时与各国艺术家的精神交流，在他的笔下，这些遥不可及的人物都变得可亲可近，这主要得力于：一、作者总是在艺术家生活过的环境中追寻他的精神轨迹，使艺术家具有了一个具体的、感性的背景，我们在今天仍然能感受到他们生活的气息，例如呼兰之于萧红，绍兴之于鲁迅，艺术剧院、雅尔塔之于契诃夫，涅瓦大街之于莱蒙托夫、果戈理，纽约之于杰克·伦敦，桑地尼克坦之于泰戈尔……漫步在这样的天空之下，行走在布满艺术家足迹的街道，呼吸着曾经的空气，他们的形象变得如此鲜活，正可谓"此中有人，呼之欲出"；二、作者最见特色的不是对艺术家作品的分析，而是对艺术家生命的追怀，那种亲如手足般的挂念与神往，体现了作者对艺术精神的一往情深和深深的眷恋，他用自己的人格拥抱艺术家的人格，栩栩如生地再现了艺术家的神采风豪，使艺术家不再仅仅是署于某部名著上的一个名字，而是和我们一样有血有肉地生活和工作着的"人"，这样就极大地缩小了艺术家和凡俗人生之间的界限，而增大了亲近感，使神秘的"艺术精神"变得可触可碰，有根有据。

这三辑从另一个角度与前三辑遥相呼应：超越于日常生活的体验被凡

俗化了，体现出一种平和的人间姿态和强烈的现在感，深厚的文化传统精神的渗透，使这种超越展示出纯粹的东方情韵：它不是对自我和现世人生的否定，不是弃离尘世去追寻那渺茫高远的神的世界，而是发现尘世生活的超越品质，同时将超越性的精神追求凡俗化生活化，因而超越成为一种心境，它不是崇高、悲壮得令人望而生畏，而是和谐而又激荡、欢乐而又宁静的令人心驰神往的澄明境界。

这种澄明的境界得力于作者深厚的古典文学修养和渊博的历史知识，尤其令人着迷的是，古典诗词的生命力在作者笔下大放光芒：首先是大量古诗词句的引用，使文章浸润在浓郁的古典神韵中，其次是作者自己创作的旧体诗词，表现了旧诗容纳现代思想情感的能力；再就是作者许多词汇皆从旧诗词中演化而来，例如他爱用的一个词"真情灼灼"，"灼灼"二字大概是借用了描写桃花的"灼灼其华"，以桃花盛开的丰姿形容一种饱满真挚的感情，的确有历历宛在眼前之妙；文中的许多意境，也常从古诗词中蜕化出……还有更重要的一层，那就是，这本书的不少作品都具有一个古典诗歌的结构，如"浮世清欢"里的《捕蟹者说》，起句是"望着阶前悦目的黄花，我想起那句'对菊持螯'的古话，蓦地触动了乡思"。接下来是一段段与蟹有关的神话、诗歌、掌故的饶富情趣的叙写，使"蟹"具有了深厚的历史文化内涵，最后以自己的亲身体验做结，并发出这样的感慨："'世之奇伟瑰怪非常之观，常在于险远'。把这番道理推衍一下，是不是也可以说：甘食美味往往出现在艰辛劳动之后啊。"这种结构本身表现了一种由感性个体的生命体验出发，通过对文化历史的吟咏与回溯，达到对宇宙人生真理的把握和理解的思维方式，这种感性的、文化的、哲理的、诗意的相交织的方式，其长处不在于它有多么严密的逻辑思路，或得出一个多么惊世骇俗的结论，而在于对一种生命情景的尽可能丰富和深厚的咀嚼、回味和感悟，个体生命体验在与丰富的历史文化内涵遇合的一刹那变得透明澄静，获得了一种来自悠久文化历史积淀的厚度与深度，极大地扩大了生命的内涵与长度。

作品还体现出作者深厚的传统文化人格的修养——事实上，散文是一种最个人化的文学样式，它最有资格充当作者个性气质和人生态度的见证，"文如其人""人品即文品"的说法大概只有对于散文是最恰当的。在这本文集中，我们看见"独善其身"的书生本色始终伴随着"兼济天下"的豪迈气概，高雅的精神追求已成为日常生活最主要的部分，而世俗生活的每一个细节都因为无处不在的文化浸润而别具风致——我们有理由对这样的人生颔首称庆。

当然，这本集子中的每篇文章虽然都堪称精品，但相比较而言，我最喜欢的是"浮世清欢"和"坠绪茫茫"这两辑，而"流光系缆"中的几篇和《车上文化》一文则稍嫌沉闷，这体现了作者在本质上是一个诗人而非学者、官员，他更敏感于孤独的自我精神世界而非外部空间，他更善于从感性经验出发的"体悟""联想"而非纯抽象的理性思索。这样也许我们更能理解作者所感叹的，人过中年，意味着开始而非结束，退出社会前台的老年意味着一种纯粹的艺术生活成为可能。

对历史的诗意追问
——评王充闾散文集《沧桑无语》

◎赵善华

内容提要：从美学的角度，从历史理性与诗意领悟这两个具体层面，探讨王充闾散文集《沧桑无语》的思想意蕴和审美价值。通过对历史的诗意追问，王充闾表达了以思辨理性为主体的诗意的历史观，呈现中国传统文化的深刻底蕴和人文心理。散文以空间写时间、梦幻式的自由联想、意识流的审美思维等美学方法，使文化散文的创作达到新的艺术境界。

王充闾认为："散文应体现一种深度追求，以对社会人生与宇宙万物的深度关怀和深切体验，抒发内心的真实情感，表露充满个性色彩的人格风范。我也试图在状写波诡云谲的历史烟云时，以一种清新雅致的美学追求和冷峻深邃的历史眼光，渗透生活的独特理解。在美的观照与史的穿透中，寻求一种指向重大命题的意蕴深度，实现对审美世界的建构，对意味世界的探究。"正是在这一美学思维的统摄下，他的散文集《沧桑无语》采用了诗与思、历史与哲学的对话的方式，展开对历史的诗意追问，既以历史理性的观点去透视复杂丰富的历史现象，达到一种思辨逻辑的认识；又以诗意的历史观去洞见历史表象之后的精神隐秘和心灵轨迹，深入勾画历史人物的心灵面目和重新阐释某些历史现象。

一、历史理性

辩证唯物主义和历史唯物主义的历史观，从物质资料的生产力和生产方式的矛盾运动考察历史过程，以一种理性逻辑的方式和态度看待历史现象，试图达到对历史的客观认识并揭示其内在的规律。马克思主义的历史观吸取了黑格尔历史哲学的合理内核，将历史看作是自然历史过程，突出了经济基础、物质资料的生产方式对历史发展的主要的和终极的作用，同时不排斥人类以往的历史文化传统对于客观现实的间接作用。马克思和黑格尔的历史观都包含了"历史理性"的思想因素，王充闾在一定程度上就体现了这种"历史理性"的意识，他对于历史的诗意追问，首先建立在一种历史理性的视界上。由此，文本具有了哲学思维的厚重感和深刻感。

如《叩问沧桑》这篇以空间写时间、以地域写历史的佳作，作者将近4000年的历史时间、先后13个王朝的嬗变交替汇聚于笔端，以诗意的笔墨呈现了历史变迁的云卷云舒，"以一缕心丝穿透千百年的时光，使已逝的风烟在眼前重现昔日的华彩"。作者巧妙地借用了《黍离》与《麦秀》两首诗歌为文章的引线，串联起13个王朝的兴衰往事。在对历史的回首过程中，作者注入了文化批判的意识，那就是对传统文化所孕育的帝王意志和权力欲望的情感否定，和对由这种精神意识所产生的悲剧结果的理性批判。作者写道：

马东篱在套曲《秋思》中沉痛地点染了一幅名缰利锁下拼死挣扎的浮世绘："蛩吟罢一觉才宁贴，鸡鸣时万事无休歇。争名利何年是彻？看密匝匝蚁排兵，乱纷纷蜂酿蜜，闹嚷嚷蝇争血。""投至狐踪与兔穴，多少豪杰！鼎足虽坚半腰里折，魏耶？晋耶？"他分明在说，历史存在伴随着虚无；人生充满了不确定性。列国纷争，群雄逐鹿，最后胜利者究竟是谁呢？魏耶？晋耶？看来，谁也不是，而是历史本身。宇宙千般，人间万象，最后都在黄昏历乱、斜阳系缆中，收进历史老仙翁的歪把葫芦里。

如果说《叩问沧桑》是一篇以空间写时间的佳作，那么，《邯郸道上》则是一篇以空间为线索、以时间为主体，而将时间与空间交织于笔墨之间的妙文。在逻辑顺序上，由现在走入过去，又由过去向现在延伸。与《叩问沧桑》不同的是，它又将历史与文学、真实与虚拟交错一体，从而使文章更显出飘逸之气。作者巧妙地以文学的《黄粱梦》隐喻了历史的"黄粱梦"，在真实与梦幻交织的文思流动里，既写出了"士慕原陵犹侠气，人来燕赵易悲歌"的"任侠之风"与"义行本色"，又烘托出"不为轩冕肆志，不为穷约趋俗，其乐彼与此同"的价值取向。如果说《叩问沧桑》隐喻着一种对历史存在的批判意识，对某些历史人物进行理性和情感的双重否定；那么，《邯郸道上》则从另一个逻辑层面对儒家的"义"、墨家的"侠"、道家的"游"进行道德层面和诗性视角的肯定与高扬。作者力透纸背地蕴含着对正义原则和真理理念的情感信仰，寄寓着对历史的"公正"和"荒谬"的推崇与嘲讽。诚如卡西尔所言："历史学不可能描述过去的全部事实。它所研究的仅仅是那些'值得纪念'的事实、'值得'回忆的事实。"王充闾散文也许契合了这样的历史意识，它掌握一种形式价值体系，并用这种体系来作为它选择事实的标准。历史存在在作者的散文文本里，被一种以历史理性为主导的道德伦理原则和人本主义价值观与审美观来重新估衡，在重新对历史现象的诠释过程中，于是历史存在重新诞生了意义和美感。

二、诗意领悟

《沧桑无语》里以历史人物为叙述主体的篇目不少，然而，作者的叙述关注于对存在者的精神隐秘的探索，他以诗意的和审美的情怀去读解人物的内心世界，从而发现以往研究者所未能阐发的微言大义。加达默尔的阐释学理论认为："本文的意义超越它的作者，这并不是暂时的，而是永远如此的。因此，理解就不只是一种复制的行为，而始终是一种创造性行为。"王充闾散文就贯穿着如此的阐释学意识。尤其对于历史人物的理解，作者更多从自我的历史语境和个人的诗意领悟出发，作出独到的发现。如《青山魂》《桐江波上一丝风》和《春梦留痕》这3篇佳作，即是通过对历史人物的诗意领悟而达到对其心路的审美发现。

《青山魂》写出了一个自我心目中的不同以往阐释者所理解的李白，而这个"青山魂"，也许更接近本真意义上的李白。散文似乎还原了一个真实的诗人面目，或者更确切地说，作者以自我的诗意领悟去勾画出了一个浪漫心灵的矛盾世界。王充闾以一种意识流的幻觉流动的手法，极富表现力地描摹了这位晴空惊鸿的千古诗人：

他是地地道道的诗人气质，情绪冲动，耽于幻想，天真幼稚，放纵不羁，习惯于按照理想化的方案来建构现实，凭借直觉的观察去把握客观世界，因而在分析形势、知人论世、运筹决策方面，常常流于一厢情愿，脱离实际。……他只是一个伟大的诗人，当然是一个伟大的诗人。虽然他常常以政治家高自期许，但他并不具备政治家应有的才能、经验与素质，不善于审时度势，疏于政治斗争的策略与艺术。其后果如何，不问可知。

…………

那天，我沐着淡淡的秋阳，专程来到青山，满怀凭吊真正艺术生命的无比的虔诚，久久地在李白墓前肃立。风摇柳线，宿草颠头，仿佛亲承声欬，进行一场叩问诗仙的跨越千古的无声对话。……一千二百多年过去了，三尺孤坟里面，就这样埋下了一具凄怆愤懑，郁结难平，永恒飞扬、躁动的不灭的诗魂！

《青山魂》可谓以诗意的笔法写出了诗意的灵魂，以想象之舟的自由流动感悟一个诗人心灵的奇异世界，当然这种诗意的领悟是建立在对研究对象的深入探索之上而非脱离客观的任意阐释。

《桐江波上一丝风》依然运用以空间写时间和时空交错的手法，但它与《青山魂》不同的是，以富春江的"水皆缥碧，巉岩傲睨，风致岸然"为背景，以严子陵为戏剧主角，又通过群像展览的方式，涉及众多的隐士人物，继而探讨了中国历史上的隐逸文化，尤其令人称道的是，作者对隐士的人格分析和心理探寻在同类散文中达到出类拔萃的境界。散文似乎还借鉴了戏剧和绘画的技巧，性格与环境的矛盾冲突，悬念和突转的巧妙运用，泼墨与白描的写意笔法，光线与背景的景物处理等等，使文章既如传统戏曲一样扣人心弦，又像水墨长卷一般引人注目，尤其是对隐士心灵隐秘的剖析，颇为精湛：

隐心，就要使灵魂有个安顿的处所，进而使心理能量得到转移。隐逸之士往往通过亲近大自然，获得一种与天地自然同在的精神超脱，与宇宙万物融为一体的陶醉感和脱掉人生责任的安宁感、轻松感。他们往往把山川景物作为遗落世事、忘怀人伦的契机，或者向田老野夫觅求人情温暖，向浩荡江河叩问人生至理，在文学艺术中颐养情志，在著述生涯中寄托理想，用以化解现实生活中的苦恼和功利考虑，使隐居中的寂寞、困顿和酸辛，从这些无利害冲突、超是非得失的审美愉悦中，得到心理上的慰藉和生命佳作的补偿。

文章进而对严子陵隐逸的动机与原因进行几种假设性的探究，而这种探究均不作肯定性的结论，留有读者进一步遐思的余地。到此，似乎也将文章做完了，然而，作者笔锋一转，又辟另一境界，结合历史上典型性的隐士，探讨隐逸文化。继而又回到严子陵这个主线上。文章做得情景交融，意境深远，理性与诗性相得益彰，尤其是探究隐士的内心世界和推测严子陵归隐的缘由，更显现出独到的天然本色，恰如刘勰所云："师心独见，锋颖精密。"（《文心雕龙·论说》）也如唐顺之所言："秦汉以前，儒家有儒家本色，至如老、庄家有老、庄家本色，纵横家有纵横家本色，名家、墨家、阴阳家皆有本色，虽其为术也驳，而莫不皆有一段千古不可磨灭之见。"（唐顺之《答茅鹿门知县二》）《桐江波上一丝风》以其独到的思理和领悟，可谓达到"本色"的艺术境界。作者口占两首七绝亦使文章增添了诗意，"忍把浮名换钓丝，逃名翻被世人知。云台麟阁今何在？渔隐无为却有祠！""江风谡谡钓丝扬，淡泊无心事帝王。多少去来名利客，筋枯血尽慕严光。"

《春梦留痕》一文，以楹联与诗词巧妙地串联起文章，使文中见诗，诗扣文意，凭借这些楹联与诗词所勾画的心灵踪迹，再以富有想象力的散文笔触重现一代文豪的风采，令当今读者似乎追寻到苏轼流放海南儋州的往昔画卷。作者运用了"小说笔法"，以同一人物的矛盾对照和不同人物的风范类比，虚实相间，腾挪转移，写活了前后产生巨大情感反差的苏轼，还原了一个流放荒蛮之地"完全与黎民百姓融为一体，换黎装，说黎语，甘愿'化为黎母民'，既不居高临下，也不做生活的旁观者，而是像他自己所说的：'我本儋耳民，流落西蜀间'，索性以本地群众一员的身份出现"的诗人。作者以"春梦留痕"的笔法，虚实相生的散文技法，凭借自我的诗性领悟复现了一个早已消逝但又鲜活存在的文化巨匠，揭示他由"临民""恩赐"的心态转变为与民一体的心灵轨迹，使原本悲剧性的情致转换为一种超脱宁静的审美意境，写出了一个诗人的诗意化的人生。诗人流放儋州的生活，既是戏剧性的，又是诗意盎然的，以悲剧开场，却以喜剧化的方式结尾。王充闾散文写活了为一般读者所陌生的苏轼，因为其具有极富想象力的诗人情怀，以诗意体悟呈现了一个充满激情和智慧的生命空间，在这个空间，栖居着一个永恒的诗人。

腹有诗书气自华
——读王充闾散文集《春宽梦窄》

◎古 耜

我一向认为，在文学的诸样式中，散文一体是最需要一种"书卷气"来支撑，来滋润，来充实，来升华的。因为从文体表现的角度看，散文之所以为散文，说到底在于作家主体澄澈透明，毫无隐饰的内宇宙呈显。以此为前提，作家主体倘无一定的学识学养作"底气"，其笔下的心灵抒发则难免或意脉浅陋，或识见低俗，或行文枯涩，或语言粗糙，最终难登大雅之堂；相反，作家主体如果拥有比较丰厚渊博的书卷储备而又不事任何炫耀卖弄，那么，他写出的种种心曲即使信马由缰，率意而成，亦终会因营养的富足而显得包蕴丰腴，意旨旷远，涉笔成趣，魅力沛然，一派大家风范。

我这一番散文观在著名散文家王充闾的散文新著《春宽梦窄》（春风文艺出版社，1995年）中，又一次获得了充分而有力的文本印证。它的字里行间氤氲着浓郁的美学韵致，充注着强烈的艺术魅力。而这种美学韵致和艺术魅力的构成，固然有赖于作家多方面的主体追求和作品多方面的客观存在，但其中极为重要同时也是极为明显的条件之一，我以为恰恰是一种充沛的书卷气息的天然弥漫与升腾，一种鲜明的学者风度的自由挥洒和浮映。它使通部著作既渊赡隽雅，又风采别具。正所谓"腹有诗书气自华"是也。

翻开《春宽梦窄》，我们不难发现：它的相当一部分篇章同时下常见的抒情散文相比，有一个明显的特征，这就是无论叙事抑或记游，抒情抑或说理，都能在不失基本品格的前提下，广征博引，斜出旁逸，运载着极大的知识容量。以《涅瓦大街》为例，这种游记类的题目让有的作家写来，很可能成为异域都市景观的单纯描摹，但在王充闾的笔下，却是首先写了涅瓦大街与文学的缘分，继而突出了这条大街的艺术氛围，接下来通过开阔而奇妙的想象，灵动地再现了曾经活跃在这里的俄国作家群：厌恶现实而又无奈于现实的莱蒙托夫；无情地轰击着君主、教会和农奴制的别林斯基；同"阁楼和地下室居住着"心心相印的涅克拉索夫；一起酝酿着《钦差大臣》的果戈理和普希金……从而将丰富的俄国文学史知识传达给了读者。《读三峡》亦通常所谓记游之作。只是该篇记游不仅仅是即景抒情，而是以此为触媒，作开放性的时空辐射，从而相当自然地引出与三峡相关的历史风云，人生哲理，诗家绝唱，丹青韵致，审美规律等等，其结果是为游记文本注入了知识撑起的立体感。此外，《小楼一夜听春雨》对古代"春雨"诗的信手拈来，如数家珍。显然，这样写成的散文不仅具备了丰富的话题内涵，而且挥洒出浓郁的文化风度；而此种话题内涵和文化风度说到底，恰恰是作家学养储备的天然外化。

《春宽梦窄》中的许多散文篇章，注重知识性的播撒，但是，却不是为播撒知识而播撒知识；而是自觉将知识播撒同心灵思考、精神妙悟嫁接起来，用前者铺垫、烘托后者；用后者统摄、升华前者；努力构成散文文本所珍视的指归和"意味"。请读《五岳还留一岳思》一文，它纵笔放言，从旅游谈到创作，从文学谈到艺术，从古代谈到今天，从中国谈到外国，诗文隽语，纷至沓来，珍闻趣事，目不暇接，知识性不可谓不强，但所有这些知识都环绕着一个中心，这就是美的创造与观赏，都应留有余地，这便使通篇作品有了汪洋恣肆而又万取一收之妙。不妨再看《黄昏》，这篇佳作为了说明黄昏、夕照之美，引了谢朓、王维、泰戈尔、高尔基、赫尔岑、莫泊桑等诸家笔墨，写了作家自己的愉悦体验；同时也指出了历代骚人墨客面对黄昏、夕照的不同感受，而贯穿其中且总领其神的，却是人类应当深入、多面地了解事物，积极乐观地投入生活这样一个哲学命题。此种理性对知识和材料的驾驭，自然强化了文本的力度和深度。

要知，一部《春宽梦窄》为散文走向较高的文化艺术品位，提供了一个值得重视的文本。尽管这个文本还存有某些不足，如有的篇章征引过多，"化"得不够等，但它所表现出的学者化、书卷化取向，却无疑具有普遍的启示意义，故而，理应获得文坛的充分肯定。

平静的言说与不平静的回响
——读王充闾散文

◎ 祝　勇

　　王充闾先生的散文，我已关注多年，只是作者本人至今未曾谋面，这不能不说是一个遗憾，然而，我竟从不觉得先生生疏。除了与先生偶有通信以外，我想主要还是归因于充闾先生文字，他在描摹自己眼中的世界的同时，也清晰地勾画着自身的影像。实际上，没有一部作品不在描绘着"作者形象"。"作者形象"并不等同于作家的自画像，它是作家灵魂的投影，是展现在文字中的一种境界，是写作视角和阅读视角综合的结果。

　　"作者形象"无处不在。如歌德所说，告诉我你读什么书，我就知道你是什么人。

　　学者郭小聪最早提出"作者形象"的概念，他指出："实际上，写作更是一种意味深长的印记。你以什么样的口吻写作，用什么样的调子诉说，表现出什么样的情怀，总会给别人留下这样或那样的直觉印象，即使是那空洞无物之作也不例外。作者形象不同于风格本身，而是在风格背后起统驭作用的那个东西。"

　　我想起《死屋手记》中的那个囚徒的口吻，想起他对监狱环境的描述，特别是对于天空的感喟——在囚室里，他只能看到天空的一个呆滞的局部，然而他却设想，假如多少年后重返这里，那时看到的，却是"另外一个遥远的、自由的天空了"。囚徒的思绪在不同的时空中游动，使得叙述者"绝望的心境与对自由的渴望互相渗透"（郭小聪语），他一出场，我们便知道，陀思妥耶夫斯基,来了。

那么,王充闾的"形象"到底是什么样的呢?我首先想到的词汇,是"平易"和"善意"。作家对人类命运的关怀,对精神价值的反思,对个体生命的悲悯,全都包裹于平易的姿态中,都充满了真诚的善意。从充闾先生身上,我们感觉不到那种指点江山、盛气凌人的骄狂之气,尽管他的作品中不乏终极关怀;同样,我们也寻找不到那种僵涩生硬、拒人千里的学究气,尽管他有深厚的传统文化功底。他以从容不迫的笔触描绘、解剖和思索,而所有的答案又都通向那充满善意的终点。这看似简单,但对于作家来说,却又是不可多得的品质。

充闾先生当初是以他的历史文化散文进入我的视野的。这类散文,弄不好就"掉书袋",呆板滞闷,了无生趣,或者拿腔拿调,一副教训人的架势。然而,即使在大的历史主题面前,充闾先生也保持着冷静的头脑和平易的姿态。他的历史散文中,最好的是《土囊吟》。一万二千字的长文,将他的视线投向宋徽宗赵佶和宋钦宗赵桓被掠北国前后的心路历程,作品选取了一个很独特的历史切片,行文却绝无卖弄。文章开头是这样写的:"幼年就从史书上知道,在东北的苦寒之地有个五国城。可是,只因为它太偏远、太闭塞,直到半个世纪之后才有机会踏上黑龙江省依兰县的这块土地。"语气出奇的平静,然而,接下来笔锋一转,就切入千年之前山河破碎、道德沦丧的历史图景中。

他眼中的山水与遗址,不再是文人自古以来注释个人情感、纾解心灵焦虑的习惯性场所,不再是一幅可以随意涂抹修改的主观构图,而是真实的历史遗物,它的每一个残片、每一丝划痕都在开口说话——它们是借作家的笔,述说历史的隐秘,那是它们必须说出的内容,是岁月交给它们的使命。

有趣的是,当这所有的一切,一行一行地出现在充闾先生的笔下的时候,我们看到的却是一张平静的面庞,从他身上,看不到历史裁判者的张狂与自我膨胀。

充闾先生试图将历史的局部放大,而将自己隐藏起来。他的姿态越是平朴,越会形成语言张力;举手投足越是刻意,形态就越荒唐可笑。倒是在自然平和中,会流露出思想者的深刻和高贵。

这一点在充闾先生的散文新集《何处是归程》中表现得更为明显。与《沧桑无语》不同,《何处是归程》是一部展现作家生命状态的书。在这里,充闾先生由关注历史转为关注现实,由关注整体转为关注个体。

在《何处是归程》一书中,特别是在其中的《疗疴琐忆》这类文字中,我们还是很容易发现充闾先生同其他散文作家的不同。《疗疴琐忆》是一篇讲治病的作品。

在作家那里,疾病无疑成了现实痛感的一种象征,它仿佛一个专制者,让所有人臣服于它的残酷。充闾先生讨论了痛感与智慧的相互关系,论证了压抑与创造力的交互作用,由对肉体的疼痛医治,转为对关注内心的创痛的抚摸,而这一系列复杂的过程,却以作者在病室中同小护士的对话为主线。我们知道散文不是华丽的装饰品,而更加接近哲学。充闾先生行文,带有明显的文人风格,但是他同时又摆脱了写作者的自我圣化,将他的机智隐藏在朴素的词句中,这一点他有别于余秋雨,尤其他给小护士讲"文革"治病的故事,说到关键处,"住了口,卖个'关子',顾自在一旁悠悠地喝着开水"。在这个真实的动作中,作者形象已经脱颖而出。

对于一个内心确有思想力量而又有才华的作家,艰辛的心路历程反而使他不会成为技巧的囚徒。他的深广的思想往往与一种从容不迫、虚怀若谷的人格魅力相结合,并最终通过作品中平易的语言形象表现出来。这样的作者形象,是平等精神在写作中的贯彻和体现。充闾先生凭借他哲学般的平易和宗教般的善意实现了这一点。他确立了散文的形象,从而也确立了他自身的形象。

给创作成功以理论形态的表述
——评《王充闾散文创作研究》

◎吴玉杰

王向峰教授主编的《王充闾散文创作研究》（辽海出版社）是研究王充闾散文的最新成果。此书对王充闾的散文进行全方位的审美观照，心理分析深邃透辟。立体式地建构了周密富有逻辑性的理论系统。显示了主编严谨的治学态度和高远的学术风范。

王充闾的散文创作取得了多年的成就，产生了广泛的社会影响。1998年他以《春宽梦窄》获得了中国文学的最高奖项——鲁迅文学奖（散文奖）。王充闾受到文艺理论界的普遍关注，他的散文备受好评。王向峰教授把王充闾及其散文视为一个巨大的文本，多层次、多角度地进行审美观照，编成以后具有强烈的现实意义。

对王充闾散文的研究在全国已有不小的规模，但这些多是对其初创期和发展期的研究。成熟期散文虽有一些单篇的评论文章，但尚需整体的润饰、构建与整合。在这样的一种总体意识的统领下，此书以四编28章的规模建构研究体系，具有相当的理论深度和与众不同的学术品位。

全方位的审美观照。《王充闾散文创作研究》汇集了辽宁以至全国些著名的文学评论家，以王充闾的6部代表作为基本研究对象，以《沧桑无语》为重点，对王充闾及其散文进行了深入、细致的审美研究。

此书的写作队伍规模巨大，实力雄厚。主编王向峰教授调动辽宁以至全国批评和研究领域中的有生力量，老中青三代共同上阵。辽宁的评论家有彭定安、春容、牟心海、白长春、高海涛、石杰等。全国其他的评论家有冯牧、兰棣之、谢冕、张韧、陈辽、阎纲、雷达、吴俊、周政保、李晓红、谢有顺等。评论家的广泛参与使视野开阔，保证了对王充闾散文研究的全面性。此书从8个方面实现了对王充闾散文的全方位的审美观照：①现实与历史题材向艺术的审美转化；②主体思想观念化为艺术情感；③作为散文作家的文体创造；④作家学识文化素养对创作曲貌的制约作用；⑤作家自身在创造对象中的体认；⑥审美心理的建构与作品的外化形态；⑦艺术审美的创化与超越；⑧散文语言的艺术创造。一些高水平的评论使本书有相当的理论深度和文化厚度，如郭风从"散文文体的追求"、阎纲从"诗人学者的散文"、谢冕从"散文文体的个人风貌"，共同论述了王充闾自觉的文体意识；雷达认为，王充闾"主体的情与描写对象密契无间，幻化为一种流动的、美丽的意象"，在行云流水中构筑了"有生命力的活文"，却不是"雍容华贵的死文"；谢有顺从历史的"诗性审美"、春容从"历史的审美叙述"论述王充闾文化散文的别样表现。认为对"生命的奔放和飞扬状态"的向往与"平实、沉稳的叙述风格一道，构成了王充闾最为重要的话语面貌"；吴俊从学者散文的文化内涵入手分析王充闾散文的历史地位。主编不是利用名人效应为论著增光添色，而是看重这些著名评论家批评文本时的中肯态度，看重他们行文中显现出的超越的文化品位。如果没有这两点，即便再有名的名人也不是主编要选择的对象；换句话说，倘若具备这两点，就是无名之辈的文章主编也刮目相看。从这个意义上说，此书是王充闾散文研究的集大成，既有研究的广度，又有理论的深度和文化的厚度。

  创作心理的深邃透析。王充闾的散文取得了很高的成就，这是有目共睹的事实。评论家从各个角度进行了全方位的研究分析，但问题的关键在于王充闾为什么以散文的形式进行这样的文本表现？这和他的创作心理有着怎样的联系？创作心理的研究是研究王充闾散文的一个难点，也是一个急需突破进行理论透析的重点，更是整部论著深度与否的真实表征。《王

给创作成功以理论形态的表述——评《王充闾散文创作研究》

充闾散文创作研究》对王充闾的创作心理进行了深入的剖析，为其他的研究者和一般的读者进一步了解王充闾提供了更好的理论视点。文体意识的研究在《王充闾散文创作研究》中受到了一定的关注，散文表现内容的自由和表现形式的自由与王充闾自由的精神追求达到了高度的契合，所以他选择了散文，化情思为艺术体式，在对象身上融入主体特殊的审美感悟，追求自然朴素的无华大美。（《审美期待中的散文》）在20多年的散文创作中，王充闾在不同的时期采用的是不同的散文样式，早期的作品多是杂文，从《柳荫絮语》开始多是一般抒情散文、随笔等；到了《面对历史的苍茫》和《沧桑无语》加重了文化的含量，书写历史文化散文。王充闾的散文文体无定式，不拘格。（《自觉的文体意识》）从这些分析中可以看出，王充闾对于散文的选择有着自觉的文体意识，而且他不断地在散文领域进行多方面的尝试。历史文化散文是他创作中的一次自觉的选择，也是一次成功的选择。他不断超越的散文文体意识使他成为一位有个性的作家。从这个意义上说，他选择了散文，散文也选择了他，对王充闾散文文体意识的研究对揭示其散文的独特意蕴的形成无疑具有十分重要的意义。

审美心理研究在《王充闾散文创作研究》中占有比较重要的地位。如果说，文体意识的研究让我们通晓王充闾和散文之间的"不解之缘"，那么，审美心理的研究就是我们打开王充闾散文文本表现内在审美动因的一把钥匙。沿着审美心理的研究思路走下去。就会看到一个更加真实的王充闾。王充闾在审美构思过程中，在他深层心理中集结着几种特别意识，不时地推动他的创作冲动。这就是他的审美心理情结：废墟情结、庄禅情结、梦幻情结和诗语情结。（《审美的心理情结》）论者对这四个方面进行了具体深入的分析，而且是十分富有精彩和理论色彩的精彩分析，论者这样论及废墟情结，"这是无边的历史辉煌湮没后，在人心中留下的永不消歇的回声，什么是废墟？废墟是历史行踪残留的模糊的痕迹；是时间老人反人工的消解性创造；是造物对人的永恒性的追求一种物化警示；是历史文明不甘于最后消亡的自悼，因此它是物的悲剧；是人的悲剧意识对象观照；

是历史材料和想象创造才能复苏的辉煌；是对最适于想象性的文学形象加以表现的荒残美；在作家心理中它是沟通庄禅与梦幻情结的一座桥梁。"对废墟的偏爱是王充闾散文创作中挥之不去的情结，主要体现为"他对中国历史上已经湮没的名都、名城、名园、名街、名人遗迹等，也就是对昔日曾辉煌繁盛，而今却在时间过程里剥蚀颓败，仅存残迹，或灰飞烟灭，遗踪莫辨的对象存在所具有的一种追念心理。"论者对其他三个情结的论述同样富有意味，如"诗语情结是王充闾散文创作的诗意源头，是他创化生活对象为文学对象时的一种形式与内容相统一的中介体，也是主体的先在的情绪引端与表现对象之间的联通带"，王充闾以这样的审美的心理进行艺术的创造。论者以这样诗化的富有理论色彩的语言进行透析，二者可谓相互辉映。贝尔说，文学是种有意味的形式。我们同样也可以说，精彩的文学评论是一种艺术的创造，也是一种意味的形式。

　　自觉的文体意识与特殊的审美心理使王充闾选择了散文，而这一切又和他深层的文化心理密切相关。《王充闾散文创作研究》对王充闾的文化心理进行了多方面的探源：历史意识、忧患意识、悲剧意识和儒道意识。(《散文创作思想探源》)历史意识使王充闾把历史作为自己审美观照的对象，忧患意识使他写历史，又寄寓着对现实的深刻思考；悲剧意识来源于他对古人悲剧人生的深刻体悟；儒道意识来源于他所受到的中国传统文化的教育，这一意识使其作品有着深厚的文化底蕴。然而，传统文化的复杂使王充闾的文化心理也处于一种矛盾状态：儒家文化使王充闾具有社会责任感和使命感，追求有价值的人生；道家文化又使他追求自由的人生，超越的生命理想。(《生命理想与文化精神》)文化心理的复杂导致创作文本的复杂，因而文化心理的深层透析完成了对外在文本表现的最终探源。

　　对王充闾的自觉的文体意识、特殊的审美心理、深层的文化心理的深邃分析构成了《王充闾散文创作研究》的鲜明的特色，由此本书也达到了相当的理论深度，获得了理论界人士的高度赞誉。

　　立体式的理论建构。对一个作家创作的研究历来受到文艺理论界人士的关注,可谓成果累累。但是,在欣喜之余,我们尚感到有些不满足。这些论著在体例上有时会给人留下似曾相识的感觉,创新之作不是很多,《王充闾散文创作研究》却给人一种全新的感觉。论著不是一般性地梳理作家的创作历程,也不是一般性地分为思想和艺术两方面研究作家的创作成就,而是在对作家创作进行全方位审美观照的基础上,以四编28章的气势立体式地构建严谨周密的理论研究体系。

《王充闾散文创作研究》有研究的广度、理论的深度和文化的厚度,但这些研究的广度、理论的深度和文化的厚度不是散在的静止的论文停滞或堆积于此书当中就能够达到的,而是主编使篇篇文章呈现一种召唤式的流动状态,每篇文章都可以单独成篇,但它们又有机地统一于王充闾散文创作研究的理论逻辑体系当中。论者不是把从文本中抽绎出的审美规律性认识作为研究的框架,而是作为行文的潜在线索和研究的最终指向。以审美性认识作为整体框架,不利于对作家创作过程的把握。论著采用的是立体式的方式,既有对创作历程的具体观照,又使对文本的审美性认识渗透在每一篇文章中,每一节中,每一编中,渗透在整部论著中。

论著不是单纯地按照时间的顺序作历时性的评论,而是纵横交错。全书共分四编,第一编是作为散文大家的综合研究,从审美期待、创作历程、思想探源、心理情结、心路探求、生命理想、艺术转化、文化语境等多方面确定王充闾散文的历史地位。综合研究是理论的确证和引领。既有横向的审美把握,又有纵向的理论评述。第二编至第四编是对初创期、发展期和成熟期散文的研究。从编写体例上看,后三编是纵向研究,不过每一编横向的拓展和深入加强了对文本的审美规律性的认识,如第二编从见识、真诚和风韵等方面研究《柳荫絮语》。

论著采用点面结合的方式,以文本表现的某一点作为创生点,再由几个创生点化合成一个侧面,最后由几个侧面化合成一个全面,构成对某一时期文本的总体性的理性认识。"风韵圆融""诗人襟怀""性情流注""审美意味"四个创生点化合成对"充溢作品清风雅韵",它与"自觉的文体意识""散文的审美化境""散文的艺术包容"等几个侧面共同构成了对王充闾散文发展期艺术风貌的全面审视。

论著既有对王充闾散文的外部研究，如创作历程的描述、文化语境的概论和别样表现的辨析等；又向内转，深刻挖掘文本表现的内在依据，尤其是对内宇宙与精神世界的审美观照显现了更多的远见卓识。主编从历史意识、忧患意识、悲剧意识和悲剧意识进行王充闾散文创作的思想探源，然后组织人力再对四个方面各个击破。其他如"心理情结""心路探求""自省自励""生命理想与文化精神"等也都是不同层次、不同侧面的心理研究，使整部论著达到了相当的深度。

论著从主客互化的角度研究创作主体和客观对象如何成为相互的对象化存在。如"自然心性与自然审美""审美化境创造""散文的审美超越""历史的现实解读与对话"等。文中从熔铸情理化合的艺术形象、对象与思想和艺术的统一、显形形象与隐形知识的统一、客观的直接对象与隐形结构的统一等多方面深刻地论述王充闾散文的审美化境创造。

《王充闾散文创作研究》重视纵横、点面、内外、主客等多方互融互化，以对文本的审美规律性的认识作为研究的宗旨。它有一种向心力，聚合着全方位审美观照的各个侧面。共同建构种立体的但又十分严谨周密的富有逻辑性的理论研究体系。这一高起点就要求评论必须超越一般性的描述。这不仅是对参编者的考验，更是对主编的挑战。这要求主编既要熟悉王充闾散文，又要深谙王充闾散文研究，更能洞悉王充闾散文研究之研究。20年来，王向峰教授一直跟踪研究王充闾的散文，写出数篇有理论个性的高质量的学术论文，同时极其关注王充闾散文研究之研究。所以，他主编此书既有宏观的把握，又有微观的透析，高屋建瓴地建构独特的有理论个性的研究体系。"石韫玉而山晖，水怀珠而川媚。"如果说，王充闾散文因此发出独特的审美光彩而成为独特的艺术创造，那么，《王充闾散文创作研究》也因独特的发现、深邃的透析和立体式的理论建构而成为独特的理论创造。

王充闾散文中的文化悖论

◎ 石　杰

内容提要：王充闾近期散文体现出鲜明的文化悖论。他不仅叙述了文化悖论的现象，而且揭示了文化悖论的集体无意识建构，并且面对文化困境，向失去理性的现代人敲响了警钟。悖论的反映使得他的文化散文表现出对以往的写作的超越性。

悖论表面上看似乎是荒谬的，但悖论的表现却可以使作品的内涵深刻而厚重。当王充闾散文由对现实的美感哲思走向对历史的沧桑叩问时，笔下不由自主地出现了文化悖论。

这里所说的文化悖论不属于形式逻辑上的一般思维方法的范畴，而是指由文化本身的内在矛盾性所导致的价值、功能上的悖谬，文化也取其广义，不能否认，文化作为人类智慧的创造物，集中表征了人的文明与伟大，并将人同其他动物最大限度地区别开来，从而高居于万物灵长之地位。但是，既有文化是否使人获得了自救？文化带给人的是否只是快乐和福祉？答案则是否定的，其原因就在于它本身的悖谬。作为有价值有意义的客观存在，作为多种因素的集合体，文化既有无限的魅力也有骇人的丑陋。它善良而又凶残，高贵而又卑贱。既可予人以聪明才智，也可使人昏庸愚昧；既可救人出苦海，也可置人于水火。其整体构合而形成的超越性又往往显示出强大的不以人的意志为转移的异己力量。《土囊吟》便充分地体现了这一点。物质财富本是人类生存的必要条件。从第一件劳动工具的制造到衣食丰足，从第一次火的使用到山珍海味，从第一件装饰品的发明到奇珍异宝，均充分显示了物质文明的力量。它可以养黎民、壮国势、安城邦，也可毁人于贪婪享乐，宋徽宗便作了穷奢极欲的牺牲品。这个荒淫无度的国君"整天耽于声色犬马，吃喝玩乐"，尤喜奇花美石，珍禽异兽，"一时间，供奉珍品的船只在淮河、汴水中首尾相接。"其后又修宫建山、掘湖置阁，堂皇的程度"欲度前规而侈后观"，终成金人之囚鬼。文中围绕文化的二重功能极尽艺术之叙述，内中虽然不乏统治者个人的因素，文化悖论的魔力也可见一斑。

《文明的征服》对此做了更充分的说明。该篇从某种角度可以视为《土囊吟》的续篇，叙写金人灭宋之后，又为宋文明所吞噬的过程。金太祖时即接受了汉官为金王朝制定的君臣朝仪制度，熙宗时正式确认儒家思想为统治思想。世宗朝更把儒家的纲常伦理视为维护统治、协调君臣关系的法宝。他们多方延揽中原文人，保护中原图书典籍，采纳中原生活方式，尽收中原文物财宝，以巩固统治，治国驭民。然而在其汉化的同时，却也潜伏了危机，宴安鸩毒，军无斗志，最终毁于蒙古族的铁蹄之下，几代君王的宏图大业也成为泡影。作品虽然最后归结为文明的力量，认为文明才是最后的征服者，其实也恰恰证实了文化悖论的胜利。文化悖论仿佛是一个巨大而无形的魔圈，无论你如何折腾，也难以挣扎出去。正如文中所指出的那样，"人类创造的文化，无一不包含着自我相关的价值、功能上的悖谬，并且随着时间的推移，不断地作反方向的运动与变化。这种文化上的悖论，似乎有意地跟人类开玩笑，创造的结果、最后的效应，有时正好与原初的目的、动机相悖逆，所谓种下的是龙种，收获的却是跳蚤。"不仅宋金统治者，蒙元统治者也没有逃脱文化悖论的捉弄，只有文化悖论本身，牢牢地立于不败之地。

其实这也没什么奇怪。每一种文化形态都是人在特定情势下所创造的，都是人的理性思维和价值取向的外化。且不说作为创造者的人本身具有怎样的自我悖谬，就是它所集合的各种文化特质也是具有各自的属性的，因此，其悖谬可以说从文化产生伊始就存在了，更何况在时空的变化中文化还会作相应的运动和转化。而作为选择者的统治者没有也不可能有超人的先见之明，结果便只能被文化悖论玩弄于股掌之上。

如果说王充闾的历史散文主要是从社会兴衰、朝代更迭的角度体现文化悖论的，那么，他的生活回忆型散文中所蕴含的文化悖论则更具世俗性。《青灯有味忆儿时》中写到了"我"与塾师的关系。由于居处偏远之地，"我"的启蒙教育是在私塾中完成的。尽管"我"聪明过人，塾师亦喜爱有加，然而"我"对塾师还是心存畏惧，以至因惧生疾。众所周知，尊师是我国优秀的文化传统，其道德规范最早大概可纳入"孝悌亲仁"（《论语·学而》）。但当时的师生关系主要是建立在授受基础之上的，所谓"三人行，必有我师焉"（《论语·述而》），所谓"学而不厌，诲人不倦"（《论语·述而》），且确实体现出一定的道德理性，在历史上起过积极作用。但是在封建教育制度下，这种道德规范也一度被绝对化，"师道"成了权威力量，乃至一次"我"私下里闹学不慎被塾师瞧见时，塾师一句"嚯！小日子又起来了！"就"吓得我冷汗淋淋，而后，足足病倒了三个多月"，从中可以见出文化在时间的推移中价值、功能的转化。

《碗花糕》一文中的文化悖论更耐人寻味。大哥死了，与父母和"我"情深意笃的嫂嫂执意守在家里，不再重嫁。父母出于良心，坚持要她另行婚配，"总不能看着二十几岁的人这样守着我们。我们不能干那种伤天害理的事，我们于心难忍啊！"结果，改嫁后的嫂嫂积劳成疾，终于过早地去世了。这里似乎并不存在文化的悖谬。让年轻的寡妇再嫁他人，重新生活，不正是冲破封建伦理纲常的束缚，顺应人性吗？问题是嫂嫂并未因此而获得幸福。个中的原因就在于父母行为的价值取向是以"良心"为参照物的，是不能"伤天害理"。良心虽较伦理纲常更贴近生命，但它并非完全出自人的意愿。就是说，作为一个世俗的伦理概念，它仍有着一定的道德、观念、习俗的色彩。因此，文中父母的选择初看似合乎人性，实则仍然是受外在的规范的制约，而嫂嫂的"爹！妈！就把我当成你们的女儿吧"的请求却完全是出自真心。结果是嫂嫂做了良心的牺牲品。良心既使父母心安理得又违背了他们内心的情感，良心既给了嫂嫂生活的自由同时又将她推向了另一种痛苦。从这一点上说，《碗花糕》中的文化悖论甚至是双重的，与《青灯有味忆儿时》一起，都体现出一种道德绝对化之后价值功能的反向转化，从中可以见出文化自我相关的悖谬性。

与此相连的是《吊客》。吊丧中的咏叹本有挽歌性质，起源可追溯至先秦时期。它曾经给人以美的享受，无疑是人类文化的结晶。然而在经过了由俗入礼、又由礼成俗的发展过程后，其价值功能已经发生了大的转化。那些"数落着，咏叹着"，"拉着长声号哭"的女客们的悲痛已经不是出自内心情感了，而是出于外在的习俗的规范。她们扮演了虚假的角色，只是没有意识到而已——礼仪形式转化成了荒唐的模式。

这里甚至体现出了文化悖论的集体无意识建构。文化悖论是怎么产生的？除了文化个体形态诞生伊始其内在的自我相关的矛盾性和不合理性之外，发展过程中的集体无意识建构是一个重要因素。任何一种文化形态都是由人来参与建构的，而人，尤其中国人并不是一个理性和主体性很强的民族，其突出的表现就是从众性和从俗性。集体高于个体，集体的思维和意志高于个体的思维和意志；而为客观所肯定的风尚习俗这类文化形态总以其强大的制约性裹挟得人身不由己，即使这种集体行为和文化形态再缺乏理性和主体性。久而久之，个体人失去了理性的清醒和坚守，在群体行为中形成了集体无意识，文化的悖论也就形成了、巩固了。《吊客》中的"哭灵"一段充分说明了这一点。街坊邻居都来走走过场，送个人情，丧家陪着吊丧人哭，吊丧人一拨跟着另一拨哭，走马灯似的人流川行不息。"宾主操着同一种腔调，带着同一样表情，哭诉着同一个内容，例行着同一类公事，大家都在围着这个亡灵忙碌着，应付着，敷衍着。"这时候，吊丧这一文化习俗已经失去了它的哀挽悲悼的本来意义，而变成对人性的束缚和理性的侮辱了，可悲的是人对此竟然全无觉察。

与此相关的是《"化外"荒原》等篇中关于狐仙崇拜的描述。狐仙崇拜大概源自原始阶段的自然神崇拜。作为人类初级阶段的崇拜形态的延续，狐仙崇拜一开始便带有原始思维的混沌和蒙昧，具有非理性和非逻辑性特征。而到了20世纪40年代，人的集体无意识状态仍然维护并巩固着这种荒诞的外在力量，乃至使其悖谬的成分有增无减。后狐狸岗子村几乎人人信畏狐仙的神力。家家宅后建小堂子、供牌位、烧香、磕头，稍有不敬，便视为触逆。连犟种的91岁的老奶奶的死，也归结为是犟种堵塞了仙的通道。没有人怀疑这种说法的虚假性，大家都在随声附和。村人们自觉地建立起一种神秘的氛围，体验着一种虚幻的存在，且口耳相传，代代相袭。王充闾这类个人生活回忆性散文虽然不似其他作家的同类题材散文以艺术感染力取胜，但对文化悖论的表现却是极其鲜明的。

　　王充闾散文中的文化悖论的艺术表现是较为深刻的。其深刻在于不仅揭示出了文化世界的悖论力量的强大，无所不在，以及人在悖论面前的无可奈何，而且揭示出了作为主体的人的理性的不足。这里也就客观地体现出了救赎之路。不错，文化悖论虽然具有强大的异己性，但人毕竟是文化的建构者和选择者，因此，要想逃离文化悖论的魔圈，唯一的希望便是理性。《寂寞濠梁》对此有着突出的体现。这是一篇极优秀的文化散文，其成功之处不仅在于诗史交会的圆融的风格，更在于其深刻的思想和文化情怀。面对已被污染得面目全非的濠水，作家严肃地指出："现在，人类已经从大自然的恭顺臣民一变而为君临宇宙、主宰大地的征服者，威权无远弗届。这自然是历史的进步。但是，也必须清醒地看到，人类在选择自然的同时，也无可避免地要接受自然的选择。在人与自然的关系上，人是认识和实践的主体。但主客体关系不等于主仆关系，人首先是自然的一部分，不能不受制于自然规律。""以为人类最终逃脱了对自然平衡的依赖，这是一个致命的错觉。任何一个现代人在充分享受种种物质便利的同时，都必须接受由于虐待大自然所招致的惩罚。"这些，正是向失去了理性的现代人敲响的沉重的警钟。工业文明固然以其现代化的科技手段创造了巨大的物质财富，从而促进了社会的发展和人类的进步。但同时也导致了环境污染、能源危机、生态失衡，导致了物质高度繁荣后人的精神的极度空虚。致使一些西方人面对生存危机不得不向东方文化寻求出路，确切说是老庄文化，也是王充闾散文面对喧嚣的现实世界每每渴望清静，回归自然，乃至面对濠水而生感慨的原因。但是，如前所述，文化悖论的力量是巨大的，特别是各种文化价值力量（包括个人的和社会的）汇集在一起而形成一种微妙复杂的文化整体律、成为一种异己的存在而为人所难以把握的时候，理性会不会显得过于脆弱呢？然而，无论如何，文化悖论以其内在的矛盾和冲突展示出了无限的丰富和复杂、生机和活力，而王充闾散文也由于对文化悖论的介入显示出以往写作中所不曾有过的深刻。

于传统中昭示现代
——由鲁迅的旧体诗说到王充闾的散文

◎李春林

内容提要：鲁迅在最受古典束缚的旧体诗中，表现出浓烈的现代意识；王充闾的散文也以传统之船，载现代之思。其现代意识主要表现在：对个体生命的关注；对人的"充实的、内在的、自由的生命"的探寻；对人的苦闷与焦灼、孤独与寂寞的现代方式的表现；讲述传统的同时又偏离传统，背弃传统，否定传统。王充闾与鲁迅一样，走进传统，为传统所浸渍；又走出传统，对传统进行挞伐。王充闾散文的文化价值似应从这一点上予以剔挖；而这恰为以往的研究所忽略。

著名美籍华裔学者李欧梵先生认为，鲁迅的旧体诗"诗歌本身所唤起的是一种焦虑和彷徨不定的情绪，它已超出了社会政治意义的狭窄视野"。他以为，《题〈彷徨〉》与《过客》都是鲁迅孤独母题的表现形态，诗中的"我"被困于传统中国与现代中国之间的某个无人之地。《自嘲》则是对于逝去的自我生命高雅而深刻的调侃。《送O·E·君携兰归国》和《湘灵歌》的内容则蕴含着"一种真正现代意味的'恐惧与焦虑'"，这是对鲁迅旧体诗的一种全新的解读。我觉得，此种解读才更契合鲁迅其人其作之本体。"高丘寂寞竦中夜"，这与卡夫卡笔下的格里高尔变成甲虫后夜半独处一室的心理体验何等相似！夏济安也曾敏锐地指出，鲁迅"看起来更像卡夫卡同代人而不是雨果的同代人"。显而易见，此处绝非从时间的意义上来谈的，而是说作家的气质及创作的区别。我以为，不妨将此语改塑为："鲁迅不属于古典，而属于现代。"鲁迅在最具古典样式、最受古典束缚的旧体诗中，却表现出了浓烈的现代意识，这不能不说是令人称奇的一种文学史现象。

近读王充闾散文，不料发现了与上述现象相似之处。

王充闾有着丰茂的学识，在他的散文创作中，往往有着其他一些散文作家难以比肩的高密度的中国古代文化信息含量。古典风韵扑面而来，历史陈酿令人陶醉。然而，王充闾的散文并非传统的赓续与发展，而是别有深层意蕴：若是说鲁迅借旧体诗的躯壳，昭示自己的现代意识；那么王充闾则是以传统之船，载现代之思。他以现代人的味觉咀嚼、品尝传统，无论其甘甜或苦涩，那些传统文化"信息"都附着上了作者现代的"唾液与牙痕"（思索与批判）。而王充闾散文的价值也正在此。

王充闾散文的现代意识首先表现在他对个体生命的关注。中国传统文化一直重视集体而轻视个体，后来又演变成重视阶级而轻视个人。这不独从一般的现代西方哲学看来是荒谬的，就是从马克思主义哲学看来，也是错误的。例如马克思、恩格斯就认为，任何人类历史的第一个前提无疑是有生命的个人的存在。王充闾对西哲素有研究，他正是以此为参照系，对于中国历史与文化的若干现象进行了重新审视。在《土囊吟》中，作者不以过多笔墨涉及赵佶父子的历史功过（当然亦有评判），而是更多地从个体生命的视角，谈他们所历经的种种磨难，尤其是"心灵的折磨"，同时又隐喻着因果报应似的谈到赵佶的先祖——宋太宗对南唐李后主的戕残。这里都显示出了一种对个体生命的关切，抒发出作者对个体生命被戕害、个体灵魂被戕害的愤懑。这种对个体生命的无比关注正是一种现代意识使然。

其次，王充闾散文中始终探寻着人的"充实的、内在的、自由的生命"。马克思认为自由自觉地活动乃是人类的本性。王充闾在灿烂如银河系的中国古代诗人群落中对李白情有独钟，绝非偶然：他的关于人的自由的现代意识只有在如李白这样的蔑视外在一切束缚、放荡不羁的人那里才能得到寄寓、积郁、开释、爆发！甚至可以这样说，作者在李白那里发现了自己、自己被压折的那一面：对自我自由的追求与呼唤。正因此《青山魂梦》等写李白的篇什，才时而深情积郁，时而汪洋恣肆。作者对李白的崇仰及对李白时代的评判，不独使他从官员这层中异化出来，也使他与那些患了失语症（只会重复权威话语）的所谓知识分子区别开来。而这正是王充闾骨子里反传统的表现，作为一位具有浓烈现代意识的现代知识分子的表征。

复次，王充闾笔下的人物（包括他自己）都有着现代人的苦闷与焦灼，孤独与寂寞。作者无限珍爱人的个体生命，"但是，时空的限界毕竟又造成所有个体生命的割断、隔绝与消逝，……时空条件本身，就是以给人一分难喻的怆怀。"在《存在与虚无》中，作者写了"搏斗后的虚无，成功后的泯灭"，这正是一种现代的焦虑与无措；在《青山魂梦》中，作者极力表现李白"生命的冲撞、挣扎和成败翻覆的焦灼、痛苦"。他以现代话语审视李白被煎熬着的灵魂。古代人的苦闷与焦灼，孤独与寂寞，被提升到现代人的高度来观照，所昭示出的正是作者自身现代的意识，现代的哲思。

最后，王充闾散文的现代意识还表现在，他一方面讲述传统，同时又偏离传统，背弃传统，否定传统。《淹城访古》依托中国古代文化遗存，讲述一个带有传说色彩的历史故事：淹国国君割断女儿的夫妇之情，结果遭到女儿的报复，引夫君之国留国军队杀人，劫财掠宝。最后淹君杀女，碎尸三段，分葬三处，上筑高墩，于是有所谓"头墩、肚墩、脚墩"曾经传留。作者行文中不见对女儿背父叛国的微词，反而对她的悲惨结局于不言中深蕴同情。正是由于这种对背弃君父的女儿的感情潜流的存在，使我们觉得作者对传统的忠孝之道给予了婉曲的同时又是坚决的否定。他所张扬的是个体生命的自由与幸福的重要。因为说到底，人是最终目的，国家只不过是为了使人人都能幸福的工具。而这正是一种大悖于中国传统政治思维的现代意识。

诚然，王充闾散文中的现代意识不只上述这些，他的关于人的生命存在形式的思考，关于时间与空间关系的理解，他的浓烈的悲剧意识，……每每也都借传统的叙说而予以表达。

鲁迅以传统形式（旧体诗）容纳蕴蓄反传统思想；王充闾借传统文化信息的传通来评判反抗传统，尽管他还未像鲁迅那样彻底，但其思想走向基本一致。他们都走进传统，为传统所浸渍；又都走出传统，审视传统，批判传统。鲁迅曾说过："又因为从旧垒中来，情形看得较为分明，反戈一击，易制强敌的死命。"这"旧垒"，是应包括传统文化在内的。王充闾散文的文化价值，似应从这一点上予以剔挖。倘若我们片面强调王充闾散文与中国传统文化的正面联系，忽视其对传统的批判功能，就会引申出这样的错觉：王充闾的散文与以鲁迅为宗师的中国新文学主旨似乎有某种疏离。而事实上，王充闾虽然在传统中纵缰揽辔，任情徜徉；但他同时更生活于鲁迅的荫庇之下，为鲁迅的乳汁所养育。在他的散文创作中，明引与暗含着大量的鲁迅话语，这就是一个有力的证明。虽然我们还不能说王充闾这种于传统中昭示现代的创作方式与创作形态直接受启于鲁迅（我们尚缺乏实证），但王充闾散文之创作的主观创作心理与作品文本的客观价值与意义，却是对鲁迅文学与文化事业的继承，这一点则毋庸置疑。

对历史的审美追忆
——评王充闾散文集《面对历史的苍茫》

◎ 仇　敏

内容提要：王充闾的散文集《面对历史的苍茫》，对历史做出了诗性的领悟，蕴含着对历史的当今文化语境的诠释，还始终洋溢着主体精神和大自然浑然一体的忘我情怀，并且，作者在散文的形式美方面倾注了功力，显现了其散文艺术情致的成熟。

王充闾的散文集《面对历史的苍茫》，选择以美学的视界与历史展开超越时空的对话方式，凭借诗意地运思和直觉领悟的方式去试图重新走入历史的山林，展开和古贤与圣哲的心灵交流，倾听历史之河充满忧伤与悲哀、欢欣与喜悦的精神独白，作者以诗性智慧和充满艺术灵性的想象力将"历史的苍茫"富有创造性地重新阐释，以对历史的审美追忆诞生了与众不同的文化散文的写作模式。

一

王充闾的散文集《面对历史的苍茫》，对历史做出了超越"历史理性"规定性之外的诗性领悟，颇有独到的体验与阐释，这是近年来历史散文创作的甚有意义的突破。

历史是人类精神蓦然回首的自我镜像，寄托了对未来时间的理想期待，聚合了人类的理性与感性的势能，交织主体心理的记忆、意志、联想、想象、情感、分析、直觉等等所有的功能。王充闾的《面对历史的苍茫》，调动了所有的心理功能和诗性情怀，展开了与历史的审美对话。如姐妹篇《战地孑遗》与《太原城引出的话题》，巧妙运用以空间写时间，以地域写文化，以诗心写历史的艺术方法。前篇以崔曙的"三晋云山皆北向，引出思绪，"上片"瞩目写自然景观，以白描之方法点出"表里山河，称为完固"的三晋大地，太行吕梁，逶迤千里，黄河蜿蜒，中部盆地"似一线串珠"，笔锋一转，触及山西的古战场，写殷周以降至秦汉、隋唐五代、两宋直至现代抗战为止的战争烽烟，作者以洗练笔墨，凭借有限空间勾勒出期间两千三百余年的战事，以意识流的翩翩思绪和客观叙事的态度评点战事与凭吊古战场，其中恰到好处地征引唐人李华的《吊古战场文》；"下片"瞩目写人文景观，以工笔重彩的笔法，写国宝之最南禅寺，千年古刹的风雨剥蚀，"会昌灭法"，文革破旧，然南禅寺却因地偏寺微，气候干燥而安度沧桑巨变，作者援引该寺住持的"不材之木无所可用，故能长寿"的笑谈，以喻庄子《南华》的机理。继写佛光寺的劫难，悬空寺的瑰奇，云冈石窟的冠绝，将两千年战地孑遗浓缩于瑰巧卓绝的艺术创造作品上，让读者既反思了战争又品味了艺术的内蕴。如果说前篇重在写"面"，后篇重在写"点"，以晋祠为叙述焦点，以古戏文为故事线索，讲述了周成王与幼弟姬虞为戏至李后主至徽、钦二帝"北狩"为止的史事，曲折蜿蜒的历史之河被集中于太原这个空间而被一览无余。作者借用几个古典戏曲串联故事，其间又插入正史野稗、诗词歌赋，"汾河决入大夏门，府治移着唐明村。只从巨屏失光彩，河洛几度风尘昏。"作者以元好问的怀古诗对荒谬无理的历史进行了批判与嘲讽，同时表达了一种历史因果循环与宿命意味的感叹，并植入一种对历史的幽默与通达，呈现了特有的思理与智慧。

如果说前两篇文章侧重写"事"，《青山魂梦》与《爱的悲歌》则醉心写"人"。前篇写诗仙李白，在写法上颇具创意，以"青山"为圆心，以诗人生命的漫游为轨迹，画出了一个既充盈浪漫情趣又包含悲剧意象的

对历史的审美追忆——评王充闾散文集《面对历史的苍茫》

"艺术人生"之圆,用幻觉联想将诗仙融入青山碧水,谈说他戏剧化的浪漫人生。尤为称道的是,此文思理独树,文章一反传统定论,对李白的人文精神提出具有学术意义的新见,认为诗人"尤患不知己",诗人文才超世,然"拙于政事",他集"儒、侠、仙、禅"风骨于一身,而渴望从政,演绎"修齐治平"的神话,结果构成了自我的悲剧。"他的悲剧,既是历史悲剧,也是性格悲剧。"由此,作者对李白期盼政治的一面予以否定,而对其诗性人生的一面予以极高的评价,最后,文章仍落墨于"青山",秋日夕阳,以无比虔诚,肃立诗仙墓前,风摇柳线,宿草颤头,仿佛亲承謦,进行一场叩问诗仙的跨越千古的武士对话。"莫向斜阳嗟往事,人生不朽是文章。"(许梦熊《过南陵太白酒坊》)。后篇写词人放翁,通篇围绕着千古绝唱的《钗头凤》来运思,其背景又只限于"梦雨潇潇沈氏园",但能串起词人爱恨情仇的悲剧一生,写法上与前篇有异曲同工之妙。文章起承转合,自由潇洒,以意识流的联想、独白来结构,平添一种奇崛之美,又广征博引,插叙自如,最后还留有未解的悬念,给读者提供审美再创的余地。

王充闾的散文充盈着对历史的富有激情与沉思的想象、批判,贯穿着对文化的反思与价值重估。《存在与虚无》以散点透视的方式,吟唱一曲名士之悲歌,发出对历史公正性和合理性的怀疑,呈现出对历史理性与必然性的有保留的否定。文章紧绕着洛阳这一"十三朝故都"来伸展经纬,泼洒颜色,纵横比照,文气跌宕。"若问古今兴废事,请君只看洛阳城。"作者援引司马光的诗句纵说洛阳,写它麦秀黍离,铜驼荆棘的命运沧桑,又着重以魏晋时期为中心,展示一幅色彩斑斓,令人遐思不已的画卷。它写了"异姓禅代"与"八王之乱",对以宫廷政变为核心的帝王权力之争,借用前人"二十四史"是"相斫书'的议论,给予否定。然后笔锋一转,写皇城东西两侧的墓区,收视北邙山的绵延罗布的陵寝墓冢,引入唐人王建的诗句:北邙山头少闲土,尽是洛阳人旧墓。"由此引申出"生存还是毁灭"(To be or not to be?)的生命哲学,作者静照历史,将生死主题提升到哲学与美学的高度,借莎翁《哈姆雷特》主人公之口隐喻对魏晋历史的生死现象的评价。又插入《癸辛杂识》的韵语，马东篱的套曲《秋思》，感叹历史的荒谬与虚无，生命的无奈与死亡的公正。"历史，存在伴随着虚无；人生，充满着不确定性。列国纷争，群雄逐鹿，最后胜利者究竟是谁呢？魏耶？晋耶？谁也不是，而是历史本身。宇宙千般，人间万事，最后都在黄昏历乱、斜阳系缆中，收进历史老仙翁的歪葫芦里。"至此，文章似乎也做完，但作者"曲径通幽"，另辟文园，以重笔写魏晋名士，写名士们给魏晋时代乃至后世所带来的思想文化财富与人格精神，写阮籍与嵇康的"越名教而任自然"的旷达风致，呈现魏晋时代思想文化方面的怀疑与否定的人文精神和相对主义哲学的某些合理性。但作者仍写出了文化人的知识悲剧与命运悲剧，为魏晋名士洒一把同情之泪。文章收尾，甚具匠心地写了在东市（魏晋时为行刑场所），嵇康引颈就刑，弹奏一曲《广陵散》，手挥五弦，目送归鸿，绘就一幅富于审美意蕴的死亡图画，给人以绵绵的美学与艺术的情思。《细语邯郸》一文，可谓大处着眼，小处落墨，由邯郸古城的话史，揭示了中国古代文化的二重性特征。作者仍然以地叙史，但眷目于古迹高台，写了"台史"，从赵武灵王的"丛台"，魏襄王的"中天台"，到楚国的"三休台"，又点出历代文人雅士的登台赋诗，由此引申出"士慕原陵犹侠气，人来燕赵易悲歌"的文思。而文章之"下阕"，却谈及"邯郸梦"的故事，从唐人沈既济的小说《枕中记》到李公佐的《南柯太守传》，从明代汤显祖的戏曲《邯郸记》与《南柯记》到蒲留仙的《续黄粱》，参差利落，富于情调，隐喻着热心进取与消极避世的儒道相左的两种人生哲学，最后插入鲁迅《过客》的老翁与少女的关于"坟场"与"鲜花"的对话，极具象征意味地点出题旨，得出对历史的不同理解与领悟。

二

王充闾的散文闪烁着史家的眼光，但这种史家的眼光既有理性的逻辑与思辨，更有诗家的奇思妙悟与审美智慧，穿透着富有神韵的直觉与想象，

对历史的审美追忆——评王充闾散文集《面对历史的苍茫》

蕴含了对历史的当今文化语境的诠释。当代散文诸家,也有不少写历史文化的佳作,但往往太多的理性的重荷、显明的理念色彩和悲剧化情调往往消解了美学情致与艺术氛围,是理性压倒了诗性。而王充闾的《面对历史的苍茫》,更多洋溢着诗性精神和美学神韵,将诗性浸融于历史之中,而文章呈现的历史充盈了文思的空灵和审美的意境,极具艺术再创的魅力。

《土囊吟》与《文明的征服》,可谓连理篇,空间上均落墨于北国冰寒之地,时间上都讲述的是宋金遗事。前者以"五国城"为叙事基点,讲述徽钦二帝"北狩"逸闻,用写意的技法,简练勾画了二帝的由龙庭端坐、锦衣玉食到被虏苦寒之地,饱受凌辱,凄苦而终的故事,同时连带写出两宋乃至金元的历史。文章以二帝逸事为主线,时间上纵跨三朝,空间上南北交错,其间多辅以联想与想象,以诗家的领悟去结构文章。如文中征引佛经故事,"徽宗皇帝驾游金山寺,见长江舟船如织,因问住持黄柏大师,江上有多少船,大师答说,只有两只,一是寻名的,一是逐利的,人无他物,名利两只船"。此中禅喻看来徽宗当时未曾了悟,否则就不会有后来"五国城"的劫难了。作者以这则故事暗藏机锋,又使文章平添审美之趣味。故事之尾,又来一空间循环,回归二帝投降的青城,"一百零七年之后,金人降元,元军亦于青城下寨,并把金宫室后妃皇族五百多人劫掳至此,后全部杀死,兴亡谁识天公意,留着青城阅古今。"作者表达一种诗意的历史观,历史潜隐着循环与因果的种子,潜隐着神秘难测的悲剧魔影,历史的公正标尺被埋藏在人类的良知的大地里。作者赋诗道:"造化无情却有心,一囊吞尽宋王孙。荒边万里孤城月,曾照繁华汴水春。"可谓点睛之笔。后者以"金源故都"上京会宁府为故事焦点,讲述的是金代的兴衰史,文章寻求历史之谜的答案,命题为《文明的征服》,渗透的是对文明与文化的深度思考。作者穿透历史的刀光剑影,烟云烽燧的表象,以诗人之心总揽人事与物理,得出自我的感悟:"人类创造的文化,无一不包含着自我相关的价值、功能上的悖谬,并且随着时间的推移,不断地作反向的运动与转化。"由此点出金朝兴衰的隐秘,用原始生命的武力与强悍征服了柔美精致的汉家文明，反过来又被更高的文明形式所征服，历史以公正的巨笔画了个诗意的圆，这是象征着宿命意味的循环怪圈，在这个怪圈里，演绎了多少令史学家与文学家感伤与怀旧的故事，隐喻了多少艺术与审美的意义。《忻州说艳》，格调独具，用戏曲笔法和"小说家言"谈忻州历史上著名美人的轶事，有几分黑色幽默的味道。文章广引博征，有古今戏曲、小说、传奇、正史、野稗、方志、传说、诗词乃至当今影视，均紧绕貂蝉这个忻州之艳泼洒彩墨，将历史与"美人"的纠葛提升为艺术化审美意象，篇末联想到古代另一名艳——西施，将之与貂蝉作了比较，展示了历史魔法给予两位名姬的不同命运结局。

　　王充闾的散文创作一向关注视点的选择，《面对历史的苍茫》既保留了以往散文的特色，而作者又似乎尤为醉心叙事艺术的形式，在散文的形式美方面倾注功力，显现了艺术情致的醇厚与成熟，标志其步入一个美学的新境界。《陈桥涯海须臾事》可谓是篇现代意识流结构的散文，作者"跟着感觉走"，以不同时空交错的方式，浓墨挥洒，将整个宋王朝的沧海桑田聚会于短短几千字中。文章以叙事为经，品人为纬，又辅佐以中州地理，今古典籍诗文，贯之以想象、直觉、体验，将被时间尘封和空间间离的历史画卷以一种亦幻亦真的意象重现在读者的眼帘，并用自我的情感逻辑进行新释义的重新编码与缀合，呈现了独特的审美趣味。此文的"文眼"，为前人何思齐的"陈桥涯海须臾事，天淡云闲古今同"的诗句，作者也以这两句诗为叙事线索，描绘了三百余年来王朝的悲喜交加的戏剧，对历史既有理性分析又有诗性随想，融入了通达的幽默与诙谐，对于历史的只剩下"汴水秋声"的感慨，让人回味无穷。《狮山史影》堪为一篇绝佳妙文，文章以空间写时间，南北交错；又以空间写行藏，祖孙相继。用尺牍之文写出明朝几代皇权更替的刀光剑影，以燕王与惠帝的叔侄相煎为主体，连带写涉了整个明史，理性中隐含诗意激情，运思中潜隐禅意与佛理，对历史与人事照之以空幻，观之以虚无，然而又不乏逻辑公理、道德良知，以一种极具想象力的阐释学视界去重估历史的价值与意义。文章破题，写武定狮子山、清流啸壑、古树栖云、林间草地、山花野卉,继而引出故事主角"正续寺",录下阁外廊柱的一副楹联:"僧为帝,帝亦为僧,数十载衣钵相传,正觉依然皇觉旧;叔负侄,侄不负叔,八千里芒鞋徒步,狮山更比燕山高。"于是,文章以上述楹联为叙事线索和叙事人,用时空交错的手法讲述了朱元璋、朱棣、朱允炆祖孙叔侄三代君王的行藏、史迹与传说,艺术上达到很高的品位。而在文思上,超越一般历史唯物主义的粗浅认识,以诗性思维的方式,表达了禅宗佛道相融的历史意识。"杖锡来游岁月深,山云水月傍闲吟。尘心消尽无些子,不受人间物色侵"。作者品评那位"白首老衲"的诗是:"勘透机锋之后的一种智慧与超拔,是经过大起大落的一种高扬的澄静。"

  王充闾的散文在美学与历史的对话的过程中,还始终充溢着主体精神和大自然浑然一体,物我两忘的诗意情怀。自然在他的笔墨流淌里闪烁着历史的七色彩虹,人事的烟云;山水泉石,古迹废墟,跳跃着历史的精灵与诗文的心迹;濠濮霜林,江湖涯海,古刹村落,异国闹市,无不浸润历史与美学的并行履痕,回响着自然与诗性的独白与对话……王充闾的散文"把山水捧起来读",寻求"诗意地栖居"于大自然,作者认为,山水与人文同在,历史依山水而眠,以一种审美之维的艺术情怀将此统摄于语言之中,是自我的一向追求。在《走向大自然》一文中,写道:"在中国,从庄子、屈原到李白、杜甫、王维、苏轼,从诗经、乐府到唐诗、宋词,诗人们一直行进在寻求存在的诗化和诗的存在化的漫漫长路上。这些诗哲留给我们的绝不仅仅是一幅幅风景画,它是人与自然和谐的情绪,即海德格尔所说的,它是'诗意的居住'的情怀,是对自然的审美观照。世界上没有哪个民族能与中华民族对于自然美的虔诚与敏锐的审美感受力相比。"王充闾的散文是将历史与山水用美学的丝线串联起来,沉醉那天人合一,景情合一的艺术境界。他"以心灵映射万象"(宗白华《美学散步》),"仁者乐山,智者乐水","在山水间,大自然与那一个个易感的心灵,共同构成了洞穿历史长河的审美生命、艺术生命,'天地精神'与现实人生结合，超越与'此在'沟通。大自然，成为人们的生命之根、力量之泉、艺术之源"。(《走向大自然》)王充闾的散文集《面对历史的苍茫》，往往以独特的意象，直觉的形式表达历史、自然、诗意三位一体的圆融和谐，构成自己独到的美学风韵。如《采石江边》以线性结构写"王楼船"，"金陵王气"，"青山明月夜，千古一诗人"，又以联想写'草生涧边、莺鸣深树、晚雨潇潇、春潮急涨、一舟浮荡、野渡无人的荒疏、幽静的景致"，既赞誉唐人韦应物的诗文留芳的造化，又为同代的滁州刺史李幼卿凿石引泉，耽于民生，因不存诗文而默默无闻，付之以不平之鸣。文章使山水与历史、景观与人文相得益彰。《濠濮间想》，写寻游庄子与惠子的秋水游鱼之乐的故地，以电影"蒙太奇"的手法，辅佐以回忆联想的技巧，以现代人审美情怀去与先哲展开超越时空的心灵沟通，聆听古人心语的精神与内蕴。结局以失望的情绪写了"庄惠临流处"的濠水依旧，然浊流翻滚的现代污染，为当今存在者对自然美与诗性精神的双重失落而发出天人相分，景情相异的叹息！再如《三江恋》《淹城访古》《晓来谁染霜林醉》《沧浪之水清兮》《两个爱情神话》等篇什，均显示了一定的艺术功力。

自我的初次放逐
——论王充闾1956—1966的散文创作

◎石 杰

从20世纪50年代中期到21世纪初，王充闾的散文创作走过了四十多年的历程了。综观其散文创作发展道路，可以将其概括为若干阶段，即"文革"前的散文创作、"文革"后到80年代初期的散文创作、80年代中期到90年代初期的散文创作、90年代中期到末期的散文创作以及近几年的散文创作。这些阶段不仅具有时间上的显性不同，更有内涵特质上的隐性差异。每个阶段作为整体上的一个环节，又有其独特的意义。本文仅对其散文创作的切始阶段——"文革"前10年的散文创作进行研究。

王充闾是1956年开始散文创作的。从1956年到1966年初，他写下了许多散文、随笔、通讯。由于年代久远，多数作品已经遗失，尚存者仅有10余篇。

写于1956年的通讯《在团结幸福的大家庭里》（本文论及的作品多发表在当时的《盘山县报》《营口日报》上，皆由作家本人提供，具体日期版数不详）通过访问汉、朝鲜、回族杂居的荣兴乡，歌颂党的民族政策的正确，伟大和生活在民族大家庭里的人们的幸福。1959年的散文《插在货郎担上的一束鲜花》通过老店员何大爷的讲述，歌颂一个模范货郎的事迹和精神；《慈母心肠》则叙写了一个老园田技术员的事迹。1960年留下来的是一篇散文和一篇随笔。散文《菜地里的遐想》通过与水争地和与石争地两种种菜情形的描写，歌颂社员们忠诚地为集体贡献自己的力量的精神境界；随笔《把劲用在正地方》则通过抨击社会上的不良现象，表达了应把劲用在为人类的解放而奋斗的事业上的观点和立场。1961年的散文《绿了沙原》写广漠沙原在青年人的努力奋斗下终于变为绿色林海的事，《英雄本色》记叙了饲养员刘恩七的模范事迹。1962年的作品数量最多，《赏花吟》写的是在熊岳印染厂观赏花卉设计，《红粱赋》歌颂了9月红高粱的功能和作用，《时代的凯歌》赞美了改造荒山建设良田的山区青年建设者的光辉业绩；随笔《无言的教育》则通过父母行为对儿童的影响，阐述了"身教重于言教"的道理。1966年初发表的《春潮滚滚壮歌行》是他这一阶段的创作的收笔之作。作者立足于第三个五年计划的第一天，对祖国工农业生产的大好形势进行了赞美。

这些，是我们从仅存的材料里得到的王充闾在1956–1966年之间的散文创作的大体情形。

追述"文革"前10年王充闾的散文创作，不难发现，他这一阶段的散文从题材到主题都是刻板单一的。无论是写乡村，还是城市，写山区，还是平原，都是或表现生产建设所取得的成就、成绩，或介绍先进人物的先进事迹，主题也无一例外都是歌颂——歌颂党，歌颂人民，歌颂时代，歌颂社会。一己的思考和体验完全为社会规定了的话语所替代，相形之下，倒是那几篇含有批评、批判意味的随笔，比散文更贴近日常生活，给人以真实朴素之感。

这种情形的出现，可以从当时的历史找到原因。

众所周知，五六十年代是运动频仍的年代。一方面，新中国的成立，社会主义革命和社会主义建设的发展使人们保持着狂热的政治热情和高昂的理想精神；另一方面，思想文化领域的一次次运动也使文学创作整个处于一种被动的畸形的状态，主流意识形态话语占据了彻权地位。至"大跃进"期间，文学艺术工作进一步被规囿为"写中心，演中心，唱中心"，歌颂型的抒情作品和图解阶级斗争理论的叙事作品是当时创作的两大主类。"对现实生活'反映'的广阔和迅速，是这个时期文学写作的方向性要求；而'包含'个人性经历和体验的取材，以及与此相关的表达方式，其价值则受到怀疑。"

这段话，几乎可以解释当时王充闾创作中的所有现象。

然而，即便是在当时，也有因面对时代而生困惑因此表现出内心矛盾的作品，如诗人穆旦的1957年的《葬歌》表现出面对历史的变动诗人内心深处的不安和惶惑，以及惶惑背后的执着的思考和强烈的自我意识，"我"是个体生命存在的根本标志，因为有了"我"人才能独立地思考自身和外界，并因此产生由衷的快乐。因此，对于以思考为天职的知识分子来说，"我"的失去便是生存根基的失去，其矛盾和痛苦是可想而知的。如果说穆旦的《葬歌》尚属柔和的疑惑的话，张中晓的《无梦楼随笔》则简直就是赤裸裸的揭露。

其他如王蒙的《组织部新来的青年人》，刘宾雁的《在桥梁工地上》《本报内部消息》等，也属于这类作品。由此可见，即便是在当时那种严酷的政治环境和文化环境下，也有作家或公开或隐蔽地书写自我思考，自我体验。

而王充闾则与当时的绝大多数作家一样，自觉地选择了主流文学的话语方式，一种被称为"时代的抒情"的话语方式。

抒情是一种古老的文学手段，并非五六十年代文学的专利。而作为与主体情感联系极为密切的散文写作来说，抒情本身倒也无可厚非。问题是作家所抒的并非写作主体内心的情感，而是被时代和社会所规定了的"情""意"，个人只不过是时代的传声筒，这就使得所抒之情显得虚假、做作，罩上了矫饰的光环。十几篇散文虽然多以"我"的角度而成，但"我"只是一根引线，一个结构因素，"我"的情感、思考完全与时代、群体汇合了，就连客体对象本身，也只是被规定了的本质的化身。请看：

而这一切，又都是广大社员辛勤劳动的结果。感念之余，我要为他们——忠诚地为集体贡献着自己的力量的普通劳动者，唱一支心里的歌！（《菜地里的遐想》结尾）

归途上，望着渐去渐远的胡里林场，我曾想过许多许多……无疑，林场的秀丽风光满可以写一首优美的赞诗；可是，更值得歌颂的，还是党的领导，还是绿了沙原的故乡人民啊！（《提了沙原》结尾）

经过斗争，夺取胜利，踏倒困难，攀上高峰，我们的路就是这样走过来的。（《英雄本色》结尾）

无须再举，我们已经可以清楚地看出王充闾此一阶段散文的思想内涵了。

写作实际上是靠写作主体对客体对象的某种感觉。

没有感觉的抒情是矫情。

那么，是当时的生活环境和个人遭遇没有为王充闾提供自我思考和自我体验的机会吗？似乎也不能这么说。诚然，从参加工作到"文革"前这一时期，王充闾没有经历过绿原、穆旦、张中晓等人的坎坷，没有体验过被划为右派、劳改、入狱的滋味。但也并非一帆风顺，他在盘山县报社那一段生活就充满了磨难，何况体验本来就是主体自身的事情。

那么，到底是什么使王充闾远离自我而一味醉心于做"时代的抒情"呢？除了时代的因素，我们还可以从他自身的文化修养上找到深层原因。

王充闾是由中国传统文化培养出来的，传统文化的主干——儒家文化在他的内心深处有着深厚的积淀。儒家讲求修身，修身的内容虽然丰富，却也不外乎广泛地学习和探寻事物的道理，体会天道人伦。能控制自身的好恶，克诚克谨者，则所谓谦谦君子也。修身的进一步是齐家、治国、平天下。在儒家观念中，知识分子若能经由修身齐家而走向治国平天下，则是最成功的人生了，王充闾是深受传统文化熏陶的，8年的私塾生涯使他在这方面打下了深深的烙印。儒家文化过早地规范了他的个性，销蚀了他的批判力。他的个体生命的理想和目标必须在社会和群体的认同中实现，而当时的社会又恰恰要求人这样做。因此，与其说王充闾当时的创作是在歌颂时代、群体和社会，不如说他是在通过歌颂时代、群体和社会求得一己人生价值的实现。

文化的积淀使得王充闾当时的创作表现出鲜明的功利性和依附性，但是，这样说也并非意味着王充闾的内心深处有着明确的自我意识。相反，和当时的绝大多数作家一样，王充闾对自我也存在着曲解和迷误。五六十年代是令人亢奋又令人忧虑的年代，整个社会都弥漫着一股狂热的激情，激情可以使生命焕发出无尽的活力，也可以使人做出傻事；盲目的激情所导致的后果就是理性的丧失。文学本体被置换了，代之以革命和战斗，"走向诗和走向革命，在他们的人生道路上，是同一事情的不同方面。'因为我是士兵，我才写诗；因为我写诗，我才被称为士兵'（公刘），'在我的信念里，战斗和创作是我最早的思想方式和生活方式一个诗人的任务就是一个战士的任务'（李瑛）"。这与其说是泛政治化的艺术观，不如说是政治对艺术的取代。在这种观点中，创作不是生命个体的需要，而是出于时代和社会的召唤。而判断一个人革命、战斗与否的标准是什么呢？就是是否肯定时代，肯定社会，对国家政权顶礼膜拜。王充闾自然没有质疑和反驳的识见和勇气。他热爱写作，为每一篇文字的发表而惊喜。但是，文学到底应该写什么？他没有甚至于来不及去想，乃至现实以另一番面目出现在他的面前时，他竟然有意无意地"改变"其真相。

有一件事可以说明这一点。1958年秋，王充闾以报社记者的身份和县里一些同志一起到山东、安徽等省取经。其时"大跃进"虽然正搞得轰轰烈烈，内里的虚空却有了迹象，山东寿张一带就已出现饥饿现象，归来的前一天晚上，王充闾因到街上办事误了饭时，空着肚子躺在床上，饿得胃肠咕噜噜叫。无意中碰到床头的一包东西，打开来，竟是一些饼干状的食品，也没顾得多想，狼吞虎咽地吃了下去。第二天一早才知道，那是取经后准备带回去作为经验推广的地瓜饼干。"吃不饱粮食的老百姓又黑又瘦，领导们也是忧心忡忡。"（根据作家本人讲述）但是，王充闾却认为这只不过是个别现象，是暂时的困难，形势还是好的，胜利就在前面。

这之后不久，他写出了《慈母心肠》等作品，赞美农村是"绿意迎人，生机满眼"，"时代的抒情"的特点，已是再明显不过了。

而当时的散文创作情形对初涉文坛的王充闾来说也有着不可忽略的影响。

凡是从事创作的人,最初总容易被某一作家的作品所吸引,甚至产生崇拜心理,王充闾当时最敬佩的作家就是杨朔。杨朔为当时的文坛提供了一种模式,同时也为散文这种越来越侧硬的文体增添了一些弹性,包括遣词造句的精当,诗的意境的美妙,文章风格的轻灵,以及"从一些东鳞西爪的侧影,烘托出当前人类历史的特征"的思维和情感方式的特性。这些,不知倾倒了多少初学写作者。受杨朔散文的模式化的影响,王充闾这一阶段的散文几乎无一例外地皆从微小的事物中升华出宏大的政治性主题,读来显得单调、僵化、千篇一律,但同时也受到了杨朔散文的"弹性"的影响,一开始就表现出一定的艺术情趣,这是他这一阶段散文创作成功的一面。

这主要体现在语言的运用和意境的营造方面。

王充闾读私塾时便打下了深厚的古诗文功底,古人遣词造句的准确精致、传神达意在他的笔下有着充分的体现,这使得他的散文一开始便不同于一般的初学写作者,起步很高。比如最初发表的那篇散文《在团结幸福的大家庭里》的一段对话。

随便向朝鲜老大娘问一句吧:"生活咋样啊?"得到的答复都是一样:"好啊!"

既随意老到,又不落俗套。再如《赏花吟——熊岳书简》中关于印染厂图案设计室的一段描写:

幼时阅读清诗,记得你很喜爱黄遵宪的"瘦菊沙莲轮桃李,一红同供四时花"和龚自珍的"三百六十日,长是看花时。"我在图案室接触的正是这种境界。一日之内,欣赏了四时佳卉,月李娟秀,海棠妖媚,牡丹富丽,秋菊勃拔,寒梅清奇,不论是浓艳、俊逸、写真、写意,象征吉祥或立意雅素,无不描形拟态,楚楚生姿。

这样的语言哪里像是初学写作者,简直就是文坛老手。

意境是一个古老的词汇,使其成为文学批评术语之一而被建立规则并得到相当的重视的是王国维。王氏判断境界有诸多标准。但最基本的一条则是"有与无情非独谓景物也，喜怒哀乐亦人心中之一境界，故能写真景物真感情者，谓之有境界；否则谓之无境界。"由是观之，说王充闾这一阶段的散文有境界似乎有些牵强，但由于他对假的东西投入了真思想，真感情，加之较强的语言表现功力，这就使得他这一时期的散文表现出一种意境，虽不能说高，但亦不失感人之处。

仅以《绿了沙原》为例：

那是一个阳光绚丽的 5 月清晨，我迎着凉爽的清气，踏上了一个绿色世界。

大地里麦浪起伏，一顺势地向天边涌去。一队红装素的女社员正给小麦追肥。隔着树丛望去，依稀地很像是一湖碧水里浮着朵朵莲花。天空一碧澄澄，朝阳从树丛上推下碎金似的闪光，小鸟快活地鸣啭着。有时，从树梢上滚下几滴露珠来，落进脖颈子里，异常爽快。

这分明是我童年的旧游地，然而一切都感到非常新奇。是的，记忆中的故乡风物全然不是这样。

这里过去叫"沙门子"，是方圆几十里最大的风道口。南部沙梁上的三道白眼沙，从遥远的年代就顺着这个狭长地带疾速北移。居民对这片广漠沙原，并不抱着太大的收获的希望。风沙是这里的主人……

童年时代，我常常随着父亲路过这里去马场割草，回来往往如在深夜。可是还要在这里闯过一道关口。车轮一陷多深，任你怎样打，那头老黄牛也拽不出去，我们只好一捆一捆地把柴草搬出去。赶上个月夜该好些吧？不，更瘆人！沙漠沙原上笼罩着惨惨的月色，听着远处的更梆子声，恍恍惚惚，仿佛走进了外祖母讲过的洪荒世界里……

作品的立意虽在于歌颂勤劳勇敢的家乡人民，但由于有切身体验和真情实感，也就真切感人，这是王充闾此一阶段散文的上乘之作。那种新旧的对照，情景的交融，构成了一种亦真亦幻具体可感的意境，可惜这样的作品在这一阶段并不多见。

至于篇章结构，虽然最容易受到思想僵化、情感单一的束缚，但由于他的深厚的文学修养和蓬勃的创作激情，故而也显得形式多样，变化不一。例如《插在货郎担上的一束鲜花》是以写信人的口气讲起，《菜地里的遐想》是以景色描写开头，《赏花吟》虽然也似书信形式，对象却分明宽泛得多，实际只是一种表达方式。

　　这些，都使得王充闾的散文创作一开始便显示出一定的成熟度，为他赢得了初步的成功，也是他日后享誉文坛的基础。我们不能因为他这一阶段的创作的"抒情性"而抹杀他的艺术功力，但是，对现实的粉饰使得他的艺术表现还是露出了雕琢的痕迹，因为内容和形式毕竟是不可以分离的。

　　50年代中期到60年代中期是王充闾散文创作的初始阶段。在这一阶段里，他开始了他后来终生从事的散文创作畸形的时代导致了他在创作中的自我的迷失。他自觉地放逐了自我，并没有唱出自己的歌。这种情形深深地影响了他日后的散文创作，乃至不得不用一生的努力去弥补。

王充闾历史散文对话性的实现

◎吴玉杰

内容提要：王充闾的历史散文呈现多重对话性特征。他把历史人物作为文本进行深切地审美解读，以丰富的学养为底蕴，融入浓重的主体情思进行现代意识的审美观照，实现与历史人物的对话、与读者的对话。用小说式的笔法塑造的历史人物饱含着相通的人类本性，能使历史人物从古代向读者走来，实现与读者的对话。

关键词：历史散文；对话性；历史文本；读者

冯友兰先生说做学问有两种，一种是照着说，一种是接着说。从事历史散文的创作虽说不是做学问，但和做学问有一个共同的特点就是要面对已有的存在。做学问面对的是各具特色的百家之言，历史散文作家面对的是浩如烟海的历史。做学问接着说就已经达到了一定境界，而对于历史散文来说，照着说的审美创作不行，接着说的审美创作也不行，因为每一个作家对历史要进行个性化的审美观照和心灵对话，是面对历史，自己在说。

王充闾的历史散文大致可以分为四类：一是对人物历史性的记述，如《陈梦雷痛写〈绝交书〉》等；二是偏于对历史人物的情感表现，如写李清照的《终古凝眉》、写纳兰的《情在不能醒》等；三是理性与感性的融合，如写苏轼的《春梦留痕》等；四是偏于对历史人物的理性思考，如《两个李白》、写曾国藩的《用破一生心》等。后三类成功地处理了文本和读者的对话关系。王充闾的历史散文逐步走向成熟，最近的创作明显地体现他的文体意识、深度意识和超越意识。他自觉地用散文这种文体样式去写历史，在对历史人物的解读中渗透着主体深切的生命体验，并获得超越性的哲学感悟。那么，作者如何用散文这种文体去写历史人物实现自己的深度追求呢？他不是简单地再现历史的情景，不是做单纯的道德伦理的评判，也不是做自始至终的历史理性的审视。他是把历史纳入自己的审美视界，达成与历史的对话。正如作者所说，历史散文的创作"不满足于只是对历史场景的再现，而应是作家对史学视野的重新厘定，对历史的创造性思考与沟通，从而为不断发展变化着的现实生活提供一种丰富的精神滋养和科学的价值参照。历史文化散文的创作要能反映作家深沉的历史感，进而引发读者的诸多联想，使其思维的张力延伸到文本之外。从事历史文化散文的创作，形象地说，是一只脚站在往事如烟的历史尘埃上，另一只脚又牢牢地立足于现在。作家立足现在而与历史交谈，是一种真正的历史对话"。作者把对历史文本的深切解读传达给读者，在实现读者与历史、历史人物之间对话的同时，也实现作者与现实、读者之间的对话。所以，我们说，王充闾历史散文呈现多重对话性特征。

一

新历史主义认为，历史是一个巨大的文本。历史本身的复杂性、人物性格的复杂性、不同的解读者、不同的时空存在决定历史是一种特殊的文本。"历史不是铁板一块，而是充满阐释的空白点"（王岳川），历史文本活在长久的历史时间里，给各个时代都留下了大片空白，各个时代的人根据自己对历史的理解和需要去阐发历史，去和历史对话。"对于同一个历史事件，不同的人会有不同的剪辑和构想。所谓通史仍然是一些局部历史的并置，其中空缺之处显然比充实之处多得多"。

作为文本，历史本身具有内涵的不确定性和许多模糊的成分，这也为解读者提供了许多想象和创作的空间。就是同一个解读者，在不同的情境中对同一个历史文本的解读也有很大的不同。巴赫金认为，文本具有一种内在的对话性，而"理解在某种程度上总是对话性的"作品在理解中获得意识的充实，显示出多种含义。于是，理解能充实文本，因为理解是能动的，带有创造的性质。创造性理解在继续创造，从而丰富了人类的艺术宝库"。苏东坡遭遇流放后的淡泊与宁静在不同作家那里是不同的审美存在，余秋雨写道，"正是这种难言的孤独，使他彻底洗去了人生的喧闹，去寻求无言的山水，去寻找原始的古人"，从而实现精神上的突围。而在王充闾的笔下，苏东坡"入乡随俗，完全与诸黎百姓打成一片……一副地地道道的黎家老人的形象"，是主动的融入使其获得精神与文化的双重超越。历史散文作家对历史文本的解读鲜明地打上了主体的印记。

  历史散文被作家在现实语境中创作出来，作家如何可能实现与历史的对话呢？历史是曾经发生的现实，现实是即将成为的历史。从发展的层面上看，现实是历史的延续，在现实中必然留下历史的痕迹。在历史的长河中还存在一些没有发展的层面，从没有发展的层面看，历史就是现实。"二者的不同只是表现形式上的，是具体的行为方式和生活方式，具体的语言表达形式和人际关系的交际形式，具体的人文环境与物质环境"。在没有发展的层面上，历史与现实的不同只是形式上的不同，它们的本质基本相同，或者说，历史与现实有着惊人的相似之处。王充闾说，"历史不能以循环二字概括，但它确实常有惊人的相似之处，确是有规律可循的。"构成历史和现实的主体是人，在王充闾的历史散文中，历史人物是他关注的主要对象。由于人类本性的相通性，理解历史人物是可能的，对历史人物的审美表现也是可能的。马克思认为："整个历史也无非是人类本性的不断改变而已。"所以，历史散文不仅仅是写历史人物，更注重对人类本性的追问。莎士比亚笔下的理查三世不仅作为一个国王，更重要的是作为一个人出现在历史的舞台上。所以卢卡契说："莎士比亚对历史进行加工的目的总是在红白玫瑰战争的现实历史的土地上，去寻求和刻画那些在人的意义上的最巨大的对比。莎士比亚的历史的忠实和历史的真实性是在于这些有关人性的特点是吸取了这一伟大的历史危机时期的最本质的因素。"莎士比亚注重在人的意义上刻画历史人物，容易与观众和读者形成对话性关系。

在不同的历史时代都存在古今相通的人类本性，这些相通的人类本性像一座心灵之桥，沟通了历史和现实。从这个意义上说，对历史人物的审美解读是对"两个时代所共有的人类学标记的关注"，是建立在人性基础上的两个时代、两颗心灵的对话。王充闾对李白这个生命个体的关注显示了他与李白的对话精神。作者同时深入两个世界，一个是现实存在的李白的世界，一个是诗意存在的李白的世界。对李白政治上惨败给予清醒的审视，对诗意存在的李白给予深切的审美观照。作者进入李白的狂饮世界，体验李白之体验："在他看来，醉饮始终是生命本身，摆脱外在对于生命的羁绊，就是拥抱生命，热爱生命，充分享受生命，是生命个体意识的彻底解放与真正觉醒。"然而作者又跳出李白的世界，思考两个世界的特殊关系及其对于李白的意义："以自我为中心的心态，主体意识的张扬，超越现实的价值观同残酷现实的剧烈冲突，构成了他诗歌创造力的心理基础和内在动因，给他带来了超越时代的持久生命力和极高的视点、广阔的襟怀、悠远的境界、空前的张力。"显示了作者不仅写之，而且能够观之的审美高致。作者对李白的解读不是盲目地回归历史，而是深入其精神世界，对其生命个体极其关注，同时这种解读有着鲜明的指向："解读李白的典型意义，在于他的心路历程及其个人际遇所带来的酸甜苦乐很大程度上反映了几千年来中国文人的心态。"作者完成了与李白的对话，跳出历史文本，又转向与读者的对话。

二

　　作者和历史的对话，激活了历史，使凝固的、静止的过去转化成鲜活的、流动的文本。历史人物在历史情境中活动，他的一生会发生许多事情。历史散文不是像传记那样对历史人物做一生的记述，而是渗透强烈主体意识的审美解读，必须理解历史人物，和他们站在同一地平线上，在深切的理解和审美观照中走进历史人物的情感世界和精神世界，在历史人物最具个性化的生命之点上或深入开掘，或不断升华，实现与历史人物的对话。王充闾写李清照、写纳兰、写曾国藩、写香妃等，都是用极少的笔墨概述他们的一生，重点在于从他们的一生中提炼出独特的标志性特征。写李清照，抓住"终古凝眉"的愁，透过李清照的词，王充闾看到有体积和有重量的愁思，"茫茫无际的命运之愁、历史之愁、时代之愁，其中饱蕴着女词人的相思之痛、婕妤之怨、悼亡之哀，充溢着颠沛流离之苦、破国亡家之悲"，不是一个愁字所能概括得了的；写曾国藩突出"功名两个字，用破一生心"的苦，"他的苦主要来自过多、过强、过盛、过高的欲望，结果就心为形役，苦不堪言，最后不免活活地累死"；千古风流说纳兰之"情"，纳兰与"爱妻生死长别，幽冥异路，思念之情虽然饱经风雨消磨，却一时一刻也不能去怀"。纳兰的一生是情感的化身，他是一个为情所累，情多不能自胜的人；写陈梦雷强调其"痛"，陈梦雷失友之痛、被挚友诽谤难明之痛以及痛写《绝交书》。王充闾和他笔下的历史人物一同再次经历人生，体味愁之果，苦之源，情之醉，痛之深，开掘出富有意味的存在。

　　作者善于摆脱那些对历史人物既定分析与评价，从富有个性化的角度去和历史人物对话，具有人性的深度和超越的意义。对于曾国藩这个极度复杂的人物，王充闾没有从政治立场和社会伦理方面进行剖析，而是从人性和人生哲学进行批判和解读。他认为曾国藩的苦源于一方面要超越平凡，一方面要超越此在，为了实现这两个超越，"他竟耗费了多少心血，历尽何等艰辛啊？……他是一个地地道道、不折不扣的悲剧人物，是一个终生置身炼狱，心灵备受煎熬，历经无边痛苦的可怜虫。"对历史人物的解读充满了感性，也充满了历史理性和思辨色彩，但王充闾并未止于此。除了深化文本之外，作者对文本进一步升华，使之具有形而上的意义，他是这样写李清照的："若是剖开家庭、婚姻关系与社会、政治环境，但从人性本身来探究，也就是集中透视她那用生命、用灵魂铸造的心灵文本，我们就会发现，原来，悲凉愁苦弥漫于易安居士的整个人生领域和全部的生命历程，因为这种悲凉愁苦自始就植根于人的本性之中"。王充闾的历史散文是对历史人物生命价值和意义的追问，是对人类普遍生存状况的思考。这种深度追求而获得的哲理意义，更是历史的人和现实的人共通的精神标高，是历史散文创作的终极意义。

王充闾和历史人物的对话建立在完全平等的意识之上，历史人物的愁、苦、情、痛，希望与失望，憧憬与幻灭，孤独与超越无不打上创作主体的印记，也就是说，作者把更多的主体情思融入其中，历史人物成为作者情感的宣泄和孤独的解脱的审美载体。在一次作品研讨会上，王充闾说，虽然写的是历史人物，"但大多数是在写自己，纳兰的爱情观、价值观是自己的理想，李清照的愁也是我的愁，虽然不像曾国藩苦得那样，但也有类似的东西"，苏轼主动融入后的超越带给自己很多的人生启悟。正因为写历史人物大多数是在写自己，所以，他能更好地与历史人物沟通，进行心灵的对话，致使他和历史人物之间没有"隔"的感觉，达到了主体与对象之间的浑然一体。正因为如此，他深切解读历史人物，真诚体味人生，实现了与历史人物的对话，在这一点上也完成了与读者的对话。

历史人物活动在已经过去的历史舞台上，所以要实现与历史人物的对话，除了情感上的体验之外，还必须进入到历史情境中激活历史，这对创作主体的学养来说是一个巨大的挑战。马克思在《手稿》中说："对象对他来说成为他的对象，这取决于对象的性质以及与之相适应的本质力量的性质；因为正是这种关系的规定性形成一种特殊的现实的肯定方式"。庄子（《寄情濠上》）、李白、骆宾王（《夕阳红树照乌伤》）、苏轼、李清照、纳兰、香妃（《香冢》）、曾国藩等之所以能成为王充闾审美观照的对象，这取决于这些历史文本的性质和王充闾丰富的历史学养和深厚的文化底蕴等本质力量的性质。如果说，情感的异质同构使作者找到这些历史人物，那么，学养、底蕴与艺术的灵性则使其在文本中的表现成为可能。王充闾早年读过八年私塾，中国传统文化很早就在他的精神世界扎根；青年时期主动求学，阅读大量的经史子集，并不断练笔；中年时期把书充分对象化，笔耕不辍。所以，当他拿起笔的时候，多年积淀在他精神世界的中国传统文化就在自觉不自觉中表现出来。徜徉于古典文化中，他可谓如鱼得水，有时不是他主动去寻找、信手拈来古典文化，而是对象化后的古典文化纷纷向他走来。他与古典文化之间的互动使其历史散文没有历史的硬伤，他与历史人物之间的对话更加和谐。

三

历史是远离现实的文本，对读者来说，它可能是一种陌生化的存在，作者如何通过文本实现与现实读者的对话？王充闾以现代意识观照历史、激活历史，以艺术之笔描写历史人物，以不同的方式请读者参与，所以在历史人物栩栩如生地站在读者面前的同时，便完成作者和读者之间的对话，也完成历史人物与读者之间的对话。

历史散文写的是历史与历史人物，但如果仅仅是历史和历史人物，作者仅仅是发思古之幽情，那么，现实的读者在阅读的时候就会感觉到"隔"。王充闾的历史散文在一定程度上能引起读者的共鸣是因为文本潜在的现代指向。他在谈为什么会写历史散文时说，一是对历史深沉的爱好，二是历史的哲思与诗性提供了现实所不能提供的足够的空间和审美的积淀，三是历史散文便于叙说（别的散文可能不容易说的东西通过历史可以说）。这就意味着王充闾写历史散文，是要表达现实题材不能表达和不便表达的东西，现实在他的笔下是缺席的，但却是在场的，或者说，现实在历史散文中成为缺席的在场者。写纳兰与爱妻先知己、后夫妻之情，暗含着对现实爱情观与价值观的质疑；写李光地对陈梦雷这个挚友的背信弃义，实际上是"死者对生者的访问—即对于活着的人的灵魂的拷问，人格的重新评估"。对历史文本的解读，"不是把过去看成是我们要复活、保存或维持的某种静止和无生命的客体；过去本身在阅读过程中变成活跃因素，以全然相异的生活模式质疑我们自己的生活模式。过去开始评判我们，通过评判我们而评判我们赖以生存的社会构成。这时，历史法庭的动力出乎意料和辩证地被颠倒过来：不是我们评判过去，而是过去以其他生产模式的巨大差异来评判我们，让我们明白我们曾经不是、我们不再是、我们将不是的一切。正是在这层意义上，过去对我们讲述我们自己所具有的实质上和未实现的'人的潜力'"。历史人物被激活之后，他以人的方式评判现实的人。生活方式的评判是表层次的，挖掘与评判人的潜力才是深层次的，正是在深层次上，历史和现实才融化在一起。以人为中心构筑历史和现实的对话才是可能的。王充闾以现代意识观照历史，使沉没的历史浮出于历史的地表，使沉默的历史发出历史的声音，使失去光彩的历史重现芳华。这样有时比直接的现实描写更有情致，更具韵味，达到余味曲包，现实的读者在阅读文本之后也深得其味。

王充闾以小说式的笔法描写历史人物，使人物跃动，从历史中向读者走来，成为活的人物，站在读者的面前，似乎和读者进行对话。作者满怀深情地重现历史情境中的历史人物，他这样写纳兰："夜深了，淡月西斜，帘栊黝暗，窗外淅沥萧飒地乱飘着落叶，满耳尽是秋声，公子枯坐在禅房里……眼里噙着泪花，胸中鼓荡着锥心刺骨的惨痛。"凄凉之景和思念之情、孤寂痛苦的心境交融在一起，纳兰形象栩栩如生。其他如香妃、李清照等形象也是如此。作者带着读者一同进入历史情境中，感受历史和历史人物。

在这个意义上，如果历史人物和读者能够进行对话就意味着作者和读者对话的基本实现。

散文是处处彰显"我"的文体，历史散文当然不能让"我"消失在客观的历史中，而应该在情节叙述中自然而然地让情思代"我"而常在。对于历史散文来说，没有"我"，就不可能实现与读者的对话。但是，这个"我"不仅仅是指在文中出现的我字，也不能根据出现的次数判定对话的程度，而是指以鲜明的主体意识真正融入历史中、并时刻注意隐含读者的"我"。伍尔芙在谈蒙田散文时说，蒙田"只希望向世人披露自己的心灵……不要有丝毫的遮饰，不要有丝毫的假装"。王充闾说，创作历史散文是渴望一种理解，一种和读者心与心之间的沟通和交流。在《香冢》中作者开篇就写道："我总觉得，她像一株冷艳的梅。"这里有作者的情感指向，有他对读者的信任。有时，作者在创作中会不时用设问来提醒读者和他一起进行思考，如在《终古凝眉》中写道："一个渴望自由、时刻寻求自由从现实中解脱的才人，她将到哪里去讨生活呢？恐怕是唯有诗文了。"这一问，既表现李清照的无奈的选择，又召唤了隐含的读者，同时也表现审美主体的同情心和悲悯情怀，实现了多种层次的对话。

王充闾历史散文对话性的实现依赖于他特殊的文化心理结构。为什么他能对历史文本进行解读？为什么他选择这样的历史文本进行解读？为什么用这样的方式对这样的历史文本进行解读？他丰富的历史涵养使他能对历史进行解读，知识分子的精神同构让他选择这样的文本进行解读，独特的生命体验、对人的终极关怀和超越的艺术个性使他用这样的方式进行解读。他说，好的历史散文"应该防止自我的流失，又防止审美的偏离，思想的贫困。如果缺乏精神的超越性，光有一般的感觉、体验，或是困苦，或是忧患，充其量只是一种伤痕式的文学，只能告诉读者有这么个事情。而我们应该做到的，是要超越情感与激情，抵达一种智性与深邃，在似乎抽象的分析和演绎中，激活读者为习惯所钝化了的认知与感受，把形而上的哲思文学化，以诗性的语言表达自己的生命意识；或以独特的感悟、生命的体验咀嚼人生问题,思考生命超越的可能"。在这种创作观的驱动下,王充闾完成了与历史的对话,与读者的对话,同时在读者与历史人物之间架起一座心灵之桥,实现读者与历史人物之间的对话,使其历史散文成为超越时空的富有对话性的文本存在。

论历史散文的文体创造
——从王充闾的散文近作谈起

◎王向峰

内容提要：历史散文是散文中的一种特殊体式，它要求作者以自由的笔调对历史的材料显现其独有的艺术观照与审美感悟。在取材对象上，它要求富有摄纳性的历史文本和历史材料中潜在的诗、性，以及古今相通的意义。作家写历史散文可以以散文激活历史。但这一目的的实现，构思与写作中须使历史事实疏淡化，呈现当世的历史观，追求体会的特别处，多有情感的融注性，情思偕进，创造出历史散文的特有体式特征。

王充闾在出版了历史散文专集《沧桑无语》之后，又写了许多新篇章，如写曾国藩的《用破一生心》，写骆宾王的《夕阳红树照乌伤》，写李清照的《终古凝眉》，写纳兰性德的《千古风流说纳兰》等。对这些先后写作的历史散文，放在一起进行研究，并联系历史上前人写的历史散文加以比较分析，很能够有助于从学理上说明历史散文的文体特点。

一、历史散文作家的特殊条件

就历史散文来说，它属于散文当中的一种特殊的类型。它的特殊性在于作家以自由的笔调对历史的存在显现其独有的审美观照与感悟。我们考察今天的散文作家，应该说写散文的人非常多，我们有的时候接触到散文作者，知道他已经出版五本散文集了，甚至有更多的。那么写历史散文的，我们遇见过这样的作者吗？好像没有。很少有人达到这个程度。什么原因呢？不是每个散文作者都可以成为历史散文作者，因为它要求作者必须具备很多的条件。首先，你必须要懂历史，对历史比较熟悉。历史的仓库在那里，虽然你不是仓库保管员，但是你已经接触了很多历史材料并有所感悟。历史散文作家的产生，不可能是想要当历史散文作家，再去读历史，然后再去写历史散文，这是很少有的。所以只能使得有些人对自己较熟悉的一些历史材料，偶发感悟，以致偶尔为之。我们也看到有些作者到某个地方参观，瞻仰一座庙宇，寻访一处遗迹，或者读一本史书，都可以写一写。但他写出来之后并不一定就是历史散文。在当前全国的历史散文作家，我们可以举出来有那么10个左右。这10个左右，有的是过去写，有的是现在写，有的可能是根本就不写了。

另外，写历史散文仅是熟悉历史也不够。历史学家搞清史的了解清史，搞明史的了解明史，搞通史的了解很多历史情况，恰恰在这个领域里面出现的历史散文作家并不多。原因在于写历史散文，历史仅是题材线索，只有把史料化成审美感悟，见诸文学语言的叙述，才是历史散文。而一般的历史叙述并不是文学，更不是散文。这里要强调的是，历史散文要有对历史的见识与审美感悟。这两点非常重要，如果没有就写不了历史散文。充闾写苏轼贬谪海南儋州经历的《春梦留痕》侧重于解析苏轼在贬地与黎族人民同甘共苦、打成一片，使之找到了新的生命寄托，所以才能使这位年老体弱、远贬海疆的诗人，竟能奇迹般地从贬地生还。这与一般述说苏轼一段经历具有根本不同。

除此之外，写历史散文还要有感情态度的融入。一般历史著述虽有是非褒贬，但态度要持平，不宜以自身情绪注入其间，而历史散文与咏史诗相似，不只是重在叙述，还可以铺排张扬，给人以史事之外的作者的主体性的东西。充闾在北大讲演时曾说到写《用破一生心》时，对被世人顶礼膜拜的曾国藩所持的特别不同的态度。他深有体会地说："说他一辈子活得太苦、太累，是个十足的可怜虫，除去一具猥猥琐琐、畏畏缩缩的躯壳，不见一丝生命的活力、灵魂的光彩。那么，苦从何来呢？来自于过多、过强、过盛、过高的欲望。欲望按其实质来说，就是痛苦。结果是心为形役，劳神苦心，最后不免活活地累死。他的人生追求是既要建不世之功，又想做今古完人，'内圣外王'，全面突破。这样，痛苦也就来源于内外两界：一方面来自朝廷上下的威胁，尽管他对皇室忠心耿耿，兢兢业业，但因其作为一个汉员大臣，竟有那么高的战功，那么重的兵权，那么大的地盘，不能不被朝廷视为心腹之患。'兔死狗烹'的刀光血影，像一柄'达摩克利斯之剑'时时闪在眼前，使他终日陷于忧危之中，畏祸之心刻刻不忘；另一方面来自内在的心理压力，时时处处，一言一行，他都要维持神圣、完美的形象，同样是临深履薄般的惕惧。比如，当他与人谈话时，自己表示了太多的意见，或者看人下棋，从旁指点了几招儿，他都要痛悔自责，在日记上骂自己'好表现，简直不是人'。甚至在私房里与太太开开玩笑，过后也要自讼'房闱不敬'，觉得于自己的身份不合，有失体统。这样，就形成了他的分裂性格，言论和行动产生巨大的反差。加倍苦累自不待言，而且，必然矫情、伪饰，正所谓：'名心盛者必作伪。'以致不时地露出破绽，被人识破其伪君子、假道学的真面目。他的这种苦，有别于古代诗人为了'一语惊人'，刻肚搜肠，苦心孤诣，人家那里含蕴着无穷的乐趣。他的苦和那些持斋受戒、面壁枯坐的'苦行僧'也不同。'苦行僧'有一种虔诚的信仰，由于确信幸福之光照临着来生的前路，因而苦亦不觉其苦，反而甘之如饴。而他的灵魂是破碎的，心理是矛盾的，他的忍辱包羞、屈心抑志，俯首甘为荒淫君主、阴险太后的忠顺奴才，并非源于真心的信仰，也不是寄希望于来生，只是为了实现一种现实的欲望。这是人性的扭曲，心灵的折磨，绝无丝毫乐趣可言。"对于曾国藩其人来说，充闾不是在别人未曾见到的材料中引发上述态度的，而是在别人引以为美的材料中，进行人生哲学和人性剖析后，才写出了别是一种形象的曾国藩其人。

  上述诸多条件综合到一起，在共同生发之下，历史散文作家才能产生。

就这些条件而言，王充闾可以说在几个方面都很具备，是非常难得的。

二、历史散文要求于历史的

散文作家具备上述条件是为创作历史散文。在创作中这几个条件与历史题材结合，历史则可转化为散文。就历史散文的文体本身来说，首先自然是写历史的题材，但必须是从历史的仓库里拿出来的，这个东西必须是轻俏的东西，因为写散文不是写小说，也不是历史剧，它必须适于散文的自由表现。余秋雨在《一个王朝的背影》的开篇就讲到历史的存在是很多的，就清史来说，有很多的历史材料："清代的史料成捆成扎，把这些留给历史学家吧，我们，只要轻手轻脚地绕到这个消夏的别墅里去偷看几眼也就够了。这种偷看其实也是偷看自己，偷看自己心底从小埋下的历史情绪和民族情绪，有多少可以留存，有多少需要校正。"这是对历史散文在取材问题上的真知灼见。否则，把二十四史某一个史打开，然后就在这里按人按事往下写，那什么散文都写不了，而且就事论事也不需要你来写了。比如《项羽本纪》或者《廉颇蔺相如列传》，那里还需要别人写些什么吗？不需要了。它作为史实之事来讲已经写得非常详尽了。所以，你必须从历史当中"拿"出一个具有作为历史散文价值的史事。那么，什么样的东西具有历史散文题材的价值呢？也就是历史散文向历史要求什么？我认为有三点。

一是富有摄纳性的历史文本。它的容纳性非常强，用接受美学的话说就是容纳期待视野。这个期待视野既是作者的，又是读者的，也是这个时代的。这些东西能够注入文本中去，这也正是新历史主义所说的历史的文本化。历史事实是一种彼在，把历史文本化，是对历史此在的叙述和解释，尤其是对于预先已被叙述过的事件的分析和解释，可以说在很大程度上带有二次修正的性质，至少是此在的叙述和解读。同时，作为散文材料的历史文本或者文学文本，还有与社会文化文本这两个文本的结合，这两个文本中间存在着很多东西，把很多东西都能摄纳到文章当中去，找到历史文本与社会文化文本的互文性，也就是文化文本间性，这并不是任何历史材料都可以实现的。我们现在看到的擅长于写历史散文的作家，他的每篇成功的作品，其写作材料都是适合于历史散文的。以文学重复历史是没有必要的，要把历史拿到今天来，对它进行解读、阐发、判断，这显然不是任何材料都有意义的。即使它可能过去或以后还有意义，但在当前它可能不具备这个摄纳性，我觉得这就是历史散文向历史要的特别历史材料。

再一个非常重要的特点，这个也是新历史主义一些理论家特别强调的，我们在一些历史散文中也看到的，就是历史潜在的诗性，也可以说历史的固有诗意。历史有没有诗性呢？生活本身有诗性，历史也有诗性。美国新历史主义批评家怀特认为：历史著作中潜存着诗的因素，或者说历史是科学和艺术的混合物。历史作为一种科学已经为多数人所承认，但对历史的艺术构成人们却很少注意。因此，应该揭示历史思想赖以构成的语言基础，确立历史著作中的诗的性质，详细说明历史叙述中预想的因素。什么样的历史材料才包含诗性呢？因为历史的主体是人，就人来说，人性的最深层又最能激发人情波澜的东西就是诗性。对此，从历代的历史散文中，从咏史诗中，或从中国古代诗论所论的诗的题材、问题中，都能得到明确回答。如钟嵘的《诗品》序言讲到了一些情况："至于楚臣去境，汉妾辞宫；或负戈外戍，杀气雄边；塞客衣单，孀闺泪尽；或士有解佩出朝，一去忘返；女有扬蛾入宠，再盼倾国。凡斯种种，感荡心灵，非陈诗何以展其义，非长歌何以骋其情？"类似的东西我们在历史当中可以看到很多，像司马相如卖酒、司马迁受刑发愤、李白入朝和放还、东坡屡屡被贬谪、陆游的沈园之恨。如果在历史上寻找，一个朝代，一些人的一生中可能就有很多是富有诗意的。我们说到充闾的历史散文，从《青山魂》到《春梦留痕》《邯郸道上》《陈梦雷痛写绝交书》等，应该说这些文章作为原历史材料来说都是非常有诗性的，正是这些有诗性的材料进入散文，所以它才有先天的文学本身的特色，这关键在于作家要找到它们并生发它们。

三是古今相通的意义。历史和现实，古代和今天，常常在共同形式下演进，而且历史不只出现一次，不论人们意识到或没意识到，它都是这样存在的，这就是包容人的历史。因此它才能相续，过去是那样，今天才出现这么一种状态，在一个国家、一个民族范围中发生这种历史的世代相续。马克思和恩格斯在《共产党宣言》中讲，尽管历史千差万别，但大体上是在共同形式里演进的，其实他们还讲过历史的重复，这就不仅仅是共同的形式，还有很多相同的事类。那么怎样能自觉地找到这一点？我想作为历史散文作家来讲，要想把历史散文写得成功，必须要找到古今相通的意义。常常是现实的动机推动着历史散文作家去选择历史的一个点、一个人、一件事去表现。这如同杜牧写《阿房宫赋》是来自当时唐敬宗"大起宫室，广声色"，奢靡、铺张的推动。在古今相通的意义上，作为历史的文本和社会文化的文本是互相摄纳的，也就是说这个历史的存在不是单纯的存在，它和当时历史的语境是直接相关的，新历史主义把它叫作"关系网"。"关系网"存在于哪里呢？它不是存在于历史本身当中，而是在作者的头脑当中。作者头脑当中这个关系网，能把很多的历史事件组合到一起，历史散文写的文本性的东西，有些把本来不是存在于同一个历史时间、空间的，甚至是延续了多少年的事情摄纳在一起，显示一个共同的意义。在充闾的散文中，像写邯郸历史的《邯郸道上》，写洛阳历史的《叩问沧桑》，写的都不仅是一个时代的事情；对不同时代发生的事情，把它们摄纳到一起，更能显示一种抚今追昔的历史现实意义。我觉得就历史散文所要写的内容与现实关系，大体上都是从历史叙述而进入现实与历史相通的意义点上的。这些都是作者向历史要求的，也就是什么对象适合于写成历史散文。

三、作家在散文中给历史以什么？

那么历史向作者要求什么呢？用一句话来说就是用散文激活历史。这个说法是我最早提出的。我为什么说散文激活历史呢？因为历史本身是已

论历史散文的文体创造——从王充闾的散文近作谈起

经沉淀的东西、凝固的东西。以新历史主义的观点来说,历史本身已经不存在了,而人们看到的历史是今天的人所理解的历史;人们所能看到的都是历史剪辑、材料,那些材料本身并不是历史。这个当然是非常极端的,它与历史主义或者说旧历史主义都各走一个极端。我觉得新历史主义有些观点,如历史本身就不存在,这个当然有些片面,但是从它确实看出一个特点,就是我们今天人所关注的历史事物,或者说人们对历史的叙述,它本身并不是历史,只能说是历史著述,能不能合乎历史还是一个问题,即使合乎历史,也不能合乎历史的每一个方面,它不会是全部的历史,只能说是这个人笔下的历史。在不同史家观点观照之下,对同一历史事件的写法也可能是不一样的,甚至是截然不同的。但历史是有实际的原本历史的,原本的历史就是当时发生的事实存在,那本身还是历史。史迹的沉淀,史料的积存,或者存活在人们记忆当中的,以传闻的方式、以传说的方式、以口碑的方式存在的历史,这些实际上都是一种历史存在。所以可以说历史是沉淀的现实、凝固的往昔。怎么使这沉淀的现实、凝固的往昔走向今天?当然可以有很多方法来摇动它、激活它。激活就像是把鼓敲响,有的敲得非常响,有的敲不响,无论是响还是不响,关键在于用什么东西敲它。散文、诗歌、小说、戏剧都可以写历史,都有对历史激活的功效。从古今中外的散文史上可以看到,散文有激活历史的特殊功效。怎样以散文有效地激活历史,直接关系到历史散文本身的特性。这也就是当主体拿到历史材料之后应该给历史以什么的问题。

一是使事实疏淡化。在历史散文创作当中这一点是不可缺少的,它甚至在对象本身的特点上制约着是否是历史散文。什么是事实的疏淡化?就是不以史事本身的过程为文章本体,而是以作者所要表现的情思为文章本体,因此文中写人写事既不是文体转述之写,更不是求全之写;事实侧重中所侧重寄托的情思,则使历史散文突显自身的题材与主题的非常特点。充闾的《用破一生心》中写曾国藩其人,就是用自己的七分意蕴托起了三分事实的典型篇章。

我们可以对比一下史传文学，如二十四史里的传，如《廉颇蔺相如列传》或者《项羽本纪》写得比小说都细，这是史传文学，不是历史散文文体，因为这样的细写法肯定写不出历史散文，因为它有非常严密的叙述，一直是叙述，越符合史传就越有密实性。为什么历史散文要使事实疏淡化呢？因为创作主体必须得进入文中。散文无论是有无自己直接出面，它一定要在事实的空间里展开。我们先看《史记》里的《伯夷列传》，此文虽标之为传，但是它的写法绝对和《廉颇蔺相如列传》不一样。《伯夷列传》一共有四段，除了第二段是伯夷与叔齐相让逃位之事，其他三段都是历史散文的自由疏淡的写法。在第二段中，只是说了伯夷和叔齐兄弟为让王位而逃，在西伯姬昌那里养老，对武王伐纣曾叩马而谏，不被接受而逃隐于首阳山，终于不食周粟而死。但《伯夷列传》的第一段却说的是尧舜禹禅让之事，引出高士许由不受尧让；夏之时有卞随、务光，也是贤人，他们后来都没有如伯夷那样受到许多的文辞赞扬。关键在于没有遇到使之得以彰显的名人引称，于是才提出孔子赞扬伯夷，引出了伯夷的事迹入传。第三段集中批判天道不公。"天道无亲，常与善人。"这是老子的话。本意是说自然无私，不像社会中那么不公平。到了汉代，自然之天变成了超自然的人格天，它的公平已失，所以司马迁再不相信了。司马迁以颜回贫死，盗跖杀人横行却以寿终，还有现世操行不轨、事犯忌讳，行不由径，非公正，不发愤等等之人，可是却都有好结果，哪来的"天道公正无私"？第四段写的是颜回。伯夷叔齐得遇孔子而行益显，岩穴之士、闾巷之人，"非附青云之士，恶能施于后世哉"！司马迁引用了孔子、《易传》和贾谊的话，用以加强自己的观点，这完全是历史散文的笔法。

二是呈当世历史观。这要求散文作者有新的历史眼光，能写出特有的历史见识，给历史以新发现。就历史观来说，在现代大体可以指出主要有三种基本类型。

一为传统的历史主义，又被新历史主义理论家称为"旧历史主义"。在经验或常识的意义上，可以看作是我们同过去的关系，它提供了我们理解关于过去的记录、文物以及痕迹的可能性，注重于从具体历史条件解释现象发生的原因，因果关系上的实证论是其方法论的核心。美国的弗兰克·伦特里契亚以法国的泰纳为文学艺术上的旧历史主义的代表，指出有五点：一是以因果关系为基本原则；二是缺乏主观意识；三是没把历史看成是一条河流，而是间断的空间；四是承认历史空间的现象与现象之间存在相似的关系，是原因的本质的具体表现；五是重视文学艺术的审美教益作用。

二为历史唯物主义，这是马克思主义唯物主义历史观。主要认为社会物质生活条件是社会存在和发展的物质基础；生产力的发展创造了生产关系，并反映为上层建筑与意识形态；生产力与生产关系、经济基础与上层建筑的矛盾是社会基本矛盾，并反映为阶级矛盾与阶级斗争；人民群众是创造历史的基本动力并驾驭社会矛盾；社会存在决定社会意识及社会意识的反作用；社会历史从低到高不断发展变化，永无穷尽。这些观点都与文学艺术的创作、批评、接受有密切关系。

三为新历史主义，这在欧美仍在形成发展过程中，大体上有以下几点：一是怎样看待历史："历史"是历史学家把史料聚合起来的构造物，它是一个可以重新获得的事实领域。二是历史批评的出发点：人是一种构成，不是一种本质；对历史的考察相应地是人的历史产物，所以永远不能穷尽对于历史的认识，处于历史过程中的人只能通过现时的框架部分地识别它。三是对历史研究成果的态度：摒弃史著客观性的神话，承认一切历史知识都是从一个偏斜的、既定的视点产生的；没有独一权威的历史，必须承认存在由各种主体产生的"多种历史"。四是对历史文本的批评方法：按怀特的解释，把历史看成是文本，对它的考察与研究，应与它最初形成的社会——文化环境联系起来，使它"不仅与别的话语模式和类型相联系，而且也与同时代的社会制度和其他非话语性实践相关联"。

从上述的几种历史观可见，马克思主义的唯物主义历史观，是我们考察和叙述历史的最根本的原则；而传统历史主义方法的因果分析以及对文艺审美教益作用的重视，也有可取的价值；新历史主义的理论，有些地方是吸收了马克思主义的历史方法，如对历史叙述和评价角度的主体之异、期待视野对历史的新注入，以及怀特所阐发的"文本间性"等，都比之过去多有思路的启示。因此，对于历史的文学表述与评析，也应具有时代新的水平的呈现。

三是求体会特别处。法国的哲学家福柯作为新历史主义的先驱人物，他特别强调话语中的自我揭示。他说："话语总会在大量无作者的情况下展开，这里不再令人厌倦地重复下面的问题：谁是真正的作者？对他的真实性和创造性我们有证据么？在他的语言里，他对自己最深刻的自我揭示了什么？"这里提出了三条，反对的是消解主体自我的公共话语，提倡的是文学作者在话语中的自我的深刻揭示，也就是要在作品中明显地能让人看到一个真有其人在的作者。我们从充闾的《用破一生心》中就能看到一个很不同于膜拜于曾文正公偶像下的很多人的一位特别清醒的作家，如前所述，他看透了从外到内的一个自我禁锢的可怜的曾国藩；他对曾国藩作为可怜虫的揭示中，正是展露了自己以庄子人性自由为中心，不为物役，不为法执，不为儒缚，神游方外，全然是一派超脱心境。

在对史事的体会特别性上，苏轼有一篇散文《贾谊论》，可谓之杰作。这篇文章不是给贾谊作史传，而是说贾谊这个人的悲剧命运原因与过程，主题是不是汉文帝不重用贾谊，而是贾谊不用汉文帝。这个观点是非常新的。当然这是一种看法，实际上两个人是互相不用。唐代刘长卿诗云："汉文有道恩犹薄，湘水无情吊岂知？"说文帝没有推恩于贾谊。事实是怎么样呢？贾谊是一个年轻士人，22岁即召为博士，深得文帝重视，朝中律令更定，列侯就国，其说皆自贾谊发之，使朝中的老臣相形见绌，文帝议以贾谊任公卿之位，这使周勃、灌婴等对这个洛阳少年群起而攻之，形成不能并立之势，文帝权衡利害，不得不疏远之，贬为长沙王太傅。苏轼就是在这样的史料基础上写贾谊的，他认为并不是贾谊的见解不对，而是不能等待文帝采纳的时机，又不会保存自己，实在是"志大而量小，才有余而识不足也"。

且看苏轼的特别之处。苏轼说:"非汉文之不能用生,生之不能汉文也"。何以如此?接着苏轼就史事发表了几点看法:第一,被用首要在于能"自用":"非才之难,所以自用者实难。惜乎!贾生王者之佐,而不能自用其才也。"第二,辨明形势,方能施用:"夫绛侯亲握天子玺而授之文帝,灌婴连兵数十万,以决刘、吕之雌雄,又皆高帝之旧将。此其君臣相得之分,岂特父子骨肉手足哉?贾生,洛阳之少年,欲使其一朝之间,尽弃其旧而谋其新,亦已难矣。"作为"古之人"的贾谊,虽"有高世之才,必有遗俗之累"。第三,施才要讲究时机,急于求成等于急于求败:"所取者远,则必有所待;所就者大,则必有所忍"。以上所有这些见识与修养,都是贾谊所缺少的,所以贾谊的不遇与悲剧,多半是由于自身原因所致。当然苏轼也提出,这件事除了给贾谊这样的人一个教训,同时也给皇帝一个忠实的教训,遇到这样有才能的人要"全其用",别像汉文帝对待贾谊那样,要么重用,要么不用,而应该把他保留在朝廷里面,用他之所长。文章写得句句都是名言,很多名言警句听起来都发人深省,这是一篇非常好的历史散文。司马迁和苏轼这些历史散文有一个共同特点,就是体会的与世不偶的特别处。

四是有情感融注性。作为文学艺术的历史散文应包含有浓厚的审美情感。这一点关系到史事怎样才能变成文学的大问题。清人吴乔在《围炉诗话》中说:"古人咏史,但叙事而不出己意,则史也,非诗也;出己意,发议论,而斧凿铮铮,又落宋人之病。"这里说的叙事出己意又不落入抽象议论,就是要人以情感注入形象,咏史诗如此,历史散文也如此。这情感有的是题材内容原本蕴藏的,但更多更灵动的是作者体物赋情的结果。就人的审美情感来说,宋代文学家范仲淹在《岳阳楼记》中把它分为两大类型:一为寄意广阔社会人生的大情感,这是"古仁人之心","不以物喜,不以己悲","先天下之忧而忧,后天下之乐而乐",只不过有这种情感的并不太多。二为出自个人身世遭遇的宠辱忧畏一类的局限情感,比较而言是直系个人的小情感。例如在淫雨阴风时登楼，"满目萧然"，泛起"去国怀乡、忧谗畏讥"的"感极而悲"之情；在春和景明时登楼，"把酒临风"，发生"心旷神怡、宠辱皆忘"的"其喜洋洋"之情。这两大类型的情感，虽然性质与意义并不相同，但都是出自人的内心，并也寄托于诗文之中，使诗文实现以情感人的作用。所以，我们应该不薄小情重大情，任由作家从自己的特有经验与视野出发，表现真实情感于作品之中。

但是要论起充闾散文的情感，特别是历史散文中的情感，那则是属于寄意于广阔社会人生的仁人与高人的大情感，既有悲天悯人的博爱情怀，也有参透世态的大彻大悟，其前者得益于儒家，后者来源于庄禅。由于充闾的情感的构成有如此的特点，所以他融注在散文中的情感既浓重又旷达，并以"超诣"格调显示自己历史散文的情感特点。读他的历史散文，我常想到庄子的情感论。庄子的情感高超于俗人之上，表现之一就是很少有那种"小情感"，这主要是因为庄子能"安时而处顺，哀乐不能入也"（《养生主》）。这是由于自己可以安于时运、顺应变化，把很多事情都能看开，不为可以引发俗人哀乐之事所动，而却以超然事外的超诣情怀对之。庄子在与惠子讨论情感时认为人们"以好恶内伤其身"，不能顺任自然而由自己无谓增益的那些自惹的情感，那"非吾所谓情也"（《德充符》）。很显然，庄子是以彻悟社会人生的大情感为情感的。充闾的《叩问沧桑》就是以对古都洛阳的兴废述说来显示他这种情感的。他凭吊汉魏故城，展现历史沧桑之变，流露的是对历史之变的惊叹、苍凉、悲惋、愤慨、超然之情，这些都不关一己的利害得失，但叙述却又深层地展现了自己的社会人生态度，散文启发、浸润人的情怀的原因，也正是由此而生。

审美的大情感的融注对于历史散文创作尤其重要。这是历史散文所写的题材对象，既不可能是花鸟虫鱼，也不可能是个人的小悲欢，它常常是取自社会历史中的一个不寻常的人和事，对于具有这样意义题材内容，不以大情感、大视野、大智慧去迎取、观照和体悟，并充分地动用自身的全面的审美心理，尤其是情思偕进地予以充分展现，那势必浪费题材，不仅写不成真正的历史散文，甚至还要在材料处理中显露自己的多方支绌，甚至为历史散文所拒绝。

　　综上可见，历史散文是以其特殊的创作主体的条件，在对历史特殊材料的审美叙述中，给历史文本以得体的融入与改制，使情成体，创造成为特有的文学作品。这种创造在中国富饶、广阔的历史土壤之上，有无限的开发余地，而历史本身也期望有更多的人对它能多有更超越的创造。

沧桑无言人自言
——王充闾《沧桑无语》解读

◎ 傅德岷　阮丽萍

20世纪90年代兴起的"文化散文",以其诗性思维和辩证逻辑的和谐统一,反思生命存在和关注生命个体,及其哲学、文学、历史、宗教等方面的内涵呈现了独特的艺术魅力。在地域上,南方以余秋雨为代表,北方则以王充闾为代表。后者的"历史文化散文"空灵飘逸,以诗意的思想、冷静超脱的灵感、精巧潇洒的结构、典雅隽永的叙述获得了对历史的新的文化语境的阐释,其独特的美学魅力领一时之艺术风骚。而其力作《沧桑无语》又是他历史文化散文创作成就的集大成者。

美学激活的沧桑历史

《沧桑无语》作为历史文化散文,是"史学与文学在现实的床笫上拥抱"而产生的宁馨儿。作者寻求历史与美学的心灵对话,并以文学作为对话的桥梁、以语言作为对话的工具来"叩问沧桑",因而这里的历史也就具有了美学意义。

（一）散文中聆听历史的脚步

维根特斯坦有一句名言："对于不可言说之事,我们只能保持沉默。"其实维根特斯坦的这句名言倒恰好明证了王充闾先生的这部《沧桑无语》,

至少已为书名提供了哲理的注脚。"沧桑"即历史、历史是已逝的广漠时空，它只能以千秋的"无语"来等待后人言说；或者正是它的"无语"才使后人的言说成为可能。

历史永远地过去了，历史也永远地存在着。王充闾以他独特的方式——历史文化散文来"说"历史，不仅说得具体生动，还说得真，说得透。如其《狮山史影》，作者来到云南武定狮子山，在帝王宫前看到这样一副对联：

僧为帝，帝亦为僧，四十载衣钵相传，正觉依然皇觉旧；

叔负侄，侄不负叔，八千里芒鞋徒步，狮山更比燕山高。

在《狮山史影》中，作者用了一万多字的篇幅，将对联中浓缩的明初朱元璋、朱棣、朱允炆祖叔侄三代君王的史迹与传说娓娓道来。以此楹联为时间线索，勾勒出明朝初期的皇权演变，将血雨腥风、刀光剑影的宫廷变故显现在今人的视野里。在这段惊心动魄的历史中，作者并不满足于对历史的再现，而是将这"无言的沧桑"背后隐藏的"有言"道出来：

……肇祸的根源乃在朱元璋身上，正是分封诸王制度造成了干弱枝强、指大于臂，最后，祸起萧墙，无法收拾。

在文本的背后，我们分明听到一个有着深邃的历史责任感的老人深有感喟的一声叹息。诚如学者颜翔林所言："作者散文世界里的'历史'，不仅仅是对历史事实的僵死的描述，也不是沉湎于寻求历史之谜的解答的快乐，从而获得一种理性思维的虚假承诺后的虚荣满足。而是力图判断一种价值世界的不同差异，为历史进一步寻求'公正性'和'审美性'的合法尺度和诗性的自由，更重要的意义在于：作者探究历史的'意义'何在？'意义'的明证性何在？其模糊性又何在？历史的这种明证性和模糊性相互交织，使散文的历史意义的蕴含似乎大于历史著作本身的历史意义的蕴含……"的确，这就是王充闾这部《沧桑无语》的"历史魅力"所在。

这种深邃的历史意识还体现在《叩问沧桑》中西晋对"八王"等人物的否定性评判上。

（二）沧桑中透出诗意的美

作为文化散文（又称学者散文），《沧桑无语》不仅具有深邃的历史意识，还蕴含着醇厚的、诗意的美。

在《一位散文作家的历史情怀》中，作者自述："我在散文创作中，追求诗、思、史的交融互汇。"这句话恰如其分地说出了王充闾散文创作的风格旨趣和文学特点所在。他是将"诗性、哲思、历史感的结合"当作散文创作中的"一种内在追求"，在三者的结合中，作家把"诗性"作为散文的首要因素来谈："我以为，散文本身应该体现一种诗性。传统的中国知识分子常常向往一种诗意人生境界，对他们来说，日常生活具有一种诗性象征，是人的精神自由舒卷、翕张之地。"

在王充闾诸多的散文里，我们解读到这种"诗性"不仅仅体现为一种文学的追求，而且也有将文学与人生融合的意味。文学之境与人生之境在诗性的润泽中彼此映照，最终化为一体。由此，世俗的生活获得超越性的精神的无限渗透和关怀，而在精神的自由漫游中又能体会到具体可感的生活中点点滴滴的可爱和亲切。正因为有这种诗性的美的存在，所以我们说王充闾的《沧桑无语》是美的。

"诗性的美"的求得，是王充闾站在现实的地平线上对传统中国知识分子的美学和人生进行审美观照的结果，更是作者"跟着诗文走"、在与众多历史人物的对话中寻求诗性心灵的自由翱翔的结果，如其在《桐江波上一丝风》中所言：

外出旅游，寻访古迹，我常常是跟着诗文走。郦道元一条百余字的水经注和李太白的一首七绝，使我对于长江三峡梦绕神驰达40年之久，终于在一个"林寒涧肃"的晴初霜日，朝发白帝，暮宿江陵，偿了多年的夙愿。这次自富阳至桐庐，我花了几倍于陆路行车的时间，专门乘船溯富春江而上，也还是因为读了南朝吴均的《与宋元思书》那篇用骈体信札形式写的绝妙山水小品。

显然，诗性蕴藉和激发才驱动了作者漫游的步履。轻轻一句"跟着诗文走",使"走"成为文化和精神的漫游。在这"走"的过程中,诗文自然是如影随形般的永恒伴侣,但更重要的却是,足迹所到之处,也因此无不纷纷化作诗文之境的诗性载体,使真实的自然成为诗意和诗性的存在。除此之外,原本有限的时空限制因为诗性的无形灌注而不复存在,使得心灵的触角能够冲破阻碍而自由伸展。人由于诗性的觉悟而终能得到大自在、真自由。

思辨与智慧的理性光辉

16世纪英国哲学家培根说:"读史使人明智。"读史的意义就在于让今人能"鉴前世之兴衰,考当今之得失",这就需要对历史进行现实的思考。的确,散文(尤其是历史散文)若没有现代思想的照耀,山川人物就没有了光彩;历史的幽火要是没有现实的块垒,那冷火就不能温暖今世读者的心。在《沧桑无语》中,我常常为文中尖锐的哲思所折服。

第一,作者对"无言的沧桑"与生存意义的哲理思考。在王充闾的笔下,我们感到一种无言而冷峻的历史沧桑感。读着读着,在"一步步走向历史,转眼似成古人"。《陈桥崖海须臾事》写的是北宋的历史:作者从宋太祖的雄心大略、陈桥起兵的"有为"说起,叙说他怎样处心积虑地为大宋江山社稷的长远而殚精竭虑,采取重文轻武、守内虚外的政策,甚至演出了一幕"杯酒释兵权"的苦心戏。想当初,宋太祖从刚刚七岁的周恭帝手里夺得了江山;300多年后,他的后代刚刚是七岁的宋恭宗,也不得不逊位于元世祖忽必烈。"这历史上惊人的相似之处,确是一个绝妙的讽刺。"作家意味深长地感叹道:"历史风烟在胸中掠过,那沉埋于地下的万种喧嚣与繁华,已经无声无息,无影无踪。而生者在生,死者在死,人生舞台上还在上演着各色的悲喜剧……"

历史往往有惊人的相似之处,然而在其纷繁复杂的游戏活动的表象之后,似乎也像游戏活动一样存在着约定俗成的客观规则。游戏的内容可以改变，然而其规则却是恒定的。因此这就在客观形态上构成了一个时间意义上的不断循环。在这个大循环中，作家一方面感叹着生命的短暂、事物的有限："与历史的长河相比，每一个个体的人与事就难免显现出它真正的渺小与空幻。"另一方面，面对无言的历史，又能采取旷达自适的人生态度，由此而获得精神上的升腾，透彻感悟生命的意义。

第二，人与自然和谐共存的哲理思辨。王充闾是一位厚积而薄发的作家，从小受过良好的私塾教育，加上精通文墨的父母的言传身教，所以有着扎实的文学基本功，浩如烟海的中国古典文化于他而言更是烂熟于心。在众多的历史哲人中，受庄子的影响最深，自言："我从小就很喜欢庄子。"庄子的哲理思辨的色彩，在王充闾的散文中表现得很明显。

《寂寞濠梁》是《沧桑无语》中最具思辨色彩的一篇。文中叙述了庄子和他的朋友惠施闲游于濠水桥上，观水中的一队悠然游动的鱼儿而引发的关于鱼儿是否快乐的热烈讨论，这就是历史上有名的"濠梁之思"的审美思辨。在这场辩论中，涵盖有关美的主观与客观、审美移情作用以及人与自然界的关系等诸多方面的内容。作为一个敏感的作家，王充闾在这里立即敏锐地捕捉到了审美的"通感"与"移情"现象，他认为：

情趣，原本是物我交感共鸣的结果。庄子把整个人生艺术化，他的生活中充满了情趣，因而向内蕴蓄了自己的一往深情。向外发现了自然的无穷逸趣，于是，山水虚灵化了，也情致化了，从而能够以闲适、恬淡的感情与知觉对游鱼作美的观照，或如康德所说的进行"趣味的判断。"

正因为"通感"和"移情"在人的审美心理中的重要作用，人与人之间的心灵沟通、人与物之间的冥然契合，才具备了可能。由此作者生发开去，探讨了人类生存中永久的命题之——人与自然的关系。他认为：人首先要认识到自己是自然的一部分，人要与大自然和谐共处，力戒"心情浮躁"，克服"浅层次上的感官满足"，才能以从容、闲适的心情去亲昵自然，体验大自然的"诗意的存在"，就像几千年前的庄子那样去感受鱼儿的快乐一样。

第三，超越物象的自由意识的思索。王充闾喜欢庄子，推崇庄子，庄子那追求理想自由、旷达自适的人生态度也深深地影响了王充闾的散文创作。

读了书中的《土囊吟》，注意到其中一首七绝中的两句诗："东风不醒兴亡梦，大块无言草自春。"让人自觉地感到：在"无言""无语"的"大块""沧桑"之间，存在着一条悠长的思索之路。思索什么？王充闾用散文的方式告诉了我们："思索人的生命存在"是其作品与人生的主调。

庄子道家的生命意识表现在追求一种艺术的人生，即摆脱了世俗之累后的一种艺术的生存状态。超越世俗系缚的结果是精神的自由解放，道家称之为"游"。在庄学研究中，"游"字的主要释义有"自乐""胸次洒然"和"游戏"之说。无论哪种解释，本质上都归结到精神的解粘去缚，自由无碍，亦即"人生的艺术化"的境界。在《寂寞濠梁》中，他极为欣羡庄子的"乘物以游心""独与天地精神往来"的自由逍遥，同时强烈悲叹现在很难体味到大自然的诗意存在，表达出失落后的心灵痛楚，叹息无所归依的精神漂泊。王充闾在自然中体味精神自由，寻求到古今文人共同的精神特征——对自由的追求与向往，他笔下的严光、阮籍、嵇康、杨升庵等历史人物莫不如此。在这里，分明能够听到一个声音，这就是生命的庄严性与悲剧性的揭示，更有作者的人生态度渗透其间。《寂寞濠梁》对"心灵无绊""赋性淡泊"的庄子有着一种心灵的切近，对那种"万物情趣化，生命艺术化"，"把身心的自由自在看得高于一切"的人生态度表现了发自内心的羡慕与认同。

对自然的向往，对自由的追求与老庄文化有一定的关系，但他毕竟是现代人，而且是有着清醒的现代意识的现代人，所以他的自由不同于老庄"无为无不为"的自由，他追求的是"有为"的自由。毕竟，在王充闾的血脉中流淌着儒家文化的血，他对自然、社会、人生都有着现实意义的独到见解与观照，始终保持着"社会良知"，身为高官，却能坚持自守，不断地思考社会人生。

灵魂跃动的真情守望

散文是一种"写心"的艺术，是创作主体人格智慧、艺术感染力、审美灵巧性乃至文化素养的全部实力展示，她是散文家的"心史"，和诗歌、小说、戏剧相比，散文更显出一种真实的"裸体美"。这种"裸体美"体现在三个方面：

（一）作品中的自我形象凸现。他写历史，并不是僵死的照搬，而是在对历史掌故烂熟于心的基础上，让灵魂随着鲜活的历史跳跃，倾注自己的一腔真情。

《沧桑无语》中，作者以第一人称"我"出现，直面读者，将自己对人生与自然的观察和体味、思索与评价艺术地展现给读者。这样，作者就不仅仅是站在一旁作客观的叙述，成为散文的主体创作者，而且还作为一个真实可感的形象活跃其中，所以散文中的事、人、情、思就会渗透着"我"、展示着"我"。揭开历史神秘的面纱，我们分明清晰地看到一个隐逸的、潜行的形象赫然立于文字的背后。既是一个洞悉历史规律的智者，又是一个易于感动的诗人，更是一个学识渊博的学者。作者以诗人的灵动、智者的聪慧、学者的渊博在和读者娓娓相谈，真情述说。

（二）主体的对象化。作为审美主体，作者是美的发现者、评判者和阐释者，在审美活动中起着主导作用。如果说，史学是史学家心灵的历史，史学家应有自主的人格，坚持个性化的独立的批判精神的话；那么，历史文化散文作家就更应高扬主体意识，让自我充分渗入对象领域。这就是审美主体的对象化。

在这点上，史学与主体化合得很成功的是《狮山史影》。它写法新颖自由，以对联为线索贯穿全篇；主体情感渗透又很到位，对朱棣的评价、对建文帝的分析都留有创作主体的情感痕迹，让读者不仅仅看到一个个历史人物，也看到经过主体感情过滤后的文学人物。作家写历史散文，不是在写历史，读者读历史散文也不是在读历史。这就得益于主体情感在历史中的化合，真正做到主体的对象化。《叩问沧桑》《雪域情缘》都是这方面运用成功的范例。

王充闾在《寂寞濠梁》中自言："从小就喜欢庄子。"除庄子外，还喜欢和推崇李白、苏轼等有着丰富的内心世界和明确的人生方向的人物。不仅如此，作者还把这种崇敬之情渗入到《沧桑无语》那早已化为烟尘的历史往事中。《青山魂》把一个"潇洒绝尘的诗仙"的悲壮人生推到我们面前。作者关注的是诗人李白坎坷的生涯和巨大的内心冲突。一方面是渴望登龙入仕，经国济民而不得的现实存在，一方面是体现生命的庄严性及由此而产生的超越时空的深远魅力的诗意存在。这两者之间的强烈冲突构成了，李白无可避免的内心矛盾，也很典型地反映了"士"的性格与命运悲剧。作者感叹：

亏得李白政坛失意，所如不偶，以致远离魏阙，浪迹江湖，否则，沉香亭畔、温泉宫前，将不时地闪现着他那潇洒出尘的身影，而千秋诗苑的青空，则会因为失去这颗朗照寰宇的明星，而变将无边的暗淡与寥落。这该是何等遗憾，多么巨大的损失啊！

钦佩与敬慕之情如清风白水般流淌于字里行间。

然而，遗憾的是，这个集子中也有少数作品在这个方面做得不够。《劫后遗珠》中的前部分写得十分自由，以"山西出将，山东出相"的说法开始引起读者的阅读兴趣，这是可取的；但后部分很多地方仅仅停留在对史实和物象的叙述上，没有向读者渗透充分的主体性，因而读者看不到、也感觉不到主体的情感流露。这样，作品中发生在雁门关战争的历史事实和南禅寺等自然物象都是凝固的，都是"死"的，无法跟随主体跃动起来，造成阅读过程的沉闷、呆板。

（三）对象的主体化。"对象的主体化"与"主体的对象化"实质是统一的，是一个问题的两个方面：即"主体""对象化"的过程中，"对象"也相应地"主体化"了。具体说来，在历史文化散文中，作家阐释历史，本人也在被阐述着——读者在读作品的过程中通过共鸣、感悟、延留等一系列心理活动解读了、发现了阐释者。我们说王充闾是一位洞悉历史规律的智者，一个易于感动的诗人，一个学识渊博的学者等等，都是在这种解读作品的过程中解读了这位不一样的王充闾。

如前所述，王充闾崇尚老庄哲学，追求"大块无言草自春"的人生态度，这是在对他诸多"乘物以游心"的散文篇什的解读中所得出的结论，如其《桐江波上一丝风》：这篇散文的主要内容写的是严子陵钓台和中国的古代隐士文化。作者特意指出"隐心"二字。

隐心，就是使灵魂有个安顿的住所，进而使心理能量得到转移。隐逸之士往往通过亲近大自然，获得一种与天地自然同在的精神超脱，与宇宙万物融为一体的陶醉感和脱掉人生责任的安宁感、轻松感。他们往往把山川景物作为遗落世事，忘怀人伦的契机，或者向田夫野老觅求人情温暖，向浩荡江河叩问人生至理，在文学艺术中颐养情志，在著述生涯中寄托理想，用来化解现实生活中的苦恼和功利考虑，使隐居中的寂寞、困顿和酸辛，从这些无利害冲突、超是非得失的审美愉悦中，得到心理上的慰藉和生命价值的补偿。

作者认为，"隐心"就是要将心融于山川天地之中从而抛弃物累，但是它同时证明的则是"物我归一"或"物我两忘"的诗性的自觉境界。"隐心"使得人生获得自然的诗化滋润，又使得生命的情感眷顾，这也是融会审美与人生的诗性真谛。在这里，很显然地凸现了作者的人生态度：既要以庄子"得兔而忘蹄""得意而忘言"的哲学去"隐心"于山水，又要以儒家"仁民爱物"的博大情怀去爱自然，爱生命，爱我们诗意的人生。总而言之，以"出世"的态度过"入世"的生活，这是王充闾学于"道"、但又出于"道"的可贵之处。

小结

综览《沧桑无语》这个集子，15 篇散文几乎篇篇达到或接近精品的水准，令人目不暇接，读之不忍释卷。开卷有益，阖卷有思，细想来，在作者这些清词丽句中确实给我们留下了许多称之为"美"的东西。

作为一个"游"人，王充闾在深深的足迹中留下了青山碧水、云淡风轻、百鸟翔集、游鱼从容的优美画卷，我们分明看到自然万物之中栖居着一颗散文家的"诗心"，弥漫着一个返璞归真的花甲童心的艺术灵感，寄寓着一位饱经沧桑、以生命去体验历史的智慧老人的梦幻与期待，留存着一位睿智冷静的学者的思辨和随想的足迹，更似乎是伫立着一位亲切、平和的讲故事的民间艺术家的朦胧身影。这许许多多的意象中，我们分明感到，"无语"的"沧桑"总在诉说些什么……

《沧桑无语》是美的。

这"美"，又被作者在文中具体化为"诗"与"思"的生命主调：经过作家的诗化，一个个历史人物，一座座已经成为废墟的历史名都，都被推到了读者的面前。我们从历史的废墟中能够拾起的，是充满自我认同的艺术冥想，更是对存在着的生命状态的钟情品味。字里行间洋溢着一种生命的情调：追求从容潇洒、自在自如的生活，在纷繁的世界中，守住为人的本性，守住心灵中那一片干净澄明的天空。通过对已逝岁月中那些打动心灵之处的遥想，展示生命的激情。

寻求那飘逝的文化诗魂
——王充闾散文的一种解释

◎李咏吟

一、诗性激活历史

  王充闾的散文有自己的品格，这是不用怀疑的。自1986年始，他先后出版了《柳荫絮语》《清风白水》《春宽梦窄》《面对历史的苍茫》《沧桑无语》《何处是归程》和《成功者的劫难》等多部散文集。在这些散文集中，作家一大半的篇幅是关于祖国山川历史文化人物的畅想，另有部分篇幅是关于故乡生活与亲情的记忆，这些散文都充满了很强的文化历史韵味。作者虽无明确而坚定的思想目标，但从字里行间仍可隐隐看出：作者力图寻求那飘逝的文化诗魂。什么是那飘逝的文化诗魂？在我看来，就是本真生活的意义与真理，就是那充溢在民族精神生活深处的生命激情，就是自由诗人世代追寻的生命文化理想。

  王充闾不是一个纯任感觉自由漂流的作者，也不是一个随意发表想法的书写者，而是受到一定的文化观念或理性思想支配的创作者。作家一开始可能受到激情的鼓动，也许并不知道自己为何书写。但是，当作家意识到个体的自由理想与生命兴趣之后，他的书写就是自觉自由的审美过程。在我的理解中，王充闾是一个对历史充满诗性理解冲动的书写者，他自觉不自觉地被历史往事或民族文化诗魂所吸引，或寻访历史，或探求诗人心灵，充满着永远的乐趣。所以，就本源创作意向而言，王充闾的散文可以

寻求那飘逝的文化诗魂——王充闾散文的一种解释

理解为对那飘逝的文化诗魂的追寻。

寻求那飘逝的文化诗魂离不开对历史与自然的理解。就创作而言，历史抒写与自然抒写虽有关联，但二者毕竟有着明确的分工：纯粹的历史抒写更喜欢追问历史的因果，追问英雄的悲剧或喜剧构成因素，企图从历史的抒写与追问中引发出人生的感喟；纯粹的自然抒写重视山川的秀绝与奇美之趣，重视生命的最本质的体验，勾画自然本身的雄奇壮美或秀丽神奇，寻求生命自由的极境。当然，也可以将二者关联起来。王充闾的散文致思方向：似乎就是想将历史抒写与自然抒写结合起来，寻求民族生活中的飘逝的文化诗魂。

不过，王充闾散文的重心在于历史叙述，而不是自然抒写。历史的诗意叙述或者诗性历史的重构是许多作家乐于抒写的主题。在文化历史时空中，到底散落着哪些有价值的碎片，如何去捡拾这些富有黄金质地的碎片？历史抒写并不容易，如果作者没有独特的历史体验，没有经历大事变的传奇，没有独自寻访历史的机缘，仅就公共历史或大历史进行感情抒写，往往很难超出读者的想象空间。以公共历史或大历史作为抒写主题有其优势，即可能与读者的期待视野易于形成思想融合，但它同时也意味着危险，即如果没有独特的历史观察，公共历史的情感抒写很容易陷入虚假的言辞与思想聒噪之中。

飘逝的文化诗魂藏在历史深处，而且被现实的浊潮一次次淹没，作者只能通过历史体察与感悟接近这诗魂。对此，王充闾有两种基本的书写方式：一是基于私人经验的历史记忆与情感抒写，一是基于公共历史的审美理解与情感抒写。王充闾在这两个方面皆有深情注目，不过，他的主导叙述方向似乎是后者，即通过寻求历史名胜，发思古之幽情，兴家国兴亡之浩叹。我们可以从他的散文集中找出代表作：《用破一生心》（以曾国藩作为叙述中心），《一夜芳邻》（以勃朗特姐妹为叙述中心），《终古凝眉》（以李清照作为叙述中心），《撑篙者言》（以朱熹为叙述中心），等等。诚然，智慧的叙述可以引发人们对历史的新理解，但历史毕竟是历史，

449

其庄严性与非诗性，不是情感的抒写所能充分把握的，因而，散文家虽有灵光闪现，但基于历史的文化散文，不许创作者过度诠释与发挥，只能就历史本身进行深度发掘。

　　王充闾是否找到了那飘逝的文化诗魂？从他现有的散文集中的诸篇什而言，王充闾似乎找到了，也触摸到了，但他的叙述本身有得有失。即在公共历史叙述上基本上是平凡的，而在私人历史叙述上则获得了一定的成功。按照王充闾的看法，"散文激活历史"。"散文如能恰当地融进作家的人生感悟，投射进史家穿透力很强的冷峻目光，实现对意味世界的深入探究，对现实生活的独特理解，寻求一种面向社会与人生的意蕴深度，往往能把读者带进悠悠不尽的历史时空里，从较深层面上增强对现实风物和自然景观的鉴赏力和审美感，使其思维的张力延伸到文本之外，也会使单调的丛残史迹平添无限的情趣。"其实，何止是散文激活历史，小说戏剧更能激活历史，但由散文小说戏剧激活的历史与历史学构拟的历史是不同的。文学所激活的历史就是"让死人活着"，"让死去的生命历史与活着的人进行精神对话"，但是，一旦失去了分寸，就不是激活历史而是游戏历史。当代文学中的历史游戏主义倾向的危害正在于此，好在散文比小说和戏剧更重视"历史的真实"，也许正因为如此，散文所激活的历史就没有小说和戏剧那般生动。王充闾的散文意向则是真实情感的表达，即通过生命感性抒发来激活人们对历史的怀想，不过，王充闾有关公共历史叙述的散文并没有多少成功的篇章。就此而言，他所寻找的飘逝的文化诗魂还不够形象生动。因为文化诗魂是丰富的混整的，你可能触及某一方面，但难以把握全部。只有真正的心灵探险者能从独特的生命活动中把握文化的诗魂，触摸到那自由的本质。

　　我承认王充闾的"散文激活历史"的主张的合理性，但我以为散文所激活的历史既应是公共历史或民族心史，更应是隐秘的历史或个人的心史。历史如何有诗性？因为那杂乱的历史中散落着飘逝了的诗魂。应该说，作者对历史极有兴趣，而且是对英雄历史有浓厚兴致。看得出来，王充闾有一种对历史的诗性体验意向。这是许多散文家乐于采取的一种书写方式，即借历史怀古抒发生命的情感。这里，不妨提一下余秋雨的《文化苦旅》，这部作品就是借历史文化怀古而暴得大名，我曾从学者散文的视角评价了这部作品的积极意义。但我对余秋雨的文化散文取向不以为然，就因为这种文化散文源自历史书，只是对历史的浮表感叹。结果，不是对历史的真实而深刻的叙述，而是由历史怀古而引发的一些空洞情感。余秋雨的生花妙笔和典雅语言是其散文成功的关键。其实，这种优越的散文纪行可以表达风流才情，但并不适合表达悲愁和忧患情怀。余秋雨享受着文化的优越和舒适的待遇，却引发着悲情愁绪，无疑有其虚假性。大历史或公共历史的散文叙述虽然有很大影响，但公共历史的体验性叙述几乎很少有成功者。对待宏大历史事实，散文作家在对材料的处理上不如历史学家，在思想情感的感发上又不如哲学家。因而，不少文化散文的叙述者尽选择公共历史遗址或公众亲熟的历史人物作为表达对象，结果，由于接受者与作者的期待视野不一，文化散文就无法引起读者的真正感动。

　　寻求那飘逝的文化诗魂，本质上要求作家运用高超的理性反思判断力。在我看来，决定作家散文深度的文化叙述，在很大程度上根源于作家的理性思想把握力。理性支配作家的限度最终决定着散文的思想深度。王充闾的历史叙述意向应该说也是在作家的理性自由意识支配下完成的，他对历史人物有着特殊的思想兴趣。这从他的长篇反思性散文《散文激活历史》与《渴望超越》中可以获得有力的证明。他受着理性的支配，就不肯一任感觉自由奔泻，而是强调理性沉思的力量，企图从历史叙述中显出思想与历史的双重意蕴。毕竟，散文作家在进行历史沉思时，既不如历史学家的实证说理，又不如哲学家的反思批判深刻，因而，散文家的自由意愿与情感体验常常使历史叙述流于个人理解，而缺乏真正的反思力量。为何同样是对历史理性的推崇，作家与史家和哲学家有了如此明显的区别呢？这是因为理性虽然支配着作家的写作，但从根本上说，作家的创作屈从于情感或感性体验，而不是寻求理性的思想论证。诚然，历史学家有着自己的深刻性，但历史叙述与哲学叙述，皆把"历史"看作是静止的死的没有生命活力的对象，只有文学才能"将死去的历史重新激活"，因而，散文或文学更容易将读者带入到历史深处，所以，历史诗性与散文叙述有着天然的精神联系。

不少作家试图通过历史理性反思来寻求那飘逝的文化诗魂，但同样受历史理性的支配，不同的历史散文作家所获得的成就是不同的，这在很大程度上取决于散文作家的创作是受经验理性支配，还是受自由理性支配。同样是受历史理性和自由理性支配，我认为张承志与王充闾、余秋雨等的创作效果是完全不一样的。这是由于张承志的历史叙述，基本上是汉语读者非常陌生的历史地理文化事件，这就使得他的叙述不同寻常。即使是公共历史或历史人物怀古，张承志也有绝对不同凡响的个人体验与反思，因为他的历史叙述只关心他自己关心的问题，而不在乎公共叙述的基本主题或传统思想定势，这就使得他的历史叙述总有新鲜的思想发现。王充闾的文化散文在进行历史叙述时，似乎缺乏真正的历史洞见，过于重视情感的力量，只能以真挚的情感将读者带入到他的叙述世界之中而不能引人深思。王充闾的散文，照顾自由理性是不够的，这就使得他不是受历史理性和自由理性支配去找创作，而是基于在祖国山河游历之中的直接生命体验，生发出直观的历史文化情感。自然，这涉及创作中的核心命题之辩：即到底是理性支配创作情感与生命体验，还是生命体验与情感支配自由理性？应该说，这两种叙述方式都是合法的。但是，由自由理性支配的散文写作更能显出自由的思想深度，以体验与情感支配创作理性选择的散文写作则更容易表现感情的丰富细腻。这两种叙述皆有价值与合理性，但源于自由理性的思想散文无疑更值得重视。

王充闾的山川寻访，以三峡，以江浙古道，以武夷山，以新疆草原和大漠，以辽东故土，以长白山，以东北大平原作为叙述背景，所以，他的散文中充满着对祖国山河的自由理解。应该看到，这不是王充闾的独立创作取向，而是许多中国散文作家所遵循的思想路线。不过，这种宏大叙述比较多的是浮光掠影的印象，而不是深入骨髓的对特定的山河大地的眷恋，所以，这种宏大叙述易于显出豪华的思想情感，但缺乏细致的情感与真实的血肉般的思想脉动。王充闾的大气魄散文叙述亦有此病，因为作家的山河行走需要更为投入和真诚持久。只有扎根在山河大地深处，与山河大地上生存着的民众同卧同眠，才能写出带血的带土腥味的散文。当然，才子的散文会为山川增色，即使是才子的散文也必须与自然丝丝入扣，这是朱自清的《梅雨潭的绿》《荷塘月色》感人之处，是俞平伯的《西湖七月半》具有甜美情趣之处，也是徐志摩的散文优美动人之处。

应该说，王充闾的山河叙述常有闪光的灵性优美之处。在历史寻访中，王充闾最重视的是他心仪的文人墨客，他对李白颇有会心，最是精心体验。在这类历史寻访中，他一方面借名山大川而寻访，另一方面借诗人或英雄来寻访，即使是海外游踪，他最重视的依然是千古文人的寻访。在潜意识中，这是作家自觉地追摹他心仪的精神风范。从他的独白中可以看出：王充闾心仪的是庄子的诗魂，心仪的是李白的诗魂，这无疑增加了王充闾散文的抒情力量。不过，王充闾的山川历史巡礼过于重视大人物大气派，结果，细致入微的生命情感就缺少了，与那底层生活中的文化诗魂就少了些直接触摸。

二、语言震颤心灵

寻求那飘逝的文化诗魂，一定要全身心地求索，要用整个生命与灵魂去呼唤，唯其如此，散文抒写才能震颤心灵。在与王充闾的散文照面时，我的基本出发点是：质问自我心灵，我是否被作家作品所感动？如果我受到了感动，我就会将这种感动说出来，并探究是什么使我受到了感动？如果我没有感动，那么作家作品的局限或我的局限在哪里？这就要求在作解释时：以心会心，以心问心。

老实说，王充闾的一些散文真实地感动了我，另一些散文则使我无动于衷，这是真实的接受心理。其实，这也很正常。一个作家的作品总能使一些人感动，但不能要求一个作家的作品让所有的人感动，这样的作品不可能是纯粹个人性作品，只可能是全民族的诗章。实际上，从人类大背景意义上说，没有作品能使人类全都受到感动。所以，作家的任务就在于让作品给心中期待的读者感动。如果文学作品不能感动人，就是失败的创作或危险的创作。

　　作家不要时刻想着与全人类共担当，其实，创作本身让热爱生命者受到感动就是作家的至上幸福。就王充闾的散文作品而言，他寻求那飘逝的文化诗魂的方法，在我看来，就是与故乡、与亲人亲近，这是一种返回本源的精神探索方式。我喜欢他那出自生命感情深处的亲情体验与散文诗章，这些作品在《何处是归程》这部散文集中很容易见到。王充闾的宏大叙述散文，尽管看上去气势非凡，文辞醇厚，义理丰富，但并没有使我真正受到感动，所以，《成功者的劫难》这部散文集中的诸篇什，尽管给我的解释提供了切实的帮助，但我私心以为，作者的人生哲学感悟并没有真正的原创性，也未有达到真正的精神深度。他的散文美感主要源于作家的诗性语言不同凡响，脱尽铅华而呈现诗性本质。

　　语言是切近那飘逝的文化诗魂的关键，必须承认，作者的抒情叙述话语是让我心灵震撼的原因之一。也就是说，作家的散文语言有自己的魅力，它的激情洋溢的散文语言能够带给我自由而美丽的享受。实际上，对于写作者来说，语言就是他的生命风神与精神气度。语言对于作家来说，就是思想的灵魂，就是让他癫狂激动和背叛理性的至美的情人，生死相依的知己，自由的生命意志的化身。找到了属于自己的语言，就是找到了生命的灵魂，就是找到了生死相依的情人，此时，语言死心塌地为主人服务，并创造生命的辉煌与奇迹。每个人都在寻求自己的语言，语言充满了灵性，也充满了吝啬，她似乎只偏爱那些灵性的生命书写者，对于功利者没有慈悲之情。一个作家拥有神秘而富有生命的语言，就如同打开了生命的一道神秘大门，心灵向作者敞开，历史生命秘密向作者敞开，生命文化神韵向作者袭来。语言如同精灵的舞蹈，构造着奇妙的生命世界。

王充闾的散文语言能够感动我，就是因为它清纯与宁静，其中有一种从容与质朴，也有一种灵性与典雅。看得出，作者小心翼翼地触摸着有质感的语词，尽量使语言具有诗性的品质。他努力使语言包容理性与思想，也努力使语言与文化保持着内在的联系。他的散文语言没有匆忙奔突的迹象，也没有恣意的夸饰和胡闹，一切保持着优雅与宁静。据作者自述，他极留意古典诗词，也许正是得益于古典诗词，他的散文语言就有诗意的魅力。事实上，他的古典诗词写得自然而灵动，并没有生硬的思想直白，更不是顺口溜的胡诌。

应该说，从一切活着的语言和有生命力的语言中寻找创作养料，是所有成功的语言抒写者的经验。对于现代中国作家来说，过多的人从翻译语言和现代散文语言中寻找灵性，只有少数聪明的抒写者还愿意从中国古典散文语言中吸收灵性。对于王充闾来说，他不仅从古典诗词中吸收诗性的语言蜜汁，而且特别留意从庄子散文中吸取语言与思想的蜜汁。不论他是否获得了真正成功，但应该肯定，正是这种寻求使他的散文语言有不同凡响之处。诗性散文语言是作品的美丽面孔，是吸引人的重要方面，这是散文的灵魂，因为美丽的语言可以使叙述优雅而生动。但是，真正能拨动人心弦的，还是美丽的思想与情感，这才是散文的灵魂。也就是说，散文语言所传达的思想与情感，或散文语言所要契合的精神事件是散文能否真正成功的价值标尺。

以诗性语言来表达乡土亲情，作者似乎触摸到了那飘逝的文化诗魂。从这个意义上说，作者的私人生活历史及其对家乡的情感体验是让我感动的另一个原因。应该说，创作就是要让人心灵震撼。要想让人震撼，你就必须把你的整个生命和灵魂交给读者，你要用真心让作者感动。这一切只能来自于真情实感，任何虚假的叙述和感情夸张都不能让心灵真正震撼。王充闾最让我心灵震撼的，还是他怀念家乡与亲人的文章，这是他独有的思想财富，谁也不能代替。其中《碗花糕》就是一部感动人的作品。真正的散文并没有什么精心的语言构思和结构玄想，它如同小溪的流水，清纯而自然地表达，因为一切已在心灵长期酝酿，生命的感悟与体验已化作了创作者的精神血脉，如同最自然的果实，只待作者用语言命令这个心灵的作品的诞生。作者写的是一个普通的乡下妇女：他的嫂子。这本来是很难写的作品，因为作家写自己的嫂嫂成功的作品并不多，但作者就是从平凡的生活小事入手，将亲人间的情感写得细腻而真实。嫂嫂对小弟的爱是真诚的，小弟对嫂嫂的敬爱也是发自内心的。嫂嫂后因哥哥之死而改嫁，失去了关照公婆和小弟的机会，一家人对嫂嫂的思念，因为嫂嫂的病逝而更加深情。作者的运思极其真醇感人，结构和叙述也极富诗意，是一篇把生命表达和文化诗魂结合得很好的佳作。我笨拙的评述语言，自然无法传达原作的美丽，我相信，这种将人性深处的美丽传达出来的作品必有感动人心之处。

王充闾是一个真情的叙述者，他真实地叙述他之所感、他之所爱、他之所愿，在他的抒写中，看得出来，没有矫情。他将生命中体验到的一切，或如弦歌倾诉，或如黄钟大吕，激热而又沉着地进行体验性表达。生命中的一切，在他的笔下变成了真情诉说。是的，一个作家只有把心交给读者，把智慧交给读者，才能让读者感动，这里，容不得一点隐瞒，也来不得一丝虚假，一切只能是真情与真情的交换，一切只能是生命与生命的对语。类似的作品不只一篇，而是一组，包括《童年的风景》《西厢里的房客》《化外荒原》《胡三大爷》《我的第一个老师》《青灯有味忆儿时》《母亲的心思》等等。王充闾正是通过诗性语言和真情诉说两种方式，部分地寻求到了那飘逝的文化诗魂，那让我们心灵真正感动的艺术真理。这是王充闾散文的自由价值证明。

三、比优雅更重要的

王充闾的散文语言有一种高雅与从容的东西，至少，在他那里，俗气的思想与情感是受到排斥的，尽管作者在不经意间要受到时尚的思想与情感的影响。王充闾的散文抒写中有沉着与智慧的东西，看得出来，他的每一篇散文都是用心在写。应该说，王充闾还有些古代文人的风范，按照他在宦海的成就，大约可以算得上是"古代的知府"吧！现代的官僚或政治家，写抒情华章的能有几人？假如多一些官人或政治家能自由地抒写优美的散文，也许，现代政治就能多些人性关怀。多些人情味的政治家或许能给中国现代生活带来些诗意，给我们的文明保存些自由的灵魂。在我看来，王充闾散文中令人感奋的原因应该包括这一点。但是，我们要求作家的散文应有比这更丰富的东西，因为那飘逝的文化诗魂不仅停留在诗性叙述中，不仅停留在真实的本真的生活中，还隐藏在那神秘而丰富的精神生活之中，这就需要创作者以真正的诗思来抵达那灵魂的彼岸，去劫获生命与艺术的真理。

　　作为一个后生晚辈，对一个老作家指手画脚自然是不厚道的，更何况王充闾待人极为仁义。但是，作为一个批评者，我又不能不与作家一道探讨文学与生命的真谛，因而，对作家的创作局限自然也想发表个人的看法。在我看来，王充闾尽管是一位成功而有影响的散文作家，但他的散文与大多数散文一样，还缺乏比美感、比文化怀乡更为独立真实的思想情怀。要知道，在体味散文的精致、优雅、才情和趣味之后，比这一切更为重要的问题就上升到了首位，那就是：思想。从创作意义上应该反思：深刻的思想如何通过情感来表达，自由而丰沛的情感如何表达深刻的思想？"思想高于一切"，我越来越坚信这一点在文学中的意义。一切优秀作家的创作竞赛最后都应该是思想的竞赛，只有思想深刻、语言优美和想象自由的散文，才能最终俘获接受者的心灵。王充闾是在新中国的文化土壤中生长，通过个人的奋发苦斗，由底层生活世界步入精神生活的殿堂的。我们自然不能要求他写作梁实秋式的风花雪月散文，也不能要求他像周作人那样表达文人雅致的思趣，他更愿意像秦牧、杨朔、峻青那样，立志为我们的时代和我们的文化歌唱，也可以说，他是以时代和文化自任的散文作家。尽管如此，他的散文除了优雅而醇正的诗情，我总感觉到他的创作中还缺少点独立的意志和独立的思想意愿。

王充闾以优雅而正统的思想文化情愫来寻求那飘逝的文化诗魂，事实上，王充闾的散文充满了优雅的思想情调。实际上，优雅是中国散文的内在审美追求，也是中国散文的自由精神特性，而且，优雅确实能给人以深深的感动。

首先，优雅是一种语言的雅化，追求语言的诗意韵味。也就是说，一定要通过书写表达汉语言的美。只有扎根在民族母语中的现代书写才是充满魔力的，只有扎根在生命深处的语言才是美丽的语言，也只有扎根在文化交融的自由精神之中的语言才是美丽的语言。母语、生命、灵魂、真理、人道和正义是铸造美丽语言的基本元素。没有作家能具备自由语言的全部特质，这既是神圣天赋，又是自由灵魂的追求。王充闾的散文语言是他精心打造的，尽管不够才情灵动，但确有理性抒情的厚重。

其次，优雅是一种文化趣味。在这里，王充闾的思想有中国传统士大夫的情怀，他热爱家乡的土地，热爱中国的大江大河和高山流水，所以，他的散文主题选择就充满了优雅情调。也就是说，他只选择美丽的事物作为散文抒写的对象。在这一点上，作者认为他热爱庄子，庄子散文是他的散文效法的精神榜样。确实，庄子的艺术精神，从某种意义上说，就是那飘逝的文化诗魂的一个重要组成部分。作者的选择是自由的，但是，从文化气度上而言，我认为作者的思想情调更接近古代士人的精神情怀。他们有着思想的雅趣，坚守生命的正义。就此而言，王充闾的散文有些儒家精神，但王充闾在散文中表示自己不喜欢儒家的有为与功利。其实，儒家除了有重功利的一脉，也有自由独立人格精神一脉。他们忧世伤生，保持着自己的高洁人格，在自由与独立之间表达着生命的自由与信仰。

在《渴望超越》中，作者侵入了他不熟悉的"思想领地"。因为在散文沉思中，他多次表示自己不喜欢儒家的功利，而崇尚道家的逍遥。所以，他对自己的思想选择做了三个划分：即就中国传统文化精神来说，把道家

寻求那飘逝的文化诗魂——王充闾散文的一种解释

与儒家分开。二是就道家自身来说，把庄子和老子分开。三是就庄子自身来说，把他的消极避世的一面同他的艺术精神区分开来。这种探索意向可以看作是作者对那飘逝的文化诗魂的直接理解，但从这个直白的叙述中可以看出，作者并没有完全把握那飘逝的文化诗魂，或者说，充满了对民族文化诗魂的误解。作家为何不能充分把握那飘逝的文化诗魂？在我看来，这是由于作者的审美判断力和理性反思力还不够彻底，或者说，作者还没有切入到生命文化的深处。缺乏正本清源的思想勇气，还受到时尚思想评价模式的影响，没有真正遁入到儒家和道家的精神世界之中。

在我看来，作家对儒家的负面思考是有价值的。"儒家过分看重人在社会中的关系，看重等级地位与调适合作，却忽视个体存在的自由与真实，习惯以共性为前提，而不承认个性是人生的依据。"不过，这只是儒家的一个侧面，而不是儒家的全部。其实，如果深刻地思考，就不能不承认，儒家的狂逸文化精神，为天地立心和为生民立命的担当情怀，都是中国思想中的伟大精神，也是那民族文化深处的飘逝的诗魂。也就是说，理想的儒家与现实的儒家是不同的：现实的儒家强调秩序、尊严、等级和地位，理想的儒家则强调心志、伟大而自由的人格。其实，如果真正按照理想的儒家来构建社会，那么，中国人文精神和自由人格精神就会得到真正的尊重。所以，王充闾的评价是有局限的，我私心以为，现实中国社会不仅要强调道家的逍遥，更要强调儒家的理想情怀。历史上少有真正的儒家，多有伪儒家和僵化的儒家。同样，我以为，王充闾对老子的理解也充满了不彻底性。老子不是"阴谋家的祖宗"，更不是"南面术之王"，其实，他是一个"母性中心主义的守护者"，他所要构建的是自然与人生的伟大生命和谐。只是，他的思想被历代文人和政治家扭曲了。庄老精神有其一致之处：老子更重视自然思想的本质把握，庄子更重视生命的自由想象；老子更像诗人哲学家，庄子更像富有想象力的自由奔放的诗人。显然，思想的理解需要独特的心灵经验，也需要灵性顿悟与反思。如果说王充闾以理解庄子的思想艺术精神为己任，那么，作家还应该更投入地去体验去省思，我相信，以此思想为动力所创作出来的散文，一定会更有生命与文化的淋漓元气。

第三，优雅是一种文化现实气度，即对诗性生活的热爱。这一点在王充闾的散文中有切实而具体的表达，正是这种诗性气质使他的散文中具有了美感。事实上，优雅者是自由者。优雅是生活的美，人类没有优雅就没有真正的自由。但是，优雅有时可能是粉饰太平的工具，优雅也可能让人丧失警惕。除了优雅，还需要带血带泪带笑的真实呼号和自由力量。优雅者有着自由的理想，有着独立的生命文化精神理想。但优雅者不一定与底层世界有更亲密的接近。所以，我们也应反省历代文人散文的局限，除了优雅，我们还需要真实。真实、真理、真知，不是说说而已，也不是踏山浮水所可能把握的真理真知。诚然，在祖国的高山大河之间行走，可以获得美的自然的启迪，但真知、真实并不在自然之中，而在人的生活之中，人的生活并不像自然那样只有美丽与公正，在人的生活中，我们可能看到更多的不同于自然的真实。人的生活更需要美的抒情，人的生活更需要自由的真实体验。也许，我们没有优雅，也没有理想，只有苦痛或快乐的生活真实，只有生命的负重与追求。

寻求那飘逝的文化诗魂，就必须获得生命的真知。显然，要想获得这样的真知，写出带血带泪带笑的散文，仅有优雅是不够的，我们不乏自由的写作者，也不乏欲望的表达者，但我们需要真正的自由写作者。他们关心正义与人道，关心真理与自由，他们有着真正的伟大理想。比优雅更重要的，是真实的和真正的思想。也就是说，我们通过散文的叙述就是为了更好地接近对真知真实真理的认识。对于王充闾来说，人们还期待他的散文中有比优雅更伟大的力量存在。作家的生活、学识、思想、境遇决定了作家的选择，我始终认为，创作绝不是纯粹幻想的产物，幻想可以展示心灵的奇妙，但只有真实的思想与情感才能代表人民的心声。

可以肯定地说，比优雅更重要的，是思想与心灵，是独特的生命理想、信仰与自由的精神意志，是伟大而永恒的生命真理。"思想高于一切"，作为一个散文评论者，我愿与作家一道共同探讨生命、文化与真理。只有源自思想的情感，或源自情感的思想，才是活着的思想，才是永远充满着生命力的思想。只有保持这一精神特性，散文才会具有真正的超越性，中国作家才能从情调中冲出，提供深刻而优美的思想性散文。寻求源自生命体验深处的艺术真理，寻求那飘逝的文化诗魂，对于创作者来说，是永远的生命目标。

文体意识和主体间性
——评王充闾历史散文的写作

◎ 颜翔林

  历史散文的步履在进入新世纪的门槛之后似乎呈现出踌躇不前、缺失自我创新的生命张力。其原因之一，就是文体意识的遮蔽和主体间性的缺席。然而，令我们欣慰的是，散文作家王充闾，以其对于历史散文的审美乌托邦般的沉醉和对文学的话语形式的刻意探寻，诞生了对于历史散文的写作活动的独到的审美理解和文体领悟。那就是，历史散文的写作，不能满足于简单地扮演辩证唯物主义和历史唯物主义、新历史主义等等的思想鹦鹉的角色，因此，对于历史活动和历史人物，既不能进行客观"还原"式的理解，也不能以想象主体的想象活动的"过度诠释"来取代对于历史过程和历史人物的客观尊重。而必须以冷静从容的辩证理性和自我的生命体验，以审美的和诗意的艺术态度，以象征和隐喻的文本修辞，对历史本身和历史人物进行有适度情感距离的"叙事"和展开换位的"假设"与"提问"，以探究历史的必然性和可能性，从而呈现历史人物的心理结构和精神投影，凝神于历史与人物的逻辑相承的多重光芒，由此达到历史散文和历史对话、和读者对话的审美目的。同时，王充闾以有异于传统美学、文艺学所推崇的主体性的思维方式和意识形态集权，放弃以独断论和批判者的思维暴力和话语霸权的方式，不再以历史法官和道德裁判的角色出场，以自我主体为中心对历史和历史人物进行价值评判和逻辑否定，而是采取主体间性的思维方式和价值悬搁的策略，以平等、宁静的哲学姿态倾听历史本身的声音，以宽容圆润的美学趣味去体悟历史人物的精神隐秘，凭借和历史进程、历史人物进行平静、平等的对话心态，对历史展开富于诗意情怀和审美想象力的追问，以辩证理性和生命智慧向历史"提问"，而不是单向度地沉沦于以今人的眼光去诠释历史、解答历史和批判历史。因此，在这种文体意识和主体间性的视界下写作的历史散文，合乎艺术逻辑地呈现出独特的美学场景和心灵轨迹，获得令人赞赏的写作趣味，启思于当下的文学活动。本文主要从上述的理论意义，分别从相互联系的两个方面探究王充闾的历史散文的美学特质。

文体意识

在传统文学理论的思想投影里，文学主要是经验事实和意识形态之间逻辑联结的历史叙事和主体抒情，文本所承载的审美结构关键在于观念和价值的内涵方面。无疑，这属于主体预设的虚假概念，它构成了文学理论史的洞穴幻象。其实，文学不但是单向度的意识形态变迁的历史，也是文体演变和丰富的历史。如果从纯粹的审美意义探究，文学的文体形式大于内容，形式不仅仅是形式，形式就是审美本身。西方马克思主义的代表人物之一的马尔库塞就曾认为，艺术和现实以及其他人类生活方式相区别的特征，不在内容，而恰恰取决了它的审美形式。他甚至提出，文学作品不是内容和形式的机械统一，也不是一方压倒另一方，而是内容向形式转换和生成，内容变化为形式，这样的艺术化的果实，就是"审美形式"。暂且悬搁马尔库塞的"审美形式"的具体的思维规定性，我们不得不认同文体形式在一定程度关涉到审美形式，而文体形式则为作家的文体意识的感性果实。从如此的美学前提进行客观的逻辑推导，判断一位文学家、散文家的标准之一，就是看其文本自觉或不自觉地形成文体意识，是否诞生一种独特的文体风格。从这个理论视角来考察王充闾的历史散文，本人以为它彰显着一种不同他者的文体意识，一种寻找自我的文体风格。

传统文学的文体形态是文史合璧或者说是文史联姻的文学，后来出现文史的分离。从文学的形态演变上考察，历史散文的文体的确在文学史上留有浓重而辉煌的遗迹，《文心雕龙》史传篇就专章探索了历史散文的写作。王充闾的历史散文写作活动，在当今的历史文化语境之中，恢复了我们中断久远的对于历史的恋情，呼唤文学回归对于历史的直觉。正像现代的历史学是丧失了美感的历史学一样，现代的文学往往是丧失历史感的文学，两者形成一个有趣味的精神反差。王充闾的历史散文重新嫁接了历史与文学的命脉，醉心在历史的残垣断壁之中寻找出诗意和美感，在对历史人物的想象性的生命体验和交互性的心理分析过程，获得审美的升华和情感的体悟。因此，笔者将王充闾的历史散文诠释美学化的散文，界定为"历史与美学的对话"。本人将当下的历史散文大致划分为三类：一类是鸵鸟散文，以沉重的理性脚踵在大地上奔走呼号，它们尽管给阅读对象以思想启蒙和观念提升，然而，由于沉重的理念压抑了想象力和审美灵性，它们只能停留在充满逻辑和概念的尘埃之中。另一类是鹦鹉散文，在丛林之间费力地飞行，凭借戏剧化的表演和激情的道德批判获得读者的青睐，但是缺乏对历史的想象力和历史人物的审美关怀，因而失落了文学应有的灵性和美感。第三类是飞鸿散文，轻盈翱翔于蓝天和大地之间，以空灵的意象和诗性化的象征与隐喻，抚摸历史时间的烟云和倾听历史人物的心声，对历史保持自我的崇敬和冷静的智慧，寻求自我和历史的对话、读者和历史的对话。王充闾的历史散文无疑属于第三种文本。它在历史的尘烟之中发现美和领悟美，或者说以美学的眼光和诗意的领悟，依赖于审美意象和寓言象征的方式，呈现历史和历史人物所潜藏的美丽，既是历史的苍凉和历史人物的悲悼结局，也在散文中被赋予了感伤和苍凉的美丽。王充闾的历史散文，正是以和历史展开美学化对话的方式，达到了激活历史的艺术目的。

克罗齐这位最激进的"历史主义的斗士"曾经认为，在人类的历史王国之上和之外，再没有任何其他的存在领域，也没有任何哲学思想的题材。卡西尔认为："历史学不可能描述过去的全部事实。它所研究的仅仅是那些'值得纪念的'事实、'值得回忆的'事实。"卡氏还以赞赏的口吻说道："在历史哲学的近代奠基者之中，赫尔德最清晰地洞察到了历史过程的这一面。他的著作不只是对过去的回忆，而是使过去复活起来。"王充闾的历史散文，也许无意识地验证了上述对于历史的看法，首先，它回眸历史的所有动机，都在于追求人类存在的全部价值和意义，试图获得一种哲学和美学的双重诠释与说明，特别是对于历史的文化隐秘的探索，蕴含着一种深刻的期待视野和融合意识，那就是以一种理性和情感都可以接受的方式，沟通历史、现实和未来的三重世界，从而为筹建一种合理化的或理想的精神文化的发展模式开辟道路。其次，作者的散文世界里的"历史"，不仅仅是对历史事实的僵死描述，也不是沉湎于寻求历史之谜的解答快乐，从而获得一种理性思维的虚假承诺后的虚荣满足。而是力图判明一种价值世界的不同差异，为历史进一步寻求"公正性"和"审美性"的合法的尺度和诗性的自由，更重要的意义在于：作者探究历史的"意义"何在？"意义"的明证性何在？其模糊性又何在？历史的这种明证性和模糊性相互交织。使散文的历史意义的蕴含似乎大于历史著作本身的历史意义的蕴含。而作者对于历史存在的无法求证性，作者给予存而不论的怀疑论的态度。将解答转换为"提问"，交给读者去思考和判断。这些都不同程度地构成了王充闾历史散文的美学魅力。最后，作者显然放弃了以回忆的和逻辑的方式去复现历史，而是选择在看重历史材料的基础上，以审美想象和生命体验的方式去诠释历史和构造历史，以诗意的和审美的态度去追溯历史、走入历史和走出历史，在苍茫的历史原野上漫步，渴慕复活历史的风姿神色。作者将历史已不是重复循环的"循环"呈现在当今读者的面前，它体现了文化的缓慢递进的意味和螺旋上升的法则。历史难免相似的"循环"，而其文化负载则是递进的；历史难逃"重复"的窠臼，而其意义变化却是增殖的。散文隐藏着这样的寓言：在无数的历史山峰之上，始终站立着正义的幽灵和飘荡着审美的云彩。正是奠基于如此的文体意识，王充闾的历史散文的文体形式在当今的文学写作活动中，禀赋了自我的文本形式和话语符号，以飞扬流动的射影给予阅读者以惊鸿一瞥的审美印象。

王充闾的历史散文守望着之于历史传统的审美信仰。"五四"、"文革"、20世纪末，这三个历史时间，人们丧失了太多的历史直觉和历史记忆，失落对于自我历史的蓦然回首的热情。中国人热衷于自我解构对于传统和历史的审美信仰，并且以旧形而上学的独断论开辟一条否定一切的危险的精神之路，消解了所有的精神"禁忌"，由此导致了悲剧性的历史和文化的双重断裂。如果说，"五四"担当了这种解构历史的审美信仰的开先河角色，那么，"文革"以思维暴力和无理性行为，延续和强化了这种"断根"的合法性和合理性，而世纪末的暮鼓敲响了芸芸众生对于"历史—传统"挥手告别的音符，人们沉湎于现代化的技术享受和全球化的"经济—文化"诉求。这个不同历史时间的非理性的精神狂欢，都共同指向一个危险的目标：颠覆对于"历史—传统"的审美信仰和价值准则。而一个透明而简单的道理是，"历史—传统"是文化之根，人是记忆的动物，是为了历史记忆而"活"（存在）的动物，一个国家、一个民族在一定意义上，也是为了，"历史—传统"而"活"（存在）着，因为"历史—传统"是超越时间向度的唯一永恒的价值形态，因此，它就必然性地具有了乌托邦的力量和审美信仰的性质。这样，我们就不难理解黑格尔、马克思、尼采、海德格尔等人的"希腊情结"所隐含的守护精神家园的顽强意志，也体悟出伽达默尔垂暮之年呼吁保持"德语的纯洁性"所寄居的哲学意义。其实，西方的大哲学家、大思想家，都对"历史—传统"保持敬畏与"禁忌"，坚守着"历史—传统"所赋予的审美信仰。从这个视界判断，"五四"是一个不缺才子而匮乏哲人的时代，那种绝对否定一切"历史—传统"的单线性思维狂欢，恰恰暴露出整个时代的哲思和哲人的缺席。王充闾的历史散文，是用审美信仰的力量恢复我们对于"历史—传统"的恋情，使历史被激活了现实性的温暖，调动了现代性的激情和对未来的审美想象。因为在王充闾的文体意识之中，他的历史散文写作，始终维护着对于"历史—传统"的神话般信仰，守望着对于"历史—传统"的终极价值和恒定意义的审美寻找。当然，王充闾的历史散文对于"历史—传统"没有完全缺席思想批判和道德重估，然而，作者在自我的文本之中，更以辩证理性去倾听"历史—传统"的独白，而不是幼稚地模仿历史虚无论者所沉迷的对于"历史—传统"所习惯的非理性批判和情绪化否定。坚持对于"历史—传统"的审美信仰，这是王充闾的历史散文和新时期其他历史散文的一个鲜明的美学分水岭，也是作家在文本之中所贯穿的文体意识之一。

想象的历史不是历史，仅仅是虚构的历史和历史的神话。另一方面，众多历史学家笔下的历史，是一种对于历史的求实考证，是历史而不是文学。文学家笔下的历史，应该是对历史本身和历史人物的审美想象。王充闾的历史散文，飘逸着对于历史的审美想象力，弥散着对于历史人物的诗意的生命体验，因此，在文体上呈现为美学化的散文。王充闾的历史散文，拒绝对于历史事件的展开实证性的追溯和抽象的道德批判，不甘心沉沦为纯粹的历史叙事而失落文学应该禀赋的艺术灵性和审美品格，也放弃对于历史事件和历史人物的过剩性想象和神话式虚构，一方面在历史与想象之间保持适度的审美距离，避免过度地诠释历史；另一方面重新缝补历史和文学之间为时已久的断裂，使历史在历史散文的文体形式之中焕发审美的魅力，获得诗意和灵感。这是王充闾的散文写作理念中一个鲜明的标记。

主体间性

20世纪80年代的中国思想界普遍闪烁"主体性"的精神魔影，它一度成为役使整个意识形态的主题词和流行语，一种以自我意识为中心和价值标准的思维逻辑充斥到思想界，主体性变成为一个无所不包的万花筒。于是，高扬主体性旗帜成为思想舞台上时尚的表演和话语霸权的角逐。然而，那个历史时间的主体性隐藏着势能强大的思维暴力，一种以自我意识为基点的哲学独断论和垄断话语的文化传播，主宰了中国思想文化界的知识精英，使他们沉醉在知识权力所制造的精神鸦片之中，以思想教父和文化启蒙者自居。他们只有言说的快感而失落倾听和对话的诉求，仅仅沉迷于回答而遗忘了"提问"，所以，那个时代的哲学和美学，不是智慧之学，只能属于不完善的知识或可怕的主观独断。

有鉴于此，本人以为美学和文学非常需要以"主体间性"的思维策略拯救"主体性"的独断论的思维暴力对于意识形态的破坏性压抑。因为"主体性"思维，它在建立个别主体的思想权力的同时，恰恰侵蚀整个公众的思维权力以及每一个生命个体的话语权力，因此使整个社会的公共交往成为被分割为有限中心的交往。在如此的理论视野之下，本人以为新时期历史散文的写作中，普遍存在着"主体性"思维暴力的阴影，作者热衷于以自我意识为中心对历史和人物进行独断论的解说，以想象主体的想象活动进行任意的价值判断和意义阐释，以"回答"全盘代替了"提问"，只有"言说"，没有"倾听"，只知道以西方的意识形态和思维工具来否定"历史—传统"，遗忘了对于自我民族的历史记忆和对于传统文化的审美信仰，依然在上演知识的悲剧和知识分子的悲剧。

"主体间性"原本是胡塞尔现象学的一个术语，又译为"交互主体性"，它是胡塞尔对于主体性更为深刻的哲学理解和一种补救性的入思。毋庸讳言，无论是胡塞尔本人还是研究者对于"主体间性"这个寄寓了丰富复杂的思想内涵的现象学的最重要概念之一的阐释，存在着不同程度的意义差异。"'交互主体性'概念被用来标识多个先验自我或多个世间自我之间所具有的所有交互形式。任何一种交互的基础都在于一个由我的先验自我出发而形成的共体化，这个共体化的原形式就是陌生经验，亦即对一个自身是第一性的自我—陌生者或他人的构造。""'纯粹——心灵的交互主体性'是'生活世界'中人与人之间理解、互通、交往的前提。"胡塞尔的主体间性（交互主体性）无疑一定程度上消弭了传统形而上学的独断论和单线性思维的遮蔽性，厘清不同入思主体存在之间的意识关系，强调多个先验自我之间共体化的精神形式，而倾向在"生活世界"之中，主体间性是社会交往的前提。"'主体间性'是主体之间开放、平等和自由的新型关系。它意味着对立、统治等不平等的交往关系彻底失去了合法性：没有人可以凌驾在别人之上，自封为'主体'，自诩为预言家、立法者和拯救者。每个人都是宇宙中一个有限的个体，需要向他人开放，需要在与他人的交往中不断丰富自己。一些人对另一些人行使'霸权'的不宽容行为在根本上就是佞妄的。从主体性到主体间性的转变蕴含着人的自我认识的一个重大突破。"

因此，从主体性和主体间性这个视域考量王充闾的历史散文写作就具有了非常的美学意义。

历史散文的写作如何对待历史？以自我意识对历史进行过度诠释，还是以流行的意识形态对历史人物进行政治、伦理的价值判断？以想象主体性的想象活动去"合理化"地虚构历史？或者把历史视为一种思辨哲学的心灵游戏？应该说，众多的历史散文写作，都是沿循主体性的思维路径，把"自我"凌驾于历史的头颅之上，以主观独断论作为历史的代言人和立法者，为历史人物设立政治或道德的仲裁法庭，以预设的理念表明写作主体比历史高明和比历史人物富于智慧。他们只知道对历史本身铺展自我陶醉的演说，而完全忽略了倾听历史深处的回声。写作者不屑选择和历史进行平等对话的精神姿态，而沉迷于对于历史的情绪化的否定性批判，似乎觉得只有"历史批判"才是历史散文写作的最有意义最富于快乐的游戏活动。与此形成鲜明对比，王充闾的历史散文创作，采取了悬搁主体性而走向主体间性的哲学态度，选择了和历史进行平等对话的美学方式，更多以怀疑论的悬置判断的方法对历史和历史人物坚持价值中立的立场，倾听历史的声音，做历史的学生和朋友，放弃做历史的主人和裁判者的虚假承诺，不再自信主体比历史明智和正确，不愿对历史说三道四和对历史人物指手画脚，而是以生命体验的方法求解历史表象之下被遮蔽的黑色精髓，以审美体验的策略来阅读历史人物隐秘的精神结构。纵览王充闾的历史散文，如《面对历史的苍茫》和《沧桑无语》这两本集子，众多的文本，均不同程度、不同视点、不同写法地体现出主体间性的写作意识，作家以放弃主体独断而采取超脱宁静的诗意智慧，观瞻历史和对历史人物进行换位式的思考，以不同存在主体的交互性思维寻求对历史和人物的新的领会和感悟，从而发掘历史存在的新的意义新的价值和新的美感。

正是基于主体间性的哲学背景和对话式的美学态度，王充闾的历史散文创作始终保持着冷静超脱的辩证的历史理性，不尚偏激情绪化的逻辑否定和单纯抽象化的道德说教，以交互性的视点和换位式思维和历史与古人进行交往，以尊重和渴慕的姿态和历史交谈、对话，更多倾听而不是言说，更喜欢"悬置"或"提问"而放弃"解答""判断"与"评判"。因此，王充闾的历史散文，能够在主体间性的引领之下，虔诚地深入历史和潇洒地走出历史，无意给历史诊脉和开药方，不指责历史和臆断历史，决意不效仿自"五四"扩散传播的主体性主宰的"历史批判"的恶劣思维，因为那种凭借独断论和旧形而上学支配下的否定"历史—传统"的逻辑解构，沉沦了辩证理性和窒息了生命智慧，绝对地放逐了对于历史的诗意和审美的情怀，这种思维暴力在"文革—红卫兵"的历史语境中被张扬到巅峰，导致对于历史的悲剧性亵渎。所以，主体性支配下的"历史批判"已经转变为一种可怕的思想阴影，如果以这种思维方法从事历史散文写作，其最终的文本是可想而知的。

所以，王充闾的历史散文缺席了主体性的"历史批判"，而接纳主体间性的对于历史的交互性"倾听"，将历史散文写作中的延续已久的"回答"转换为"提问"。哲学中唯有"提问"之学方可算是"智慧"之学，而解答之学，只能算是"知识"之学。正是奠基于主体间性所规定的交互性的心灵交往，王充闾的历史散文的写作，心仪于对于历史的提问，以一个历史迷惘者的身份和历史守望人的姿态，向历史叩问，向历史人物寻求历史之谜的解答，而没有像其他的历史散文那样，乐意地充当历史裁判的角色，为历史制定理性法则、客观规律和道德律令，以全知全能的虚假自信去解答各式各样的历史问题，以表面上看似聪明而实际上愚蠢可笑的方式来回答历史的提问。在王充闾的历史散文之中，有一篇名为《叩问沧桑》，全篇以追问历史或向历史提问的方式，以交互性的生命体验和诗意的审美想象，呈现历史命运的悲凉和荒谬，冷静的辩证思考取代简单的历史批判，给读者以深刻的启思。

眷注"生活世界"的社会交往是主体间性的精神构成之一，正是这种交互性和换位式的心灵对话，使不同主体存在者能够获得对于他者的尊重、同情、宽容、悲悯等人性情怀。王充闾的历史散文之中，主体间性的体现也包含如此的精神内涵。作家的文本，消解了对于历史和人物的冷嘲热讽，而是以悲悯同情的姿态对历史和人物进行美学化的悼亡，以佛家的悲情来凝视历史的苍茫和荒诞，宽容历史人物的思想和举动，即使对于存在明显人格缺陷和道德污点的人物，作者也给予一定程度的宽容，以冷静之中渗透温暖的眼睛打量历史而不是以挑剔冰凉的目光苛求历史。当然，作者并没有完全抛弃共时性的道德准则和历史正义，在坚持这些基本的价值准则的同时，以一种交互性的思想方法和悲悯情怀，静观历史和寄寓对于历史人物的审美同情，或者说，始终保持和历史之间适度的审美距离，在对历史的感伤的追忆笔墨之中，闪烁着悲凉的同情和关怀，从而使历史披上诗意和审美的色彩，达到以文学阐释历史的艺术目的。这是王充闾的历史散文给我们另一个深刻的印象和启思。

源于一种不间断的渴求自我超越和自我否定的创作张力，以及王充闾对于散文写作的审美乌托邦式的迷恋，也由于独特的文体意识和主体间性的领悟及其富于想象力的叙事技巧、圆融的话语修辞，使作者的散文创作不断诞生新的气象和获得不同凡响的审美魅力，王充闾成为中国当代散文的大家，越来越受到广大读者和评论家的青睐和认同。

散文困境中的一座丰碑
——评王充闾的散文创作

◎ 孟繁华

进入新世纪以后，文学革命的浪潮已经平息。那些摇旗呐喊激动人心的文学革命场景，在历史的布景上逐渐暗淡并最后消失了。对于文学来说，这似乎是一个令人感伤的时代，习惯于革命的我们似乎再也找不出革命的口号、话语甚至理由，平静的日常生活使文学永远失去了往日"红色革命"的激情和理想，庸常，已经是当下文学可以概括出的最普遍的特征。于是，文学的边缘地位不再是文人夸大其词的自我凭吊，它最确切的地位是已经被人遗忘，只不过还没有彻底。但是，当我们有愿望检讨这一判断的出发点的时候，就会发现这一抱怨背后所隐含的真正没落，或者说，当文学生产的实践条件发生变化和文学接受多样性即将成为可能的时候，我们却依然站在过去的经验和立场上去期待、要求已经发生变化了的文学生产和接受环境。而不愿意或者没有能力对这新的文学实践条件做出有力的阐释。常见的批判和指责几乎同出一辙，那就是商业化、消费主义霸权和精神处境的日益恶化。但是，这并不是事情的全部。商业文化是社会转型必然要出现的一种文化现象，而且逐渐演变为文化消费的主流。对这一现象简单地不屑或斥责是没有意义的。既然它是商业和市场行为，它的存亡就应由市场的方式去解决。知识分子可以以精英的立场去批判，但它的无可阻止已经从一个方面证明了这一批判的有效程度。

另一方面，在市场文化的覆盖下，"经典写作"或严肃写作从来也没有终止过。学院教育和严肃评论刊物所研究和讨论的对象，基本上还是在这个范畴内展开。一个矛盾的现象是，惯常看到的对文学整体性的否定，一落实到具体作品中的时候，评价的态度和情感是截然不同的。为什么对具体作品评价较高而对文学整体性的评价很低？整体性的评价应该是建立在对具体作品评价基础上的。如果有很多好的作品，那么，文学的整体悲剧就不应该发生。

事实上，只要我们耐心地深入到具体的作家作品中，就会发现，即便在这个红尘滚滚的时代，真正优秀的作品依然在顽强地生长，他们不再"抢眼"和轰动，是因为"文化闹市"对风头的热衷和对利益的维护，当然也与当下的阅读趣味不无关系。而文学批评有义务识别那些真正优秀的作家作品，有义务对他们在精神领域的持久叩问和在新的时代环境下做出的文学贡献给予彰显和支持，这也是维护文学最后尊严的必须。散文家王充闾就是我们这个时代最优秀的作家之一。他大量的散文创作不仅证实着作家处乱不惊依然故我的处世哲学，在纷乱如云的文化时代对文化传统和现实问题处理得镇定和成熟；同时，也在他关注的文学和文化命题中显示着他纯粹的审美趣味和一个现代知识分子的精神修养。他的散文可以概括在文化散文的范畴之中，但是，他在作品中所能达到的历史深度和情感深度。他的散文所散发出的文学魅力给我们带来的崭新阅读经验，使我们有理由对文学的信念坚定不移。

一、心灵净土与唯美主义

王充闾首先是一个有良好传统文化修养的学者，他曾读过私塾，也接受过现代学院教育。他对古代经典作品的熟知程度，给每一个接触过他或读过他作品的人都留下了深刻的印象；但他更是一个现代知识分子，他所具有的"现代意识"才有可能使他对熟知的传统文化和自身的存在有反省、检讨、坚持和发扬的愿望与能力；而他的文学天赋为他要表达的思想又赋予了大音希声的形式和幽谷流云的飘逸。他有过教师、编辑乃至高官的丰富人生阅历，足迹曾遍及华夏欧美，遍访先贤胜地。这些得天独厚的条件在王充闾这里汇集为不断奔涌的文学源泉。他的深厚和独特，使他在二十多年来散文创作整体格局中，不在潮流之中却在潮头之上。

王充闾初期的散文多与山水游记相关。这一传统题材，古代文人的名篇佳作不胜枚举。越是来历悠久的题材越是难写。那些闲情逸致、借景抒情或辞官之后的独善其身寄情山水等，在这类散文中已沦为陈词滥调。王充闾是最熟悉这一文体的作家，但他在创作这类散文时却努力超越了传统文人的情趣。在他的散文中，一种现代知识分子的唯美主义倾向，不仅体现在他书写对象的选择上，同时也表现在他的修辞和表达方式上。他的游记名篇《清风白水》《春宽梦窄》《读三峡》《山不在高》《祁连雪》《天上黄昏》《情注河汾》《神话的失踪》等，既有名满天下的名山大川风光胜地，也有僻陋孤山和闲情偶记。在这些散文中，他不只是状写风光的俊美旖旎或威严沧桑，而是更多地和个体心灵建立起联系。在红尘十丈的闹市喧嚣中，只有这些已"成追忆"的风光美景，才能让他心静如水并幻化为一片净土。或者说作家对这些纯净之地的心向往之，背后隐含的恰恰是他对纷乱世界和名利欲望的厌恶和不屑。一个作家书写的对象就是他关注和向往的对象。王充闾在写这些文章的时候，正是他"跌入宦海"、"误落尘网"的时候，但他似乎没有"千古文人侠客梦"，兼善天下为万世开太平的勃勃雄心。他似乎总是心有旁骛志不在此。传统文论强调"文乃经国之大业，不朽之盛事"。但这里讲的是文章之学，而非文学之学。在曹丕看来，文章要以国家社稷为重，否则就是雕虫小技。但文学并不一定或者有能力担当如此重负。文学更多地还是与个人体验、禀赋、情怀、趣味相关。它要处理的是人类的精神事务，它的作用是渐进，缓慢地浸润世道人心。王充闾的风光游记从一个方面体现了他在那一时代对文学的理解，但也似乎从一个方面佐证了他对淡泊和宁静的情有独钟。因此，这些作品我们可以理解为是作家对栖息心灵净土的一种寻找，当然也是一种不得已而为之的临时性策略。

我们注意到，王充闾在状写这些对象的时候，以诗入景是他常用的艺术手法。这既与他的修养有关，也与他的情怀有关。但他以诗入景或以诗入画（风景如画），不是抒思古之幽情，发逝者之感慨，而是情境交融自然天成，无斧凿痕迹和迂腐气。这种手法超越的是"诗骚传统"，而凸现的则是书卷气息。"诗骚传统"始于话本小说，这一文学体式因多述勾栏瓦舍卖浆者流，四部不列士人不齿。为了表现它的有文化和儒雅气，故文中多有"有诗为证"。但王充闾的散文以诗入文却远远地超越了这一传统。《清风白水》是写九寨沟的游记，他起文便谈诗词，以"豪放""婉约"形容风景的别样风格。泰山威严西湖如娥，但在王充闾的视野里，九寨沟似乎与豪放婉约无关，它"是少男少女般的活泼、烂漫，清风白水，一片童真"。文章切入于名词佳句，却又与词义无关，豪放婉约在这里仅仅成了他的一种参照和比较。《春宽梦窄》起句就是"八千里路云和月"，磅礴气势与飞秦岭越关山奔向西域的漫漫长途和心中激荡的豪情相得益彰。库尔勒作为古代边地，不能不使作家遥想当年，于是南宋词人姜夔在咏叹金兵压境、合肥几近边城的词句"绿杨巷陌，秋风起，边城一片离索"等句便油然而生。在《青天一缕霞》中，由呼兰河而萧红，由萧红联想到聂绀弩的"何人绘得萧红影，望断青天一缕霞"的诗。这样的表现手法在王充闾的游记散文中几乎随处可见。但这些借用却使文章充满了浓烈的书卷气息，强烈地表现了作家对"美文"的追求和唯美主义的美学倾向。当然，"美文"不只是作家对修辞的讲求，更重要的是作家在文中体现出的情怀和趣味。即便是借用古典诗词，以诗词入文，王充闾整体表达出的风格是静穆幽远。他不偏婉约爱豪放，兼收并蓄为我所用，中和之风文如其人。行文儒雅内敛而不事张扬。但他孜孜以求的不倦和坚韧，展示的却是他宠辱不惊镇定自若的风范和情怀。他对湖光山色的情趣，不是相忘于江湖的了却，而是对"天生丽质"纯净之地发自内心的一种亲和。

二、凝望历史的现代眼光

  对于中国作家来说，历史是一个永远感兴趣又永远说不尽的领域。这当然与中国源远流长的文化传统有关。无论人生或治国，历史作为一面镜子，对于中国知识分子来说，总是试图在窥见历史的同时能照亮未来的道路。大概也正是出于这样的原因，进入90年代以后，所谓文化历史散文脱颖而出，在散文的困境中拓展出一条宽广大道。但同样是文化散文或历史散文，它们背后隐含的诉求是大异其趣的。我对那种动辄民族国家潸然泪下的单调煽情向来不以为然。但对王充闾在他的文化历史散文中所表达的那种检讨、反省和有所归依的诚实体会，则深怀信任。

  一般说来，经过五四运动，特别是经过现代知识分子的身份革命之后，现代知识分子似乎就不存在困惑和犹疑，作为"现代"的产物，经过科学理性和民主文化的洗礼之后，他们的人生道路似乎是"自明"的。但事情远远没有这样简单。即便经过了五四运动和身份革命，甚至进入90年代，知识分子经历了二次身份革命之后，他们内心的矛盾、犹疑并没有、也不可能彻底根除。90年代曾有过出版陈寅恪、吴宓等现代学术大师著作和相关著作的热潮。这一热潮背后隐含了一种述说或指认：知识分子的道路已经解决了，这就是陈寅恪的道路。事实上，知识分子的去留取舍并没有也不可能彻底解决。尽管时代环境发生了革命性的变化，但是中国文化传统的巨大力量仍然在产生着巨大的作用。在"进与退"、"居与处"、"兼济天下"和"独善其身"的问题上，这个阶层的矛盾心态仍然在持久地延宕着。但在王充闾的散文中，他不是以价值的尺度评价从政或为文，而是从人性的角度对不同的对象做出了拒绝或认同。

  就个人兴趣而言，王充闾似乎更钟情于淡泊宁静的精神生活。这不仅可以在他的创作自述《渴望超越》和明志式的散文《收拾雄心归淡泊》《从容品味》《华发回头认本根》中得到证实，而且在他以历史人物为题材的创作中表达得更为明确。他有一篇重要的作品：《用破一生心》。文章以曾国藩为对象，对曾的一生以简约却是准确的笔墨予以概括。这位"中兴第一名臣"的一生历来褒贬不一。但在王充闾看来，"这位曾公似乎并不像某些人说的那样可亲、可敬，倒是十足地可怜。他的生命乐章太不浏亮，在那淡漠的身影后面，除了一具猥猥琐琐、畏畏缩缩的躯壳之外，看不到一丝生命的活力、灵魂的光彩。——人们不仅要问上一句：活得那么苦，那么累，值得吗？"按说，曾国藩既通过"登龙入室，建立赫赫战功"达到了出人头地；又"通过内省功夫，跻身圣贤之域"达到了名垂万世。他不仅是清王朝统治以来汉族大臣中功勋、权势、地位无出其右者，而且在学术造诣上的精深也"冠冕一代"。因此也难怪有人对这"古今完人"的推崇和尊崇。但是，在曾国藩辉煌灿烂的人生背后，却掩埋着鲜为人知的另一面。他不仅官场上战战兢兢如履薄冰，就是与夫人私房玩笑也要检讨"闺房失敬"。如此分裂的人格在王充闾的笔下被揭示得淋漓尽致。更重要的可能还是曾氏言行、表里的分裂和对人生目标期待的问题。虚伪和不真实构成了曾氏人生的另一个方面，而一个"苦"字则最深刻地概括了"中堂大人"的一生，"他的灵魂是破碎的，心理是矛盾的，他的忍辱包羞、屈心抑志，俯首甘为荒淫君主、阴险太后的忠顺奴才，并非源于什么衷心的信仰，也不是寄希望于来生，而是为了实现现实人生中的一种欲望。"文中对曾氏的人生道路的选择和分裂的性格充满了不屑，但也充满了同情，他不是简单地批判和否定，同时也对人的历史局限性给予了充分的理解。他曾分析说："雄厚而沉重的历史文化积淀，已经为他做好了精确的设计，给出了一切人生的答案，不可能再作别样的选择。他在读解历史认知时代的过程中，一天天地被塑造、被结构了，最终成为历史和时代的制成品。于是，他本人也就像历史和时代那样复杂，那样诡谲，那样充满了悖论。这样一来，他也就作为父、祖辈道德观念的'人质'，作为封建祭坛上的牺牲，彻底告别了自由，付出了自我，失去了自身固有的活力，再也无法摆脱其悲剧性的人生命运。"（《用破一生心》）

大概也正是出于对身不由己悲剧性的超越愿望，王充闾对"淡泊"的境界心向往之。曾氏也曾向往，对"名心太切，俗见太重"有过检讨，也曾欣赏苏东坡的淡泊。但在王充闾看来他只是"止于欣赏而已"。真正的淡泊"是一种哲学，一种生存方式，也是一种审美文化。它的内涵十分丰富，大体上涵盖了平淡、冲淡、素淡和散淡等多方面的意蕴，反映出一个人内在的胸襟与外在的风貌，但集中地表现为一种人生境界，精神涵养"（《收拾雄心归淡泊》）。这种淡泊在王充闾这里集中体现在他对人生审美化的理解和向往。同是写历史人物的作品，《终古凝眉》对易安居士的情感却截然不同："斜阳影里，八咏楼头。站在她长身玉立、瘦影茕独的雕像前，我久久地、久久地凝望着，沉思着。似乎渐渐地领悟了、或者说捕捉到了她那饱蕴着凄清之美的喷珠漱玉的辞章的神髓。"这似乎是与易安居士在遥想中的有幸遭逢，是一次向一代词人致敬的肃穆仪式，是一次现实与历史的悄然对话。文字对易安居士的景仰和感佩溢于言表，在追忆李清照悲凉愁苦一生的时候，作家充满了同情和悲悯。词人的生活尤其是情感生活多有不幸，不幸的生活却成就了她千古绝唱的《漱玉词》。面对放射着凄清之美的词人和作品，作家无限感慨："一个灵魂渴望自由、时刻寻求从现实中解脱的才人，她将到哪里去讨生活呢？恐怕是唯有诗文了。我们虽然并不十分了解易安居士幽居杭州、金华一带长达二十余载的晚年生活，但有一点可以断定，就是她必定全身心地投入到诗文中去。那是一种翱翔于主观心境的逍遥游，一种简单自足、凄清落寂的生活方式，但又必然体现着尊严、自在，充满了意义追寻，萦绕着一种由传统文化和贵族式气质所营造的典雅气氛。"对这种审美化的人生是只可想象而不能经验的，但王充闾着意表达的，不仅是词人因社会、家庭等外在原因造成的多艰多难的一生，同时也揭示了她与生俱来的性格禀赋、深植于心灵的悲苦气质和孤芳自赏的内在的悲剧性格。

在这个意义上，《一夜芳邻》表达了作家相似的情感取向。勃朗特三姐妹的才华蜚声世界文坛，她们的作品已经成为文学经典的一部分。但她们都英年早逝,最长的也只活了三十九岁。作家有机会到三姐妹多年生活的哈沃斯访问,参观了三姐妹纪念馆。面对三姐妹的故居和纪念馆,作家触景生情睹物思人夜不成寐。于是走在三姐妹曾经走过的石径上,作家的想象闪现为夜色如梦般的幻影:"在凄清的夜色里,如果凯瑟琳的幽灵确是返回了呼啸山庄,古代中国诗人哀吟的'魂来枫林清,魂返关塞黑'果真化为现实,那么,这寂寞山村也不至于独由这几支昏黄的灯盏来撑持暗夜的荒凉了。噢,透过临风摇曳的劲树柔枝,朦胧中仿佛看到窗上映出了几重身影——或三姐妹正握着纤细的羽笔在伏案疾书哩;甚至还产生了幻听,似乎一声声轻微的咳嗽从楼上断续传来。霎时,心头漾起一股矜持之情和深深的敬意。"三姐妹的生活贫病交加,寂寞凄苦。她们离群索居却早早和艺术结下了不解之缘。在牧师父亲的教育影响下有了敏锐的艺术感受力和表现力。她们创作了不朽的作品,更重要的是她们都有一颗金子般闪亮的心。作家动情地写道:"在一个个寂寞的白天和不眠之夜,她们挺着病痛,伴着孤独,咀嚼着回忆与憧憬的凄清、隽永。她们傲骨嶙峋地冷对着权势,极端憎恶上流社会的虚伪与残暴;而内心里却炽燃着盈盈爱意与似水柔情,深深地同情着一切不幸的人。"如果说易安居士的性格是内敛的,更关注个人内心的体验,那么,三姐妹的心灵则是开放的,她们把同情和爱更多地给予了并没有太多直接经验的不幸的人们。这种高贵的内心洋溢着宗教般的温暖和撼人心魄的诗意。对这些经典作家灵魂的旁白或独语,其实也是作家自己生命感悟或心灵体验的自述。他曾有过这样的自我诠释:"所谓生命体验与心灵体验,依我看,是指人在自觉或不自觉的特定情况下,处于某种典型的、不可解脱和改变的境遇之中,以至达到极致状态,使自身为其所化、所创造的一种独特的生命历程与情感经历。它的内涵极为丰富,而且有巨大的涵盖性。它主要是指写作者自身而言,也包括作家对于关照对象在精神层面上的心灵体验,包括读者在阅读过程中的实际体验。因为文学创作说到底是生命的转换,灵魂的对接,精神的契合。"

这些作品对人生感悟所表达出的人性和情感深度,是王充闾散文最动人的一部分。这与书写的对象是女性作家有关，这倒不是说对女性的书写尤其能够表现出男性作家的情感投入或怜香惜玉的姿态，而是说，同是内心和情感丰富的族类，作家特别容易融入并且将自己对象化。在交织着情感和理性的表达中，既入乎其内，又出乎其外。在历史隧道中对历史人物的想象和相遇，作家个人的情感体验和美学趣味获得了检视。如果说这类作品还是建立在个人兴趣或偏爱范畴内的话，那么，他的另一类历史散文则表达了他对历史重大事件的史家眼光和以文学的方式处理重大题材的能力。《土囊吟》《文明的征服》《叩问沧桑》《黍离》《麦秀》等作品，是对曾经沧桑的久远历史的再度审视，是对文明与代价的再度追问。在对陈桥崖海、邯郸古道、魏晋故城、金元铁骑等的追忆中，在社会动乱、朝代更迭、诸家云起、狼烟烽火的争斗和取代过程中，辨析了历史与文明的发展规律，识别了文明在历史进程中的特殊价值和意义。特别是《土囊吟》和《文明的征服》，对一个强大和强悍民族统治失败的分析，不仅重现了历史教训，而且在当今全球化的语境中，它的现实意义尤为重大。一种文明无论出于主动的对另一种文明的向往，还是处于被动的无奈的被吞噬，都意味着一个民族的解体或破产。文明的隐形规约和凝聚力是看不见的，但它又无处不在。这些作品，在真实的史实基础上，重在理性分析，在史传中发掘出与当下相关的重大意义。它显示了作家凝望历史的现代眼光和以文学的视角掌控、表现历史的非凡功力，它的宏观性和纵横开阖的游刃有余，也从一个方面显示了作家丰富扎实的历史学修养和举重若轻的文学表现力。

三、精神还乡和灵魂归宿

不断地回望来路、探索和拓展写作领域，在表达个人情怀的同时，深入地展现人的心灵风貌并探询人的精神归宿，即从外观（外部世界）、远观（中外历史）到内观（心灵世界）构成了王充闾已经实现的创作历程。文学可以个人化的方式处理历史和现实题材，那些已然发生的事件、人物和见闻应该是作家表达的对象，在这些题材的创作中，体现了作家的史识、修养、趣味和胸襟。应该说对已然事物的把握相对容易些，而对未然事物的把握就困难得多。特别是在社会转型、价值失范、方位不明的精神漂流时代。如何寻找精神家园和归宿，如何寻找灵魂的栖息地，不仅是我们共同面对的时代命题，同时也应该是作家焦虑探讨的核心领域。文学最终要处理人的精神和灵魂事务，它有义务回答人类的精神难题。这可能是我们面对的永远的困惑，但王充闾在可能范畴内的追问，有价值的探讨却为这个难题提供了可贵的参照和可能。

我们注意到，王充闾在探讨这一领域问题的时候，他并没有从一个庞大的乌托邦框架出发，并没有提供一个普世性、终极的精神宿地，而是以相当个人化的方式，实现了他个人的精神还乡。这个精神故地，既是他亲历生长的地方，也是一个遥远但却日益清晰的梦乡。王充闾有一本散文集，他将其命名为《何处是归程》。这个命名隐含了一种沧桑、悲凉和困顿，同时也隐含了一种叩问和探询的坚忍。书前有两首七绝题记诗。其一："世间无缆系流光，今古词人引憾长。且赏飞花存碎影，勉从腕底感苍凉。"其二："生涯旅寄等飘蓬，浮世嚣烦百感增。为雨为晴浑不觉，小窗心语觅归程。"诗中确有对人生短暂苍凉的慨叹和难以名状的悲剧意识。但这种悲剧并不仅仅源于"无缆系流光"的无奈，它更来自诗人对"浮世嚣烦"，世人对功名利禄的争斗或倾轧。特别是诗人"人过中年"之后，似乎就有打点心灵归程的意思了。

当然，无论从作家对风光的状写还是对历史人物人性的开掘，都不同程度地表达了他对人生选择的理解和志向。但并没有像晚近作品那样更关注心灵去向的问题。这一写作倾向的偏移，既是作家对切近思考的反映，同时也纵向地联系着他的一贯的旨归和意趣，只不过没有像晚近这样突出和明显罢了。特别在他一些"忆旧"式的散文里，如《童年的风景》《碗花糕》《青灯有味忆儿时》《华发回头认本根》《灵魂的回归》《乡音》《故园心眼》《思归思归，胡不归》等作品中，抒发的是一种别样的情怀。

这是一种给人亲近、质朴、纤尘未染甚至有些"前现代"意味的生活图景。王充闾对故土家园的眷恋和一往情深，与他出身于乡土中国有关，与他深受中国古代文化的熏染有关，但作为一个现代知识分子，更与他经历了官场和世事的"乱云飞渡"有关。纷乱的现实使他心绪难平，他才萌发了"小窗心语觅归程"的心绪。于是，在作家的笔下，童年时节嫂嫂明亮阳光的笑靥，充满民间色彩的玩笑以及来自嫂嫂真心的爱怜、嫂嫂过早去世的痛心疾首（《碗花糕》）；房客靳大叔捉鳖捕鹰的本事和"笑婶"的先天痴憨（《西厢里的房客》）；读私塾时先生讲"找得"的故事和灵机一动的"对句"（《青灯有味忆儿时》）；和私塾先生女儿小好姐的两小无猜私下"关照"的情景和没有实现的婚事（《小好》）等，成为作家安顿心绪的驿站。但值得注意的是，王充闾与中国现代作家逃离乡村到都市生活遇挫之后，再度追忆乡村生活时将其诗化和圣化的民粹主义立场截然不同。他与当下世相比较时，宁愿重新体验未被污染的乡村的"童年记忆"，那里确实存在着诗意和美好，亲和的人间情怀。但是，王充闾的意义就在于，他在追忆前现代生活时，并未将其乌托邦化。他一贯的警醒和自我检视使他获得了另一种自觉，这就是对放大想象的检讨警惕。他曾说："对于故乡的认识，游子们无一例外地都会夹杂着浓重的感情色彩和想象的成分。原本十分鄙陋的乡园，经过记忆中的漫长岁月的刷新，在离人的遥遥相望中，已经变作温馨的留念与甜美的追怀，化为一种风味独具的亮点，放射出诗意的光芒。在回忆的网筛过滤之下，有一些东西被放大了，又有一些东西被汰除了，留下的是一切美好的追怀，而把种种辛酸、苦难和斑驳的泪痕统统漏出。"（《思归思归，胡不归》）这种敢于面对心灵诚实体会的表白，亦道出了"怀乡情结"相伴相生的问题。

但王充闾的这一努力的价值就在于，在这个困顿迷茫心灵家园成为问题的时候，他表现出了执意追寻的勇气，表现出了对"现代性"两面性认识的自觉。当然，"精神还乡"仅仅是一个表意符号，没有人会认为王充闾要退回到"前现代"或乡村牧歌时代。那个只可想象而不可重临的乡村乌托邦，在王充闾的反省中已经解决。他的这一追求背后隐含的是他对精神困境的焦虑和突围的强烈愿望。在物质世界得到了空前发展的时代，在世俗生活的合法性得到了确立之后，人如何解决心灵归属的问题便日益迫切。王充闾只不过以"精神还乡"的方式表达了他解决精神归属的意愿而不是最后的答案。重要的是，对不同领域写作的开拓，一方面显示了王充闾开放的心态，他愿意并试图在不同的领地一试身手，将"关己"的灵魂问题提出，一方面，也展示了他在创作上"螺旋式"前进的步履。他没有将自己限定在所谓的"风格"领域，一条道走到黑。而总是在学习和积累的过程中别有新声。这个现象是尤为引人瞩目的。这时，我想起了他最近的一篇命名为《驯心》的文章。文中对传统文化对知识分子的驯化，或福柯所说的"规训"，作了极为精辟的分析。传统文化对士人的驯心，在于让这个阶层的价值尺度永远停留在一个方位和目标上，在于让他们永远失去独立的思考能力和特立独行的人格风范。就像"熬鹰"一样，让志在千里的雄鹰乖乖就范。王充闾曾在官场，也生活于世界即商场的时代，但他仍然没有被"驯心"。他独立的思想和情怀，在温和从容的书写中恰恰表现出了一种铮铮傲骨，在貌似散淡的述说中坚持了一种文化信念。这是王充闾散文获得普遍赞誉最重要的原因，也是他能在散文的困境中矗起一座丰碑的真正原因。

我和充闾先生只有一面之缘，是在辽大一位博士毕业生的论文答辩会上。充闾先生对古代文献材料的熟悉，让我感到极大的震撼和敬佩。这一面之缘印象之深刻几乎不能忘记。你可以把他理解为一位学富五车的教授，或是一位温文尔雅的长者，就是难以和权高位重的高官联系起来。读了他不断求索、独步文坛的大量散文创作之后，我多少迷惑的心情终于豁然：正是他这样的人，才会有这样的文章。这就是："文如其人"。

叙述与改写
——王充闾历史文化散文研究

◎石 杰

内容提要：历史文化散文是王充闾散文创作的辉煌阶段。他以"叙述"揭示了人的有限性和世事的虚无，肯定了出世这一人生之路；他笔下的历史实际上是被改写了的历史。诗、史、思的融合使他获得了散文创作形式的超越。

一个创作时间较长的作家，相对而言总有他自己的一个辉煌阶段，王充闾散文创作的辉煌阶段当是他20世纪90年代的历史文化散文创作。历史文化散文表现出主体与客体、内容与形式、诗与史的高度融合，代表了他的散文创作的最高成就，也为理论和批评提供了最佳文本。

一

当"叙述"作为文学批评术语之一频繁地出现于东西方文学批评理论中的时候，它已经越来越脱离了传统的"再现"性制裁，而倾向于主体对"意义"的表述了。对于一个官员作家来说，捕捉"叙述"内涵的"意义"尤其适合对他的创作的把握。那么，王充闾的历史文化散文的"意义"是什么呢？从文本出发，我觉得主要有以下几方面：

第一，人无法摆脱人自身的有限性。

这一点，最突出地反映在《青山魂》中。1500字将李白的人生写得入木三分、淋漓尽致。李白生性洒脱、聪慧、酷爱自由，具有高蹈、超拔的精神世界。这些，都体现了他作为卓越的诗人的优异资质；然而，他更热衷的是做一个雄才大略、经世济民的政治家。他的诗人的资质决定了他在政治上的必然失败，他在政治上的失败反过来又促成了他在文学上的辉煌的成就。看得出，王充闾从一开始就想摆脱简单的陈旧的言说方式而力争从人性的角度进行阐释。在他眼里，李白是一个不朽的文化存在，是中国几千年来"士"的性格和命运的集中反映，但他首先是一个人，一个活生生的有血有肉的人。他固然高蹈，却也世俗；固有才略，却也无知。他的悲剧其实是性格的悲剧，或曰人作为有限的存在物的悲剧。这种有限是与生俱来，无法挣脱的。《青山魂》的深刻之处也就在这里。文中有一段这样写道：

一方面是现实存在的李白，一方面是诗意存在的李白，两者构成了一个整体的"不朽的存在"它们之间的巨大的反差，形成了强烈的内在冲突，表现为试图超越却又无法超越，顽强地选择命运又终归为命运所选择的无奈，展示着深刻的悲剧精神和人自身的有限性。

《青山魂》是独特的。在王充闾的整个历史散文中《青山魂》都无以类比。李白不是创造历史的英雄，也不是倒转了历史车轮的罪人，他只是一个文人。他的也孤芳自赏、也热衷仕进的人格的两面性使他更具普通人的特点。与李白庶几有些相近的是《寂寞濠梁》中的惠子。惠子是庄子最亲密的朋友，他博学多才，著述甚丰，而且具有一定的科学素质，思想与庄子也有一定的相近之处。这样一个才识超群的人，也极看重官位，任梁国宰相期间，甚至担心前去看望他的老友庄子夺了他的相位，被庄子比喻为怕被鹓雏夺去口中的腐鼠的猫头鹰。王充闾将李白、惠子这类在传统的历史观念中与历史的前进和倒退并无多大干系的文人作为历史人物来写，而且无情地解剖着他们的与普通人并无本质差别的内在的真实，正从一定程度上反映了他的历史观的变化。历史并不都是如火如荼、轰轰烈烈，历史中也有由这些普通人的愿望和行为所构成的经验、教训。正是这些普遍的具体的人性因素，才构成了中国传统文化中的入与出、进与退，也才集中地反映了人的本质。

第二，一切存在皆是虚无。

与对人性的看法相应，王充闾的历史散文叙述中还表现出鲜明的虚无主义思想。虚无总是以实有为前提的。十几篇历史散文，王充闾极写了"有"。铁马兵戈、刀光剑影、阴谋诡计、高权显位、宫廷楼阁、山珍海味、金银珠宝、谄言媚语，不都是"有"？然而，曾几何时，这些实实在在的"有"却都化作了"无"，于是，人生世界的荒诞也便在这一转化过程中显现出来了。当然，这是要借助时间的功能的。王充闾总是在时间的流变中来观照历史，即将历史放在广袤的时空之中，于是，历史在他的眼前便显出苍茫一片。邯郸的丛台始建于2300多年前，原是赵武灵王阅兵观阵、习武宣威之地。可是，2300多年后，当"我"登台远眺，临风吊古时，但见高台上下寂寥空旷，碑碣暗淡，廊榭萧然，"只剩下青苍的雉堞、淡绿的苔痕，一任徐缓的清风和悠悠的淡日拂煦着"（《邯郸道上》）。漫步陈桥驿古镇街头，作家亦感慨万千。"从赵匡胤在这里兵变举事，黄袍加身，创建赵宋王朝，到末帝赵昺在蒙元铁骑的逼迫下崖州沉海自尽，宣告赵宋王朝灭亡，300多年宛如转瞬间事，可是，仰首苍穹，放眼大千世界，依旧是淡月游天，闲云似水，仿佛古今都未曾发生什么变化。"昔日北宋都城汴梁的千般绮丽、万种繁华，也早已被埋于地下，"只剩下'汴水秋声'四个字作为汴京八景之一留存在方志里"（《陈桥涯海须臾事》）。宋太宗赵光义心思用尽，威风显尽，最后只落了个"无字碑"（《无字碑》），显赫的金都城上京，于今也已荡然无存。"除了四座大土墩中间，依稀显现出皇城南门的三条门道外，其余已全部夷为平地"（《文明的征服》）。最典型的要数《叩问沧桑》了，立于汉魏故城遗址之上，作家阅尽了沧桑嬗变。汉光武帝定都洛阳，大兴土木，广建宫苑；北魏孝文帝时，洛阳再次修复扩建，盛况空前；后虽为尔朱荣之乱所毁，隋唐两代又加以恢复，规模也堪称显赫。而今呢？登高俯瞰，但见天野苍茫，只剩了故城遗迹依稀可辨。

作家的虚无主义思想不仅仅体现于"物"，还体现于人，体现于人的悲剧命运的不可逆转。《叩问沧桑》中，曹氏代汉，司马氏代魏，刘裕代晋，西晋的争权夺势更为激烈。结果呢？"无论生前是胜利者、失败者，得意的、失意的，杀人的抑或被杀的，知心人还是死对头，为寿为夭，是爱是仇，最后统统地都在这里（指北邙山——笔者注）碰头了。像元人散曲中讲的，'列国周秦齐汉楚，赢，都变做了土；输，都变做了土'。"作家的立场显然不是在胜负的某一边，也超越了矛盾的是非判断，而是赋予毁灭以绝对性。文中借对马东篱的套曲《秋思》的阐述所说的一段话，格外精辟，让人倍感看破后的冷静：

他分明在说，历史，存在伴随着虚无；人生，充满了不确定性。列国纷争，群雄逐鹿，最后的胜利者究竟是谁呢？魏耶？晋耶？看来，谁也不是，而是历史本身。宇宙千般，人间万象，最后都在黄昏历乱、斜阳系缆中，收进历史老仙翁的歪把葫芦里。

王充闾总似不经意般地拈出命运的偶然性、相似性、循环性，说白了，就是宿命论、因果报应。他的浓厚的虚无感本身就含着一种无边的宿命色彩，他笔下的"历史"一词其实完全可以置换为"命运"。以感悟的方式去读他的历史散文就会体会到，他的写作总是围绕着这样一个规律：他将一切都建立在了虚无的基础上，而虚无，则是无法逃避的宿命。这样评价王充闾的散文创作或许会让人觉得难以接受，但却恰恰是符合文本的真实的。

第三，出世才是解脱之路。

面对着世事的纷扰、人世的沧桑、终极的虚无，人应该怎样活在世上呢？王充闾的观点是：出、隐。十几篇历史散文，上百个历史人物，他写得最多也最倾心的就是那些隐士，可以说，如同一切存在皆会化为虚无一样，出世、隐世，构成了他的历史散文的又一个重要主题。

《青山魂》中，作为一个"不朽的存在"的整体构成，王充闾是辩证地看待李白的现实人生和诗意人生的。他认为：正是现实人生和诗意人生的共存，才形成了一个伟大的李白。但是，二者相比，他显然更欣赏他的诗意人生的一面。《春梦留痕》极写了一代文豪苏轼被贬之后的旷达情怀。苏轼是王充闾最喜爱的古代文人，他曾通读过他的文集、研究过他的思想，在为人与为文上都深受苏轼的影响。文中写了苏轼和当地百姓的情深意洽，写了他和"春梦婆"之间关于"世事不过是一场春梦"的田头对话，写了他的饮酒赋诗，更写了他对海岛风光的深深的眷恋。苏轼一生仕途坎坷，晚年以衰迈之躯谪居海南这一偏远荒蛮之地，是不敢抱生还希望的。但是，他乐天知命，顺应自然，"寄兴山水，放情吟咏，找到了一个与污浊、鄙俗、荒诞的现实世界迥然不同的诗意世界"。这些饱含情意的叙述，处处都可见出作家对苏轼的旷达、超拔的心态的敬佩、向往。

如果说，李白、苏轼还只是侧重于诗意的生存，是"出"，那么，另外一些人则是"隐"了。《桐江波上一丝风》写了汉人严光。严光的好友刘秀坐了天下，严光却更名易姓，高隐不出，最后，寿登耄耋，安然故去。文中重点写了严子陵钓台，当然是借物说人。《邯郸道上》借沈既济的《枕中记》、蒲松龄的《续黄粱》再次表现出人生虚幻、世事无常的遁世思想，有一些普通百姓和民间生活的味道。相形之下《狮山史影》中建文帝的遁世则有些特殊了。建文帝不似从未入仕的严光，更不似穷书生卢生，他是明太祖朱元璋之孙。本是万人之上、富贵无双，却被逼无奈，遁迹禅林。几十年后，百般折磨过去，世事从头数来，这位白头老衲也终于勘透机锋，尘心消尽了。对于这桩皇家公案，王充闾甚至用佛教的观点道出了自己的看法：

佛家认为，功名富贵不过是因缘合和的一种偶遇，用终极关怀的眼光看，并不具备真正价值和实际意义。建文帝王冠落地，遁入空门，由大起大落而大彻大悟，在佛家看来，当然要比不择手段地追逐权位的永乐帝高超百倍。

这类散文中有一个普遍的现象，就是出世与入世总是形成鲜明的对照。《桐江波上一丝风》是严光的出与刘秀的入，《陈桥涯海须臾事》是杨升庵的出与赵匡胤的入，《寂寞濠梁》是庄子的出与朱元璋的入，《狮山史影》是建文帝的出与明成祖的入，《青山魂》则是李白自身的出与入……而无论是哪一篇，怎样写，王充闾的情感立场总是在"出"的一面，这是极其耐人寻味的。出世、隐世的价值取向是智慧，是超越，是对自由的向往和对无限的追求。既然一切存在终归都会化为虚无，出、隐又何尝不是最明智的选择呢？

二

叙述"意义"的获得，提示我们对王充闾笔下的历史应做另外一种表现上的思考。

王充闾是接受了多年正统教育的党的高级领导干部。在人们的想象和印象中，他的历史散文似乎只能总结类似历史教科书上的且早已为人们所熟知的"规律"，他的思想观念和思维方式似乎也决定了他难以越出主流意识形态和公众记忆的樊篱。他在谈及历史散文创作时也确实这样说过："人类每前进一步，都曾付出难以计数的代价。不要说汲取它的全部教益，即使是百一、千一、万一，对于社会发展、人类进步，也将是受惠无穷的。因此，聪明的人总要努力战胜对于历史的多忘症，使前事不忘，成为后事之师。""历史规律是史学家对于历史发展道路以及导致某些现象与过程多次出现的内在因素、外部联系的描述与归纳。人类不能忘记自己的过去，过去是人们借以判断未来的立足点和依据。"这些，都体现了中国文人传统的重史意义：以史为鉴。他的历史散文也确实在这方面做了不少努力。

这样说也并不意味着对这种以史为鉴式的创作进行简单的否定，何况历史毕竟是人类的过去。在人类立足于现在而迈向将来的时候，历史可以说是他的行动确立的唯一可靠的依据。著名哲学家罗素不就这样说过："我认为，为了使我们这个迷醉的时代恢复清醒，历史可以起到一种重大的作用……我不知道人们是否应该接受康福德的论点，他说修昔底德的历史是以雅典人的悲剧为蓝本的。但是，如果真的如此，他所记载的事件足以证明他是正当的，而雅典人，如果他们在一个可能的悲剧中通过演员看到了他们自己，也许会有防止悲剧后果的智慧。"我只是想说，这种规律式、镜子式的观照往往会令人产生作家只是一味恪守史实和定论的双重真实而缺少自己的东西的印象，他的较强的理性思维和学者型创作风格也容易使他这样做。况且，在历史散文创作上，他也确曾一再强调"历史是既成事实"，"历史的过程和结果都是客观的，不易变易的"，要尊重"历史事实的客观性"。

　　问题是什么才是客观真实呢？或曰客观真实到底存不存在？当科学的发展日益将对客观真实的怀疑提到人们面前的时候，史学界也越来越倾向于所谓的历史真实是不存在的观点了。英国哲学家科林伍德就这样认为：企图发现历史进程的一般规律，并将其当作永恒不变的真理的做法，实际上"是要在历史事实的基础上建立一个由种种概括构成的上层结构"。其根据，便是历史事实已经由历史学家所确定。但是，这一根据乃是一种错误的假设。因为，"他据以建立其归纳推论的所谓事实，实际上并不可靠，不足以承受搁在它们上面的重量，因为根本不存在历史研究在任何时候下过定论的任何特定事实"。这样的说法似乎有些耸人听闻了。它和我们过去对历史的看法可以说格格不入。难道我们常说的"铁一般的事实"不是客观存在吗？难道史书上的记载已经变得不可置信？不过，仔细分析一下我们对历史的获得和认定，就会发现这类说法确是有它的道理的。后人，包括我们现在所认定的历史，都是修史者笔下的历史，它与那些客观真实意义上的史实的最大的不同，就在于掺杂了史家的主体因素，更遑论文学家笔下的历史了。文学家写史不同于史家写史，他会带着文学家特有的思想感情去观察它、体验它，他会按照他自己的需要去撷取、组合、加工、整理材料，他会推断出符合他的创作意图的结论，在这些过程中，他不可避免地会使史实带上感情色彩,甚至想象。由此,历史在他的笔下成了"新的理想的存在"。

导致作家进入历史并重建历史的直接原因是一场重病。1993年7月,王充闾得知自己患了癌症。这对于他这个正处于人生的顶峰阶段的人来说简直是个晴天霹雳。躺在医院的病床上,他的心里充满了对死的恐惧。他能够逃脱这场灾难吗?

他到底还能活多久?紧随着生理的伤痛和精神的恐惧而来的,是对一些定理、公论的疑问,更进一步,他产生了对人生的终极意义的怀疑。疾病是一所最好的学校,它能切实地让人领悟到健康人可能永远也没有机会领悟的东西。每天,面对着白色的天花板,精神却在做着无休止的漫游。人生的意义到底在哪里?人,到底能够拥有什么?在这最后一点上,他总是逾越不过去。实际上,他是在借史抒怀,无论是沧桑也好,虚无也罢。

三

诗的叙述与史的改写构成了诗、史的融合。这种融合从深层说应该是无意识的,是作家思想感情的需要;但若从文体特色的追求上说又似乎是有意识的,这主要见之于作家对其历史文化散文创作的论述。在《沧桑无语·附录》中,王充闾这样说过:历史文化散文的创作"一是应有强烈的主观感受……如果说,史学是史家心灵的历史……那么,历史散文作家就更应高扬主体意识,让自我充分渗入对象领域……这里最关紧要的,是要有所发现,有所发明。要在历史的观察中,凝铸创作主体敏锐的目光,看到他人所未曾看到的东西。历史散文中对象的描绘,在很大程度上体现着作家的自我期待和价值判断,折射着作家自我需求的一种满足。是不是可以说:创作历史文化散文,首要的忌讳便是丧失自我?二是溢满作家灵魂跃动的真情。既是散文,总离不开抒情。真情是史笔的灵根。三是闪现着理性的光辉。历史就是人生，人生必有思索，必有感性。缺乏深沉的历史感，就无所谓深刻，也无法攫攫人心。因此，在散文作家的笔下，向来都是思想大于史料的"。总而言之，他认为主观感受、真情、理性，是历史散文创作必不可少的。

其实，我们还可以从中提炼出"诗、史、思"三个重要概念，以及三者融合所构成的文体的超越。

王充闾是有着强烈的文体意识的作家。从创作伊始，就体现出鲜明的文体追求意识。20世纪80年代中期以前，他主要是歌颂时代，歌颂社会，歌颂群体，即理论界所说的做"时代的抒情"。那时，他是在语言和意境上下功夫，文体追求主要体现为语言的雕琢和诗的意境的营造，风格清新但流于浅显。80年代中期以后，他主要是写游记散文。此时期的创作是在结构、语言、知识含量上下功夫，追求美文的文体特色，目光往往停留于对象的表面。而到了90年代初期以后的历史文化散文阶段，他的创作则第一次融入了真正的人生感悟和个体生命体验，深入到了对象的意义世界，投入了史家的穿透力很强的眼光，却又不乏诗性的思考和哲性的探求，于是，诗、史、思三者形成了完美的融合。其中，史是最具物理意义的，是人类漫长的过去的凝固。它沉默、厚重、饱经沧桑，披着厚厚的尘埃，等待着作家去感受、解读、揭示；诗则空灵、跃动、富于浪漫气息和感染力，使史获得了灵性。而思呢？寓于诗、史之中又高居其上的思，是对历史之思，对存在之思，更是对人如何诗意地栖居于大地的思。它使史与诗获得了灵魂。诗、史、思相互作用，相辅相成，并最终实现了三者的相契相合。成功的文体获得使作家产生了发自内心的喜悦，甚至不无得意，这不奇怪，因为任何文体意识都是植根于生命之中的。好的文体可使作家体验到一种完满、和谐、舒畅、迷醉的情感，这或许就是王充闾不倦地言说着他的历史散文创作的原因吧。"文学的青春的笑靥，可以给冷峻、庄严的历史老人带来欢快、生机与美感，带来想象力与激情；而史眼、哲思的晨钟暮鼓般的启示，又能使文学倩女变得深沉、凝重，在美学价值之上平添一种沧桑感，体现出哲学意境、文化积累和心灵的撞击力，引发人们思考更多的问题，加深对人生的认识和理解，感到生命的沉重。"诗、史、思的高度融合，标志着他的散文创作跃上了一个新的艺术高峰。

文化与人性的双重批判
——论王充闾本世纪初的散文创作

◎ 石 杰

内容提要：王充闾本世纪初的散文创作体现出对文化与人性的双重批判。他分析了传统文化尤其是儒家文化对人性的束缚和扼杀，揭示了人性中追逐名利、言而无信、嫉妒等恶劣的一面，表现出独立的思想情怀和文化信念。这也是他本世纪初的散文创作区别于20世纪散文创作的本质特征。

王充闾本世纪初的散文创作表现出强烈的批判意识。批判或许不是写作的唯一方式，但在否定—建构的过程中却体现出鲜明的主体性。他继续立足于历史和现实两个维度，从哲学的高度，对文化和人性进行了具有现代性质的剖析、诘问，写作也在批判中实现了一次最具本质意义的超越。

《用破一生心》写曾国藩。

作为中国封建史上有重大影响的人物之一，曾国藩在20世纪末曾一度被国人从历史的废墟中挖掘出来，炒得不亦热乎。这其中未必没有时尚的成分。王充闾却立足于自己的体验与思考，从人性和文化的双重视角，对曾国藩的人生进行了深刻的解读。作品开篇就为曾国藩的一生下了定义："十足地可怜""猥猥琐琐，畏畏缩缩""苦""累"，全文写的也就是曾国藩的苦、累人生。

曾国藩的人生之苦首先在于"败"之苦。俗话说，胜败乃兵家常事。

作为统兵主师，曾国藩自然也有兵败的时候，特别是率兵伊始，初出茅庐。然而对于心强权重的曾国藩来说，这"败"之苦似乎来得特别强烈。面对积年心血毁于一旦，权贵唾骂、升迁无望的惨淡局面，他"百忧交集，痛不欲生"，甚至于"纵身投江"，并"写下了遗嘱"，"购置了棺材"，此情此景，诚如他自己所言："余庚戌、辛亥年间，为京师权贵所唾骂，癸丑、甲寅为长沙所唾骂，乙卯、丙辰为江西所唾骂，以及滨州之败、靖港之败，盖打脱牙之时多矣，无一次不和血吞之。"

那么，"胜"是否就不苦了呢？也不是。封建统治者虽希望下属效犬马之劳，建功立业，却不能允许其功高盖主，成为朝廷的威胁。因此，"封建王朝一切建立奇功伟业者，都免不了要遭遇忠而见疑，功成身殒的危机"。加之曾国藩深通处世之道，"对于古代盈虚、祸福的哲理，功高震主、树大招风的历史教训，实在是太熟悉、太留意了"，因此，功成名就之后的曾国藩也依然是"郁郁不自得，愁肠百回"，乃至不得不采取"断臂全身"之策。——"他在花团锦簇的后面，看到了重重的陷阱，不测的深渊。"

这可真是成也苦，败也苦了。

如果说上述的人生之苦是来自外界的，来自于曾国藩对外在威胁的忧惧，那么，另一类苦则来自于他自身。他既要创千秋之功业，又要做万古之完人，这必然使他要求自己"种种视、听、言、动"，都要"合乎圣训，中规中矩"，乃至观人下棋，从旁边支了几招，事后也要后悔；与太太在私房里开个玩笑，也责备自己"房闱不敬"。同样是"战战兢兢"，"如临深渊、如履薄冰般的惕惧"，他处处以超人自居，事事追求完美，般般企望无憾，结果是人格分裂，人性枯槁，活得太假、太苦、太累。

在王充闾笔下，曾国藩整个就是一个苦的化身。他欲望太多，思虑太多，痛苦太多，本身就是一个矛盾的集合体。他的一生，外也苦，内也苦；成也苦，败也苦。"用破一生心"正是这一悲剧人物的真实写照。

与《用破一生心》相关的是《驯心》。二者都写了封建社会中的知识分子的人生悲剧。作品先不写人之被驯，而是写兽之被驯。那傲啸山林的百兽之王在人的眼里是最为凶猛不驯之物，然而经过人的驯化，却"脱尽了当日兴风狂啸、怒目峥嵘的雄姿，毛卷曲着，耳头耷拉着，一副无精打采、垂头丧气的样子"。在人的经验世界里，兽之被驯似乎已经是司空见惯的事，甚至被认为是人的聪明才智的表现，是人对自然界的征服。殊不知人之被驯与兽竟毫无二致，甚至是有过之而无不及。作品由虎及人，《儒林外史》中的老童生周进是被驯心者，范进也是被驯心者，而现实生活中类似周进、范进这样的被驯心之人，更不知还有多少。作品形象地描绘了"士"之被驯后的丑态，他们与虎一样，其共同特点，都是迷失了本性，扭曲了心态，丧失了自由。所不同者，是虎之被驯出于不得已，人之被驯则是出于心甘情愿。

作家并不满足于对"士"之"驯心"后的表现的描写，而是以其渊博的历史知识、深厚的文化积累和较强的理性思维能力，将清朝统治者对"士"之驯心的手段做了全面的概括：

清朝皇帝对广大知识分子（主要是汉族士人），有一套高明的策略，成效立见的做法：一是发出严厉制裁的信号。大兴文字狱，毫不留情地惩治、打击那些心存异念的桀骜不驯者；二是寓监视于幕述。组织大批学者纂修《四库全书》，编纂《明史》，把他们集中到皇帝的眼皮底下，免得一人化外逍遥，聚徒结社，摇唇鼓舌，散布消极影响；三是设饵垂钓。通过开科取士使广大士人堕入功名利禄的圈套，并设博学鸿词特科，吸引天下硕学名儒到京城做官，坐收怀柔、抚慰之效；四是整合思想。提倡程朱理学，推行八股制艺，扼杀读书人的个性，禁锢性灵，加重道德约束力。

在这样严密而行之有效的驯化下，"士"的处境和结果也就可想而知了。
《用破一生心》与《驯心》是本世纪以来作家的两篇重要作品，几乎包含着他本阶段散文创作的全部思想内涵和价值取向。其主要题旨，便是传统文化对人性的扼杀。曾国藩本来也是一个纯真浪漫的少年。他"生性活泼，情感丰富"，"浪漫不羁，倜傥风流"，为何后来竟成了一个"心事重重、渊深莫测"，"冻结了、硬化了全部爱心，剩下来的只有漠然无动于衷的冷酷与残忍"之人？王充闾认为，这始于他"系统地接受了儒家思想，特别是程朱理学之后"。他认为，曾国藩的人生理想就是儒家的，"涤生"，"涤除旧污，以其进德修业之意"也；"国藩"，"为国屏藩"之意也。都属儒家的"修、齐、治、平"，以及"立德、立功、立言"之"三不朽"。而他实现其理想的两条战略选择——"一方面要超越平凡，通过登龙入仕，建立赫赫事功，达到出人头地；一方面要超越'此在'，通过内省功夫，跻身圣贤之域"——也完全是儒家的"内圣外王"的注解。作家甚至赋予文化以决定性地位，因此，曾国藩的悲剧人生也就有了前定的意味了。

"文化"杀人，烈矣！

这种"文化"杀人的主题也延续到了《驯心》一文。周进、范进是被杀者，梁久图以及更多的封建士子也是被杀者，在这里，文化堕落成了统治者杀人的工具。行科举，搞纂述，设博学鸿词特科，兴文字狱。这四个手段，仿佛四条鞭子，将士子们抽得遍体鳞伤；又仿佛四道绳索，将士子们捆绑得牢牢实实。统治者似乎比士子们清醒得多，唐太宗那一句"天下英雄尽入我彀中矣"，毫不掩饰地表明了其"杀人"的用意。

当然，《用破一生心》与《驯心》不仅仅体现出文化批判，也是对人性的分析和批判。《用破一生心》批判了曾国藩那种机关算尽、心思用尽，为了自身的名誉、地位，心甘情愿地做统治者的奴才的性格、行径。他本身是个悲剧人物，但却无法引起人的怜悯和同情。这原因，就在于悲剧的发生与他自身有着内在的不可推脱的干系；《驯心》的人性批判则侧重于统治者。作家似乎嫌"士"之被驯、被"杀"的过程的描述还不够具体、形象，又以其经历中的"熬鹰"来说明之，依次写了"熬鹰"的三个过程。这"熬鹰"的过程，真似"驯心"的过程，统治者便是"熬鹰"者，科举、编纂、博学鸿词特科、文字狱就是熬鹰的麻花、鸡肉、兔肉，而广大的士人就是被"熬"的鹰了。作家在其丰富的生活积累中独独拣出"熬鹰"来做比喻，足以见出他对统治者扼杀人性的批判，他对"士"的处境的同情，以及他对"驯心"的体味之深、痛恨之切。

更进一步,作家分析了"士"之被驯的原因。这是《驯心》较《用破一生心》的深刻之处。"驯心"的悲剧是如何发生的?或曰,"士"何以被驯?这是一个无法逃避的问题。作家从"士"的本性和地位、理想和现实之间的矛盾的角度,指出了这种悲剧的必然性。作品写道:

在两千多年漫长的封建社会中,士是一个特殊的阶层。他们是文化传统的继承者和道义的承担者,肩负着阐释世界、指导人生的庄严使命;作为国家与民族的感官与神经,往往左右着社会的发展,人心的向背。但是,封建社会并没有先天地为他们提供应有的地位和实际政治权力,要获取一定的势力来推行自己的主张,就必须解褐入仕,并取得君王的信任和倚重;而这种获得,却又是以丧失一己的独立性、消除心灵的自由度为其惨重代价的。这是一个二律背反式的难于破解的悖论。悲剧性在于他们参与国家管理的过程,实际上就是驯服于封建统治权力的过程,最后必然形成普泛的依附性……

这里似乎涉及了对知识分子的认识问题。一个时期以来,"知识分子"一直是个热门话题。王充闾对"士"的本质和社会地位的悖论性质的分析,显然具有一定的西方现代色彩,而非基于中国传统的知识分子的概念之上。中国传统的知识分子概念更多地与儒家学说相联系,是指具有较高文化水平且从事脑力劳动者,是"吾日三省吾身","学而不厌";而西方的知识分子概念引入中文后,则"被许多人执持为一种人生态度。他们不仅将知识分子作为受过高等教育的人,而且作为人类的良心。他们要求知识分子保持独立的精神,对人间的不平做出公正的批评,维护法律、道德之外的社会正义"。而封建社会的"士",则是指"读了儒家规定的经典,通过了国家考试,从而干预政治、参与国家管理的一种人。这种人在其悲天悯人的伟大胸怀之下隐藏着与生俱来的缺陷,即他们必须仰仗社会制度的变迁和政治体制的变化来为统治者谋划。他们或者站在'贮才'预备队里,关注着世事变化,等待统治者的召唤;或者置身于朝廷,殚精竭虑,给皇帝提供自己的智慧与忠心。"正因此，王充闾才为封建士子指出了一条通往自由之路，即鄙薄功名，"不为有国者所羁"，保持人格独立。但在当时那种严酷的处境下，这一出路的可行性实在是太渺茫了。或者说，它只是一种理想，一种希望，一种美好的理想和希望。而这一点，正是《用破一生心》和《驯心》的写作的指导思想。

同样体现为批判主题的是《灵魂的拷问》和《成功者的劫难》。

《灵魂的拷问》写的是对友情的背叛。

李光地也是历史上有名的人物，与陈梦雷一样，同为康熙进士，官至文渊阁大学士。他治程朱理学，曾奉命主编《性理精义》《朱子大全》等书，是当时名重一时的理学家。理学乃宋明儒家哲学思想，虽奉抽象的"理"为永恒，为至高无上，实则并不离日常伦理。理学之集大成者朱熹就对周敦颐在理学上的开山之功做过这样的评价："其高极乎无极太极之妙，而其实不离乎人伦日用之间；其幽探乎阴阳五行之赜，而其实不离乎仁义礼智刚柔善恶之际；其体用之一源，显微之无间，秦汉以下诚未有臻斯理者，而其实不外乎《六经》《四书》之所传也。"可见，理学在人格修养上是完全以先秦儒家学说为标准且讲求体用合一的，亦即要求人实践仁、义、礼、智、信。然而李光地对陈梦雷的所作所为却完全违背了它。文中"拷问（之二）"的一问一答何其幽默、犀利，将这一伪道学家的面纱剥离净尽：

"那么，作为著名的理学名家，孔圣人的后学嫡传，二程、朱熹的忠实信徒，他总该记得孔夫子的箴言：'君子有三畏：畏天命，畏大人，畏圣人之言'，不能什么也不怕吧？他总该记得曾子的训导：'吾日三省吾身：为人谋而不忠乎？与朋友交而不信乎？传不习乎？他在清夜无眠之时，总该扪心自问：为人处世是否于理有亏，能否对得起天地良心吧？难道他就不怕良心责备吗？"

"三畏"、"三省"的修养功夫，孔孟、颜、曾提出的当日，也许是准备认真实行的；而当到了后世的理学家手里，便成了传道的教条，专门用以劝诫他人，自己却无须践行了。他们向来都是戴有多副人格面具，到什么山上唱什么歌的。至于所谓"良心责备",那就只有天公地母知道了,于人事何干?你同这类人讲什么"天地良心",纵不是与虎谋皮,也无异于夏虫语冰、对牛弹琴了。

对于这类所谓圣人之徒的虚伪,鲁迅早就做过彻底的揭露。他在《十四年的"读经"》这篇文章中说:我看不见读经之徒的良心怎样,但我觉得他们大抵是聪明人,而这聪明,就是从读经和古文得来的。我们这曾经文明过而后来奉迎过蒙古人满洲人大驾了的国度里,古书实在太多,倘不是笨牛,读一点就可以知道,怎样敷衍、偷生、献媚、弄权、自私,然而能够假借大义,窃取美名。这实在是对古文化的最透彻不过的理解了,而这位制造古书的理学家李光地,本身就在做着"言行不符,名实不副,前后矛盾,撒谎造谣"的现身说法。作家正是通过李光地的言行,实现了作品的批判意义。

有趣的是作家关于陈梦雷的文化人格的描述。在作家笔下,陈梦雷几乎是作为李光地的对立形象出现的。侯官握别时,他是那么相信李光地的信誓旦旦;别后,他忠实地旅行着自己的诺言;福建收复后,他再一次相信了李光地的谎话,每日里"可怜巴巴地向往着:朝廷如何重新起用他,给他以超格的褒奖……退出一万步去,圣上也必能体察孤臣孽子在极端困苦处境中的忠贞不渝的苦心"。落难时,他一开始还觉得李光地之所以不敢披露事实真相,是"有难言之隐","以免横生枝节"。在事实真相大白,痛苦已极,于流放之地抱病写下《绝交书》时,他仍然讲究"哀兵必胜",想以情感人,以理服人。至于他在康熙皇帝面前说的李光地虽然愧负友人"千般万般,要说他负皇上却没有"这句话,则简直是忠厚到了昏庸迂腐的程度了。作为受害者一方,作家并没有刻意批判他的意思。但是,他的身份与行为却为我们提供了另外一种思考:难道中国传统文化培养出来的除了李光地那样的伪君子,就是陈梦雷这样的萎缩型人格吗?

如果仅仅从文化批判的角度来解读《灵魂的拷问》,那至多只抓住了作品的一半意义,而另一半,即人性批判,较文化批判更为重要,因为更具普遍意义。李光地仅仅是作为读书人被批判的吗？不，他首先是一个人，或者说作家的基本着眼点在于他首先是一个一般意义上的人。一百余年前，一个美国人曾经说过这样的话："'信'这个汉语中的会意字由'人'和'言'两个偏旁构成，人言为信，字面上就看得出含义。'信'，列为中国人'仁义理智信'这'五常'的末位……大量证据表明，信在天朝帝国事实上也可能是最末一位的德行。许多了解中国人的人，都会同意基德教授的观点，他在谈了'信'这个中国人的观念之后，继续说道：'但是，如果选择这个美德作为一种民族特质，不仅是为了在实践上蔑视它，而且也为了与现存的处世方式形成一种对比，那么，就没有比'信'更合适的了。中国人在公开的或私下场合的表现，与诚信如此背离，因而他们的敌人会抓住这一点，来讽刺他们的表里不一。"这真是一段让人脸红的文字，红在他们竟赋予"无信"以普遍性、民族性，更红在我们难以否认。

现在，就让我们看看李光地是怎么做的。

侯官握别，陈梦雷提出日后"当以节操互鉴"时，李光地的回答是："光复之日，汝之事全包在我的身上。"

李光地顺利逃回京城后，将陈梦雷提供的情报上报朝廷，密疏上却只署了自己的名字。

福建收复，李光地以平叛功臣和接收大员的身份接见陈梦雷，亲口向其表示：你尽忠报国之事"不是一样两样，吾当一一向皇帝禀告"。并以诗相赠。

陈梦雷身陷囹圄，李光地唯恐避之不及，并趁机落井下石，诬其甘心附逆，还有意陷害朋友，拉人下水。

背信弃义、口蜜腹剑、贪天之功、乘人之危、无中生有、见风使舵……这类词汇，想必早已为国人所熟悉。

李光地这四步行动，倒也充分地显露了其思维逻辑和性格特征。始而利用，继而安抚，终而陷害。看起来，这确是一个阴险狡诈、私心极大、颇有城府的小人，一介书生陈梦雷绝对不是他的对手。陈梦雷对李光地信任的主要原因大概是友谊——同为福建乡亲，"同年考中二甲进士，同为翰林院编修，而且有很深交情"，基础确实是够牢固的了。殊不知，他错就错在这"信任"上。在私欲面前，友情算得了什么？别说友情，亲情也可以弃之不顾。作家沉痛地说道：

  提起这类背信弃义、卖友求荣的勾当，心里总是觉得十分沉重，郁闷杂着苦涩，很不是滋味。看来，它同嫉妒、贪婪、欺诈、阴险一样，都属于人性中恶的一面，即便算不上常见病、多发病，恐怕也将伴随着人类的存在而世代传承，绵延不绝。"啊，朋友！这世界上本来就没有朋友。"亚里士多德的这番话，未免失之过激，但它肯定植根于切身的生命感受，实为伤心悟道之言。

写到这里，我想起了鲁迅小说《狂人日记》和他译介的俄国作家安特莱夫的《谩》。鲁迅一生都在批判国民性，然而一生也免不了失望。《狂人日记》中，狂人一直都在寻找真，但却到处都是伪善，是"瞒和骗"，乃至狂人不得不无奈地道出："……当初虽不知道，现在明白，难见真的人！"而安特莱夫的《谩》中的狂人对"诚"的渴求更为强烈。遍寻不得之余，竟认为"诚"在女友脑中，杀之以求，"而诚不在此，诚无所在也"，"谩乃永存，谩实不死"。《灵魂的拷问》中的"拷问（之二）"的另外两个问答，也表现出王充闾对人性恶的一面的谴责和失望：

首先，他将如何面对陈梦雷这个过去的"知心朋友"？

其实，对付的办法说来也很简单。当陈梦雷对面责问时，他只是"唯唯而已"。这样一来，你也就拿他没有办法……

这真是古今相同的表现。鲁迅的《狂人日记》中，面对狂人的逼问，那个二十多岁的人也是"含含糊糊地答道"，这就是国人的相通之处吧？

那么，是非自有公论，公道自在人心。你李光地就不怕社会舆论、身后公论吗？那他也有应对的办法——反正是"死猪不怕开水烫"。厚起脸皮来，笑骂由人笑骂，好官我自为之。有道是："身后是非谁管得"？"青史凭谁定是非"？

这一点，是曾国藩也得自愧不如的。曾国藩还要"战战兢兢，如临深渊，如履薄冰"，李光地确是完全的看开。

当然，这是王充闾于300多年后的分析、追问，是有一定的现代人心理特色的。只不过，对于这类被西哲培根称之为"其性情可以说是来自禽兽而不是来自人类的""天性不配交友的人"来说，古今都是一样。

《成功者的劫难》写嫉妒。

嫉妒是人类的一种普遍的情欲，西哲培根对此曾经做过很好的论述。王充闾的这篇"嫉妒论"，从某种角度说较之培根对嫉妒的论析更全面，也更具特色。

作品先揭示了嫉妒的本质，指出：

嫉妒，作为一种情感、一种欲望、一种心理活动，属于精神范畴，但就其实质而言，却存在着一种鲜明的趋利性。嫉妒是功利计较、名位争夺的一种特殊的表现形式，其最深层面是利益冲突……长期以来，人们习惯说"嫉贤妒能"，其实，准确地表达，应该是嫉名妒利。

这是对嫉妒性质的科学的定义。嫉妒何以如此广泛、如此顽固、如此具有生命力？就是因为有利益在背后驱使着。它不仅限于精神层面，而且也和物质有着紧密的联系，是对名、利的双重追逐。这样的分析，定位，已超出了培根的心理层面的分析，具有一定的现实特色。接着，作家又指出了嫉妒得以产生的基本条件，即距离和可比性。继之的对嫉妒者心理特征的分析以及嫉妒与竞争的区别的辨析，也可以说是切中肯綮的。

作品中，最有意味的是对陆文夫中篇小说《井》中的嫉妒之心理模态和悲剧效应的分析，那是集中在"井"边那些市井小民身上的。作家首先指出，他们既有善良的一面也有庸俗的一面，"永远是戏剧的看客（鲁迅语）"，存在着隔岸观火的"看客心理"和由社会冷漠所造成的"旁观者效应"。然而，如果仅止于此，充其量也就是对鲁迅的重复。鲁迅的小说，哪一篇没有对"看客"的同情和批判？在《呐喊》自序中，他更是直截了当地叙述："这一学年没有完毕，我已经到了东京了，因为从那一回

（指在讲堂上看到一群中国人围观一个正要被日军砍头的中国人的电影画面——笔者注）以后，我便觉得医学并非一件紧要事，凡是愚弱的国民，即使体格如何健全，如何茁壮，也只能做毫无意义的示众的材料和看客，病死多少是不必以为不幸的。"王充闾则在此基础上，挖掘出了"看客"的嫉妒心理：

闲居无聊，特别喜欢收集他人的"情报"，习惯于窥视他人动静，特别是有关男女之间的闲话，这倒不是出于关心，也并非因为这类事情和他们有什么实际联系，只是出于一种嫉妒心理，希望从他人的麻烦、烦恼、苦痛、失意中获取一丝心灵上的快意，给原本单调的日常生活增添一点点"作料"，也就是拿"他人的苦"做赏玩，做慰安……他们喜欢拨弄是非，鼓动情绪，往往是捕捉到一点踪影，便通过口耳相传的业余"小广播"迅速传开，而且添油加醋，旁生枝节，顷刻间苍蝇便成了大象，弄得满城风雨。

20世纪的看客们已经不再仅仅是可怜的麻木的围观者了，而是进化成了杀人者的可恨的帮凶，或者本身就在杀人了。他们已无冻馁之虞，更无异国侵略者砍头之忧。现代的看客，践行着的是人类的一种古老的天性，发挥的是人类的一种最卑劣最落后的本能。他们的心灵被魔鬼——"那个在夜间的麦子中种植稗子的嫉妒者"所操纵。这一点，倒是与西哲培根关于嫉妒者的论述一脉相承。比如培根在谈到哪一些人最易嫉妒时这样说："多事好问之人每善妒。因为所以要知道如许关于他人之事的原因绝不会是因为这许多劳碌是有关于自己的利害的；因此，其缘由一定是他在观察别人的祸福上得到一种观剧式的乐趣了，并且一个专务己业的人也不会找着许多嫉妒的缘由来的。因为嫉妒是一种游荡的情欲，在大街上徘徊而不肯居家，所谓'未有好管闲事而不心怀恶意者也'。"这种相通，倒未必是书写上的有意识的借鉴，而是嫉妒原本就是人类的普遍性的情欲。只是，或许培根生活的年代更遥远些，或许英人本身要比华人富于贵族气，培根笔下的嫉妒更侧重天性，甚至也有关于不妒的书写；而王充闾笔下的嫉妒则更侧重恶性，更凶险，更无孔不入，"是人性中至为恶劣的一种秉性"。

文化的人性的批判对王充闾来说殊为不易，也是他本世纪散文创作区别于 20 世纪散文创作的最本质的特征。20 世纪 90 年代之前，他的写作一直处于赞美、肯定的层面，甚至是盲目的赞美和肯定；即便是 90 年代的历史散文写作，也只能说是否定，对"曾经存在"的否定。它是感悟式的，情绪性的，正是在这种"否定"中，才传达出一种沧桑感。而批判在否定中却包含着怀疑、肯定、创造，是生命意识的觉醒。人不应该为自己设定虚假的意义，做人不必遵循一个先在的固定的模式。人的价值不是既定的，它只有在思想和行动的过程中才能体现。人之所以为人，不在于他继承了什么，他实现了什么，而在于他能思考，能发问，能参与，人是谁？这一永恒的疑问，正是使得人与其他生命区别开来的根本标志。

曾几何时，他还以对传统文化的承袭为荣。这不仅指他在传统文化方面的深厚积累，也不仅仅是指他的那种儒雅的风度，更指他对传统文化的主体部分即儒家文化所认定的人生理想和目标的履行及实现。1995 年 5 月 10 日的中国香港《大公报》曾刊登了一篇题为《文蹊政径两驰名》的报道，通篇就是围绕着他在"文"与"政"两方面的业绩写成的。文章开头那段话，"古人讲，人生有三不朽：立德、立功、立言。事实上，不用说三者兼备以垂不朽，就是一个方面也着实不易……因此，中国古诗有云：风清月冷水边宿，诗好官高能几人？"恰到好处地抓住了他在儒家人生道路上的成功。文中所引的他的那首《自嘲》诗，正是他的人生和价值追求的完整体现。但是现在，他却第一次立于中国传统文化尤其是儒家文化的背后，做冷静的打量，看到了它那冠冕堂皇的表象后面掩盖着的吃人的一面。这种情形，很有几分像鲁迅先生在《狂人日记》中说的："……我翻开历史一查，这历史没有年代，歪歪斜斜的每页上都写着仁义道德几个字。我横竖睡不着，仔细看了半夜，才从字缝里看出字来，满本都写着两个字是'吃人'！"

他甚至直接思考了知识分子问题。知识分子何以缺乏独立的人格？他们的精神骨髓是什么？在现实生活和社会的变动中，他们是否具备真正的知识分子应该具备的道德承当？他在 20 世纪末期的历史散文中就已经体现出了对知识分子人格、命运的思考，在本阶段的散文写作中，他更以历史与现实的对接，深入到了知识分子的人性和心理特征之中。

所有这些，都使他的作品呈现出一种批判性——文化的人性的批判，他的散文也因此而进入了文学的本质。文学是什么？如果它不能是鲁迅所说的匕首和投枪，至少也不应该是隔靴搔痒或歌舞升平。正因此，王充闾本世纪的散文创作被誉为是一种具有"独立的思想和情怀"的写作。

"这是一条古河,却又是新的"
——王充闾散文与中国传统文化

◎ 古 耜

  尽管中外文论均曾强调:对于文学的繁荣与发展来说,继承传统和勇于创新是两个不可偏废的重要支点,然而,具体到当下散文创作的实践中,散文家要真正处理和把握好此二者之间的关系,使其能保持和谐的互补与均衡的张力,却并不是件轻而易举的事情。笔者之所以表示这样的看法,并非仅仅因为继承传统和勇于创新作为一对文学范畴,在相互依存和转化的同时,原本就包含着彼此矛盾、对立乃至冲突、排斥的元素;而这些处于龃龉状态的元素,在一些各有主张且我行我素的散文家笔下,常常被分别推向极致,从而使继承和创新失去了对话与整合的可能。这里更为重要的依据是:19世纪末叶以降,尤其是在近年来日趋高涨的全球化、现代化的浪潮中,中华民族始终面临着强大的西方文明和西方话语的冲撞、挤压与挑战,这导致了相当一部分作家在以散文作品展开同生活和世界的对话时,难免怀有一种"弱者"的忧患和焦虑。而这种忧患和焦虑又沿着"输入新知,再造文明"的思路,很自然地转化为对西方文化的认同、汲取和追随,以及对文化传统的轻视、忽略乃至颠覆。这时,一些作家撰写的散文作品,不仅存在着与传统的隔膜和对传统的陌生,而且连种种创新亦因为缺乏血脉的滋养和底气的支撑,以至于显得虚浮或怪异。正因为如此,在我看来,那些一向清醒睿智、特立独行,在创作上兼顾继承与创新,并努力将二者结合起来,以推动散文发展的作家,是很值得充分重视和深入研究的。他们留给散文世界的不仅仅是一系列既赓续传统，又融入新变的优秀篇章，同时还有一种拍合着内在艺术规律的科学的创作态度和正确的审美途径。后者无疑更具有本质的、广泛的启示和借鉴意义。

立足辽沈、饮誉全国的著名散文家王充闾，正是当今文坛为数不多的坚持将继承传统和勇于创新有机结合起来的成功者之一。新时期以来，这位长期担任党政领导工作的业余作家，凭借充实的文化储备、丰富的生活积累和超常的艺术韧性，先后发表了总数量当在二百万言以上的散文随笔作品，陆续出版了《清风白水》《春宽梦窄》《沧桑无语》《淡写流年》《何处是归程》《成功者的劫难》等十多部散文集。这些作品的题材、意旨、风格和手法，伴随着时光的演进自然多有调整和变化，但其选择的融继承和创新于一体的基本审美向度，却始终沉稳如一，这使得作家笔下的散文世界，无形中呈现出属于自己的艺术特征：既洋溢着中国传统文化与美学固有的精神气度，又传递出时代所给予的发展和变化着的崭新风采。借用周作人当年评价中国现代散文时的话说："这是一条古河，却又是新的。"（《杂拌儿·跋》）毫无疑问，它体现了迄今为止中国散文所追求的某种理想境界。

散文作为一种独立的文学样式，其根本特性在于：它是作家灵魂的裸显和生命的直呈，或者说是作家整个内在状态的立体外化。从这一意义讲，一篇散文作品或一个散文世界的优劣高下，在很大程度上取决于创作主体的精神质量与人格蕴含。换句更为直白和通透的话说，创作主体精神与人格世界越丰邃，越旷远，越能体现社会、历史、文化和人性的深层特征与健康元素，那么其笔下的散文作品，就越具有超越时空、启示文林的艺术力量。在这方面，中国古代散文家虽然大都摆脱不了宗经载道的历史局限，只是倘就其实际的人生姿态而言，却依旧每见光彩熠耀之处，如司马迁的忍辱负重，韩昌黎的不平则鸣，柳子厚的感念民生，范仲淹的忧乐天下等等。而在所有这些当中，最让后世文人津津乐道、称羡不已的，当属一代文豪苏东坡身上所映现的那种"外儒内道"的生命风范。作为饱读诗书且科场顺遂的风华学子，他"奋励有当世志"，自信："笔头千字，胸中万卷，致君尧舜，此事何难？"于是，他遵从儒家教义，积极入世，勤勉参政，内心里呼喊着："持节云中，何日遣冯唐"？然而，封建社会的种种痼疾却偏偏是他的天敌。黑幕之中的权势与权术，不仅使他的理想和愿望化为泡影，而且最终给他带来了被诬、下狱、贬官、流放等一系列厄运。面对严酷的现实，他生命中原本蛰伏的道家的清虚无为、逍遥洒脱、随遇而安等，便浮出水面，化为退守内心的处所。斯时，"回首向来萧瑟处，也无风雨也无晴"；"人似秋鸿来有信，事如春梦了无痕"，便构成了他身心的另一种写照。

毋庸讳言，苏东坡"外儒内道"的生命风范，深深地打上了封建社会中国知识分子的悲剧性印记，但是，由于此种风范凭借历史的淘洗早已升华为一种不乏哲学意味的精神和文化遗产，所以九百年后的今天，它在王充闾的散文创作中又一次得到了自觉回应。而这里所谓的回应，并非仅仅是指作家曾以苏东坡晚年经历为题材，写过《春梦留痕》等散文佳作；也不单单是说作家笔下的散文篇章，每每喜欢称引有关苏东坡的诗文、典故和事迹；其更深层和更本质的意思在于，作家的若干作品从审美情怀到价值取向，都表现出了苏东坡式的用世与超世并存、卓然与淡然同在的二重状态。譬如，在《叩问沧桑》《文明的征服》《土囊吟》等篇中，作家透过历史的烟尘，执着而投入地探究着国运与文运、政权与文明之间的复杂关系，就中敏锐而深刻地揭示着社会发展的某种规律，贻人以用世的引领；而《陈桥崖海须臾事》《桐江波上一丝风》诸文，则或感叹"是非成败转头空"，或称赏"渔隐无为却有祠"，其遨游史海所撷取的更多是超世的启迪。又如《驯心》《用破一生心》，以犀利的笔墨，严厉批判了封建制度对知识分子的禁锢与戕害，挥洒出精神的高蹈与卓然；而一篇《寂寞濠梁》则借濠梁遗址，讲述着庄周秋水游鱼、梦中化蝶之类的故事，肯定了生命的诗意与淡然。毫无疑问，在王充闾的散文中，是包含了对苏东坡的认同与借鉴的。

然而，必须指出的是，王充闾散文创作对苏东坡"外儒内道"生命风范的认同与借鉴，不是机械的、盲目的、被动的，相反它是有选择、有取舍、有改造的。也就是说，作家是站在现代意识的制高点上，以发展的眼光和扬弃的姿态，接受和消化着来自苏东坡的精神和文化遗产。不是吗？同样是谈论儒家所倡导的积极用世，奋发有为，王充闾因为有先进思想和文化的指引，所以很自然地超越了苏东坡式的修齐治平，而代之以对人类正义事业的由衷关爱和对社会历史进步的殷切呼唤。关于这一点，我们读作家的散文作品，无论是早期的《柳荫絮语》《人才诗话》，抑或是晚近的《沧桑无语》《淡写流年》，都不难有深切的体悟。

而在对道家精神的理解与吸纳上，王充闾更是通过《华发回头认本根》《人过中年》《从容品味》《岁短心长》《收拾雄心归淡泊》《回头几度风花》《一蓑烟雨任平生》等一系列篇章，自由、大胆而又巧妙地进行着存精去芜，推陈出新，从而使古老的生命形态产生了当下意义。其具体的引人瞩目之处至少有以下三点：第一，充闾散文中确有一些感叹光阴迫促，人生苦短，匆匆间不知老之将至的文字，这很容易让人联想起苏东坡"人生如朝露，白发日夜催"之类的诗句。不过，充闾对光阴和人生的感叹，丝毫不包含苏氏"闭眼聊观梦幻身"式的悲凉与颓唐，而是一种阅尽人间春色，历经激扬勃发之后的精神清醒与生命自觉，其目的在于顺应自然规律，正视身心变化，调整涉世方式。最终让生命进入沉静、成熟而又睿智、和谐的境界。用作家自己的话说便是：老有所为"应该从自身的实际情况出发，有所为有所不为。老树十围，亭亭如车盖，浓阴匝地，是柔枝幼干所代替不了的，但是，开花吐蕊确非千年古木的事"。"人到年老了，气血已经衰弱，便要警戒自己，不要脱离实际，贪求无厌，莫知止足。这里有一个分寸、尺度的问题，假如掌握失当，也会造成一些不良后果。"（《收拾雄心归淡泊》）显然，对于普遍的人生而言，此乃积极健朗的以退为进。第二，正如苏东坡酷爱写作，"自谓世间乐事，无逾此者"一样，充闾的散文作品亦不时流露出摆脱尘网羁绊，潜心读书写作的喜悦。作家写道："过去重任在肩，无暇旁骛；现在，工作担子减轻了，公务活动变少了，人际关系简化了，世情纷扰也渐渐淡去，正可恢复书生本色、云水襟怀，实现多年的夙愿——把读书、创作看作一种诗意存在的生存形式"(《岁短心长》)。而如此情怀之所以出现在充闾身上，并不是因为他像苏东坡那样早已厌倦或有意逃避官场与政务，而是基于他对中国当代人文知识分子使命与责任的独特认知和全新理解。在他看来，人文知识分子的根本任务，是为国家和民族的全面发展提供精神滋养与道义支持，而不是仅仅充当公共事业的决策者和领导者。正因为如此，包括自己在内的人文知识分子，完全可以在自由开阔的空间里，从事精神生产和艺术创造，而不必拥挤于狭小的官场政坛，斤斤计较权力的得失。应当承认，这样的见解和主张在"官本位"思想依然根深蒂固的今日中国，委实不啻空谷足音。第三，在充闾的散文中，也有苏东坡式的保持灵魂静谧，追寻生命安和的内容。只是这里的静谧与安和明显过滤掉了苏氏曾有的空寂与虚无，而更多注入了现代意义上的对精神历程的细致盘点和对人生况味的从容咀嚼。正如作家所写："人们来去匆匆，常常是为了奔赴一个又一个遥远的目标。不能设想，一个人在生活中没有目标、理想、追求，因为人生的道路原本是由目标铺成的。但这并不等于说，过程可有可无，无关紧要……人们都有这样的体会：钓鱼的乐趣并不体现于最后的吃鱼，它是在持续的等待、观察、期望、追求中，获得心理上的充实、满足，体验情致上的悠闲、恬适。如果放弃了从容品味，过程自然枯燥不堪，目的也就化为乌有了。"(《从容品味》)毫无疑问，如此这般的精神盘点和生命咀嚼与悲观厌世无涉。相反它足以让人多一些从容，少一些凄惶；多一些安详，少一些喧嚣；多一些沉思，少一些浮躁；从而以理想的生命形态和可喜的精神质量，投入生活，改造世界。

王充闾的散文作为一个完整的系统，其继承与创新相并举、相结合的特征，当然不可能仅仅体现在思想文化和精神意脉方面，除此之外，它还渗透于从文本构思到审美表达的全过程，几乎堪称一种无所不在的艺术原色。譬如，作家很喜欢像古人那样，在大自然的怀抱里或人文遗迹面前登高望远，临风感怀，这样写成的作品无形中具备了古代山水和咏史诗文的情境与韵致。只是这原本属于古典的情境与韵致，却又偏偏融入了现代人所擅长的发散型思维方式和内敛型情感状态，这时，作家的散文世界最终冲破了古典的范式，从而展示出更为丰赡的社会含量和愈发浓烈的艺术魅力。又如，作家的一些作品在谋篇立意时，常常习惯于跟着诗文走，即注意选择古典诗文中的语句、意象或典故，作为自身的切入点和提挈处，然而一旦进入具体的叙述，则又坚持或反弹琵琶，别开生面：或斜出旁逸，剑走偏锋，其结果是使看起来古色古香的话题，平生出富有现代意味的陌生化效果。还有在艺术语言的运用上，作家分明从古汉语那里获得了营养，即遣词造句都流逸出一种简约、凝练、优雅的风致，体现着对声韵和意味的讲究，只是所有这些又从不削足适履，作茧自缚，而是始终从艺术表现出发，尽量贴近着现代人的思想与感情，由此营造着融传统和现代于一炉的审美效果。显而易见，诸如此类的探索与追求，将王充闾散文嫁接传统与新变的水准，提高到了新的层次，并显示出一种强大的艺术潜力。只是限于篇幅，笔者对这些内容不再一一展开了，但愿读者能在对充闾散文的欣赏中，领略到继承与创新的真髓和妙谛。